국어과 선생님이 뽑은

중학생이
읽어야 할
소설

국어과 선생님이 뽑은

중학생이
읽어야 할
소설

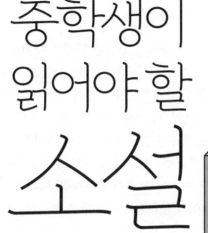

중1
34편

dskimp2000 엮음

book&book

서문

학창 시절에 읽은 책 한 권이 당신의 고귀한 인생을 바꿔놓듯이 독서는 내 영혼에 양식을 채우는 것과 같다. 책을 읽는다는 것은 과거의 훌륭한 사람들과 대화하는 것과 같고 그들의 사상을 널리 배우는 방법이다. 인간은 죽지만 책은 영원히 죽지 않는다. 책은 시간과 공간의 한계를 넘어 세상을 넓고 새롭게 보는 통찰력과 수많은 스승을 만나게 해주는 지식의 보고(寶庫)이며, 책을 읽으면 사고방식과 행동을 변화시키고 아이디어와 창의성을 길러준다. 학교에서 배우는 교과서가 문학을 이해하는 데 중요한 역할을 하고 대학에까지 이어져 문학교육과 문학을 배우게 되는 밑거름이 되는 것이다. 다른 사람의 생각을 읽고 격조 높은 교양과 균형 잡힌 역사의식을 지니고 지식과 지혜로 가득 찬 교양과 사고를 키워주는 독서야말로 인문 정신과 새로운 세상을 체득하게 한다.

모든 배움의 시작은 책 읽기로부터 시작되고 젊은 시절의 독서는 한 사람의 운명을 바꾸어 놓을 만한 힘을 지닌다. 한 편의 책을 읽는 것은 시험이나 출세를 위한 것이 아니라 내가 경험하지 못한 세상을 조우하고, 각 시대의 고민이 무엇이었는지 파악하고, 일상에서 접하기 힘든 표현과 어휘를 배우고, 작품에 대한 단편적인 지식보다는 인생에 대한 안목과 자신의 삶을 훌륭하게 가꿔 나가게 하는 최고의 방편으로 책 읽기의 중요성은 아무리 강조해도 지나치지 않는다. 책을 많이 읽은 사람이 미래를 이끌고 책을 읽는 것만큼 근본적인 인성 교육은 없는 것이다. 독서는 여러 사람의 생각과 사상을 통해 간접경험을 하고 공감 능력을 키운다. 흔히 고전이라고 하면 시대에 뒤떨어진 것이라고 가볍게 생각할 수도 있다. 그러나 온고지신(溫故知新)처럼 과거는 과거로서 의미가 있고 현재는 과거가 바탕이 되어 만들어진 창조물이므로 오늘날의 고전은 항상 새로움으로 인식되어야 한다. 아침저녁 머리맡에 두고 한줄 한줄 우리의 선학들을 만나고 그것을 내 것으로 키우는 능력을 길러야 하겠다.

책은 넓고 넓은 시간의 바다를 건너는 배와 같고, 세상의 모든 지식이 담겨 있는 책은 인생의 길잡이가 된다. 알면 알수록 모르는 것이 더 많고, 배우면 배울수록 배울 것이 더 많은 인류 보편적 가치관과 비판적 사고를 통해 올바른 역사의식과 세계관을 길러준다. 지적인 탁월성을 지닌 세계 최고의 대문호들의 작품을 읽는다는 것은 몇백 년 전에 살았던 당대 최고의 지성과 대화하는 것과 같다. 책은 탁월한 지성을 갖춘 저자가 몇십 년의 각고의 노력을 들여 어렵게 체득한 지식과 교양을 압축해 놓은 것이다. 자라나는 청소년들의 인격 형성과 교양을 쌓기 위해서는 가르침과 배움을 통해 다양한 경험과 많은 시간을 투자하여 공부해야 탁월한 지성을 기르게 된다. 탁월함은 타고난 본성이 아니라 반복적인 노력과 좋은 습관을 들여야 만들어지는 것이다. 독서는 좋은 성격과 지성을 길러주는 모체이므로 세계 유명 작가들의 작품을 읽는 습관을 들여 자기의 생각과 교양에 필수적인 문학적 소양과 글쓰기 실력을 키워야 하겠다.

국어과 선생님이 뽑은 중학생이 읽어야 할 소설은 교육과정 개편과 교과서 개정에 맞춰 예비 중학생과 중학생들의 논술과 대학 입시에 도움이 되었으면 하는 바람으로 지식과 지혜로 가득 찬 교양과 사고를 키워주고 세상을 보는 시야를 넓혀주는 한국 단편·세계 단편·한국 고전 등 조선 상고 시대부터 신화·설화·가전체·수필 및 근현대 소설과 세계 명 단편 34편을 수록하고, 작품마다 작가 소개·작품 정리·줄거리를 실었으며 한자나 어려운 단어는 주석을 달아 원작의 표현과 내용을 쉽게 파악할 수 있게 꾸며보았다.

해설

소설의 갈래와 시점에 대하여

　소설은 문학의 한 종류이며 민간에 떠돌고 있는 현실 세계에 있음 직한 사람의 생활에서 실제로 있었던 일과 앞으로 일어날 일을 작가의 상상력에 바탕을 두고 허구적 구성으로 꾸며나가는 산문체의 문학 양식을 말한다. 소설의 특성인 허구적이라는 말은 거짓이 아니라 작가의 상상력으로 사실에 없는 일을 사실처럼 꾸며 사건을 재창조하는 것을 말한다.

　소설이란 말은 고려 말 이규보의 백운소설에서 처음 발견되고, 분량에 따라 장편, 중편, 단편으로 나뉘고 장르에 따라 다양한 형태의 소설이 존재한다. 그리고 개화기에 창작된 조선 시대 소설과 근대 소설 사이의 과도기적인 서사 양식으로 봉건 질서의 타파와 개화기의 계몽과 자주적 독립 사상의 고취를 주제로 다룬 신소설이 있다.

신화 · 설화

　설화는 일정한 구조를 가진 꾸며낸 이야기로 서사 문학의 근본이다. 설화는 신화, 전설, 민담으로 나뉜다. 설화는 소설 문학의 기원이 된다. 우리나라의 경우 고대 설화가 고려 시대에 들어와 정착되면서 패관 문학이 발달하고 이것이 가전체를 거쳐 고대 소설을 발생시켰다. 설화의 가장 큰 특징은 구전되는 점이다. 설화는 반드시 화자가 청자를 대면하여 청자의 반응을 의식하며 구현된다. 이의 구전에 적합하도록 단순하면서도 잘 짜인 구조를 가지며 표현도 복잡하지 않다. 그리고 구전되기 때문에 보존과 전달 과정은 유동적이며 가변적이다. 전승되는 설화를 문자로 정착시키면서 문헌 설화가 되고, 설화를 정착시켜 기록 문학적 복잡성을 가미하면 소설이 된다. 설화에서 소설로의 이행은 구비 문학이 기록 문학으로 바뀌는 과정에서 가장 큰 비중을 차지한다. 설화 중 민담의 일부는 전래 동화로 정착되기도 하였다.

가전체

전이란 어떤 사물의 꾸며낸 일대기를 쓰는 문체(體)로 고려 중기 이후 설화를 수집, 정리, 창작하는 과정에서 의인체의 가전이 출현하게 된다. 이러한 가전체 문학의 발달은 무신정권 이후에 등장한 사대부들의 의식과 밀접한 관련을 지니고 있다. 고려 후기부터 조선 전기까지 문인들 사이에서 유행했던 문학의 갈래로 신진 사대부들의 당시 사회에 대한 문제의식과 사물에 대한 지대한 관심을 표현한 것으로, 어떤 사물을 역사적 인물처럼 의인화하여 그 가계(家系)와 생애 및 개인적 성품, 공과(功過)를 기록하는 전기(傳記) 형식의 글을 말한다. 가전체 문학의 특징은 계세징인의 목적과 사물의 의인화, 풍자적 주제, 함축적 수사와 전고에 의존한 사건과 사물을 의인화하여 설화와 소설의 중간적 교량 역할을 한다. 실전(實傳)이라 하지 않고 가전(假傳)이라고 한 것은 '가(假)'가 허구적 성격을 내포하고 있기 때문이다. 개괄(概括)적 관념론자인 그들이 사물에 대한 관심과 인간 생활을 합리적으로 구성하려는 정신을 표현하고, 사람이 태어나서 성장하고 어떤 일을 겪고 죽는 것과 그 후손들의 내용이 주를 이룬다. 또한 가전의 유래는 당나라 문장가 한유의 〈모영전〉과 신라 시대 설총의 〈화왕계〉 등에서 유래된 것으로 보인다.

패관 문학

고려 시대에 이르러 민전에 구전되어 오던 전승 설화가 많이 문헌에 채

록되었다. 이렇게 채록되는 과정에서 채록자의 창의가 가미되어 윤색된 것을 패관 문학이라고 하였다. 패관이란 한나라의 관직명으로 정치에 참고하기 위해 거리에 떠돌던 이야기를 수집하던 벼슬아치를 말한다. 패관 문학은 소설의 전신으로서 소설 발달에 많은 영향을 수었다. 대부분 이야기는 민담의 영역에 속한다. 신화와 전설에서 분리된 민담은 구전되면서 창의성이 덧붙여져 문학성을 갖추며 한문학의 발달에 힘입어 조선조에 이르기까지 활발하게 꽃을 피우게 된다. 패관 문학은 고려 고종 때 중심으로 발달하며 훈민정음이 창제된 후에도 잡기, 시화 등이 꾸준히 등장하였다.

고전 소설

고전 소설이란 산문 문학으로 서사 문학(敍事文學)의 한 장르이다. 옛날 설화를 바탕으로 중국 소설의 영향을 받아 생겨난 조선 시대에 이루어진 소설로 근대 이전의 소설을 말한다. 동양 전래에서 중요하지 않은 잡사(雜事)의 기록으로 갑오경장 이후 신소설이 나오게 되자 이것과 구별하기 위하여 고소설을 고전 소설이라 칭하게 되고 해방 이후 널리 쓰였다. 고전 소설은 패설(稗說)이나 언패(諺稗) 또는 이야기책으로 인물과 사건 및 배경을 갖춘 소설을 일컫는다. 학술적인 용어로 고대 소설 · 고소설 · 고전 소설 · 이조 소설 등도 함께 쓰이는데 그 가운데 고소설을 표준으로 삼았다. 소설이라는 용어는 서사 문학의 한 장르로 인물 · 사건 · 배경을 바탕으로 하는 서사무가 · 서사민요 · 설화와 구별된다. 고전 소설의 출발은 김시습의 〈금오신화〉가 창작된 조선 초기나 신라 말기에서 고려 초기에 창작된 전기류(傳奇類)와 고려 시대에 창작된 패관 문학과 가전체 등 근대 소설 이전의 소설을 고전 소설로 정의한다. 고전 소설은 전지적 작가 시점으로 서술자가 작중에 개입하여 인물에 대한 평가를 직접적으로 드러내는 서술자 시점과 관찰자 시선으로 유교적 윤리관에 기반한 권선징악과 선인과 악인의 이분법적 구조로 대립하는 양상을 보이는 작품이 주를 이룬다.

한문 소설

우리나라의 소설은 전기적 요소를 간직한 한문 소설에서부터 출발한다. 한문 소설의 대부분은 오늘날 우리가 사용하는 근대적 의미의 소설 개념과는 일치하지 않는다. 전기적이라는 것은 현실성이 있는 이야기가 아니며 일상적으로 현실적인 것과 거리가 먼 신비로운 내용을 허구적으로 짜 놓은 것을 말한다. 15세기 후반 김시습의 〈금오신화〉가 한국 고대 소설의 시초로 죽은 사람과 사랑을 하고 꿈에서 소원을 이루는 초현실적인 요소를 지닌 한문으로 쓰인 이야기다. 이 작품은 민중 사이에서 구전되던 설화, 고려의 패관 문학, 가전체 등의 서사적 전통 위에 중국의 전기 소설인 〈전등신화〉의 영향을 받았다. 전기적 요소를 간직한 한문 소설은 고대 소설의 출발로 보이며 국문 소설이 나오기 전에 임제의 〈원생몽유록〉, 〈수성지〉, 〈화사〉 등의 가전 소설과 몽자류 형식의 전통 속에서 전개되었다.

한글 소설

한국 문학사에 진정한 한글 소설은 광해군 때 허균이 지은 〈홍길동전〉에서 시작된다. 임진왜란과 병자호란은 당시 조선 사회 구조의 근간이었던 신분 질서에 큰 동요를 가져왔다. 양반 계층, 평민 계층 모두에서 신분의 분화 현상이 나타나기 시작하였으며, 평민들이 자각 의식도 두드러지게 나타나기 시작했다. 이러한 현상은 평민 계층의 문화적 참여와 함께 문학에서 산문의 발달을 촉진하고 이에 따라 소설의 융성기를 맞이하게 된다. 이러한 분위기 속에서 소설은 몰락한 양반 또는 평민들의 환상과 꿈, 그리고 시대적 요구와 개혁의 의지 등을 반영하게 된다. 또한 규방 여인들의 독서로 자리 잡게 되고 소설 속의 여성 의식이 개입되기도 하였다.

고전 수필

문학에는 상상적, 허구적 성격을 주로 하는 요소와 더불어 실제의 생활 경험이나 생각을 담은 요소가 있다. 살아가면서 느끼는 생각과 과정을 기록한 글들이 그 속에 공감할 만한 의미와 미적 요소가 들어 있으면서 훌륭한 문학이 된다. 이러한 범위에 속하는 글들을 포괄적으로 '수필'이라고 총칭한다. 우리나라에 이런 기록 문학이 본격적으로 발달한 것은 고려 시대 초기부터지만, 17세기경부터 한글의 광범위한 보급과 함께 일상적 경험을 기술하는 데 있어 섬세하고도 구체적인 표현력에 대한 인식이 깊어짐에 따라 많은 한글 수필이 출현하게 되었다.

시점

시점(視点)이란 소설을 이야기하는 서술자의 눈을 통해 작품 속의 내용을 바라보는 시선과 사물을 보는 관점을 말하는 것으로, 서술자의 위치를 조정하여 이야기의 전달 방식을 구성하는 것을 말한다. 시점을 분류하는 방식은 1인칭 시점 · 1인칭 관찰자 시점 · 3인칭 시점 · 3인칭 관찰자 시점 · 작가 관찰자 시점 · 전지적 작가 시점으로 나뉜다. 여기에서 서술되는 '관찰자'와 '화자'는 소설의 서술자를 말하고, 서술자는 시점의 구성에 따라 작가일 수도, 관찰자일 수도 있다. 서술자는 작품 속의 등장인물(1인칭)

일 수도 있고, 이야기 밖에서 서술자(3인칭)일 수도 있는 것이다. 이에 간략하게 시점에 대해 적어 보겠다.

· 1인칭 시점 — 서술자인 '나' 가 화자가 되어 이야기의 중심인물로 등장하고 서술자가 작품에 '나' 또는 '우리' 로 등장하는 방식을 뜻한다.
· 1인칭 주인공 시점 — 서술자인 '나' 가 작품 속 등장인물 중에 주인공인 동시에 서술자이면서 주인공인 '나' 의 입장에서 사건이나 주변 상황을 관찰하고 서술해 나가는 방식을 뜻한다.
· 1인칭 관찰자 시점 — 주인공이 아닌 '나' 가 서술자로서 주인공의 생각이나 행동을 관찰자의 시선으로 바라보고 '나' 가 다른 사람의 이야기를 전달하는 방식을 뜻한다.
· 3인칭 시점 — 서술자가 작품 내부에 등장하지 않고 서술자가 등장인물이 아닌 '그' 와 '그녀' 또는 '그들' 로 화자가 누구인지 모르게 서술해 나가는 방식을 뜻한다.
· 3인칭 관찰자 시점 — 서술자가 작품 밖에 존재하며 제삼자의 위치에서 주인공의 내면과 성격을 관찰하고 등장하는 인물들의 과거와 미래에 대해서 자기 주관을 배제하고 단순한 관찰자의 심정으로 눈에 보이는 대로 서술하는 것을 뜻한다.
· 3인칭 전지적 작가 시점 — 서술자가 등장인물이 아니고 작품 밖에서 사건을 전개하고 등장하는 작중 인물의 태도와 인간관계 및 내면세계는 물론 앞으로 일어날 모든 것을 작가의 위치에서 자유롭게 서술하는 것을 뜻한다.

차 례

서문·· 4
해설·· 6

한국 단편 소설

봄봄 / 김유정 ··· 15
동백꽃 / 김유정 ··· 29
붉은산 / 김동인 ··· 39
광화사 / 김동인 ··· 48
물레방아 / 나도향 ··· 68
날개 / 이상 ··· 86
복덕방 / 이태준 ··· 111
홍염 / 최서해 ··· 127
B사감과 러브레터 / 현진건 ·· 147
빈처 / 현진건 ··· 156
치숙 / 채만식 ··· 176

세계 단편 소설

어린왕자 / 앙투안 드 생텍쥐페리 ····································· 196
산문으로 쓴 환상시 / 알퐁스 도데 ·································· 257
가난한 사람들 / 빅토르 위고 ·· 266
검은 고양이 / 에드거 앨런 포 ·· 274

살인자 / 어니스트 헤밍웨이·······························286

행복한 왕자 / 오스카 와일드·····························303

두 노인 / 레프 톨스토이·································317

유년 시대 / 레프 톨스토이·······························343

아Q정전 / 루쉰··347

라쇼몬 / 아쿠타가와 류노스케·····························395

한국 고전 소설

주몽 신화 / 작자미상·····································403

바리데기 설화 / 작자미상·································411

아기장수 설화 / 작자미상·································417

이옥설 / 이규보·······································422

공방전 / 임춘··424

홍길동전 / 허균·······································431

토끼전 / 작자미상······································447

광문자전 / 박지원······································460

구운몽 / 김만중·······································466

사씨남정기 / 김만중·····································484

심생전 / 이옥··509

인현왕후전 / 작자미상···································518

조침문 / 유씨부인······································540

봄봄

- 김유정 -

작가 소개

김유정(金裕貞 1908~1937)

김유정은 1908년 1월 11일 강원도 춘천(春川)에서 태어났다. 1929년 휘문고등보통학교를 졸업한 그는 연희전문학교 문과에 입학하지만 학업에 대한 회의를 이유로 중퇴했다. 1931년 그는 고향에 내려가 금병의숙(錦屏義塾)을 세워 문맹퇴치운동을 벌이기도 하고, 금광에도 손을 대었다.

1935년 조선일보, 중앙일보 신춘문예에 〈소낙비〉, 〈노다지〉가 당선되면서 문단의 주목을 받기 시작한다. 이어 단편 소설 〈금 따는 콩밭〉, 〈떡〉, 〈만무방〉, 〈산골〉, 〈봄봄〉 등을 잇달아 발표한다. 이들은 농촌에서 우직하고 순진하게 살아가는 인물들을 특유의 해학적 수법으로 표현한 작품이다. 김유정은 1936년 〈산골 나그네〉, 〈옥토끼〉, 〈동백꽃〉, 〈정조〉, 〈슬픈이야기〉 등의 단편을, 1937년에는 〈따라지〉, 〈땡볕〉, 〈정분〉 등의 단편과 〈생의 반려〉 등의 장편 소설을 발표한다. 하지만 지병이 악화하여 1937년 3월 29일 29세의 나이로 생을 마감한다.

그의 문학 세계는 강원도 지방의 토속어를 바탕으로 뛰어난 해학과 풍자를 통해서 일제강점기에 우리 농촌의 참담한 현실을 정확하게 묘사했다. 그의 소설에 보이는 질펀한 웃음 속에는 땅에 붙박여 처절하게 살아가는 농민들의 애끓는 울음이 짙게 깔려 있다.

작품 정리

〈봄봄〉은 1935년 '조광'에 발표한 단편 소설로 김유정의 다른 소설과 마찬가지로 희극적 인물상과 과장되고 우스꽝스러운 갈등 양상이 돋보이는 작품이다. 앞으로 장인이 될 마름과 데릴사위 머슴이 혼인 문제로 갈등을 빚고 있는 모습을 해학적으로 그린다.

이 작품은 위선적 성격의 장인과 그의 속임에 맞서는 나와의 갈등이 뛰어난 해학적 기교로 그려져 있다. 더욱이 이 작품에 나타난 구두어(口頭語), 방언, 비어(卑語), 속담, 속어 등의 자유로운 구사와 더불어 그 해학적 표현 속에 깔려 있는 낙천성은 한국 서민이 지닌 일종의 전통적인 감수성, 이를테면 판소리 사설에 나타나는, 슬픔 속에서도 웃음을 머금게 하는 그런 성격을 느끼게 한다. 주인공 '나'는 점순이와 혼인을 시켜 준다는 말만 믿고 3년 7개월을 무일푼으로 머슴살이를 하는 인물이다. 장인은 딸을 미끼로 일만 실컷 부려 먹다가 지쳐서 가 버리면 그만이고, 끝까지 버티면 사위로 삼으려는 속셈을 가지고 있다. 점순이는 은근히 '나'에게 적극적인 행동을 종용하는 인물이다. 그러나 이 소설의 주인공은 혼인시켜 주지 않는 장인을 원망하면서도 장인이 하자는 대로 따라간다. 그의 행동에는 안타까운 소망이 담겨 있다. 서로 상충되는 소망을 지닌 인물들의 대립을 웃음 속에서 화해시키고 있다. '나'의 어리숙함은 작품 전체의 해학적 분위기를 이끌어 가고, 이것은 독자로 하여금 엉뚱하고 과장된 희극적 갈등 양상을 자연스러운 일로 받아들이게 한다.

작품 줄거리

내 아내가 될 점순이는 열여섯 살인데도 불구하고 키가 너무 작다. '나'는 점순이보다 나이가 열 살이 더 위다. 점순네 데릴사위로 3년 7개월이나 일을 해 주었건만 심술 사납고 의뭉한 장인은 점순이의 키가 작다는 이유를 들어 성례시켜 줄 생각은 하지도 않는다. '나'는 돼지는 잘 크는데 점순이는 왜 크지 않는지 고민을 하기도 한다. 서낭당에 치성도 드려 보고 꾀병도 부려 보지만 도통 반응이 없고 장인은 몽둥이질만 한다. 나는 장인을 구장 댁으로 끌고 갔다. 구장님은 당사자가 혼인하고 싶다는데 빨리 성례시켜 주라고 한다. 점순의 아버지는 점순이의 키가 크지 않는다는 핑계로 계속 혼례를 미루기만 한다. 그래서 '나'는 점순의 아버지와 다투게 된다.

점순이가 자신을 병신이라고 나무라자 어떻게든지 결판을 내야겠다고 생각하고 일터로 나가려다 말고 바깥마당 멍석 위에 드러눕는다. 화가 '나'를 후려갈긴다. 내가 장인을 발 아래로 굴러 뜨려 올라오지 못하게 하자 장인은 내 바짓가랑이를 움켜잡고 늘어진다. 할아버지까지 부르며 땅바닥에 쓰러져 까무러치자 장인은 손을 놓았다. 이번엔 '나'가 엉금엉금 기어가서 장인의 바짓가랑이를 움켜잡고 늘어진다. 장인 역시 할아버지를 부르며 구르다가 급기야 점순이를 부른다. 점순이는 내게 달려들어 귀를 잡아당기며 악을 쓰며 운다. 자기편을 들어줄 줄 알았던 점순이가 장인 편을 들자 '나'는 망연자실한다.

핵심 정리

· 갈래 : 단편 소설
· 시점 : 1인칭 관찰자 시점
· 배경 : 시간적, 공간적으로 제한 받지 않는 곳
· 주제 : 예술 창조에 대한 욕구와 인간성의 희생
· 출전 : 중외일보

봄봄

"장인님! 이젠 저……."

내가 이렇게 뒤통수를 긁고, 나이가 찼으니 성례를 시켜 줘야 않겠느냐고 하면 대답이 늘,

"이 자식아! 성례구 뭐구 미처 자라야지!"

하고 만다.

이 자라야 한다는 것은 내가 아니라 장차 내 아내가 될 점순이의 키 말이다.

내가 여기에 와서 돈 한 푼 안 받고 일하기를 3년 하고 꼬박 일곱 달 동안을 했다. 그런데도 미처 못 자랐다니까 이 키는 언제야 자라는 겐지 짜장 영문 모른다. 일을 좀 더 잘해야 한다든지 혹은 밥을(많이 먹는다고 노상 걱정이니까) 좀 덜 먹어야 한다든지 하면 나도 얼마든지 할 말이 많다. 하지만 점순이가 아직 어리니까 더 자라야 한다는 여기에는 어쩌 볼 수 없이 그만 벙벙하고 만다.

이래서 나는 애초 계약이 잘못된 걸 알았다. 이태면 이태, 3년이면 3년, 기한을 딱 작정하고 일을 했어야 할 것이다. 덮어놓고 딸이 자라는 대로 성례를 시켜 주마 했으니 누가 늘 지키고 섰는 것도 아니고 그 키가 언제 자라는지 알 수 있는가. 그리고 난 사람의 키가 무럭무럭 자라는 줄만 알았지 붙박이 키에 모로만 벌어지는 몸도 있을 것을 누가 알았으랴. 때가 되면 장인님이 어련하랴 싶어서 군소리 없이 꾸벅꾸벅 일만 해 왔다. 그럼 말이다, 장인님이 제가 다 알아차려서,

'어 참, 너 일 많이 했다. 고만 장가들어라.'

하고 살림도 내주고 해야 나도 좋을 것이 아니냐. 시치미를 딱 떼고 도리어 그런 소리가 나올까 봐서 지레 펄펄 뛰고 이 야단이다. 명색이 좋아 데릴사위지 일하기에 싱겁기도 할뿐더러 이건 참 아무것도 아니다.

숙맥이 그걸 모르고 점순이의 키 자라기만 까맣게 기다리지 않았나.

언젠가는 하도 갑갑해서 자를 가지고 덤벼들어서 그 키를 한번 재 볼까 했다마는 우리의 장인님이 내외를 해야 한다고 해서 마주 서 이야기도 한 마디 하는 법 없다. 우물길에서 어쩌다 마주칠 적이면 겨우 눈어림으로 재 보고 하는 것인데 그럴 적마다 나는 저만큼 가서,

"제 — 미, 키두!"

하고 논둑에다 침을 퉤 뱉는다. 아무리 잘 봐야 내 겨드랑(다른 사람보다 좀 크긴 하지만) 밑에서 넘을락 말락 밤낮 요 모양이다. 개돼지는 푹푹 크는데 왜 이리도 사람은 안 크는지, 한동안 머리가 아프도록 궁리도 해 보았다. 아하, 물동이를 자꾸 이니까 뼈다귀가 움츠러드나 보다 하고 내가 넌지시 그 물을 대신 길어도 주었다. 뿐만 아니라 나무를 하러 가면 서낭당에 돌을 올려놓고,

"점순이의 키 좀 크게 해 줍소사. 그러면 담엔 떡 갖다 놓고 고사드립죠니까."

하고 치성도 한두 번 드린 것이 아니다. 어떻게 돼먹은 킨지 이래도 막무가내니…… 그래 내 어저께 싸운 것이 결코 장인님이 밉다든가 해서가 아니다.

모를 붓다가 가만히 생각을 해 보니까 또 싱겁다. 이 벼가 자라서 점순이가 먹고 좀 큰다면 모르지만 그렇지도 못한 걸 내 심어서 뭘 하는 거냐. 해마다 앞으로 축 불거지는 장인님의 아랫배(너무 먹은 걸 모르고 냉병이라니, 그 배)를 불리기 위하여 심곤 조금도 싶지 않다.

"아이구 배야!"

난 모를 붓다 말고 배를 쓰다듬으면서 그대로 논둑으로 기어올랐다. 그리고 겨드랑에 꼈던 벼 담긴 키를 그냥 땅바닥에 털썩 떨어치며 나도 털썩 주저앉았다. 일이 암만 바빠도 나 배 아프면 고만이니까. 아픈 사람이 누가 일을 하느냐. 파릇파릇 돋아 오른 풀 한 줌을 뜯어 들고 다리의 거머리를 쓱쓱 문대며 장인님의 얼굴을 쳐다보았다.

논 가운데서 장인님이 이상한 눈을 해 가지고 한참을 날 노려보더니,

"너 이 자식, 왜 또 이래 응?"

"배가 좀 아파서유!"

하고 풀 위에 슬며시 쓰러지니까 장인님은 약이 올랐다. 저도 논에서 철벙

철벙 둑으로 올라오더니 잡은 참 내 멱살을 움켜잡고 뺨을 치는 것이 아닌가.

"이 자식아, 일허다 말면 누굴 망해 놀 속셈이냐, 이 대가릴 까놀 자식!"

우리 장인님은 약이 오르면 이렇게 손버릇이 아주 못됐다. 또 사위에게 이 자식 저 자식 하는 이놈의 장인님은 어디 있느냐. 오죽해야 우리 동리에서 누굴 막론하고 그에게 욕을 안 먹는 사람은 명이 짧다 한다. 조그만 아이들까지도 그를 돌려세워 놓고 욕필이(본이름이 봉필이니까), 욕필이 하고 손가락질을 할 만큼 두루 인심을 잃었다. 하나 인심을 정말 잃었다면 욕보다 읍의 배 참봉 댁 마름으로 더 잃었다. 본디 마름이란 욕 잘하고 사람 잘 치고, 그리고 생김 생기길 호박개 같아서 쓰는 거지만 장인님은 외양이 뚝 됐다. 장인께 닭 마리나 좀 보내지 않는다든가 애벌논 때 품을 좀 안 준다든가 하면 그해 가을에는 영락없이 땅이 뚝뚝 떨어진다. 그러면 미리부터 돈도 먹이고 술도 먹이고 안달재신으로 돌아치던 놈이 그 땅을 슬쩍 돌려 안는다. 이 바람에 장인님 집 외양간에는 눈깔 커다란 황소 한 놈이 절로 엉금엉금 기어들고 동리 사람들은 그 욕을 다 먹어 가면서 그래도 굽신굽신하는 게 아닌가. 그러나 내겐 장인님이 감히 큰소리할 계제가 못 된다. 뒷생각은 못 하고 뺨 한 대를 딱 때려 놓고는 장인님은 무색해서 덤덤히 쓴 침만 삼킨다. 난 그 속을 퍽 잘 안다. 조금 있으면 갈도 꺾어야 하고 모도 내야 하고, 한참 바쁜 때인데 나 일 안 하고 우리 집으로 그냥 가면 고만이니까. 작년 이맘때도 트집을 좀 하니까 늦잠 잔다고 돌멩이를 집어 던져서 자는 놈의 발목을 삐게 해 놨다. 사날씩이나 건성 끙끙 앓았더니 종당에는 거반 울상이 되지 않았는가.

"애 그만 일어나 일 좀 해라. 그래야 올갈에 벼 잘 되면 너 장가 들지 않니."

그래 귀가 번쩍 뜨여서 그날로 일어나서 남이 이틀 품 들일 논을 혼자 삶아 놓으니까 장인님도 눈깔이 커다랗게 놀랐다. 그럼 정말로 가을에 와서 혼인을 시켜 줘야 원 경우가 옳지 않겠나. 볏섬을 척척 들어 쌓아도 다른 소리는 없고 물동이를 이고 들어오는 점순이를 담배통으로 가리키며,

"이 자식아, 미처 커야지. 조걸 무슨 혼인을 한다고 그러니 원!"

하고 남 낯짝만 붉게 해 주고 고만이다. 골김에 그저 이놈의 장인님 하고

댓돌에다 메 꽂고 우리 고향으로 내뺄까 하다가 꾹꾹 참고 말았다. 참말이지 난 이 꼴 하고는 집으로 차마 못 간다. 장가를 들러 갔다가 오죽 못났어야 그대로 쫓겨 왔느냐고 손가락질을 받을 테니까…….

논둑에서 벌떡 일어나 한풀 죽은 장인님 앞으로 다가서며,
"난 갈 테야유, 그동안 사경 쳐 내슈."
"너 사위로 왔지 어디 머슴 살러 왔니?"
"그러면 얼찐 성례를 해 줘야 안 하지유, 밤낮 부려만 먹구 해 준다 해 준다……."
"글쎄 내가 안 하는 거냐? 그년이 안 크니까……."
하고 어름어름 담배만 담으면서 늘 하는 소리를 또 늘어놓는다.
이렇게 따져 나가면 언제든지 늘 나만 밀지고 만다. 이번엔 안 된다 하고 대뜸 구장님한테로 판단 가자고 소맷자락을 내 끌었다.
"아 이 자식아, 왜 이래 어른을."
안 간다고 뻗디디고 이렇게 호령을 제 맘대로 하지만 장인님 제가 내 기운은 못 당한다. 막 부려 먹고 딸은 안 주고 게다 땅땅 치는 건 다 뭐야…….
그러나 내 사실 참 장인님이 미워서 그런 것은 아니다.
그 전날 왜 내가 새고개 맞은 봉우리 화전 밭을 혼자 갈고 있지 않았느냐. 밭 가생이로 돌 적마다 야릇한 꽃 내가 물컥물컥 코를 찌르고 머리 위에서 벌들은 가끔 붕, 붕 소리를 친다. 바위틈에서 샘물 소리밖에 안 들리는 산골짜기니까 맑은 하늘의 봄볕은 이불 속같이 따스하고 꼭 꿈꾸는 것 같다. 나는 몸이 나른하고(몸살을 아직 모르지만) 병이 나려고 그러는지 울렁울렁하고 이랬다.
"이러이! 말이! 맘 마 마……. "
이렇게 노래를 하며 소를 부리면 여느 때 같으면 어깨가 으쓱으쓱한다.
웬일인지 밭 반도 갈지 않아서 온몸의 맥이 풀리고 대고 짜증만 난다. 공연히 소만 들입다 두들기며,
"아냐! 아냐! 이 망할 자식의 소(장인님의 소니까) 대가리를 꺾어 줄라."
그러나 내 속은 정말 아냐 때문이 아니라 점심을 이고 온 점순이의 키를

보고 울화가 났던 것이다.

점순이는 뭐 그리 썩 예쁜 계집애는 못 된다. 그렇다고 또 개떡이냐 하면 그런 것도 아니고 꼭 내 아내가 돼야 할 만큼 그저 툽툽하게 생긴 얼굴이다.

나보다 10년이 아래이니까 올해 열여섯인데 몸은 남보다 두 살이나 덜 자랐다. 남은 잘도 휘칠히들 크건만 이건 위아래가 몽톡한 것이 내 눈에는 하릴없이 감참외 같다. 참외 중에는 감참외가 제일 맛 좋고 예쁘니까 말이다.

둥글고 커단 눈은 서글서글하니 좋고 좀 지쳐 찢어졌지만 입은 밥술이나 톡톡히 먹음직하니 좋다. 아따, 밥만 많이 먹게 되면 팔자는 고만 아니냐. 한데 한 가지 파가 있다면 가끔가다 몸이(장인님은 이걸 채신이 없이 들까 분다고 하지만) 너무 빨리빨리 논다. 그래서 밥을 나르다가 때 없이 풀밭에다 깨빡을 쳐서 흙투성이 밥을 곧잘 먹는다. 안 먹으면 무안해할까 봐서 이걸 씹고 앉았노라면 으적으적 소리만 나고, 돌을 먹는 겐지 밥을 먹는 겐지…….

그러나 이날은 웬일인지 성한 밥째로 밭머리에 곱게 내려놓았다. 그리고 또 내외를 해야 하니까 저만큼 떨어져 이쪽으로 등을 향하고 웅크리고 앉아서 그릇 나기를 기다린다. 내가 다 먹고 물러섰을 때 그릇을 와서 챙기는데, 그런데 난 깜짝 놀라지 않았느냐. 고개를 푹 숙이고 밥 함지에 그릇 포개면서 날더러 들으라는지 혹은 제소린지,

"밤낮 일만 하다 말 텐가!"
하고 혼자 쭝알거린다. 고대 잘 내외하다가 이게 무슨 소린가 하고 난 정신이 얼떨떨했다. 그러면서도 한편 무슨 좋은 수나 있는가 싶어서 나도 공중을 대고 혼잣말로,

"그럼 어떡해?"
하니까

"성례시켜 달라지 뭘 어떡해."
하고 되알지게 쏘아붙이고 얼굴이 빨개져서 산으로 그저 도망질을 친다.

나는 잠시 동안 어떻게 되는 셈판인지 맥을 몰라서 그 뒷모양만 덤덤히 바라보았다.

봄이 되면 온갖 초목이 물이 오르고 싹이 트곤 한다. 사람도 아마 그런가 보다 하고 며칠 내에 부쩍(속으로) 자란 듯싶은 점순이가 여간 반가운 것이 아니다.

이런 걸 멀쩡하게 아직 어리다구 하니까…….

우리가 구장님을 찾아갔을 때 그는 싸리문 밖에 있는 돼지우리에서 죽을 퍼주고 있었다. 서울엘 좀 갔다 오더니 사람은 점잖아야 한다고 윗수염(얼른 보면 지붕 위에 앉은 제비 꼬랑지 같다)이 양쪽으로 뾰족이 뻗치고 그걸 에헴 하고 늘 쓰담는 손버릇이 있다. 우리를 멀뚱히 쳐다보고 미리 알아챘는지,

"왜 일들 허다 말구 그래?"

하더니 손을 올려서 그 에헴을 한 번 후딱 했다.

"구장님! 우리 장인님과 첨에 계약하기를……."

먼저 덤비는 장인님을 뒤로 떠다밀고 내가 허둥지둥 달려들다가 가만히 생각하고,

"아니, 우리 빙장님과 첨에."

하고 첫 번부터 다시 말을 고쳤다. 장인님은 빙장님 해야 좋아하고 밖에 나와서 장인님 하면 괜스레 골을 내려 든다. 뱀두 뱀이라야 좋냐구 창피스러우니 남 듣는 데는 제발 빙장님, 빙모님 하라고 일상 당조짐을 받아 오면서 난 그것도 자꾸 잊는다. 당장도 장인님 하다 옆에서 내 발등을 꾹 밟고 곁눈질을 흘기는 바람에야 겨우 알았지만.

구장님도 내 이야기를 자세히 듣더니 퍽 딱한 모양이었다. 하기야 구장님뿐만 아니라 누구든지 다 그럴 게다. 길게 길러 둔 새끼손톱으로 코를 후벼서 저리 탁 튀기며,

"그럼 봉필 씨! 얼른 성례를 시켜 주구려, 그렇게까지 제가 하구 싶다는 걸!"

하고 내 짐작대로 말했다. 그러나 이 말에 장인님은 삿대질로 눈을 부라리고,

"아, 성례구 뭐구 계집애 년이 미처 자라야 할 게 아닌가?"

하니까 고만 멀쑥해서 입맛만 쩍쩍 다실 뿐이 아닌가.

"그것두 그래!"

"그래 거진 4년 동안에도 안 자랐으니 그 킨 언제 자라지유? 다 그만두구 사경 내슈."

"글쎄, 이 자식아! 내가 크질 말라구 그랬니, 왜 날보구 떼냐?"

"빙모님은 참새만 한 것이 그럼 어떻게 앨 낳지유?"

사실 장모님은 점순이보다도 귀때기 하나가 작다.

장인님은 이 말을 듣고 껄걸 웃더니(그러나 암만 해두 돌 씹은 상이다) 코를 푸는 척하고 날 은근히 꼲으려고 팔꿈치로 옆 갈비께를 퍽 치는 것이다.

더럽다, 나도 종아리의 파리를 쫓는 척하고 허리를 구부리며 그 궁둥이를 콱 떼밀었다. 장인님은 앞으로 우찔근하고 싸리문께로 쓰러질 듯하다 몸을 바로 고치더니 눈총을 몹시 쏘았다. 이런 상년의 자식 하곤 싶으나 남의 앞이라서 차마 못 하고 섰는 그 꼴이 보기에 퍽 쟁그러웠다.

그러나 이 밖에는 별반 신통한 귀정을 얻지 못하고 도로 논으로 돌아와서 모를 부었다. 왜냐하면 장인님이 뭐라고 귓속말로 수군수군하고 간 뒤다.

구장님이 날 위해서 조용히 데리고 아래와 같이 일러 주었기 때문이다(뭉태의 말은 구장님이 장인님에게 땅 두 마지기 얻어 부치니까 그래 꾀었다고 하지만 난 그렇게 생각 않는다).

"자네 말두 하기야 옳지, 암 나이 찼으니까 아들이 급하다는 게 잘못된 말은 아니야. 허지만 농사가 한창 바쁜데 일을 안 한다든가 집으로 달아난다든가 하면 손해죄루 그것두 징역을 가거든(여기에 그만 정신이 번쩍 났다)! 왜 요전에 삼포말서 산에 불 좀 놓았다구 징역 간 거 못 봤나? 제 산에 불을 놓아두 징역을 가는 이땐데 남의 농사를 버려 주니 죄가 얼마나 중한가. 그리고 자넨 정장을(사경 받으러 정장 가겠다 했다) 간대지만 그러면 괜스레 죄를 들쓰고 들어가는 걸세. 또 결혼두 그렇지, 법률에 성년이란 게 있는데 스물하나가 돼야지 비로소 결혼을 할 수가 있는 걸세. 자넨 물론 아들이 늦을 걸 염려하지만 점순이루 말하면 인제 겨우 열여섯이 아닌가. 그렇지만 아까 빙장님의 말씀이 올갈에는 열 일을 제치고라두 성례를 시켜 주겠다 하시니 좀 고마울 겐가. 빨리 가서 모 붓던 거나 마저 붓게. 군소리 말구 어서 가."

그래서 오늘 아침까지 끽소리 없이 왔다.

장인님과 내가 싸운 것은 지금 생각하면 전혀 뜻밖의 일이라 안 할 수 없다. 장인님으로 말하면 요즈막 작인들에게 행세를 좀 하고 싶다고 해서 '돈 있으면 양반이지 별게 있느냐!' 하고 일부러 아랫배를 툭 내밀고 걸음도 뒤틀리게 걷고 하는 이 판이다. 이까짓 나쯤 두들기다 남의 땅을 가지고 모처럼 닦아 놓았던 가문을 망친다든지 할 어른이 아니다. 또 나로 논지면 아무쪼록 잘 뵈서 점순이에게 얼른 장가를 들어야 하지 않느냐.

이렇게 말하자면 결국 어젯밤 뭉태네 집에 마을 간 것이 썩 나빴다. 낮에 구장님 앞에서 장인님과 싸운 것을 어떻게 알았는지 대고 빈정거리는 것이 아닌가.

"그래, 맞구두 그걸 가만둬?"

"그럼 어떡하니?"

"임마, 봉필일 모판에다 거꾸루 박아 놓지 뭘 어떡해?"

하고 괜히 내 대신 화를 내 가지고 주먹질을 하다 등잔까지 쳤다. 놈이 본시 괄괄은 하지만 그래 놓고 날더러 석윳값을 물라고 막 지다위를 붓는다. 난 어안이 벙벙해서 잠자코 앉았으니까 저만 연방 지껄이는 소리가,

"밤낮 일만 해 주구 있을 테냐?"

"영득이는 1년을 살구두 장갈 들었는데 넌 4년이나 살구두 더 살아야 해."

"네가 세 번째 사윈 줄이나 아니, 세 번째 사위."

"남의 일이라두 분하다. 이 자식아, 우물에 가 빠져 죽어."

나중에는 겨우 손톱으로 목을 따라고까지 하고 제 아들같이 함부로 혹닥이었다. 별의별 소리를 다 해서 그대로 옳길 수는 없으나 그 줄거리는 이렇다.

우리 장인님이 딸이 셋이 있는데 맏딸은 재작년 가을에 시집을 갔다. 정말은 시집을 간 것이 아니라 그 딸도 데릴사위를 해 가지고 있다가 내보냈다. 그런데 딸이 열 살 때부터 열아홉, 즉 10년 동안에 데릴사위를 갈아들이기를, 동리에선 사위 부자라고 이름이 났지마는 열 놈이란 참 너무 많다.

장인님이 아들은 없고 딸만 있는 고로 그 담 딸을 데릴사위를 해 올 때까지는 부려 먹지 않으면 안 된다. 물론 머슴을 두면 좋지만 그건 돈이 드니

까, 일 잘하는 놈을 고르느라고 연방 바꿔 들였다. 또 한편 놈들이 욕만 줄창 퍼붓고 심히도 부려 먹으니까 밸이 상해서 달아나기도 했겠지. 점순이는 둘째 딸인데 내가 이를테면 그 세 번째 데릴사위로 들어온 셈이다. 내 담으로 네 번째 놈이 들어올 것을, 내가 일도 참 잘하고, 그리고 사람이 좀 어수룩하니까 장인님이 잔뜩 놓질 않는다. 셋째 딸이 인제 여섯 살, 적어도 열 살은 돼야 데릴사위를 할 테므로 그동안은 죽도록 부려 먹어야 된다. 그러니 인제는 속 좀 차리고 장가를 들여 달라구 떼를 쓰고 나자빠져라, 이것이다.

나는 건성으로 엉하며 귓등으로 들었다. 뭉태는 땅을 얻어 부치다가 떨어진 뒤로는 장인님만 보면 공연히 못 먹어서 으르렁거린다. 그것도 장인님이 저 달라고 할 적에 제집에서 위한다는 그 감투(예전에 원님이 쓰던 것이라나, 옆구리에 뽕뽕 좀먹은 걸레)를 선뜻 주었더라면 그럴 리도 없었던 걸.

그러나 나는 뭉태란 놈의 말을 전수이 곧이듣지 않았다. 꼭 곧이들었다면 간밤에 와서 장인님과 싸웠지 무사히 있었을 리가 없지 않은가. 그러면 딸에게까지 인심을 잃은 장인님이 혼자 나빴다.

실토이지 나는 점순이가 아침상을 가지고 나올 때까지는 오늘은 또 얼마나 밥을 담았나 하고 이것만 생각했다. 상에는 된장찌개하고 간장 한 종지, 조밥 한 그릇, 그리고 밥보다 더 수부룩하게 담은 산나물이 한 대접, 이렇다. 나물은 점순이가 틈틈이 해 오니까 두 대접이고 네 대접이고 멋대로 먹어도 좋으나 밥은 장인님이 한 사발 외엔 더 주지 말라고 해서 안 된다. 그런데 점순이가 그 상을 내 앞에 내려놓으며 제 말로 지껄이는 소리가,

"구장님한테 갔다 그냥 온담 그래!"

하고 엊그제 산에서와 같이 되우 좋알거린다. 딴은 내가 더 단단히 덤비지 않고 만 것이 좀 어리석었다. 속으로 그랬다. 나도 저쪽 벽을 향하여 외면하면서 내 말로,

"안 된다는 걸 그럼 어떡헌담!"

하니까,

"쉼을 잡아치지 그냥 둬, 이 바보야!"

하고 또 얼굴이 발개지면서 성을 내며 안으로 샐쭉하니 뛰어 들어가지 않

느냐. 이때 아무도 본 사람이 없었게 망정이지 보았다면 내 얼굴이 어미 잃은 황새 새끼처럼 가엽다 했을 것이다.

사실 이때만큼 슬펐던 일이 또 있었는지 모른다. 다른 사람은 암만 못생겼다 해도 괜찮지만 내 아내 될 점순이가 병신으로 본다면 참 신세는 따분하다. 밥을 먹은 뒤 지게를 지고 일터로 가려 하다 도로 벗어 던지고 바깥마당 공석 위에 누워서 나는 차라리 죽느니만 같지 못하다 생각했다.

내가 일 안 하면 장인님 저는 나이가 먹어 못 하고 결국 농사 못 짓고 만다. 뒷짐으로 트림을 꿀꺽하고 대문 밖으로 나오다 날 보고서,

"이 자식아! 너 왜 또 이러니?"

"관격이 났어유. 아이구, 배야!"

"기껀 밥 처먹구 나서 무슨 관격이야. 남의 농사 버려 주면 이 자식아 징역 간다 봐라!"

"가두 좋아유. 아이구, 배야!"

참말 난 일 안 해서 징역 가도 좋다 생각했다. 일후 아들을 낳아도 그 앞에서 바보 바보 이렇게 별명을 들을 테니까, 오늘은 열 쪽이 난대도 결정을 내고 싶었다.

장인님이 일어나라고 해도 내가 안 일어나니까 눈에 독이 올라서 저편으로 횡허케 가더니 지게막대기를 들고 왔다. 그리고 그걸로 내 허리를 마치 들떠 넘기듯이 쿡 찍어서 넘기고 넘기고 했다. 밥을 잔뜩 먹고 딱딱한 배가 그럴 적마다 퉁겨지면서 뱃창이 꼿꼿한 것이 여간 켕기지 않았다. 그래도 안 일어나니까 이번에는 배를 지게막대기로 위에서 쿡쿡 찌르고 발길로 옆구리를 차고 했다. 장인님은 원체 심술이 궂어서 그렇지만 나도 저만 못하지 않게 배를 채었다. 아픈 것을 눈을 꽉 감고 넌 해라 난 재미난 듯이 있었으나 볼기짝을 후려갈길 적에는 나도 모르는 결에 벌떡 일어나서 그 수염을 잡아챘다마는 내 골이 난 것이 아니라 정말은 아까부터 부엌 뒤 울타리 구멍으로 점순이가 우리들의 꼴을 몰래 엿보고 있었기 때문이다.

가뜩이나 말 한마디 똑똑히 못 한다고 바보라는데 매까지 잠자코 맞는 걸 보면 짜장 바보로 알 게 아닌가. 또 점순이도 미워하는 이까짓 놈의 장인님하고 나하곤 아무것도 안 되니까 막 때려도 좋지만 사정 보아서 수염만 채고(제 원대로 했으니까 이때 점순이는 퍽 기뻤겠지) 저기까지 잘 들리

도록,

"이걸 까셀라 부다!"

하고 소리를 쳤다.

장인님은 더 약이 바짝 올라서 잡은 참 지게막대기로 내 어깨를 그냥 내리 갈겼다. 정신이 다 아찔하다. 다시 고개를 들었을 때 그때엔 나도 온몸에 약이 올랐다. 이 녀석의 장인님을 하고 눈에서 불이 퍽 나서 그 아래 밭 있는 넝 아래로 그대로 떠밀어 굴려 버렸다. 조금 있다가 장인님이 씩, 씩 하고 한번 해 보려고 기어오르는 걸 얼른 또 떠밀어 굴려 버렸다.

기어오르면 굴리고 굴리면 기어오르고, 이러길 한 네댓 번을 하며 그럴 적마다,

"부려만 먹구 왜 성례 안 하지유!"

나는 이렇게 호령했다. 하지만 장인님이 선뜻, 오냐 낼이라두 성례시켜 주마 했으면 나도 성가신 걸 그만두었을지 모른다. 나야 이러면 때린 건 아니니까 나중에 장인 쳤다는 누명도 안 들을 터이고 얼마든지 해도 좋다.

한번은 장인님이 헐떡헐떡 기어서 올라오더니 내 바짓가랑이를 요렇게 노리고서 단박 움켜잡고 매달렸다. 악 소리를 치고 나는 그만 세상이 다 핑그르 도는 것이,

"빙장님! 빙장님! 빙장님!"

"이 자식! 잡아먹어라, 잡아먹어!"

"아! 아! 할아버지! 살려 줍쇼, 할아버지!"

하고 두 팔을 허둥지둥 내절 적에는 이마에 진땀이 쭉 내솟고 인젠 참으로 죽나 보다 했다. 그래도 장인님은 놓칠 않더니 내가 기어이 땅바닥에 쓰러져서 거진 까무러치게 되니까 놓는다. 더럽다, 더럽다. 이게 장인님인가. 나는 한참을 못 일어나고 쩔쩔맸다. 그러다 얼굴을 드니(눈에 참 아무것도 보이지 않았다) 사지가 부르르 떨리면서 나도 엉금엉금 기어가 장인님의 바짓가랑이를 꽉 움키고 잡아 낚았다.

내가 머리가 터지도록 매를 얻어맞은 것도 이 때문이다. 그러나 여기가 또한 우리 장인님이 유달리 착한 곳이다. 여느 사람이면 사경을 주어서라도 당장 내쫓았지 터진 머리를 불솜으로 손수 지져 주고, 호주머니에 희연 한 봉을 넣어 주고, 그리고

"올갈엔 꼭 성례를 시켜 주마. 암말 말구 가서 뒷골의 콩밭이나 얼른 갈아라."

하고 등 뚜덕여 줄 사람이 누구냐.

나는 장인님이 너무나 고마워서 어느덧 눈물까지 났다. 점순이를 남기고 인젠 내쫓기려니 하다 뜻밖의 말을 듣고,

"빙장님! 인제 다시는 안 그러겠어유."

이렇게 맹세를 하며 부랴부랴 지게 가지고 일터로 갔다.

그러나 이때는 그걸 모르고 장인님을 원수로만 여겨서 잔뜩 잡아당겼다.

"아! 아! 이 놈아! 놔라, 놔."

장인님은 헛손질을 하며 솔개미에 챈 닭의 소리를 연해 질렀다. 놓긴 왜, 이왕이면 호되게 혼을 내 주리라 생각하고 짓궂게 더 당겼다마는 장인님이 땅에 쓰러져서 눈에 눈물이 피잉 도는 것을 알고 좀 겁도 났다.

"할아버지! 놔라, 놔, 놔, 놔, 놔."

그래도 안 되니까,

"얘, 점순아! 점순아!"

이 악장에 안에 있던 장모님과 점순이가 헐레벌떡하고 단숨에 뛰어나왔다. 나의 생각에 장모님은 제 남편이니까 역성을 할는지도 모른다. 그러나 점순이는 내 편을 들어서 속으로 고소해하겠지 — 대체 이게 웬 속인지(지금까지도 난 영문을 모른다) 아버질 혼내 주기는 제가 내래 놓고 이제 와서는 달려들며,

"에구머니! 이 망할 게 아버지 죽이네!"

하고 내 귀를 뒤로 잡아당기며 마냥 우는 것이 아니냐. 그만 여기에 기운이 탁 꺾이어 나는 얼빠진 등신이 되고 말았다. 장모님도 덤벼들어 한쪽 귀마저 뒤로 잡아채면서 또 우는 것이다.

이렇게 꼼짝도 못 하게 해 놓고 장인님은 지게막대기를 들어서 사뭇 내리 조졌다. 그러나 나는 구태여 피하지도 않고, 암만해도 그 속 알 수 없는 점순이의 얼굴만 멀거니 들여다보았다.

"이 자식! 장인 입에서 할아버지 소리가 나오도록 해?"

동백꽃

- 김유정 -

작품 정리

〈동백꽃〉은 1936년 '조광'에 발표된 작품으로 농촌 소설이다. 인생의 봄을 맞아 신분이나 계층(마름, 소작인)을 넘어서서 이성에 눈떠 가는 사춘기 남녀의 사랑을 작가 특유의 서정성과 해학성으로 묘사해 냈다. 그러나 작품 전체의 줄거리로 볼 때, 계층 문제보다는 순박한 시골 청소년의 사랑이 주제로 다루어졌다.

이 작품의 문체적 특징은 해학적 어조로 고전 소설들에서 흔히 볼 수 있는 유머이다. 전통에 결부된 김유정의 이런 특징은 웃음 이전의 슬픔 또는 연민의 숱한 사연들을 통해서만 드러나는 비애의 웃음으로, 1930년대 일제 강점기의 시대 상황으로 볼 때 소극적 비판의 풍자성도 아울러 지니고 있다.

이 작품의 사건 발단은 과거의 사건 속에서 시작된다. 절정을 향해 가는 사건의 진행 과정에서 가장 핵심을 이루고 있는 것은 닭싸움인데, 닭싸움은 '나'와 '점순이'의 갈등의 표면화이면서 애증의 교차이기도 하다. 따라서 순행적 구성으로 보면 닭싸움은 전개 부분에 와야 할 사건이지만, 이것이 첫머리에 오고 그다음에 닭싸움이 생기게 된 원인을 보여 주고 있다. 며칠 전 감자 사건으로 점순이의 비위를 건드린 것이 발단이 되어 오늘의 닭싸움이 생기게 되었다는 것이다.

이 작품은 이런 구성 방법으로 과거와 현재를 교묘하게 얽어 가면서 사건을 진행해 나가고 있다. 과거와 현재가 인과 관계를 따라 자연스럽게 어울림으로써 인물의 성격과 행위의 동기가 밝혀지고, 사건은 필연성을 획득하게 된다.

마름의 딸인 점순이의 역설적 애정 표현과 그것을 전혀 깨닫지 못하는 소작인의 아들인 나의 비성숙성은 작품의 흥미와 긴장을 제공한다. 이들의 갈등은 닭싸움을 매개로 하여 점진적으로 고조되어 가다가 점순이의 닭이 죽음으로써 절정을 맞게 되고, 이 사건을 계기로 대립적 관계에 있던 두 사람은 화해하게 된다.

작품 줄거리

　내가 점심을 먹고 나무하러 가려고 집을 나설 때 우리 수탉이 점순네 수탉한테 또 쫓기고 있다. 얼마 전에 마름 집 딸 점순이가 준 감자를 받아먹지 않은 뒤부터는 더욱 나를 못 잡아먹어 안달이다. 힘센 자기네 수탉과 우리 닭을 싸우게 해서 조그마한 우리 수탉을 괴롭히는가 하면, 우리 씨암탉을 잡아 마구 두들겨 주기도 했다. 화가 난 나는 우리 집 수탉에게 고추장을 먹이고 용을 쓸 때까지 기다려서 점순네 닭과 싸움을 붙여 보았지만 매일 점순네 수탉에게 당하고 만다. 점순네 수탉이 아직 상처가 아물지도 않은 우리 닭을 다시 쪼아서 선혈이 낭자했다. 나는 작대기를 들고 헛매질을 하여 떼어 놓았다.

　그 보람으로 우리 닭은 발톱으로 점순네 닭의 눈을 후볐다. 그러나 그것도 소용이 없었다. 점순네 닭이 한 번 쪼인 앙갚음으로 우리 닭을 쪼아 댔다.

　오늘도 산에서 나무를 지고 내려오다가 보니, 산기슭에서 점순이가 또 닭싸움을 시키고 있다. 우리 닭은 거의 죽을 지경인데 점순이는 노란 동백꽃이 소보록하게 깔린 바윗돌 틈에 앉아서 닭싸움을 보며 청승맞게 호드기를 불고 있다. 약이 오른 나는 지게막대기로 점순네 큰 수탉을 때려 죽였다. 그러자 점순이가 눈을 홉뜨고 내게 달려든다. 홧김에 점순네 닭을 때려 죽인 나는 겁이 나서 울음을 터뜨렸다. 그리고 나서 두려움에 떨고 있는 나를 점순은 '다음부터는 그러지 마라. 내 안 이를 테니' 라고 말하고는 한창 피어 퍼드러진 노란 동백꽃 속으로 밀어뜨린다. 알싸한 동백꽃 냄새에 나는 정신이 아찔해진다. 점순이를 찾는 점순 엄마의 소리에 점순은 잔뜩 겁을 집어먹고 꽃 밑을 살금살금 기어가고 나는 바위를 끼고 엉금엉금 산 위로 도망친다.

핵심 정리

· 갈래 : 농민 소설
· 시점 : 1인칭 주인공 시점
· 배경 : 1930년대 봄 강원도 농촌마을
· 주제 : 산골 사춘기 남녀의 사랑
· 출전 : 조광

동백꽃

오늘도 우리 수탉이 막 쫓기었다. 내가 점심을 먹고 나무를 하러 갈 양으로 나올 때이었다.

산으로 올라서려니까 등 뒤에서 푸드덕푸드덕하고 닭의 횃소리가 야단이다. 깜짝 놀라서 고개를 돌려 보니 아니나 다르랴 두 놈이 또 얼리었다.

점순네 수탉(대강이가 크고 똑 오소리같이 실팍하게 생긴 놈)이 덩저리 작은 우리 수탉을 함부로 해내는 것이다. 그것도 그냥 해내는 것이 아니라 푸드덕하고 면두를 쪼고 물러섰다가 좀 사이를 두고 또 푸드덕하고 모가지를 쪼았다. 이렇게 멋을 부려 가며 여지없이 닦아 놓는다. 그러면 이 못생긴 것은 쪼일 적마다 주둥이로 땅을 받으며 그 비명이 킥, 킥할 뿐이다.

물론 미처, 아물지도 않은 면두를 또 쪼이어 붉은 선혈은 뚝뚝 떨어진다.

이걸 가만히 내려다보자니 내 대강이가 터져서 피가 흐르는 것같이 두 눈에서 불이 번쩍 난다. 대뜸 지게막대기를 메고 달려들어 점순네 닭을 후려칠까 하다가 생각을 고쳐먹고 헛매질로 떼어만 놓았다.

이번에도 점순이가 쌈을 붙여 놨을 것이다. 바짝바짝 내 기를 올리느라고 그랬음에 틀림없을 것이다.

고놈의 계집애가 요새로 들어서서 왜 나를 못 먹겠다고 그렇게 아르렁거리는지 모른다.

나흘 전 감자 건만 하더라도 나는 저에게 조금도 잘못한 것이 없다. 계집애가 나물을 캐러 가면 갔지 남 울타리 엮는데 쌩이질을 하는 것은 다 뭐냐. 그것도 발소리를 죽여 가지고 등 뒤로 살며시 와서,

"얘! 너 혼자만 일하니?"

하고 긴치 않은 수작을 하는 것이었다.

어제까지도 저와 나는 이야기도 잘 않고 서로 만나도 본척만척하고 이렇게 점잖게 지내던 터이련만 오늘로 갑작스레 대견해졌음은 웬일인가. 황차 망아지만 한 계집애가 남 일하는 놈 보고.

"그럼 혼자 하지 떼루 하디?"

내가 이렇게 내배앝는 소리를 하니까,

"너, 일하기 좋니?"

또는,

"한여름이나 되거든 하지 벌써 울타리를 하니?"

잔소리를 두루 늘어놓다가 남이 들을까 봐 손으로 입을 틀어막고는 그 속에서 깔깔댄다. 별로 우스울 것도 없는데 날씨가 풀리더니 이놈의 계집 애가 미쳤나 하고 의심하였다. 게다가 조금 뒤에는 제 집께를 할금할금 돌 아다보더니 행주치마의 속으로 꼈던 바른손을 뽑아서 나의 턱 밑으로 불쑥 내미는 것이다. 언제 구웠는지 아직도 더운 김이 홱 끼치는 굵은 감자 세 개가 손에 뿌듯이 쥐었다.

"느 집엔 이거 없지?"

하고 생색 있는 큰소리를 하고는 제가 준 것을 남이 알면 큰일 날 테니 여 기서 얼른 먹어 버리란다. 그리고 또 하는 소리가,

"너, 봄 감자가 맛있단다."

"난 감자 안 먹는다. 니나 먹어라."

나는 고개도 돌리려고 않고 일하던 손으로 그 감자를 도로 어깨 너머로 쑥 밀어 버렸다.

그랬더니 그래도 가는 기색이 없고, 뿐만 아니라 쌔근쌔근하고 심상치 않게 숨소리가 점점 거칠어진다. 이건 또 뭐야 싶어서 그때에야 비로소 돌 아다보니 나는 참으로 놀랐다. 우리가 이 동네에 들어온 것은 근 3년째 되 어 오지만 여태까지 가무잡잡한 점순이의 얼굴이 이렇게까지 홍당무처럼 새빨개진 법이 없었다. 게다 눈에 독을 올리고 한참 나를 요렇게 쏘아보더 니 나중에는 눈물까지 어리는 것이 아니냐. 그리고 바구니를 다시 집어 들 더니 이를 꼭 악물고는 엎어질 듯 자빠질 듯 논둑으로 휭하게 달아나는 것 이다.

어쩌다 동리 어른이,

"너 얼른 시집을 가야지?"

하고 웃으면,

"염려 마셔유. 갈 때 되면 어련히 갈라구!"

이렇게 천연덕스럽게 받는 점순이었다. 본시 부끄럼을 타는 계집애도 아니거니와 또한 분하다고 눈에 눈물을 보일 얼병이도 아니다. 분하면 차라리 나의 등어리를 바구니로 한번 모지게 후려 때리고 달아날지언정.

그런데 고약한 그 꼴을 하고 가더니 그 뒤로는 나를 보면 잡아먹으려고 기를 복복 쓰는 것이다.

설혹 주는 감자를 안 받아먹은 것이 실례라 하면, 주면 그냥 주었지 '너 집엔 이거 없지'는 다 뭐냐. 그렇잖아도 저희는 마름이고 우리는 그 손에서 배재를 얻어 땅을 부치므로 일상 굽실거린다. 우리가 이 마을에 처음 들어와 집이 없어서 곤란으로 지낼 제 집터를 빌리고 그 위에 집을 또 짓도록 마련해 준 것도 점순네의 호의였다. 그리고 우리 어머니, 아버지도 농사 때 양식이 달리면 점순네한테 가서 부지런히 꾸어다 먹으면서, 인품 그런 집은 다시없으리라고 침이 마르도록 칭찬하곤 하는 것이다. 그러면서도 열일곱씩이나 된 것들이 수군수군하고 붙어 다니면 동리의 소문이 사납다고 주의를 시켜 준 것도 또 어머니였다. 왜냐하면 내가 점순이하고 일을 저질렀다가는 점순네가 노할 것이고, 그러면 우리는 땅도 떨어지고 집도 내쫓기고 하지 않으면 안 되는 까닭이었다.

그런데 이놈의 계집애가 까닭 없이 기를 복복 쓰며 나를 말려 죽이려고 드는 것이다.

눈물을 흘리고 간 다음 날 저녁나절이었다. 나무를 한 짐 잔뜩 지고 산을 내려오려니까 어디서 닭이 죽는소리를 친다. 이거 뉘 집에서 닭을 잡나 하고 점순네 울 뒤로 돌아오다가 나는 고만 두 눈이 똥그레졌다. 점순이가 제 집 봉당에 홀로 걸터앉았는데, 아 이게 치마 앞에다 우리 씨암탉을 꼭 붙들어 놓고는,

"이놈의 닭! 죽어라, 죽어라."

요렇게 암팡스레 패 주는 것이 아닌가. 그것도 대가리나 치면 모른다마는 아주 알도 못 낳으라고 볼기짝께를 주먹으로 콕콕 쥐어박는 것이다.

나는 눈에 쌍심지가 오르고 사지가 부르르 떨렸으나 사방을 한번 휘둘러 보고 그제야 점순이 집에 아무도 없음을 알았다. 잡은 참 지게막대기를 들어 울타리의 중턱을 후려치며,

"이놈의 계집애! 남의 닭 알 못 낳으라구 그러니?"

하고 소리를 빽 질렀다.

그러나 점순이는 조금도 놀라는 기색이 없고 그대로 의젓이 앉아서 제 닭 가지고 하듯이 또 죽어라, 죽어라 하고 패는 것이다. 이걸 보면 내가 산에서 내려올 때를 겨냥해 가지고 미리부터 닭을 잡아 가지고 있다가 너 보란 듯이 내 앞에서 쉐지르고 있음이 확실하다.

그러나 나는 그렇다고 남의 집에 뛰어 들어가 계집애하고 싸울 수도 없는 노릇이고 형편이 썩 불리함을 알았다. 그래 닭이 맞을 적마다 지게막대기로 울타리를 후려칠 수밖에 별도리가 없다. 왜냐하면 울타리를 치면 칠수록 울 섶이 물러앉으며 뼈대만 남기 때문이다. 하나 아무리 생각하여도 나만 밑지는 노릇이다.

"아, 이 년아! 남의 닭 아주 죽일 터이냐?"

내가 도끼눈을 뜨고 다시 꽥 호령을 하니까 그제야 울타리께로 쪼르르 오더니 울 밖에 섰는 나의 머리를 겨누고 닭을 내팽개친다.

"예이 더럽다! 더럽다."

"더러운 걸 널더러 입때 끼고 있으랬니? 망할 계집애 년 같으니!"

하고 나도 더럽단 듯이 울타리께로 휭하게 돌아내리며 약이 오를 대로 다 올랐다라고 하는 것은, 암탉이 풍기는 서슬에 나의 이마빼기에다 물찌똥을 찍 깔겼는데 그걸 본다면 알집만 터졌을 뿐 아니라 골병이 단단히 든 듯싶다. 그리고 나의 등 뒤를 향하여 들릴 듯 말 듯한 음성으로,

"이 바보 녀석아!"

"얘! 너 배냇병신이지?"

그만도 좋으련만,

"얘! 너 느 아버지가 고자라지?"

"뭐? 울 아버지가 그래 고자야?"

할 양으로 열벙거지가 나서 고개를 홱 돌리어 바라봤더니 그때까지 울타리 위로 나와 있어야 할 점순이의 대가리가 어디 갔는지 보이지를 않는다. 그러다 돌아서서 오자면 아까에 한 욕을 울 밖으로 또 퍼붓는 것이다. 욕을 이토록 먹어 가면서도 대거리 한마디 못 하는 걸 생각하니 돌부리에 채어 발톱 밑이 터지는 것도 모를 만큼 분하고, 급기야는 두 눈에 눈물까지 불끈 내솟는다.

그러나 점순이의 침해는 이것뿐이 아니다.

사람들이 없으면 틈틈이 제집 수탉을 몰고 와서 우리 수탉과 쌈을 붙여 놓는다. 제집 수탉은 썩 험상궂게 생기고 쌈이라면 홰를 치는 고로 으레 이길 것을 알기 때문이다. 그래서 툭하면 우리 수탉이 면두며 눈깔이 피로 흐드르하게 되도록 해 놓는다. 어떤 때에는 우리 수탉이 나오지를 않으니까 요놈의 계집애가 모이를 쥐고 와서 꾀어내다가 쌈을 붙인다.

이렇게 되면 나도 다른 배차를 차리지 않을 수 없다. 하루는 우리 수탉을 붙들어 가지고 넌지시 장독께로 갔다. 쌈닭에게 고추장을 먹이면 병든 황소가 살모사를 먹고 용을 쓰는 것처럼 기운이 뻗친다 한다. 장독에서 고추장 한 접시를 떠서 닭 주둥아리께로 들이밀고 먹여 보았다. 닭도 고추장에 맛을 들였는지 거스르지 않고 거지 반 접시 턱이나 곧잘 먹는다.

그리고 먹고 금세는 용을 못 쓸 터이므로 얼마쯤 기운이 들도록 홰 속에다 가두어 두었다.

밭에 두엄을 두어 짐 져 내고 나서 쉴 참에 그 닭을 안고 밖으로 나왔다. 마침 밖에는 아무도 없고 점순이만 제 울 안에서 헌 옷을 뜯는지 혹은 솜을 터는지 웅크리고 앉아서 일을 할 뿐이다.

나는 점순네 수탉이 노는 밭으로 가서 닭을 내려놓고 가만히 맥을 보았다. 두 닭은 여전히 얼리어 쌈을 하는데 처음에는 아무 보람이 없다. 멋지게 쪼는 바람에 우리 닭은 또 피를 흘리고 그러면서도 날갯죽지만 푸드덕 푸드덕하고 올라 뛰고 할 뿐으로 제법 한 번 쪼아 보지도 못한다.

그러나 한번엔 어쩜 일인지 용을 쓰고 펄쩍 뛰더니 발톱으로 눈을 하비고 내려오며 면두를 쪼았다. 큰 닭도 여기에는 놀랐는지 뒤로 멈씰하며 물러난다. 이 기회를 타서 작은 우리 수탉이 또 날쌔게 덤벼들어 다시 면두를 쪼니 그제서는 감때사나운 그 대강이에서도 피가 흐르지 않을 수 없다.

옳다, 알았다. 고추장만 먹이면 되는구나 하고 나는 속으로 아주 쟁그라워 죽겠다. 그때에는 뜻밖에 내가 닭쌈을 붙여 놓은 데 놀라서 울 밖으로 내다보고 섰던 점순이도 입맛이 쓴지 눈살을 찌푸렸다.

나는 손으로 볼기짝을 두드리며 연방,

"잘한다! 잘한다!"

하고 신이 머리끝까지 뻗치었다.

그러나 얼마 되지 않아서 나는 넋이 풀리어 기둥같이 묵묵히 서 있게 되었다. 왜냐하면 큰 닭이 한 번 쪼인 앙갚음으로 호들갑스레 연거푸 쪼는 서슬에 우리 수탉은 찔끔 못하고 막 곯는다. 이걸 보고서 이번에는 점순이가 깔깔거리고, 되도록 이쪽에서 많이 들으라고 웃는 것이다.

나는 보다 못하여 덤벼들어서 우리 수탉을 붙들어 가지고 도로 집으로 들어왔다. 고추장을 좀 더 먹였더라면 좋았을 걸 너무 급하게 쌈을 붙인 것이 퍽 후회가 난다. 장독께로 돌아와서 다시 턱 밑에 고추장을 들이댔다. 흥분으로 말미암아 그런지 당최 먹질 않는다.

나는 하릴없이 닭을 반듯이 뉘고 그 입에다 궐련 물부리를 물리었다. 그리고 고추장을 타서 그 구멍으로 조금씩 들이부었다. 닭은 좀 괴로운지 킥킥하고 재채기를 하는 모양이나, 그러나 당장의 괴로움은 매일같이 피를 흘리는 데 댈 게 아니라 생각하였다.

그러나 한 두어 종지 가량 고추장 물을 먹이고 나서는 나는 고만 풀이 죽었다. 싱싱한 닭이 왜 그런지 고개를 살며시 뒤틀고는 손아귀에서 뻐드러지는 것이 아닌가. 아버지가 볼까 봐서 얼른 홰에다 감추어 두었더니 오늘 아침에서야 겨우 정신이 든 모양 같다.

그랬던 걸 이렇게 오다 보니까 또 쌈을 붙여 놓으니 이 망할 계집애가 필연 우리 집에 아무도 없는 틈을 타서 제가 들어와 홰에서 꺼내 가지고 나간 것이 분명하다. 나는 다시 닭을 잡아다 가두고 염려는 스러우나 그렇다고 산으로 나무를 하러 가지 않을 수도 없는 형편이었다. 소나무 삭정이를 따며 가만히 생각해 보니 암만해도 고년의 목쟁이를 돌려놓고 싶다. 이번에 내려가면 망할 년 등줄기를 한 번 되게 후려치겠다 하고 싱둥겅둥 나무를 지고는 부리나케 내려왔다.

거지반 집에 다 내려와서 나는 호드기 소리를 듣고 발이 딱 멈추었다. 산기슭에 널려 있는 굵은 바윗돌 틈에 노란 동백꽃이 소보록하니 깔리었다. 그 틈에 끼여 앉아서 점순이가 청승맞게스레 호드기를 불고 있는 것이다. 그보다도 더 놀란 것은 고 앞에서 또 푸드덕푸드덕하고 들리는 닭의 횃소리다. 필연코 요년이 나의 약을 올리느라고 닭을 집어내다가 내가 내려올 길목에다 쌈을 시켜 놓고 저는 그 앞에 앉아서 천연스레 호드기를 불고 있음에 틀림없으리라. 나는 약이 오를 대로 다 올라서 두 눈에서 불과 함께 눈물이 푹 쏟아졌다. 나무 지게도 벗어 놓을 새 없이 그대로 내동댕이치고는 지게막대기를 뻗치고 허둥허둥 달려들었다.

가까이 와 보니 과연 나의 짐작대로 우리 수탉이 피를 흘리고 거의 빈사 지경에 이르렀다. 닭도 닭이려니와 그러함에도 불구하고 눈 하나 깜짝 없이 고대로 앉아서 호드기만 부는 그 팔에 더욱 치가 떨린다. 동리에서도 소문이 났거니와 나도 한때는 걱실걱실히 일 잘하고 얼굴 예쁜 계집인 줄 알았더니 시방 보니까 그 눈깔이 꼭 여우 새끼 같다.

나는 대뜸 달려들어서 나도 모르는 사이에 큰 수탉을 단매로 때려 엎었다. 닭은 푹 엎어진 채 다리 하나 꼼짝 못 하고 그대로 죽어 버렸다. 그리고 나는 멍하니 섰다가 점순이가 매섭게 눈을 흡뜨고 닥치는 바람에 뒤로 벌렁 나자빠졌다.

"이놈아! 너 왜 남의 닭을 때려죽이니?"

"그럼 어때?"

하고 일어나다가,

"뭐 이 자식아! 누 집 닭인데?"

하고 복장을 떠미는 바람에 다시 벌렁 자빠졌다. 그러고 나서 가만히 생각을 하니 분하기도 하고 무안도 스럽고 또 한편 일을 저질렀으니 인젠 땅이 떨어지고 집도 내쫓기고 해야 될는지 모른다.

나는 비슬비슬 일어나며 소맷자락으로 눈을 가리고는 얼김에 엉하고 울음을 놓았다. 그러나 점순이가 앞으로 다가와서,

"그럼 너 이담부터 안 그럴 테냐?"

하고 물을 때에야 비로소 살길을 찾은 듯싶었다. 나는 눈물을 우선 씻고, 뭘 안 그러는지 명색도 모르건만,

"그래!"

하고 무턱대고 대답하였다.

"요담부터 또 그래 봐라, 내 자꾸 못살게 굴 테니."

"그래, 인젠 안 그럴 테야!"

"닭 죽은 건 염려 마라, 내 안 이를 테니."

그리고 뭣에 떠다밀렸는지 나의 어깨를 짚은 채 그대로 퍽 쓰러진다. 그바람에 나의 몸뚱이도 겹쳐서 쓰러지며 한창 피어 퍼드러진 노란 동백꽃

속으로 푹 파묻혀 버렸다.

알싸한, 그리고 향긋한 그 냄새에 나는 땅이 꺼지는 듯이 온 정신이 고만 아찔하였다.

"너 말 마라."

"그래!"

조금 있더니 요 아래서,

"점순아! 점순아! 이년이 바느질을 하다 말구 어딜 갔어!"

하고 어딜 갔다 온 듯싶은 그 어머니가 역정이 대단히 났다.

점순이가 겁을 잔뜩 집어먹고 꽃 밑을 살금살금 기어서 산 아래로 내려간 다음, 나는 바위를 끼고 엉금엉금 기어서 산 위로 치빼지 않을 수 없었다.

붉은 산

- 김동인 -

김동인(金東仁 1900~1951)

1900년 평양에서 태어났다. 1912년 평양 숭덕 보통학교를 졸업하고, 1914년 일본으로 건너가 도쿄 아오야마 중학부에 유학하였다. 1917년 아오야마 학교를 졸업하고 그림에 뜻을 두어 가와바타 미술학교에 입학한다. 1919년 김동인은 동경에서 우리나라 최초의 문예 동인지인 '창조'를 출판하여, 창간호에 처녀작 〈약한 자의 슬픔〉을 발표하고, 1920년에는 〈피아노의 울림〉과 〈마음이 옅은 자여〉를 발표하였다. 1921년 〈배따라기〉와 단편 〈유성기〉를 발표했지만 경영난 때문에 '창조'를 폐간했다.

그러다가 1922년에 창작집 〈목숨〉, 〈딸의 업을 이으려고〉, 〈전제자〉를 발표했다. 1924년에는 동인지 '영대'를 간행하였으나, 다음 해 제5호를 끝으로 폐간했다. 1929년 〈젊은 그들〉을 동아일보에 연재하였고 1930년에는 단편 〈죄와 벌〉, 〈포플러〉, 탐미주의적인 작품인 〈광염소나타〉를 발표했다. 1933년 조선일보에 〈운현궁의 봄〉을 연재했고, 1935년 '야담' 지에 〈광화사〉를 발표했다. 1938년 일본 천황에 대한 불경죄로 옥고를 치르기도 하였고 광복 직후에는 우익 단체인 전조선 문필가협회 결성을 주선하는 등 좌익과의 싸움에 앞장섰다. 1951년 1·4 후퇴 때 가족이 피난 간 사이에 홀로 서울 성동구 자택에서 죽었다.

첫 단편 소설 〈약한 자의 슬픔〉은 한국 최초의 리얼리즘 또는 자연주의 작품으로 알려져 있다. 단편 〈마음이 옅은 자여〉, 〈목숨〉, 〈발가락이 닮았다〉 등을 썼고, 자연주의 경향의 작품 〈배따라기〉, 〈태형〉, 〈감자〉, 〈김연실전〉 등을 발표했다. 한편 대조적인 작품인 〈광화사〉, 〈광염소나타〉 등은 낭만주의 경향을 보이는 작품이다.

대표작품으로는 〈여인〉, 〈붉은산〉, 〈젊은 그들〉, 〈대수양〉, 〈왕부의 낙조〉등이 있다. 그를 기념하기 위해 사상계 및 동서문화, 1979년부터는 조선일보사에서 동인문학상을 제정·수여하고 있다.

1932년 '삼천리' 에 '어떤 의사(醫師)의 수기(手記)' 라는 부제로 발표된 〈붉은 산〉은 1931년 중국 지린성(吉林省)에서 한중 양국 농민 사이에 일어난 '만보산 사건' 을 주제로 삼고 있다.

만주를 순회하던 '여' 가 가난한 한국 소작인들이 모여 사는 마을에서 '삵' 이라는 별명을 가진 정익호를 만나면서 이야기가 시작된다.

일인칭 관찰자인 '여' 의 눈을 통해 주인공 '삵' 을 묘사함으로써 소설로서의 사실성을 강조하는 사실주의적 기법으로 창작되었다고 할 수 있다.

'삵' 은 고국을 떠나 유랑하는 우리 민족을 상징하며, 송 첨지의 죽음은 만주에 사는 우리 동포의 비극을 상징한다. '삵' 이 죽으면서 '붉은 산' 과 '흰옷' 이 보고 싶다는 표현은 일제 강점기에 나라를 빼앗긴 조선인으로 뼈저린 비애와 분노를 느끼는 것이며, 애국가를 불러달라는 것은 조국에 대한 그리움을 대변하는 것이다.

의사인 '여' 가 의학 연구를 위해 만주로 들어가 이십여 호 조선 소작인들이 생계를 이어가는 한 마을에 이른다. 그 마을에는 어디에서 흘러 들어왔는지 출신도 고향도 알 수 없는 '삵' 이 살고 있다. '삵' 은 투전과 싸움으로 이름난 마을의 골칫거리며 망나니였다. 그래서 마을 사람들이 '삵' 을 쫓아내기로 하지만, 누구도 선뜻 나서지 못하고 그저 미워할 뿐이다.

'여' 가 마을을 떠나기 전날 마을 노인인 송 첨지가 그 해의 소작료를 나귀에 싣고 만주인 지주에게 갔다가, 소작료가 적다는 이유로 얻어맞아 죽는 일이 발생한다. 마을 사람들은 분개할 뿐 누구 하나 앞장서 송 첨지의 복수를 하고자 나서는 사람은 없었다.

'여' 는 송 첨지의 시체를 부검하고 돌아오는 길에 '삵' 을 만나서 송 첨지의 죽음을 알린다. 그러던 다음 날 '삵' 이 피투성인 채 죽어 가고 있는 동구 밖으로 사람들과 함께 달려간다. 송 첨지를 죽인 지주의 집에 가 분풀이를 하다 죽어가던 '삵' 은, 붉은 산과 흰옷과 애국가를 불러 달라 하고 숨을 거둔다.

· 갈래 : 단편 소설
· 시점 : 1인칭 관찰자 시점
· 배경 : 일제 강점기 만주의 어느 마을
· 주제 : 식민지 시대 타국에서 고통 받는 떠돌이 인간의 민족애
· 출전 : 삼천리

붉은 산

그것은 여(余)가 만주를 여행할 때의 일이었다. 만주의 풍속도 좀 살필 겸 아직껏 문명의 세례를 받지 못한 그들의 사이에 퍼져 있는 병(病)을 좀 조사할 겸 해서 일 년의 기한을 예산하여 가지고 만주를 시시콜콜히 다 돌아본 적이 있었다. 그때에 ××촌이라 하는 조그만 촌에서 본 일을 여기에 적고자 한다.

××촌은 조선 사람 소작인만 사는 한 이십여 호 되는 작은 촌이었다. 사면을 둘러보아도 한 개의 산도 볼 수가 없는 광막한 만주의 벌판 가운데 놓여 있는 이름도 없는 작은 촌이었다.

몽고사람 종자(從者)를 하나 데리고 노새를 타고 만주의 촌촌을 돌아다니던 여가 그 ××촌에 이른 때는 가을도 다 가고 어느덧 광포한 북극의 겨울이 만주를 찾아온 때였다.

만주의 어느 곳이라도 조선 사람이 없는 곳은 없지만 이러한 오지(奧地)에서 한 동리가 죄 조선 사람뿐으로 되어 있는 곳을 만나니 반가웠다. 더구나 그 동리는 비록 모두가 중국인의 소작인이라 하나 사람들이 비교적 온량하고 정직하며 장성한 이들은 그래도 모두 천자문 한 권쯤은 읽은 사람들이었다. 살풍경(殺風景)한 만주 — 그 가운데서 살풍경한 살림을 하는 중국인이며 조선 사람의 동리를 근 1년이나 돌아다니다가 비교적 평화스런 이런 동리를 만나면 그것이 비록 외국인의 동리라 하여도 반갑겠거든 하물며 우리 같은 동족의 동리임에랴. 여는 그 동리에서 한 십여 일 이상을 일 없이 매일 호별(戶別) 방문을 하며 그들과 이야기로 날을 보내며 오래간만에 맛보는 평화적 기분을 향락하고 있었다.

'삵'이라는 별명을 가지고 있는 정익호라는 인물을 본 곳이 여기서이다.

익호라는 인물의 고향이 어디인지는 ××촌의 아무도 아는 사람이 없었다. 사투리로 보아서 경기 사투리인 듯하지만 빠른 말로 죄죄거리는 때에는 영남 사투리가 보일 때도 있고 싸움이라도 할 때에는 서북 사투리가 보일 때도 있었다. 그런지라 사투리로써 그의 고향을 짐작할 수가 없었다. 쉬운 일본말도 알고 한문 글자도 좀 알고 중국말은 물론 꽤 하고 쉬운 러시아말도 할 줄 아는 점 등등 이곳저곳 숱하게 주워 먹은 것은 짐작이 가지만 그의 경력을 똑똑히 아는 사람은 없었다.

그는 여가 ××촌에 오기 1년 전쯤 빈손으로 이웃이라도 오듯 후더덕 ××촌에 나타났다 한다. 생김생김으로 보아서 얼굴이 쥐와 같고 날카로운 이빨이 있으며 눈에는 교활함과 독한 기운이 늘 나타나 있으며 바룩한 코에는 코털이 밖으로까지 보이도록 길게 났고 몸집은 작으나 민첩하게 되었고 나이는 스물다섯에서 사십까지 임의로 볼 수가 있으며 그 몸이나 얼굴 생김이 어디로 보든 남에게 미움을 사고 근접지 못할 놈이라는 느낌을 갖게 한다.

그의 장기는 투전이 일쑤며 싸움 잘하고 트집 잘잡고 칼부림 잘하고 색시들에게 덤비어들기 잘하는 것이라 한다.

생김생김이 벌써 남에게 미움을 사게 되었고 게다가 하는 행동조차 변변치 못한 일만이라, ××촌에서도 아무도 그를 대척하는 사람이 없었다. 사람들은 모두 그를 피하였다. 집이 없는 그였으나 뉘 집에 잠이라도 자러 가면 그 집 주인은 두말없이 다른 방으로 피하고 이부자리를 준비하여 주고 하였다. 그러면 그는 이튿날 해가 낮이 되도록 실컷 잔 뒤에 마치 제집에서 일어나듯 느지막이 일어나서 조반을 청하여 먹고는 한마디의 사례도 없이 나가 버린다.

그리고 만약 누구든 그의 이 청구에 응하지 않으면 그는 그것을 트집으로 싸움을 시작하고 싸움을 하면 반드시 칼부림을 하였다.

동리의 처녀들이며 젊은 색시들은 익호가 이 동리에 들어온 뒤로부터는 마음 놓고 나다니지를 못하였다. 철없이 나갔다가 봉변을 당한 사람도 몇이 있었다.

'삵.'

이 별명은 누가 지었는지 모르지만 어느덧 ××촌에서는 익호를 익호라 부르지 않고 삵이라고 부르게 되었다.

"삵이 뉘 집에서 묵었나?"

"김 서방네 집에서."

"다른 봉변은 없었다나?"

"요행히 없었다데."

그들은 아침에 깨면 서로 인사 대신으로 삵의 거취를 알아보고 하였다.

'삵'은 이 동리에는 커다란 암종이었다. 삵 때문에 아무리 농사에 사람이 부족한 때라도 젊고 든든한 몇 사람은 동리의 젊은 부녀를 지키기 위하여 동리 안에 머물러 있지 않을 수가 없었다. '삵' 때문에 부녀와 아이들은 아무리 더운 여름 저녁이라도 길에 나서서 마음 놓고 바람을 쏘여 보지를 못하였다. '삵' 때문에 동리에서는 닭의 가리며 도야지 우리를 지키기 위하여 밤을 새우지 않을 수가 없었다.

동리의 노인이며 젊은이들은 몇 번을 모여서 삵을 이 동리에서 내어 쫓기를 의논하였다. 물론 합의는 되었다. 그러나 내어 쫓는 데 선착수할 사람이 없었다.

"첨지가 선착수하면 뒤는 내 담당하마."

"뒤는 걱정 말고 형님 먼저 말해 보시오."

제각기 삵에게 먼저 달려들기를 피하였다.

이리하여 동리에서 합의는 되었으나 삵은 그냥 태연히 이 동리에 묵어 있게 되었다.

"며늘 년들이 조반이나 지었나?"

"손주 놈들이 잠자리나 준비했나?"

마치 그 동리의 모두가 자기의 집인 것같이 삵은 마음대로 이집 저집을 드나들었다.

××촌에서는 사람이라도 죽으면 반드시 조상 대신으로,

"삵이나 죽지 않고."

하는 한마디의 말을 잊지 않고 하였다.

누가 병이라도 나면,

"에익, 이놈의 병, 삵한테로 가거라."고 하였다.

암종 ― 누구든 삵을 동정하거나 사랑하는 사람이 없었다.

삵도 남의 동정이나 사랑은 벌써 단념한 사람이었다. 누가 자기에게 아무런 대접을 하든 탓하지 않았다. 보이는 데서 보이는 푸대접을 하면 그 트집으로 반드시 칼부림까지 하는 그였었지만 뒤에서 아무런 말을 할지라도, 그리고 그것이 삵의 귀에까지 갈지라도 탓하지 않았다.

"흥……."

이 한마디는 그의 가장 커다란 처세 철학이었다.

흔히 곁 동리 중국인들의 투전판에 가서 투전을 하였다. 때때로 두들겨 맞고 피투성이가 되어 돌아오는 일도 있었다. 그러나 그 하소연을 하는 일이 없었다. 한다 할지리도 들을 사람도 없거니와, 아무리 무섭게 두들겨 맞은 뒤라도 하루만 샘물에 상처를 씻고 절룩절룩한 뒤에는 또 그 이튿날은 천연히 나다녔다.

여가 ××촌을 떠나기 전날이었다.

송 첨지라는 노인이 그 해 소출(所出)을 나귀에 실어 가지고 중국인 지주가 있는 촌으로 갔다. 그러나 돌아올 때 그는 송장이 되었다. 소출이 좋지 못하다고 두들겨 맞아서 부러져 꺾어진 송 첨지는 나귀 등에 몸이 결박되어서 겨우 ××촌으로 돌아왔다. 그리고 놀란 친척들이 나귀에서 몸을 내릴 때에 절명되었다.

××촌에서는 와작하였다.

"원수를 갚자!"

명 아닌 목숨을 끊은 송 첨지를 위하여 동리의 젊은이며 늙은이는 모두 흥분되었다. 제각기 이제라도 들고 일어설 듯하였다.

그러나 그뿐이었다. 누구든 앞장을 서려는 사람이 없었다. 만약 이때에 누구든 앞장을 서는 사람만 있었다면 그들은 곧 그 지주에게로 달려갔을지 모른다. 그러나 제가 앞장을 서겠노라고 나서는 사람은 없었다. 제각기 곁 사람을 돌아보았다.

발을 굴렀다. 부르짖었다. 학대받는 인종의 고통을 호소하며 울었다. 그러나 — 그뿐이었다. 남의 일로 지주에게 반항하여 제 밥자리까지 떼이기를 꺼림인지 어쩐지는 여로는 모를 배로되 용감히 앞서서 나가는 사람은 없었다.

의사라는 여의 직업상 송 첨지의 시체를 검분(檢分)을 한 뒤에 돌아오는 길에 여는 삵을 만났다.

키가 작은 삵을 여는 내려다보았다. 삵은 여를 쳐다보았다.

"가련한 인생아. 인종의 거머리야. 가치 없는 생명아. 밥버러지야. 기생충아."

여는 삵에게 말하였다.

"송 첨지가 죽은 줄 아우?"

여의 말에 아직껏 여를 쳐다보고 있던 삵의 눈이 아래로 떨어졌다. 그리고 여가 발을 떼려는 순간 얼핏 삵의 얼굴에 나타난 비창(悲愴)한 표정을 여는 넘길 수가 없었다.

고향을 떠난 만 리 밖에서 학대받는 인종의 가엾음을 생각하고 그 밤은 여도 잠을 못 이루었다. 그 억분함을 호소할 곳도 못 가진 우리의 처지를 생각하고 여도 눈물을 금치를 못하였다.

이튿날 아침이었다. 여를 깨우러 달려오는 사람의 소리에 여는 반사적으로 일어났다.

삵이 동구 밖에서 피투성이가 되어 죽어 있다는 것이었다.

여는 삵이라는 말에 눈살을 찌푸렸다. 그러나 의사라는 직업상 곧 가방을 수습하여 가지고 삵이 넘어진 데까지 달려갔다. 송 첨지의 장례 때문에 모였던 사람 몇은 여의 뒤로 따라왔다.

여는 보았다. 삵이 허리가 기역자로 뒤로 부러져서 밭고랑 위에 넘어져 있는 것을. 여는 달려가 보았다. 아직 약간의 온기는 있었다.

"익호! 익호!"

그러나 그는 정신을 못 차렸다. 여는 응급수단을 하였다. 그의 사지는 무섭게 경련 되었다.

이윽고 그가 눈을 번쩍 떴다.

"익호! 정신 드나?"

그는 여의 얼굴을 보았다. 끝이 없이 한참을 쳐다보았다.

그의 동자가 움직였다. 겨우 의의(意義)를 깨달은 모양이었다.

"선생님, 저는 갔었습니다."

“어디를?”

“그놈 — 지주 놈의 집에.”

무얼? 여는 눈물 나오려는 눈을 힘있게 닫았다. 그리고 덥석 그의 벌써 식어 가는 손을 잡았다. 잠시의 침묵이 계속되었다. 그의 사지에서는 무서운 경련이 끊임없이 일었다. 그것은 죽음의 경련이었다.

듣기 힘든 작은 소리가 또 그의 입에서 나왔다.

“선생님.”

“왜?”

“보구 싶어요. 전 보구 시…….”

“뭐이?”

그는 입을 움직이었다. 그러나 말이 안 나왔다. 기운이 부족한 모양이었다. 잠시 뒤 그는 또다시 입을 움직이었다. 무슨 소리가 그의 입에서 나왔다.

“무얼?”

“보구 싶어요. 붉은 산이 — 그리구 흰옷이!”

아아, 죽음에 임하여 그는 고국과 동포가 생각난 것이었다. 여는 힘있게 감았던 눈을 고즈넉이 떴다. 그때에 삶의 눈도 번쩍 띄었다. 그는 손을 들려 하였다. 그러나 이미 부러진 그의 손은 들리지 않았다. 그는 머리를 돌이키려 하였다. 그러나 그 힘이 없었다.

그의 마지막 힘을 혀끝에 모아 가지고 그는 다시 입을 열었다.

“선생님!”

“왜?”

“저것 — 저것 —”

“무얼?”

“저기 붉은 산이 — 그리고 흰옷이 — 선생님 저게 뭐예요?”

여는 돌아보았다. 그러나 거기는 황막한 만주의 벌판이 전개되어 있을 뿐이다.

“선생님, 창가 불러 주세요. 마지막 소원 — 창가를 해주세요. 동해 물과 백두산이 마르고 닳도록 —”

여는 머리를 끄덕이고 눈을 감았다. 그리고 입을 열었다. 여의 입에서는 창가가 흘러나왔다.

여는 고즈넉이 불렀다.

"동해 물과 ××××."

고즈넉이 부르는 여의 창가 소리에 뒤에 둘러섰던 다른 사람의 입에서도 숭엄한 코러스는 울려 나왔다.

"무궁화 삼천리 화려 강산 —"

광막한 겨울의 만주벌 한편 구석에서는 밥버러지 익호의 죽음을 조상하는 숭엄한 노래가 차차 크게 엄숙하게 울렸다. 그 가운데서 익호의 몸은 점점 식어갔다.

광화사

- 김동인 -

작품 정리

　이 작품은 1935년 '야담'에 발표된 유미주의·탐미주의·예술지상주의 경향의 소설이다. 이 소설은 비현실적인 소재를 전달하기 위하여 두 가지의 소설 기법을 구사한다. 하나는 액자 소설의 기법이고, 하나는 역사에서 배워 친숙한 인물의 허구적 상상력을 가미하여 미인도를 완성해 가는 화공의 작업 과정이 짙게 나타난 작품이다. 소경 처녀가 죽으면서 엎은 먹물이 튀어 그림의 눈동자를 이루고, 그 눈동자가 죽은 처녀의 원망의 눈으로 나타나며, 결국 화공이 미치게 되는 마지막 부분은 거의 악마적인 분위기를 느끼게 한다. 예술가로 세속을 떠나 아름다움을 그리려 했던 화공은, 그것이 깨지자 파괴적인 분노에 사로잡혀 살인과 광기라는 비극적인 결과를 불러온다. 이런 낭만주의적 예술가의 일대기로 소설의 뼈대를 삼는 〈광화사〉는 작가의 유미주의 경향을 대표하는 작품이며, 낭만주의적 예술을 솔거라는 화공을 통해서 보여주는 작가 특유의 극단적 예술주의를 보여 준다.

작품 줄거리

　조선 세종 때 두 번이나 결혼에 실패한 화공 '솔거'는 천재 화가이지만 얼굴이 매우 추악했다. 그래서 산속에 들어와 은둔하며 그림에 정진한다. '솔거'는 자신의 화폭에 담을 어머니를 닮은 미인을 찾아 10년 동안 방황하다 우연히 산 속에서 소경 처녀를 만나게 된다. 소경 처녀의 동경에 찬 신비로운 눈빛에서 자기가 찾던 어머니의 모습을 보게 된 '솔거'는 처녀를 집으로 데려와 눈동자를 제외한 그림을 그리고, 둘은 부부의 연을 맺고 하룻밤을 보낸다. 이튿날 눈동자를 마저 그리기 위해 소경의 아름다운 표정을 떠올리지만, 어젯밤 정을 통한 처녀의 눈은 전날의 황홀한 아름다움이 드러나지 않는다. 이에 격분한 '솔거'는 소경 처녀의 멱을 잡고 흔든다 그녀를 죽이게 된다.

그녀가 죽으면서 넘어지는 바람에 먹물이 튀어 미인도의 눈동자가 완성된다. 그러나 그 눈은 마지막 죽어 가던 그녀의 원망스런 눈빛이었다. 그 후 '솔거'는 미쳐 돌아다니다 소경을 그린 미인도를 가슴에 품고 쓸쓸히 죽는다.

핵심 정리

· 갈래 : 단편 소설, 액자 소설
· 시점 : 전지적 작가 시점
· 배경 : 조선 세종 때 한양의 백악(인왕산)
· 주제 : 현실과 예술 세계의 괴리(乖離)에서 오는 비극
· 출전 : 조광

광화사

인왕(仁王)

바위 위에 잔솔이 서고 잔솔 아래는 이끼가 빛을 자랑한다.

굽어보니 바위 아래는 몇 포기 난초가 노란 꽃을 벌리고 있다. 바위에 부 딪치는 잔바람에 너울거리는 난초잎.

여(余)는 허리를 굽히고 스틱으로 아래를 휘저어보았다. 그러나 아직 난 초에는 4, 5척의 거리가 있다. 눈을 옮기면 계곡.

전면이 소나무의 잎으로 덮인 계곡이다. 틈틈이는 철색(鐵色)의 바위로 보이기는 하나, 나무 밑의 땅은 볼 길이 없다. 만약 여로서 그 자리에 한 번 넘어지면 소나무의 잎 위로 굴러서 저편 어디인지 모를 골짜기까지 떨어질 듯하다.

여의 등 뒤에도 2, 3장(丈)이 넘는 바위다. 그 바위에 올라서면 무학(舞 鶴)재로 통한 커다란 골짜기가 나타날 것이다. 여의 발아래도 장여(丈餘)의 바위다. 아래는 몇 포기 난초, 또 그 아래는 두어 그루의 잔솔, 바위 아래로 부터는 가파른 계곡이다.

그 계곡이 끝나는 곳에는 소나무 위로 비로소 경성시가의 한편 모퉁이가 보인다. 길에는 자동차의 왕래도 가맣게 보이기는 한다. 여전한 분요(紛擾) 와 소란의 세계는 그곳에 역시 전개되어 있기는 할 것이다.

그러나 여기 지금 서 있는 곳은 심산이다. 심산이 가져야 할 온갖 조건을 구비하였다.

바람이 있고, 암굴이 있고, 산초 산화가 있고, 계곡이 있고, 샘물이 있고, 절벽이 있고, 난송(亂松)이 있고 — 말하자면 심산이 가져야 할 유수미(幽 邃味)를 다 구비하였다.

본시 이 도회는 심산 중의 한 계곡이었다. 그것을 오백 년간을 닦고, 갈 고, 지어서 오늘날의 경성부를 이룬 것이다.

이러한 협곡에 국도(國都)를 창건한 이태조의 본의가 어디에 있었는지를 알 길이 없다. 그러나 오늘날의 한 산보객의 자리에서 보자면 서울은 세계에 유례가 없는 미도(美都)일 것이다.

도회에 거주하며 식후의 산보로서 푸대님 채로 이러한 유수(幽邃)한 심산에 들어갈 수 있다 하는 점으로 보아서 서울에 비길 도회가 세계에 어디다시 있으랴.

회흑색(灰黑色)의 지붕 아래 고요히 누워 있는 오백 년의 도시를 눈 아래굽어보는 여의 사위에는 온갖 고산식물이 난성(亂盛)하고 계곡에 흐르는물소리와 눈 아래 날아드는 기조(奇鳥)들은 완전히 여로 하여금 등산객의정취를 느끼게 한다.

여는 스틱을 바위틈에 꽂아 놓았다. 그리고 굴러떨어지기를 면키 위하여잔솔의 새에 자리 잡고 비스듬히 앉았다. 담배를 피우고 싶었으나 잠시의산보로 여기고 담배도 안 가지고 나온 발이 더듬더듬 여기까지 미쳤으므로담배도 없다.

시야의 한편에는 2, 3장의 바위, 다른 한편에는 푸르른 하늘, 그 끝으로는 솔잎이 서너 개 어렴풋이 보인다. 그윽이 코로 몰려들어오는 송진 냄새.소나무에 불리는 바람 소리 유수키 짝이 없다. 여가 지금 앉아 있는 자리는개벽 이래로 과연 몇 사람이나 밟아 보았을까.

이 바위 생긴 이래로 혹은 여가 맨 처음 발 대어본 것이 아닐까. 아까 바위를 기어서 이곳까지 올라오느라고 애쓰던 그런 맹랑한 노력을 하여 본바보가 여 이외에 몇 사람이나 있었을까. 그런 모험을 맛보기 위하여 심산을 찾아온 용사는 많을 것이로되 결사적으로 인왕 등산을 한 사람은 그리많으리라고 생각되지 않는다.

등 뒤 바위에는 암굴이 있다. 뱀이라도 있을까 무서워서 들어가 보지는않았지만 스틱으로 휘저어 본 결과로도, 세 사람은 넉넉히 들어가 앉아 있음직하다.

이 암굴을 무엇에 이용할 수가 없을까.

음모의 도시. 한양은 그새 오백 년간 별별 음흉한 사건이 연출되었다. 시가 끝에서 반 시간 미만에 넉넉히 올 수 있는 이런 가까운 거리에 뚫린 암굴은, 있는 줄 알기만 하였으면 혹은 음모에 이용되지 않았을까.

공상!

유수한 맛에 젖어 있던 여는 이 암굴 때문에 차차 불쾌한 공상에 빠지기 시작하려 한다. 온갖 음모, 그 뒤를 잇는 살육·모함·방축, 이조 오백 년간의 추악한 모양이 여로 하여금 불쾌한 공상에 빠지게 하려 한다. 여는 황망히 이런 불쾌한 공상에서 벗어나려고 주머니에 담배를 뒤적이었다. 그러나 담배는 여전히 있을 까닭이 없었다.

다시 눈을 들어서 안하를 굽어보면 일면에 깔린 송초(松梢)! 반짝!

보매 한줄기의 샘이다. 소나무 틈으로 보이는 그 샘은 아마 바위틈을 흐르는 샘물인 듯. 똘똘 똘똘 들리는 것은 아마 바람 소리겠지. 저렇듯 멀리 아래 있는 샘의 소리가 이곳까지 들릴 리가 없다.

샘물!

저 샘물을 두고 한 개 이야기를 꾸며볼 수가 없을까. 흐르는 모양도 아름답거니와 흐르는 소리도 아름답고, 그 맛도 아름다운 샘물을 두고 한 개 재미있는 이야기가 여의 머리에 생겨나지 않을까. 암굴을 두고 생겨나려던 음모·살육의 불쾌한 공상보다 좀 더 아름다운 다른 이야기가 꾸며나지 않을까.

여는 바위틈에 꽂았던 스틱을 도로 뽑았다. 그 스틱으로써 여의 발아래 바위를 가볍게 두드리면서 한 개 이야기를 꾸며보았다.

한 화공이 있다.

화공의 이름은? 지어내기가 귀찮으니 신라 때의 화성(畫聖)의 이름을 차용하여 솔거(率居)라 하여 두자.

시대는?

시대는 이 안하에 보이는 도시가 가장 활기 있고 아름답던 시절인 세종 성주의 때쯤으로 하여 둘까.

백악이 흘러내리다가 맺힌 곳. 거기는 한양의 정기를 한 몸에 지닌 경복궁 대궐이 있다. 이 대궐의 북문인 신무문(神武門) 밖 우거진 뽕밭 새에 중로(中老)의 사나이가 오뇌(懊惱)스러운 얼굴을 하고 있다.

화공 솔거였다.

무르익은 여름, 뜨거운 볕은 뽕잎이 가리워 준다. 하나, 훈훈한 기운은 머리 위 뽕잎과 땅에서 우러나서 꽤 무더운 이 뽕밭 속에 숨어 있는 화공, 자그마한 보따리에는 점심까지 싸가지고 온 것으로 보아 저녁까지 이곳에 있을 셈인 모양이다.

그러나 무얼 하는지, 단지 땀을 펑펑 흘리며 오뇌스러운 얼굴로 앉아 있을 뿐이다.

왕후 친잠(王后親蠶, 왕비가 직접 누에를 치던 일)에 쓰이는 이 뽕밭은 잡인들이 다니지 못할 곳이다. 하루 종일을 사람의 그림자 하나 얼씬하지 않는다.

때때로 바람이 우수수하니 뽕나무 위로 불기는 하나 솔거가 숨어 있는 곳에는 한 점의 바람도 들어오지 않는다. 이 무더운 속에 솔거는 바람이 불 적마다 몸을 흠칫흠칫 놀라며, 그러면서도 무엇을 기다리듯이 뽕나무 그루 아래로 저편 앞을 주시하고 있다.

이윽고 석양이 무악을 넘고 이 도시에도 황혼이 들었다.

날이 어둡기를 기다려서 이 화공은 몸을 숨겨가지고 거기서 나왔다.

"오늘은 헛길, 내일이나 다시 볼까."

한숨 쉬면서 제 오막살이를 찾아 돌아가는 화공. 날이 벌써 꽤 어두웠지만 그래도 아직 저녁 빛이 약간 남은 곳에 내어놓은 이 화공은 세상에 보기 드문 추악한 얼굴의 주인이었다. 코가 질병자루 같다, 눈이 통방울 같다, 귀가 박죽 같다, 입이 나발통 같다, 얼굴이 두꺼비 같다 — 소위 추한 얼굴을 형용하는 온갖 형용사를 한 얼굴에 지닌 흉한 얼굴의 주인으로서 그 얼굴이 또한 굉장히도 커서 멀리서 볼지라도 그 존재가 완연할 만하다.

이 얼굴을 가지고는 백주에는 나다니기가 스스로 부끄러울 것이다.

아닌 게 아니라 솔거는 철이 들은 이래 여태껏 백주에 사람 틈에 나다닌 일이 없었다.

일찍이 열여섯 살에 스승의 중매로 어떤 양가 처녀와 결혼을 하였지만 그 처녀는 솔거의 얼굴을 보고 기절을 하고, 기절에서 깨어나서는 그냥 집으로 도망쳐버리고 — 그 다음 또 한 번 장가를 들어보았지만 그 색시 역시 첫날밤만 정신 모르고 치른 뒤에는 이튿날은 무서워서 죽어도 같이 못 살겠노라고 부모에게 떼를 써서 두 번째의 비극을 겪고 — 이러한 두 가지의 사변을 겪고 난 뒤에 솔거는 차차 여인이라는 것을 보기를 피하여 오다가 그 괴벽이 점점 자라서 나중에는 일체로 사람이란 것의 얼굴을 대하기가 싫어졌다.

사람을 피하기 위하여 — 그리고 또한 일방으로는 화도(畵道)에 정진하기 위하여, 인가를 떠나서 백악의 숲속에 조그마한 오막살이를 하나 틀고 거기 숨은 지 근 삼십 년. 생활에 필요한 물건 혹은 그림에 필요한 물건을 구하기 위하여 부득이 거리에 나가야 할 필요가 있을 때는 반드시 밤을 택하였다. 피할 수 없어 낮에 나갈 때는 방립을 쓰고 그 위에 얼굴을 베로 가리었다.

화도에 발을 들여놓은 지 근 사십 년, 부득이한 은둔생활을 경영한지 삼십 년, 여인에게로 소모되지 못한 정력은 머리로 모이고, 머리로 모인 정력은 손끝으로 뻗어서 종이에, 비단에 갈겨 던진 그림이 벌써 수천 점. 처음에는 그 그림에 대하여 아무 불만도 느껴보지 않았다.

하늘에서 타고난 천분과 스승에게서 얻은 훈련과 저축된 정력의 소산인 한 장의 그림이 생겨날 때마다 그것을 보면서 스스로 만족히 여기고 스스로 자랑스러이 여기던 그였다.

그러나 그런 과정을 밟기 이십 년에 차차 그의 마음에 움돋은 불만, 그것은 어떻게 보자면 화도에는 이단적인 생각일는지도 모를 것이다.

좀 다른 것은 그릴 수가 없는가.

산이다, 바다, 나무다, 시내다, 지팡이 짚은 노인이다, 다리다, 혹은 돛단배다, 꽃이다, 과즉 달이다, 소다, 목동이다.

이 밖에 그가 아직 못 그려본 것이 무엇이었던가.

유원(幽遠)한 맛, 단 한 가지밖에 없는 전통적 그림보다 좀 더 다른 것을 그려보고 싶다.

여태껏 스승에게 배운 바의 백발백염(白髮白髯)의 노옹이나 피리 부는 목동 이외에 좀 더 얼굴에 움직임이 있는 사람을 그려보고 싶다. 표정이 있는 얼굴을 그려보고 싶다.

이리하여 재래의 수법을 아낌없이 내어던진 솔거는 그로부터 십 년간을 사람의 표정을 그리느라고 세월을 보냈다.

그러나 사람의 세상을 멀리 떠나서 따로이 사는 이 화공에게는 사람의 표정이 기억에 가맣다.

상인들의 간특한 얼굴, 행인들의 덜 난 무표정한 얼굴, 나무꾼들의 싱거운 얼굴, 그새 보고 지금도 대할 수 있는 얼굴은 이런 따위뿐이다. 좀 더 색채 다른 표정은 없느냐.

색채 다른 표정!
색채 다른 표정!
이 욕망이 화공의 마음에 익고 커가는 동안 화공의 머리에 솟아오르는 몽롱한 기억이 있다.

지금은 거의 기억에서 사라졌지만 어린 시절에 자기를 품에 안고 눈물 글썽글썽한 눈으로 굽어보던 어머니의 표정이 가끔 한순간씩 그의 기억의 표면까지 뛰쳐올랐다.

그의 어머니는 희세의 미녀였다. 대대로, 이후의 자손의 미(美)까지 모두 미리 빼앗았던지 세상에 드문 미인이었다.

화공은 이 미녀의 유복자였다.

아비 없는 자식을 가슴에 붙안고 눈물 머금은 눈으로 굽어보던 표정.

철이 들은 이래로 자기를 보는 얼굴에서는 모두 경악과 공포밖에는 발견하지 못한 화공에게는 사십여 년 전 어머니의 사랑의 아름다운 얼굴이 때때로 몸서리치도록 그리웠다.

그것을 그려보고 싶었다.

커다란 눈에 그득히 담긴 눈물, 그러면서도 동경과 애무로서 빛나던 눈, 입가에 떠오르던 미소, 번개와 같이 순간적으로 심안(心眼)에 나타났다가는 사라지는 이 환영을 화공은 그려보고 싶었다.

세상을 피하고 숨어 살기 때문에 차차 삐뚤어진 이 화공의 괴벽한 마음에는 세상을 그리는 정열이 또한 그만치 컸다. 그리고 그것이 크면 큰 만치 마음속에는 늘 울분과 불만이 차 있었다.

지금도 세상에서는 한창 계집 사내들이 서로 부둥켜안고 좋다고 야단할 것을 생각하고는 음울한 얼굴로 화필을 뿌리는 화공.

이러한 가운데서 나날이 괴벽하여가는 이 화공은 한 개 미녀상(美女像)

을 그려보고자 노심 하였다.

처음에는 단지 아름다운 표정을 가진 미녀를 그려보고자 하였다.

그러나 미녀를 가까이 본 일이 없는 이 화공이 마음대로 되지 않는 붓끝에 역정을 내고 있는 동안 차차 어느덧 미녀상에 대한 관념이 달라졌다.

자기의 아내로서의 미녀상을 그려보고 싶어졌다.

세상은 자기에게 아내를 주지 않는다.

보면 한 마리의 곤충, 한 마리의 날짐승도 각기 짝을 찾아 즐기고, 짝을 찾아 좋아하거늘 만물의 영장인 사람이 짝 없이 오십 년을 보냈다 하는 데 대한 불만이 일어났다.

세상 놈들은 자기에게 한 짝을 주지 않고 세상 계집들은 자기에게 오려는 자가 없이 홀몸으로 일생을 보내다가 언제 죽는지도 모르게 이 산골에서 죽어버릴 생각을 하면 한심하기보다는 도리어 이렇듯 박정한 사람의 세상이 미웠다.

세상이 주지 않는 아내를 자기는 자기의 붓끝으로 만들어서 세상을 비웃어 주리라.

이 세상에 존재한 가장 아름다운 계집보다 더 아름다운 계집을 자기의 붓끝으로 그려서 못나고도 아름다운 체하는 세상 계집들을 웃어 주리라.

덜 난 계집을 아내로 맞아가지고 천하의 절색이라 믿고 있는 사내놈들도 깔보아 주리라.

너덧 명의 처첩을 거느리고 좋다꾸나고 춤추는 헌놈들도 굽어보아 주리라.

미녀! 미녀!

눈을 감고 생각하고 눈을 뜨고 생각하고 머리를 움켜쥐고 생각해보나 미녀의 얼굴이 어떤 것인지 알 수가 없었다.

물론 얼굴에 철요(凸凹)가 없고 이목구비가 제대로 놓였으면 세상 보통의 미인이라 한다. 그런 얼굴에 연지나 그리고 눈에 미소나 그려 넣으면 더 아름다워지기는 할 것이다. 이만 것은 상상의 눈으로도 볼 수가 있는 자며 붓끝으로 그릴 수도 없는 바가 아니다.

그러나 가아만 어린 시절의 어머니의 얼굴을 순영적(瞬影的)으로나마 기억하는 이 화공으로서는 그런 미녀로는 만족할 수가 없었다.

오뇌의 불만 중에서 흐르는 세월은 1년 또 1년, 무위히 흘러간다.

미녀의 아랫동이는 그려진 지 벌써 수년. 그 아랫동이 위에 올려 놓일 얼굴을 어떻게 하여야 할지 짐작도 가지 않았다.

화공의 오막살이 방안에 들어서면 맞은편에 걸려 있는 한 폭 그림은 언제든 어서 목과 얼굴을 그려주기를 기다리듯이 화공을 힐책한다.

화공은 이것을 보기가 거북하였다.

특별한 일이라도 있기 전에는 낮에 거리에 다니지를 않던 이 화공이 흔히 얼굴을 싸매고 장안을 돌아다녔다.

행여나 길에서라도 미녀를 만날까 하는 요행심으로였다. 길에서 순간적으로 마음에 드는 미녀를 볼 수만 있으면 머리에 똑똑히 캐치하여 그 기억으로써 화상을 그릴까 하는 요행심으로……

그러나 내외법이 심한 이 도회에서 대낮에 양가의 부녀가 얼굴을 내놓고 길을 다니지는 않았다. 계집이라는 것은 하인배나 하류배뿐이었다.

하인배·하류배에도 때때로 미녀라 일컬을 자가 있기는 있었다. 그러나 아무리 산뜻한 미를 갖기는 했다 하나 얼굴에 흐르는 표정이 더럽고 비열하여 캐치할 만한 자가 없었다.

얼굴을 싸매고 거리로 방황하며 혹은 계집들이 많이 모이는 우물가며 저자를 비슬비슬 방황하며 어찌어찌하여 약간 예쁜 듯한 계집이라도 보이면 따라가면서 얼굴을 연구해 보곤 했으나 마음에 드는 미녀를 지금껏 얻어내지를 못하였다.

혹은 심규(深閨)에는 마음에 드는 계집이라도 있을까. 심규! 심규! 한 번 심규의 계집들을 모조리 눈앞에 벌여 세우고 얼굴 검사를 하여 보았으면……

초조하고 성가신 가운데서 날을 보내고 날을 맞으면서 미녀를 구하던 화공은 마지막 수단으로 친잠상원(親蠶桑園)에 들어가서 채상(採桑)하는 궁녀의 얼굴을 얻어 보려 하였다. 그러나 불행히도 화공의 모험도 헛길로 돌아가고, 그날은 채상을 하러 오지도 않았다.

그러나 때 바야흐로 누에 시절이라 견딜성 있게 기다리노라면 궁녀가 오는 날도 있을 것이다. 미녀 — 아내의 얼굴을 그리려는 욕망에 열이 오르고 독이 난 이 화공은 그 이튿날 또 뽕밭에 들어가 숨었다. 숨어 기다리지 않을 수 없었다.

그로부터 한 달, 화공은 나날이 점심을 싸가지고 상원(桑園)으로 갔다. 그러나 저녁때 제 오막살이로 돌아올 때는 언제든지 그의 입에서는 기다란 탄식성이 나왔다.

궁녀를 못 본 바가 아니었다.

마치 여기 숨어 있는 화공에게 선보이려는 듯이 나날이 궁녀들은 번갈아 왔다. 한 떼씩 밀려와서는 옷소매 치맛자락을 펄럭이며 뽕을 따갔다. 한 달 동안에 합계 사오십 명의 궁녀를 보았다. 모두 일률로 미녀들이었다. 그리고 길가 우물가에서 허투루 볼 수 있는 미녀들보다 고아한 얼굴임에는 틀림이 없었다.

그러나 그 눈 — 화공이 보는 바는 그 눈이었다.

그 눈에 나타난 애무와 동경이었다. 철철 넘어 흐르는 사랑이었다. 그것이 궁녀에게는 없었다.

말하자면 세상 보통의 미녀였다.

자기에게 계집을 주지 않는 고약한 세상에게 보복하는 의미로 절세의 미녀를 차지하고자 하는 이 화공의 커다란 야심으로서는 그만 따위의 미녀로 만족할 수가 없었다.

오막살이로 돌아올 때마다 그의 입에서 나오는 기다란 한숨, 이런 한숨을 쉬기 한 달 — 그는 다시 상원에 가지 않았다.

가을 하늘 맑고 푸르른 어떤 날이었다.

마음속에 불만과 동경을 가득히 담은 이 화공은 저녁쌀을 씻으러 소쿠리를 옆에 끼고 시내로 더듬어갔다.

가다가 문득 발을 멈추었다.

우거진 소나무 틈으로 보이는 시냇가 바위 위에 웬 처녀가 앉아 있다. 솔가지 틈으로 내리비치는 얼룩지는 석양을 받고 망연히 앉아서 흐르는 시냇물을 내려다보았다.

웬 처녀일까?

인가에서 꽤 떨어진 이곳, 사람의 동리보다 꽤 높은 이곳, 길도 없는 이곳 — 아직껏 삼십 년간을 때때로 초부나 목동의 방문은 받아본 일이 있지만 다른 사람의 자취를 받아보지 못한 이곳에 웬 처녀일까?

화공도 망연히 서서 바라보았다. 바라볼 동안 가슴에 차차 무거운 긴장을 느꼈다.

한 걸음 두 걸음 화공은 발소리를 감추고 나아갔다. 차차 그 상거가 가까워 감을 따라서 분명하여 가는 처녀의 얼굴.

화공의 얼굴에는 핏기가 떠올랐다.

세상에 드문 미녀였다. 나이는 열일여덟, 그 얼굴 생김이 아름답다기보다 얼굴 전면에 나타난 표정이 놀랄 만큼 아름다웠다.

흐르는 시내에 눈을 부었는지, 귀를 기울였는지, 하여간 처녀의 온 주의력은 시내에 모여 있다.

커다랗게 뜨인 눈은 깜박일 줄도 잊은 듯한 황홀한 눈으로 시내를 굽어보고 있다.

남벽(藍碧)의 시냇물에는 용궁이 보이는가? 소나무 그루에 부딪쳐서 튀어나는 바람에 앞머리를 약간 날리면서 처녀가 굽어보고 있는 것은 무엇인가?

처녀의 온 공상과 정열과 환희가 한꺼번에 모인 절묘한 미소를 눈과 입에 띠고 일심불란(一心不亂)히 처녀가 굽어보는 것은 무엇인가.

아아.

화공은 드디어 발견하였다. 그새 십 년간을 여항(閻巷)의 길거리에서 혹은 우물가에서 내지는 친잠 상원에서 발견하여 보려고 애쓰다가 종내 달하지 못한 놀랄 만한 아름다운 표정을 화공은 뜻하지 않게 여기서 발견하였다.

화공은 걸음을 빨리하였다. 자기의 얼굴이 얼마나 더럽게 생겼는지, 이 처녀가 자기를 쳐다보면 얼마나 놀랄지, 이 점을 온전히 잊고 걸음을 빨리하여 처녀의 쪽으로 갔다.

처녀는 화공의 발소리에 머리를 번쩍 들었다. 화공을 바라보았다. 그 무한히 먼 곳을 바라보는 듯한 기묘한 눈을 들어서 ―

"아아……."

가슴이 무둑하여 무슨 말을 하여야 할지 망설이며 화공이 반벙어리 같은 소리를 할 때에 처녀가 먼저 입을 열었다.

"여기가 어디오니까?"

여기가 어디?

"여기가 인왕산록 이름도 없는 산이지만 너는 웬 색시냐?"

"네……."

문득 띠오르는 적적한 표징.

"더듬더듬 시내를 따라왔습니다."

화공은 머리를 기울였다. 몸을 움직여보았다. 무한히 먼 곳을 바라보는 듯한 처녀의 눈은 그냥 움직임 없이 커다랗게 뜨여 있기는 하지만 어디를 보는지 무엇을 보는지 알 수가 없다.

드디어 화공은 부르짖었다!

"너 앞이 보이느냐?"

"소경이올시다."

소경이었다. 눈물 머금은 소리로 하는 대답을 듣고 화공은 좀 더 가까이 갔다.

"앞도 못 보면서 어떻게 무엇 하러 예까지 왔느냐?"

처녀는 머리를 푹 수그렸다. 무슨 대답을 하는 듯하였으나 화공은 알아듣지 못하였다. 그러나 화공으로 하여금 저으기 호기심을 잃게 한 것은 처녀의 얼굴이 아까와 같은 놀라운 매력 있는 표정이 없어진 것이었다.

그만하면 보기 드문 미인임에는 틀림이 없다. 그러나 아까 화공이 그렇듯 놀란 것은 단지 미인인 탓이 아니었다. 그 얼굴에 나타난 놀라운 매력에 끌린 것이었다.

"불쌍도 하지. 저녁도 가까워오는데 어둡기 전에 집으로 내려가거라."

이만큼 하여 화공은 처녀를 포기하려 하였다. 이 말에 처녀가 응하였다.

"어두운 것은 탓하지 않습니다마는 황혼은 매우 아름답지요?"

"그럼 아름답구말구."

"어떻게 아름답습니까?"

"황금빛이 서산에서 줄기줄기 비치는구나. 거기 새빨갛게 물들은 천하
— 푸르른 소나무도, 남빛 바위도, 검붉은 나무그루도, 모두 황금빛에 잠겨
서……"

"황금빛은 어떤 것이고 새빨간 빛과 붉은빛은 모두 어떤 빛이오니까? 밝
은 세상이라지만 밝은 빛과 붉은빛이 어떻게 다릅니까? 이 산 경치가 아름
답다는 소문을 듣고 더듬어 왔습니다마는 바람 소리, 돌물 소리, 귀로 들리
는 소리밖에는 어디가 아름다운지 알 수가 없습니다."

차차 다시 나타나는 미묘한 표정, 커다랗게 뜨인 눈에 비치는 동경의 물
결, 일단 사라졌던 아름다운 표정은 다시 생기가 비롯하였다.

화공은 드디어 처녀의 맞은편에 가 앉았다.

"이 샘 줄기를 따라 내려가면 바다가 있구, 바닷속에는 용궁이 있구나.
칠색 비단을 감은 기둥과 비취를 아로새긴 댓돌이며 황금으로 만든 풍경
(風磬), 진주로 꾸민 문설주……."

마주 앉아서 엮어 내리는 이 화공의 이야기에 각일각 더욱 황홀하여 가
는 처녀의 눈이었다. 화공은 드디어 이 처녀를 자기의 오막살이로 데리고
돌아갈 궁리를 하였다.

"내 용궁의 이야기를 들려주마. 너의 집에서 걱정만 안 하실 것 같으
면……."

화공이 이렇게 꾈 때에 처녀는 그의 커다란 눈을 들어서 유원(幽園)히 하
늘을 우러러보면서 자기네 부모는 병신 딸 따위는 없어져도 근심을 안 한
다고 쾌히 화공의 뒤를 따랐다.

일사천리로 여기까지 밀려오던 여(余)의 공상은 문득 중단되었다.

이야기를 어떻게 진전시키나?

잡념이 일어난다. 동시에 여의 귀에 들리어 오는 한 절의 유행가.

여는 머리를 들었다. 저편 뒤 어디 잡인들이 온 모양이다. 그 분요(紛擾)
가 무의식중에 귀로 들어와서 여의 집중되었던 머리를 헤쳐 놓는다.

귀찮은 가사(歌詞)들이여, 저주받을 가사들이여.

이 저주받을 가사들 때문에 중단된 이야기는 좀처럼 다시 모이지 않았

다.

그러나 결말 없는 이야기가 어디 있으랴. 어찌 되었든 결말은 지어야 할 것이 아닌가. 그러면 그 화공은 처녀를 데리고 제 오막살이로 돌아와서 용궁 이야기를 들려주면서 그동안에 처녀의 얼굴을 그대로 그려서 십 년 내의 숙망을 성취하였다는 결말로 맺어버릴까?

그러나 이런 싱거운 결말이 어디 있으랴. 결말이 되기는 되었지만 이따위 결말을 짓기 위하여 그런 서두(序頭)는 무의미하다.

그러면?

그럼 다르게 결말을 맺어볼까?

화공은 처녀를 제 오막살이로 데리고 돌아왔다. 그리고 처녀에게 용궁 이야기를 들려주었다.

그러나 아까 용궁 이야기를 초벌 들은 처녀는 이번은 그렇듯 큰 감흥도 느끼지 않는 모양으로 그다지 신통한 표정도 보이지 않았다. 화공의 계획은 수포로 돌아갔다. 화공은 그 그림을 영 미완품인 채로 남기지 않을 수 없었다.

역시 마음에 들지 않는 결말이었다.

그럼 또다시 ―

화공은 처녀를 데리고 돌아왔다. 돌아와서 처녀를 보면 볼수록 탐스러워서 그림은 집어치우고 처녀를 아내로 삼아버렸다. 앞을 못 보는 처녀는 추하게 생긴 화공에게도 아무 불만이 없이 일생을 즐겁게 보냈다. 그림으로나 아내를 얻으려던 화공은 절세의 미녀를 아내로 얻게 되었다 …….

역시 불만이다.

귀찮고 성가시다. 저주받을 유행가사(流行歌詞)여!

여는 일어났다. 감흥을 잃은 이 자리에 그냥 앉아 있기는 싫었다. 그냥 들리는 유행가……, 그것이 안 들리는 곳으로 자리를 옮기자.

굽어보매 저 멀리 소나무 틈으로 한줄기 번득이는 것은 아까의 샘물이다.

그 샘물로, 가장 이 이야기의 원천이 된 그 샘으로 내려가자.

벼랑을 내려가기는 올라가기보다 더 힘들었다. 올라가는 것은 올라가다가 실수하여 떨어지면 과즉 제자리에 내린다. 그러나 내려가다가 발을 실수하면 어디까지 굴러갈지 예측할 길이 없다.

잘못하다가는 청운동 어귀까지 굴러갈지도 모를 일이다. 게다가 올라갈 때에는 도움이 되던 스틱조차 내려갈 때에는 귀찮기 짝이 없다.

반각이나 걸려서 여는 드디어 그 샘가에 도달하였다.

샘가에는 과연 한 개의 바위가, 사람 하나 앉기 좋을 만한 자리가 있다. 이 바위가 화공이 쌀 씻던 바위일까. 처녀가 앉아서 공상하던 바위일까? 그 아래를 깊은 남벽(藍碧)으로 알았더니 겨우 한 뼘 미만의 얕은 물로서 바위를 기운 없이 똘똘 흐르고 있다.

그러나 이 골짜기는 고요하기 짝이 없었다. 바람 소리도 멀리 위에서만 들린다. 그리고 소나무와 바위에 둘러싸여서 꽤 음침한 이 골짜기는 옛날 세상을 피한 화공이 즐겨 하였음직하다.

자, 그러면 이 골짜기에서 아까 그 이야기의 꼬리를 마저 지을까 ―

화공은 처녀를 데리고 오막살이로 돌아왔다.

그의 마음은 너무도 긴장되고 또한 기뻐서 저녁도 짓기 싫었다. 들어와 보매 벌써 여러 해를 머리 달리기를 기다리는 족자(簇子)의 여인이 몸집조차 흔연히 화공을 맞는 듯하였다.

"자, 거기 앉아라."

수년간 화공을 힐책하던 머리 없는 그림이 화공의 앞에 펴졌다. 단청도 준비되었다.

터질 듯 울렁거리는 마음으로 폭 앞에 자리를 잡은 화공은 빛이 비치도록 남향하여 처녀를 낮추고 손으로 붓을 적시며 이야기를 꺼냈다.

벌써 황혼, 인제 얼마 남지 않은 오늘 해로써 숙망을 달하려 하는 것이었다. 십 년간을 벼르기만 하면서 착수를 못 했기 때문에 저축되었던 화공의 힘은 손으로 모였다.

"그러구…… 알겠지?"

눈으로는 처녀의 얼굴을 보며, 입으로는 용궁 이야기를 하며 손은 번개같이 붓을 들었다.

"용궁에는 여의주라는 구슬이 있구나. 이 여의주라는 구슬은 마음에 있는 바에 도달할 수 있는 보물로서 구슬을 네 눈 위에 한 번 굴리면 너도 광명한 일월을 보게 된다."

"네? 구슬이 있습니까?"

"있구말구, 네가 내 말을 잘 듣고 있기만 하면 수일 내로 너를 데리고 용궁에 가서 여의주를 빌어 네 눈도 고쳐주마."

"그러면 저도 광명한 일월을 볼 수가 있겠습니까?"

"그럼, 광명한 일월, 무지개라는 칠색이 영롱한 기묘한 것, 아름다운 수풀, 유수한 골짜기, 무엇인들 못 보랴."

"아이구, 어서 그 여의주를 구해서……"

아아, 놀라운 아름다운 표정이었다. 화공은 처녀의 얼굴에 나타나 넘치는 이 놀라운 표정을 하나도 잃지 않고 화폭 위에 옮겼다.

황혼은 어느덧 밤으로 변하였다. 이때는 여인에게는 단지 눈동자가 그려지지 않았을 뿐 그 밖의 것은 죄 완성이 되었다.

동자까지 그리고 싶었다. 그러나 이 그림의 생명을 좌우할 눈동자를 그리기에는 날은 너무도 어두웠다.

눈동자 하나쯤이야 밝은 날로 남겨둔들 어떠랴. 하여간 십 년 숙망을 겨우 달한 화공의 심사는 무엇에 비기지 못하도록 기뻤다.

"아 — 아!"

이 탄성은 오래 벼르던 일이 끝난 때에 나는 기쁨의 소리였다.

이 일단의 안심과 함께 화공의 마음에는 또 다른 긴장과 정열이 솟아올랐다.

꽤 어두운 가운데서 처녀의 얼굴을 유심히 보기 위하여 화공이 잡은 자리는 처녀의 무릎과 서로 닿을 만큼 가까웠다. 그림에 대한 일단의 안심과 함께 화공의 코로 몰려 들어오는 강렬한 처녀의 체취와 전신으로 느끼는 처녀의 접근 때문에 화공의 신경은 거의 마비될 듯싶었다. 차차 각일각 몸까지 떨리기 시작하였다. 어두움 가운데서 황홀스러이 빛나는 커다란 눈과 정열로 들먹거리는 입술은 화공의 정신까지 혼미하게 하였다.

밝은 날 화공과 소경 처녀의 두 사람은 벌써 남이 아니었다.

'오늘은 동자를 완성시키리라.'

삼십 년의 독신생활을 벗어버린 화공은 삼십 년간을 혼자 먹던 조반을 소경 처녀와 같이 먹고 다시 그림 폭 앞에 앉았다.

"용궁은?"

기쁨으로 빛나는 처녀의 눈!

그러나 화공의 심미안에 비친 그 눈은 어제의 눈이 아니었다.

아름답기는 다시없는 아름다운 눈이었다. 그러나 그 눈은 사내의 사랑을 구하는 '여인의 눈'이었다. 병신이라 수모받던 전생을 벗어버리고 어젯밤 처음으로 인생의 봄을 맛본 처녀는 인제는 한 개의 지어미의 눈이요, 한 개의 애욕의 눈이었다.

"용궁은?"

"용궁에 어서 가서 여의주를 얻어서 제 눈을 띄어주세요. 밝은 천지도 천지려니와 당신을 어서 눈 뜨고 보고 싶어!"

어젯밤 잠자리에서 자기는 스물네 살 난 풍신 좋은 사내라고 자랑한 화공의 말을 그대로 믿는 소경이었다.

"응, 얻어 주지. 그 칠색이 영롱한!"

"그 칠색도 보고 싶어요."

"그래, 그래. 좌우간 지금 머리로 생각해 보란 말이야."

"네, 참 어서 보고 싶어서."

굽어보면 무릎 앞의 그림은 어서 한 점 동자를 찍어주기를 기다리고 있다.

그러나 소경의 눈에 나타난 것은 아름답기는 아름다우나 그것은 애욕의 표정에 지나지 못하였다. 그런 눈을 그리려고 십 년을 고심한 것이 아니었다.

"자, 용궁을 생각해 봐!"

"생각이나 하면 뭘 합니까? 어서 이 눈으로 보아야지."

"생각이라도 해 보란 말이야."

"짐작이 가야 생각도 하지요."

"어제 생각하던 대로 생각을 해 봐!"

"네……."

화공은 드디어 역정을 내었다.

"자, 용궁! 용궁!"

"네……."

"용궁을 생각해 봐! 그래 용궁이 어때?"

"칠색이 영롱하구요……."

"그래, 또……."

"또, 황금 기둥, 아니 비단으로 싼 기둥이 있구요, 또 푸른 진주가……."

"푸른 진주가 아냐! 푸른 비취지."

"비취 추녀던가, 문이던가 ─?"

"에익! 바보!"

화공은 커다란 양손으로 칵 소경의 어깨를 잡았다. 잡고 흔들었다.

"자, 다시 곰곰이, 용궁은."

"용궁은 바닷속에……."

겁에 질려서 어릿거리는 소경의 양에 화공은 소경의 따귀를 갈기지 않을 수 없었다.

"바보!"

이런 바보가 어디 있으랴. 보매 그 병신 눈은 깜박일 줄도 모르고 허공을 바라보고 있다. 그 천치 같은 눈을 보매 화공의 노여움은 더욱 커졌다. 화공은 양손으로 소경의 멱을 잡았다.

"에이 바보야, 천치야, 병신아!"

생각나는 저주의 말을 연하여 퍼부으면서 소경의 멱을 잡고 흔들었다. 그리고 병신답게 멀겋게 뜨인 눈자위에 원망의 빛이 나타나는 것을 보고 더욱 힘있게 흔들었다.

흔들다가 화공은 탁 그 손을 놓았다. 소경의 몸이 너무도 무거워졌으므로, 화공의 손에서 놓인 소경의 몸은 눈을 뒤 솟은 채 번뜻 나가넘어졌다. 넘어지는 서슬에 벼루가 전복되었다. 뒤집혀진 벼루에서 튀어난 먹물방울이 소경 얼굴에 덮였다.

깜짝 놀라서 흔들어 보매 소경은 벌써 이 세상의 사람이 아니었다.

소경은 어찌할 줄을 몰랐다. 망지소조(芒知所措, 당황해 어찌할 줄 모름)하여 허둥거리던 화공은 눈을 뜻 없이 자기의 그림 위에 던지다가 악 소리를 내며 자빠졌다.

그 그림의 얼굴에는 어느덧 동자가 찍히었다. 자빠졌던 화공이 좀 정신을 가다듬어가지고 몸을 일으켜서 다시 그림을 보매 두 눈에는 완연히 동자가 그려진 것이다.

그 동자의 모양이 또한 화공으로 하여금 다시 털썩 엉덩이를 붙이게 하였다. 아까 소경 처녀가 화공에게 멱을 잡혔을 때에 그의 얼굴에 나타났던 원망의 눈 — 그림의 동자는 완연히 그것이었다.

소경이 넘어지는 서슬에 벼루를 엎는다는 것은 기이할 것도 없고 벼루가 엎어질 때에 먹방울이 튄다는 것도 기이하달 수 없지만 그 먹방울이 어떻게 홍채에 이르기까지 어찌도 그렇듯 기묘하게 되었을까?

한편에는 송장, 한편에는 송장의 화상을 놓고 망연히 앉아 있는 화공의 몸은 스스로 멈출 수 없이 와들와들 떨렸다.

수일 후부터 한양 성내에는 괴상한 화상을 들고 음울한 얼굴로 돌아다니는 늙은 광인(狂人) 하나가 생겼다.

그의 내력을 아는 사람이 없었고 그의 근본을 아는 사람이 없었다. 그 괴상한 화상을 너무도 소중히 여기므로 사람들이 보고자 하면 그는 기를 써서 보이지 않고 도망하여 버리곤 한다.

이렇게 수년간을 방황하다가 어떤 눈보라 치는 날 돌베개를 베고 그의 일생을 마감하였다. 죽을 때도 그는 족자를 깊이 품에 품고 죽었다.

늙은 화공이여! 그대의 쓸쓸한 일생을 여는 조상하노라.

여(余)는 지팡이로 물을 두어 번 저어보고 고즈넉이 몸을 일으켰다.

우러러보매 여름의 석양은 벌써 백악 위에서 춤추고 이 천고의 계곡을 산새가 남북으로 건넌다.

물레방아

- 나도향 -

작가 소개

나도향(羅稻香 1902~1926)

나도향의 본명은 경손(慶孫)이고, 도향(稻香)은 호이다.

그는 1902년 3월 30일 서울에서 의사인 아버지 나성연과 어머니 김성녀 사이의 7남매의 장남으로 태어났다. 한의사였던 할아버지 병규가 늦게 얻은 아들 성연이 자신의 회갑 때 손자를 얻게 되자 '경사로운 날에 태어난 손자' 라는 뜻으로 경손이라고 이름을 지었다. 후에 이름이 맘에 들지 않아 '도향(稻香)' 으로 바꾼다. '벼꽃 향기' 라는 뜻인 도향은 친구인 소설가 박종화가 지어준 아호이다.

1914년 기독교청년회관 안에 있던 공옥보통학교를 다니고, 1918년 배재고등보통학교를 졸업했다. 후에 할아버지의 권유로 경성의학전문학교에 입학한다. 그는 의전에 들어간 후에도 습작 및 신문 투고 등 의학보다는 문학에 뜻을 두었다. 1919년 가족의 만류에도 의전을 중퇴하고 할아버지의 돈을 훔쳐 와세다대학 영문학부에 입학하려고 일본으로 건너간다. 그러나 학비와 생활비를 마련하지 못해 다시 서울로 돌아온다. 1920년 경북 안동에서 보통학교 교사로 재직했다.

1921년 잡지사 '계명' 에서 편집일을 하고, 1922년 '백조' 창간호에 〈젊은이의 시절〉을 발표한다. 그 후 홍사용 · 현진건 · 이상화 · 박영희 등과 '백조' 동인으로 문단에 참여한다. 1924년 시대일보 기자로 일할 때 할아버지가 독립운동에 연루돼 수감 된 후 풀려나지만 그 여파로 숨을 거둔다.

1925년 '여명' 창간호에 〈벙어리 삼룡이〉를 발표하자 한국 근대문학사상 가장 우수한 단편 중의 하나로 인정받는다. 그해 다시 공부하려고 일본으로 떠나지만, 뜻대로 되지 않자 1926년 서울 집으로 돌아온다. 그리고 얼마 후 갑작스레 급성 폐렴으로 24세의 나이로 세상을 떠났다.

대표작품으로는 〈환희〉〈춘성〉〈여이발사〉〈뽕〉〈물레방아〉〈지형근〉〈벙어리 삼룡이〉〈청춘〉〈어머니〉〈전차 차장의 일기〉 등 그 외 다수의 작품을 남겼다.

〈물레방아〉는 1925년 '조선문단'에 소개된 작품으로 아내를 주인에게 빼앗긴 종의 비애를 그린 단편 소설이다. 애정과 죽음, 지배자와 피지배자 간의 갈등을 내용으로 하여 농촌에서 떠도는 머슴의 삶을 사실적으로 묘사하였고, 동시에 그의 애정과 꿈을 낭만적으로 표현하였다. 이 작품은 신분 문제, 성적 문제, 가난 문제 등이 상승적으로 작용하는 나도향 후기 작품의 특징을 보여 주고 있다. 특히 성 충동을 삶의 중요한 국면으로 이해한 것은 나도향 문학이 성숙하였음을 입증한다. 이 작품이 계급의식과 본능 문제를 다루면서도 추악하게 느껴지지 않는 것은 물레방아가 인생의 덧없음을 표상하는 동시에 성 충동을 암시하는 문학적 상징을 활용했기 때문이다.

이방원은 지주인 신치규의 막실살이를 하며 그날그날 살아가는 처지이지만 스물두 살의 예쁜 아내를 사랑한다. 그러나 방원의 처는 '이기적인 동시에 창부형'으로, 전 남편을 두고 방원과 눈이 맞아 도망쳐 나올 만큼 윤리 의식과는 거리가 멀다. 그녀는 신치규와 눈이 맞아 다시 방원을 버리려 하다가 결국 방원의 손에 의해 죽는다.

이 작품은 가난보다 성적 본능과 탐욕스런 욕망이 뒤얽힌 치정 문제에 더 큰 비중을 두었다고 할 수 있다. 방원의 분노가 개인적인 원한에서 비롯된다는 점, 방원의 처가 전혀 도덕적으로 갈등하는 모습을 보이지 않는다는 점, 결말에서 보는 것처럼 감옥에서 나온 방원이 계집을 찾아 결국 죽이고 만다는 점 등이 그런 모습을 단적으로 보여 준다.

결국 이 소설은 경제적인 빈궁의 문제에 따르는 계급적인 갈등과 함께 인간의 본능에 관한 사실적 묘사가 두드러지게 표현되었다.

이방원은 마을에서 가장 세력 있고 부자인 신치규의 집에서 아내와 함께 막실살이를 하며 연명한다. 아내는 스물두 살로 본디 행실이 좋지 못한 여자다.

달이 유난히 밝은 가을밤, 물레방앗간 옆에 어떤 남녀가 서서 수작을 한다. 늙은 남자(신치규)는 달래는 듯한 말로 젊은 여자(방원의 아내)를 꾀고 있다.

둘은 방원을 쫓아낼 약속을 하고 물레방앗간에서 부정을 저지른다. 사흘이 지난 뒤 방원은 신치규로부터 돌연 자기 집에서 나가 달란 말을 듣는다. 애걸해 봐도 소용이 없자 방원은 아내에게 안주인마님께 사정 얘기를 해 보라고 하지만, 아내는 오히려 앞으로 자기를 어떻게 먹여 살릴 것이냐며 앙탈이다. 그날 밤, 방원은 술이 얼큰하여 돌아왔으나 아내는 없고, 옆집 아주머니로부터 아내가 단장을 하고 물레방아께로 가더라는 소리를 듣는다. 그가 방앗간으로 돌아들자 신치규와 아내가 나오는 것이 보인다. 한동안 주저하던 방원은 끝내 신치규의 멱살을 잡고 넘어뜨린 후, 목을 누른다. 방원은 순경의 구두 소리를 듣자 비로소 자기가 무슨 짓을 저질렀는지 깨닫고는 미친 듯이 일어나 옆에 있는 계집에게 도망치자고 끈다. 그러나 방원은 순경의 포승에 묶인 채 끌려가고 만다. 상해죄로 석 달 동안 감옥에서 복역한 방원은 출옥했으나, 신치규는 아무 일 없이 방원의 계집을 데리고 살고 있다.

그는 신치규와 아내를 죽이려고 신치규의 집에 몰래 들어가지만 정든 아내의 목소리를 듣자 마음이 흔들려 아내를 물레방앗간으로 데리고 가서 함께 도망치자고 위협한다. 하지만 그녀에게 거절당하자 결국 계집을 찌르고 자신도 자결한다.

핵심 정리

· 갈래 : 순수 소설
· 시점 : 전지적 작가 시점
· 배경 : 1920년대 일제 강점기 농촌 물레방앗간
· 주제 : 물질적 탐욕과 도덕적 인간성의 타락
· 출전 : 조선문단

물레방아

1

덜컹덜컹 홈통에 들었다가 다시 쏟아져 흐르는 물이 육중한 물레방아를 번쩍 쳐들었다가 쿵 하고 확 속으로 내던질 제, 머슴들의 콧소리는 허연 겻가루가 켜켜이 앉은 방앗간 속에서 청승스럽게 들려 나온다.

쏴쏴쏴, 구슬이 되었다가 은가루가 되고 댓줄기같이 뻗치었다가 다시 쾅쾅 쏟아져 청룡이 되고 백룡이 되어 용솟음쳐 흐르는 물이 저쪽 산모퉁이를 십 리나 두고 돌아, 다시 이쪽 들 복판을 5리쯤 꿰뚫은 뒤에, 이방원(李芳源)이 사는 동네 앞 기슭을 스쳐 지나가는데 그 위에 물레방아 하나가 놓여 있다.

물레방아에서 들여다보면 동북간으로 큼직한 마을이 있으니, 이 마을에서 가장 부자요, 가장 세력이 있는 사람은 그 이름을 신치규(申治圭)라고 부른다. 이방원이라는 사람은 그 집의 막실(幕室)살이를 하여 가며 그의 땅을 경작하여 자기 아내와 두 사람이 그날그날을 지내 간다.

어떤 가을밤 유난히 밝은 달이 고요한 이 촌을 한적하게 비칠 때, 그 물레방앗간 옆에 어떤 여자 하나와 어떤 남자 하나가 서서 이야기를 하는 소리가 들리었다.

그 여자는 방원의 아내로 지금 나이가 스물두 살, 한창 정열에 타는 가슴으로 가장 행복스러울 나이의 젊은 여자요, 그 남자는 오십이 반이 넘어 인생으로 살아올 길을 다 살고서 거의거의 쇠멸의 구렁텅이를 향해 가는 늙은이다.

그의 말소리는 마치 그 여자를 달래는 것같이,

"얘, 내 말이 조금도 그를 것이 없지? 쇤네 할멈에게서도 자세한 말을 들었을 테지만 너 생각해 보아라. 네가 허락만 하면 무엇이든지 네가 하고 싶다는 것을 내가 전부 해 줄 테란 말이야. 그까짓 방원이 녀석하고 네가 몇백 년 살아야, 언제든지 막실 구석을 면하지 못할 테니……. 허허, 사람이란 젊어서 호강해 보지 못하면 평생 한 번 해 보지 못하고 죽을 것이 아니냐. 내가 말하는 것이 조금도 잘못한 것이 없느니라! 대강 네 말을 쇤네 할멈에게서 듣기는 들었으나 그래도 네게 한 번 바로 대고 듣는 것만 못해서 이리로 만나자고 한 것이다. 네 마음은 어떠냐? 어디, 허허, 내 앞이라고 조금도 어떻게 알지 말고 이야기해 봐, 응? "

이 늙은이는 두말할 것 없이 신치규다. 그는 탐욕스러운 눈으로 방원의 계집을 들여다보며 한 손으로 등을 두드린다.

새침한 얼굴이 파르족족하고 길다란 눈썹과 검푸른 두 눈 가장자리에 예쁜 입, 뾰로통한 뺨이며 콧날이 오똑한 데다가 후리후리한 키에 떡 벌어진 엉덩이가 아무리 보더라도 무섭게 이지적(理智的)인 동시에 또는 창부형(娼婦型)으로 생긴 것이다.

계집은 아무 말이 없이 서서 짐짓 부끄러운 태를 지으며 매혹적인 웃음을 생긋 웃고는 고개를 돌렸다. 그 웃음이 얼마나 짐승 같은 신치규의 만족을 사게 되었으며, 또는 마음을 충동시켰는지 희끗희끗한 수염이 거의 계집의 뺨에 닿도록 더 가까이 와서,

"응? 왜 대답이 없니? 부끄러워서 그러니? 그렇게 부끄러워할 일은 아닌데."
하고 계집의 손을 잡으며,

"손도 이렇게 예쁜 줄은 이제까지 몰랐구나. 참 분결 같다. 이렇게 얌전히 생긴 애가 방원 같은 천한 놈의 계집이 되어 일평생을 그대로 썩는다는 것은 너무 가엾고 아깝지 않느냐? 애."

계집은 몸을 돌리려고 하지도 않고 영감이 하는 대로 내버려 두며 눈으로 땅만 내려다보고 섰다가 가까스로 입을 떼는 듯하더니,

"제 말이야 모두 쇤네 할멈이 여쭈었지요. 저에게는 너무 분수에 과한 말씀이니까요."

"온, 천만에 소리를 다 하는구나. 그게 무슨 소리냐? 너도 아다시피 내가 너를 장난삼아 그러는 것도 아니겠고, 후사(後嗣)가 없어 그러는 것이니까 네가 내 아들이나 하나 낳아 주렴. 그러면 내 것이 모두 네 것이 되지 않겠니? 자아, 그러지 말고 오늘 허락을 하렴. 그러면 내일이라도 방원이란 놈을 내쫓고 너를 불러들일 테니."

"어떻게 내쫓을 수가 있에요?"

"허어, 그게 그리 어려울 게 뭐 있니. 내가 나가라는데 제가 안 나가고 배길 줄 아니?"

"그렇지만 너무 과하지 않을까요?"

"무엇? 그런 생각을 하니까 네가 이 모양으로 이때까지 있었지. 어떻단 말이냐? 그런 것은 조금도 염려하지 말구. 자아, 또 네 서방에게 들킬라, 어서 들어가자."

"먼저 들어가세요."

"왜?"

"남이 보면 수상히 알게요."

"뭘, 나하고 가는데 수상히 알 게 뭐야…… 어서 가자."

계집은 천천히 두어 걸음 따라가다가,

"영감!"

하고 머츰하고 서 있다.

"왜 그러니?"

계집은 다시 말없이 서 있다가,

"아니에요."

하고,

"먼저 들어가세요."

하며 돌아선다. 영감이 간이 달아서 계집의 손을 잡으며,

"가자, 집으로 들어가자."

그의 가슴은 두근거리는지 숨소리가 잦아진다. 계집은 손을 빼려고 하며,

"점잖으신 어른이 이게 무슨 짓이에요."

하면서도 그 몸짓에는 모든 것을 허락한다는 뜻이 보였다. 영감은 계집의 몸을 끌어안더니 방앗간 뒤로 돌아 들어섰다. 계집은 영감 가슴에 안겨 정욕이 가득 찬 눈으로 그를 보면서,

"영감."

말 한마디 하고 침 한 번 삼키었다.

"영감이 거짓말은 안 하시지요?"

"아니."

그의 말은 떨리었다. 계집은 영감의 팔을 한 손으로 잡고 또 한 손으로는 방앗간 속을 가리켰다.

"저리로 들어가세요."

영감과 계집은 방앗간에서 2, 30분 후에 다시 나왔다.

2

사흘이 지난 뒤에 신치규는 방원이를 자기 집 사랑 마당 앞으로 불렀다.

"얘."

방원은 상전이라 고개를 숙이고,

"예."

공손하게 대답을 하였다.

"네가 그간 내 집에서 정성스럽게 일을 한 것은 고마운 일이지마는……."

점잔과 주짜를 빼면서 신치규는 말을 꺼내었다. 방원의 가슴은 이 '마는' 이라는 말 뒤에 이어질 말을 미리 깨달은 듯이 온몸의 피가 가슴으로 모여드는 듯하더니 다시 터럭이라는 터럭은 전부 거꾸로 일어서는 듯하였다.

"오늘부터는 우리 집에 사정이 있어 그러니, 내 집에 있지 말고 다른 곳에 좋은 곳을 찾아가 보아라."

아무 조건이 없다. 또한 이곳에서도 할 말이 없다. 죽으라고 하면 죽는 시늉이라도 해야 하는 것이다. 주인은 돈 가지고 사람을 사고팔 수도 있는 것이다.

방원은 가슴이 답답하였다. 자기 혼자 몸 같으면 어디 가서 어떻게 빌어먹더라도 살 수가 있지마는 사랑하는 아내를 구해 갈 길이 막연하다. 그는 고개를 굽히고 허리를 굽히고 나중에는 마음을 굽히어 사정도 하여 보고 애걸도 하여 보았다. 그러나 그것은 헛된 일이다. 주인의 마음은 쇠나 돌보다도 더 굳었다.

그는 하는 수 없이 자기 아내에게 그 이야기를 하였다. 그리고 아내더러 안주인 마님께 사정을 좀 하여 얼마간이라도 더 있게 해 달라고 하여 보라고 하였다. 그러나 아내는 방원의 말을 들을 리가 없다. 도리어,

"그러면 어떻게 한단 말이오. 이제부터 나를 어떻게 먹여 살릴 테요?"

"너는 그렇게 먹고살 수가 없을까 봐 겁이 나니?"

"겁이 나지 않고. 생각을 해 보구려. 인제는 꼼짝할 수 없이 죽지 않았소?"

"죽어?"

"그럼 임자가 나를 데리고 이곳까지 올 때에 무엇이라고 하였소. 어떻게 해서든지 너 하나야 먹여 살리지 못하겠느냐고 하셨지요?"

"그래."

"그래 얼마나 나를 잘 먹여 살리고 나를 호강시켰소? 이때까지 이태나 되도록 끌구 돌아다닌다는 것이 남의 집 행랑이었지요."

"애, 그것을 네가 모르고 하는 말이냐? 내가 하려고 하지 않아서 그렇게 된 것이냐? 차차 살아가는 동안에 무슨 일이든지 생기겠지. 설마 요대로 늙어 죽기야 하겠니?"

"듣기 싫소! 뿔 떨어지면 구워 먹지, 어느 천년에."

방원이는 가뜩이나 내쫓기고 화가 나는데 계집까지 그리하니까 속에서 열화가 치밀어 올라왔다.

"이 육시를 하고도 남을 년! 남의 마음을 글컹거리니?"

"왜 사람에게 욕을 해!"

"이년아, 욕 좀 하면 어떠냐?"

"왜 욕을 해!"

계집이 얼굴이 노래지며 대든다.

"이년이 발악인가?"

"누가 발악이야. 계집년 하나 건사 못하는 위인이 계집보고 욕만 하고, 한 게 뭐야? 그래 은가락지 은비녀나 한 벌 사 주어 보았어? 내가 임자 하자고 하는 대로 하지 않은 것은 없지!"

"이 년아, 은가락지 은비녀가 그렇게 갖고 싶으냐? 더러운 년아."

"무엇이 더러워? 너는 얼마나 정한 놈이냐!"

계집의 입 속에서는 '놈' 소리가 나오기 시작한다.

"이년 보게! 누구더러 놈이래."

하고 손길이 계집의 낭자를 후려잡더니 그대로 집어 들고 주먹으로 등줄기를 후렸다.

"이 주릿대를 안길 년!"

발길이 엉덩이를 두어 번 지르니까 계집은 그대로 거꾸러졌다가 다시 일어났다. 풀어헤뜨린 머리가 치렁치렁 끌리고 씰룩한 눈에는 독기가 섞이었다.

"왜 사람을 치니? 이놈! 죽여라, 죽여. 어디 죽여 보아라. 이놈, 나 죽고 너 죽자!"

하고 달려드는 계집을 후려쳐서 거꾸러뜨리고서,

"이년아, 죽으려고 기를 쓰나!"

방원이가 계집을 치는 것은 그것이 주먹을 가지고 하는 일종의 농담이다. 그는 주먹이나 발길이 계집의 몸에 닿을 때 거기에 얻어맞는 계집의 살이 아픈 것보다 더 찌르르하게 가슴 복판을 찌르는 아픔을 방원은 깨닫는 것이다. 홧김에 계집을 치는 것이 실상은 자기의 마음을 자기의 이빨로 물어뜯는 것이나 다름이 없는 것이다. 때리는 그에게는 몹시 애처로움이 있고 불쌍함이 있는 것이다. 그러나 자기의 화풀이를 받아 주는 사람은 아직까지도 계집밖에는 없었다. 제일 만만하다는 것보다도 가장 마음 놓고 화풀이할 수 있음이다. 싸움한 뒤, 하루가 못 되어 두 사람이 베개를 나란히 하고 서로 꼭 끼고 잘 때에는 그렇게 고맙고 그렇게 감격이 일어나는 위안이 또다시 없음이다. 계집을 치고 화풀이를 하고 난 뒤에 다시 가슴을 에는 듯한 후회와 더 뜨거운 포옹으로 위로를 받을 그때에는 두 사람 아니라 방원에게는 그만큼 힘 있고 뜨거운 믿음이 또다시 없는 까닭이다.

계집은 일부러 소리를 높여서 꺼이꺼이 운다.

온 마을 사람들이 거의 귀를 기울였으나,

"응, 또 사랑싸움을 하는군!"

하고 도리어 그 싸움을 부러워하였다. 옆집 젊은 것이 와서 싱글싱글 웃으며 들여다보며,

"인제 고만두라구."

하며 말리는 시늉을 한다. 동네 아이들만 마당 앞에 죽 늘어서서 눈들이 뚱그래서 구경을 한다.

3

그날 저녁에 방원이는 술이 얼근하여 들어왔다. 아까 계집을 차던 마음은 어느덧 풀어지고 술로 흥분된 마음에 그는 계집의 품이 몹시 그리워져서 자기 아내에게 사과를 할 마음까지 생기었다. 본시 사람이 좋고 마음이 약하고 다정한 그는 무식하게 자라난 까닭에 무지한 짓을 하기는 하나, 그것은 결코 그의 성격을 말하는 무지함이 아니다.

그는 비척거리면서 집으로 향하는 길에 거슴츠레하게 풀린 눈을 스르르 내리감고 혼잣소리로,

"빌어먹을 놈! 나가라면 나가지 무서운가? 제집 아니면 살 곳이 없는 줄 아는 게로군! 흥, 되지 않게 다 무엇이냐? 돈만 있으면 제일이냐? 이놈, 네가 그러다가는 이 주먹맛을 언제든지 볼라. 그대로 곱게 돼질 줄 아니?"

하고 개천 하나를 건너뛴 후에,

"돈! 돈이 무엇이냐?"

한참 생각하다가,

"에후."

한숨을 쉬고 나서,

"돈이 사람을 죽이는구나! 돈! 돈! 흥, 사람 나고 돈 났지 돈 나고 사람 났니?"

또 징검다리를 비척비척하고 건넌 뒤에,

"고 배라먹을 년이 왜 고렇게 포달을 부려서 장부의 마음을 긁어 놓아!"

그의 목소리에는 말할 수 없이 다정한 맛이 있었다. 그는 자기 계집을 생각하면 모든 불편이 스러지는 듯이, 숙였던 고개를 쳐들어 하늘을 보면서,

"허어, 저도 고생은 고생이지."

하고 다시 고개를 숙인 후,

"내가 너무해, 너무 그럴 게 아닌데."

그는 자기 집에 와서 문고리를 붙잡고 흔들면서,

"얘! 자니! 자?"

그러나 대답이 없고 캄캄하다.

"이년이 어디를 갔어!"

그는 문짝을 깨어져라 하고 닫은 후에 다시 길거리로 나와 그 옆집으로

가서,

"여보, 아주머니! 우리 집 색시 어디 갔는지 보았소?"

밥을 먹던 옆엣집 내외는,

"어디서 또 취했소그려! 애 어머니가 아까 머리단장을 하더니 저 방아께로 갑디다."

"방아께로?"

"네."

"빌어먹을 년! 방아께로는 뭘 먹으러 갔누!"

다시 혼자 방아를 향하여 가면서 혼자 중얼거린다.

그는 방앗간을 막 뒤로 돌아서자 신치규와 자기 아내가 방앗간에서 나오는 것을 보았다.

"아!"

그는 너무 뜻밖의 일이므로 아무 말도 하지 못하고 그대로 한참이나 멀거니 서서 보기만 하였다.

그의 눈에서는 쌍심지가 거꾸로 섰다. 열이 올라와서 마치 주홍을 칠한 듯이 그의 눈은 붉어지고 번개 같은 광채가 번뜩거리었다.

그는 한참이나 사지를 떨었다. 두 이가 서로 마주쳐서 달그락달그락하여졌다. 그의 주먹은 부서질 것같이 단단히 쥐어졌다.

계집과 신치규는 방원이 와 선 것을 보고서 처음에는 조금 간담이 서늘하여졌으나 다시 태연하게 내려앉았다. 일이 이렇게 되었으매 할 대로 하라는 뜻이다.

방원은 달려들어서 계집의 팔목을 잡았다. 그리고 이를 악물고 부르르 떨었다.

"나는 네가 이럴 줄은 몰랐다."

계집은,

"뭘 이럴 줄을 몰라?"

하며 파란 눈을 흘겨보더니,

"나중에는 별꼴을 다 보겠네. 으레 그럴 줄을 인제 알았나? 놔요! 왜 남의 팔을 잡고 요 모양이야. 오늘부터는 나를 당신이 그리 함부로 하지는 못해요! 더러운 녀석 같으니! 계집이 싫다고 그러면 국으로 물러갈 일이지,

이게 무슨 사내답지 못한 일이야! 놔요!"

팔을 뿌리쳤으나 분노가 전신에 가득 찬 그는 그렇게 쉽게 손을 놓지 않았다.

"얘! 네가 이것이 정말이냐?"

"정말이 아니구, 비싼 밥 먹고 거짓말할까."

"네가 참으로 환장을 했구나!"

"아니, 누구더러 환장을 했대? 온, 기가 막혀 죽겠지! 놔요! 놔! 왜 추근추근하게 이 모양이야? 놔."

하고서 힘껏 뿌리치는 바람에 계집의 손이 쑥 빠지었다. 계집은 손목을 주무르면서 암상맞게 돌아섰다.

이때까지 이 꼴을 멀찍이 서서 보고 있던 신치규는 두어 발자국 나서더니 기침 한 번을 서투르게 하고서,

"얘! 네가 술이 취했으면 일찍 들어가 자든지 할 것이지 웬 짓이냐? 네 눈깔에는 아무것도 보이는 것이 없단 말이냐? 너희 연놈이 싸우는 것은 너희 연놈이 어디든지 가서 할 일이지 여기 누가 있는지 없는지 눈깔에 보이는 것이 없어?"

"엣, 괘씸한 놈!"

눈깔을 부라리었다. 방원은 한참이나 쳐다볼 뿐 말이 없었다. 생각대로 하면 한주먹에 때려눕힐 것이지마는, 그러나 그의 머릿속에는 아까까지의 상전이라는 관념이 남아 있었다.

번갯불같이 그 관념이 그의 입과 팔을 얽어 놓았다. 어려서부터 오늘날까지 남을 섬겨 보기만 한 그의 마음은 상전이라면 모두 두려워하는 성질이 깊이깊이 뿌리를 박아 놓았다. 그러나 오늘부터는 신치규가 자기의 상전이 아니요, 자기가 신치규의 종도 아니다. 다만 똑같은 사람으로 서로 마주섰을 뿐이다. 아니다, 지금부터는 신치규도 방원의 원수였다. 그의 간을 씹어 먹어도 오히려 나머지 한이 있는 원수다.

신치규는 똑바로 쳐다보는 방원을 마주 쳐다보며,

"똑바로 쳐다보면 어쩔 테냐? 온, 세상이 망하려니까 별 해괴한 일이 다 많거든. 어째 이놈아!"

"이놈아?"

방원은 한 걸음 들어섰다. 나무같이 힘센 다리가 성큼하고 나설 때 신치규는 머리끝이 으쓱하였다. 쇠몽둥이 같은 두 주먹이 쑥 앞으로 닥칠 때 그의 가슴은 덜컥 내려앉았다.

"네 입에서 이놈이라는 소리가 나오니? 이 사지를 찢어발겨도 오히려 시원치 못할 놈아! 네가 내 계집을 빼앗으려고 오늘 날더러 나가라고 그랬지?"

"어허, 이거 그놈이 눈깔이 삐었군. 애, 나는 먼저 들어가겠다. 너는 네 서방하구 나중 들어오너라."

신치규는 형세가 위험하니까 슬금슬금 꽁무니를 빼려고 돌아서서 들어가려 했다. 방원은 돌아서는 신치규의 멱살을 잔뜩 쥐어 한 팔로 바싹 쳐켜들고,

"이놈 어디를 가? 네가 이때까지 맛을 몰랐구나!"

하며 한 번 집어쳐 땅바닥에다가 태질을 한 뒤에 그대로 타고 앉아서 목줄띠를 누르니까, 마치 뱀이 개구리 잡아먹을 적 모양으로 깩깩 소리가 나며 말 한마디 못 한다.

"이놈, 너 죽고 나 죽으면 고만 아니냐."

하고 방원은 주먹으로 사정없이 닥치는 대로 들이팬다. 나중에는 주먹이 부족하여 옆에 있는 모루 돌멩이를 집어서 죽어라 하고 내리친다. 그의 팔, 그의 몸에 끓어오르는 분노가 극도에 달하자 사람의 가슴속에 본능적으로 숨어 있는 잔인성이 조금도 남지 않고 그대로 나타났다. 그의 눈은 마치 펄떡펄떡 뛰는 미끼를 가로채고 앉은 승냥이나 이리와 같이, 뜨거운 피를 보고야 만족한다는 듯이 무섭게 번쩍거렸다. 그에게는 초자연의 무서운 힘이 그의 팔과 다리에 올라왔다.

이 꼴을 보는 계집은 무서웠다. 끔찍끔찍한 일이 목전에 생길 것이다. 그의 맥이 풀린 다리는 마음대로 놓여지지 않았다.

"야! 사람 살류! 사람 살류!"

적적한 밤중 쓸쓸한 마을에는 처참한 여자 목소리가 으스스하게 울리었다. 이 소리를 들은 방원은 더욱 힘을 주어서 눈을 딱 감고 죽어라 내리 짓찧었다. 뼈가 돌에 맞은 소리가 살이 얼크러지는 소리와 함께 퍽퍽 하였다. 피 묻은 돌이 여기저기 흩어지고 갈가리 찢긴 옷에는 살점이 묻었다.

동네 쪽에서는 수군수군하더니 구두 소리가 나며 칼 소리가 덜거덕거리

었다. 방원의 머리에는 번갯불같이 무엇이 보이었다. 그는 손에 주먹을 쥔 채 잠깐 정신을 차려 그쪽으로 귀를 기울였다.

"순검……."

그는 신치규의 배를 타고 앉아서 순검의 구두 소리를 듣자 비로소 자기가 무슨 짓을 하였는지 깨달았다.

그는 미친 사람처럼 일어났다. 그러고는 옆에 서서 벌벌 떠는 계집에게로 갔다.

"애! 가자! 도망가자! 너하고 나하고 같이 가자! 자, 어서어서!"

계집은 자기에게 또 무슨 일이 있을까 해 겁내어 도망하려 한다. 방원은 계집을 따라가며,

"애! 애! 네가 이렇게도 나를 몰라주니? 내가 너를 어떻게 생각하는지 알지를 못하니? 자! 어서 도망가자. 어서어서, 뒤에서 순검이 쫓아온다."

계집은 그대로 서서 종종걸음을 치며,

"싫소! 임자나 가구려! 나는 싫어요, 싫어."

"가자! 응! 가!"

그는 미친 사람처럼 계집의 팔을 붙잡고 끌었다. 그때 누구인지 그의 팔을 마치 형틀에 매다는 것같이 꽉 뒤로 끼어안는 사람이 있었다.

"이놈아! 어디를 가?"

그는 뒤를 돌아보지 않고도 그가 누구인지 알았다. 그는 온몸에 맥이 풀리어 그대로 뒤로 자빠지려 할 때, 어느덧 널빤지 같은 주먹이 그의 뺨을 사정없이 갈겼다.

"정신 차려!"

"네."

그는 무의식적으로 고개가 숙여지고 말소리가 공손하여졌다.

땅바닥에는 신치규가 꿈지럭거리며 이리저리 뒹군다. 청승스러운 비명이 들린다. 방원은 포승 지인 채, 계집은 그대로 주재소로 끌려가고, 신치규는 머슴들이 업어 들였다.

4

석 달이 지났다. 상해죄(傷害罪)로 감옥에서 복역을 하던 방원은 만기가

되어 출옥을 하였다. 그러나 신치규는 아무 일 없이 자기 집에서 치료하고 방원의 계집을 데려다 산다. 신치규는 온몸이 나은 뒤에 홀로 생각하였다.

'죽은 줄만 알았더니 그래도 이렇게 살아 있으니!'

하고 얼굴에 흠이 진 것을 만져 보며,

'오히려 그놈이 그렇게 한 짓이 나에게는 다행이지, 얼굴이 아프기는 좀 하였으나! 허어.'

'어떻게 그놈을 떼어 버릴까 하고 그렇지 않아도 걱정을 하던 차에 잘되었지. 그놈 한 십 년 감옥에서 콩밥을 먹었으면 좋겠다.'

방원은 감옥에서 생각하기를 나가기만 하면 연놈을 죽어 버리고 제가 죽든지 요정을 내리라 하였다.

집에서 내쫓기고 계집까지 빼앗기고, 그것을 생각하면 이가 갈리고 치가 떨리었다. 그것이 모두 자기의 돈 없는 탓인 것을 생각하며 더욱 분한 생각이 났다.

"에, 더러운 년!"

그는 홍바지에 쇠사슬을 차고서 일을 할 때에도 가끔 침을 땅에다 뱉으면서 혼자 중얼거리었다.

"사람이 이러고서야 살아서 무엇 하나. 멀쩡한 놈이 계집 빼앗기고 생으로 콩밥까지 먹으니……."

그가 감옥에서 나올 때에는 감옥소를 다시 한번 돌아보고, 내가 여기서 마지막으로 목숨을 잃어버리든지, 그렇지 않으면 내가 내 손으로 내 목을 찔러 죽든지, 무슨 요정이 날 것을 생각하고 다시 온몸에 힘을 주고 쓸쓸한 웃음을 웃었다.

그는 이백리나 되는 길을 걸어서 계집이 사는 촌에를 왔다.

그러나 아무도 그를 아는 체하는 사람이 없었다. 전에 친하게 지내던 사람들도 그를 보고 피해 갔다.

마치 문둥병자나 마찬가지 대우를 하였다. 감옥에서 나온 뒤로부터는 더욱 세상이 차디차졌다. 자기가 상상하던 것보다도 더 무정하여졌다. 그는 하는 수 없이 밤이 될 때까지 그 근처 산속으로 돌아다녔다. 그러다가 깊은 밤에 촌으로 내려왔다. 그는 그 방앗간을 다시 지나갔다. 석 달 전 생각이 났다. 자기가 여기서 잡혀갔다는 것을 생각할 때 더욱 억울하고 분한 생각이 치밀어 올라왔다. 그는 한참이나 거기 서서 그때 일을 생각하고 몸서리를 친 후에 다시 그전 집을 찾아갔다.

날이 몹시 추워지고 눈이 쌓였다. 입은 옷은 가을에 입고 감옥에 들어갔던 그것이므로 살을 에는 듯하였으나, 그는 분한 생각과 흥분된 마음에 그것도 몰랐다.

'연놈을 모두 처치를 해 버려?'

혼자 속으로 궁리를 하다가,

'그렇지, 그까짓 것들은 살려 두어야 쓸데없는 인생들야.'

하면서 옆구리에 지른 기름한 단도를 다시 만져 보았다. 그는 감격스런 마음으로 그것을 쓰다듬었다. 그는 신치규의 집 울을 넘어 들어갔다. 그의 발은 전에 다닐 적같이 익숙하였다. 그는 사랑을 엿보고 다시 뒤로 돌아서 건넌방 창 밑에 와 섰다. 귀를 기울였으나 아무 말도 들리지 않았다. 그는 손에 칼을 빼 들었다. 그러고는 일부러 뒤 창문을 달각달각 흔들었다.

"그 뉘?"

하고 계집의 머리가 쑥 나오며 문이 열리었다. 그는 얼른 비켜섰다. 문은 다시 닫혀지고 계집은 들어갔다.

방원의 마음은 이상하게 동요가 되었다. 예쁜 계집의 목소리가 오래간만에 귀에 들릴 때 마치 자기가 감옥에서 꿈을 꿀 적 모양으로 요염하고도 황홀하게 그의 마음을 꾀는 것 같았다. 그는 꿈속에서 다시 만난 것 같고 오래간만에 그를 만나 보매 모든 결심은 얼음같이 녹는 듯하였다. 그래도 계집이 설마 나를 영영 잊어버리랴 하고 옛날의 정리를 생각할 때 그것이 거짓말이 아니고 무엇이냐는 생각이 났다.

아무리 자기를 감옥에까지 가게 하였다 하더라도 그는 감히 칼을 들어 죽이려는 용기가 단번에 나지 않아서 주저하기 시작하였다.

'아니다, 다시 한번만 물어보자!'

그는 들었던 칼을 다시 집고 생각하였다.

'거짓말이다, 거짓말이다! 그럴 리가 없다.'

그는 반신반의하였다.

'그렇다, 한 번만 다시 물어보고 죽이든 살리든 하자!'

그는 다시 문을 달각달각하였다. 계집은 이번에도 다시 문을 열고 사면을 둘러보더니 헌 짚신짝을 신고 나왔다.

"뉘요?"

그가 방원이 서 있는 집 모퉁이를 돌아서려 할 제,

"내다!"

하고 입을 틀어막고 칼을 가슴에 대었다.

"떠들면 죽어!"

방원은 계집의 입을 수건으로 틀어막고 결박한 후 들쳐 업고서 번개같이 달음질쳤다.

그는 어느결에 계집을 업이다가 물레방아 앞에 내려놓은 후 결박을 풀었다. 그리고 한숨을 쉬었다.

"나를 모르겠니?"

캄캄한 그믐밤에 얼굴을 바짝 계집의 코 앞에 들이댔다. 계집은 얼굴을 자세히 보더니,

"아!"

소리를 지르더니 뒤로 물러섰다.

"조금도 놀랄 것이 없다. 오늘 네가 내 말을 들으면 살려 줄 것이요, 그렇지 않으면 이거야."

하고 시퍼런 칼을 들이대었다. 계집은 다시 태연하게,

"말이요? 임자의 말을 들으렬 것 같으면 벌써 들었지요, 이때까지 있겠소? 임자도 나의 마음을 알지요? 임자와 나와 2년 전에 이곳으로 도망해 올 적에도 전남편이 나를 죽이겠다고 허리를 찔러 그 흠이 있는 것을 날마다 밤에 당신이 어루만졌지요? 내가 그까짓 칼쯤을 무서워서 나 하고 싶은 것을 못 한단 말이오? 흥, 이게 무슨 비겁한 짓이오, 사내자식이. 자! 찌르려거든 찔러 봐아, 자, 자. "

계집은 두 가슴을 벌리고 대들었다. 방원은 계집의 태도가 너무 대담하므로 들었던 칼이 도리어 뒤로 움찔할 만큼 기가 막혔다. 그는 무의식중에,

"정말이냐?"

하고 한 걸음 더 가까이 나섰다.

"정말이 아니고? 내가 비록 여자이지마는 당신같이 겁쟁이는 아니라오! 이것이 도무지 무엇이오?"

계집은 그래도 두려웠던지 방원의 손에 든 칼을 뿌리쳐 땅에 떨어뜨리었다.

이 칼이 땅에 떨어지자 방원은 이때까지 용사와 같이 보이던 계집이 몹시 비겁스럽고 더러워 보이어 다시 칼을 집어 들고 덤비었다.

"에잇! 간사한 년! 어쩔 테냐? 나하고 당장에 멀리 가지 않을 테냐? 자아, 가자!"

그는 눈물 어린 눈으로 타일러 보기도 하고 간청도 하여 보았다.

"자아, 어서 옛날과 같이 나하고 멀리멀리 도망을 가자! 나는 참으로 내 칼로 너를 죽일 수는 없다!"

계집의 눈에는 독이 올라왔다. 광채가 어두운 밤에 번개같이 번쩍거리며,

"싫어요. 나는 죽으면 죽었지 가기는 싫어요. 이제 나는 고만 그렇게 구차하고 천한 생활을 다시 하기는 싫어요. 고만 물렀어요."

"너의 입으로 정말 그런 말이 나오느냐? 너는 나를 우리 고향에 다시 돌아가지 못하게 만들어 놓고, 나의 모든 것을 다 잃어버리게 한 후에, 또 나중에는 세상에서 지옥이라고 하는 감옥소에까지 가게 했지! 그러고도 나의 맨 마지막 원을 들어주지 않을 테냐?"

"나는 언제든지 당신 손에 죽을 것까지도 알고 있소! 자! 오늘 죽으나 내일 죽으나 언제든지 죽기는 일반, 이렇게 된 이상 어서 죽이시오."

"정말이냐? 정말이야?"

"정말이오!"

계집은 결심한 뜻을 나타내었다. 방원의 손은 떨리었다. 그리고 그는 눈을 감고,

"에, 여우 같은 년!"

하고 칼끝을 계집의 옆구리를 향하여 힘껏 밀었다. 계집은 이를 악물고,

"사람 죽인다!"

소리 한 번에 그 자리에 거꾸러졌다. 칼자루를 든 손이 피가 몰리는 바람에 우루루 떨리더니 피가 새어 나왔다. 방원은 그 칼을 빼어 들더니 계집 위에 거꾸러져서 가슴을 찌르고 절명하여 버렸다.

날개

- 이 상 -

작가 소개

이상(李箱 1910~1937)

이상의 본명은 김해경이며, 1910년 서울에서 태어났다.

1917년 신명보통학교에 입학하여 1921년 졸업하였고, 이후 동광학교에 입학했다가 1924년 보성고교에 편입했다. 1927년 보성고등보통학교를 거쳐 1929년 경성고등공업학교 건축과를 졸업했다. 그해 조선총독부 내무국 건축과 기수(技手)가 되었으며, 1930년 잡지 '조선'에 중편 소설 〈십이월 십이일〉을 발표하고, 1931년 〈이상한 가역반응〉, 〈파편의 경치〉 등 일본어로 된 시를 발표하면서 문학 활동을 시작했다. 1933년 각혈로 기원직을 그만두고 요양을 하면서 황해도 백천온천에서 요양하다 그의 소설에 자주 등장하는 금홍을 만났다.

요양을 하면서 이태준 · 박태원 · 김기림 · 정지용 등과 사귀었고, 1934년 구인회(九人會) 활동을 하면서 당시 조선중앙일보 학예부장이던 정지용의 추천을 받아 '오감도'를 연작하지만 독자의 거센 항의로 중단되었다. 1936년 이상은 〈날개〉, 〈봉별기〉, 〈종생기〉, 수필 〈서망율도〉, 〈약수〉 등을 발표했다. 그해 9월 도쿄에 건너갔다가 1937년 2월 불령선인(不逞鮮人)으로 일본 경찰에 체포 · 감금되었다. 병보석으로 풀려난 뒤 김소운 등 몇 사람의 도움으로 입원하지만 1937년 4월 17일 "레몬 향기를 맡고 싶소"라는 유언을 남기고 동경대학 부속 병원에서 죽었다.

작품 정리

〈날개〉는 1936년 '조광'에 발표된 이상의 대표적인 단편 소설로 그의 첫사랑인 금홍(錦紅)과의 2년여에 걸친 동거 생활 속에서 얻어진 결과물로 여겨지고 있다.

이 작품은 내용의 난해함과 형식의 파격성으로 1930년대 모더니즘 소설의 으뜸으로 꼽히는 작품이며, 자아 분열을 그린 한국 최초의 심리주의 소설이다. 주인공이며 화자인 '나'는 매춘부인

아내에게 붙어사는 무기력한 사람으로 현실 적응이나 개조의 행동력을 상실하고 자의식의 세계에 갇혀 무의미한 지적 유희나 감각적 자극만을 일삼는 정신 병리적 인물이다.

'나'의 유일한 삶의 지반이었던 아내로부터의 배반감이 그를 막다른 골목으로 몰아넣고, 박제(剝製)로 상징되던 무기력한 천재는 "날자, 날자, 날자. 한 번만 더 날아 보자꾸나."란 외침으로 '탈출 의지'를 표현한다. 그러나 탈출 의지로 실패감을 맛본다.

이 소설에 나오는 부부는 기형적인 삶을 살아가는 인물들이다. '나'는 아내에게 예속적이고 기생적인 존재이고 아내는 내 삶의 가장 기본적인 의식주를 해결해 주지만, 동시에 '나'에게 압박을 주면서 '나'를 지배하고 사육하는 존재이다. 이런 종속 관계는 시간과 공간의 소유관계에서도 마찬가지다. '나'에게 아내가 몸을 파는 현장은 들여다봐서는 안 되는 공간이며 그 시간은 잠드는 시간이다. 외출할 때도 자정 전에는 절대로 집에 들어갈 수가 없다. 이런 자정의 시간과 반대쪽인 정오의 사이렌은 폐쇄성과 도착(倒錯)된 아내와의 관계를 역전시키는 공간이다.

이러한 작품 성격은 그의 자아와 현실과의 관계, 현실에 대한 태도를 보여 주는 것으로써 1930년대 일제 강점기에 강력한 탄압 속에서 무기력할 수밖에 없었던 식민지 지식인의 무능함이 반영되고, 속악하고 부정한 현실 속에서 불가피하게 관계를 맺으며 살아가야 하는 곤혹스러움이 표현되어 있다. 이 작품에서 시대 현실을 반영하는 속악하고 부정한 현실은 아내의 행위로 상징되고 있으며 이는 도덕성을 상실한 현실이다.

작품 줄거리

'나'는 아내와 함께 유곽과 같은 33번지 어떤 방에 세를 들어 살면서, 늘 어두컴컴한 방에서 하루하루 뒹굴며 시간을 보낸다. 나에게는 현실 감각이 없다. 삶의 어떤 목적도 없다. 무기력한 나날들이 계속될 뿐이다.

나에게 외부 세계와 통하는 유일한 통로는 아내뿐이다. 그런데 아내의 방과 내 방은 나뉘어 있다. 아내가 사는 아랫방은 해가 들지만 내가 사는 윗방은 볕이 들지 않는다. 아내가 외출을 하면 '나'는 얼른 아랫방으로 간다. '나'는 아내의 화장품 냄새를 맡거나 돋보기로 화장지를 태우거나 아내가 입던 옷을 입고 놀지만 아내에게 내객이 생길 때는 어쩔 수 없이 윗방에 갇혀 지내야 한다. 아내는 내객이 가고 나면 내가 잠을 자고 있는 동안 은화 한 푼을 머리맡에 놓고 가곤 한다. 어느 날 '나'는 아내가 사다 준 저금통에 모아 둔 은화를 몽땅 변소에 던져 버렸다. 저금통에 돈을 넣는 것이 성가셨다.

그리고 어느 날 아내가 외출한 사이에 '나'도 밖으로 나갔다 비를 맞고 돌아온다. 궂은 날이기에 내객이 없을 거라 여겼지만 아내에겐 내객이 있었다. 아내는 자신의 일에 거추장스러운 '나'

를 볕이 안 드는 방에서 나오지 못하도록 최면제를 먹인다. '나'는 그 약이 아스피린인 줄 알았으나 아내의 방에서 최면약 아달린 갑을 발견하고 괴로워한다. '나'는 산에서 아달린 여섯 알을 먹은 뒤 꼬박 하루 동안이나 잠을 잔다. 깨어나서 집으로 돌아온 '나'는 아내의 매음 행위를 보게 되고 아내에게 폭행까지 당한다. '나'는 그 자리를 뛰쳐나와 자신을 재우고 아내가 무슨 짓을 했는지를 고민하며 미츠코시 백화점(和信百貨店) 옥상으로 올라가 자신의 스물여섯 해를 회고한다. 그때 정오의 사이렌이 울리고 '나'는 현란한 거리 풍경을 내려다보며 "날개야 다시 돋아라. 날자, 날자, 날자. 한 번만 더 날자꾸나. 한 번만 날아 보자꾸나." 하고 외친다.

핵심 정리

· 갈래 : 심리주의 소설
· 시점 : 1인칭 주인공 시점
· 배경 : 일제 강점기 서울 33번지 구석방
· 주제 : 식민치하의 지식인의 분열의식 극복
· 출전 : 조광

날개

'박제가 되어 버린 천재'를 아시오? 나는 유쾌하오. 이런 때 연애까지가 유쾌하오.

육신이 흐느적흐느적하도록 피로했을 때만 정신이 은화처럼 맑소. 니코 틴이 내 횟배(회충으로 인한 배앓이) 앓는 뱃속으로 스미면 머릿속에 으레 백지가 준비되는 법이오. 그 위에다 나는 위트와 패러독스를 바둑 포석처 럼 늘어놓소. 가증할 상식의 병이오.

나는 또 여인과 생활을 설계하오. 연애 기법에마저 서먹서먹해진 지성의 극치를 흘깃 좀 들여다본 일이 있는, 말하자면 일종의 정신 분일자 말이오. 이런 여인의 반 — 그것은 온갖 것의 반이오 — 만을 영수하는 생활을 설계 한다는 말이오. 그런 생활 속에 한 발만 들여놓고 흡사 두 개의 태양처럼 마주 쳐다보면서 낄낄거리는 것이오. 나는 아마 어지간히 인생의 제행이 싱거워서 견딜 수가 없게끔 되고 그만둔 모양이오. 굿바이.

굿바이, 그대는 이따금 그대가 제일 싫어하는 음식을 탐식하는 아이러니 를 실천해 보는 것도 좋을 것 같소. 위트와 패러독스와…….

그대 자신을 위조하는 것도 할 만한 일이오. 그대의 작품은 한 번도 본 일이 없는 기성품에 의하여 차라리 경편하고 고매하리라.

19세기는 될 수 있거든 봉쇄하여 버리오. 도스토옙스키 정신이란 자칫하 면 낭비인 것 같소. 위고를 불란서의 빵 한 조각이라고는 누가 그랬는지 지 언인 듯싶소. 그러나 인생 혹은 그 모형에서 디테일 때문에 속는다거나 해 서야 되겠소? 화를 보지 마오. 부디 그대께 고하는 것이니…….

(테이프가 끊어지면 피가 나오. 생채기도 머지않아 완치될 줄 믿소. 굿

바이.)

 감정은 어떤 포즈(그 포즈의 소만을 지적하는 것이 아닌지나 모르겠소).
그 포즈가 부동자세에까지 고도화할 때 감정은 딱 공급을 정지합네다.
 나는 내 비범한 발육을 회고하여 세상을 보는 안목을 규정하였소.
 여왕봉(여왕벌과 교미한 수벌은 반드시 죽는다는 사실에서 남편이 죽고
없는 미망인과 같은 의미를 지님)과 미망인 — 세상의 하고많은 여인이 본
질적으로 이미 미망인 아닌 이가 있으리까? 아니! 여인의 전부가 그 일상
에서 개개 '미망인'이라는 내 논리가 뜻밖에도 여성에 대한 모독이 되오?
굿바이.

 그 33(성교 자세를 의미하는 것으로 볼 수 있음)번지라는 것이 구조가 흡
사 유곽이라는 느낌이 없지 않다. 한 번지에 18(십팔. 성적인 의도가 숨겨
져 있음)가구가 죽 — 어깨를 맞대고 늘어서서 창호가 똑같고 아궁이 모양
이 똑같다. 게다가 각 가구에 사는 사람들이 송이송이 꽃과 같이 젊다. 해
가 들지 않는다. 해가 드는 것을 그들이 모른 체하는 까닭이다. 턱살 밑에
다 철줄을 매고 얼룩진 이부자리를 널어 말린다는 핑계로 미닫이에 해가
드는 것을 막아 버린다. 침침한 방 안에서 낮잠들을 잔다. 그들은 밤에는
잠을 자지 않나? 알 수 없다. 나는 밤이나 낮이나 잠만 자느라고 그런 것은
알 길이 없다. 33번지 18가구의 낮은 참 조용하다.
 조용한 것은 낮뿐이다. 어둑어둑하면 그들은 이부자리를 걷어 들인다.
전등불이 켜진 뒤의 18가구는 낮보다 훨씬 화려하다. 저물도록 미닫이 여
닫는 소리가 잦다. 바빠진다. 여러 가지 내음새(냄새)가 나기 시작한다. 비
웃(청어) 굽는 내, 탕고도란(식민지 시대에 많이 쓰던 화장품의 이름) 내,
뜨물 내, 비누 내…….
 그러나 이런 것들보다도 그들의 문패가 제일로 고개를 끄덕이게 하는 것
이다. 이 18가구를 대표하는 대문이라는 것이 일각이 져서 외따로 떨어지
기는 했으나 있다. 그러나 그것은 한 번도 닫힌 일이 없는 한길이나 마찬가
지 대문인 것이다. 온갖 장사치들은 하루 가운데 어느 시간에라도 이 대문
을 통하여 드나들 수 있는 것이다. 이네들은 문간에서 두부를 사는 것이 아

니라 미닫이만 열고 방에서 두부를 사는 것이다. 이렇게 생긴 33번지 대문에 그들 18가구의 문패를 몰아다 붙이는 것은 의미가 없다. 그들은 어느 사이엔가 각 미닫이 위 백인당이니 길상당이니 써 붙인 한 곁에다 문패를 붙이는 풍속을 가져 버렸다.

내 방 미닫이 위 한 곁에 칼표 딱지(뜯어서 쓰는 딱지)를 넷에다 낸 것만 한 내, 아니! 내 아내의 명함이 붙어 있는 것도 이 풍속을 좋은 것이 아닐 수 없다.

나는 그러나 그들의 아무와도 놀지 않는다. 놀지 않을 뿐만 아니라 인사도 않는다. 나는 내 아내와 인사하는 외에 누구와도 인사하고 싶지 않았다.

내 아내 외에 다른 사람과 인사를 하거나 놀거나 하는 것은 내 아내 낯을 보아 좋지 않은 일인 것만 같이 생각이 들었기 때문이다. 나는 이만큼까지 내 아내를 소중히 생각한 것이다.

내가 이렇게까지 내 아내를 소중히 생각한 까닭은 이 33번지 18가구 가운데서 내 아내가 내 아내의 명함처럼 제일 작고 제일 아름다운 것을 안 까닭이다. 18가구에 각기 별러든 송이송이 꽃들 가운데서도 내 아내가 특히 아름다운 한 떨기의 꽃으로, 이 함석지붕 밑 볕 안 드는 지역에서 어디까지든지 찬란하였다. 따라서 그런 한 떨기 꽃을 지키고, 아니 그 꽃에 매달려 사는 나라는 존재가 도무지 형언할 수 없는 거북살스러운 존재가 아닐 수 없었던 것은 물론이다.

나는 어디까지든지 내 방이 — 집이 아니다. 집은 없다 — 마음에 들었다. 방 안의 기온은 내 체온을 위하여 쾌적하였고, 방 안의 침침한 정도가 또한 내 안력을 위하여 쾌적하였다. 나는 내 방 이상의 서늘한 방도, 또 따뜻한 방도 희망하지 않았다. 이 이상으로 밝거나 이 이상으로 아늑한 방을 원하지 않았다. 내 방은 나 하나를 위하여 요만한 정도를 꾸준히 지키는 것 같아 늘 내 방에 감사하였고, 나는 또 이런 방을 위하여 이 세상에 태어난 것만 같아서 즐거웠다.

그러나 이것은 행복이라든가 불행이라든가 하는 것을 계산하는 것은 아니었다. 말하자면 나는 내가 행복하다고도 생각할 필요가 없었고, 그렇다고 불행하다고도 생각할 필요가 없었다. 그냥 그날그날을 그저 까닭 없이 펀둥펀둥 게으르게만 있으면 만사는 그만이었던 것이다.

내 몸과 마음에 옷처럼 잘 맞는 방 속에서 뒹굴면서, 축 처져 있는 것은 행복이니 불행이니 하는 그런 세속적인 계산을 떠난 가장 편리하고 안일한, 말하자면 절대적인 상태인 것이다. 나는 이런 상태가 좋았다.

이 절대적인 내 방은 대문간에서 세어서 똑 일곱째 칸이다. 러키세븐의 뜻이 없지 않다. 나는 이 일곱이라는 숫자를 훈장처럼 사랑하였다. 이런 이 방이 가운데 장지로 말미암아 두 칸으로 나뉘어 있었다는 그것이 내 운명의 상징이었던 것을 누가 알랴?

아랫방은 그래도 해가 든다. 아침결에 책보만 한 해가 들었다가 오후에 손수건만 해지면서 나가 버린다. 해가 영영 들지 않는 윗방이 즉 내 방인 것은 말할 것도 없다. 이렇게 볕 드는 방이 아내 방이요, 볕 안 드는 방이 내 방이요 하고 아내와 나 둘 중에 누가 정했는지 나는 기억하지 못한다. 그러나 나에게는 불평이 없다.

아내가 외출만 하면 나는 얼른 아랫방으로 와서 그 동쪽으로 난 들창을 열어 놓고, 열어 놓으면 들이비치는 볕살이 아내의 화장대를 비쳐 가지각색 병들이 아롱이 지면서 찬란하게 빛나고, 이렇게 빛나는 것을 보는 것은 다시없는 내 오락이다. 나는 조그만 '돋보기'를 꺼내 가지고 아내만이 사용하는 지리가미(휴지)를 그슬려 가면서 불장난을 하고 논다. 평행 광선을 굴절시켜서 한 초점에 모아 가지고 그 초점이 따끈따끈해지다가, 마지막에는 종이를 그슬리기 시작하고 가느다란 연기를 내면서 드디어 구멍을 뚫어 놓는 데까지에 이르는 고 얼마 안 되는 동안의 초조한 맛이 죽고 싶을 만치 내게는 재미있었다.

이 장난이 싫증이 나면 나는 또 아내의 손잡이 거울을 가지고 여러 가지로 논다. 거울이란 제 얼굴을 비출 때만 실용품이다. 그 외의 경우에는 도무지 장난감인 것이다.

이 장난도 곧 싫증이 난다. 나의 유희심은 육체적인 데서 정신적인 데로 비약한다. 나는 거울을 내던지고 아내의 화장대 앞으로 가까이 가서 나란히 늘어 놓은 고 가지각색의 화장품 병들을 들여다본다. 고것들은 세상의 무엇보다도 매력적이다. 나는 그중의 하나만을 골라서 가만히 마개를 빼고 병 구멍을 내 코에 가져다 대고 숨죽이듯이 가벼운 호흡을 하여 본다. 이국적인 센슈얼한 향기가 폐로 스며들면 나는 저절로 스르르 감기는 내 눈을 느낀다. 확실히 아내의 체취의 파편이다. 나는 도로 병마개를 막고 생각해 본다. 아내의 어느 부분에서 요 내음새가 났던가를……. 그러나 그것은 분명치 않다. 왜? 아내의 체취는 여기 늘어선 가지각색 향기의 합계일 것이니까.

아내의 방은 늘 화려하였다. 내 방이 벽에 못 한 개 꽂히지 않은 소박한 것인 반대로, 아내 방에는 천장 밑으로 쫙 돌려 못이 박히고, 못마다 화려한 아내의 치마와 저고리가 걸렸다. 여러 가지 무늬가 보기 좋다. 나는 그 여러 조각의 치마에서 늘 아내의 동체와 그 동체가 될 수 있는 여러 가지 포즈를 연상하고 연상하면서 내 마음은 늘 점잖지 못하다.

그렇건만 나에게는 옷이 없었다. 아내는 내게는 옷을 주지 않았다. 입고 있는 코르덴 양복 한 벌이 내 자리옷이었고 통상복과 나들이옷을 겸한 것이었다. 그리고 하이넥의 스웨터가 한 조각 사철을 통한 내 내의다. 그것들은 하나같이 다 빛이 검다. 그것은 내 짐작 같아서는, 즉 빨래를 될 수 있는 데까지 하지 않아도 보기 싫지 않도록 하기 위한 것이 아닌가 한다. 나는 허리와 두 가랑이 세 군데 다 고무 밴드가 끼어 있는 부드러운 사루마다(속옷)를 입고 그리고 아무 소리 없이 잘 놀았다.

어느덧 손수건만 해졌던 볕이 나갔는데 아내는 외출에서 돌아오지 않는다. 나는 요만 일에도 좀 피곤하였고, 또 아내가 돌아오기 전에 내 방으로 가 있어야 될 것을 생각하고 그만 내 방으로 건너간다. 내 방은 침침하다. 나는 이불을 뒤집어쓰고 낮잠을 잔다.

한 번도 걷은 일이 없는 내 이부자리는 내 몸뚱이의 일부분처럼 내게는 참 반갑다. 잠은 잘 오는 적도 있다. 그러나 또 전신이 까칫까칫하면서 영 잠이 오지 않는 적도 있다. 그런 때는 아무 제목으로나 제목을 하나 골라서 연구하였다. 나는 내 좀 축축한 이불 속에서 참 여러 가지 발명도 하였고 논문도 많이 썼다. 시도 많이 지었다. 그러나 그것들은 내가 잠이 드는 것과 동시에 내 방에 담겨서 철철 넘치는 그 흐늑흐늑한 공기에 다 — 비누처럼 풀어져서 온데간데가 없고, 한참 자고 깬 나는 속이 무명 헝겊이나 메밀껍질로 띵띵 찬 한 덩어리 베개와도 같은 한 벌 신경이었을 뿐이고 뿐이고 하였다.

그러기에 나는 빈대가 무엇보다도 싫었다. 그러나 내 방에서는 겨울에도 몇 마리의 빈대가 끊이지 않고 나왔다. 내게 근심이 있었다면 오직 이 빈대를 미워하는 근심일 것이다. 나는 빈대에게 물려서 가려운 자리를 피가 나도록 긁었다. 쓰라리다. 그것은 그윽한 쾌감임에 틀림없었다. 나는 혼곤히 잠이 든다.

나는 그러나 그런 이불 속의 사색 생활에서도 적극적인 것을 궁리하는 법이 없다. 내게는 그럴 필요가 대체 없었다. 만일 내가 그런 좀 적극적인 것을 궁리해 내었을 경우에 나는 반드시 내 아내와 의논하여야 할 것이고, 그러면 반드시 나는 아내에게 꾸지람을 들을 것이고 — 나는 꾸지람이 무서웠다느니보다도 성가셨다. 내가 제법 한 사람의 사회인의 자격으로 일을 해 보는 것도, 아내에게 사설 듣는 것도 나는 가장 게으른 동물처럼 게으른 것이 좋았다. 될 수만 있으면 이 무의미한 인간의 탈을 벗어 버리고도 싶었다.

나에게는 인간 사회가 스스러웠다. 생활이 스스러웠다. 모두가 서먹서먹할 뿐이었다.

아내는 하루에 두 번 세수를 한다. 나는 하루 한 번도 세수를 하지 않는다. 나는 밤중 3시나 4시쯤 해서 변소에 갔다. 달이 밝은 밤에는 한참씩 마당에 우두커니 섰다가 들어오곤 한다. 그러니까 나는 이 18가구의 아무와도 얼굴이 마주치는 일이 거의 없다. 그러면서도 나는 이 18가구의 젊은 여인네 얼굴들을 거반 다 기억하고 있었다. 그들은 하나같이 내 아내만 못하였다.

11시쯤 해서 하는 아내의 첫 번 세수는 좀 간단하다. 그러나 저녁 7시쯤 해서 하는 두 번째 세수는 손이 많이 간다. 아내는 낮에 보다도 밤에 더 좋고 깨끗한 옷을 입는다. 그리고 낮에도 외출하고 밤에도 외출하였다.

아내에게 직업이 있었던가? 나는 아내의 직업이 무엇인지 알 수 없다. 만일 아내에게 직업이 없었다면, 같이 직업이 없는 나처럼 외출할 필요가 생기지 않을 것인데 ─ 아내는 외출한다. 외출할 뿐만 아니라 내객이 많다. 아내에게 내객이 많은 날은 나는 온종일 내 방에서 이불을 쓰고 누워 있어야만 된다. 불장난도 못 한다. 화장품 내음새도 못 맡는다. 그런 날은 나는 의식적으로 우울해하였다. 그러면 아내는 나에게 돈을 준다. 50전짜리 은화다. 나는 그것이 좋았다. 그러나 그것을 무엇에 써야 옳을지 몰라서 늘 머리맡에 던져 두고두고 한 것이 어느결에 모여서 꽤 많아졌다. 어느 날 이것을 본 아내는 금고처럼 생긴 벙어리(저금통)를 사다 준다. 나는 한 푼씩 한 푼씩 고 속에 넣고 열쇠는 아내가 가져갔다. 그 후에도 나는 더러 은화를 그 벙어리에 넣은 것을 기억한다. 그리고 나는 게을렀다. 얼마 후 아내의 머리 쪽에 보지 못하던 누깔 잠(비녀의 일종)이 하나 여드름처럼 돋았던 것은 바로 그 금고형 벙어리의 무게가 가벼워졌다는 증거일까. 그러나 나는 드디어 머리맡에 놓였던 그 벙어리에 손을 대지 않고 말았다. 내 게으름은 그런 것에 내 주의를 환기시키기도 싫었다.

아내에게 내객이 있는 날은 이불 속으로 암만 깊이 들어가도 비 오는 날만큼 잠이 잘 오지 않았다. 나는 그런 때 아내에게 왜 늘 돈이 있나, 왜 돈이 많은가를 연구했다.

내객들은 장지 저쪽에 내가 있는 것을 모르나 보다. 내 아내와 나도 좀 하기 어려운 농을 아주 서슴지 않고 쉽게 해 내던지는 것이다. 그러나 아내의 내객 가운데 서너 사람의 내객들은 늘 비교적 점잖았다고 볼 수 있는 것이 자정이 좀 지나면 으레 돌아들 갔다. 그들 가운데는 퍽 교양이 옅은 자도 있는 듯싶었는데, 그런 자는 보통 음식을 사다 먹고 논다. 그래서 보충을 하고 대체로 무사하였다.

나는 우선 내 아내의 직업이 무엇인가를 연구하기에 착수하였으나 좁은 시야와 부족한 지식으로는 이것을 알아내기 힘이 든다. 나는 끝끝내 내 아내의 직업이 무엇인가를 모르고 말려나 보다.

아내는 늘 진솔 버선(한 번도 신지 않은 새 버선)만 신었다. 아내는 밥도 지었다. 아내가 밥 짓는 것을 나는 한 번도 구경한 일은 없으나 언제든지 끼니때면 내 방으로 내 조석밥을 날라다 주는 것이다. 우리 집에는 나와 내 아내 외에 다른 사람은 아무도 없다. 이 밥은 분명 아내가 손수 지었음에 틀림없다.

그러나 아내는 한 번도 나를 자기 방으로 부른 일이 없다. 나는 늘 윗방에서 혼자서 밥을 먹고 잠을 잤다. 밥은 너무 맛이 없었다. 반찬이 너무 엉성하였다. 나는 닭이나 강아지처럼 말없이 주는 모이를 넙죽넙죽 받아먹기는 했으나 내심 야속하게 생각한 적도 더러 없지 않다. 나는 안색이 여지없이 창백해 가면서 말라 들어갔다. 나날이 눈에 보이듯이 기운이 줄어들었다. 영양 부족으로 하여 몸뚱이 곳곳의 뼈가 불쑥불쑥 내밀었다. 하룻밤 사이에도 수십 차를 돌아눕지 않고는 여기저기가 배겨서 나는 배겨 낼 수가 없었다.

그렇기 때문에 나는 내 이불 속에서 아내가 늘 흔히 쓸 수 있는 저 돈의 출처를 탐색해 보는 일변, 장지 틈으로 새어 나오는 아랫방의 음식은 무엇일까를 간단히 연구하였다. 나는 잠이 잘 안 왔다.

깨달았다. 아내가 쓰는 돈은 그, 내게는 다만 실없는 사람들로밖에 보이지 않는 까닭 모를 내객들이 놓고 가는 것임에 틀림없으리라는 것을 나는 깨달았다. 그러나 왜 그들 내객은 돈을 놓고 가나, 왜 내 아내는 그 돈을 받아야 되나 하는 예의 관념이 내게는 도무지 알 수 없는 것이었다.

그것은 그저 예의에 지나지 않는 것일까. 그렇지 않으면 혹 무슨 대가일까 보수일까. 내 아내가 그들의 눈에는 동정을 받아야만 할 가엾은 인물로 보였던가.

이런 것들을 생각하노라면 으레 내 머리는 그냥 혼란하여 버리곤 하였다. 잠들기 전에 획득했다는 결론이 오직 불쾌하다는 것뿐이었으면서도 나는 그런 것을 아내에게 물어보거나 한 일이 참 한 번도 없다. 그것은 대체 귀찮기도 하려니와 한잠 자고 일어나면 나는 사뭇 딴사람처럼 이것도 저것도 다 깨끗이 잊어버리고 그만두는 까닭이다.

내객들이 돌아가고, 혹 밤 외출에서 돌아오고 하면 아내는 경편한 것으로 옷을 바꾸어 입고 내 방으로 나를 찾아온다. 그리고 이불을 들치고 내 귀에는 영 생동생동한 몇 마디 말로 나를 위로하려 든다. 나는 조소도 고소도 홍소도 아닌 웃음을 얼굴에 띄우고 아내의 아름다운 얼굴을 쳐다본다. 아내는 방그레 웃는다. 그러나 그 얼굴에 떠도는 일말의 애수를 나는 놓치지 않는다.

아내는 능히 내가 배고파하는 것을 눈치챌 것이다. 그러나 아랫방에서 먹고 남은 음식을 나에게 주려 들지는 않는다. 그것은 어디까지든지 나를 존경하는 마음일 것임에 틀림없다. 나는 배가 고프면서도 적이 마음이 든 든한 것을 좋아한다. 아내가 무엇이라고 지껄이고 갔는지 귀에 남아 있을 리가 없다. 다만 내 머리맡에 아내가 놓고 간 은화가 전등불에 흐릿하게 빛 나고 있을 뿐이다.

고 금고형 벙어리 속에 고 은화가 얼마만큼이나 모였을까. 나는 그러나 그것을 쳐들어 보지 않았다. 그저 아무런 의욕도 기원도 없이 그 단춧구멍 처럼 생긴 틈사구니로 은화를 떨어뜨려 둘 뿐이었다.

왜 아내의 내객들이 아내에게 돈을 놓고 가나 하는 것이 풀 수 없는 의문 인 것같이, 왜 아내는 나에게 돈을 놓고 가나 하는 것도 역시 나에게는 똑 같이 풀 수 없는 의문이었다. 내 비록 아내가 내게 돈을 놓고 가는 것이 싫 지 않았다 하더라도 그것은 다만 고것이 내 손가락에 닿는 순간에서부터 고 벙어리 주둥이에서 자취를 감추기까지의 하잘것없는 짧은 촉각이 좋았 달 뿐이지 그 이상 아무 기쁨도 없다.

어느 날 나는 고 벙어리를 변소에 갖다 넣어 버렸다. 그때 벙어리 속에는 몇 푼이나 되는지는 모르겠으나 고 은화들이 꽤 들어 있었다.

나는 내가 지구 위에 살며 내가 이렇게 살고 있는 지구가 질풍신뢰의 속 력으로 광대무변의 공간을 달리고 있다는 것을 생각했을 때 참 허망하였 다. 나는 이렇게 부지런한 지구 위에서는 현기증도 날 것 같고 해서 한시바 삐 내려 버리고 싶었다.

이불 속에서 이런 생각을 하고 난 뒤에는 나는 고 은화를 고 벙어리에 넣 고 넣고 하는 것조차도 귀찮아졌다. 나는 아내가 손수 벙어리를 사용하였 으면 하고 희망하였다. 벙어리도 돈도 사실에는 아내에게만 필요한 것이지 내게는 애초부터 의미가 전연 없는 것이었으니까 될 수만 있으면 그 벙어 리를 아내가 아내 방으로 가져갔으면 하고 기다렸다. 그러나 아내는 가져 가지 않는다. 나는 내가 아내 방으로 가져다 둘까 하고 생각하여 보았으나 그즈음에는 아내의 내객이 원체 많아서 내가 아내 방에 가 볼 기회가 도무지 없었다. 그래서 나는 하는 수 없이 변소에 갖다 집어넣어 버리고 만 것이다.

나는 서글픈 마음으로 아내의 꾸지람을 기다렸다. 그러나 아내는 끝내 아무 말도 나에게 묻지도 하지도 않았다. 않았을 뿐 아니라 여전히 돈은 돈 대로 내 머리맡에 놓고 가지 않나? 내 머리맡에는 어느덧 은화가 꽤 많이 모였다.

내객이 아내에게 돈을 놓고 가는 것이나 아내가 내게 돈을 놓고 가는 것이나 일종의 쾌감 — 그 외의 다른 아무런 이유도 없는 것이 아닐까 하는 것을 나는 또 이불 속에서 연구하기 시작하였다. 쾌감이라면 어떤 종류의 쾌감일까를 계속하여 연구하였다. 그러나 그것은 이불 속의 연구로는 알 길이 없었다. 쾌감, 쾌감, 하고 나는 뜻밖에도 이 문제에 대해서만 흥미를 느꼈다.

아내는 물론 나를 늘 감금하여 두다시피 하여 왔다. 내게 불평이 있을 리 없다. 그런 중에도 나는 그 쾌감이라는 것의 유무를 체험하고 싶었다.

나는 아내의 밤 외출 틈을 타서 밖으로 나왔다. 나는 거리에서 잊어버리지 않고 가지고 나온 은화를 지폐로 바꾼다. 5원이나 된다. 그것을 주머니에 넣고 나는 목적을 잃어버리기 위하여 얼마든지 거리를 쏘다녔다. 오래간만에 보는 거리는 거의 경이에 가까울 만치 내 신경을 흥분시키지 않고는 마지않았다. 나는 금시에 피곤하여 버렸다. 그러나 나는 참았다. 그리고 밤이 이슥하도록 까닭을 잊어버린 채 이 거리 저 거리로 지향 없이 헤매었다. 돈은 물론 한 푼도 쓰지 않았다. 돈을 쓸 아무 엄두도 나서지 않았다. 나는 벌써 돈을 쓰는 기능을 완전히 상실한 것 같았다.

나는 과연 피로를 이 이상 견디기가 어려웠다. 나는 가까스로 내 집을 찾았다. 나는 내 방으로 가려면 아내 방을 통과하지 않으면 안 될 것을 알고 아내에게 내객이 있나 없나를 걱정하면서 미닫이 앞에서 좀 거북살스럽게 기침을 한 번 했더니, 이것은 참 또 너무도 암상스럽게(매섭게) 미닫이가 열리면서 아내의 얼굴과 그 등 뒤에 낯선 남자의 얼굴이 이쪽을 내다보는 것이다. 나는 별안간 내어 쏟아지는 불빛에 눈이 부셔서 좀 머뭇머뭇했다.

나는 아내의 눈초리를 못 본 것은 아니다. 그러나 나는 모르는 체하는 수밖에 없었다. 왜? 나는 어쨌든 아내의 방을 통과하지 아니하면 안 되니까…….

나는 이불을 뒤집어썼다. 무엇보다도 다리가 아파서 견딜 수가 없었다. 이불 속에서는 가슴이 울렁거리면서 암만해도 까무러칠 것만 같았다. 걸을 때는 몰랐더니 숨이 차다. 등에 식은땀이 쭉 내밴다. 나는 외출한 것을 후회하였다. 이런 피로를 잊고 어서 잠이 들었으면 좋겠다. 한잠 잘 자고 싶었다.

얼마 동안이나 비스듬히 엎드려 있었더니 차츰차츰 뚝딱거리는 가슴 동기가 가라앉는다. 그만해도 우선 살 것 같았다. 나는 몸을 되돌려 반듯이 천장을 향하여 눕고 쭈욱 다리를 뻗었다.

그러나 나는 또다시 가슴의 동기를 피할 수 없게 되었다. 아랫방에서 아내와 그 남자의 내 귀에도 들리지 않을 만치 옅은 목소리로 소곤거리는 기척이 장지 틈으로 전하여 왔던 것이다. 청각을 더 예민하게 하기 위하여 나는 눈을 떴다. 그리고 숨을 죽였다. 그러나 그때는 벌써 아내와 남자는 앉았던 자리를 툭툭 털며 일어섰고, 일어서면서 옷과 모자 쓰는 기척이 나는 듯하더니 이어 미닫이가 열리고 구두 뒤축 소리가 나고, 그리고 뜰에 내려서는 소리가 쿵 하고 나면서 뒤를 따르는 아내의 고무신 소리가 두어 발자국 찍찍 나고 사뿐사뿐 나나 하는 사이에 두 사람의 발소리가 대문간 쪽으로 사라졌다.

나는 아내의 이런 태도를 본 일이 없다. 아내는 어떤 사람과도 결코 소곤거리는 법이 없다. 나는 윗방에서 이불을 쓰고 누웠는 동안에도 혹 술에 취해서 혀가 잘 돌아가지 않는 내객들의 담화는 더러 놓치는 수가 있어도 아내의 높지도 얕지도 않은 말소리는 일찍이 한 마디도 놓쳐 본 일이 없다. 더러 내 귀에 거슬리는 소리가 있어도 나는 그것이 태연한 목소리로 내 귀에 들렸다는 이유로 충분히 안심이 되었다.

그렇던 아내의 이런 태도는 필시 그 속에 여간하지 않은 사정이 있는 듯싶이 생각이 되고 내 마음은 좀 서운했으나 그러나 그보다도 나는 좀 너무 피곤해서 오늘만은 이불 속에서 아무것도 연구치 않기로 굳게 결심하고 잠을 기다렸다. 잠은 좀처럼 오지 않았다. 대문간에 나간 아내도 좀처럼 들어오지 않았다. 그러는 동안에 흐지부지 나는 잠이 들어 버렸다. 꿈이 얼쑹덜쑹 종을 잡을 수 없는 거리의 풍경을 여전히 헤맸다.

나는 몹시 흔들렸다. 내객을 보내고 들어온 아내가 잠든 나를 잡아 흔드는 것이다. 나는 눈을 번쩍 뜨고 아내의 얼굴을 쳐다보았다. 아내의 얼굴에는 웃음이 없다. 나는 좀 눈을 비비고 아내의 얼굴을 자세히 보았다. 노기가 눈초리에 떠서 얇은 입술이 바르르 떨린다. 좀처럼 이 노기가 풀리기는 어려울 것 같았다. 나는 그대로 눈을 감아 버렸다. 벼락이 내리기를 기다린 것이다. 그러나 쌔근하는 숨소리가 나면서 푸시시 아내의 치맛자락 소리가 나고 장지가 여닫히며 아내는 아내 방으로 돌아갔다. 나는 다시 몸을 되돌려 이불을 뒤집어쓰고는 개구리처럼 엎드리고, 엎드려서 배가 고픈 가운데서도 오늘 밤의 외출을 또 한 번 후회하였다.

나는 이불 속에서 아내에게 사죄하였다. 그것은 네 오해라고…….

나는 사실 밤이 퍽 이슥한 줄만 알았던 것이다. 그것이 네 말마따나 자정 전인 줄은 나는 정말이지 꿈에도 몰랐다. 나는 너무 피곤하였었다. 오래간만에 나는 너무 많이 걸은 것이 잘못이다. 내 잘못이라면, 잘못은 그것밖에는 없다. 외출은 왜 하였느냐고?

나는 그 머리맡에 저절로 모인 5원 돈을 아무에게라도 좋으니 주어 보고 싶었던 것이다. 그뿐이다. 그러나 그것도 내 잘못이라면 나는 그렇게 알겠다. 나는 후회하고 있지 않나?

내가 그 5원 돈을 써 버릴 수가 있었던들 나는 자정 안에 집에 돌아올 수 없었을 것이다. 그러나 거리는 너무 복잡하였고 사람은 너무도 들끓었다. 나는 어느 사람을 붙들고 그 5원 돈을 내어 주어야 할지 갈피를 잡을 수가 없었다. 그러는 동안에 나는 여지없이 피곤해 버리고 말았던 것이다.

나는 무엇보다도 좀 쉬고 싶었다. 눕고 싶었다. 그래서 나는 하는 수 없이 집으로 돌아온 것이다. 내 짐작 같아서는 밤이 어지간히 늦은 줄만 알았는데 그것이 불행히도 자정 전이었다는 것은 참 안 된 일이다. 미안한 일이다. 나는 얼마든지 사죄하여도 좋다. 그러나 종시 아내의 오해를 풀지 못하였다 하면 내가 이렇게까지 사죄하는 보람은 그럼 어디 있나? 한심하였다.

1시간 동안을 나는 이렇게 초조하게 굴지 않으면 안 되었다. 나는 이불을 홱 젖혀 버리고 일어나서 장지를 열고 아내 방으로 비칠비칠 달려갔던 것이다. 내게는 거의 의식이라는 것이 없었다. 나는 아내 이불 위에 엎드러지면서 바지 포켓 속에서 그 돈 5원을 꺼내 아내 손에 쥐어 준 것을 간신히 기억할 뿐이다.

이튿날 잠이 깨었을 때, 나는 내 아내 방 아내 이불 속에 있었다. 이것이 이 33번지에서 살기 시작한 이래 내가 아내 방에서 잔 맨 처음이었다.

해가 들창에 훨씬 높았는데 아내는 이미 외출하고 벌써 내 곁에 있지 않다. 아니! 아내는 엊저녁 내가 의식을 잃은 동안에 외출한 것인지도 모른다. 그러나 나는 그런 것을 조사하고 싶지 않았다. 다만 전신이 찌뿌드드한 것이 손가락 하나 꼼짝할 힘조차 없다. 책보보다 좀 작은 면적의 볕이 눈이 부시다. 그 속에서 수없는 먼지가 흡사 미생물처럼 난무한다. 코가 칵 막히는 것 같다. 나는 다시 눈을 감고 이불을 푹 뒤집어쓰고 낮잠을 자기에 착수하였다. 그러나 코를 스치는 아내의 체취는 꽤 도발적이었다. 나는 몸을 여러 번 여러 번 비비 꼬면서 아내의 화장대에 늘어선 고 가지각색 화장품 병들과 고 병들의 마개를 뽑았을 때 풍기는 내음새를 더듬느라고 좀처럼 잠은 들지 않는 것을 나는 어찌하는 수도 없었다.

견디다 못하여 나는 그만 이불을 걷어차고 벌떡 일어나서 내 방으로 갔다. 내 방에는 다 식어 빠진 내 끼니가 가지런히 놓여 있는 것이다. 아내는 내 모이를 여기다 주고 나간 것이다. 나는 우선 배가 고팠다. 한 숟갈을 입에 떠 넣었을 때 그 촉감은 참 너무도 냉회와 같이 써늘하였다. 나는 숟갈을 놓고 내 이불 속으로 들어갔다. 하룻밤을 비워 버린 내 이부자리는 여전히 반갑게 나를 맞아 준다. 나는 내 이불을 뒤집어쓰고 이번에는 참 늘어지게 한잠 잤다. 잘 ―.

내가 잠을 깬 것은 전등이 켜진 뒤다. 그러나 아내는 아직도 돌아오지 않았나 보다. 아니! 들어왔다 또 나갔는지도 알 수 없다. 그러나 그런 것을 삼고하여 무엇 하나?

정신이 한결 난다. 나는 지난밤 일을 생각해 보았다. 그 돈 5원을 아내 손에 쥐어 주고 넘어졌을 때에 느낄 수 있었던 쾌감을 나는 무엇이라고 설명할 수가 없었다. 그러니 내객들이 내 아내에게 돈 놓고 가는 심리며, 내 아내가 내게 돈 놓고 가는 심리의 비밀을 나는 알아낸 것 같아서 여간 즐거운 것이 아니다. 나는 속으로 빙그레 웃어 보았다. 이런 것을 모르고 오늘까지 지내 온 나 자신이 어떻게 우스꽝스러워 보이는지 몰랐다. 나는 어깨춤이 났다.

따라서 나는 또 오늘 밤에도 외출하고 싶었다. 그러나 돈이 없다. 나는 또 엊저녁에 그 돈 5원을 한꺼번에 아내에게 주어 버린 것을 후회하였다. 또 고 벙어리를 변소에 갖다 처넣어 버린 것도 후회하였다. 나는 실없이 실망하면서 습관처럼 그 돈이 들어 있던 내 바지 포켓에 손을 넣어 한번 휘둘러보았다. 뜻밖에도 내 손에 쥐어지는 것이 있었다. 2원밖에 없다. 그러나 많아야 맛은 아니다. 얼마간이고 있으면 된다. 나는 그만한 것이 여간 고마운 것이 아니었다.

나는 기운을 얻었다. 나는 그 단벌 다 떨어진 코르덴 양복을 걸치고 배고픈 것도 주제 사나운 것도 다 잊어버리고 활갯짓을 하면서 또 거리로 나섰다. 나서면서 나는 제발 시간이 화살 닫듯 해서 자정이 어서 획 지나 버렸으면 하고 조바심을 태웠다. 아내에게 돈을 주고 아내 방에서 자 보는 것은 어디까지든지 좋았지만, 만일 잘못해서 자정 전에 집에 들어갔다가 아내의 눈총을 맞는 것은 그것은 여간 무서운 일이 아니었다. 나는 저물도록 길가 시계를 들여다보고 들여다보고 하면서 또 지향 없이 거리를 방황하였다. 그러나 이날은 좀처럼 피곤하지는 않았다. 다만 시간이 좀 너무 더디게 가는 것만 같아서 안타까웠다.

경성역 시계가 확실히 자정을 지난 것을 본 뒤에 나는 집을 향하였다. 그날은 그 일각 대문에서 아내와 아내의 남자가 이야기하고 섰는 것을 만났다. 나는 모르는 체하고 두 사람 곁을 지나서 내 방으로 들어갔다. 뒤이어 아내도 들어왔다. 와서는 이 밤중에 평생 안 하던 쓰레질(비로 쓸어 집 안을 청소하는 일)을 하는 것이다. 조금 있다가 아내가 눕는 기척을 엿듣자마자 나는 또 장지를 열고 아내 방으로 가서 그 돈 2원을 아내 손에 덥석 쥐어 주고, 그리고 — 하여간 그 2원을 오늘 밤에도 쓰지 않고 도로 가져온 것이 참 이상하다는 듯이 아내는 내 얼굴을 몇 번이고 엿보고 — 아내는 드디어 아무 말도 없이 나를 자기 방에 재워 주었다. 나는 이 기쁨을 세상의 무엇과도 바꾸고 싶지는 않았다. 나는 편히 잘 잤다.

이튿날도 내가 잠이 깨었을 때는 아내는 보이지 않았다. 나는 또 내 방으로 가서 피곤한 몸이 낮잠을 잤다.

내가 아내에게 흔들려 깨었을 때는 역시 불이 들어온 뒤였다. 아내는 자기 방으로 나를 오라는 것이다. 이런 일은 또 처음이다. 아내는 끊임없이 얼굴에 미소를 띠고 내 팔을 이끄는 것이다. 나는 이런 아내의 태도 이면에 엔간치 않은 음모가 숨어 있지나 않은가 하고 적이 불안을 느끼지 않을 수 없었다.

나는 아내가 하자는 대로 아내 방으로 끌려갔다. 아내 방에는 저녁 밥상이 조촐하게 차려져 있는 것이다. 생각하여 보면 나는 이틀을 굶었다. 나는 지금 배고픈 것까지도 긴가민가 잊어버리고 어름어름하던 차다.

나는 생각하였다. 이 최후의 만찬을 먹고 나자마자 벼락이 내려도 나는 차라리 후회하지 않을 것을. 사실 나는 인간 세상이 너무나 심심해서 못 견디겠던 차다. 모든 일이 성가시고 귀찮았으나 그러나 불의의 재난이라는 것은 즐거웁다.

나는 마음을 턱 놓고 조용히 아내와 마주 이 해괴한 저녁밥을 먹었다. 우리 부부는 이야기하는 법이 없었다. 밥을 먹은 뒤에도 나는 말이 없이 그냥 부스스 일어나서 내 방으로 건너가 버렸다. 아내는 나를 붙잡지 않았다. 나는 벽에 기대어 앉아서 담배를 한 대 피워 물고, 그리고 벼락이 떨어질 테거든 어서 떨어져라 하고 기다렸다.

5분! 10분!

그러나 벼락은 내리지 않았다. 긴장이 차츰 늘어지기 시작한다. 나는 어느덧 오늘 밤에도 외출할 것을 생각하고 있었다. 돈이 있었으면 하고 생각하고 있었다.

그러나 돈은 확실히 없다. 오늘은 외출하여도 나중에 올 무슨 기쁨이 있나. 나는 앞이 그냥 아뜩하였다. 나는 화가 나서 이불을 뒤집어쓰고 이리 뒹굴 저리 뒹굴 굴렀다. 금시 먹은 밥이 목으로 자꾸 치밀어 올라온다. 메스꺼웠다.

하늘에서 얼마라도 좋으니 왜 지폐가 소낙비처럼 퍼붓지 않나, 그것이 그저 한없이 야속하고 슬펐다. 나는 이렇게밖에 돈을 구하는 아무런 방법도 알지는 못했다. 나는 이불 속에서 좀 울었나 보다. 돈이 왜 없냐면서…….

그랬더니 아내가 또 내 방에 왔다. 나는 깜짝 놀라 아마 인제서야 벼락이 내리려나 보다 하고 숨을 죽이고 두꺼비 모양으로 엎디어 있었다. 그러나 떨어진 입을 새어 나오는 아내의 말소리는 참 부드러웠다. 정다웠다. 아내는 내가 왜 우는지를 안다는 것이다. 돈이 없어서 그러는 게 아니냐. 나는 실없이 깜짝 놀랐다. 어떻게 사람의 속을 환 — 하게 들여다보는고 해서 나는 한편으로 슬그머니 겁도 안 나는 것은 아니었으나 저렇게 말하는 것을 보면 아마 내게 돈을 줄 생각이 있나 보다, 만일 그렇다면 오죽이나 좋은 일일까. 나는 이불 속에 뚤뚤 말린 채 고개도 들지 않고 아내의 다음 거동을 기다리고 있으니까, 옜소 — 하고 내 머리맡에 내려뜨리는 것은 그 가뿐한 음향으로 보아 지폐임에 틀림없었다. 그리고 내 귀에다 대고 오늘일랑 어제보다도 좀 더 늦게 들어와도 좋다고 속삭이는 것이다. 그것은 어렵지 않다. 우선 그 돈이 무엇보다도 고맙고 반가웠다.

어쨌든 나섰다. 나는 좀 야맹증이다. 그래서 될 수 있는 대로 밝은 거리로 골라서 돌아다니기로 했다. 그러고는 경성역 1, 2등 대합실 한 곁 티 룸에 들렀다. 그것은 내게는 큰 발견이었다. 거기는 우선 아무도 아는 사람이 안 온다. 설사 왔다가도 곧 가니까 좋다. 나는 날마다 여기 와서 시간을 보내리라 속으로 생각하여 두었다.

제일 여기 시계가 어느 시계보다도 정확하리라는 것이 좋았다. 섣불리 서투른 시계를 보고 그것을 믿고 시간 전에 집에 돌아갔다가 큰코를 다쳐서는 안 된다.

나는 한 부스에 아무것도 없는 것과 마주 앉아서 잘 끓은 커피를 마셨다. 총총한 가운데 여객들은 그래도 한 잔 커피가 즐거운가 보다. 얼른얼른 마시고 무얼 좀 생각하는 것같이 담벼락도 좀 쳐다보고 하다가 곧 나가 버린다. 서글프다. 그러나 내게는 이 서글픈 분위기가 거리의 티 룸들의 그 거추장스러운 분위기보다는 절실하고 마음에 들었다. 이따금 들리는 날카로운 혹은 우렁찬 기적 소리가 모차르트보다도 더 가깝다. 나는 메뉴에 적힌 몇 가지 안 되는 음식 이름을 치읽고 내리읽고 여러 번 읽었다. 그것들은 아물아물한 것이 어딘가 내 어렸을 때 동무들 이름과 비슷한 데가 있었다.

거기서 얼마나 내가 오래 앉았는지 정신이 오락가락하는 중에, 객이 슬며시 뜸해지면서 이 구석 저 구석 걷어치우기 시작하는 것을 보면 아마 닫을 시간이 된 모양이다. 11시가 좀 지났구나, 여기도 결코 내 안주의 곳은 아니구나, 어디 가서 자정을 넘길까, 두루 걱정을 하면서 나는 밖으로 나섰다. 비가 온다. 빗발이 제법 굵은 것이 우비도 우산도 없는 나를 고생을 시킬 작정이다. 그렇다고 이런 괴이한 풍모를 차리고 이 홀에서 어물어물하는 수는 없고, 에이 비를 맞으면 맞았지 하고 나는 그냥 나서 버렸다.

대단히 선선해서 견딜 수가 없다. 코르덴 옷이 젖기 시작하더니 나중에는 속속들이 스며들면서 처근거린다. 비를 맞아 가면서라도 견딜 수 있는 데까지 거리를 돌아다녀서 시간을 보내려 하였으나, 인제는 선선해서 이 이상은 더 견딜 수가 없다. 오한이 자꾸 일어나면서 이가 딱딱 맞부딪는다.

나는 걸음을 재우치면서 생각하였다. 오늘 같은 궂은날도 아내에게 내객이 있으려고, 없겠지, 하는 생각이 드는 것이다. 집으로 가야겠다. 아내에게 불행히 내객이 있거든 내 사정을 하리라. 사정을 하면 이렇게 비가 오는 것을 눈으로 보고 알아주겠지.

부리나케 와 보니까 그러나 아내에게는 내객이 있었다. 나는 그만 너무 춥고 척척해서 얼떨결에 노크하는 것을 잊었다. 그래서 나는 보면 아내가 좀 덜 좋아할 것을 그만 보았다. 나는 감발(버선 대신 발에 감는 좁고 긴 무명) 자국 같은 발자국을 내면서 덤벙덤벙 아내 방을 디디고 그리고 내 방으로 가서 쭉 빠진 옷을 활활 벗어 버리고 이불을 뒤썼다. 덜덜 덜덜 떨린다. 오한이 점점 더 심해 들어온다. 여전 땅이 꺼져 들어가는 것만 같았다. 나는 그만 의식을 잃어버리고 말았다.

이튿날 내가 눈을 떴을 때 아내는 내 머리맡에 앉아서 제법 근심스러운 얼굴이다. 나는 감기가 들었다. 여전히 으스스 춥고 또 골치가 아프고 입에 군침이 도는 것이 씁쓸하면서 다리팔이 척 늘어져서 노곤하다.

아내는 내 머리를 쓱 짚어 보더니 약을 먹어야지 한다. 아내 손이 이마에 선뜩한 것을 보면 신열이 어지간한 모양인데 약을 먹는다면 해열제를 먹어야지 하고 속생각을 하자니까, 아내는 따뜻한 물에 하얀 정제약 네 개를 준다. 이것을 먹고 한잠 푹 — 자고 나면 괜찮다는 것이다. 나는 널름 받아먹었다. 쌉싸름한 것이 짐작 같아서는 아마 아스피린인가 싶다. 나는 다시 이불을 쓰고 단번에 그냥 죽은 것처럼 잠이 들어 버렸다.

나는 콧물을 훌쩍훌쩍하면서 여러 날을 앓았다. 앓는 동안에 끊이지 않고 그 정제약을 먹었다. 그러는 동안에 감기도 나았다. 그러나 입맛은 여전히 소태처럼 썼다.

나는 차츰 또 외출하고 싶은 생각이 났다. 그러나 아내는 나더러 외출하지 말라고 이르는 것이다. 이 약을 날마다 먹고 그리고 가만히 누워 있으라는 깃이다. 공연히 외출을 하다가 이렇게 감기가 들어서 저를 고생을 시키는 게 아니냐. 그도 그렇다. 그럼 외출을 하지 않겠다고 맹세하고 그 약을 연복하여 몸을 좀 보해 보리라고 나는 생각하였다.

나는 날마다 이불을 뒤집어쓰고 밤이나 낮이나 잤다. 유난스럽게 밤이나 낮이나 졸려서 견딜 수가 없는 것이다. 나는 이렇게 잠이 자꾸만 오는 것은 내가 몸이 훨씬 튼튼해진 증거라고 굳게 믿었다.

나는 아마 한 달이나 이렇게 지냈나 보다. 내 머리와 수염이 좀 너무 자라서 훗훗해서 견딜 수가 없어서 내 거울을 좀 보리라고 아내가 외출한 틈을 타서 나는 아내 방으로 가서 아내의 화장대 앞에 앉아 보았다. 상당하다. 수염과 머리가 참 산란하였다. 오늘은 이발을 좀 하리라 생각하고 겸사겸사 고 화장품 병들 마개를 뽑고 이것저것 맡아 보았다. 한동안 잊어버렸던 향기 가운데서는 몸이 배배 꼬일 것 같은 체취가 전해 나왔다. 나는 아내의 이름을 속으로만 한 번 불러 보았다. '연심이!' 하고…….

오래간만에 돋보기 장난도 하였다. 거울 장난도 하였다. 창에 든 볕이 여간 따뜻한 것이 아니었다. 생각하면 5월이 아니냐.

나는 커다랗게 기지개를 한번 켜 보고 아내 베개를 내려 베고 벌떡 자빠져서는 이렇게도 편안하고 즐거운 세월을 하느님께 흠씬 자랑하여 주고 싶었다. 나는 참 세상의 아무것과도 교섭을 가지지 않는다. 하느님도 아마 나를 칭찬할 수도 처벌할 수도 없는 것 같다.

그러나 다음 순간, 실로 세상에도 이상스러운 것이 눈에 띄었다. 그것은 최면약 아달린 갑이었다. 나는 그것을 아내의 화장대 밑에서 발견하고 그것이 흡사 아스피린처럼 생겼다고 느꼈다. 나는 그것을 열어 보았다. 똑 네 개가 비었다.

나는 오늘 아침에 네 개의 아스피린을 먹은 것을 기억하고 있었다. 나는 잤다. 어제도 그제도 그끄제도 — 나는 졸려서 견딜 수가 없었다. 나는 감기가 다 나았는데도 아내는 내게 아스피린을 주었다. 내가 잠이 든 동안에 이웃에 불이 난 일이 있다. 그때에도 나는 자느라고 몰랐다. 이렇게 나는 잤다. 나는 아스피린으로 알고 그럼 한 달 동안을 두고 아달린을 먹어 온 것이다. 이것은 좀 너무 심하다.

별안간 아뜩하더니 하마터면 나는 까무러칠 뻔하였다. 나는 그 아달린을 주머니에 넣고 집을 나섰다. 그리고 산을 찾아 올라갔다. 인간 세상의 아무 것도 보기가 싫었던 것이다. 걸으면서 나는 아무쪼록 아내에 관계되는 일은 일절 생각하지 않도록 노력하였다. 길에서 까무러치기 쉬우니까. 나는 어디라도 양지가 바른 자리를 하나 골라서 자리를 잡아 가지고 서서히 아내에 관하여 연구할 작정이었다. 나는 길가의 돌창, 핀 구경도 못 한 진개나리꽃, 종달새, 돌멩이도 새끼를 까는 이야기, 이런 것만 생각하였다. 다행히 길가에서 나는 졸도하지 않았다.

거기는 벤치가 있었다. 나는 거기 정좌하고 그리고 그 아스피린과 아달린에 관하여 연구하였다. 그러나 머리가 도무지 혼란하여 생각이 체계를 이루지 않는다. 단 5분도 못 가서 나는 그만 귀찮은 생각이 번쩍 들면서 심술이 났다. 나는 주머니에서 가지고 온 아달린을 꺼내 남은 여섯 개를 한꺼번에 질겅질겅 씹어 먹어 버렸다. 맛이 익살맞다. 그러고 나서 나는 그 벤치 위에 가로 기다랗게 누웠다. 무슨 생각으로 내가 그따위 짓을 했나? 알 수가 없다. 그저 그러고 싶었다. 나는 게서 그냥 깊이 잠이 들었다. 잠결에도 바위틈으로 흐르는 물소리가 졸졸 하고 귀에 언제까지나 어렴풋이 들려 왔다.

내가 잠을 깨었을 때는 날이 환 — 히 밝은 뒤다. 나는 거기서 일주야를 잔 것이다. 풍경이 그냥 노오랗게 보인다. 그 속에서도 나는 번개처럼 아스피린과 아달린이 생각났다.

아스피린, 아달린, 아스피린, 아달린, 맑스, 말사스, 마도로스, 아스피린, 아달린.

아내는 한 달 동안 아달린을 아스피린이라고 속이고 내게 먹였다. 그것은 아내 방에서 이 아달린 갑이 발견된 것으로 미루어 증거가 너무나 확실하다.

무슨 목적으로 아내는 나를 밤이나 낮이나 재웠어야 됐나?

나를 밤이나 낮이나 재워 놓고, 그리고 아내는 내가 자는 동안에 무슨 짓을 했나?

나를 조금씩 조금씩 죽이려던 것일까?

그러나 또 생각하여 보면 내가 한 달을 두고 먹어 온 것이 아스피린이었는지도 모른다. 아내는 무슨 근심되는 일이 있어서 밤이면 잠이 잘 오지 않아서 징작 아내가 아달린을 사용한 것이나 아닌지, 그렇다면 나는 참 미안하다. 나는 아내에게 이렇게 큰 의혹을 가졌다는 것이 참 안됐다.

나는 그래서 부리나케 거기서 내려왔다. 아랫도리가 홰홰 내어 저으면서 어찔어찔한 것을 나는 겨우 집을 향하여 걸었다. 8시 가까이었다.

나는 내 잘못된 생각을 죄다 일러바치고 아내에게 사죄하려는 것이다. 나는 너무 급해서 그만 또 말을 잊어버렸다.

그랬더니 이건 참 너무 큰일 났다. 나는 내 눈으로 절대로 보아서 안 될 것을 그만 딱 보아 버리고 만 것이다. 나는 얼떨결에 그만 냉큼 미닫이를 닫고 그리고 현기증이 나는 것을 진정시키느라고 잠깐 고개를 숙이고 눈을 감고 기둥을 짚고 섰자니까, 1초 여유도 없이 홱 미닫이가 다시 열리더니 매무새를 풀어헤친 아내가 불쑥 내밀면서 내 멱살을 잡는 것이다. 나는 그만 어지러워서 게서 그냥 나둥그러졌다. 그랬더니 아내는 넘어진 내 위에 덮치면서 내 살을 함부로 물어뜯는 것이다. 아파 죽겠다. 나는 사실 반항할 의사도 힘도 없어서 그냥 넙죽 엎디어 있으면서 어떻게 되나 보고 있자니까, 뒤이어 남자가 나오는 것 같더니 아내를 한 아름에 덥석 안아 가지고 방으로 들어가는 것이다. 아내는 아무 말 없이 다소곳이 그렇게 안겨들어가는 것이 내 눈에 여간 미운 것이 아니다. 밉다.

아내는 너 밤새워 가면서 도둑질하러 다니느냐, 계집질하러 다니느냐고 발악이다. 이것은 참 너무 억울하다. 나는 어안이 벙벙하여 도무지 입이 떨어지지를 않았다.

너는 그야말로 나를 살해하려던 것이 아니냐고 소리를 한번 꽥 질러 보고도 싶었으나, 그런 긴가민가한 소리를 섣불리 입 밖에 내었다가는 무슨 화를 볼는지 알 수 있나. 차라리 억울하지만 잠자코 있는 것이 우선 상책인 듯싶은 생각이 들기에 나는 이것은 또 무슨 생각으로 그랬는지 모르지만 툭툭 털고 일어나서 내 바지 포켓 속에 남은 돈 몇 원 몇십 전을 가만히 꺼내서는 몰래 미닫이를 열고 살며시 문지방 밑에다 놓고 나서는 그냥 줄달음박질을 쳐서 나와 버렸다.

여러 번 자동차에 치일 뻔하면서 나는 그래도 경성역을 찾아갔다. 빈자리와 마주 앉아서 이 쓰디쓴 입맛을 거두기 위하여 무엇으로나 입가심을 하고 싶었다.

커피. 좋다. 그러나 경성역 홀에 한 걸음을 들여놓았을 때 나는 내 주머니에는 돈이 한 푼도 없는 것을, 그것을 깜빡 잊었던 것을 깨달았다. 또 아뜩하였다. 나는 어디선가 그저 맥없이 머뭇머뭇하면서 어쩔 줄을 모를 뿐이었다. 얼빠진 사람처럼 그저 이리 갔다 저리 갔다 하면서…….

나는 어디로 어디로 들입다 쏘다녔는지 하나도 모른다. 다만 몇 시간 후에 내가 미츠코시 옥상에 있는 것을 깨달았을 때는 거의 대낮이었다.

나는 거기 아무 데나 주저앉아서 내 자라 온 스물여섯 해를 회고하여 보았다. 몽롱한 기억 속에서는 이렇다는 아무 제목도 불거져 나오지 않았다.

나는 또 나 자신에게 물어보았다. 너는 인생에 무슨 욕심이 있느냐고. 그러나 있다고도 없다고도, 그런 대답은 하기가 싫었다. 나는 거의 나 자신의 존재를 인식하기조차도 어려웠다.

허리를 굽혀서 나는 그저 금붕어나 들여다보고 있었다. 금붕어는 참 잘들도 생겼다. 작은놈은 작은놈대로 큰놈은 큰놈대로 다 싱싱하니 보기 좋았다. 내리비치는 5월 햇살에 금붕어들은 그릇 바탕에 그림자를 내려뜨렸다. 지느러미는 하늘하늘 손수건을 흔드는 흉내를 낸다. 나는 이 지느러미 수효를 헤어 보기도 하면서 굽힌 허리를 좀처럼 펴지 않았다. 등허리가 따뜻하다.

나는 또 회탁의 거리를 내려다보았다. 거기서는 피곤한 생활이 꼭 금붕어 지느러미처럼 흐늑흐늑 허비적거렸다. 눈에 보이지 않는 끈적끈적한 줄에 엉켜서 헤어나지들을 못 한다. 나는 피로와 공복 때문에 무너져 들어가는 몸뚱이를 끌고 그 회탁의 거리 속으로 섞여 들어가지 않는 수도 없다 생각하였다.

나서서 나는 또 문득 생각하여 보았다. 이 발길이 지금 어디로 향하여 가는 것인가를…….

그때 내 눈앞에는 아내의 모가지가 벼락처럼 내려 떨어졌다. 아스피린과 아달린.

우리들은 서로 오해하고 있느니라. 설마 아내가 아스피린 대신에 아달린 정량을 나에게 먹여 왔을까? 나는 그것을 믿을 수가 없다. 아내가 대체 그럴 까닭이 없을 것이니, 그러면 나는 날밤을 새면서 도적질을, 계집질을 하였나? 정말이지 아니다.

우리 부부는 숙명적으로 빌이 맞지 않는 설름발이인 것이다. 내가 아내나 제 거동에 로직(논리)을 붙일 필요는 없다. 변해야 할 필요도 없다. 사실은 사실대로 오해는 오해대로 그저 끝없이 발을 절뚝거리면서 세상을 걸어가면 되는 것이다. 그렇지 않을까?

그러나 나는 이 발길이 아내에게로 돌아가야 옳은가 이것만은 분간하기가 좀 어려웠다. 가야 하나? 그럼 어디로 가나?

이때 뚜우 하고 정오 사이렌이 울렸다. 사람들은 모두 네 활개를 펴고 닭처럼 푸드덕거리는 것 같고, 온갖 유리와 강철과 대리석과 지폐와 잉크가 부글부글 끓고 수선을 떨고 하는 것 같은 찰나, 그야말로 현란을 극한 정오다.

나는 불현듯이 겨드랑이가 가렵다. 아하, 그것은 내 인공의 날개가 돋았던 자국이다. 오늘은 없는 이 날개, 머릿속에서는 희망과 야심이 말소된 페이지가 딕셔너리 넘어가듯 번뜩였다.

나는 걷던 걸음을 멈추고 그리고 어디 한번 이렇게 외쳐 보고 싶었다.

날개야, 다시 돋아라.

날자, 날자, 날자. 한 번만 더 날자꾸나.

한 번만 더 날아 보자꾸나.

복덕방

- 이태준 -

작가 소개

이태준(李泰俊 1904~?)

이태준의 호는 상허(尙虛)이며, 1904년 11월 4일 강원도 철원에서 태어났다.

함경북도 이진에서 한학 공부를 하다 철원 사립 봉명학교를 1918년 수석으로 졸업하고, 상급학교에 진학할 형편이 되지 않아 1920년 초까지 객줏집 사환으로 일하는 등 고초를 겪으며 자랐다. 1921년 휘문고등보통학교에 입학했으나 1923년 동맹 휴학 주도로 중퇴하고 1926년 동경 상지대학 문과에 입학, 1927년에 중퇴하고 귀국한 뒤에 이화여자전문학교 강사, 중외일보 · 조선중앙일보 기자로도 활동했다. 이태준은 시대일보에 〈오몽녀〉를 발표하면서 문단에 등단했다. 1933년 구인회에 가입했고, 1930년대부터 본격적인 작품 활동을 시작하여 많은 작품을 발표하였다. 그의 주요 단편으로는 〈까마귀〉, 〈달밤〉, 〈복덕방〉 등이 있으며, 장편으로는 〈제2의 운명〉, 〈회관〉, 〈불멸의 함성〉, 〈황진이〉, 수필집으로 〈무서록〉 등이 있다. 그 밖에 한 시대의 뛰어난 저서로 평가받은 〈문장론〉, 〈문장강화〉가 있다.

작품 정리

〈복덕방〉은 1937년 '조광'에 발표된 단편 소설이다. 1930년대 최고의 문장미를 이룬 이태준은 이 소설을 통해 구한말과 일제 강점기를 배경으로 능력 없고 소외된 세 노인의 각기 다른 삶의 적응 방식을 섬세하게 묘사하고 있다. 시간적 순서를 따라가는 순차적 진행 방식이며, 단일한 사건 전개의 단순 구성으로 주요 인물인 안 초시의 욕망과 좌절, 자살이 기둥을 이루고 있다.

이 작품은 조선의 전통적인 가치와 질서에 매달려 있다가 근대화의 물결에 밀려나 복덕방 구석을 지키고 있는 노인들의 안타까운 모습과 거기에 깃든 인생의 슬픔을 보여 주고 있다. 새로운 세상에서 행복하고 안락하게 살기를 갈망하던 안 초시는 세속적인 영화와 유혹에 빠져 부동산 투기를 했다가 실패하여 자살하는 인물로 그려진다. 그의 딸은 무용가로 출세하여 화려한 모습을 뽐내지만, 도덕적 타락과 물질적 탐욕으로 가득 찬 인물이다. 결국 안 초시가 그리던 새로운 세상은 인간의 윤리를 무너뜨리고 가치를 타락시키는 무자비한 횡포에 지나지 않는다. 즉 조선의 근대화는 인간 타락의 과정인 것이다.

안 초시가 자살하자 두 노인은 눈물을 삼킨다. 결국 작자는 세 노인을 통해서 현실적인 성공에의 꿈은 아직 남아 있지만, 이들은 이미 변화하는 시대에 뒤쳐진 사람들의 이야기를 하고 있다. 사회의 그늘에서 소외당한 이들이 무능하거나 게을러서 초라해진 것이 아니라 사회의 여건 때문에 그늘로 내몰린 사람으로 보고 있는 것이다. 수동적이고 왜소한 그들의 존재는 비극적이다. 그래서 안 초시의 자살이라는 비극적인 결말은 당시 역사적 흐름과 맞물리는 것이기도 하다.

작품 줄거리

복덕방 주인인 서 참의, 유명한 무용가 딸을 둔 안 초시, 대서업을 개업하려는 박희완 영감은 날마다 복덕방에 모여 무료하게 소일을 한다.

안 초시는 수차에 걸친 사업 실패로 몰락하여 지금은 서 참의의 복덕방에서 신세를 지고 있다. 유명한 무용가인 딸 안경화가 있으나, 그는 그녀의 짐일 뿐이다. 안 초시는 복덕방에서 화투 패를 보며, 사업에 대한 야심이 커서 언제든 한 번쯤은 무슨 수가 생겨 다시 일어서리라 생각한다. 재기를 꿈꾸던 안 초시에게 박 영감이 부동산 투자에 관한 정보를 일러 준다. 이에 안 초시는 딸과 상의하여 투자를 결심한다. 안 초시는 딸이 마련해 준 돈을 몽땅 부동산에 투자한다. 그러나 사기 당했음을 알고 충격을 받은 안 초시는 음독자살한다. 안경화는 아버지의 죽음을 슬퍼하기보다 자신의 명성에 손상을 입을까 두려워한다.

자살한 안 초시의 영결식이 안경화의 연구소 마당에서 열렸다. 안경화는 서 참의의 권유를 받아들여 장례식을 성대하게 치른다. 많은 조문객들이 모였지만 모두들 고인과는 무관하고 무용가인 안경화를 보고 온 사람들이었다. 서 참의와 박희완 영감은 가슴이 답답했다. 분향을 하고 무슨 말인가 한마디 했으면 속이 후련할 것 같았으나, 울음이 먼저 터져 나오고 만다. 그들은 묘지까지 따라갈 작정이었으나, 모인 사람들이 하나같이 마음에 들지 않아서 도로 술집으로 내려온다.

핵심 정리

· 갈래 : 단편 소설
· 시점 : 3인칭 전지적 작가 시점
· 배경 : 일제 강점기 서울의 어느 복덕방
· 주제 : 쇠락한 노인들의 삶과 죽음
· 출전 : 조광

복덕방

철썩, 앞집 판장 밑에서 물 내버리는 소리가 났다. 주먹구구에 골독했던 안 초시에게는 놀랄 만한 폭음이었던지, 다리 부러진 돋보기 너머로 똑 모이를 쪼으려는 닭의 눈을 해 가지고 수챗구멍을 내다본다. 뿌연 뜨물에 휩쓸려 나오는 것이 여러 가지다. 호박 꼭지, 계란 껍질, 거피해 버린 녹두 껍질.

"녹두 빈자떡을 부치는 게로군, 흥 ⋯⋯."

한 5, 6년째 안 초시는 말끝마다 '젠 — 장⋯⋯.' 이 아니면 '흥!' 하는 코웃음을 잘 붙이었다.

"추석이 벌써 낼모레지! 젠 — 장⋯⋯."

안 초시는 저도 모르게 입맛을 다시었다. 기름내가 코에 풍기는 듯 대뜸 입 안에 침이 홍건해지고 전에 괜찮게 지낼 때, 충치니 풍치니 하던 것은 거짓말이었던 것처럼 아래윗니가 송곳 끝같이 날카로워짐을 느끼었다.

안 초시는 그 날카로워진 이를 빈 입인 채 빠드득 소리가 나게 한번 물어 보고 고개를 들었다.

하늘은 천 리같이 트였는데 조각구름들이 여기저기 널리었다. 어떤 구름은 깨끗이 바래 말린 옥양목처럼 흰빛이 눈이 부시다. 안 초시는 이내 자기의 때 묻은 적삼 생각이 났다. 소매를 내려다보는 그의 얼굴은 날래 들리지 않는다. 거기는 한 조박(조각)의 녹두 빈자떡이나 한잔의 약주로써 어쩌지 못할, 더 슬픔과 더 고적함이 품겨 있는 것 같았다.

혹혹 소매 끝을 불어 보고 손끝으로 튀겨 보기도 하다가 목침을 세우고 눕고 말았다.

"이사는 팔하고 사오는 이십이라 천이 되지⋯⋯ 가만⋯⋯ 천이라? 사로 했으니 사천이라 사천 평⋯⋯ 매 평에 아주 줄여 잡아 5환씩만 하게 돼두 4환 75전씩이 남으니, 그럼⋯⋯ 사사는 십육 일만 육천 환하고⋯⋯."

안 초시가 다시 주먹구구를 거듭해서 얻어 낸 총액이 1만 구천 원, 단 천

원만 들여도 1만 구천 원이 되리라는 셈속이니, 1만 원만 들이면 그게 얼만 가? 그는 벌떡 일어났다. 이마가 화끈했다. 도사렸던 무릎을 얼른 곧추세 우고 뒤나 보려는 사람처럼 쪼그렸다. 마꼬 갑이 번연히 빈 것인 줄 알면서 도 다시 집어다 눌러 보았다. 주머니에는 단돈 10전, 그도 안경다리를 고친 다고 벌써 세 번짼가 네 번째 딸에게서 4, 50전씩 얻어 가지고는 번번이 담 뱃값으로 다 내보내고 말던 최후의 10전, 안 초시는 주머니에 손을 넣어 그 것을 집어 내었다. 백통화 한 푼을 얹은 야윈 손바닥, 가만히 떨리었다. 서 참의의 투박한 손을 생각하면 너무나 얇고 잔망스러운 손이거니 하였다. 그러나 이따금 술잔은 얻어먹고, 이렇게 내 방처럼 그의 복덕빙에서 잠까 지 빌려 자건만 한 번도, 집 거간이나 해 먹는 서 참의의 생활이 부럽지는 않았다. 그래도 언제든지 한 번쯤은 무슨 수가 생기어 다시 한번 내 집을 쓰게 되고, 내 밥을 먹게 되고, 내 힘과 내 낯으로 다시 한번 세상에 부딪혀 보려니 믿어졌다.

초시는 전에 어떤 관상쟁이의 '엄지손가락을 안으로 넣고 주먹을 쥐어야 재물이 나가지 않는다.'는 말이 생각났다. 늘 그렇게 쥐노라고는 했지만 문 득 생각이 나 내려다볼 때는, 으레 엄지손가락이 얄밉도록 밖으로만 쥐어 져 있었다. 그래 드팀전을 하다가도 실패를 하였고, 그래 집까지 잡혀서 장 전을 내었다가도 그만 화재를 보았거니 하는 것이다.

"이놈의 엄지손가락아, 안으로 좀 들어가아, 젠 — 장."
하고 연습 삼아 엄지손가락을 먼저 안으로 넣고 아프도록 두 주먹을 꽉 쥐 어 보았다. 그리고 당장 내보낼 돈이면서도 그 10전짜리를 그렇게 쥔 주먹 에 단단히 넣고 담배 가게로 나갔다.

이 복덕방에는 흔히 세 늙은이가 모이었다.

언제, 누가 와, 집 보러 가잘지 몰라, 늘 갓을 쓰고 앉아서 행길을 잘 내 다보는, 얼굴 붉고 눈방울 큰 노인은 주인 서 참의다. 참의로 다니다가 합 병 후에는 다섯 해를 놀면서 시기를 엿보았으나 별수가 없을 것 같아서 이 럭저럭 심심파적으로 갖게 된 것이 이 가옥 중개업이었다. 처음에는 겨우 굶지 않을 만한 수입이었으나 대정 8, 9년 이후로는 시골 부자들이 세금에 몰려, 혹은 자녀들의 교육을 위해 서울로만 몰려들고, 그런 데다 돈은 흔해져서 관철동, 다옥정 같은 중앙 지대에는 그리 고옥만 아니면 1만 원대를 예사로 훌훌 넘었다. 그 판에 봄가을로 어떤 달에는 3, 4백 원 수입이 있어, 그러기를 몇 해를 지나 가회동에 수십 칸 집을 세웠고, 또 몇 해 지나지 않아서는 창동 근처에 땅을 장만하기 시작하였다. 지금은 중개업자도 많이 늘었고 건양사 같은 큰 건축 회사가 생기어서 당자끼리 직접 팔고 사는 것이 원칙처럼 되어 가기 때문에 중개료의 수입은 전보다 훨씬 준 셈이다. 그러나 20여 칸 집에 학생을 치고 싶은 대로 치기 때문에 서 참의의 수입이 없는 달이라고 쌀값이 밀리거나 나무 값에 졸릴 형편은 아니다.

"세상은 먹구살게는 마련이야……."

서 참의가 흔히 하는 말이다. 칼을 차고 훈련원에 나서 병법을 익힐 제는, 한번 호령만 하고 보면 산천이라도 물러설 것 같던, 그 기개와 오늘의 자기, 한낱 가쾌(집 흥정을 붙이는 일을 직업으로 하는 사람)로 복덕방 영감으로 기생, 갈보 따위가 사글셋방 한 칸을 얻어 달래도 네, 네 하고 따라나서야 하는, 만인의 심부름꾼인 것을 생각하면 서글픈 눈물이 아니 날 수도 없는 것이다. 워낙 술을 즐기기도 하지만 어떤 때는 남몰래 이런 감회를 이기지 못해서 술집에 들어선 적도 여러 번이다.

그러나 호반들의 기개란 흔히 혈기에서 나오는 것이기 때문인지 몸에서 혈기가 줄어듦에 따라 그런 감회를 일으킴조차 요즘은 적어지고 말았다. 하루는 집에서 점심을 먹다 듣노라니 무슨 장사치의 외는 소리인데 아무래도 귀에 익은 목청이다. 자세히 귀를 기울이니 점점 가까이 오는 소리인데 제법 무엇을 사라는 소리가 아니라 '유리병이나 간장통 팔거 ― 쏘 ―.' 하는 소리이다. 그런데 그 목청이 보면 꼭 알 사람 같아 일어서서 마루 들창으로 내다보니, 이번에는 '가마니나 신문, 잡지나 팔거 ― 쏘 ―.' 하면서 가마니 두어 개를 지고 한 손에는 저울을 들고 중노인이나 된 사나이가 지나가는데 아는 사람은 확실히 아는 사람이다. 그러나 그를 어디서 알았으며 성명이 무엇이며 애초에는 무엇을 하던 사람인지가 감감해지고 말았다.

"오 ― 라! 그렇군…… 분명…… 저런!"

하고 그는 한참 만에 고개를 끄덕이었다. 그 유리병과 간장통을 외는 소리가 골목 안으로 사라져 갈 즈음에야 서 참의는 그가 누구인 것을 깨달아 낸 것이다.

"동관 김 참의…… 허!"

나이는 자기보다 훨씬 연소하였으나 학식과 재기가 있는 데다 호령 소리가 좋아 상관에게 늘 칭찬을 받던 청년 무관이었다. 20여 년 뒤에 들어도 갈 데 없이 그 목청이요, 그 모습이었다. 전날의 그를 생각하고 오늘의 그를 보니 적이 감개에 사무치어 밥숟가락을 멈추고 냉수만 거듭 마시었다.

그러나 전에 혈기 있을 때와 달라 그런 기분이 오래가지는 않았다.

중학교 졸업반인 둘째 아들이 학교에 갔다 들어서는 것을 보고, 또 싸전에서 쌀값 받으러 와 마누라가 선선히 시퍼런 지전을 내어 헤는 것을 볼 때 서 참의는 이내 속으로,

'거저 살아야지 별수 있나. 저렇게 개가죽을 쓰고 돌아다니는 친구도 있는데…… 에헴.'

하였을 뿐 아니라 그런 절박한 친구에다 대면 자기는 얼마나 훌륭한 지체냐 하는 자존심도 없지 않았다.

'지난 일 그까짓 생각할 건 뭐 있나. 사는 날까지…… 허허.'

여생을 웃으며 살 작정이었다. 그래 그런지 워낙 좀 실없는 티가 있는 데다 요즘 와서는 누구에게나 농지거리가 늘어 갔다. 그래 늘 눈이 달리고 뾰로통한 입으로는 말끝마다 젠 — 장 소리만 나오는 안 초시와는 성미가 맞지 않았다.

"쫌보야, 술 한잔 사 주랴?"

쫌보라는 말이 자기를 업신여기는 것 같아서 안 초시는 이내 발끈해 가지고,

"네깟 놈 술 더러워 안 먹는다."

한다.

"화투패나 밤낮 떼면 너희 어멈이 살아온다던?"

하고 서 참의가 발끝으로 화투장들을 밀어 던지면 그만 얼굴이 새빨개져서 쌔근쌔근하다가 부채면 부채, 담뱃갑이면 담뱃갑, 자기의 것을 냉큼 집어 들고 다시 안 올 듯이 새침해 나가 버리는 것이다.

"조게 계집이문 천생 남의 첩감이야."

하고 서 참의는 껄껄 웃어 버리나 안 초시는 이렇게 돼서 올라가면 한 이틀씩 보이지 않았다.

한번은 안 초시의 딸의 무용회 날 밤이었다. 안경화라고, 한동안 토월회에도 다니다가 대판(大阪, 오사카)에 가 있느니 동경에 가 있느니 하더니, 5, 6년 뒤에 무용가로 이름을 날리며 서울에 나타났다. 바로 제1회 공연 날 밤이었다. 서 참의가 조르기도 했지만, 안 초시도 딸의 사진과 이야기가 신문마다 나는 바람에 어깨가 으쓱해서 공표를 얻을 수 있는 대로 얻어 가지고 서 참의뿐 아니라 여러 친구를 돌려 줬던 것이다.

"허! 저기 한가운데서 지금 한창 다릿짓하는 게 자네 딸인가?"

남은 다 멍멍히 앉았는데 서 참의가 해괴한 것을 보는 듯 마땅치 않은 어조로 물었다.

"무용이란 건 문명국일수록 벗구 한다네그려."

약기는 한 안 초시는 미리 이런 대답으로 막았다.

"모르겠네 원……. 지금 총각 놈들은 모두 등신인가 바……."

"왜?"

하고 이번에는 다른 친구가 탄하였다.

"우린 총각 시절에 저런 걸 보문 그냥 못 배기네."

"빌어먹을 녀석……. 나잇값을 못 하구. 개야, 저건 개……."

벌써 안 초시는 분통이 발끈거려서 나오는 소리였다.

한 가지가 끝나고 불이 환하게 켜졌을 때다.

"도루, 차라리 여배우 노릇을 댕기라구 그래라. 여배운 그래두 저렇게 넓적다린 내놓구 덤비지 않더라."

"그 자식 오지랖 경치게 넓네. 네가 안방 건넌방이 몇 칸이요나 알았지 뭘 쥐뿔이나 안다구 그래? 보기 싫건 나가럼."

하고 안 초시는 화를 발끈 내었다. 그러니까 서 참의도 안방 건넌방 말에 화가 나서 꽤 높은 소리로,

"넌 또 뭘 아니? 요 쫌보야."

하고 일어서 버리었다.

이 일이 있은 후 안 초시는 거의 달포나 서 참의의 복덕방에 나오지 않았었다. 그런 걸 박희완 영감이 가서 데리고 왔었다.

박희완 영감이란 세 영감 중의 하나로 안 초시처럼 이 복덕방에 와 자기

까지는 안 하나 꽤 쏠쏠히 놀러 오는 늙은이다. 아니 놀러 오기만 하는 것이 아니라 와서는 공부도 한다. 재판소에 다니는 조카가 있어 대서업 운동을 한다고 〈속수 국어독본〉을 노상 끼고 와 그 〈삼국지〉 읽던 투로,

"긴 — 상 도코 — 에 유키이마스카."

어쩌고를 외고 있는 것이다.

그러나 〈속수 국어독본〉 뚜껑이 손때에 절고, 또 어떤 때는 목침 위에 받쳐 베고 낮잠도 자서 머리때까지 새까맣게 절어 '조선총독부편찬' 이란 잔글자들은 보이지 않게 되도록, 대서업 허가는 의연히 나오지 않는 모양이었다.

"너나 내나 다 산 것들이 업은 가져 뭘 허니. 무슨 세월에…… 흥!"

하고 어떤 때, 안 초시는 한나절이나 화투패를 떼다 안 떨어지면 그 화풀이로 박희완 영감이 들고 중얼거리는 〈속수 국어독본〉을 툭 채어 행길로 팽개치며 그랬다.

"넌 또 무슨 재술 바라구 밤낮 화투패나 떨어지길 바라니?"

"난 심심풀이지."

그러나 속으로는 박희완 영감보다 더 세상에 대한 야심이 끓었다. 딸이 평양으로 대구로 다니며 지방 순회까지 하여서 제법 돈냥이나 걷힌 것 같으나 연구소를 내느라고 집을 뜯어고친다, 유성기를 사들인다, 교제를 하러 돌아다닌다 하느라고, 더구나 귀찮게만 아는 이 아비를 위해 쓸 돈은 예산에부터 들지 못하는 모양이었다.

"얘? 낡은 솜이 돼 그런지, 삯바느질이 돼 그런지 바지 솜이 모두 치어서 어떤 덴 홑옷이야. 암만해두 샤쓸 한 벌 사 입어야겠다."

하고 딸의 눈치만 보아 오다 한번은 입을 열었더니,

"어련히 인제 사드릴라구요."

하고 딸은 대답은 선선하였으나 샤쓰는 그해 겨울이 다 지나도록 구경도 못하였다. 샤쓰는커녕 안경다리를 고치겠다고 돈 1만 원만 달래도 1원짜리를 굳이 바꿔다가 50전 한 닢만 주었다. 안경은 돈을 좀 주무르던 시절에 장만한 것이라 테만 5, 6원 먹은 것이어서 50전만으로 그런 다리는 어림도 없었다. 50전짜리 다리도 있지만 살 바에는 조촐한 것을 택하던 초시의 성미라 더구나 면상에서 짝짝이로 드러나는 것을 사기가 싫었다. 차라리 종

이 노끈인 채 쓰기로 하고 50전은 담뱃값으로 나가고 말았다.

"왜 안경다린 안 고치셨어요?"

딸이 그날 저녁으로 물었다.

"흥……."

초시는 말은 하지 않았다. 딸은 며칠 뒤에 또 50전을 주었다. 그러면서 어떻게 들으라고 하는 소리인지,

"아버지 보험료만 해두 한 달에 3원 80전씩 나가요."

하였다. 보험료나 타 먹게 어서 죽어 달라는 소리로도 들리었다.

"그게 내게 상관있니?"

"아버지 위해 들었지 누구 위해 들었게요, 그럼?"

초시는 '정말 날 위해 하는 거문 살아서 한 푼이라두 다우. 죽은 뒤에 내가 알 게 뭐냐.' 소리가 나오는 것을 억지로 참았다.

"50전이문 왜 안경다릴 못 고치세요?"

초시는 설명하지 않았다.

"지금 아버지가 좋고 낮은 걸 가리실 처지야요?"

그러나 50전은 또 마꼬 값으로 다 나갔다. 이러기를 아마 서너 번째다.

"자식도 소용없어. 더구나 딸자식…… 그저 내 수중에 돈이 있어야……."

초시는 돈의 긴요성을 날로 날로 더욱 심각하게 느끼었다.

"돈만 가지면야 좀 좋은 세상인가!"

심심해서 운동 삼아 좀 나다녀 보면 거리마다 짓느니 고층 건축들이요, 동네마다 느느니 그림 같은 문화 주택들이다. 조금만 정신을 놓아도 물에서 갓 튀어나온 메기처럼 미끈미끈한 자동차가 등덜미에서 소리를 꽥 지른다. 돌아다보면 운전수는 눈을 부릅떴고 그 뒤에는 금 시곗줄이 번쩍거리는, 살진 중년 신사가 빙그레 웃고 앉았는 것이었다.

"예순이 낼모레…… 젠 — 장할 것."

초시는 늙어 가는 것이 원통하였다. 어떻게 해서나 더 늙기 전에 적게 돈 1만 원이라도 붙들어 가지고 내 손으로 다시 한번 이 세상과 교섭해 보고 싶었다. 지금 이 꼴로서야 문화 주택이 암만 서기로 내게 무슨 상관이며 자동차, 비행기가 개미 떼나 파리떼처럼 퍼지기로 나와 무슨 인연이 있는 것이냐, 세상과 자기와는 자기 손에서 돈이 떨어진, 그 즉시로 인연이 끊어진

것이라 생각되었다.

"그러면 송장이나 다름없지, 뭔가?"

초시는 이런 질문을 자신에게 던지는 지가 이미 오래였다.

"무슨 수가 없을까?"

또,

"무슨 그루테기(그루터기)가 있어야 비비지!"

그러다가도,

"그래도 돈냥이나 엎질러 본 녀석이 벌기도 하는 게지."

하고 그야말로 부슨 그루터기만 만나면 꼭 벌기는 할 자신이었다.

그러다가 박희완 영감에게서 들은 말이었다. 관변에 있는 모 유력자를 통해 비밀리에 나온 말인데 황해 연안에 제2의 나진이 생긴다는 말이었다. 지금은 관청에서만 알 뿐이나 축항 용지(항구를 구축하기 위한 용지)는 비밀리에 매수되었으므로 불원하여 당국자로부터 공표가 있으리라는 것이다.

"그럼, 거기가 황무진가? 전답들인가?"

초시는 눈이 뻘게 물었다.

"밭이라데."

"밭? 그럼 매평 얼마나 간다나?"

"좀 올랐대. 관청에서 사는 바람에 아무리 시골 사람들이기루 그만 눈치 없겠나. 그래도 무슨 일루 관청서 사는진 모르거든……."

"그래?"

"그래, 그리 오르진 않았대……. 아마 평당 25, 6전씩이면 살 수 있다나 보데. 그러니 화중지병이지 뭘 허나, 우리가……."

"음……."

초시는 관자놀이가 욱신거리었다. 정말이기만 하면 한 시각이라도 먼저 덤비는 놈이 더 먹는 판이다. 나진도 5, 6전 하던 땅이 한번 개항된다는 소문이 나자 당년으로 5, 6전의 백 배 이상이 올랐고 3, 4년 뒤에는, 땅 나름이지만 어떤 요지는 천 배 이상이 오른 데가 많다.

'다 산 나이에 오래 끌 건 뭐 있나. 당년으로 넘겨두 최소한도 5환씩이야

무려할 테지…….'

혼자 생각한 초시는,

"대관절 어디란 말이야, 거기가?"

하고 나앉으며 물었다.

"그걸 낸들 아나?"

"그럼?"

"그 모 씨라는 이만 알지. 그러게 날더러 단 1만 원이라도 자본을 운동하면 자기는 거기서도 어디 어디가 요지라는 걸 설계도를 복사해 낸 사람이니까 그 요지만 산단 말이지. 그리구 많이두 바라지 않어. 비용 죄다 제치구 순이익의 2할만 달라는 거야."

"그럴 테지…… 누가 그런 자국을 일러 주구 구경만 하자겠나……. 2할이라…… 2할……."

초시는 생각할수록 이것이 훌륭한, 그 무슨 그루터기가 될 것 같았다. 나진의 선례도 있거니와 박희완 영감 말이 만주국이 되는 바람에 중국과의 관계가 미묘해지므로 황해 연안에도 으레 나진과 같은 사명을 갖는 큰 항구가 필요할 것은 우리 상식으로도 추측할 바라 하였다. 초시의 상식에도 그것을 믿을 수 있었다.

오늘은 오래간만에 피죤을 사서, 거기서 아주 한 대를 피워 물고 왔다. 어째 박희완 영감이 종일 보이지 않는다. 다른 데로 자금 운동을 다니나 보다 하였다. 서 참의는 점심 전에 나간 사람이 어디서 흥정이 한 자리 떨어지느라고 인지 아직 돌아오지 않는다. 안 초시는 미닫이 틀 위에서 낡은 화투를 꺼내었다.

"허, 이거 봐라!"

여간해선 잘 떨어지지 않던 거북패가 단번에 뚝 떨어진다. 누가 옆에 있어 좀 보아줬으면 싶었다.

"아무래두 이게 심상치 않어……. 이제 재수가 티나 부다!"

초시는 반도 타지 않은 담배를 행길로 내던졌다. 출출하던 판에 담배만 몇 대를 피우고 나니 목이 컬컬해진다. 앞집 수채에는 뜨물에 떠내려가다 막힌 녹두 껍질이 그저 누렇게 보인다.

"오냐, 내년 추석엔……."

초시는 이날 저녁에 박희완 영감에게서 들은 이야기를 딸에게 하였다. 실패는 했을지라도 그래도 십수 년을 상업계에서 논 안 초시라 출자를 권유하는 수작만은 딸이 듣기에도 딴사람인 듯 놀라웠다. 딸은 즉석에서는 가부를 말하지 않았으나 그의 머릿속에서도 이내 잊혀지지는 않았던지 다음 날 아침에는, 딸 편이 먼저 이 이야기를 다시 꺼내었고, 초시가 박희완 영감에게 묻던 이상으로 시시콜콜히 캐물었다. 그러면 초시는 또 박희완 영감 이상으로 손가락으로 가리키듯 소상히 설명하였고, 1년 안에 청장(조세나 빚 등을 깨끗이 갚는 일)을 하더라도 최소한도로 50배 이상의 순이익이 날 것이라 장담 장담하였다.

딸은 솔깃했다. 사흘 안에 연구소 집을 어느 신탁회사에 넣고 삼천 원을 돌리기로 하였다. 초시는 금시발복(운이 틔어 복이 닥침)이나 된 듯 뛰고 싶게 기뻤다.

"서 참의 이놈, 날 은근히 멸시했것다. 내 굳이 널 시켜 네 집보다 난 집을 살 테다. 네깟 놈이 천생 가쾌지 별거냐……."

그러나 신탁 회사에서 돈이 되는 날은 웬 처음 보는 청년 하나가 초시의 앞을 가리며 나타났다. 그는 딸의 청년이었다. 딸은 아버지의 손에 단 1전도 넣지 않았고, 꼭 그 청년이 나서 돈을 쓰며 처리하게 하였다.

처음에는 팩 나오는 노염을 참을 수가 없었으나 며칠 밤을 지내고 나니, 적어도 삼천 원의 순이익이 5, 6만 원은 될 것이라, 1만 원 하나야 어디로 가랴 하는 타협이 생기어서 안 초시는 으슬으슬 그, 이를테면 사위 녀석 격인 청년의 뒤를 따라나섰다.

1년이 지났다.

모두 꿈이었다. 꿈이라도 너무 악한 꿈이었다. 삼천 원어치 땅을 사 놓고 날마다 신문을 훑어보며 수소문을 하여도 거기는 축항이 된단 말이 신문에도, 소문에도 나지 않았다. 용당포와 다사도에는 땅값이 30배가 올랐느니 50배가 올랐느니 하고 졸부들이 생겼다는 소문이 있어도 여기는 감감소식일 뿐 아니라 나중에, 역시 이것도 박희완 영감을 통해 알고 보니 그 관변 모 씨에게 박희완 영감부터 속아 떨어진 것이었다. 축항 후보지로 측량까지 하기는 하였으나 무슨 결점으로인지 중지되고 마는 바람에 너무 기민하게 거기다 땅을 샀던, 그 모 씨가 그 땅 처치에 곤란하여 꾸민 연극이었다.

돈을 쓸 때는 1원짜리 한 장 만져도 못 봤지만 벼락은 초시에게 떨어졌다. 서너 끼씩 굶어도 밥 먹을 정신이 나지도 않았거니와 밥을 먹으러 들어갈 수도 없었다.

"재물이란 친자 간의 의리도 배추 밑 도리듯 하는 건가?"

탄식할 뿐이었다. 밥보다는 술과 담배가 그리웠다. 물론 안경다리는 그저 못 고치었다. 그러나 이제는 50전짜리는커녕 단 10전짜리도 얻어 볼 길이 없다.

추석 가까운 날씨는 해마다의 그때와 같이 맑았다. 하늘은 천 리같이 트였는데 조각구름들이 여기저기 널리었다. 어떤 구름은 깨끗이 바래 말린 옥양목처럼 흰빛이 눈이 부시다. 안 초시는 이번에도 자기의 때 묻은 적삼 생각이 났다. 그러나 이번에는 소매 끝을 불거나 떨지는 않았다. 고요히 흘러내리는 눈물을 그 더러운 소매로 닦았을 뿐이다.

여름이 극성스럽게 덥더니, 추위도 그럴 징조인지 예년보다 무서리가 일찍 내리었다. 서 참의가 늘 지나다니는 식은 관사에는 울타리가 넘게 피었던 코스모스들이 끓는 물에 데쳐 낸 것처럼 시커멓게 무르녹고 말았다.

참의는 머리가 띵 — 하였다. 요즘 와서 울기 잘하는 안 초시를 한번 위로해 주려, 엊저녁에는 데리고 나와 청요릿집으로, 추어탕 집으로 새로 두 점을 치도록 돌아다닌 때문 같았다. 조반이라고 몇 술 뜨기는 했으나 혀도 그냥 뻑뻑하다. 안 초시도 그럴 것이니까 해는 벌써 오정 때지만 끌고 나와 해장술이나 먹으리라 하고 부지런히 내려와 보니, 웬일인지 복덕방이라고 쓴 베 발이 아직 내걸리지 않았다.

"이 사람 봐……. 어느 땐 줄 알구 코만 고누……."

그러나 코 고는 소리는 들리지 않았다. 미닫이를 밀어젖힌 서 참의는 정신이 번쩍 났다. 안 초시의 입에는 피, 얼굴은 잿빛이다. 방 안은 움 속처럼 음습한 바람이 휭 — 끼친다.

"아니?"

참의는 우선 미닫이를 닫고 눈을 비비고 초시를 들여다보았다. 안 초시는 벌써 아니요, 안 초시의 시체일 뿐, 둘러보니 무슨 약병인 듯한 것 하나가 굴러져 있다.

참의는 한참 만에야 이 일이 슬픈 일인 것을 깨달았다.

"허!"

파출소로 갈까 하다 그래도 자식한테 먼저 알려야겠다 하고 말만 듣던 그 안경화 무용 연구소를 찾아가서 안경화를 데리고 왔다. 딸이 한참 울고 난 뒤다.

"관청에 어서 알려야지?"

"아니야요, 앗으세요."

딸은 펄쩍 뛰었다.

"앗으라니?"

"저……."

"저라니?"

"제 명예도 좀……."

하고 그는 애원하였다.

"명예? 안 될 말이지, 명옐 생각하는 사람이 애빌 저 모양으로 세상 떠나게 해?"

"……"

안경화는 엎드려 다시 울었다. 그러다가 나가려는 서 참의의 다리를 끌어안고 놓지 않았다. 그리고,

"절 살려 주세요."

소리를 몇 번이나 거듭하였다.

"그럼, 비밀은 내가 지킬 테니 나 하자는 대루 할까?"

"네."

서 참의는 다시 앉았다.

"부친 위해 보험 든 거 있지?"

"네 간이 보험이야요."

"무슨 보험이든……. 얼마나 타게 되누?"

"사백팔십 원요."

"부친 위해 들었으니 부친 위해 다 써야지?"

"그럼요."

"에헴 그럼…… 돌아간 이가 늘 속샤쓸 입구퍼 했어. 상등 털 샤쓰를 사다 입히구, 그 우에 진견으로 수의 일습 구색 맞춰 짓게 허구……. 선산이 있나, 묻힐 데가?"

"웬걸요, 없어요."

"그럼 공동묘지라도 특등지루 널찍하게 사구……. 장례식을 장 — 하게 해야 말이지 초라하게 해 버리면 내가 그저 안 있을 게야. 알아들어?"

"네에."

하고 안경화는 그제야 핸드백을 열고 눈물 젖은 얼굴을 닦았다.

안 초시의 소위 영결식이 그 딸의 연구소 마당에서 열리었다.

서 참의와 박희완 영감은 술이 거나하게 취해 갔다. 박희완 영감이 무얼 잡혀서 가져왔다는 부의 2원을 서 참의가,

"장례비가 넉넉하니 자네 돈 그 계집애 줄 거 없네."

하고 우선 술집에 들러 거나하게 곱빼기들을 한 것이다.

영결식장에는 제법 반반한 조객들이 모여들었다. 예복을 차리고 온 사람도 두엇 있었다. 모두 고인을 알아 온 것이 아니요, 무용가 안경화를 보아 온 사람들 같았다. 그중에는 고인의 슬픔을 알아 우는 사람인지, 덩달아 기분으로 우는 사람인지 울음을 삼키느라고 끽끽하는 사람도 있었다. 안경화도 제법 눈이 젖어 가지고 신식 상복이라나 공단 같은 새까만 양복으로 관 앞에 나와 향불을 놓고 절하였다. 그 뒤를 따라 한 20명이 관 앞에 나와 꾸벅거리었다. 그리고 무어라고 지껄이고 나가는 사람도 있었다.

그들의 분향이 거의 끝난 듯하였을 때,

"에헴!"

하고 얼굴이 시뻘건 서 참의도 한마디 없을 수 없다는 듯이 나섰다. 향을 한 움큼이나 집어 놓아 연기가 시커멓게 올려 솟더니 불이 일어났다. 후 — 후 — 불어 불을 끄고, 수염을 한번 쓰다듬고 절을 했다. 그리고 다시,

"헴……."

하더니 조사를 하였다.

"나 서 참일세, 알겠나? 흥…… 자네 참 호살세, 호사야…… 잘 죽었느

니. 자네 살았으문 이만 호살 해 보겠나? 인전 안경다리 고칠 걱정두 없
구…… 아무튼지……."

하는데 박희완 영감이 들어서더니,

　"이 사람 취했네 그려."

하며 서 참의를 밀어냈다.

　박희완 영감도 가슴이 답답하였다. 분향을 하고 무슨 소리를 한마디 했
으면 속이 후련히 트일 것 같아서 잠깐 멈칫하고 서 있어 보았으나,

　"으흐윽……."

하고 울음이 먼저 터져 그만 나오고 말았다.

　서 참의와 박희완 영감도 묘지까지 나갈 작정이었으나 거기 모인 사람들
이 하나도 마음에 들지 않아 도로 술집으로 내려오고 말았다.

홍염

- 최서해 -

작가 소개

최서해(崔曙海 1901~1932년)

최서해의 본명은 학송이고, 서해는 호이다. 1901년 1월 21일 함경북도 성진에서 태어났으며 1911년 성진보통학교에 입학했으나 가난으로 5학년 때 중퇴하고, 독학으로 문학을 공부하였다.

1917년 간도(間島)로 이주해 여러 직업을 전전하며 방랑하다가 1923년 귀국하였다.

1918년 3월 '학지광'에 시 〈우후정원의 월광〉, 〈추교의 모색〉, 〈반도청년에게〉를 발표하여 창작 활동을 시작했고, 1924년 '조선문단'에 단편 〈고국〉이 추천되어 등단하였다. 1924년 1월 28일부터 2월 4일까지 동아일보에 〈토혈〉을 연재해 소설가로서의 역량을 유감없이 발휘했으며, 1925년 극도로 빈궁했던 간도 체험을 바탕으로 한 자전적 소설 〈탈출기〉를 발표해 당시 문단에 충격을 주었다. 특히 〈탈출기〉는 살길을 찾아 간도로 이주한 가난한 부부와 노모, 이 세 식구의 눈물겨운 참상을 박진감 있게 묘사한 작품으로 신경향파 문학의 대표작으로 평가된다. 그의 작품은 모두가 빈곤의 참상과 체험을 토대로 묘사한 것이어서 그 간결하고 직선적인 문체에 힘입어 한층 더 호소력을 지니고 있었으나, 예술적인 형상화가 미흡했던 탓으로 초기의 인기를 지속하지 못하고 1932년 7월 지병인 위문협착증으로 죽었다.

작품 정리

이 작품은 1927년 1월 '조선문단'에 발표된 최서해의 대표 단편 소설이다. 1920년경의 겨울, 일제의 경제적 수탈과 궁핍을 면치 못했던 서간도의 한 귀퉁이 빼허를 배경으로 조선인의 비참한 삶과 저항을 그리고 있다.

작가는 이 작품을 통해서 국토가 일제의 식민지로 전락되고 난 뒤, 삶의 터전을 박탈당한 이민들이 이국에서 빈궁한 삶을 살아가는 모습을 극명하게 보여 주고 있다.

조선에서 소작인으로 지낸 농민은 그곳에서도 소작인 신세를 벗어나지 못하고, 자신들을 지켜 줄 국가가 없기 때문에 중국과 일본의 틈바구니에서 견디기 힘든 고통의 삶을 살아갈 수밖에 없던 간도 이주민의 삶을 잘 보여 주고 있다.

이 작품의 결말 부분에서 문 서방은 인가의 집에 불을 지르고 타오르는 불을 보면서 그동안 억눌렸던 감정으로부터 해방되어 통쾌한 웃음을 짓는다. 딸 용례를 되찾은 후 감격에 겨운 문 서방은 '작다고 믿었던 자기의 힘이 철통같은 성벽을 무너뜨리고 자기의 요구를 채울 때 사람은 무한한 기쁨과 충동을 받는다' 며 억눌린 자들이 단호하게 대항한다면 억압적 운명을 스스로 극복할 수 있다는 작가의 생각을 보여 주는 것이다.

작품 줄거리

조선에서 소작을 하던 문 서방은 살길을 찾아 딸을 앞세우고 서간도 귀퉁이의 한국 이민 농부들이 사는 빼허 마을로 이주한다. 조선에서 소작인 생활을 하는 동안에도 겨죽만 먹고 지내던 문 서방은 간도에서도 중국인 인가의 소작인으로 일한다. 그러나 문 서방은 빚을 갚지 못해 중국인 지주 인가에게 열일곱 살 난 외동딸 용례를 빼앗긴다. 딸을 빼앗긴 슬픔으로 문 서방의 아내마저 병이 나고 죽기 전에 딸을 한 번 보고 싶어 한다. 문 서방은 아내의 소원을 들어주기 위해 중국인 지주 인가에게 여러 번 찾아가지만, 인가는 딸을 만나는 것을 허락하지 않는다. 문 서방의 아내는 결국 딸을 빼앗긴 지 1년 후에 원한을 품고 발광하여 죽고 만다.

아내가 죽고 난 다음 날 밤에 문 서방은 인가의 집에 불을 지르고 불길에 싸인 인가의 집을 바라보면서 억압에서 해방된 듯 시원스럽게 웃는다. 문 서방은 불길 속에서 뛰쳐나오는 인가와 딸을 발견하자 달려가서 도끼로 인가를 죽이고 딸을 품에 안는다. 이때까지 악만 가득 찼던 가슴이 스르르 풀리면서 문서방의 눈에서는 눈물이 흐른다.

핵심 정리

· 갈래 : 단편 소설
· 시점 : 전지적 작가 시점
· 배경 : 1920년대 겨울 북간도 조선인 이주지
· 주제 : 일제 강점기 조선 이주민들의 궁핍한 삶
· 출전 : 조선문단

 홍염

겨울은 이 가난한 — 백두산 서북편 서간도 한 귀퉁이에 있는 이 가난한 촌락 빼허(白河, 바이허)에도 찾아들었다. 겨울이 찾아들면 조그마한 강을 앞에 끼고 큰 산을 등진 빼허는 쓸쓸히 눈 속에 묻혀서 차디찬 좁은 하늘을 치어다보게 된다.

눈보라는 북극의 특색이라. 빼허의 겨울에도 그러한 특색이 있다. 이것이 빼허의 생령들을 괴롭게 하는 것이다.

오늘도 눈보라가 친다.

북극의 얼음 세계나 거쳐 오는 듯한 차디찬 바람이 우 — 하고 몰려오는 때면 산봉우리와 엉성한 가지 끝에 쌓였던 눈들이 한꺼번에 휘날려서 이 좁은 산골은 뿌연 눈안개 속에 들게 된다. 어떤 때는 강골바람에 빙판에 덮였던 눈이 산봉우리로 불리게 된다. 이렇게 교대적으로 산봉우리의 눈이 들로 내리고 빙판의 눈이 산봉우리로 올리달려서 서로 엇바뀌는 때면 그런 대로 관계치 않으나, 하늬(北風)와 강바람이 한꺼번에 불어서 강으로부터 올리닫는 눈과 봉우리로부터 내리닫는 눈이 서로 부딪치고 어우러지게 되면 눈보라와 바람 소리에 빼허의 좁은 골짜기는 터질 듯한 동요를 받는다.

등진 산과 앞으로 낀 강 사이에 게딱지처럼 끼어 있는 것이 빼허의 촌락이다. 통틀어서 다섯 호밖에 되지 않는 집이나마 밭을 따라서 이리저리 흩어져 있다. 모두 커다란 나무를 찍어다가 우물 정(井)자로 틀을 짜 지은 집인데 여기 사람들은 이것을 '귀틀집'이라 한다. 지붕은 대개 조짚이요, 혹은 나무껍질로도 이었다. 그 꼴은 마치 우리 내지(간도서는 조선을 내지라 한다)의 거름집(두엄을 넣어 두는 헛간)과 같다. 심하게 말하는 이는 도야지굴과 같다고 한다.

이것이 남부여대(男負女戴, 가난한 사람이 살 곳을 찾아 이리저리 떠돌아다니는 것을 말함)로 서간도 산골을 찾아들어서 사는 조선 사람의 집들이다. 빼허의 집들은 그러한 좋은 표본이다.

험악한 강산, 세찬 바람과 뿌연 눈보라 속에 게딱지처럼 붙어서 위태하게 침묵을 지키고 있는 그 모든 집에도 어느 때든 공도(公道)가 — 위대한 공도가 어그러지지 않으면, 언제든지 꼭 한때는 따뜻한 봄볕이 지내리라. 그러나 이렇게 눈발이 날리고 바람이 우짖으면 그 어설궂은 집 속에 의지 없이 들어박힌 넋들은 자기네로도 알 수 없는 공포에 몸을 부르르 떨게 된다.

이렇게 몹시 춥고 두려운 날 아침에 문 서방은 집을 나섰다. 산산이 흐트러진 머리카락을 뿌연 상투에 휘휘 거둬 감고 수건으로 이마를 질끈 동인 위에 까맣게 그을은 대팻밥모자를 끈 달아 썼다. 부대처럼 툭툭한 토수래(베실을 삶아서 짠 것) 바지저고리는 언제 입은 것인지 뚫어지고 흙투성이가 되었는데 바람에 무겁게 흩날린다.

"문 서뱅이 발써 갔소?"

문 서방은 짚신에 들막(들메. 신이 벗어지지 않도록 끈으로 신을 발에 동여매는 일)을 단단히 하고 마당에 내려서려다가 부르는 소리에 머리를 돌렸다. 펄쩍 문을 열면서 때가 찌덕찌덕한 늙은 얼굴을 내미는 것은 한 관청(관청은 직함)이었다.

"왜 그러시우?"

경기 말씨가 그저 남아 있는 문 서방은 한 발로 마당을 밟고 한 발로 흙마루를 밟은 채 한 관청을 보았다.

"엑, 바름두! 저, 엑 흑……."

한 관청은 몰아치는 바람이 아츠러운지 연방 흑흑 느끼면서,

"저, 일절 욕을 마오! 그게…… 엑, 워쩐 바름이 이런구! 그게 되놈(중국 사람을 낮잡아 이르는 말)인데, 부모두 모르는 되놈인데……."

하는 양은 경험 있는 늙은 사람의 말을 깊이 들으라는 어조이다.

"나는 또 무슨 말씀이라구! 아, 그늠이 이번두 그러면 그저 둔단 말이오?"

문 서방의 소리는 좀 분개하였다.

눈을 몰아치는 바람은 또 몹시 마당으로 몰아들었다. 그 판에 문 서방은 바람을 등지고 돌아서고, 한 관청의 머리는 창문 안으로 자라목처럼 움츠러들었다.

"글쎄 이 늙은 거 말을 듣소! 그눔이 제 가새비(장인)를 잘 알겠소? 흥……"

한 관청은 함경도 사투리로 뇌면서 다시 머리를 내밀었다.

"염려 마슈! 좋게 하죠."

문 서방은 더 들을 말 없다는 듯이 바람을 안고 휙 돌아섰다.

"그새 무슨 일이나 없을까?"

밭 가운데로 눈을 헤치면서 나가던 문 서방은 주춤하고 돌아다보면서 혼자 뇌었다.

눈보라 때문에 눈도 뜰 수 없거니와 지척을 분간할 수 없이 되어서 집은 커녕 산도 보이지 않았다.

"그새 무슨 일이 날라구!"

그는 또 혼자 뇌고 저고리 섶을 단단히 여미면서 강가로 내려가다가 발을 돌려서 언덕길로 올라섰다. 강 얼음을 타고 가는 것이 빠르지만 바람이 심하면 빙판에서 걷기가 거북하여 언덕길을 취하였다. 하도 다니던 길이니 짐작으로 걷지 눈에 묻혀서 길이 보이지 않았다.

언덕길에 올라서니 바람은 더 심하였다. 우와 하고 가슴을 쳐서 뒤로 휘딱 자빠질 것은 고사하고 눈발이 아츠럽게 낯을 쳐서 눈도 뜰 수 없고 숨도 바로 쉴 수 없었다. 뻣뻣하여 가는 사지에 억지로 힘을 주어 가면서 이를 악물고 두 마루턱이나 넘어서 '달리소' 강가에 이르니 가슴에서는 잔나비가 뛰노는 것 같고 등골에는 땀이 흘렀다. 그는 서리가 뿌연 수염을 씻으면서 빙판을 건너갔다. 빙판에는 개가죽 모자 개가죽 바지에 커다란 울레(신)를 신은 중국 파리(썰매)꾼들이 기다란 채찍을 휘휘 두르면서,

"뚜 ― 어, 뚜 ― 어, 딱딱."

하고 말을 몰아간다.

"꺼울리 날취?(저 조선 거지 어디 가나?)"

중국 파리꾼들은 문 서방을 보면서 욕을 하였으나 문 서방은 허둥허둥 빙판을 건너서 높다란 바위 모롱이를 지나 언덕에 올라섰다.

여기가 문 서방이 목적하고 온 달리소라는 땅이다. 이 땅 주인은 '인가' 라는 중국 사람인데 그 인가는 문 서방의 사위이다.

저편 밭 가운데 굵은 나무로 울타리를 한 것이 인가의 집이다. 그 밖으로

오륙 호나 되는 게딱지 같은 귀틀집은 지팡살이(소작인)하는 조선 사람들의 집이다. 문 서방은 바위 모롱이를 돌아 언덕에 오르니 산이 서북을 가려서 바람이 좀 잠즉하여 좀 푸근한 느낌을 받았으나, 점점 인가 — 사위의 집 용마루가 보이고, 울타리가 보이고, 그 좌우의 같은 조선 사람의 집이 보이니 스스로 다리가 움츠러지면서 걸음이 떠지었다.

"엑 더러운 되놈! 되놈에게 딸 팔아먹는 놈!"

그것은 자기 스스로 한 일은 아니지만 어디선지 이런 소리가 귀청을 징징 치는 것 같은 동시에 개기름이 번지르르하여 핏발이 올올한 눈을 흉악하게 굴리는 인가 — 사위의 꼴이 언뜩 눈앞에 떠올라서 그는 발끝을 돌린까 말까 하고 주저거렸다. 그러다가도,

"여보, 용례(딸의 이름)가 왔소? 용례 좀 데려다주구려!"

하고 죽어 가는 아내의 애원하던 소리가 귓가에 울려서 다시 앞을 향하였다.

"이게 문 서뱅이! 또 딸 집을 찾아 가옵느마?"

머리를 수긋하고 걷던 문 서방은 불의의 모욕이나 받는 듯이 어깨를 뚝 떨어뜨리면서 머리를 들었다. 그것은 길옆에서 도야지 우리를 치던 지팡살이꾼의 한 사람이었다.

"네! 아아니……."

문 서방은 대답도 아니요, 변명도 아닌 이러한 말을 하고는 얼른얼른 인가의 집으로 향하였다. 온 동리가 모두 나서서 자기의 뒤를 비웃는 듯해서 곁눈질도 못 하였다.

여기는 서북이 가려서 빼허처럼 바람이 심하지 않았다. 흐릿하나마 볕도 엷게 흘렀다.

2

"여보! 저 인가가 또 오는구려!"

가을볕이 쨍쨍한 마당에서 깨를 떨던 아내는 남편 문 서방을 보면서 근심스럽게 말하였다.

"오면 어쩌누? 와도 하는 수 없지!"

뒤줏간 앞에서 옥수수 껍질을 바르던 문 서방은 기탄없이 말하였다.

"엑, 그 단련을 또 어찌 받겠소?"

아내의 찌푸린 낯은 스르르 흐렸다.

"참 되놈이란 오랑캐……."

"여보 여기 왔소."

문 서방의 높은 소리를 주의시키던 아내는 뒤줏간 저편을 보면서,

"아, 오셨소?"

하고 어색한 웃음을 웃었다.

"예 왔소? 장구재(주인) 있소?"

지주 인가는 어설픈 웃음을 지으면서 마당에 들어서다가 뒤줏간 앞에 앉은 문 서방을 보더니,

"응 저기 있소!"

하고 손가락질을 하면서 그 앞에 가 수캐처럼 쭈그리고 앉았다.

서천에 기운 태양은 인간의 이마에 번지르르 흘렀다.

"어디 갔다 오슈?"

문 서방은 의연히 옥수수를 바르면서 하기 싫은 말처럼 힘없이 끄집어냈다.

"문 서방! 그래 올에두 비들(빚을) 모 가프겠소?"

인가는 문 서방 말과는 딴전을 치면서 담뱃대를 쌈지에 넣는다.

"허허, 어제두 말했지만 글쎄 곡식이 안된 거 어떡하오?"

"안 되우! 안 돼! 곡시기 자르되고 모 되구 내가 아으오? 오늘은 받아 가지구야 가겠소!"

인가는 담배를 피우면서 버티려는 수작인지 땅에 펑덩 들어앉았다.

"내년에는 꼭 갚아 드릴 게 올만 참아 주오! 장구재도 알지만 흉년이 되어서 되지두 않은 이것(곡식)을 모두 드리면 우리는 어떻게 겨울을 나라우! 응? 자, 내년에는 꼭…… 하하."

인가를 보면서 넋 없는 웃음을 치는 문 서방의 눈에는 애원하는 빛이 흘렀다.

"안 되우! 안 돼! 퉁퉁(모두) 디 주! 모두두 많이 많이 부족이오."

"부족이 돼두 하는 수 없지. 글쎄 뻔히 보시면서 어떡하란 말이오? 휴……."

"어째 어부소, 응 늬듸 어째 어부소! 응 늬듸 어째 어부소 마리해! 울리 쌀리디, 울리 소금이디, 울리 강냉이디……. 늬듸 입이(그는 입을 가리키면서) 디 안 먹어? 어째 어부소, 응?"

인가는 낯빛이 거무락푸르락해서 소리를 고래고래 질렀다. 문 서방은 더 말이 나오지 않았다.

언제나 이놈의 소작인 노릇을 면하여 볼까? 경기도에서도 소작인 생활 10년에 겨죽만 먹다가 그것도 자유롭지 못하여 남부여대로 딸 하나 앞세우고 이 서간도로 찾아들었더니 여기서도 그네를 맞아 주는 것은 지팡살이였나. 이름만 달랐지 역시 소작인이다. 들어오던 해는 풍년이었으나 늦게 들어와서 얼마 심지 못하였고, 그 이듬해에는 흉년으로 말미암아 1년 내 꾸어 먹은 것도 있거니와 소작료도 못 갚아서 인가에게 매까지 맞고 금년으로 미뤘더니 금년에도 흉년이 졌다. 다른 사람들도 빚을 지지 않은 바가 아니로되 유독 문 서방을 조르는 것은 음흉한 인가의 가슴속에 문 서방의 딸 용례(금년 열일곱)가 걸린 까닭이었다. 문 서방은 벌써 그 눈치를 알아챘으나 차마 양심이 허락지 않았다. 인가의 욕심만 채우면 밭맥(1맥은 10일경, 1일경은 약 천 평)이나 단단히 생겨 한평생 기탄없을 것을 모르지는 않지만, 무남독녀로 고이 기른 딸을 되놈에게 주기는 머리에 벼락이 내릴 것 같아서 죽으면 그저 굶어 죽었지 차마 할 수 없었다. 그는 그런 것 저런 것 생각할 때마다 도리어 내지(조선) — 쪼들려도 나서 자란 자기 고향에서 쪼들리던 옛날이 — 3년 전의 그 옛날이 그리웠다. 그러나 그것도 한 꿈이었다. 그 꿈이 실현되기에는 그네의 경제적 기초가 너무나도 없었다. 빈 마음만 흐르는 구름에 부쳐서 내지로 보낼 뿐이었다.

"어째서 대답이 어부소. 응? 그래 울리 비디디 안 가파? 창우니…… 빠피야(이놈 껍질 벗긴다)."

인가는 담뱃대를 꽁무니에 찌르면서 일어나 앉더니 팔을 걷는다. 그것을 본 문 서방 아내는 낯빛이 파랗게 질려서 부들부들 떨면서 이편만 본다. 문 서방도 낯빛이 까맣게 죽었다.

"자, 그러면 금년 농사는 온통 드리지요."

문 서방의 목소리는 힘없이 떨렸다. 마치 종아리채를 든 초학 훈장 앞에 엎드린 어린애의 소리처럼…….

"부요우(일없다)……? 퉁퉁 디…… 모모 모두 우리 가져가두 보미(옥수수) 쓰단(4석), 쩨옌(소금) 얼씨진(20근), 쏘미(좁쌀) 디 빠단(8석) 디 유아(있다)…… 늬디 자리 알라 있소! 그거 안 줘?"

검붉은 인가의 뺨은 성난 두꺼비 배처럼 불떡불떡하였다.

"나머지는 내년에 갚지요."

문 서방은 머리를 뚝 떨어뜨렸다.

"슴마(무엇)? 창우니 빠피야!"

인가의 억센 손이 문 서방의 멱살을 잡았다. 문 서방은 가만히 받았다. 정신이 아찔하였다.

"에구! 장구재…… 흑흑…… 장구재…… 제발 살려 줍쇼! 제발 살려 주시면 뼈를 팔아서라두 갚겠습니다. 장구재 제발!"

문 서방의 아내는 부들부들 떨면서 인가의 팔에 매달렸다. 그의 애걸하는 소리는 벌써 울음에 떨렸다.

"내 보미 워디 소금이 낼라! 아니 줬소? 아니 줬소? 어 어째서 아니 줬소?"

인가의 주먹은 문 서방의 귓벽을 울렸다.

"아이구!"

문 서방은 땅에 쓰러졌다.

"엑 에구…… 응응응…… 에구 장재구! 제발 제제…… 흑 제발 좀 살려 줍쇼…… 응응."

쓰러지는 문 서방을 붙잡던 아내는 인가를 보면서 땅에 엎드려서 손을 비빈다.

"이 상느므 샛지(상놈의 자식)…… 늬디 로포(아내) 워디(내가) 가져가!"

하고 인가는 문 서방을 차더니 엎디어서 손이야 발이야 비는 문 서방의 아내의 손목을 잡아끌었다.

"늬디 울리 집이 가! 오늘리부터 늬디 울리 에미네(아내)!"

"장구재…… 제발…… 에이구 응응."

"에구, 엄마!"

집 안에서 바느질하던 용례가 내달았다. 인가는 문 서방의 아내를 사정없이 끌고 자기 집으로 향한다.

"나를 잡아가라! 나를!"

쓰러졌던 문 서방은 인가의 팔을 잡았다.

"타마나(상소리)!"

하는 소리와 같이 인가의 발길은 문 서방의 불거름으로 들어갔다. 문 서방은 거꾸러졌다.

"아이구, 어머니! 왜 울 어머니를 잡아가요? 응응…… 흑."

용례는 어머니의 팔목을 잡은 중국인의 손을 물어뜯었다. 용례를 본 인가는 문 서방의 아내를 놓고 문 서방의 딸 용례를 잡았다.

"이 개새끼야! 이것 놔라……. 응응 흑…… 아이구, 아버지…… 엄마!"

억센 장정 인가에게 티끌같이 끌려가는 연연한 처녀는 몸부림을 하면서 발악을 하였다.

"용례야! 아이구, 우리 용례야!"

"에이구, 응…… 너를 이 땅에 데리구 와서 개 같은 놈에게……."

문 서방의 내외는 허둥지둥 달려갔다.

낯빛이 파랗게 질린 흰옷 입은 사람들은 죽 나와서 섰건마는 모두 시체같이 서 있을 뿐이었다. 여편네 몇몇은 치맛자락으로 눈물을 씻었다.

의연히 제 걸음을 재촉하는 볕은 서산에 뉘엿뉘엿하였다. 앞 강으로 올라오는 찬 바람은 스르르 스쳐 가는데 석양에 돌아가는 까마귀 울음은 의지 없는 사람의 넋을 호소하는 듯 처량하였다.

"에구, 용례야! 부모를 못 만나서 네 몸을 망치는구나! 에구, 이놈의 돈이 우리를 죽이는구나!"

문 서방 내외는 그 밤을 인가의 집 울타리 밖에서 샜다. 누구 하나 들여다보지도 않는데 인가의 집에서 내놓은 개들은 두 내외를 잡아먹을 듯이 짖으며 덤벼들었다.

이리하여 용례는 영영 인가의 손에 들어갔다. 며칠 후에 인가는 지금 문 서방이 있는 빼허에 땅날갈이(하루갈이)나 있는 것을 문 서방에게 주어서 그리로 이사시켰다. 문 서방은 별별 욕과 애원을 하였으나 나중에 인가는 자기 집 일꾼들을 불러서 억지로 몰아냈다. 이리하여 문 서방은 차마 생목숨을 끊기 어려워서 원수가 주는 땅을 파먹게 되었다. 그것이 작년 가을이었다. 그 뒤로 인가는 절대 용례를 밖으로 내보내지 않을 뿐만 아니라 그

어버이 되는 문 서방 내외에게도 보이지 않았다.

"용례는 매일 밥도 안 먹고 어머니 아버지만 부르고 운다."

하는 희미한 소식을 인가의 집에 가까이 드나드는 중국인들에게서 들을 때마다 문 서방은 가슴을 치고 그 아내는 피를 토하였다.

이리하여 문 서방의 아내는 늦은 여름부터 아주 병석에 드러누웠다. 그는 병석에서 매일 용례만 부르고 용례만 보여 달라고 졸랐다. 그래서 문 서방은 벌써 세 번이나 인가를 찾아가서 말했으나 효과가 없었다.

이번까지 가면 네 번째다. 이번은 어떻게 성사가 되는지? (간도에 있는 중국인들은 조선 여자를 빼앗아 가든지 좋게 사 가더라도 밖에 내보내지도 않고 그 부모에게까지 흔히 면회를 거절한다. 중국인은 의심이 많아서 그런다고 들었다.)

3

문 서방은 울긋불긋한 채필로 '관운장'과 '장비'를 무섭게 그려 붙인 집 대문 앞에 섰다. 문밖에서 뼈다귀를 핥던 얼룩 개 한 마리가 웡웡 짖으면서 달려들더니 이 구석 저 구석에서 개 무리가 우하고 덤벼들었다. 어떤 놈은 으르렁 으르고, 어떤 놈은 꼬리를(빠져 있음) 뒷다리 사이에 바싹 끼면서 금방 물듯이 송곳 같은 이빨을 악물었고, 어떤 놈은 대들었다가는 뒷걸음을 치고 뒷걸음을 쳤다가는 대들면서 산천이 무너지게 짖고, 어떤 놈은 소리도 없이 코만 실룩실룩하면서 달려들었다. 그 여러 놈들이 문 서방을 가운데 넣고 죽 돌아서서 각각 제 재주대로 날뛴다. 그렇지 않아도 지금 개 때문에 대문 밖에서 기웃거리던 문 서방은 이 사면초가를 어떻게 막으면 좋을지 몰랐다. 이러는 판에 한 마리가 휙 들어와서 문 서방의 바짓가랑이를 물었다.

"으악…… 꺼우디(개를)!"

문 서방은 소리를 치면서 돌멩이를 찾느라고 엎드리는 것을 보더니 개들은 일시에 뒤로 물러났으나 다시 덤벼들었다.

"창우니 타마나가비(상소리다)!"

안에서 개가죽 모자를 쓰고 뛰어나오는 일꾼은 기다란 호밋자루를 두르면서 개를 쫓았다. 개들은 몰려가면서도 몹시 짖었다.

문 서방은 수수깡이 지저분하게 널려 있는 마당을 지나서 왼편 일꾼들이 있는 방문으로 들어갔다. 누릿하고 퀴퀴한 더운 기운이 후끈 낯을 스칠 때 얼었던 두 눈은 뿌연 더운 안개에 스르르 흐려서 어디가 어딘지 잘 분간할 수 없었다.

"윈따야 랠라마(문 영감 오셨소)?"

캉(구들)에서 지껄이던 중국인 중에서 누군지 첫인사를 붙였다.

"에헤 랠라 장구재 유(있소)?"

문 서방은 어색한 웃음을 지었다. 얼었던 몸은 차츰 녹고 흐렸던 눈앞도 점점 밝아졌다.

"쌍캉바(구들로 올라오시오)!"

구들 위에서 나는 틱틱한 소리는 인가였다. 그는 일꾼들과 무슨 의논을 하던 판인가? 지껄이던 일꾼들은 고요히 앉아서 담배를 피우면서 호기심에 번득이는 눈을 인가와 문 서방에게 보냈다.

어느 천년에 지은 집인지, 거미줄이 얼키설키 서린 천장과 벽은 아궁이 속같이 꺼먼데 벽에 붙여 놓은 삼국풍진도(三國風塵圖)며 춘야도리원도(春夜桃李園圖)는 이리저리 찢기고 그을었다. 그을음과 담배 연기에 싸여서 눈만 반짝반짝하는 무리들은 아귀도를 생각하게 한다. 문 서방은 무시무시한 기분에 몸을 부르르 떨었다.

"치옌바(담배 잡수시오)!"

인가는 웬일인지 서투른 대로 곧잘 하던 조선말은 하지 않고 알아도 못 듣는 중국 말을 쓰면서 담뱃대를 문 서방 앞에 내밀었다.

"여보 장구재! 우리 로포(아내)가 딸(용례)을 못 봐서 죽겠으니 좀 보여 주 응?"

문 서방은 담뱃대를 받으면서 또 전처럼 애걸하였다. 인가는 이마를 찡그리면서 볼을 불렀다.

"저게(아내) 마지막 죽어 가는데 철천지한이나 풀어야 하잖겠소, 응? 한 번만 보여 주! 어서 그러우! 내가 용례를 만나면 꼬일까 봐……. 그럴 리 있소! 이렇게 된 밧자에…… 한 번만…… 낯이나…… 저 죽어 가는 제 에미 낯이나 한 번 보게 해 주! 네? 제발……."

"안 되우! 보내지 모하겠소! 우리 지비 문바께 로포(용례를 가리키는 말)

나갔소. 재미어부소."

배짱을 부리는 인가의 모양은 마치 전당포 주인과 같은 점이 있었다. 문 서방의 가슴은 죄었다. 아쉽고 안타깝고 슬픔이 어우러지더니 분한 생각이 났다. 부뚜막에 놓은 낫을 들어서 인가의 배를 왁 긁어 놓고 싶었으나 아직도 행여나 하는 바람과 삶에 대한 애착심이 그 분을 제어하였다.

"그러지 말고 제발 보여 주오! 그러면 내 아내를 데리구 올까? 아니 바람을 쏘여서는……. 엑 죽어두 원이나 끄고 죽게 내가 데리고 올게 낯만 슬쩍 보여 주오…… 네? 흑…… 끅…… 제발……."

20년 가까이 손끝에서 자기 힘으로 기른 자기 딸을 억지로 빼앗긴 것도 원통하거든 그나마 자유로 볼 수도 없이 되는 것을 생각하니…… 더구나 그 우악한 인가에게 가슴과 배를 사정없이 눌리는 연연한 딸의 버둥거리는 그림자가 눈앞에 언뜻 하여 가슴이 꽉 막히고 사지가 부르르 떨리면서 주먹이 쥐어졌다. 그러나 뒤따라 병석의 아내가 떠오를 때 그의 주먹은 풀리고 머리는 숙였다.

"낼리 또 왔소 이 얘기하오! 오늘리디 울리디 일이디 푸푸디! 많이 있소!"

인가는 문 서방을 어서 가라는 듯이 자기 먼저 캉에서 내려섰다.

"제발 그리지 말구! 으흑 흑…… 제발 단 한 번만이라도 낯만…… 으흑흑 웅!"

문 서방은 인가를 따라 밖으로 나오면서 울었다. 등 뒤에서는 웃음소리가 들렸다. 그러나 그 웃음소리는 이때의 문 서방에게는 아무러한 자극도 주지 못하였다.

"자 이거 적지만……."

마당에 한참이나 서서 무엇을 생각하던 인가는 백 조짜리 관체 석 장을 문 서방의 손에 쥐였다. 문 서방은 받지 않으려고 하였다. 더러운 놈의 더러운 돈을 받지 않으려 하였다. 그러나 지금 부쳐 먹는 밭도 인가의 밭이다. 잠깐 사이 분과 설움에 어리어서 튕기던 돈은 — 돈 힘은 굶고 헐벗은 문 서방을 누르지 않을 수 없었다. 그는 못 이기는 것처럼 삼백 조를 받아 넣고 힘없이 나오다가,

'저 속에는 용례가 있으려니?'

생각하면서 바른편에 놓인 조그마한 집을 바라볼 때 자기도 모르게 발길이 도로 돌아섰다. 마치 거기서는 용례가 울면서 자기를 부르는 것 같았다. 그러나 인가는 문 서방을 문밖에 내보내고 문을 닫아 잠갔다.

문밖에 나서니 천지가 아득하였다. 발길이 돌아서지 않았다. 사생을 다 투는 아내를 생각하면 아니 가진 못할 일이고 이 울타리 속에는 용례가 있거니 생각하면 눈길이 다시금 울타리로 갔다.

그가 바위 모롱이 빙판에 올 때까지 개들은 쫓아 나와 짖었다. 그는 제 분김에 한 마리 때려잡는다고 얼른 돌멩이를 집어 들었다가, 작년 가을에 어떤 조선 사람이 어떤 중국 사람의 개를 때려주이고 그 사람이 주인에게 총 맞아 죽은 일이 생각나서 들었던 돌멩이를 헛뿌렸다.

돌아 떨어지는 겨울 해는 어느새 강 건너 봉우리 엉성한 가지 끝에 걸렸다. 바람은 좀 자고 날씨는 맑으나 의연히 추워서 수염에는 우물가처럼 얼음 보쿠지가 졌다.

4

눈옷 입은 산봉우리 나뭇가지 끝에 남았던 붉은 석양볕이 스르르 자취를 감추고 먼 동쪽 하늘가에 차디찬 연자줏빛이 싸르르 돌더니 그마저 스러지고, 쌀쌀한 하늘에 찬 별들이 내려다보게 되면서부터 어둑한 황혼빛이 빼허의 좁은 골에 흘러들어서 게딱지 같은 집 속까지 흐리기 시작하였다.

꺼먼 서까래가 드러난 수수깡 천장에는 그은 거미줄이 흐늘흐늘 수없이 드리우고, 빈대 죽인 자리는 수묵으로 댓잎을 그린 듯이 흙벽에 빈틈이 없는데 먼지가 수북한 구들에는 구름깔개(참나무를 얇게 밀어서 결은 자리)를 깔아 놓았다. 가마 저편 바당(부엌)에는 장작개비가 흩어져 있고 아궁이에서는 뻘건 불이 훨훨 붙는다.

뜨끈뜨끈한 부뚜막에는 문 서방의 아내가 누덕이불에 싸여 누웠고 문 앞과 윗목에는 이웃집 사람들이 모여 앉았는데 지금 막 달리소 인가의 집에서 돌아온 문 서방은 신음하는 아내의 가슴에 손을 얹고 앉았다.

등꽂이에 켜 놓은 등불은 환하게 이 실내의 이 모든 사람을 비쳤다.

"용례야! 용례! 용례야!"

고요히 누웠던 문 서방의 아내는 마지막 소리를 좀 크게 질렀다. 문 서방은 아내의 가슴을 지그시 눌렀다.

"에구? 우리 용례! 우리 용례를 데려다주구려!"

그는 눈을 번쩍 뜨면서 몸을 흔들었다.

"여보 왜 이러우? 용례가 지금 와요. 금방 올걸!"

어린애를 어르듯 하면서 땀내가 께저분한 아내의 얼굴을 내려다보는 문 서방의 눈은 흐렸다.

"에구, 몹쓸 늠두! 저런 거 모르는 체하는가? 음!"

윗목에 앉은 늙은 부인은 함경도 사투리로 구슬피 뇌었다.

"허, 그러게 되놈이라지! 그놈덜께 인륜이 있소?"

문 앞에 앉았던 한 관청은 받아쳤다.

"용례야! 용례야! 흥, 저기 저기 용례가 오네!"

문 서방의 아내는 쑥 꺼진 두 눈을 모듭떠서 천장을 뚫어지게 보면서 보기에 아츠러운 웃음을 웃었다.

"어디? 아직은 안 오! 여보, 왜 이리우? 정신을 채리우, 응!"

문 서방의 목소리는 떨렸다.

"저기 엑…… 용…… 용례……."

그는 눈을 더 크게 뜨고 두 뺨의 근육을 경련적으로 움직이면서 번쩍 일어났다. 문 서방은 아내의 허리를 안았다. 그는 또 정신에 착오를 일으켰는지 창문을 바라보고 뛰어나가려고 하면서,

"용례야! 용례 용례…… 저 저기 저기 용례가 있네! 용례야! 어디 가니? 용례야! 네 어디 가느냐? 으응."

고함을 치고 눈물 없는 울음을 우는 그의 눈에서는 퍼런 불빛이 번쩍하였다. 좌중은 모진 짐승의 앞에나 앉은 듯이 모두 숨을 죽이고 손을 틀었다. 문 서방은 전신의 힘을 내서 아내의 허리를 안았다.

"하하하(그는 이상한 소리를 내어 웃다가 다시 성을 잔뜩 내면서)…… 용례! 용례가 저리로 가는구나! 으응…… 저놈이 저놈이 웬 놈이냐?"

하면서 한참 이를 악물고 창문을 노려보더니,

"저 저…… 이놈아! 우리 용례를 놓아라! 저 되놈이, 저 되놈이 용례를 잡아가네! 이놈 놔라! 이놈 모가지를 빼놓을 이 이……."

그의 눈앞에는 용례를 인가에게 빼앗기던 그때가 떠올랐는지, 이를 뿍

갈면서 몸을 번쩍 일으켜 창문을 향하고 내달았다.

"여보 정신을 차리오! 여보 왜 이러우? 아이구 응…….'"

쫓아 나가면서 아내의 허리를 안아서 뒤로 끌어들이는 문 서방의 소리는 눈물에 젖었다.

"이놈아! 이게 웬 놈이 남을 붙잡니? 응 ? 으윽.'"

그는 두 손으로 남편의 가슴을 밀다가도 달려들어서 남편의 어깨를 물어 뜯으면서,

"이것 놔라! 에구 용례야, 저게 웬 놈이…… 에구구…… 저놈이 용례를 깔고 있네!"

하고 몸부림을 탕탕하는 그의 눈에는 핏발이 서고 낯빛은 파랗게 질렸다.

이때 한 관청 곁에 앉았던 젊은 사람은 얼른 일어나서 문 서방을 조력하였다. 끌어들이려거니 뛰어나가려거니 하여 밀치고 당기는 판에 등꽂이가 넘어져서 등불이 펄렁 죽어 버렸다. 방 안이 갑자기 깜깜하여지자 창문만 해쓱하였다.

"조심들 하라니! 엑 불두!"

한 관청은 등대를 화로에 대고 푸푸 불면서 툭덕툭덕하는 사람들께 주의를 시켰다. 불은 번쩍하고 켜졌다.

"우우 쏴 ― 스르륵."

문을 치는 바람 소리가 요란하였다.

"엑, 또 바람이 나는 게로군! 날쎄두 페릅다(괴상하다)."

한 관청은 이렇게 뇌면서 등꽂이에 등을 꽂고 몸부림하는 문 서방 내외와 젊은 사람을 피하여 앉았다.

"이것 놓아주오! 아이구, 우리 용례가 죽소! 저 흉한 되놈에게 깔려서…… 엑, 저 저 저…… 저것 봐라! 이놈 네 이놈아! 에이구 용례야! 용례야! 사람 살려 주오! (소리를 더욱 높여서) 우리 용례를 살려 주! 응으윽 에엑끅…….'"

그는 마지막으로 오장육부가 쏟아지게 소리를 지르다가 검붉은 핏덩이를 왈칵 토하면서 앞으로 거꾸러졌다.

"으윽!"

"응, 끔직두 한 게!"

하면서 여러 사람들은 거꾸러진 문 서방의 아내 앞에 모여들었다.

"여보! 여보소! 아이구 정신 좀……."

떨려 나오는 문 서방의 소리는 절반이나 울음으로 변하였다.

거불거불하는 등불 속에 검붉은 피를 한 말이나 토하고 쓰러진 그는 낯이 파랗게 되어서 숨결이 없었다.

"허! 잡싱(雜神)이 붙었는가? 으흠 응! 으흠 응! 각황제방 심미기, 두우열로 구슬벽……."

여러 사람들과 같이 문 서방의 아내를 부뚜막에 고요히 뉘어 놓은 한 관청은 귀신을 쫓는 경문이라고 발음도 바로 못 하는 이십팔수(옛날 중국, 인도, 페르시아 등에서 해와 달 그리고 여러 행성들의 소재를 밝히기 위해 황도를 따라서 천구를 스물여덟으로 구분한 것)를 줄줄줄 읽었다.

"으응응…… 흑흑…… 여 여보!"

문 서방의 목멘 울음을 받는 그 아내는 한 관청의 서투른 경문 소리를 듣는지 마는지, 손발은 점점 식어 가고 낯은 파랗게 질렸는데, 무엇을 보려고 애쓰던 눈만은 멀거니 뜨고 그저 무엇인지 노리고 있다. 경문을 읽던 한 관청은,

"엑, 인제는 늙어 가는 사람이 울기는? 우지 마오! 이내 살아날껴!"

하고 문 서방을 나무라면서 문 서방의 아내 앞에 다가앉더니 주머니에서 은동침(어느 때에 얻어둔 것인지?)을 내어서 문 서방 아내의 인중을 꾹 찔렀다. 그러나 점점 식어 가는 그는 이마도 찡그리지 않았다. 다시 콧구멍에 손을 대어 보았으나 숨결은 없었다.

바람은 우우 쏴 — 하고 문에 눈을 들이쳤다. 여러 사람은 약속이나 한 듯이 두려운 빛을 띤 눈으로 창을 바라보았다.

"으응 에이구! 여보! 끝끝내 용례를 못 보고 죽었구려…… 잉잉…… 흑."

문 서방은 울기 시작하였다. 그 울음소리는 고요한 방 안 불빛 속에 바람소리와 함께 처량하게 흘렀다.

"에구, 못된 놈(인가)도 있는 게!"

"에구, 참 불쌍하게두!"

"흥, 우리도 다 그 신세지!"

무시무시한 기분에 싸여서 낯빛이 푸르러 가는 여러 사람들은 각각 한마

디씩 뇌었다. 그 소리는 모두 갈 데 없는 신세를 호소하는 듯하게 구슬프고 힘없었다.

5

문 서방의 아내가 죽던 그 이튿날 밤이었다. 그날 밤에도 바람이 몹시 불었다. 그 바람은 강바람이어서 서북에 둘린 산 때문에 좀한 바람은 움쩍도 못하던 달리소까지 범하였다. 서북으로 산을 등지고 앞으로 강 건너 높은 절벽을 대하여 강골밖에 터진 데 없는 달리소는 강바람이 들어차면 빠질 데는 없고 바람과 바람이 부딪져서 흔히 회오리바람이 일게 된다. 이날 밤에도 그 모양으로, 달리소에는 회오리바람이 일어서 낟가리가 날리고 지붕이 날리고 산천이 울려서 혼돈이 배판할 때 빙세계나 트는 듯한 판이라 사람은커녕 개와 도야지도 굴속에서 꿈쩍 못하였다.

밤이 썩 깊어서였다.

차디찬 별들이 총총한 하늘 아래, 우렁찬 바람에 휘날리는 눈발을 무릅쓰고 달리소 앞 강 빙판을 건너서 달리소 언덕으로 올라가는 그림자가 있다. 모진 바람이 스치는 때마다 혹은 엎드리고 혹은 우뚝 서기도 하면서 바삐 바삐 가던 그 그림자는 게딱지 같은 지팡살이 집 근처에서부터 무엇을 꺼리는지 좌우를 슬몃슬몃 보면서 자취를 숨기고 걸음을 느리게 하여 저편으로 돌아가 인가의 집 높은 울타리 뒤로 돌아간다.

"으르릉 웡웡."

하자 어느 구석에서인지 개가 한 마리, 두 마리, 세 마리 뒤이어 나와서 짖으면서 그 그림자를 쫓아간다. 그 개 소리는 처량한 바람 소리 속에 싸여 흘러서 건너편 산을 즈르릉 즈르릉 울렸다.

"꽝! 꽝꽝."

인가의 집에서는 개 짖음에 홍우재(마적)나 몰아오는가 믿었던지 헛총질을 네댓 방이나 하였다. 그 소리도 산천을 울렸다. 그 바람에 슬근슬근 가던 그림자는 휙 돌아서서 손에 들었던 보자기를 개 앞에 던졌다. 보자기는 터지면서 둥글둥글한 것이 우르르 쏟아졌다. 짖으면서 달려오던 개들은 짖음을 그치고 거기 모여들어서 서로 물고 뜯고 빼앗아 먹는다. 그러는 사이에 그림자는 인가의 울타리 뒤에 산같이 쌓아 놓은 보릿짚 더미에 가서 성냥을 쭉 긋더니 뒷산으로 올리닫는다.

처음에는 바람 속에서 판득판득하던 불이 삽시간에 그 산 같은 보릿짚 더미에 붙었다.

"훠쓰(불이야)!"

하는 고함과 같이 사람의 소리는 요란하였다. 모진 바람에 하늘하늘 일어서는 불길은 어느새 보릿짚 더미를 살라 버리고 울타리를 살라 버리고 울타리 안에 있는 집에 옮았다.

"푸우 우루루루루루 쏴아……."

동풍이 몹시 이는 때면 불기둥은 서편으로, 서풍이 몹시 부는 때면 불기둥은 동으로 쓸려서 모진 소리를 치고 검은 연기를 뿜다가도 동서풍이 어울치면 축융의 붉은 혓발은 하늘하늘 염염히 타올라서 차디찬 별 ─ 억만 년 변함이 없을 듯하던 별까지 녹아내릴 것같이 검은 연기는 하늘을 덮고 붉은빛은 깜깜하던 골짜기에 차 흘러서 어둠을 기회로 모여들었던 온갖 요귀를 몰아내는 것 같다. 불을 질러 놓고 뒤 숲속에 앉아서 내려다보던 그림자 ─ 딸과 아내를 잃은 문 서방은,

"하하하."

시원스럽게 웃고 가슴을 만지면서 한 손으로 꽁무니에 찼던 도끼를 만져 보았다.

일 동리 사람들과 인가의 집 일꾼들은 불붙은 데 모여들었으나 모두 어쩔 줄을 모르고 떠들고 덤비면서 달려가고 달려올 뿐이었다.

그러는 사이에 울타리는 물론 울타리 속에 엉큼히 서 있던 큰 집 두 채도 반이나 타서 쓰러졌다.

이런 불 속으로부터 여러 사람이 오고 가는 밭 가운데로 튀어 나가는 두 그림자가 있었다. 하나는 커다란 장정이요, 하나는 작은 여자이다. 뒷산 숲에서 이것을 보던 문 서방은 그 두 그림자를 향하고 내리뛰었다. 그는 천방지방 내리뛰었다. 독살이 잔뜩 올라서 불빛에 번쩍이는 그의 눈에는 이 두 그림자밖에는 아무것도 보이지 않았다.

"으윽 끅."

문 서방이 여러 사람을 헤치고 두 그림자 앞에 가 섰을 때, 앞에 섰던 장정의 그림자는 땅에 거꾸러졌다. 그때는 벌써 문 서방의 손에 쥐었던 도끼

가 장정 인가의 머리에 박혔다. 도끼를 놓은 문 서방의 품에는 어린 여자의 그림자가 안겼다. 용례가…….

그 바람에 모여 섰던 사람들은 혹은 허둥지둥 뛰어 버리고 혹은 뒤로 자빠져서 부르르 떨었다. 용례도 거꾸러지는 것을 안았다.

"용례야! 놀라지 마라! 나다! 아버지다! 용례야!"

문 서방은 딸을 품에 안으니 이때까지 악만 찼던 가슴이 스르르 풀리면서 독살이 올랐던 눈에서 뜨거운 눈물이 떨어졌다. 이렇게 슬픈 중에도 그의 마음은 기쁘고 시원하였다. 하늘과 땅을 주어도 그 기쁨을 바꿀 것 같지 않았다.

그 기쁨! 그 기쁨은 딸을 안은 기쁨만이 아니었다. 작다고 믿었던 자기의 힘이 철통같은 성벽을 무너뜨리고 자기의 요구를 채울 때 사람은 무한한 기쁨과 충동을 받는다.

불길은 — 그 붉은 불길은 의연히 모든 것을 태워 버릴 것처럼 하늘하늘 올랐다.

1926년 12월 4일 오전 6시

B사감과 러브레터

- 현진건 -

작가 소개

현진건(玄鎭健 1900~1943)

현진건의 호는 빙허이며 1900년 8월 9일 대구에서 태어났다. 1917 일본 도쿄에 있는 세이조(成城) 중학교를 졸업하고, 중국 후장 대학에서 독일어를 공부하다가 1919년 귀국하였다. 현진건은 1920년 '개벽'에 소설 〈희생화〉를 발표해 문단에 입문했지만 좋은 평가를 받지 못했다. 하지만 1921년 〈빈처〉를 발표해 소설가로서 인정받았다. 그해 홍사용 · 이상화 · 나도향 · 박종화와 '백조'를 발간하였으며, 〈타락자〉, 〈운수 좋은 날〉, 〈불〉을 발표함으로써 김동인과 더불어 근대 단편 소설의 선구자가 되었다. 1935년 조선일보 사회부장 때 일장기 말소 사건으로 1년간 옥고를 치르고 풀려난 후 신문사를 떠났다.

1939년에는 동아일보에 장편 〈흑치상지〉를 연재했지만 내용이 불온하다는 이유로 연재가 중단됐다. 이후 장편 〈적도〉, 〈무영탑〉 등을 발표하면서 작품 활동을 이어갔으나, 1943년 마흔 세 살의 나이로 세상을 떠났다.

그는 자연주의 문학의 대표 작가이며 '한국의 모파상'이라는 별명을 들을 정도였다. 백조 동인 중에서도 가장 예술성이 높은 작가라는 평을 들었다. 그의 작품으로는 〈빈처〉, 〈술 권하는 사회〉, 〈할머니의 죽음〉, 〈운수 좋은 날〉, 〈B사감과 러브레터〉, 〈불〉, 〈사립 정신 병원장〉등의 단편이 있고, 〈적도〉 등의 장편이 있다.

작품 정리

〈B사감과 러브레터〉는 1925년 2월 '조선 문단'에 발표된 단편 소설로 현진건의 작품 중 특이한 위치를 차지한다. 그의 여타 소설들이 대부분 사회 내의 모순과 사회 구조의 잘못된 부분에 대한 고발인 데 비하여 이 작품은 인간성 탐구를 목적으로 삼고 있다.

작가는 이 소설에서 본능과 권위 의식이라는 대립 구조를 통해 인간의 본성에 대한 물음을 제기하고 있다. 권위 의식에 사로잡혀 애정의 본능을 감추고 있던 B사감도 끝내 그것을 감추지 못하고 기숙사생들이 모두 잠든 뒤 혼자 이상한 행동을 연출하다가 학생들에게 발각된다. 그녀는 자신의 열등의식을 감추기 위하여 기숙사생들에게 엄격히 대하면서 기숙사를 찾아오는 남학생이나 가족들에게 박절하게 대한다. 그녀는 마치 남성 혐오자인 듯이 행동하지만 사실 그녀는 남자를 그리워하는 못생긴 노처녀에 불과하다. 그렇기 때문에 B사감의 이중성격은 적대감을 불러일으키지는 않는다.

이 소설은 기숙사에서 일어날 수 있는 사건을 소재로 인간의 이중적 심리 상태를 사실감 있게 형상화했다. 풍자적이고 유머러스한 문체를 사용하여 B사감의 이중성을 조소하고 그 정체를 폭로하는 데 알맞은 분위기를 형성한다.

그러나 이 소설이 B사감에 대한 부정적 측면만을 제시하지는 않았다는 데 소설적 묘미가 있다. 작품 결말 부에서 한 처녀는 그녀의 기괴한 행동을 동정하고 이해한다. 억눌린 본성에 대한 인간적 아픔이랄까, 비정상적 인물의 풍자 뒤에 다가오는 일말의 연민의 감정도 놓칠 수 없는 작품이다.

이는 이 작품이 희극 작품이라고만 규정할 수 없는, 오히려 생의 본질적인 비극성을 해학적으로 극명하게 드러내고 있다는 증거이다. 그리하여 작가는 소외된 인간을 보편적 근거에서 한층 분리시킨 듯하지만, 실상은 동일한 인간의 영역으로 인도하고 있다고 보아야 한다.

작품 줄거리

B여사는 C여학교의 교원 겸 기숙사 사감으로 얼굴은 주근깨투성이인 데다 시들고 마르고 떠서 누렇게 뜬 곰팡 슨 굴비를 연상하게 할 정도로 못생겼으며 기숙사생들이 오싹하고 몸서리칠 만큼 엄격하고 매서웠다.

그녀는 학교로 러브레터가 오면 화를 내며 편지를 받을 여학생을 사감실로 불러 편지를 쓴 남학생을 밝히려 애를 쓴다. 그녀의 문초는 수업을 마친 후에 이루어지며 대개 2시간 이상 계속된다. 그녀는 사내란 믿지 못할 마귀이며 연애가 자유라는 것도 마귀의 소리라고 억지를 늘어놓기 일쑤다. 그녀가 러브레터 다음으로 싫어하는 것은 남자들이 기숙사로 면회 오는 것이다. 가족을 포함한 모든 남자들의 면회를 허용하지 않자 학생들이 동맹 휴학을 하고 교장이 설득까지 했지만 그 버릇을 고치려 하지 않는다.

그런데 금년 가을 들어서 기숙사에 이상한 일이 발생한다. 밤이 깊어 학생들이 곤히 잠든 시간에 난데없이 깔깔대는 웃음소리와 속삭이는 듯한 말소리가 새어 나온다. 어느 날 공교롭게도 한 방에서 자던 세 명의 여학생이 한꺼번에 잠이 깨어 소리 나는 곳으로 찾아간다. 그곳은 바로 B사감의 방이었다. 그들은 사감실에서 뜻밖의 광경을 보고 놀란다. 학생들에게 온 러브레터가 여기 저기 널려 있고, 그렇게 엄격하던 B사감이 학생들에게 온 러브레터를 품에 안고 남녀가 사랑 고백하는 장면을 연출하고 있었기 때문이었다. 한 여학생은 미쳤다고 생각하고 또 다른 여학생은 불쌍하게 생각했으며 나머지 한 여학생은 손으로 고인 눈물을 씻는다.

핵심 정리

· 갈래 : 단편 소설
· 시점 : 3인칭 전지적 작가 시점
· 배경 : C여학교 기숙사
· 주제 : 위선적인 인간의 심리
· 출전 : 조선 문단

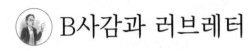

B사감과 러브레터

C여학교에서 교원 겸 기숙사 사감 노릇을 하는 B여사라면 딱장대요 독신주의자요 찰진 야소꾼으로 유명하다. 사십에 가까운 노처녀인 그는 주근깨투성이 얼굴이 처녀다운 맛이란 약에 쓰려도 찾을 수 없을 뿐인가, 시들고 거칠고 마르고 누렇게 뜬 품이 곰팡 슨 굴비를 생각나게 한다.

여러 겹주름이 잡힌 훨렁 벗겨진 이마라든지, 숱이 적어서 법대로 쪽 찌거나 틀어 올리지를 못하고 엉성하게 그냥 빗어 넘긴 머리꼬리가 뒤통수에 염소 똥만 하게 붙은 것이라든지, 벌써 늙어 가는 자취를 감출 길이 없었다.

뾰족한 입을 앙다물고 돋보기 너머로 쌀쌀한 눈이 노릴 때엔 기숙생들이 오싹하고 몸서리를 치리만큼 그는 엄격하고 매서웠다.

이 B여사가 질겁을 하다시피 싫어하고 미워하는 것은 소위 '러브레터'였다. 여학교 기숙사라면 으레 그런 편지가 많이 오는 것이지만, 학교로도 유명하고 또 아름다운 여학생이 많은 탓인지 모르되 하루에도 몇 장씩 죽느니 사느니 하는 사랑 타령이 날아 들어왔었다. 기숙생에게 오는 사신을 일일이 검토하는 터이니까 그따위 편지도 물론 B여사의 손에 떨어진다. 달짝지근한 사연을 보는 족족 그는 더할 수 없이 흥분되어서 얼굴이 붉으락 푸르락, 편지 든 손이 발발 떨리도록 성을 낸다.

아무 까닭 없이 그런 편지를 받은 학생이야말로 큰 재변이었다. 하학하기가 무섭게 그 학생은 사감실로 불리어 간다. 분해서 못 견디겠다는 사람 모양으로 쌔근쌔근하며 방 안을 왔다 갔다 하던 그는, 들어오는 학생을 잡아먹을 듯이 노리면서 한 걸음 두 걸음 코가 맞닿을 만큼 바짝 다가들어서서 딱 마주 선다. 웬 영문인지 알지 못하면서도 선생의 기색을 살피고 겁부터 집어먹고 학생은 한동안 어쩔 줄 모르다가 간신히 모기만 한 소리로,

"저를 부르셨어요?"

하고 묻는다.

"그래, 불렀다 왜!"

팍 무는 듯이 한마디 하고 나서 매우 못마땅한 것처럼 교의를 우당퉁탕 당겨서 철썩 주저앉았다가 학생이 그저 서 있는 걸 보면,

"장승이냐? 왜 앉지를 못해!"

하고 또 소릴 빽 지르는 법이었다.

스승과 제자는 조그마한 책상 하나를 사이에 두고 마주 앉는다.

앉은 뒤에도,

'네 죄상을 네가 알지!'

하는 것처럼 아무 말 없이 눈살로 쏘기만 하다가 한참 만에야 그 편지를 끄집어내서 학생의 코앞에 동댕이를 치며,

"이건 누구한테 오는 거냐?"

하고 문초를 시작한다. 앞장에 제 이름이 쓰였는지라,

"저한테 온 것이야요."

하고 대답 않을 수 없다. 그러면 발신인이 누구인 것을 재우쳐 묻는다. 그런 편지의 항용으로 발신인의 성명이 똑똑지 않기 때문에 주저주저하다가 자세히 알 수 없다고 내댈 양이면,

"너한테 오는 것을 네가 모른단 말이냐?"

라고 불호령을 내린 뒤에 또 사연을 읽어 보라 하여 무심한 학생이 나직나직하나마 꿀 같은 구절을 입에 올리면, B 여사의 역정은 더욱 심해져서 어느 놈의 소위인 것을 기어이 알려 한다. 기실 보도 듣도 못한 남성이 한 노릇이요, 자기에게는 아무 죄도 없는 것을 변명하여도 곧이듣지를 않는다. 바른 대로 아뢰어야 망정이지 그렇지 않으면 퇴학을 시킨다는 둥, 제 이름도 모르는 여자에게 편지할 리가 만무하다는 둥, 필연 행실이 부정한 일이 있으리라는 둥……

하다못해 어디서 한번 만나기라도 하였을 테니 어찌해서 남자와 접촉을 하게 되었느냐는 둥, 자칫 잘못하여 학교에서 주최한 음악회나 바자회에서 혹 보았는지 모른다고 졸리다 못해 주워댈 것 같으면 사내의 보는 눈이 어떻더냐, 표정이 어떻더냐, 무슨 말을 건네더냐, 미주알고주알 캐고 파며 어르고 볶아서 넉넉히 십 년 감수는 시킨다.

2시간이 넘도록 문초를 한 끝에는 사내란 믿지 못할 것, 우리 여성을 잡

아먹으려는 마귀인 것, 연애가 자유이니 신성이니 하는 것도 모두 악마가 지어낸 소리인 것을 입에 침이 없이 열에 떠서 한참 설법을 하다가 닦지도 않은 방바닥(침대를 쓰기 때문에 방이라 해도 마룻바닥이다)에 그대로 무릎을 꿇고 기도를 올린다. 눈에 눈물까지 글썽거리면서 말끝마다 하나님 아버지를 찾아서 악마의 유혹에 떨어지려는 어린 양을 구해 달라고 뒤삶고 곱삶는 법이었다.

그리고 둘째로 그의 싫어하는 것은 기숙생을 남자가 면회하러 오는 일이었다.

무슨 핑계를 하든지 기어이 못 보게 하고 만다. 친부모, 친동기간이라도 규칙이 어떠니, 상학 중이니, 무슨 핑계를 하든지 따돌려 보내기가 일쑤다.

이로 말미암아 학생이 동맹 휴학을 하였고 교장의 설유까지 들었건만 그래도 그 버릇은 고치려 들지 않았다.

이 B사감이 감독하는 그 기숙사에 금년 가을 들어서 괴상한 일이 '생겼다' 느니보다 '발각되었다' 는 것이 마땅할는지 모르리라. 왜 그런고 하면 그 괴상한 일이 언제 '시작된' 것은 귀신밖에 모르니까.

그것은 다른 일이 아니라 밤이 깊어서 새로 한 점이 되어 모든 기숙생들이 달고 곤한 잠에 떨어졌을 제 난데없이 깔깔대는 웃음과 속살속살하는 낱말이 새어 흐르는 일이었다. 하룻밤이 아니고 이틀 밤이 아닌 다음에야 그런 소리가 잠귀 밝은 기숙생들의 귀에 들리기도 하였지만 잠결이라 뒷동산에 구르는 마른 잎의 노래로나, 달빛에 날개를 번뜩이며 울고 가는 기러기의 소리로나 흘러들었다. 그렇지 않으면 도깨비의 장난이나 아닌가 하여 무시무시한 증이 들어서 동무를 깨웠다가 좀처럼 동무는 깨지 않고 제 생각이 너무나 어림없고 어이없음을 깨달으면, 밤 소리 멀리 들린다고 학교 이웃집에서 이야기를 하거나 또 딴 방에 자는 제 동무들의 잠꼬대로만 여겨서 스스로 안심하고 그대로 자 버리기도 하였다. 그러나 이 수수께끼가 풀릴 때는 왔다. 이때 공교롭게 한 방에 자던 학생 셋이 한꺼번에 잠을 깨었다.

첫째 처녀가 소변을 보러 일어났다가 그 소리를 듣고, 둘째 처녀와 셋째 처녀를 깨우고 만 것이다.

"저 소리를 들어 보아요. 아닌 밤중에 저게 무슨 소리야?"

하고 첫째 처녀는 휘둥그레진 눈에 무서워하는 빛을 띤다.

"어젯밤에 나도 저 소리에 놀랐었어. 도깨비가 났단 말인가?"

하고 둘째 처녀도 잠 오는 눈을 비비며 수상해한다. 그중에 제일 나이 많을 뿐더러(많았자 열여덟밖에 아니 되지만) 장난 잘 치고 짓궂은 짓 잘하기로 유명한 셋째 처녀는 동무 말을 못 믿겠다는 듯이 이윽고 귀를 기울이다가,

"딴은 수상한걸. 나도 언젠가 한 번 들어 본 법도 하구먼. 무얼, 잠 아니 오는 애들이 이야기를 하는 게지."

이때에 그 괴상한 소리는 딱때굴 웃었다. 세 처녀는 귀를 소스라쳤다. 적 적한 밤 가운데 다른 파동 없는 공기는 그 수상한 말마디가 곁에서나 나는 듯이 또렷또렷이 전해 주었다.

"오! 태훈 씨! 그러면 작히 좋을까요."

간드러진 여자의 목소리다.

"경숙 씨가 좋으시다면 내야 얼마나 기쁘겠습니까. 아아, 오직 경숙 씨에 게 바친 나의 타는 듯한 가슴을 인제야 아셨습니까!"

정열에 뜨인 사내의 목청이 분명하다.

한동안 침묵……

"인제 고만 놓아요. 키스가 너무 길지 않아요? 행여 남이 보면 어떡해 요?"

아양 떠는 여자 말씨,

"길수록 더욱 좋지 않아요? 나는 내 목숨이 끊어질 때까지 키스를 하여 도 길다고는 못 하겠습니다. 그래도 짧은 것을 한하겠습니다."

사내의 피를 뿜는 듯한 이 말끝은 계집의 자지러진 웃음으로 묻혀 버렸 다.

그것은 묻지 않아도 사랑에 겨운 남녀의 허물어진 수작이다. 감금이 지 독한 이 기숙사에 이런 일이 생길 줄이야! 세 처녀는 얼굴을 마주 보았다. 그들의 얼굴은 놀랍고 무서운 빛이 없지 않았으되 점점 호기심에 번쩍이기 시작하였다. 그들의 머릿속에는 한결같이 로맨틱한 생각이 떠올랐다. 이 안에 있는 여자 애인을 보려고 학교 근처를 뒤돌고 곱돌던 사내 애인이 타 는 듯한 가슴을 걷잡다 못하여 밤이 이슥하기를 기다려 담을 뛰어넘었는지 모르리라.

모든 불이 다 꺼지고 오직 밝은 달빛이 은가루처럼 서린 창문이 소리 없이 열리며 여자 애인이 흰 수건을 흔들어 사내 애인을 부른지도 모르리라.

활동사진에 보는 것처럼 기나긴 피륙을 내리어서 하나는 위에서 당기고 하나는 밑에서 매달려 디룽디룽하면서 올라가는 정경이 있었는지 모르리라.

그래서 두 애인은 만나 가지고 저와 같이 사랑의 속삭거림에 잦아졌는지 모르리라…….

꿈결 같은 감정이 안개 모양으로 눈부시게 세 처녀의 몸과 마음을 휩싸돌았다.

그들의 뺨은 후끈후끈 달았다. 괴상한 소리는 또 일어났다.

"난 싫어요. 당신 같은 사내는 난 싫어요."

이번에는 매몰스럽게 내어 대는 모양.

"나의 천사, 나의 하늘, 나의 여왕, 나의 목숨, 나의 사랑, 나를 살려 주시오. 나를 구해 주시오."

사내의 애를 졸이는 간청…….

"우리 구경 가 볼까?"

짓궂은 셋째 처녀는 몸을 일으키며 이런 제의를 하였다. 다른 처녀들도 그 말에 찬성한다는 듯이 따라 일어섰으되 의아와 공구와 호기심이 뒤섞인 얼굴을 서로 교환하면서 얼마쯤 망설이다가 마침내 가만히 문을 열고 나왔다. 쌀벌레 같은 그들의 발가락은 가장 조심성 많게 소리 나는 곳을 향해서 곰실곰실 기어간다. 캄캄한 복도에 자다가 일어난 세 처녀의 흰 모양은 그림자처럼 소리 없이 움직였다.

소리 나는 방은 어렵지 않게 찾을 수 있었다. 찾고는 나무로 깎아 세운 듯이 주춤 걸음을 멈출 만큼 그들은 놀랐다. 그런 소리의 출처야말로 자기네 방에서 몇 걸음 안 되는 사감실일 줄이야! 그렇듯이 사내라면 못 먹어 하고 침이라도 배앝을 듯하던 B여사의 방일 줄이야! 그 방에 여전히 사내의 비대발괄하는 푸념이 되풀이되고 있다…….

"나의 천사, 나의 하늘, 나의 여왕, 나의 목숨, 나의 사랑, 나의 애를 말려 죽이실 테요, 나의 가슴을 뜯어 죽이실 테요. 내 생명을 맡으신 당신의 입술로……."

셋째 처녀는 대담스럽게 그 방문을 빠끔히 열었다. 그 틈으로 여섯 눈이 방 안을 향해 쏘았다. 이 어쩐 기괴한 광경이냐! 전등불은 아직 끄지 않았는데 침대 위에는 기숙생에게 온 소위 '러브레터'의 봉투가 너저분하게 흩어졌고, 그 알맹이도 여기저기 두서없이 펼쳐진 가운데 B여사 혼자 ── 아무도 없이 저 혼자 일어나 앉았다. 누구를 끌어당길 듯이 두 팔을 벌리고 안경을 벗은 근시안으로 잔뜩 한곳을 노리며 그 굴비 쪽 같은 얼굴에 말할 수 없이 애원하는 표정을 짓고는 키스를 기다리는 것같이 입을 쫑긋이 내민 채 사내의 목청을 내가면서 아까 말을 중얼거린다. 그러다가 그 넋두리가 끝날 겨를도 없이 급작스레 앵돌아서는 시늉을 내며 누구를 뿌리치는 듯이 연해 손짓을 하며 이번에는 톡톡 쏘는 계집의 음성을 지어,

"난 싫어요. 당신 같은 사내는 난 싫어요."

하다가 제물에 자지러지게 웃는다. 그러더니 문득 편지 한 장(물론 기숙생에게 온 러브레터의 하나)을 집어 들어 얼굴에 문지르며,

"정말이야요? 나를 그렇게 사랑하셔요? 당신의 목숨같이 나를 사랑하셔요? 나를, 이 나를?"

하고 몸을 추스리는데 그 음성은 분명히 울음의 가락을 띠었다.

"에그머니, 저게 웬일이야!"

첫째 처녀가 소곤거렸다.

"아마 미쳤나 보아. 밤중에 혼자 일어나서 왜 저러고 있을구."

둘째 처녀가 맞방망이를 친다.

"에그 불쌍해!"

하고 셋째 처녀는 손으로 괸 때 모르는 눈물을 씻었다.

빈처

- 현진건 -

이 작품은 1921년 '개벽'에 발표된 단편 소설이다.

'빈처'는 '가난한 아내'이다. 특별히 어떤 극적인 사건 전개가 없이 일상생활 속의 사소한 사건을 통하여 아내의 헌신적인 내조와 그가 생각하는 내적 욕구를 한 껍질씩 벗겨 가면서 아주 담담하게 묘사하고 있다. 서정적 자아인 '나'를 무능한 지식인으로 등장시켜 가난한 무명작가와 그 아내 사이에서 벌어지는 갈등과 고뇌를 통하여 당대의 현실을 신랄하게 고발한 1인칭 자기 고백적 형식의 글이다.

〈빈처〉는 가난하면서도 남편을 믿고 사랑하며 장래의 기대 속에 살아가는 아내와 부유하지만 늘 만족하지 못하며 보람 없이 살아가는 처형의 삶을 대립시켜 당시 사회의 가치관을 드러내고 있다. 이 같은 가치관의 대립은 처가로 가는 도중 당목 옷을 허술하게 차려입고 청목당혜를 신고 걸어오는 아내와 비단옷을 입은 처형의 모습과, 잘사는 친척인 은행원 T와 넓고 높은 처갓집 대문에서 구체적으로 묘사되고 있다. 또한 이 작품은 '나'의 아내의 심리적 변화를 객관적 현실로 치밀하고 섬세하게 그린 사실주의적 성격을 띠고 있다. 현진건의 이런 태도는 자아와 세계 사이의 만남 속에서 주인공의 내면적 갈등을 그리고 있으며, 서로 상이한 가치관을 대립시켜 주인공을 에워싼 세계가 바람직하지 않다는 것을 보여 준다.

'나'는 아침거리를 장만하려고 전당포에 잡힐 모본단 저고리를 찾는 아내를 생각하니 마음이 처량해진다. 어느 날, 한성은행에 다니는 T가 찾아와 처에게 줄 양산을 샀다고 자랑한다. 그것을 본 아내는 부러운 눈치였다. 아내의 모습에 '나'는 불쾌한 생각이 들었다.

'나'는 6년 전 열여섯 살 때 아내와 결혼한 후 집을 떠나 중국과 일본에서 공부를 했지만 변변치 못한 모습으로 집에 돌아왔다. 그사이 곱던 아내의 얼굴에는 주름이 보이고 세간과 옷가지는 전당포에 잡혀 있었다.

처음 아내는 내게 격려를 해 주었으나 점점 가난에 찌들어 허무함과 설움을 느낀다.

보수 없는 독서와 가치 없는 창작밖에 모르는 '나'의 생활이었다. 다음 날 처가에서 장인의 생신이라고 할멈이 데리러 왔다. 그런데 막상 입고 갈 옷이 없다. 비단옷 대신 당목 옷을 입고 나서는 아내의 행색을 보고 '나'의 마음은 쓸쓸했다.

장인 집에 모인 처형과 아내의 모습을 보니 너무 대조적이었다. 부유한 모습의 처형과 초라한 아내. 처형은 인천에서 기미(期米, 쌀 투기)를 하여 돈을 잘 버는 남편을 만나 부유하게 보였다. 그러나 처형의 눈 위는 시퍼런 멍이 들어 있었다. '나'는 쓸쓸하고 괴로운 생각을 잊으려 술을 마셨고 너무 취해 인력거에 실려 왔다.

저녁을 먹으라는 아내의 소리에 깨어서 처형의 멍든 눈자위 이야기를 하며, 없더라도 의좋게 지내는 것이 행복이란 아내의 말에 '나'는 흡족해한다.

이틀 후 처형은 남편이 준 돈으로 자신의 옷감과 신발 그리고 아내의 신발을 사 가지고 와 남편과 원만치 못한 생활을 이야기한다. 그러나 처형이 사다 준 신을 신어 보며 좋아하는 아내에게 그 신이 예쁘다고 동의해 주면서 물질에 대한 욕구를 참고 사는 아내에게 내가 곧 성공할 것이라고 힘을 주어 말한다. '나'는 진정으로 아내에게 고마움과 사랑을 표시한다. 이에 아내의 눈과 '나'의 눈에서 눈물이 흐른다.

핵심 정리

· 갈래 : 단편 소설
· 시점 : 1인칭 주인공 시점
· 배경 : 1920년대 서울
· 주제 : 무명작가 아내의 갈등과 사랑
· 출전 : 개벽

빈처

1

"그것이 어째 없을까?"

아내가 장문을 열고 무엇을 찾더니 입안말로 중얼거린다.

"무엇이 없어?"

나는 우두커니 책상머리에 앉아서 책장만 뒤적뒤적하다가 물어보았다.

"모본단 저고리가 하나 남았는데."

"……."

나는 그만 묵묵하였다.

아내가 그것을 찾아 무엇을 하려는 것을 앎이라. 오늘 밤에 옆집 할멈을 시켜 잡히려 하는 것이다.

이 2년 동안에 돈 한 푼 나는 데 없고, 그대로 주리면 시장할 줄 알아 기구(器具)와 의복을 전당국 창고(典當局倉庫)에 들이밀거나 고물상 한구석에 세워 두고 돈을 얻어 오는 수밖에 없었다.

지금 아내가 하나 남은 모본단 저고리를 찾는 것도 아침거리를 장만하려 함이다. 나는 입맛을 쩝쩝 다시고 폈던 책을 덮으며 '후우' 한숨을 내쉬었다.

봄은 벌써 반이나 지났건마는 이슬을 실은 듯한 밤기운이 방구석으로부터 슬금슬금 기어나와 사람에게 안기고, 비가 오는 까닭인지 밤은 아직 깊지 않건만 인적조차 끊어지고 온 천지가 빈 듯이 고요한데, 투닥투닥 떨어지는 빗소리가 한없는 구슬픈 생각을 자아낸다.

"빌어먹을 것 되는 대로 되어라."

나는 점점 견딜 수 없어 손으로 흐트러진 머리카락을 쓰다듬어 올리며 중얼거려 보았다.

이 말이 더욱 처량한 생각을 일으킨다. 나는 또 한 번

"후 ─"

한숨을 내쉬며 왼팔을 베고 책상에 쓰러지며 눈을 감았다.

이 순간에 오늘 지낸 일이 불현듯 생각이 난다.

늦게야 점심을 마치고 내가 막 궐련 한 개를 피워 물 적에 한성은행 다니는 T가 공일이라고 찾아왔다.

친척은 다 멀지 않게 살아도 가난한 꼴을 보이기도 싫고 찾아갈 적마다 무엇을 꾸어내라고 조르지도 아니하였건만 행여나 무슨 구차한 소리를 할까 봐서 미리 방패막이를 하고 눈살을 찌푸리는 듯하여 나는 발을 끊고, 따라서 찾아오는 이도 없었다.

다만 T는 촌수가 가까운 까닭인지 자주 우리를 방문하였다.

그는 성실하고 공손하여 소소한 소사(小事)에 슬퍼하고 기뻐하는 인물이었다.

동년배인 우리 둘은 늘 친척 간에 비교 거리가 되었었다.

그리고 나의 평판이 항상 좋지 못했다.

"T는 돈을 알고 위인이 진실해서 그에게는 돈푼이나 모일 것이야! 그러나 K(내 이름)는 아무짝에도 못쓸 놈이야. 그 잘난 언문 섞어서 무어라고 끼적거려 놓고 제 주제에 무슨 조선에 유명한 문학가가 된다니! 시러베아들 넘!"

이것이 그네들의 평판이었다.

내가 문학인지 무엇인지 하는 소리가 까닭 없이 그네들의 비위에 틀린 것이다.

더군다나 나는 그네들의 생일이나 혹은 대사 때에 돈 한 푼 이렇다는 일이 없고, T는 소위 착실히 돈벌이를 해 가지고 국수 밥소라나 보조를 하는 까닭이다.

"얼마 아니 되어 T는 잘살 것이고, K는 거지가 될 것이니 두고 보아!"

오촌 당숙은 이런 말씀까지 하였다 한다.

입 밖에는 아니 내어도 친부모, 친형제까지도 심중(心中)으로는 다 이렇게 생각할 것이다.

그래도 부모는 달라서 화가 나시면

"네가 그리하다가는 말경(末境)에 비렁뱅이가 되고 말 것이야."

라고 꾸중은 하셔도,

"사람이란 늦복 모르느니라."

"그런 사람은 또 그렇게 되느니라."

하시는 것이 스스로 위로하는 말씀이고 또 며느리를 위로하는 말씀이었다.

이것을 보아도 하는 수 없는 놈이라고 단념을 하시면서 그래도 잘되기를 바라시고 축원하시는 것을 알겠더라.

여하간 이만하면 T의 사람됨을 가히 알 수가 있다.

그리고 그가 우리 집에 올 것 같으면 지어서 쾌활하게 웃으며 힘써 재미스러운 이야기를 하였다.

단둘이 고적하게 그날그날을 보내는 우리에게는 더할 수 없이 반가웠다.

오늘도 그가 활발하게 집에 쑥 들어오더니 신문지에 싼 기름한 것을 '이것 봐라.' 하는 듯이 마루 위에 올려놓고 분주히 구두끈을 끄른다.

"이것은 무엇인가?"

나는 물어보았다.

"저어, 제 처의 양산이야요. 쓰던 것이 벌써 낡았고 또 살이 부러졌다나요."

그는 구두를 벗고 마루에 올라서며 나오는 웃음을 참지 못하여 벙글벙글하면서 대답을 한다.

그는 나의 아내를 돌아보며 돌연히,

"아주머니, 좀 구경하시렵니까?"

하더니 싼 종이와 집을 벗기고 양산을 펴 보인다.

흰 비단 바탕에 두어 가지 매화를 수놓은 양산이었다.

"검정이는 좋은 것이 많아도 너무 칙칙해 보이고…… 회색이나 누렁이는 하나도 그것이야 싶은 것이 없어서 이것을 산 걸요."

그는 '이것보다도 더 좋은 것을 살 수가 있다.' 하는 뜻을 보이려고 애를 쓰며 이런 발명까지 한다.

"이것도 퍽 좋은데요."

이런 칭찬을 하면서 양산을 펴들고 이리저리 흘린 듯이 들여다보고 있는 아내의 눈에는, '나도 이런 것을 하나 가졌으면……' 하는 생각이 역력히 보인다.

나는 갑자기 불쾌한 생각이 와락 일어나서 방으로 들어오며 아내의 양산 보는 양을 빙그레 웃고 바라보고 있는 T에게,

"여보게, 방에 들어오게그려, 우리 이야기나 하세."

T는 따라 들어와 물가 폭등에 대한 이야기며, 자기의 월급이 오른 이야 기며, 주권(株券)을 몇 주 사 두었더니 꽤 이익이 남았다든가, 각 은행 사무 원 경기회에서 자기가 우월한 성적을 얻었다든가, 이런 것 저런 것 한참 이 야기하다가 돌아갔었다.

T를 보내고 책상을 향하여 짓던 소설의 결미(結尾)를 생각하고 있을 즈음에,

"여보!"

아내의 떠는 목소리가 바로 내 귀 곁에서 들린다.

핏기 없는 얼굴에 살짝 붉은빛이 돌며 어느결에 내 곁에 바짝 다가앉았 더라.

"당신도 살 도리를 좀 하세요."

"……."

나는 또 '시작하는구나.' 하는 생각이 번개같이 머리에 번쩍이며 불쾌한 생각이 벌컥 일어난다.

그러나 무어라고 대답할 말이 없어 묵묵히 있었다.

"우리도 남과 같이 살아 보아야지요."

아내가 T의 양산에 단단히 자극을 받은 것이다.

예술가의 처 노릇을 하려는 독특한 결심이 있는 그는 좀처럼 이런 소리 를 입 밖에 내지 아니하였다.

그러나 무엇에 상당한 자극만 받으면 참고 참았던 이런 소리를 하게 되 는 것이다.

나도 이런 소리를 들을 적마다 '그럴 만도 하다.'는 동정심이 없지 아니 하나 심사가 어쩐지 좋지 못하였다.

이번에도 '그럴 만도 하다.'는 동정심이 없지 아니하되 또한 불쾌한 생 각을 억제키 어려웠다.

잠깐 있다가 불쾌한 빛을 나타내며,

"급작스럽게 살 도리를 하라면 어찌 할 수가 있소. 차차 될 때가 있겠지!"

"아이구, 차차란 말씀 그만두구려, 어느 천년에."

아내의 얼굴에 붉은빛이 짙어지며 전에 없던 흥분한 어조로 이런 말까지 하였다.

자세히 보니 두 눈에 은근히 눈물이 괴었더라.

나는 잠시 멍멍하게 있었다.

성낸 불길이 치받쳐 올라온다.

나는 참을 수 없었다.

"막벌이꾼한테 시집을 갈 것이지, 누가 내게 시집을 오랬소! 저따위가 예술가의 처가 다 뭐야!"

사나운 어조로 몰풍스럽게 소리를 꽥 질렀다.

"에그!"

살짝 얼굴빛이 변해지며 어이없이 나를 보더니 고개가 점점 수그러지며 한 방울 두 방울 방울방울 눈물이 장판 위에 떨어진다.

나는 이런 일을 가슴에 그리며 그래도 내일 아침거리를 장만하려고 옷을 찾는 아내의 심중을 생각해 보니 말할 수 없는 슬픈 생각이 가을바람과 같이 설렁설렁 심골(心骨)을 분지르는 것 같다.

쓸쓸한 빗소리는 굵었다 가늘었다 의연히 적적한 밤공기에 더욱 처량히 들리고, 그을음 앉은 등피(燈皮) 속에서 비치는 불빛은 구름에 가린 달빛처럼 우는 듯 조는 듯 구차히 얻어 산 몇 권 양책의 표제(表題) 금자가 번쩍거린다.

2

장 앞에 초연히 서 있던 아내가 무엇이 생각났는지 고개를 끄덕끄덕하며 들릴 듯 말 듯 목 안의 소리로,

"오호…… 옳지 참 그날……."

"찾았소?"

"아니야요. 벌써…… 저 인천 사시는 형님이 오셨던 날……."

아내가 애써 찾던 그것도 벌써 전당포의 고운 먼지가 앉았구나! 종지 하

나라도 차근차근 아랑곳하는 아내가 그것을 잡혔는지 안 잡혔는지 모르는 것을 보면 빈곤이 얼마나 그의 정신을 물어뜯었는지 가히 알겠다.

"……."

"……."

한참 동안 서로 아무 말이 없었다.

가슴이 어째 답답해지며 누구하고 싸움이나 좀 해 보았으면, 소리껏 고함이나 질러 보았으면, 실컷 맞아 보았으면 하는 일종 이상한 감정이 부글부글 피어오르며 전신에 이가 스멀스멀 기어 다니는 듯 옷이 어째 몸에 끼며 견딜 수가 없었다.

나는 이런 감정을 노골적으로 드러내며,

"점점 구차한 살림에 싫증이 나서 못 견디겠지?"

아내는 무엇을 생각하는지 모르게 정신을 잃고 섰다가 그 거슴츠레한 눈이 둥그레지며,

"네에? 어째서요?"

"무얼 그렇지."

"싫은 생각은 조금도 없어요."

이렇게 말이 오락가락함을 따라 나는 흥분의 도가 점점 짙어 간다.

그래서 아내가 떨리는 소리로,

"어째 그런 줄 아세요?"

하고 반문할 적에,

"나를 숙맥으로 알우?"

하고 격렬하게 소리를 높였다.

아내는 살짝 분한 빛이 눈에 비치어 물끄러미 나를 들여다본다.

나는 괘씸하다는 듯이 흘겨보며,

"그러면 그것 모를까! 오늘까지 잘 참아 오더니 인제는 점점 기색이 달라지는 걸 뭐! 물론 그럴 만도 하지마는!"

이런 말을 하는 내 가슴에는 지난 일이 활동사진 모양으로 얼른얼른 나타난다.

6년 전에 — 그때 나는 16세이고 저는 18세였다 — 우리가 결혼한 지 얼마 아니 되어 지식에 목마른 나는 지식의 바닷물을 얻어 마시려고 표현히

집을 떠났었다.

광풍에 나부끼는 버들잎 모양으로 오늘은 지나(支那), 내일은 일본으로 굴러다니다가 금전의 탓으로 지식의 바닷물도 흠씬 마셔 보지도 못하고 반거들충이가 되어 돌아오고 말았다.

나에게 시집올 때에는 방글방글 피려는 꽃봉오리 같던 아내가 어느 겨를에 기울어 가는 꽃처럼 두 뺨에 선연한 빛이 스러지고 이마에는 벌써 두어 금 가는 줄이 그리어졌다.

처가 덕으로 집칸도 장만하고 세간도 얻어 우리는 소위 살림을 하게 되었다.

처음에는 그럭저럭 지내었지마는 한 푼 나는 데 없는 살림이라 한 달 가고 두 달 갈수록 점점 곤란해질 따름이었다.

나는 보수 없는 독서와 가치 없는 창작으로 해가 지며 날이 새며, 쌀이 있는지 나무가 있는지 망연케 몰랐다.

그래도 때때로 맛있는 반찬이 상에 오르고 입은 옷이 과히 추하지 아니함은 전혀 아내의 힘이었다.

전들 무슨 벌이가 있으리요. 부끄럼을 무릅쓰고 친가에 가서 눈치를 보아 가며, 구차한 소리를 하여 가지고 얻어 온 것이었다.

그것도 한두 번 말이지 장구한 세월에 어찌 늘 그럴 수가 있으랴! 말경(末境)에는 아내가 가져온 세간과 의복에 손을 대는 수밖에 없었다.

잡히고 파는 것도 나는 알은체도 아니 하였다.

그가 애를 쓰며 퉁명스러운 옆집 할멈에게 돈푼을 주고 시켰었다.

이런 고생을 하면서도 그는 나의 성공만 마음속으로 깊이깊이 믿고 빌었다.

어느 때에는 내가 무엇을 짓다가 마음에 맞지 아니하여 쓰던 것을 집어 던지고 화를 낼 적에,

"왜 마음을 조급하게 잡수세요! 저는 꼭 당신의 이름이 세상에 빛날 날이 있을 줄 믿어요. 우리가 이렇게 고생을 하는 것이 장차 잘될 근본이야요."

하고 그는 스스로 흥분되어 눈물을 흘리며 나를 위로하는 적도 있었다.

내가 외국으로 다닐 때에 소위 신풍조(新風潮)에 뜨이어 까닭 없이 구식 여자가 싫어졌다.

그래서 나는 일찍이 장가든 것을 매우 후회하였다.

어떤 남학생과 어떤 여학생이 서로 연애를 주고받고 한다는 이야기를 들을 적마다 공연히 가슴이 뛰놀며 부럽기도 하고 비감스럽기도 하였다.

그러나 낮살이 들어갈수록 그런 생각도 없어지고 집에 돌아와 아내를 겪어 보니 의외에 그에게 따뜻한 맛과 순결한 맛을 발견하였다.

그의 사랑이야말로 이기적 사랑이 아니고 헌신적 사랑이었다.

이런 줄을 점점 깨닫게 될 때에 내 마음이 얼마나 행복스러웠으랴! 밤이 깊도록 다듬이질을 하다가 그만 옷 입은 채로 쓰러져 곤하게 자는 그의 파리한 얼굴을 들여다보며,

"아아, 나에게 위안을 주고 원조를 주는 천사여!"

하고 감격이 극하여 눈물을 흘린 일도 있었다.

내가 알다시피 내가 별로 천품은 없으나 어쨌든 무슨 저작가(著作家)로 몸을 세워 보았으면 하여 나날이 창작과 독서에 전심력을 바쳤다. 물론 아직 남에게 인정될 가치는 없는 것이다.

그 영향으로 자연 일상생활이 말유(末由)하게 되었다.

이런 곤란에 그는 근 2년 견디어 왔건만 나의 하는 일은 오히려 아무 보람이 없고 방 안에 놓였던 세간이 줄어지고 장롱에 찼던 옷이 거의 다 없어졌을 뿐이다.

그 결과 그다지 견딜성 있던 그도 요사이 와서는 때때로 쓸데없는 탄식을 하게 되었다.

손잡이를 잡고 마루 끝에 우두커니 서서 하염없이 먼 산만 바라보기도 하며, 바느질을 하다 말고 실신한 사람 모양으로 멍멍히 앉았기도 하였다.

창경(窓鏡)으로 비치는 어스름한 햇빛에 나는 흔히 그의 눈물 머금은 근심 있는 눈을 발견하였다.

이럴 때에는 말할 수 없는 쓸쓸한 생각이 들며 일없이,

"마누라!"

하고 부르면 그는 몸을 움칫하고 고개를 저리 돌리어 치맛자락으로 눈물을 씻으며,

"네에?"

하고 울음에 떨리는 가는 대답을 한다. 나는 등에 물을 끼얹는 듯 몸이 으

쓱해지며 처량한 생각이 싸늘하게 가슴에 흘렀다.

그렇지 않아도 자비(自卑)하기 쉬운 마음이 더욱 심해지며,

'내가 무자격한 탓이다.'

하고 스스로 멸시를 하고 나니 더욱 견딜 수 없다.

'그럴 만도 하다.'는 동정심이 없지 아니하되 그래도 그만 불쾌한 생각이 일어나며,

"계집이란 할 수 없어."

혼자 이런 불평을 중얼거리었다.

환등(幻燈) 모양으로 하니씩 둘씩 이런 일이 가슴에 나타나니 무어라고 말할 용기조차 없어졌다.

나의 유일의 신앙자(信仰者)이고 위로자이던 저까지 인제는 나를 아니 믿게 되었다.

그는 마음속으로,

'네가 6년 동안 내 살을 깎고 저미었구나! 이 원수야.'

라고 할 것이다.

이렇게 생각하매 그의 불같던 사랑까지 없어져 가는 것 같았다.

아니 흔적도 없이 사라지고 만 것 같았다.

나는 감상적(感傷的)으로 허둥허둥하며,

"낸들 마누라를 고생시키고 싶어 시켰겠소! 비단옷도 해 주고 싶고 좋은 양산도 사 주고 싶어요! 그러길래 왼종일 쉬지 않고 공부를 아니하우. 남 보기에는 편편히 노는 것 같아도 실상은 그렇지 않소! 본들 모른단 말이오."

나는 점점 강한 가면을 벗고 약한 진상을 드러내며 이와 같은 가소로운 변명까지 하였다.

"왼 세상 사람이 다 나를 비소(誹笑)하고 모욕하여도 상관이 없지만 마누라까지 나를 아니 믿어 주면 어찌한단 말이오."

내 말에 스스로 자극이 되어 가지고 마침내,

"아아!"

길게 탄식을 하고 그만 쓰러졌다.

이 순간에 고개를 숙이고 아마 하염없이 입술만 물어뜯고 있던 아내가

홀연,

"여보!"

울음소리를 떨면서 무너지는 듯이 내 얼굴에 쓰러진다.

"용서……."

하고는 북받쳐 나오는 울음에 말이 막히고 불덩이 같은 두 뺨이 내 얼굴을 누르며 흑흑 느끼어 운다.

그의 두 눈으로부터 샘솟듯 하는 눈물이 제 뺨과 내 뺨 사이를 따뜻하게 젖어 퍼진다.

내 눈에서도 눈물이 흘러내린다.

뒤숭숭하던 생각이 다 이 뜨거운 눈물에 봄눈 슬듯 스러지고 말았다.

한참 있다가 우리는 눈물을 씻었다. 내 속이 얼마나 시원한지 몰랐다.

"용서하여 주세요! 그렇게 생각하실 줄은 참 몰랐어요."

이런 말을 하는 아내는 눈물에 부어오른 눈꺼풀을 아픈 듯이 꿈적거린다.

"암만 구차하기로니 싫증이야 날까요! 나는 한번 먹은 맘이 있는데."

가만가만히 변명을 하는 아내의 눈물 흔적이 어룽어룽한 얼굴을 물끄러미 바라보며 겨우 심신이 가뜬하였다.

3

어제 일로 심신이 피곤하였던지 그 이튿날 늦게야 잠을 깨니 간밤에 오던 비는 어느결에 그치었고 명랑한 햇발이 미닫이에 높았더라.

아내가 다시금 장문을 열고 잡힐 것을 찾을 즈음에 누가 중문을 열고 들어온다.

우리가 누군가하고 귀를 기울일 적에 밖에서,

"아씨!"

하는 소리가 들렸다.

아내는 급히 방문을 열고 나갔다.

그는 처가에서 부리는 할멈이었다.

오늘이 장인 생신이라고 어서 오라는 말을 전한다.

"오늘이야? 참 옳지, 오늘이 2월 열엿샛날이지, 나는 깜빡 잊었어!"

"원 아씨는 딱도 하십니다. 어쩌면 아버님 생신을 잊는단 말씀이야요. 아무리 살림이 재미가 나시더래도!"

시큰둥한 할멈은 선웃음을 쳐 가며 이런 소리를 한다.

가난한 살림에 골몰하느라고 자기 친부의 생신까지 잊었는가 하매 아내의 정지(情地)가 더욱 측은하였다.

"오늘이 본가 아버님 생신이라요. 어서 오시라는데……."

"어서 가구려……."

"당신도 가셔야지요. 우리 같이 가세요."

하고 아내는 하염없이 얼굴을 붉힌다.

나는 처가에 가기가 매우 싫었었다. 그러나 아니 가는 것도 내 도리가 아닐 듯하여 하는 수 없이 두루마기를 입었다.

아내는 머뭇머뭇하며 양미간을 보일 듯 말 듯 찡그리다가 곁눈으로 살짝 나를 엿보더니 돌아서서 급히 장문을 연다.

'흥, 입을 옷이 없어서 망설거리는구나.'

나도 슬쩍 돌아서며 생각하였다.

우리는 서로 등지고 섰건만 그래도 아내가 거의 다 빈 장 안을 들여다보며 입을 만한 옷이 없어서 눈살을 찌푸린 양이 눈앞에 선연함을 어찌할 수가 없었다.

"자아, 가세요."

무엇을 생각하는지 모르게 정신을 잃고 섰다가 아내의 부르는 소리를 듣고 나는 기계적으로 고개를 돌리었다.

아내는 당목 옷으로 갈아입고 내 마음을 알았던지 나를 위로하는 듯이 방그레 웃는다.

나는 더욱 쓸쓸하였다.

우리 집은 천변 배다리 곁이었고, 처가는 안국동에 있어 그 거리가 꽤 멀었다.

나는 천천히 가노라 하고 아내는 속히 오느라고 오건마는 그는 늘 뒤떨어졌다.

내가 한참 가다가 뒤를 돌아다보면 그는 늘 멀리 떨어져 나를 따라오려고 애를 쓰며 주춤주춤 걸어온다.

길가에 다니는 어느 여자를 보아도 거의 다 비단옷을 입고 고운 신을 신었는데 당목 옷을 허술하게 차리고 청목당혜로 타박타박 걸어오는 양이 나에게 얼마나 애연(哀然)한 생각을 일으켰는지!

한참 만에 나는 넓고 높은 처갓집 대문에 다다랐다.

내가 안으로 들어갈 적에 낯선 사람들이 나를 흘끔흘끔 본다.

그들의 눈에,

'이 사람이 누구인가? 아마 이 집 하인인가 보다.'

하는 경멸히 여기는 빛이 있는 것 같았다.

안 대청 가까이 들어오니 모두 내게 분분히 인사를 한다.

그 인사하는 소리가 내 귀에는 어째 비소하는 것 같기도 하고 모욕하는 것 같기도 하여 공연히 가슴이 두근거리고 얼굴이 후끈거리었다.

그중에 제일 내게 친숙하게 인사하는 사람이 있다.

그는 아내보다 3년 맏이인 처형이었다.

내가 어려서 장가를 들었으므로 그때 그에게 나는 못 견디게 시달렸다.

그때는 그게 싫기도 하고 밉기도 하더니 지금 와서는 그때 그러한 것이 도리어 우리를 무관하게 정답게 만들었다.

그는 인천 사는데 자기 남편이 기미(期米)를 하여 가지고 이번에 돈 10만 원이나 착실히 땄다 한다.

그는 자기의 잘사는 것을 자랑하고자 함인지 비단을 내리 감고 얼굴에 부유한 태(態)가 질질 흐른다. 그러나 분(粉)으로 숨기려고 애쓴 보람도 없이 눈 위에 퍼렇게 멍든 것이 내 눈에 띄었다.

"왜 마누라는 어쩌고 혼자 오세요?"

그는 웃으며 이런 말을 하다가 중문 편을 바라보더니,

"그러면 그렇지! 동부인 아니 하고 오실라구."

혼자 주고받고 한다.

나도 이 말을 듣고 슬쩍 돌아다보니 아내가 벌써 중문 앞에 들어섰다.

그 수척한 얼굴이 더욱 수척해 보이며 눈물 괸 듯한 눈이 하염없이 웃는다.

나는 유심히 그와 아내를 번갈아 보았다.

처음 보는 사람은 분간을 못하리만큼 그들의 얼굴은 혹사(酷似)하다.

그런데 얼굴빛은 어쩌면 저렇게 틀리는지!

하나는 이글이글 만발한 꽃 같고, 하나는 시들고 마른 낙엽 같다.

아내를 형이라고, 처형을 아우라 하였으면 아무라도 속을 것이다.

또 한 번 아내를 보며 말할 수 없는 쓸쓸한 생각이 다시금 가슴을 누른다.

딴 음식을 별로 먹지도 아니하고 못 먹는 술을 넉 잔이나 마시었다. 그래도 바늘방석에 앉은 것처럼 앉아 견딜 수가 없다.

집에 가려고 나는 몸을 일으켰다. 골치가 띵하며 내가 선 방바닥이 마치 폭풍에 노노 하는 파도같이 높았다 낮았다 어질어질해서 곧 쓰러질 것 같다.

이 거동을 보고 장모가 황망히 일어서며,

"술이 저렇게 취해 가지고 어데로 갈라구, 여기서 한잠 자고 가게."

나는 손을 내저으며,

"아니에요, 집에 가겠어요."

취한 소리로 중얼거리었다.

"저를 어쩌나!"

장모는 걱정을 하시더니,

"할멈, 어서 인력거 한 채 불러오게."

한다.

취중에도 인력거를 태우지 말고 그 인력거 삯을 나를 주었으면 책 한 권을 사 보련만 하는 생각이 있었다.

인력거를 타고 얼마 아니 가서 그만 잠이 들었다.

한참 자다가 잠을 깨어 보니 방 안에 벌써 남폿불이 켜 있는데 아내는 어느 결에 왔는지 외로이 앉아 바느질을 하고 화로에서는 무엇이 끓는 소리가 보글보글하였다.

아내가 나의 잠 깬 것을 보더니 급히 화로에 얹힌 것을 만져 보며,

"인제 그만 일어나 진지를 잡수셔요."

하고 부리나케 일어나 아랫목에 파묻어 둔 밥그릇을 꺼내어 미리 차려 둔 상에 얹어서 내 앞에 갖다 놓고 일변 화로를 당기어 더운 반찬을 집어 얹으며,

"자아, 어서 일어나셔요."

한다.

나는 마지못하여 하는 듯이 부스스 일어났다.

머리가 오히려 아프며 목이 몹시 말라서 국과 물을 연해 들이켰다.

"물만 잡수셔서 어째요, 진지를 좀 잡수셔야지."

아내는 이런 근심을 하며 밥상머리에 앉아서 고기도 뜯어 주고 생선 뼈도 추려 주었다.

이것은 다 오늘 처가에서 가져온 것이다. 나는 맛나게 밥 한 그릇을 다 먹었다.

내 밥상이 나매 아내가 밥을 먹기 시작한다.

그러면 지금껏 내 잠 깨기를 기다리고 밥을 먹지 아니하였구나 하고, 오늘 처가에서 본 일을 생각하였다.

어제 일이 있은 후로 우리 사이에 무슨 벽이 생긴 듯하던 것이 그 벽이 점점 엷어져 가는 듯하며 가엾고 사랑스러운 생각이 일어났었다.

그래서 우리는 정답게 이런 이야기 저런 이야기를 하게 되었다.

우리의 이야기는 오늘 장인 생신 잔치로부터 처형 눈 위에 멍든 것에 옮겨 갔다.

처형의 남편이 이번 그 돈을 딴 뒤로는 주야 요리점과 기생집에 돌아다니더니 일전에 어떤 기생을 얻어 가지고 미쳐 날뛰며 집에만 들면 집안사람을 들볶고 걸핏하면 처형을 친다 한다.

이번에도 별로 대단치 않은 일에 처형에게 밥상으로 냅다 갈겨 바로 눈 위에 그렇게 멍이 들었다 한다.

"그것 보아, 돈푼이나 있으면 다 그런 것이야."

"정말 그래요. 없으면 없는 대로 살아도 의좋게 지내는 것이 행복이야요."

아내는 충심으로 공명(共鳴)해 주었다.

이 말을 들으매 내 마음은 말할 수 없이 만족해지면서 무슨 승리나 한 듯이 득의양양하였다.

그리고 마음속으로,

'옳다, 그렇다. 이렇게 지내는 것이 행복이다.'

하였다.

4

이틀 뒤 해 어스름에 처형이 우리 집에 놀러 왔다.

마침 내가 정신없이 무엇을 생각하고 있을 즈음에 쓸쓸하게 닫혀 있는 중문이 찌그둥하며 비단옷 소리가 사오락사오락 들리더니 아랫목은 내게 빼앗기고 윗목에서 바느질을 하고 있던 아내가 문을 열고 나간다.

"아이고, 형님 오셔요."

아내의 인사하는 소리가 들리더니 처형이 계집 하인에게 무엇을 들리고 들어온다.

나도 반갑게 인사를 하였다.

"그날 매우 욕을 보셨죠? 못 잡숫는 술을 무슨 짝에 그렇게 잡수셔요."

그는 이런 인사를 하다가 급작스럽게 계집 하인이 든 것을 빼앗더니 신문지로 싼 것을 끄집어내어 아내를 주며,

"내 신 사는데 네 신도 한 켤레 샀다. 그날 청목당혜를……."

말을 하려다가 나를 곁눈으로 흘끗 보고 그만 입을 닫친다.

"그것을 왜 또 사셨어요."

해쓱한 얼굴에 꽃물을 들이며 아내가 치사하는 것도 들은 체 만 체하고 처형은 또 이야기를 시작한다.

"올 적에 사랑양반을 졸라서 돈 백 원을 얻었겠지. 그래서 오늘 종로에 나와서 옷감도 바꾸고 신도 사고……."

그는 자랑과 기쁨의 빛의 얼굴에 퍼지며 싼 보를 끌러,

"이런 것이야!"

하고 우리 앞에 펼쳐 놓는다.

자세히는 모르나 여하간 값 많은 품 좋은 비단인 듯하다.

무늬 없는 것, 무늬 있는 것, 회색, 초록색, 분홍색이 갖가지로 윤이 흐르며 색색이 빛이 나서 나는 한참 황홀하였다.

무슨 칭찬을 해야 되겠다 싶어서,

"참 좋은 것인데요."

이런 말을 하다가 나는 또 쓸쓸한 생각이 일어난다.

저것을 보는 아내의 심중이 어떠할까 하는 의문이 문득 일어남이라.

"모다 좋은 것만 골라 샀습니다그려."

아내는 인사를 차리느라고 이런 칭찬은 하나마 별로 부러워하는 기색이 없다. 나는 적이 의외의 감(感)이 있었다.

처형은 남편의 흉을 보기 시작하였다. 그 밉살스럽다는 둥, 그 추근하다는 둥 말끝마다 자기 남편의 불미한 점을 들다가 문득 이야기를 끊고 일어선다.

"왜 벌써 가시려고 하셔요. 모처럼 오셨으니 저녁이나 잡수셔요."

하고 아내가 만류를 하니,

"아니 곧 가야지, 오늘 저녁차로 떠날 것이니까 가서 짐을 매어야지. 아직 차 시간이 멀었어? 아니 그래도 정거장에 일찍 나가야지, 만일 기차를 놓치면 오죽 기다리실라구. 벌써 오늘 저녁차로 간다고 편지까지 했는데."

재삼 만류함도 돌아보지 아니하고 그는 훌훌히 나간다.

우리는 그를 보내고 방에 들어왔다.

나는 웃으며 아내에게,

"그까짓 것이 기다리는데 그다지 급급히 갈 것이 무엇이야."

아내는 하염없이 웃을 뿐이었다.

"그래도 옷감 바꿀 돈을 주었으니 기다리는 것이 애처롭기는 하겠지."

밉살스러우니, 추근추근하니 하여도 물질의 만족만 얻으면 그것으로 기뻐하고 위로하는 그의 생활이 참 가련하다 하였다.

"참, 그런가 보아요."

아내도 웃으며 내 말을 받는다.

이때에 처형이 사 준 신이 그의 눈에 띄었는지(혹은 나를 꺼려, 보고 싶은 것을 참았는지 모르나) 그것을 집어 들고 조심조심 펴 보려다가 말고 머뭇머뭇한다.

그 속에 그를 해케 할 무슨 위험품이나 든 것같이.

"어서 펴 보구려."

아내는 이 말을 듣더니,

'작히 좋으랴.' 하는 듯이 활발하게 싼 신문지를 헤친다.

"퍽 이쁜걸요."

그는 근일에 드문 기쁜 소리를 치며 방바닥 위에 사뿐 내려놓고 버선을 당기며 곱게 신어 본다.

"어쩌면 이렇게 맞아요!"

연해연방 감사를 부르짖는 그의 얼굴에 혼연한 희색이 넘쳐흐른다.

"……"

묵묵히 아내의 기뻐하는 양을 보고 있는 나는 또다시,

'여자란 할 수 없어.'

하는 생각이 들며,

'조심하였을 따름이다.'

하매 밤빛 같은 검은 그림자가 가슴을 어둡게 하였다.

그러면 아까 처형의 옷감을 볼 적에도 물론 마음속으로는 부러워하였을 것이다. 다만 표면에 드러내지 않았을 따름이다. 겨우,

"어서 펴 보구려."

하는 한마디에 가슴에 숨겼던 생각을 속임 없이 나타내는구나 하였다.

내가 무엇을 생각하고 있는지 저도 모르고 새 신 신은 발을 조금 쳐들며,

"신 모양이 어때요?"

"매우 이뻐!"

겉으로는 좋은 듯이 대답을 하였으나 마음은 쓸쓸하였다.

내가 제게 신 한 켤레를 사 주지 못하여 남에게 얻은 것으로 만족하고 기뻐하는 거다.

웬일인지 이번에는 그만 불쾌한 생각이 일어나지 아니하였다.

처형이 동서(同壻)를 밉다거나 무엇이니 하면서도 기차를 놓치면 남편이 기다릴까 염려하여 급히 가던 것이 생각난다.

그것을 미루어 아내의 심사도 알 수가 있다. 부득이한 경우라 하릴없이 정신적 행복에만 만족하려고 애를 쓰지마는 기실(其實) 부족한 것이다.

다만 참을 따름이다.

그것은 내가 생각해야 된다.

이런 생각을 하니 그날 아내에게 그런 말을 한 것이 후회가 났다.

'어느 때라도 제 은공을 갚아 줄 날이 있겠지!'

나는 마음을 좀 너그러이 먹고 이런 생각을 하며 아내를 보았다.

"나도 어서 출세를 하여 비단신 한 켤레쯤은 사 주게 되었으면 좋으련만……."

아내가 이런 말을 듣기는 참 처음이다.

"네에?"

아내는 제 귀를 못 미더워하는 듯이 의아한 눈으로 나를 보더니 얼굴에 살짝 열기가 오르며,

"얼마 안 되어 그렇게 될 것이야요!"

라고 힘 있게 말하였다.

"정말 그럴 것 같소?"

나는 약간 흥분하여 반문하였다.

"그러믄요, 그렇고말고요."

아직 아무도 인정해 주지 않는 무명작가인 나를 저 하나가 깊이깊이 인정해 준다.

그러기에 그 강(强)한 물질에 대한 본능적 요구도 참아 가며 오늘날까지 몹시 눈살을 찌푸리지 아니하고 나를 도와준 것이다.

'아아, 나에게 위안을 주고 원조를 주는 천사여!'

마음속으로 이렇게 부르짖으며, 두 팔로 덥석 아내의 허리를 잡아 내 가슴에 바싹 안았다.

그다음 순간에는 뜨거운 두 입술이…….

그의 눈에도 나의 눈에도 그렁그렁한 눈물이 물 끓듯 넘쳐흐른다.

치숙

- 채만식 -

작가 소개

채만식(蔡萬植 1902~1950)

채만식의 호는 백릉이며, 1902년 전라북도 옥구에서 태어났다.

어릴 때 서당에서 한문을 익혔으며 1914년 임피보통학교(臨陂普通學校)를 졸업하고, 1918년 경성에 있는 중앙고등보통학교에 입학한다. 재학 중에 집안 어른들의 권고로 결혼했으나 행복하지 못했다. 1922년 중앙고등보통학교를 마치고 일본 와세다 대학(早稻田大學) 부속 제1고등학원 문과에 입학하지만 이듬해 공부를 중단하고 동아일보 기자로 입사했다가 1년여 만에 그만둔다.

1924년 단편 〈세 길로〉가 '조선문단' 에 추천되면서 문단에 등단한다. 그 뒤 〈산적〉을 비롯해 다수의 소설과 희곡 작품을 발표하지만 별반 주목을 끌지 못했다. 1932년 〈부촌〉, 〈농민의 회계〉, 〈화물자동차〉 등 동반자적인 경향의 작품을, 1933년 〈인형의 집을 나와서〉, 1934년 〈레디메이드 인생〉 등 풍자적인 작품을 발표하여 작가로서의 기반을 굳힌다. 1936년에는 〈명일〉과 〈쑥국새〉, 〈순공 있는 일요일〉, 〈사호 일단〉 등을, 1938년에는 〈탁류〉와 〈금의 열정〉 등의 일제 강점기 세태를 풍자한 작품을 발표한다. 특히 장편 소설 〈태평천하〉와 〈탁류〉는 사회의식과 세태 풍자를 포괄적으로 보여 주고 있는 작품이다. 또한 1940년에 〈치안 속의 풍속〉, 〈냉동어〉 등의 단편 소설을 발표한 그는 1945년 고향으로 내려가 광복 후에 〈민족의 죄인〉 등을 발표하지만 1950년에 생을 마감한다.

작품 정리

이 작품은 1937년 동아일보에 발표된 단편 소설로, 〈레디메이드 인생〉과 마찬가지로 무능한 인텔리를 묘사하고 있으며, 인물의 제시 방법 중에서 간접적 제시 방법의 특성을 잘 보여 주고 있다. 인물의 간접적 제시 방법은 행동이나 대화 또는 배경 묘사를 통해 인물의 성격이나 심리 상태를 드러내는 것으로 이 작품에는 조카인 '나' 의 대화 속에서 아저씨의 성격을 제시하고 있다. 대학 교육까지 마친 아저씨가 사회주의 활동을 하다가 감옥살이를 하고 이제는 병이 들어 폐인이 되다시피 한 사실을 '나'라는 주인공을 통해 비판하는 내용이다.

　이 작품은 1인칭 주인공이 혼자서 이야기를 지껄이는 형식으로 일관하고 있다. 또한 일본 군국주의가 우리나라를 식민지로 점령하여 경제적 수탈과 정치적·문화적 탄압을 서슴지 않던 시대를 배경으로 하고 있으며, 자조와 비판을 바탕으로 사회에 대한 풍자를 주조로 하고 있다. 그리고 그것은 '칭찬 — 비난의 역전 기법'으로 사상의 자유로운 토론을 금지하는 일제의 강압 통치를 조롱하는데, 바로 이 점이 작가 채만식의 날카로운 비판 의식을 보여 준다.

작품 줄거리

　아저씨는 나이가 서른셋이나 되고 일본에서 대학까지 나왔는데도 아직도 정신을 차리지 못한다. '나'가 보기에는 도무지 철이 들지 않아서 딱하기만 할 뿐이다. 열여섯 살에 아저씨에게 시집 와서 온갖 고생을 한 착한 아주머니를 친정으로 쫓아내고 신교육을 받은 여학생과 살림을 차린다. 사회주의 운동을 하다가 감옥살이 5년 만에 풀려났을 때, 아저씨는 폐병 환자가 된다.

　식모살이로 돈을 모아 이제 좀 편히 살아 보려던 참이었던 아주머니는 아무짝에도 쓸모없게 된 '아저씨'를 데려가 정성껏 구완하여 병도 조금씩 차도를 보인다. 아저씨는 병이 좀 낫자 또 사회주의 운동을 하겠다는 철없는 궁리만 한다. '나'가 보기에 경제학을 공부했다면서 이제는 정신을 차리고 돈을 벌어서 아주머니에게 은혜를 갚을 생각은 하지 않고, 남의 재산을 빼앗아 나누어 먹자는 불한당질을 또 하겠다는 것을 보면 아저씨는 분명 헛공부한 게 틀림없다고 생각한다.

　'나'는 일본인이 경영하는 상점에서 일을 하며 주인에게 잘 보여 밑천을 마련한 후, 일본 여인과 결혼하고 일본인처럼 이름과 생활 방식도 바꿔 부자로 살아가는 것이 일생의 꿈이다. 하지만 아저씨는 이런 내 이야기를 듣고 나를 딱하게 여긴다. 나도 아주머니가 고생하는 것에 대해서 조금도 미안함을 느끼지 않고 밤낮 사회주의 운동만 할 궁리를 하는 아저씨가 한심스럽기만 하다.

핵심 정리

· 갈래 : 단편 소설
· 시점 : 1인칭 관찰자 시점
· 배경 : 일제 강점기 서울
· 주제 : 일제 식민 통치와 사회주의 사상의 대립
· 출전 : 동아일보

치숙

우리 아저씨 말이지요? 아따 저 거시기, 한참 당년에 무엇이냐 그놈의 것, 사회주의라더냐 막덕이라더냐, 그걸 하다 징역 살고 나와서 폐병으로 시방 앓고 누웠는 우리 오촌 고모부 그 양반……

뭐, 말도 마시오. 대체 사람이 어쩌면 글쎄…… 내 원!

신세 간데없지요.

자, 10년 적공(10년 동안 많은 공을 들임), 대학교까지 공부한 것 풀어먹지도 못 했지요, 좋은 청춘 어영부영 다 보냈지요, 신분에는 전과자라는 붉은 도장 찍혔지요, 몸에는 몹쓸 병까지 들었지요.

이 신세를 해 가지골랑은 굴속 같은 오두막집 단칸 셋방 구석에서 사시장철 밤이나 낮이나 눈 따악 감고 드러누웠군요.

재산이 어디 집 터전인들 있을 턱이 있나요. 서발막대 내저어야 짚 검불 하나 걸리는 것 없는 철빈(더할 수 없이 가난함)인데.

우리 아주머니가, 그래도 그 아주머니가, 어질고 얌전해서 그 알량한 남편 양반 받드느라 삯바느질이야 남의 집 품빨래야 화장품 장사야, 그 칙살스런 벌이를 해다가 겨우겨우 목구멍에 풀칠을 하지요.

어디로 대나 그 양반은 죽는 게 두루 좋은 일인데 죽지도 아니해요.

우리 아주머니가 불쌍해요. 아, 진작 한 나이라도 젊어서 팔자를 고치는 게 아니라, 무슨 놈의 수난 후분(나이가 늙은 후의 분수)을 바라고 있다가 끝끝내 고생을 하는지.

근 20년 소박을 당했지요.

20년을 설운 청춘 한숨으로 보내고서 다 늦게야 송장 여대치게 생긴 그 양반을 그래도 남편이라고 모셔다가는 병 수발들랴, 먹고살랴, 애가 진하고 다니는 걸 보면 참말 가엾어요.

그게 무슨 죄다짐이람? 팔자 팔자 하지만 왜 팔자를 고치지를 못하고서 그래요. 우리 죄선(朝鮮) 구식 부인들은 다 문명을 못 하고 깨지를 못해서 그러지.

그 양반이 한시바삐 죽기나 했으면 우리 아주머니는 차라리 신세 편하리다.

심덕 좋겠다, 솜씨 얌전하겠다 하니, 어디 가선들 제가 일신 못 가누고 편안히 못 지내요?

가만있자, 열여섯 살에 아저씨네 집으로 시집을 갔다니깐, 그게 내가 세 살 적이니 꼬박 열여덟 해로군. 열여덟 해면 20년 아니오.

그때 우리 아저씨 양반은 나이 어리기도 했지만, 공부를 한답시고 서울로 동경으로 10여 년이나 돌아다녔고, 조금 자라서 색시 재미를 알 만하니까는 누가 예쁘달까 봐 이혼하자고 아주머니를 친정으로 쫓고는 통히(도무지) 불고를 하고……

공부를 다 마치고 오더니만, 그담에는 그놈의 짓에 들입다 발광해 다니면서 명색 학생 출신이라는 딴 여편네를 얻어 살았지요. 그 여편네는 나도 몇 번 보았지만 상판대기라고 별반 출 수도 없이 생겼습디다. 그 인물로 남의 첩이야? 일색 소박은 있어도 박색 소박은 없다더니, 사실 소박맞은 우리 아주머니가 그 여편네게다 대면 월등 예뻤다우.

그래 그 뒤에, 그 양반은 필경 붙들려 가서 5년이나 전중이(징역 사는 사람, 기결수)를 살았지요. 그동안에 아주머니는 시집이고 친정이고 모두 폭 망해서 의지가지없이 됐지요.

그러니 어떻게 해요? 자칫하면 굶어 죽을 판인데.

할 수 없이 얻어먹고 살기도 해야 하려니와, 또 아저씨 나오는 것도 기다려야 한다고 나를 반연(무엇에 이르기 위한 연줄로 삼음) 삼아 서울로 올라왔더군요. 그게 그러니까 아저씨가 나오던 그전 해로군.

그때 내가 나이는 어려도 두루 날뛴 보람이 있어서 이내 구라다 상네 식모로 들어갔지요.

그 무렵에 참 내가 아주머니더러 여러 번 권면을 했지요. 그러지 말고 개가를 하라고. 글쎄 어린 소견에도 보기에 퍽 딱하고 민망합디다.

계제에 마침 또 좋은 자리가 있었고요. 미네 상이라고 미쓰코시 앞에서 바나나 다다키우리(투매, 덤핑)를 하는 인데 사람이 퍽 좋아요.

우리 집 다이쇼(주인)도 잘 알고 하는데, 그이가 늘 나더러 죄선 오캄 상

(가게 여주인을 홀하게 부르는 말)하고 살았으면 좋겠다고, 중매 서달라고 그래 쌓어요.

돈은 모아 둔 게 없어도 다 벌어 먹고살 만하니까, 그런 사람 만나서 살면 아주머니도 신세 편할 게 아니냐구요.

그런 걸 글쎄, 몇 번 말해도 흉한 소리 말라고 듣질 않는 걸 어떡하나요.

아무튼 그런 것 말고라도 참, 흰말(터무니없이 자랑으로 떠벌리는 말. 흰소리)이 아니라 이날 입때까지 내가 그 아주머니 뒤도 많이 보아 주었다우. 또 나도 그럴 만한 은공이 없잖아 있구요.

내가 일곱 살에 부모를 잃었지요. 그러고 나서 의탁할 곳이 없이 됐는데, 그때 마침 소박을 맞고 친정살이를 하는 그 아주머니가 나를 데려다가 길러 주었지요.

그때만 해도 그 집이 그다지 군색하게 지내진 않았으니까요. 아주머니도 아주머니지만 종조할머니며 할아버지도 슬하에 딴 자손이 없어서 나를 퍽 귀애하겠지요.

열두 살까지 그 집에서 자랐군요.

4년이나마 보통학교도 다녔고.

아마 모르면 몰라도 그 집안에 그렇게 치패(살림이 결딴남)하지만 않았으면 나도 그냥 붙어 있어서 시방쯤은 전문학교까지는 다녔으리다.

이런 은공이 있으니까 나도 그걸 저버리지 않고, 그래서 내 깜냥에는 갚을만치 갚노라고 갚은 셈이지요.

하기야 요새도 간혹 아주머니가 찾아와서 양식 없다는 사정을 더러 하곤 하는데, 실토정(사정이나 심정을 사실대로 밝힘) 말이지 좀 성가시기는 해요.

그러는 족족 그 수응을 하자면 내 일을 못하겠는걸. 그래 대개 잘라 떼기는 하지요.

그렇지만 그 밖에, 가령 양 명절 때면 고깃근이라도 사 보낸다든지, 또 오며 가며 들러 이야기 낱이라도 한다든지, 그런 걸 결단코 범연히(차근차근한 맛이 없이 데면데면히) 하진 않으니까요.

아무튼 그래서, 아주머니는 꼬박 1년 동안 구라다 상네 집 오마니로 있으면서 월급 5원씩 받는 걸 그대로 고스란히 저금을 하고, 또 틈틈이 삯바느질을 맡아다가 조금씩 벌어 보태고, 또 나올 무렵에 구라다 상네 양주(바깥주인과 안주인, 즉 부부를 말함)가 퍽 기특하다고 돈 7원을 상급으로 주고, 그런 게 이럭저럭 돈 백 원이나 존존히 됐지요.

그 돈으로 방 한 칸 얻고 살림 나부랭이도 조금 장만하고 그래 놓고서 마침 그 알량꼴량한 서방님이 놓여나오니까 그리로 모셔 들였지요.

놓여나오는 날 나도 가서 보았지만, 가막소 문 앞에 막 나서자 아주머니가 기다리고 있으니까 그래도 눈물이 핑 — 돌던데요.

전에 그렇게도 죽을 둥 살 둥 모르고 좋아하던 첩년은 꼴도 안 뵈구요. 남의 첩년이란 건 다 그런 거지요 뭐.

우리 아저씨 양반은 혹시 그 여편네가 오지 않았나 하고 사방을 휘휘 둘러보던데요. 속이 그렇게 없다니까. 여편네는커녕 아주머니하고 나하고 그 외는 어리친 개새끼 한 마리 없더라.

그래 막 자동차에 올라타려다가 피를 토했지요. 나중에 들었지만 가막소 안에서 달포 전부터 토혈을 했다나 봐요.

그래 다 죽어 가는 반송장을 업어 오다시피 해다가 뉘어 놓고, 그날부터 아주머니는 불철주야로 할 짓 못 할 짓 다 해 가면서 부스대고 날뛴 덕에 병도 차차로 차도가 있고, 그러더니 이제는 완구히 살아는 났지요.

뭐 참 시방은 용 꼴인걸요, 용 꼴.

부인네 정성이 무서운 겝디다.

꼬박 3년이군. 나 같으면 돌아가신 부모가 살아오신대도 그 짓 못 해요.

자, 그러니 말이지요. 우리 아저씨라는 양반이 작히나 양심이 있고 다 그럴 양이면, 어허, 내가 어서 바삐 몸이 충실해져서, 어서 바삐 돈을 벌어다가 저 아내를 편안히 거느리고 이 은공과 전날의 죄를 갚아야 하겠구나…… 이런 맘을 먹어야 할 게 아니냐구요?

아주머니의 은공을 갚자면 발에 흙이 묻을세라 업고 다녀도 참 못다 갚지요.

그러고 저러고 간에 자기도 이제는 속 차려야지요. 하기야 속을 차려서 무얼 하재도 전과자니까 관리나 또 회사 같은 데는 들어가지 못하겠지만. 그야 자기가 저지른 일인 걸 누구를 원망할 일도 아니고, 그러니 막 벗어부치고 노동이라도 해야지요.

대학교 출신이 막벌이 노동이란 게 꼴 가관이지만 그래도 할 수 없지, 뭐.

그런 걸 보고 가만히 나를 생각하면, 만약 우리 증조할아버지네 집안이 그렇게 치패를 안 해서 나도 전문학교를 졸업을 했으면, 혹시 우리 아저씨 모양이 됐을지도 모를 테니 차라리 공부 많이 않고서 이 길로 들어선 게 다행이다…… 이런 생각이 들어요.

사실 우리 아저씨 양반은 대학교까지 졸업하고도 이제는 기껏 해 먹을 거란 막벌이 노동밖에 없는데, 보통학교 4년 겨우 다니고서도 시방 앞길이 환히 트인 내게다 대면 고쓰카이(小使)만도 못하지요.

아, 그런데 글쎄 막벌이 노동을 하고 어쩌고 하기는커녕 조금 바시시 살아날 만하니까 이 주책꾸러기 양반이 무슨 맘보를 먹는고 하니, 내 참 기가 막혀!

아니, 그놈의 것하고는 무슨 대천지원수가 졌단 말인지, 어쨌다고 그걸 끝끝내 하지 못해서 그 발광인고?

그러나마 그게 밥이 생기는 노릇이란 말인지? 명예를 얻는 노릇이란 말인지? 필경은 붙잡혀 가서 징역 사는 놀음?

아마 그놈의 것이 아편하고 꼭 같은가 봐요. 그러기에 한번 맛을 들이면 끊지를 못하지요.

그렇지만 실상 알고 보면 그게 그다지 재미가 난다거나 맛이 있다거나 그런 것도 아니더군 그래요. 불한당패던데요. 하릴없이 불한당팹니다.

저 — 서양 어디선가, 일하기 싫어하는 게으름뱅이 몇 놈이 양지쪽에 모여 앉아서 놀고먹을 궁리를 했더라나요. 우리 집 다이쇼가 다 자상하게 이야기를 해 줍디다.

게, 그 녀석들이 서로 구누를 하기를, 자, 이 세상에는 부자가 있고 가난한 사람이 있고 하니 그건 도무지 공평한 일이 아니다. 사람이란 건 이목구비하며 사지육신을 꼭 같이 타고났는데, 누구는 부자로 잘살고 누구는 가난하다니 그게 될 말이냐. 그러니 부자가 가진 것을 우리 가난한 사람들 하고 다 같이 고르게 나눠 먹어야 경우가 옳다.

야 — 그거 옳은 말이다. 야 — 그 말 좋다. 자 — 나눠 먹자.

아, 이렇게 설도를 해 가지고 우 하니 들고일어났다는군요.

아니, 그러니 그게 생 날불한당 놈의 짓이 아니고 무어요?

사람이란 것은 제가끔 분지복(타고난 복)이 있어서 기수를 잘 타고나든지 부지런하면 부자가 되는 법이요, 복록을 못 타고나든지 게으른 놈은 가난하게 사는 법이요, 다 이렇게 마련인데, 그거야말로 공평한 천리인 것을, 됩다 불공평하다께 될 말이오? 그러고서 억지로 남의 것을 뺏어 먹자고 들다니 그놈들이 불한당이지 무어요.

짓이 불한당 짓일 뿐 아니라, 또 만약에 그러기로 들면 게으른 놈은 점점 더 게으름만 부리고 쫓아다니면서 부자 사람네가 가진 것만 뺏어 먹을 테니, 이 세상은 통으로 도적놈의 판이 될 게 아니오? 그나마 부자 사람네가 모아 둔 걸 다 뺏기고 더는 못 먹여 내는 날이면, 그때는 이 세상 망하는 날이 아니오?

저마다 남이 농사지어 놓으면 그걸 뺏어 먹으려고 일 않고 번둥번둥 놀 것이고, 남이 옷감 짜 놓으면 그걸 뺏어다가 입으려고 번둥번둥 놀 것이고 그럴 테니, 대체 곡식이며 옷감이며 그런 것이 다 어디서 나올 데가 있어야지요. 세상 망할밖에!

글쎄 그놈의 짓이 그렇게 세상 망쳐 놓을 장본인 줄은 모르고서 가난한 놈들, 그중에도 일하기 싫은 게으름뱅이들이 위선(우선) 당장 부자 사람네 것을 뺏어 먹는다니까 거기 혹해 가지골랑 너도나도 와 하니 참섭을 했다는구려.

바로 저 아라사가 그랬대요.

그래서 아니나 다를까 농군들이 곡식을 안 만들기 때문에 사람이 수만 명씩 굶어 죽는다는구려. 빤한 이치지 뭐.

위선 먹기는 곶감이 달다고 그 지랄들을 했다가 잘코사니야!

아 그런데, 그 못된 놈의 풍습이 삽시간에 동서양 각국 안 간데없이 퍼져 가지 골랑 한동안 내지에도 마구 굉장히 드세게 돌아다녔고, 내지가 그러니까 멋도 모르는 죄선 영감 상들도 덩달아서 그 흉내를 냈다나요.

그렇지만 시방은 그새 나라에서 엄하게 밝히고 금하고 한 덕에 많이 누꿈해졌고 그런 마음 먹는 사람은 별반 없다나 봐요.

그럴 게지 글쎄. 아, 해서 좋을 양이면야 나라에선들 왜 금하며 무슨 원수가 졌다고 붙잡아다가 징역을 살리나요.

좋고 유익한 것이면 나라에서 도리어 장려하고, 잘할라치면 상급도 주고 그러잖아요.

활동사진이며 스모며 만자이(일본의 전통 민담)며 또 왓쇼왓쇼(일본의 마을 축제)랄지 세이레이 낭아시(일본의 불교 행사)랄지 라디오 체조랄지 그런 건 다 유익한 일이니까 나라에서 설도도 하고 그러잖아요.

나라라는 게 무언데? 그런 걸 다 잘 분간해서 이럴 건 이러고 저럴 건 저러라고 지시하고, 그 덕에 백성들은 제각기 제 분수대로 편안히 살도록 애써 주는 게 나라 아니오?

그놈의 것 사회주의만 하더라도 나라에서 금하질 않고 저희가 하는 대로 두어 두었어 보아? 시방쯤 세상이 무엇이 됐을지…….

다른 사람들도 낭패 본 사람이 많았겠지만, 위선 나만 하더라도 글쎄 어쩔 뻔했어. 아무 일도 다 틀리고 뒤죽박죽이지.

내 이상과 계획은 이렇거든요.

우리 집 다이쇼가 나를 자별히 귀애하고 신용을 하니까, 인제 한 10년만 더 있으면 한밑천 들여서 따로 장사를 시켜 줄 그런 눈치거든요.

그러거들랑 그것을 언덕 삼아 가지고 나는 30년 동안 예순 살 환갑까지만 장사를 해서 꼭 10만 원을 모을 작정이지요. 10만 원이면 죄선 부자로 쳐도 천석꾼이니, 뭐 떵떵거리고 살 게 아니냐구요?

그리고 우리 다이쇼도 한 말이 있고 하니까, 나는 내지인 규수한테로 장가를 들래요. 다이쇼가 다 알아서 얌전한 자리를 골라 중매까지 서 준다고 그랬어요. 내지 여자가 참 좋지요.

나는 죄선 여자는 거저 주어도 싫어요.

구식 여자는 얌전은 해도 무식해서 내지인하고 교제하는데 안 됐고, 신식 여자는 식자나 들었다는 게 건방져서 못 쓰고, 도무지 그래서 죄선 여자는 신식이고 구식이고 다 제바리여요.

내지 여자가 참 좋지 뭐. 인물이 개개 일자로 예쁘겠다, 얌전하겠다, 상냥하겠다, 지식이 있어도 건방지지 않겠다, 좀이나 좋아!

그리고 내지 여자한테 장가만 드는 게 아니라 성명도 내지인 성명으로 갈고, 집도 내지인 집에서 살고, 옷도 내지 옷을 입고, 밥도 내지식으로 먹고, 아이들도 내지인 이름을 지어서 내지인 학교에 보내고…….

내지인 학교라야지 죄선 학교는 너절해서 아이들 버려 놓기나 꼭 알맞지요.

그리고 나도 죄선 말은 싹 걷어치우고 국어만 쓰고요.

이렇게 다 생활 법식부터도 내지인처럼 해야만 돈도 내지인처럼 잘 모으게 되거든요.

내 이상이며 계획은 이래서 그 10만 원짜리 큰 부자가 바로 내다뵈고, 그리로 난 길이 환하게 트이고 해서 나는 시방 열심으로 길을 가고 있는데, 글쎄 그 미쳐 살기 든 놈들이 세상 망쳐 버릴 사회주의를 하려 드니 내가 소름이 끼칠 게 아니냐구요. 말만 들어도 끔찍하지!

세상이 망해서 뒤집히면 그래 나는 어쩌란 말인고? 아무것도 다 허사가 될 테니 그런 억울할 데가 있더람?

뭐 참, 우리 집 다이쇼 말이 일일이 지당해요.

여느 절도나 강도나 사기나 그런 죄는 도적이면 도적을 해 가는 그 당장, 그 돈만 축을 내니까 오히려 죄가 가볍지만, 그놈의 것 사회주의인지 지랄인지는 온 세상을 뒤죽박죽을 만들어 놓고 나라를 통째로 소란하게 하니까 도저히 용서할 수가 없대요.

용서라니! 나 같으면 그런 놈들은 모조리 쓸어다가 마구 그저 그냥…….

그런 일을 생각하면, 털어놓고 말이지 우리 아저씨가 그 양반도 여간 불측스러워 뵈질 않아요. 사실 아주머니만 아니면 내가 무슨 천주학이라고 나쁜 병까지 앓는 그 양반을 찾아다니나요. 죽는대도 코도 안 풀어 붙일걸.

그러나마 전자의 죄상을 다 회개를 하고 못된 마음을 씻어 버렸을새 말이지, 뭐 헌 개 꼬리 3년이라더냐, 종시 그 모양일걸요.

그러니깐 그게 밉살머리스러워서 더러 들렀다가 혹시 마주 앉아도 위정 뼈끝 저린 소리나 내쏘아 주고 말을 다 잡아가지골랑 꼼짝 못 하게시리 몰아세워 주곤 하지요.

저번에도 한번 혼을 단단히 내주었지요. 아, 그랬더니 아주머니더러 한다는 소리가, 그 녀석 사람 버렸더라고, 아무짝에도 못 쓰게 길이 들었더라고 그러더라나요.

내 원, 그 소리를 듣고 어처구니가 없어서!

대체 사람도 유만부동이지, 그 아저씨가 나더러 사람 버렸느니 아무짝에도 못 쓰게 길이 들었느니 하더라니, 원 입이 몇 개나 되면 그런 소리가 나오는 구멍도 있누?

죄선 벙어리가 다 말을 해도 나 같으면 할 말 없겠더구먼서도, 하면 다 말인 줄 아나 봐?

이를테면 그게 명색 훈계 비슷한 거렷다? 내게다가 맞대 놓고 그런 소리를 하다가는 되잡혀서 혼이 날 테니까 슬며시 아주머니더러 이르란 요량이던 게지?

기가 막혀서…… 하느님이 사람의 콧구멍 두 개로 마련하기 참 다행이야.

글쎄 아무려면 내가 자기처럼 공부는 못하고 남의 집 고조(사환) 노릇으로, 반토(반토, 지금의 수위) 노릇으로 이렇게 굴러먹을 값에, 이래 보여도 표창을 두 번이나 받은 모범 점원이요, 남들이 똑똑하고 재주 있고 얌전하다고 칭찬이 놀랍고, 앞길이 환히 트인 유망한 청년인데, 그래 자기 눈에는 내가 버린 놈이고 아무짝에도 못 쓰게 길이 든 놈으로 보였단 말이지?

하하, 오옳지! 거 참 그렇겠군. 자기는 자기 하는 짓이 옳으니까 남이 하는 짓은 다 글렀단 말이렷다?

그러니까 나도 자기처럼 그놈의 것 사회주의인지 급살 맞은 것인지나 하다가 징역이나 살고 전과자나 되고 폐병이나 앓고, 다 그랬더라면 사람 버리지도 않고 아무짝에도 못 쓰게 길든 놈도 아니고 그럴 뻔했군그래!

흥! 참……

제 밑 구린 줄 모르고서 남더러 어쩌고저쩌고한다는 게 꼭 우리 아저씨 그 양반을 두고 이른 말인가 봐.

그날도 실상 이랬더라우. 혼을 내주었더니, 아주머니더러 그런 소리를 하더란 그날 말이오.

그날이 마침 내가 쉬는 날이기에 아주머니더러 할 이야기도 있고 해서 아침결에 좀 들렀더니, 아주머니는 남의 혼인집으로 바느질을 해 주러 갔다고 없고, 아저씨 양반만 여전히 아랫목에 가서 드러누웠어요.

그런데 보니까, 어디서 모두 뒤져냈는지 머리맡에다가 헌 언문 잡지를 수북이 쌓아 놓고는 그걸 뒤져요.

그래 나도 심심 삼아 한 권 집어 들고 떠들어 보았더니, 뭐 읽을 맛이 나야지요.

대체 죄선 사람들은 잡지 하나를 해도 어찌 모두 그 꼬락서니로 해 놓는지.

사진도 없지요, 만가(만화)도 없지요.

그리고는 맨판 까다로운 한문 글자로다가 처박아 놓으니 그걸 누구더러 보란 말인고?

더구나 우리 같은 놈은 언문도 그런대로 뜯어보기는 보아도 읽기에 여간 폐롭지가 않아요.

그러니 어려운 언문하고 까다로운 한문하고를 섞어서 쓴 글은 뜻을 몰라 못 보지요. 언문으로만 쓴 것은 소설 나부랭인데, 읽기가 힘이 들 뿐 아니라 또 죄선 사람이 쓴 소설이란 건 재미가 있어야죠. 나는 죄선 신문이나 죄선 잡지하구는 담쌓고 남 된 지 오랜걸요.

잡지야 뭐 〈킹구〉나 〈쇼넨구라부〉 덮어 먹을 잡지가 있나요. 참 좋아요.

한문 글자마다 가나를 달아 놓았으니 어떤 대문을 척 펴들어도 술술 내리읽고 뜻을 횅하니 알 수가 있지요.

그리고 어떤 대문을 읽어도 유익한 교훈이나 재미나는 소설이지요.

소설 참 재미있어요. 그중에도 기쿠치칸 소설……! 어쩌면 그렇게도 아기자기하고도 달콤하고도 재미가 있는지. 그리고 요시가와 에이지, 그의 소설은 진찬바라바라(칼싸움)하는 지다이모노(시대물, 역사물)인데 마구 어깻바람이 나구요.

소설이 모두 그렇게 재미가 있지요, 만가가 많지요, 사진이 많지요, 그리고도 값은 좀 헐하나요. 15전이면 바로 그 전달치를 사 볼 수 있고, 보고 나서는 5전에 도로 파는데요.

잡지도 기왕 하려거든 그렇게나 해야지, 죄선 사람들은 젠장 큰소리는 곧잘 하더구면서도 잡지 하나 반반한 거 못 만들어 내니!

그날도 글쎄 잡지가 그 꼴이라, 아예 글은 볼 맛도 없고 해서 혹시 만가나 사진이라도 있을까 하고 책장을 후르르 넘기노라니깐 마침 아저씨 이름이 있겠나요! 하도 신통해서 쓰윽 펴들고 보았더니 제목이 첫 줄은 경제, 사회…… 무엇 어쩌구 잔주를 달아 놨겠지요.

그것만 보아도 벌써 그럴듯해요. 경제는 아저씨가 대학교에서 경제를 배

윘다니까 경제 속은 잘 알 것이고, 또 사회는, 그것 역시 사회주의를 했으니까 그 속도 잘 알 것이고, 그러니까 경제하고 사회주의하고 어떻게 서로 관계가 되는 것이며 어느 편이 옳다는 것이며 그런 소리를 썼을 게 분명해요.

뭐, 보나 안 보나 속이야 빤하지요. 대학교까지 가설랑 경제를 배우고도 돈 모을 생각은 않고서 사회주의만 하고 다닌 양반이라 경제가 그르고 사회주의가 옳다고 우겨댔을 거니까요.

아무렇든 아저씨가 쓴 글이라는 게 신기해서 좀 보아 볼 양으로 쓰윽 훑어봤지요. 그러나 웬걸 읽어 먹을 재주가 있나요.

글자는 아주 어려운 자만 아니면 대강 알기는 알겠는데, 붙여 보아야 대체 무슨 뜻인지를 알 수가 있어야지요.

속이 상하기에 읽어 보자던 건 작파하고서 아저씨를 좀 따잡고 몰아세울 양으로 그 대목을 차악 펴 놨지요.

"아저씨?"

"왜 그러니?"

"아저씨가 여기다가 경제 무어라고 쓰구, 또 사회 무어라고 썼는데, 그러면 그게 경제를 하란 뜻이오? 사회주의를 하란 뜻이오?"

"뭐?"

못 알아듣고 뚜렛뚜렛해요. 자기가 쓰고도 오래돼서 다 잊어버렸거나 혹시 내가 말을 너무 까다롭게 내기 때문에 섬뻑 대답이 안 나왔거나 그랬겠지요. 그래 다시 조곤조곤 따졌지요.

"아저씨…… 경제란 것은 돈 모아서 부자 되라는 것 아니오? 그런데 사회주의란 것은 모아 둔 부자 사람의 돈을 뺏어 쓰는 것 아니오?"

"이 애가 시방!"

"아니, 들어 보세요."

"너, 그런 경제학, 그런 사회주의 어디서 배웠니?"

"배우나 마나, 경제란 건 돈 많이 벌어서 애껴 쓰고 나머지 모아 두는 것이 경제 아니오?"

"그건 보통, 경제한다는 뜻으루 쓰는 경제고, 경제학이니 경제적이니 하는 건 또 다르다."

"다를 게 무어요? 경제는 돈 모으는 것이고, 그러니까 경제학이면 돈 모으는 학문이지요."

"아니란다. 혹시 이재학이라면 돈 모으는 학문이라고 해도 근리할지 모르지만 경제학은 그런 게 아니란다."

"아니, 그렇다면 아저씨, 대학교 잘못 다녔소. 경제 못하는 경제학 공부를 5년이나 했으니 그게 무어란 말이오? 아저씨가 대학교까지 다니면서 경제 공부를 하구두 왜 돈을 못 모으나 했더니, 인제 보니까 공부를 잘못해서 그랬군요!"

"공부를 잘못했다? 허허, 그랬을는지도 모르겠다. 옳다, 네 말이 옳아!"

이거 봐요 글쎄. 단박 꼼짝 못 하잖나. 암만 대학교를 다니고, 속에는 육조를 배포했어도 그렇다니까 글쎄…….

"아저씨?"

"왜 그러니?"

"그러면 아저씨는 대학교를 다니면서 돈 모아 부자 되는 경제 공부를 한 게 아니라 모아 둔 부자 사람네 돈 뺏어 쓰는 사회주의 공부를 했으니 말이지요……."

"너는 사회주의가 무얼루 알구서 그러냐?"

"내가 그까짓 걸 몰라요?"

한바탕 주욱 설명을 했지요.

내 얼굴만 물끄러미 올려다보고 누웠더니 피식 한 번 웃어요. 그러고는 그 양반이 하는 소리겠다요.

"그게 사회주의냐? 불한당이지."

"아니, 그럼 아저씨두 사회주의가 불한당인 줄은 아시는구려?"

"내가 언제 사회주의가 불한당이랬니?"

"방금 그리잖았어요?"

"글쎄, 그건 사회주의가 아니라 불한당이란 그 말이다."

"거 보시우! 사회주의란 것은 그렇게 날불한당이어요. 아저씨도 그렇다고 하면서 아니래시오?"

"이 애가 시방 입심 겨룸을 하재나!"

이거 봐요. 또 꼼짝 못 하지요? 다 이래요, 글쎄…….

"아저씨?"

"왜 그러니?"

"아저씨도 맘 달리 잡수시오."

"건 어떻게 하는 말이냐?"

"걱정 안 되시우?"

"나 같은 사람이 걱정이 무슨 걱정이냐? 나는 네가 걱정이더라."

"나는 뭐 버젓하게 요량이 있는걸요."

"어떻게?"

"이만저만한가요!"

또 한바탕 죽 설명을 했지요. 이야기를 다 듣더니 그 양반 한다는 소리 좀 보아요.

"너도 딱한 사람이다!"

"왜요?"

"……."

"아니, 어째서 딱하다구 그러시우?"

"……."

"네? 아저씨?"

"……."

"아저씨?"

"왜 그래?"

"내가 딱하다구 그러셨지요?"

"아니다, 나 혼자 한 말이다."

"그래두……."

"이 애?"

"네?"

"사람이란 것은 누구를 물론 허구 말이다, 아첨하는 것같이 더러운 게 없느니라."

"아첨이요?"

"저 위로는 제왕, 밑으로는 걸인, 그 모든 사람이 위선 시방 이 제도의 이 세상에서 말이다, 제가끔 제 분수대로 살아가는 데 있어서 말이다, 제 개성을 속여 가면서꺼정 생활에다가 아첨하는 것같이 더러운 것이 없고, 그런 사람같이 가련한 사람은 없느니라. 사람이란 건 밥 두 그릇이 하필 밥 한 그릇보다 더 배가 부른 건 아니니까."

"그건 무슨 뜻인데요?"

"네가 일본인 여자와 결혼을 해서 성명까지 갈고 모든 생활 법도를 일본 화하겠다는 것이 말이다."

"네, 그게 좋잖아요?"

"그것이 말이다, 진실로 깊은 교양이나 어진 지혜의 판단에서 우러나온 것이라면 그도 모를 노릇이겠지. 그렇지만 나는 보매 네가 그런다는 것은 다른 뜻으로 그러는 것 같다."

"다른 뜻이라니요?"

"네 주인의 비위를 맞추고, 이웃의 비위를 맞추고 하자고……."

"그야 물론이지요! 다이쇼의 신용을 받아야 하고, 이웃 내지인들하구도 좋게 지내야지요. 그래야 할 게 아니겠어요?"

"……."

"아저씨는 아직도 세상 물정을 모르시오. 나이는 나보담 많구 대학교 공부까지 했어도 일찌감치 고생살이를 한 나만큼 세상 물정은 모릅니다. 시방이 어느 세상인데 그러시우?"

"이 애?"

"네?"

"네가 방금 세상 물정이랬지?"

"네."

"앞길이 환하니 트였다고 그랬지?"

"네."

"환갑까지 10만 원 모은다구 그랬지?"

"네."

"네가 말하는 세상 물정 하구 내가 말하려는 세상 물정 하구 내용이 다르기도 하지만, 세상 물정이란 건 그야말로 그리 만만한 게 아니다."

"네?"

"사람이란 것 제아무리 날고뛰어도 이 세상에 형적 없이, 그러나 세차게 죽 흘러가는 힘, 그게 말하자면 세상 물정이겠는데, 결국 그것의 지배하에서 그것을 따라가지 별수가 없는 거다."

"네?"

"쉽게 말하면 계획이나 기회를 아무리 억지루 만들어 놓아도 결과가 뜻대루는 안 된단 말이다."

"젠장, 아저씨도……. 요전 〈킹구〉라는 잡지에도 보니까, 나폴레옹이라는 서양 영웅이 그랬답디다. 기회는 제가 만든다구. 그리고 불가능이란 말은 바보의 사전에서나 찾을 글자라구요. 아, 자꾸자꾸 계획하고 기회를 만들구 해서 분투 노력해 나가면 이 세상일 안 되는 일이 어디 있나요? 한 번 실패하거든 갑절 용기를 내가지구 다시 일어서지요. 칠전팔기 모르시오?"

"나폴레옹도 세상 물정에 순응할 때는 성공했어도, 그것에 거슬리다가 실패를 했더란다. 너는 칠전팔기해서 성공한 몇 사람만 보았지, 여덟 번 일어섰다가 아홉 번째 가서 영영 쓰러지구는 다시 일어나지 못한 숱한 사람이 있는 건 모르는구나?"

"그래두 이제 두고 보시오. 나는 천하 없어두 성공하구 말 테니……. 아저씨는 그래서 더구나 못써요? 일해 보기도 전에 안 될 줄로 낙심 먼저 하구……."

"하늘은 꼭 올라가 보구래야만 높은 줄 아니?"

원, 마지막 가서는 할 소리가 없으니깐 동에도 닿지 않는 비유를 가져다 둘러대는 걸 보아요. 그게 어디 당한 말인고? 안 올라가 보면 뭐 하늘 높은 줄 모를 천하 멍텅구리도 있을까? 그만 해 두려다가 심심하기에 또 말을 시켰지요.

"아저씨?"

"왜 그래?"

"아저씨는 인제 몸 다 충실해지면 어떡허실려우?"

"무얼?"

"장차……."

"장차?"

"어떡허실 작정이세요?"

"작정이 새삼스럽게 무슨 작정이냐?"

"그럼 아저씨는 아무 작정 없이 살어가시우?"

"없기는?"

"있어요?"

"있잖구?"

"무언데요?"

"그새 지내 오던 대루……."

"그러면 저 거시기 무엇이냐 도루 또 그걸……?"

"그렇겠지."

"아저씨?"

"……."

"아저씨?"

"왜 그래?"

"인젠 그만두시우."

"그만두라구?"

"네."

"누가 심심소일루 그러는 줄 아느냐?"

"그렇잖구요?"

"……."

"아저씨?"

"……."

"아저씨?"

"왜 그래?"

"아저씨 올해 몇이지요?"

"서른셋."

"그러니 인제는 그만큼 해 두고 맘 잡어서 집안일 할 나이두 아니오?"

"집안일은 해서 무얼 하나?"

"그렇기루 들면 그 짓은 해서 또 무얼 하나요?"

"무얼 하려구 하는 게 아니란다."

"그럼, 아무 희망이나 목적이 없으면서 그래요?"

"목적? 희망?"

"네."

"개인의 목적이나 희망은 문제가 다르나까……. 문제가 안 되니까……."

"원, 그런 법도 있나요?"

"법?"

"그럼요!"

"법이라……!"

"아저씨?"

"……."

"아저씨?"

"왜 그래?"

"아주머니가 고맙잖습디까?"

"고맙지."

"불쌍하지요?"

"불쌍? 그렇지. 불쌍하다면 불쌍한 사람이지!"

"그런 줄은 아시느만?"

"알지."

"알면서 그러시우."

"고생을 낙으로, 그 쓰라린 맛을 씹고 씹고 하면서 그것에서 단맛을 알아내는 사람도 있느니라. 사람도 있는 게 아니라, 사람마다 무슨 일에고 진정과 정신을 꼬박 거기다가만 쓰면 그렇게 되는 법이니라. 그러니까 그쯤 되면 그때는 고생이 낙이지. 너의 아주머니만 두고 보더래도 고생이 고생이면서 고생이 아니고 고생하는 게 낙이란다."

"그렇다고 아저씨는 그걸 다행히만 여기시우?"

"아니."

"그러거들랑 아저씨두 아주머니한테 그 은공을 더러는 갚아야 옳을 게 아니오?"

"글쎄, 은공을 모르는 건 아니지만……."

"그러니 인제 병이나 확실히 다 나신 뒤엘라컨……."

"바빠서 원……."

글쎄 이 한다는 소리 좀 보지요? 시치미 뚜욱 따고 누워서 바쁘다는군요!

　사람 속 차릴 여망 없어요. 그저 어디로 대나 손톱만큼도 쓸모는 없고 남한테 사폐만 끼치고, 세상에 해독만 끼칠 사람이니, 뭐 하루바삐 죽어야 해요. 죽어야 하고, 또 죽어서 마땅해요. 그런데 글쎄 죽지를 않고 꼼지락꼼지락 도로 살아나니 성화라구는, 내…….

어린 왕자

- 앙투안 드 생텍쥐페리 -

작가 소개

앙투안 드 생텍쥐페리(Antoine de Saint-Exupery 1900~1944) 프랑스 소설가.

생텍쥐페리는 1900년 프랑스 리옹의 몰락한 귀족 가문에서 다섯 남매 중 셋째 아들로 태어났다. 귀족의 후손이었던 그는 아버지를 일찍 여의었으나 어머니의 사랑을 받으며 자랐다. 1919년 19세 때 해군사관학교 입학시험에 실패하고 다음 해 파리미술학교 건축과에 들어갔다. 1921년 공군에 입대하여 조종사 자격증을 취득하고 소위로 임관된다. 1922년 6월에 중위로 전역하고 1926년부터 항공사에 취직하여 프랑스와 아프리카를 잇는 항공 우편 업무를 담당했다. 1939년 9월 제2차 세계 대전이 일어나자 다시 종군하여 군용기 조종사가 된다. 1944년 7월 마지막 정찰 임무를 위해 출격하여 코르시카 해상을 비행하던 중 행방불명되어 돌아오지 않았다. 그는 조종사로 일하면서 틈틈이 글을 써서 발표했다. 작품으로는 《어린 왕자》《남방 우편기》《야간 비행》《인간의 대지》《성채》《전시 조종사》 등이 있으며, 《야간 비행》으로 페미나 상을, 《인간의 대지》로 아카데미 프랑세즈 소설 대상을 수상했다. 그가 직접 그린 삽화가 함께 수록된 《어린 왕자》는 전 세계에서 가장 많이 읽히는 책 중 하나로 불멸의 고전으로 자리 잡았다.

작품 정리

이 작품은 생텍쥐페리가 프랑스의 패전 후 미국에 건너가 1943년에 발표한 '나'와 어린 왕자가 등장해 대화를 나누는 이야기다.

어느 날 비행기 고장으로 사막에 불시착하게 된 '나'에게 어린 왕자가 찾아와 양 한 마리를 그려달라고 한다. '나'는 어린 왕자와의 이야기를 통해 어린 왕자가 여섯별을 거쳐 지구에 왔다는 것과 그동안 어린 왕자가 보고 경험한 것 등을 알게 된다. 그리고 그 과정에서 어른이 되면서 잊었던 여러 가지 것들을 떠올리게 된다. 어린 왕자가 지구에 온 지 1년 되는 날 어린 왕자는 자기 별로 돌아가고 싶어 한다. 그러나 그날 밤 어린 왕자는 모래 위에 쓰러지고, 그 뒤 '나'는 그의 모습을 보지 못한다.

　　이 작품은 동화의 형식을 취해 어른들이 잊고 있는 것들을 깨우치고 부조리한 세계를 비판한다. 어린 왕자라는 연약하고 순진한 어린이를 통해 책임감과 의무감, 따뜻한 인간애가 넘치는 휴머니즘, 그리고 가장 중요한 것은 눈으로는 보이지 않고 마음으로 보아야 하며, 길들인 것에 대해서는 책임을 져야 한다고 이야기한다.

작품 줄거리

　　'나'는 화가가 되는 게 꿈이었다. 그러나 어린 시절에 코끼리를 잡아먹은 보아 뱀을 그렸지만 아무도 그것을 못 알아보는 바람에 결국 화가를 포기하고 비행기 조종사가 된다.

　　그러던 어느 날 '나'는 사하라사막에 불시착했다. 비행기를 고치기 위해 땀을 흘리고 있는데 어떤 소년이 나타났다. 그는 자신이 사는 작은 별에 사랑하는 장미를 남겨 두고 세상을 보기 위해 먼 나라에서 여행을 온 왕자라고 한다. 어린 왕자는 나에게 뜬금없이 양을 그려달라고 한다. '나'는 꿈이 화가가 아니라서 못 그려 준다고 하자 한번 하기로 한 것은 끝까지 하는 어린 왕자의 고집에 할 수 없이 여러 마리의 양을 그렸는데 다 아니라고 한다. 그래서 그냥 상자 안에 있는 양 그림을 그렸는데 어린 왕자가 만족해한다.

　　그는 지구까지 오는 동안 온 행성을 다스린던 임금이 있는 별, 가로등을 관리하는 점등인의 별, 잘난척하는 사람의 별, 술고래의 별, 장사꾼의 별, 지리학자의 별들을 만나고 지리학자의 추천으로 지구로 왔다고 한다. 지구에서 어린 왕자는 장미꽃을 보게 되고 자기가 키우던 꽃이 장미임을 그리고 유일한 존재가 아님을 깨닫고 눈물을 흘린다. 그때 여우를 만나고 길들이는 것에 대해서와 4시에 만나게 되면 3시부터 설렌다는 여우의 이야기를 듣는다. 여우와의 대화를 통해 다시금 장미꽃에 대한 책임을 느끼고 노란 뱀을 만난 이후 어린 왕자는 고향으로 돌아간다.

핵심 정리

· 갈래 : 동화 소설
· 시점 : 1인칭 관찰자 시점
· 배경 : 사막
· 주제 : 관계의 소중함과 어른들의 메마른 삶에 대한 비판

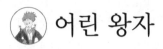 # 어린 왕자

레옹 베르트에게

이 책을 한 어른에게 바치는 데 대해 어린이들에게 용서를 바란다. 내게는 용서받을 만한 이유가 있다. 그것은 그 어른이 이 세상에서 나와 가장 친한 친구이기 때문이며, 또 그 어른은 무엇이든지 이해할 수가 있어서 어린이들을 위한 책까지도 이해할 수 있기 때문이다. 또 다른 이유는, 그 어른은 지금 프랑스에서 살고 있는데 그곳에서 굶주림과 추위에 떨고 있기 때문이다. 그 어른은 위로를 받아야 할 처지에 놓여 있다. 그 모든 이유가 그래도 부족하다면, 나는 이 책을 어린아이였을 때의 그에게 바치고자 한다. 어른은 예전엔 다 어린아이였다(그러나 그것을 기억하는 어른은 별로 없다). 그래서 나는 이 '헌사'를 이렇게 다시 고쳐 쓰려 한다.

어린 소년이었을 때의 레옹 베르트에게

1

나는 여섯 살 때 원시림에 관한 《모험담》이라는 책에서 놀라운 그림을 본 적이 있다. 그것은 맹수를 삼키는 보아뱀 그림이었다. 위의 그림은 그것을 옮긴 것이다.

그 책에는 이렇게 쓰여 있었다.

"보아뱀은 먹이를 씹지 않고 통째로 삼킨다. 그리고는 먹이가 소화될 때까지 여섯 달 동안 꼼짝도 하지 않고 잠을 잔다."

그래서 나는 밀림 속의 모험에 대해 곰곰이 생각해 보았다. 그리고는 크레용으로 내 생애 최초의 그림을 그렸다. 나의 그림 제1호는 다음과 같다.

나는 내 걸작을 어른들에게 보여 주면서 내 그림이 무섭지 않느냐고 물어 보았다. 그림을 본 어른들은 이렇게 대답했다.

"모자가 왜 무섭다는 거지?"

내가 그린 것은 모자가 아니었다. 그것은 코끼리를 삼킨 보아뱀이었다. 그래서 나는 어른들이 알아볼 수 있도록 보아뱀의 속을 그렸다. 어른들에게는 언제나 설명을 해 주어야 한다. 아래에 있는 것이 나의 그림 제2호다.

어른들은 나에게 속이 보이거나 보이지 않는 보아뱀 그림은 집어치우고 차라리 지리나 역사, 산수, 그리고 문법에 관심을 가지라고 충고했다. 그래서 나는 여섯 살 때, 화가라는 멋진 직업을 포기했다. 나의 그림 제1호와 제2호의 실패로 낙심했기 때문이다.

어른들은 혼자서는 아무것도 이해하지 못한다. 어른들에게 매번 설명하는 것은 아이들에게는 아주 힘든 일이다. 나는 다른 직업을 선택해야만 했다. 그래서 비행기 조종하는 법을 배웠고, 세계 곳곳을 날아다녔다. 지리를 공부해 둔 것은 정말로 나에게 많은 도움이 되었다. 나는 얼핏 보고도 중국과 애리조나를 구분할 수 있었다. 밤에 길을 잃었을 때 지리에 대한 지식은 정말로 도움이 된다.

나는 살아오는 동안에 진지하게 사는 사람들을 무수히 많이 만났다. 또 오랫동안 어른들과 함께 살면서 그들을 아주 가까이서 지켜보았다. 그렇다고 해서 내 생각이 크게 바뀐 것은 아니다. 좀 현명해 보이는 사람을 만나면 나는 늘 지니고 다니는 그림 제1호로 그 사람을 시험해 보았다. 나는 정말로 그 사람이 이해력을 지닌 사람인지 알고 싶었다. 그러나 그들은 항상 이렇게 말했다.

"모자로군요."

그러면 나는 보아뱀 이야기도 원시림 이야기도 별 이야기도 하지 않았다. 나는 그가 알아들을 수 있는 카드놀이나 골프, 정치 그리고 넥타이 같은 것에 대해서 이야기했다. 그러면 어른들은 사리 분별 있는 젊은이를 알게 되었다고 몹시 만족스러워했다.

2

그래서 나는 진심으로 마음을 터놓고 이야기 나눌 사람 하나 없이 혼자서 지냈다. 6년 전 사하라 사막에서 비행기 사고를 당하기 전까지는 그랬다. 비행기 엔진의 어떤 부분이 고장이 났는데, 정비사도 승객도 없었기 때문에 나 혼자서 그 어려운 수리를 해야만 했다. 내게는 생사가 달린 중요한 문제였다. 마실 물이 겨우 일주일 치밖에 남아 있지 않았다.

첫날 밤, 나는 사람들이 살고 있는 곳에서 수천 마일 떨어진 사막에서 잠이 들었다. 나는 드넓은 바다 한가운데서 표류하는 뗏목에 매달린 조난자보다 더 고립되어 있었다. 그러니 해 뜰 무렵 작고 이상한 목소리가 나를 깨웠을 때 내가 얼마나 놀랐을지 상상해 보라. 그 목소리는 이렇게 말했다.

"저…… 나한테 양 한 마리만 그려 줘!"

"뭐라고?"

"양 한 마리만 그려 줘."

나는 마치 벼락이라도 맞은 것처럼 벌떡 일어났다. 나는 눈을 비비고 주위를 둘러보았다. 그랬더니 아주 이상하게 생긴 아이가 나를 진지하게 바라보고 있었다. 뒷장에 있는 그림은 훗날 내가 그린 그의 초상화 가운데 가장 잘 그린 것이다.

물론 내 그림은 그 아이의 실제 모습만큼 멋있지 않다. 그러나 이것은 내 잘못이 아니다. 나는 여섯 살 때 어른들 때문에 화가라는 직업을 포기했고,

속이 보이는 보아뱀과 속이 보이지 않는 보아뱀 외에는 그림을 그려 본 적이 없기 때문이다.

어쨌든 나는 놀라서 휘둥그레진 눈으로 그 아이를 보았다. 여러분은 내가 사람이 사는 지역에서 수천 마일 떨어진 곳에 있었다는 사실을 잊지 말아야 한다. 그러나 그 아이는 길을 잃은 것 같지도 않았고 피곤함이나 배고픔이나 목마름이나 두려움으로 죽을 지경이 된 것 같지도 않았다.

사람이 사는 곳에서 수천 마일 떨어진 사막 한가운데서 길을 잃은 아이 모습이 전혀 아니었다. 마침내 나는 말문을 열고 그 아이에게 물었다.

"그런데 넌 여기서 대체 뭘 하고 있니?"

그러자 그는 아주 중요한 일인 것처럼 천천히 같은 말을 되풀이했다.

"부탁이야, 나에게 양 한 마리만 그려 줘……."

신비한 일에 압도당하면, 누구도 감히 거부하지 못하게 된다. 사람이 사는 곳에서 수천 마일이나 떨어져 죽을 위험에 처해 있는 내게는 아주 터무니없는 일이었지만, 나는 주머니에서 종이 한 장과 만년필을 꺼냈다. 그때 내가 공부한 것이라고는 지리와 역사, 수학과 문법뿐이라는 사실이 생각났고, (기분이 좀 언짢아져서) 그 아이에게 그림을 그릴 줄 모른다고 말했다. 그러자 그가 대답했다.

"상관없어. 나에게 양 한 마리만 그려 줘."

나는 한 번도 양을 그려 본 적이 없기 때문에 내가 그릴 수 있는 단 두 가지 그림 가운데서 하나를 그려 주었다. 그것은 속이 보이지 않는 보아뱀 그림이었다. 그런데 나는 그 아이의 말을 듣고 깜짝 놀랐다.

"아니, 아니야. 보아뱀 배 속에 있는 코끼리는 싫어. 보아뱀은 위험해. 그리고 코끼리는 너무 거추장스러워. 내가 사는 곳은 아주 작아. 나는 양이 필요해. 나에게 양 한 마리만 그려 줘."

그래서 나는 양을 그렸다.

그는 그림을 자세히 들여다보더니 말했다.

"아니야! 이 양은 벌써 병이 들었어. 다른 양으로 그려 줘."

나는 다시 그렸다.

내 친구는 너그러운 태도로 부드럽게 웃었다.

"봐, 이것은 양이 아니라 염소야. 뿔이 나 있는걸."

나는 다시 그림을 그렸다. 그러나 이번에도 역시 그 아이는 마음에 들어하지 않았다.

"이 양은 너무 늙었어. 나는 오래 살 수 있는 양을 갖고 싶어."

서둘러 엔진을 분해해야 했기 때문에 조급해진 나는 그 아이에게 그림을 던져 주며 말했다.

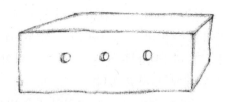

"이것은 상자야. 네가 원하는 양은 이 안에 들어 있어."

그런데 놀랍게도 이 어린 심판관의 얼굴이 환하게 밝아졌다.

"바로 이게 내가 원하던 거야! 이 양은 풀을 많이 먹을까?"

"왜?"

"내가 사는 곳은 아주 작거든……."

"거기 있는 것만으로도 충분할 거야. 내가 준 건 아주 작은 양이니까."

그는 고개를 숙여 그림을 들여다보았다.

"그렇게 작지도 않은데……. 이것 좀 봐! 양이 잠들었어……."

이렇게 해서 나는 어린 왕자를 알게 되었다.

3

어린 왕자가 어디에서 왔는지 알게 되기까지는 오랜 시간이 걸렸다. 어린 왕자는 내게 여러 가지를 물어보면서도 내 질문에는 전혀 귀를 기울이는 것 같지 않았다. 단지 그가 한두 마디씩 하는 말들을 통해 차츰차츰 그 아이에 대해 알게 되었다. 내 비행기를 처음 보았을 때(내 비행기는 그리지 않겠다. 내가 그리기에 그것은 너무 복잡하다) 그 아이는 내게 이렇게 물었다.

"이 물건은 뭐야?"

"이건 물건이 아니야. 하늘을 나는 비행기야, 내 비행기."

나는 어린 왕자에게 내가 날아다닌다는 사실을 자랑스럽게 말했다. 그러자 어린 왕자가 소리쳤다.

"뭐? 그럼 아저씨가 하늘에서 떨어졌다는 거야?"

"그래."

나는 겸손하게 말했다.

"야! 정말 이상하다……."

그리고 어린 왕자는 아주 즐거운 듯이 웃음을 터뜨렸다. 그런데 그 웃음이 나를 몹시 화나게 했다. 나는 내 불행이 진지하게 받아들여지기를 바랐다.

"그렇다면 아저씨도 하늘에서 왔구나! 어떤 별에서 왔는데?"

그 순간 나는 수수께끼 같은 어린 왕자의 존재를 밝혀 줄 한 줄기 빛이 비치는 것을 느끼고 그에게 불쑥 물었다.

"그럼 너는 어느 별에서 왔니?"

그러나 어린 왕자는 내 질문에 대답하지 않았다. 대신 내 비행기를 보면서 천천히 머리를 끄덕였다.

"하긴 저걸 타고서는 그렇게 먼 데서 올 수는 없었겠네."

그는 한참 동안 깊은 생각에 잠기더니 주머니에서 내가 그려 준 양 그림을 꺼내서는 오랫동안 바라보았다.

다른 별에 대한 알 듯 말 듯 한 이야기에 내가 얼마나 호기심을 느꼈을지 여러분은 상상이 갈 것이다. 그래서 나는 좀 더 알아보려고 애를 썼다.

"얘야, 너는 어디에서 왔니? 네가 사는 곳은 어디니? 그 양을 어디로 데리고 갈 거니?"

그는 생각에 잠긴 듯 한동안 말이 없더니 대답했다.

"잘 됐어. 아저씨가 준 상자를 밤에는 양 집으로 쓸 수 있겠어."

"그렇고말고. 그리고 네가 말을 잘 들으면, 낮에 양을 묶어 놓을 끈도 그려 줄게. 말뚝도 주고."

이런 제안에 어린 왕자는 기분이 상한 듯 말했다.

"양을 묶어 놓는다고? 정말 이상한 생각이네!"

"양을 묶어 놓지 않으면 아무 데로나 가다가 길을 잃어버릴지도 모르잖아."

그러자 내 친구는 또다시 웃음을 터트렸다.

"도대체 양이 어디로 간다는 거야?"

"어디든지, 앞으로 곧장……."

어린 왕자는 진지한 표정으로 말했다.

"괜찮아, 내가 사는 곳은 아주 작으니까!"

그리고는 조금 우울한 목소리로 덧붙였다.

"앞으로 가 봐야 그렇게 멀리 가지는 못해."

4

이렇게 해서 나는 아주 중요한 두 번째 사실을 알게 되었다. 그것은 어린 왕자가 사는 별이 집 한 채보다 약간 클까 말까 하다는 것이다. 그렇다고 해서 나는 그다지 놀라진 않았다. 지구, 목성, 화성, 금성처럼 사람들이 이름을 붙인 커다란 행성 이외에도 너무 작아서 망원경으로도 잘 보이지 않는 별들이 수백 개나 있다는 사실을 이미 잘 알고 있었기 때문이다.

천문학자들은 이렇게 작은 별을 발견하면 이름 대신 번호를 붙인다. 예를 들면 '소행성 3215'라는 식으로 말이다. 나는 어린 왕자가 소행성 B612에서 왔다고 생각하는데, 여기에는 그럴 만한 이유가 있다. 이 소행성은

1909년 터키의 한 천문학자가 망원경으로 딱 한 번 확인했을 뿐이다. 그는 국제 천문학회에서 자신이 발견한 행성을 소개했다. 그러나 그가 입고 있던 옷 때문에 아무도 그의 말을 믿으려 하지 않았다. 어른들이란 늘 이런 식이다.

그런데 그때 터키의 한 독재자가 국민 모두에게 양복을 입도록 명령을 내리고, 이 명령을 따르지 않는 사람은 사형에 처하겠노라고 말했다. 이 덕분에 소행성 B612가 널리 알려질 수 있었다. 1920년에 그 천문학자는 아주 멋있는 양복을 입고 다시 그 별에 대해 설명했고, 이번에는 모든 사람들이 그의 말을 믿었다.

내가 소행성 B612에 대하여 이렇게 자세하게 이야기하고 번호까지 말하는 것은 어른들 때문이다. 어른들은 숫자를 좋아한다. 새로운 친구 이야기를 할 때, 어른들은 결코 중요한 것을 물어보지 않는다.

"그 아이 목소리는 어때? 그 아이가 좋아하는 놀이는 뭐지? 그 아이는 나비 채집을 하니?"

어른들은 절대로 이렇게 물어보지 않는다.

"그 아이는 몇 살이니? 형제는 몇 명이지? 몸무게는 얼마나 나가니? 아버지 수입은 얼마나 되지?"

어른들은 이렇게 묻는다. 그리고 어른들은 이런 질문에 대한 답만으로 그 아이를 안다고 생각한다.

만일 여러분이 어른들에게 "장밋빛 벽돌로 만들었는데, 창가에 제라늄 화분이 놓여 있고, 또 지붕 위에서 비둘기가 날아가는 아름다운 집을 보았어요"라고 말하면 어른들은 그 집이 어떤 집인지 떠올리지 못한다. 어른들에게는 "10만 프랑짜리 집을 보았어요"라고 말해야 한다. 그래야 어른들은 "정말 멋진 집이구나!" 하고 소리친다.

여러분이 "어린 왕자는 매력적이고 멋지게 웃을 줄 알고 양 한 마리를 가지고 싶어 했어요. 이게 어린 왕자가 존재한다는 증거예요. 누군가 양을 가지고 싶어 한다면 그것은 그가 존재한다는 것을 증명하는 거예요"라고 말하면 어른들은 어깨를 으쓱하고는 여러분을 어린아이 취급할 것이다!

그러나 "어린 왕자가 살던 곳은 소행성 B612예요"라고 말하면 어른들은 알았다는 듯이 고개를 끄덕이고 더 이상 귀찮게 질문하지 않을 것이다. 어른들이란 그렇다. 그러나 어른들을 탓해서는 안 된다. 아이들은 어른들을 이해해야 한다.

인생을 이해하는 우리들은 숫자 같은 것을 중요하게 여기지 않는다! 나는 이 이야기를 옛날이야기처럼 시작하고 싶었다. 이렇게 말이다.

"옛날에 자기보다 조금 더 클까 말까 한 별에 살고 있는 어린 왕자가 있었습니다. 그는 친구가 필요했습니다."

인생을 이해하는 사람들에게는 이것이 훨씬 더 진실되게 느껴질 것이다. 나는 사람들이 이 책을 가볍게 읽는 것을 원치 않는다. 어린 왕자와의 추억을 이야기하려니 깊은 슬픔이 느껴진다. 내 친구가 양을 데리고 떠난 지 벌써 6년이 지났다.

내가 여기에서 그에 관한 이야기를 하는 것은 그를 잊지 않기 위해서다. 친구를 잊는다는 것은 슬픈 일이다. 누구나 다 친구가 있는 것은 아니다. 그를 잊는다면 나도 숫자 이외에는 관심이 없는 어른들처럼 될 것이다. 내가 다시 그림물감 한 통과 크레용을 산 것은 이런 이유 때문이다. 여섯 살 때 속이 보이지 않는 보아뱀과 속이 보이는 보아뱀 이외에는 그림을 그려 본 적이 없는 내가 이 나이에 다시 그림을 그린다는 것은 정말 힘든 일이다.

물론 그의 모습과 가장 가까운 초상화를 그려 보도록 노력하겠다. 그러나 반드시 성공한다고 확신할 수는 없다. 어떤 그림은 괜찮은데 어떤 그림은 전혀 닮지 않았다. 키도 조금씩 틀리다. 어떤 그림에서는 너무 크고 어떤 그림에서는 너무 작다. 어린 왕자가 입고 있던 옷 색깔도 자신이 없다. 나는 이리저리 기억을 더듬어 그런대로 색을 칠했다. 물론 중요한 몇몇 부분에서 틀릴 수도 있다. 그러나 그건 여러분이 용서해 주어야 한다. 내 친구는 한 번도 설명한 적이 없기 때문이다.

그는 내가 자신과 비슷하다고 생각했을지도 모른다. 그러나 불행하게도 나는 상자 안에 있는 양을 볼 줄 모른다. 어쩌면 나도 조금은 어른들을 닮았는지 모른다. 이제 나도 나이를 먹은 모양이다.

5

나는 어린 왕자가 살던 별과, 별을 떠나게 된 사연과, 그 후의 여행에 대해 날마다 조금씩 알게 되었다. 어린 왕자가 무심코 하는 말들을 통해 문득 이해하게 된 것이다. 그렇게 해서 어린 왕자를 만난 지 사흘째 되던 날 바오밥나무의 비극에 대해서도 알게 되었다. 이 이야기를 알게 된 것 역시 양 덕분이었다. 어린 왕자는 아주 의아스럽다는 듯이 갑자기 내게 물었다.

"양이 작은 나무를 먹는다는 게 정말이야?"

"그럼, 정말이지."

"야! 잘 됐다."

양들이 작은 나무를 먹는다는 것이 왜 그렇게 중요한 일인지 나는 이해할 수 없었다. 그런데 어린 왕자는 또 이렇게 물었다.

"그러면 바오밥나무도 먹겠네?"

나는 어린 왕자에게 바오밥나무는 작은 나무가 아니라 성당만큼이나 큰 나무고 한 떼의 코끼리를 몰고 간다 해도 바오밥나무 한 그루도 다 먹어 치우지 못할 것이라고 일러 주었다. 한 떼의 코끼리라는 말에 어린 왕자는 웃으며 말했다.

"그럼 한 떼의 코끼리를 포개 놓아야겠네……."

그런데 어린 왕자는 똑똑하게도 이렇게 말했다.

"바오밥나무도 다 크기 전에는 작은 나무겠지?"

"물론이지! 그런데 너는 왜 양이 바오밥나무를 먹었으면 하는 거야?"

어린 왕자는 너무나 뻔한 것을 묻는다는 듯이 대답했다.

"아이! 이제 그만해!"

나는 혼자서 그것을 이해하기 위해 상당히 고민해야 했다.

어린 왕자가 사는 별에는 다른 별과 마찬가지로 좋은 풀과 나쁜 풀이 있었다. 따라서 좋은 풀의 좋은 씨앗과 나쁜 풀의 나쁜 씨앗이 있었던 것이다. 그러나 씨앗은 눈에 보이지 않는다.

씨앗들은 잠에서 깨어나고 싶을 때까지 땅속 깊은 곳에서 잠자고 있기 때문이다. 그리고 때가 되면 기지개를 켜고 수줍은 듯이 태양을 향해 아름답고 여린 새싹을 내민다. 그것이 순무나 장미 싹이라면 그냥 자라도록 내버려두어도 된다.

그러나 나쁜 식물의 싹이라면, 눈에 띄는 즉시 뽑아 버려야 한다. 어린 왕자의 별에는 무서운 씨앗이 있었다. 그것이 바로 바오밥나무의 씨앗이다.

그 별의 땅속은 바오밥나무 씨앗투성이였다. 바오밥나무는 조금만 늦게 손을 써도 영영 없애 버릴 수 없다. 바오밥나무는 별 전체를 뒤덮고 뿌리를 내려 별에 구멍을 낸다. 별이 너무 작기 때문에 바오밥나무가 너무 많으면 별은 산산조각이 나고 말 것이다. 어린 왕자는 나중에 이렇게 말했다.

"그건 규율의 문제야. 아침에 몸단장을 하고 나면 별도 정성스럽게 가꾸어야 해. 바오밥나무는 어렸을 때는 장미와 아주 비슷해서 뽑아 버릴 수가 없어. 어느 정도 자라서 구별할 수 있게 되면 계속 뽑아 주어야 해. 그것은 상당히 귀찮은 일이긴 하지만 어려운 일은 아니야."

어느 날 어린 왕자는 내가 살고 있는 지구의 아이들 머릿속에 새겨질 만큼 아름다운 그림을 그려 보라고 했다.

"아이들이 언젠가 여행을 할 때 그 그림이 도움이 될 거야. 이따금 할 일을 뒤로 미루는 건 별문제 없을 수도 있어. 하지만 바오밥나무의 경우에는 언제나 큰 재난이 일어나고 말아. 나는 게으름뱅이가 살고 있는 어떤 별을 알고 있어. 그 사람은 작은 나무 세 그루를 그냥 내버려 두었다가……."

나는 어린 왕자가 가르쳐 주는 대로 게으름뱅이가 사는 별을 그렸다. 나는 도덕군자처럼 말하는 것을 좋아하지 않는다. 그러나 바오밥나무가 위험하다는 것을 사람들이 거의 모르고 길을 잘못 들어 소행성에 도달하면 그 사람이 겪게 될 위험이 너무나 크기 때문에 난생처음 견해를 드러내지 않는 내 태도를 바꾸어 이렇게 말하려고 한다.

"얘들아! 바오밥나무를 조심해라!"

내가 이 그림을 이토록 정성껏 그린 것은 나처럼 아무것도 모른 채 오랫동안 위험에 처해 있는 내 친구들에게 그 위험을 알려 주기 위해서다. 내가 주는 교훈은 이런 노력을 기울일 만한 값어치가 있을 것이다.

여러분은 이런 생각이 들지도 모른다. 왜 이 책에 있는 다른 그림들은 바오밥나무처럼 웅장하지 않을까? 그 대답은 간단하다. 다른 그림들도 그렇게 그리려고 했지만 뜻대로 되지 않았다. 바오밥나무를 그릴 때에는 절박한 심정에 사로잡혀 그린 것이다.

6

아! 어린 왕자! 나는 이렇게 너의 쓸쓸한 삶을 조금씩 알게 되었어. 오랫동안 너의 유일한 위안거리라고는 해 질 녘의 평온함뿐이었지.

나흘째 되는 날 아침, 나는 그 새로운 사실을 알게 되었어. 너는 나에게 이렇게 말했지.

"나는 해 질 무렵을 좋아해. 해 지는 걸 보러 가……."

"하지만 기다려야 해."

"무엇을 기다려?"

"해가 지기를 기다려야지."

처음에 넌 깜짝 놀란 표정이었지만 곧 웃으며 말했어.

"난 아직도 내 별에 있는 것 같아!"

실제로 그럴 수 있다. 모두들 알고 있듯이 미국이 정오일 때 프랑스에서는 해가 진다. 프랑스로 단숨에 달려갈 수 있다면 해 지는 것을 볼 수 있을 것이다. 그러나 불행하게도 프랑스는 너무 멀리 떨어져 있다. 하지만 네가 사는 작은 별에서는 의자를 몇 발짝 당겨놓기만 하면 되니까 넌 보고 싶을 때마다 해 지는 것을 볼 수 있었겠지.

"어느 날 나는 해 지는 것을 마흔세 번이나 보았어!"

그리고 잠시 후에 너는 이렇게 덧붙였어.

"몹시 슬플 때는 해 지는 것이 보고 싶어져."

"그럼 마흔세 번이나 해 지는 것을 본 날, 너는 몹시 슬펐구나?"

그러나 어린 왕자는 아무 대답도 하지 않았다.

7

닷새째 되는 날, 역시 양 덕분에 나는 어린 왕자에 대한 비밀을 하나 더 알게 되었다. 어린 왕자는 어떤 문제에 대해 오랫동안 깊이 생각한 듯이 불쑥 나에게 이렇게 물었다.

"양이 작은 나무를 먹는다면 꽃도 먹어?"

"양은 눈에 띄는 건 무엇이든 다 먹어."

"가시가 있는 꽃도?"

"그럼. 가시가 있는 꽃도 먹지."

"그럼, 가시는 왜 있는 거야?"

그건 나도 모르는 것이었다. 그때 나는 너무 조여진 엔진의 나사를 푸느라 정신이 없었다. 비행기 고장이 아주 심각한 것 같아서 몹시 걱정스러웠고, 마실 물도 거의 바닥이 나서 최악의 상태에 놓일까 봐 두려웠다.

"가시는 어디에 쓰이는 거야?"

어린 왕자는 한번 질문을 하면 절대로 포기하는 법이 없었다. 나는 잘 풀리지 않는 나사 때문에 신경이 날카로워져서 아무렇게나 대답했다.

"가시는 아무 데도 쓸모가 없어. 꽃들이 괜히 심술을 부리는 거야!"

"아!"

어린 왕자는 잠시 말없이 있다가 화가 난 듯 나에게 이렇게 쏘아붙였다.

"아저씨 말을 믿을 수 없어! 꽃들은 연약해. 또 순진하고. 꽃들은 할 수 있는 한 자신들을 보호하려고 해. 꽃들은 가시를 무서운 무기라고 생각해."

나는 아무 대답도 하지 않았다. 그 순간 나는 '이 나사가 이렇게 말썽을 부리면 망치로 두들겨 튀어나오게 해야지'라고 생각하고 있었다. 그런데 어린 왕자가 또다시 내 생각을 방해했다.

"그러니까 아저씨가 생각하기에 꽃들은……."

"그만해! 아무 생각 없어! 그냥 아무렇게나 대답했을 뿐이야. 나는 지금 아주 중요한 일을 하고 있단 말이야!"

어린 왕자는 깜짝 놀라 나를 쳐다보았다.

"중요한 일이라고?"

어린 왕자는 온통 더러운 기름으로 범벅이 된 손에 망치를 들고 아주 흉측하게 생긴 물체 위에 엎드려 있는 나를 바라보았다.

"아저씨도 어른들처럼 말하는구나!"

그 말에 나는 조금 부끄러웠다. 그런데 어린 왕자는 매정하게 이렇게 덧붙였다.

"아저씨는 모든 것을 혼동하고 있어. 모두 뒤죽박죽으로 만들고 있다고!"

어린 왕자는 정말로 화가 나 있었다. 온통 금빛인 그의 머리칼이 바람에 흩날렸다.

"나는 얼굴이 시뻘건 신사가 살고 있는 별을 알고 있어. 그는 꽃향기를 맡아 본 적도 없어. 별을 바라본 적도 없고 누군가를 사랑해 본 적도 없어. 계산 말고는 다른 건 해 본 적이 없어. 그리고는 하루 종일 아저씨처럼 '나는 중요한 일을 하는 사람이야! 나는 중요한 일을 하는 사람이야!' 라는 말만 되풀이하면서 잘난 체해. 하지만 그건 사람이 아니야. 그건 버섯이야!"

"뭐라고?"

"버섯이라니까!"

어린 왕자는 화가 나서 얼굴이 새하얗게 질려 있었다.

"수백만 년 전부터 꽃들은 가시를 만들어 왔어. 양들도 수백만 년 전부터 꽃들을 먹어 왔고. 그런데 왜 꽃들이 아무 쓸모도 없는 가시를 만들기 위해 그토록 애를 쓰는지 알려고 하는 게 중요한 일이 아니라는 거야? 양과 꽃들의 전쟁은 중요하지 않단 말이야? 뚱뚱하고 얼굴이 시뻘건 신사가 하는 계산보다 중요한 일이 아니라는 거야? 그리고 이 세상 어디에도 없고 오직 내 별에만 있는, 이 세상에 단 한 송이밖에 없는 꽃을 어느 날 아침에 작은 양이 무심코 단숨에 먹어 버릴 수 있다는 게 왜 중요하지 않다는 거지?"

어린 왕자는 얼굴이 새빨개진 채 말을 이어 갔다.

"만약 누군가 수백만 개나 되는 많은 별들 중에서 단 한 송이밖에 없는 꽃을 사랑하는 사람이 있다면, 그 사람은 그 별들을 바라보는 것만으로도 행복할 수 있어. '내 꽃이 저기 어딘가에 있겠지……' 라고 생각하면서 말야. 하지만 양이 그 꽃을 먹어 버린다면 갑자기 모든 별이 사라지는 거나 같은 거야. 그런데도 그것이 중요한 일이 아니라는 거야?"

어린 왕자는 더 이상 말을 잇지 못했다. 그는 갑자기 흐느껴 울기 시작했다. 어둠이 내려와 있었다. 나는 연장들을 내려놓았다. 망치도 나사도 목마름이나 죽음도 정말로 중요하지 않았다. 어떤 별, 어떤 행성, 바로 나의 행성인 지구 위에 위로해 주어야 할 어린 왕자가 있었다. 나는 그를 감싸안고는 달래 주었다.

"네가 사랑하는 꽃은 이제 위험하지 않아……. 내가 네 양에게 부리망을 그려 줄게……. 그리고 네 꽃에게는 울타리를 그려 줄게……."

무슨 말을 해야 할지 알 수 없었다. 내 자신이 아주 서툴게 느껴졌다. 어떻게 그를 달래고 그와 다시 마음을 나눌 수 있을지 알 수 없었다. 눈물의 나라는 그처럼 신비로운 것이다.

8

나는 곧 그 꽃에 대해 더 많은 것을 알게 되었다. 어린 왕자의 별에는 전부터 꽃잎이 한 장밖에 없는 아주 소박한 꽃들이 있었다. 그 꽃들은 자리를 차지하지도, 누구에게 방해가 되지도 않았다. 그 꽃들은 어느 날 아침 풀속에 피어났다가 저녁이면 사라졌다.

그런데 어느 날 어디에서 날아왔는지 모르는 씨앗에서 싹이 텄다. 어린 왕자는 다른 싹들과 다른 그 싹을 아주 가까이서 살펴보았다. 어쩌면 새로운 종류의 바오밥나무인지도 모를 일이었다. 그러나 이 작은 나무는 더 이상 자라지 않고 꽃을 피울 준비를 했다. 커다란 꽃망울이 맺히는 것을 지켜본 어린 왕자는 곧 어떤 기적이 일어나리라는 것을 예감했다. 그러나 그 꽃은 자신의 초록색 방에 숨어 계속 아름다움을 가꾸고 있었다. 꽃은 정성 들여 자신의 색깔을 고르고 있었다. 꽃은 천천히 옷을 입고 꽃잎을 하나하나 가다듬었다. 그 꽃은 개양귀비꽃처럼 구겨진 모습으로 세상에 나오고 싶지 않았다. 자신의 아름다움이 가장 빛을 발할 때 모습을 드러내고 싶었다.

아! 정말 멋진 꽃이었다! 그렇게 그 꽃의 비밀스러운 몸단장은 며칠이고 계속되었다.

그리고 어느 날 아침, 해가 막 떠오를 무렵, 그 꽃은 마침내 모습을 드러냈다. 그리고 그렇게 꼼꼼하게 몸치장을 했으면서도 그 꽃은 하품을 하며 이렇게 말했다.

"아! 전 이제 방금 잠에서 깨어났어요. 미안해요, 머리도 아직 엉망이고……."

그 순간 어린 왕자는 감탄하지 않을 수 없었다.

"당신은 정말 아름답군요!"

"그렇죠? 저는 해님과 함께 태어났어요……."

꽃이 부드럽게 대답했다.

어린 왕자는 그 꽃이 그다지 겸손하지 않다는 것을 알 수 있었다. 하지만 그 꽃은 정말 마음을 설레게 했다!

그때 꽃이 말했다.

"아침 식사 시간이 된 것 같네요. 제가 무엇을 원하는지 생각해 주시면 좋겠어요."

어린 왕자는 어쩔 줄 몰라 하며 시원한 물이 담긴 물뿌리개를 찾아 꽃에 물을 뿌려 주었다.

이렇게 그 꽃은 만나는 순간부터 까다로운 허영심으로 어린 왕자를 힘들게 했다.

어느 날은 자신이 가지고 있는 네 개의 가시에 대해 이야기하면서 어린 왕자에게 이렇게 말했다.

"호랑이들이 발톱을 세우고 덤벼들 수도 있어요!"

어린 왕자가 반박했다.

"내 별에 호랑이는 없어요. 게다가 호랑이는 풀을 먹지 않는걸요."

"나는 풀이 아니에요."

꽃이 부드럽게 말했다.

"미안해요……."

"난 호랑이는 조금도 무섭지 않지만 바람은 무서워요. 바람막이를 가지고 있나요?"

'바람이 무섭다니……. 식물치고는 안된 일이야. 이 꽃은 정말 까다로운 걸…….'

어린 왕자는 속으로 생각했다.

"저녁에는 유리 덮개를 덮어 주세요. 당신 별은 너무 추워요. 시설도 좋지 않구요. 전에 내가 살던 곳은……."

그러나 꽃은 말을 잇지 못했다. 그 꽃은 씨앗의 형태로 왔기 때문에 다른 세상에 대해 알 리가 없었다. 너무나 뻔한 거짓말을 하려다 들킨 것이 부끄러워진 꽃은 어린 왕자를 탓하기 위해 기침을 두세 번 했다.

"바람막이는요?"

"찾아보려던 참인데 당신이 말을 해서……."

그러자 꽃은 더 심하게 기침을 해서 어쨌든 어린 왕자가 미안한 마음을 갖도록 만들었다.

어린 왕자는 꽃을 사랑했지만, 시간이 지나면서 꽃을 의심하게 되었다. 어린 왕자는 꽃이 아무렇지도 않게 한 말을 진지하게 받아들여 몹시 슬퍼졌다.

어느 날 어린 왕자는 나에게 속마음을 털어놓았다.

"꽃이 하는 말에 귀 기울이지 말았어야 해. 절대로 꽃이 하는 말을 귀담아 들으면 안 돼. 꽃은 바라보고 향기만 맡으면 돼. 내 꽃은 내 별을 향기롭게 해 주었어. 그러나 나는 그것을 즐길 줄 몰랐어. 그 발톱 이야기에 그렇게 언짢아할 것이 아니라 연민을 느꼈어야 해……."

어린 왕자는 계속해서 속마음을 털어놓았다.

"나는 그때 아무것도 알지 못했어! 꽃이 하는 말이 아니라 행동을 보고 판단해야 했는데. 그 꽃은 나를 향기롭게 하고 나를 환하게 만들었어. 결코 도망치지 말았어야 해! 그 어설픈 속임수 뒤에 애정이 숨어 있다는 것을 알아차렸어야 해. 꽃들은 그토록 모순적이야! 하지만 난 너무 어려서 그 꽃을 사랑할 줄 몰랐어."

9

나는 어린 왕자가 철새들의 이동을 이용해서 자신의 별을 떠나왔으리라고 생각한다. 떠나는 날 아침, 어린 왕자는 자신의 별을 잘 정돈해 놓았다.

그는 정성스럽게 활화산을 청소했다. 어린 왕자가 사는 별에는 두 개의 활화산이 있다. 이 활화산들은 아침 식사를 데우는 데 아주 유용하게 사용되었다. 휴화산도 하나 있었다. 그러나 어린 왕자의 말처럼 '어떻게 될지 알수 없는 일'이었다. 그래서 어린 왕자는 휴화산도 똑같이 청소했다. 청소만잘하면 화산들은 폭발하지 않고 조용히 규칙적으로 불을 뿜는다. 화산 폭발은 굴뚝에서 나오는 연기와 같다. 물론 지구에서는 우리들이 너무 작아서 화산을 청소할 수 없다. 그래서 우리는 화산 때문에 상당한 어려움을 겪는 것이다.

어린 왕자는 좀 서글픈 마음으로 막 돋아난 바오밥나무 싹도 뽑았다. 어린 왕자는 다시는 돌아오지 못할 것이라고 생각했다. 그에게 익숙한 모든일들이 그날 아침에는 유난히 소중하게 여겨졌다. 마지막으로 꽃에 물을주고 유리 덮개를 덮어 주려는 순간 어린 왕자는 울음이 나올 것 같았다.

"잘 있어."

어린 왕자가 꽃에게 작별 인사를 했다.

그러나 꽃은 아무 말도 하지 않았다.

"잘 있어."

어린 왕자가 다시 말했다.

꽃은 기침을 했다. 하지만 그것은 감기 때문이 아니었다.

"내가 어리석었어요."

마침내 꽃이 말했다.

"나를 용서해 주세요. 그리고 행복하세요……."

어린 왕자는 꽃이 나무라지 않는 것에 놀랐다. 그는 유리 덮개를 든 채멍하니 서 있었다. 어린 왕자는 이렇게 조용하고 다정한 태도를 이해할 수없었다.

"그래요, 나는 당신을 사랑해요."

꽃이 말했다.

"당신은 그것을 알아차리지 못했어요. 내 잘못이에요. 그건 아무래도 괜찮아요. 하지만 당신도 나만큼이나 바보였어요. 부디 행복하세요. 유리 덮개는 그냥 두세요. 더 이상 필요하지 않아요."

"하지만 바람이……."

"감기가 그렇게 심한 건 아니에요. 시원한 밤공기는 내게 더 좋을 거예요. 나는 꽃이니까."

"하지만 짐승들이……."

"나비와 친구가 되고 싶다면 애벌레 두세 마리쯤은 참아야 해요. 나비는 정말 아름다워요. 나비가 아니라면 누가 나를 찾아오겠어요? 당신은 먼 곳으로 갈 테고. 커다란 짐승도 무섭지 않아요. 나한테는 가시가 있으니까."

그러면서 꽃은 천진난만하게 네 개의 가시를 보여 주었다. 그리고는 이렇게 덧붙였다.

"이렇게 꾸물거리지 마세요, 화가 나니까. 떠나기로 마음먹었으면 어서 가세요."

꽃은 어린 왕자에게 우는 모습을 보이고 싶지 않았다. 그토록 자존심이 강한 꽃이었다.

10

어린 왕자가 살던 별은 소행성 325, 326, 327, 328, 329, 330과 이웃하고 있었다. 그래서 어린 왕자는 일자리도 구하고 견문도 넓히기 위해 그 별들을 방문하기로 했다.

첫 번째 별에는 왕이 살고 있었다. 그 왕은 자줏빛 천과 흰 담비 가죽으로 만든 옷을 입고 단순하지만 위엄 있어 보이는 옥좌에 앉아 있었다.

"오! 신하가 하나 오는구나!"

왕은 어린 왕자를 보자 이렇게 소리쳤다.

"나를 한 번도 본 적이 없는데 어떻게 알아볼 수 있을까!"

왕에게는 세상이 아주 단순하다는 것을 어린 왕자는 몰랐다. 왕에게는 모든 사람이 신하였던 것이다.

"짐이 그대를 좀 더 잘 볼 수 있도록 가까이 다가오너라."

누군가에게 왕 노릇을 하게 되자 무척 뿌듯해진 왕이 말했다.

어린 왕자는 앉을 곳을 찾았으나 별은 온통 화려한 담비 가죽 망토로 뒤덮여 있었다. 그래서 어린 왕자는 그대로 서 있었다. 그러고는 너무 피곤해서 하품을 했다.

"왕 앞에서 하품을 하는 것은 예의에 어긋나는 일이니라. 그대에게 하품하는 것을 금하노라."

왕이 말했다.

"하품을 참을 수가 없어요. 오랫동안 여행을 하느라 잠을 자지 못했거든요."

어린 왕자가 당황해서 대답했다.

"그러면 짐은 그대에게 하품할 것을 명하노라. 하품하는 사람을 본 지도 여러 해가 되었구나. 하품은 짐에게 신기한 구경거리니라. 자! 다시 하품을 해 보아라, 명령이다."

왕이 말했다.

"그렇게 말씀하시니까 겁이 나서…… 더 이상 하품이 나오지 않는걸요."

어린 왕자는 얼굴이 빨개진 채 말했다.

"어험! 어험! 그러면 짐은…… 짐은 그대에게 명한다. 어떤 때는 하품을 하고 어떤 때는……."

왕은 말을 얼버무렸는데 기분이 상한 것 같았다.

왕은 무엇보다도 자신의 권위가 존중되기를 원했다. 불복종은 참을 수 없었다. 그는 절대 군주였다. 그러나 왕은 매우 선량한 사람이기 때문에 이치에 맞지 않는 명령은 내리지 않았다.

"짐이 만일 한 신하에게 물새로 변하라고 명령을 내렸는데 그 신하가 명령을 따르지 않았다면 그것은 신하의 잘못이 아니라 내 잘못이니라."

왕은 평소에 이렇게 말하곤 했다.

"앉아도 될까요?"

어린 왕자가 머뭇거리며 물었다.

"그대에게 앉을 것을 명하노라."

흰 담비 망토 자락을 근엄하게 걷어 올리면서 왕이 말했다.

그러나 어린 왕자는 궁금했다. 그 별은 아주 작았다. 왕은 도대체 무엇을 다스리는 것일까?

"폐하, 여쭙고 싶은 것이 있습니다."

어린 왕자가 말했다.

"그대에게 명하노니 질문을 하거라."

왕이 서둘러 대답했다.

"폐하, 폐하는 무엇을 다스리시나요?"

"모든 것을."

왕은 아주 간단하게 대답했다.

"모든 것이라니요?"

왕은 점잖게 자신의 소행성과 다른 행성들 그리고 별들을 가리켰다.

"저것을 전부요?"

어린 왕자가 물었다.

"저 모든 것을……."

왕이 대답했다.

그는 이 별의 군주일 뿐만 아니라 전 우주의 군주이기도 했던 것이다.

"그러면 저 별들도 폐하에게 복종하나요?"

"물론이니라. 별들은 즉시 명령에 따르느니라. 짐은 명령에 따르지 않는 것을 허용하지 않느니라."

어린 왕자는 그런 막강한 권력에 놀라움을 금치 못했다. 만일 어린 왕자도 그런 권력을 가지고 있다면 의자를 옮길 필요 없이 하루에 마흔네 번, 아니 일흔두 번, 아니 백 번, 이백 번이라도 해 지는 것을 볼 수 있었을 것이다! 버려두고 온 자신의 작은 별이 떠올라서 조금 슬퍼진 어린 왕자는 용기를 내어 왕에게 간청했다.

"저는 해 지는 것이 보고 싶어요. 제 소원을 들어주세요. 해가 지라고 명령을 내려 주세요……."

"내가 한 신하에게 나비처럼 이 꽃에서 저 꽃으로 날아다니라고 명령하거나 혹은 비극 한 편을 쓰라고 하거나 혹은 물새로 변하라고 명령을 내렸는데도 불구하고 그가 명령에 따르지 않는다면 그의 잘못이겠느냐 아니면 짐의 잘못이겠느냐?"

"폐하의 잘못입니다."

어린 왕자가 단호하게 대답했다.

"맞도다. 누구에게나 그 사람이 할 수 있는 것을 요구해야 한다. 권위는 무엇보다도 이성에 근거해야 하느니라. 만일 그대가 그대의 백성들에게 바다에 빠지라고 명령한다면 그들은 봉기를 일으킬 것이다. 짐이 내리는 명령은 온당한 것이기 때문에 복종을 요구할 권한이 있느니라."

왕이 말했다.

"그러면 해 지는 것을 보게 해 달라고 한 것은요?"

한번 한 질문은 절대로 잊어버리지 않는 어린 왕자가 물었다.

"그대는 해 지는 것을 보게 될 것이니라. 짐이 명령을 내리겠노라. 그러나 짐이 다스리는 방식에 따라 조건이 갖추어지기를 기다릴 것이로다."

"언제 그렇게 되나요?"

어린 왕자가 물었다.

그러자 왕이 커다란 달력을 들추며 대답했다.

"에헴! 에헴! 그것은…… 오늘 저녁…… 일곱 시 사십 분경이 될 것이니라! 그러면 그대는 짐의 명령이 얼마나 충실하게 이행되는지 보게 될 것이로다."

어린 왕자는 하품을 했다. 해 지는 것을 보지 못해서 서운했다. 그는 벌써 지루해졌다.

"여기선 더 이상 할 일이 없어요. 이제 떠나겠어요."

어린 왕자가 왕에게 말했다.

"떠나지 마라."

신하가 생겨서 아주 뿌듯했던 왕이 말했다.

"떠나지 마라, 짐은 그대를 대신에 임명하노라!"

"무슨 대신이요?"

"흠…… 법무 대신!"

"하지만 재판할 사람이 한 사람도 없는데요!"

"그것은 모르는 일이로다! 짐은 아직까지 왕국을 돌아본 적이 없느니라. 짐은 너무 늙었고, 마차를 놓을 자리도 없는 데다 걷는 일도 피곤한 일이로다."

왕이 어린 왕자에게 말했다.

"아! 제가 벌써 둘러보았어요. 저쪽에도 아무도 없어요."

어린 왕자가 몸을 돌려 별의 저쪽 편을 힐끗 보고 나서 말했다.

"그러면 너 자신을 심판해 보거라. 그것이 가장 어려운 일이로다. 다른 사람을 심판하는 것보다 자신을 심판하는 것이 더 어려운 일이다. 그대가 자신을 잘 심판할 수 있다면 그대는 참으로 지혜로운 사람이로다."

왕이 어린 왕자에게 말했다.

"저는 어디서든 저 자신을 심판할 수 있어요. 반드시 여기서 살아야 할 필요는 없어요."

어린 왕자는 말했다.

"에헴! 에헴! 짐의 별 어딘가에 늙은 쥐 한 마리가 있는 것 같다. 밤마다 쥐 소리가 들리노라. 그대는 그 늙은 쥐를 심판할 수 있을 것이다. 그리고 이따금 그 쥐를 사형에 처해야 할 것이다. 따라서 쥐의 목숨은 그대의 판결에 달렸도다. 그러나 그때마다 특별 사면을 내려서 그 쥐를 살려 주어야 하니라, 쥐는 한 마리밖에 없기 때문이로다."

왕이 말했다.

"저는…… 사형 선고 내리는 걸 좋아하지 않아요. 이제 떠나야겠어요."

어린 왕자가 왕에게 말했다.

"안 된다."

왕이 말했다.

어린 왕자는 떠날 채비를 끝냈지만 늙은 군주를 슬프게 하고 싶지 않았다. 그래서 이렇게 말했다.

"폐하의 명령에 복종하기를 원하신다면 저에게 이치에 맞는 명령을 내려 주셔야 해요. 이를테면, 즉시 떠나라고 명령하는 것처럼요. 지금이 가장 좋은 때인 것 같은데요……."

왕이 아무 대답도 하지 않았기 때문에 어린 왕자는 잠시 주저하다가 곧 한숨을 쉬며 떠났다.

"그대를 짐의 대사로 임명하노라."

왕이 황급히 외쳤다. 왕은 아주 위엄이 넘치는 모습이었다.

'어른들은 참 이상해.'

여행을 하면서 어린 왕자는 이렇게 생각했다.

11

두 번째 별에는 허영심 많은 사람이 살고 있었다.

"오! 오! 나를 숭배하는 사람이 찾아오는군!"

어린 왕자를 보자마자 허영심 많은 사람이 멀리서부터 소리쳤다.

허영심이 많은 사람들은 다른 모든 사람들이 자신을 숭배한다고 생각한다.

"안녕하세요? 아저씨는 이상한 모자를 쓰셨네요."

어린 왕자가 말했다.

"이것은 인사를 하기 위해서야. 사람들이 나에게 박수갈채를 보내면 인사를 해야 하거든. 그런데 불행하게도 여기를 지나가는 사람이 아무도 없어."

허영심 많은 사람이 말했다.

"아, 그래요?"

어린 왕자는 무슨 말인지 이해하지 못한 채 말했다.

"자, 이렇게 두 손을 마주쳐 봐."

허영심 많은 사람이 가르쳐 주었다. 어린 왕자가 두 손을 마주쳤다. 그러자 허영심 많은 사람은 점잖게 모자를 벗어들고 인사를 했다.

'왕이 사는 별을 방문했을 때보다 훨씬 재미있는데.'

어린 왕자는 마음속으로 생각했다. 그리고는 다시 박수를 치기 시작했다. 허영심 많은 사람은 모자를 들어 올려 인사를 했다.

5분쯤 박수를 치고 나니, 어린 왕자는 이 단조로운 놀이에 싫증이 났다.

"어떻게 해야 그 모자를 내리나요?"

어린 왕자가 물었다.

그러나 허영심 많은 사람은 그 말을 듣지 않았다. 허영심 많은 사람들은 칭찬하는 말밖에 듣지 않는다.

"너는 정말로 나를 숭배하니?"

그가 어린 왕자에게 물었다.

"숭배한다는 것이 무슨 뜻인데요?"

"숭배한다는 것은 내가 이 별에서 가장 잘생기고 가장 옷을 잘 입고 가장 부자고 가장 똑똑하다는 것을 인정하는 거지."

"하지만 이 별에는 아저씨밖에 없잖아요!"

"나를 기쁘게 해다오. 그냥 나를 숭배해 주렴!"

어린 왕자는 어깨를 약간 으쓱거리며 말했다.

"난 아저씨를 숭배해요. 하지만 그것이 아저씨에게 무슨 소용이 있어요?"

그리고 어린 왕자는 그 별을 떠났다.

'어른들은 참 이상해.'

여행을 하면서 어린 왕자는 이렇게 생각했다.

12

다음 별에는 술꾼이 살고 있었다. 이 별에서는 아주 잠깐 머물렀을 뿐인데 어린 왕자는 아주 우울해졌다.

"거기에서 무엇을 하고 있나요?"

술꾼을 보고 어린 왕자가 말했다. 그는 빈 술병과 새 병을 한 무더기씩 앞에 쌓아 놓고 말없이 앉아 있었다.

"술을 마시고 있지."

술꾼이 침울한 표정으로 대답했다.

"왜 술을 마셔요?"

어린 왕자가 물었다.

"잊기 위해서야."

술꾼이 말했다.

"무엇을 잊어요?"

어린 왕자는 측은한 생각이 들어서 물었다.

"부끄러움을 잊기 위해서야."

술꾼이 고개를 떨구며 고백했다.

"무엇이 부끄러운데요?"

그를 도와주고 싶어서 어린 왕자가 물었다.

"술을 마시는 것이 부끄러워!"

말을 마친 술꾼은 입을 꼭 다물어 버렸다.

어린 왕자는 당황해서 그 별을 떠났다.

'어른들은 참 이상해.'

여행을 하면서 어린 왕자는 이렇게 생각했다.

13

네 번째 별은 사업가가 사는 별이었다. 그 사람은 너무 바빠서 어린 왕자가 왔는데도 고개조차 들지 않았다.

"안녕하세요? 담뱃불이 꺼졌군요."

어린 왕자가 말했다.

"셋 더하기 둘은 다섯. 다섯 더하기 일곱은 열둘, 열둘에다 셋은 열다섯. 안녕? 열다섯에 일곱은 스물둘. 스물둘에다 여섯이면 스물여덟, 다시 불 붙일 시간도 없구나. 스물여섯에 다섯은 서른하나. 휴우! 그러니까 5억 162만 2731이구나."

"무엇이 5억인데요?"

"응? 너 아직도 거기 있니? 5억 100만……. 이런, 잊어버렸군. 난 이렇게 일이 많단다! 나는 중요한 일을 하는 사람이야. 난 말이야, 쓸데없는 이야 기로 시간을 낭비하지 않아. 둘에 다섯은 일곱……."

"무엇이 5억인데요?"

한번 질문을 하면 절대로 포기하지 않는 어린 왕자가 다시 물었다. 사업 가가 고개를 들었다.

"내가 이 별에서 54년 동안 살면서 방해를 받은 적은 세 번밖에 없었어. 첫 번째는 22년 전인데, 어디서 날아왔는지 모를 풍뎅이 한 마리가 떨어졌 지. 그놈이 어찌나 요란한 소리를 내던지 덧셈이 네 군데나 틀렸지. 두 번 째는 11년 전인데 신경통 때문이었어. 난 운동 부족이야. 산책할 시간이 없 으니까. 나는 중요한 사람이야. 세 번째는…… 바로 지금이야. 그러니까 뭐 라고 했더라. 5억 100만……."

"무엇이 5억 100만이라는 거예요?"

사업가는 조용해지기는 틀렸다는 것을 깨달았다.

"이따금 하늘에서 볼 수 있는 조그만 것들 말이야."

"파리들이요?"

"아니, 반짝반짝 빛나는 작은 것들 말이야."

"꿀벌들이요?"

"아니야, 금빛으로 반짝이는 조그만 것들 말이야. 게으름뱅이들은 그것을 쳐다보며 멍하니 몽상에 잠기지. 그러나 난 중요한 일을 하는 사람이야. 쓸데없는 몽상에 잠길 시간이 없단다."

"아! 별들이요?"

"그래, 별들 말이야."

"그러면 아저씨는 5억 개의 별을 가지고 무엇을 하는 거예요?"

"5억 162만 2,731개야. 나는 중요한 일을 하는 사람이야, 나는 정확해."

"그런데 그 별들로 무엇을 하는데요?"

"무엇을 하느냐고?"

"예."

"아무것도 안 해. 그것들을 소유하는 거지."

"아저씨가 그 별들을 소유하고 있다고요?"

"그래."

"하지만 내가 어떤 왕을 만난 적이 있는데, 그 왕이……"

"왕들은 소유하지 않아. 그들은 '다스리는' 거지. 소유하는 것과 다스리는 것은 명백히 다른 거야."

"별을 소유하는 게 아저씨에게 무슨 소용이 있어요?"

"부자가 되는데 필요하지."

"부자가 되는 건 무슨 소용이 있어요?"

"다른 별을 발견하면 그것을 살 수 있지."

'이 사람도 그 술꾼과 비슷한 얘기를 하는구나' 하고 어린 왕자는 속으로 생각했다.

그럼에도 불구하고 어린 왕자는 계속 질문을 했다.

"어떻게 별들을 소유할 수 있어요?"

"저 별들이 누구 것이지?"

사업가가 언짢은 듯이 되물었다.

"글쎄요, 누구의 것도 아니지요."

"그러니까 그것들은 내 거야. 내가 맨 처음 그 생각을 했으니까 말이야."

"그것으로 다 되는 거예요?"

"물론이지, 만일 네가 주인 없는 다이아몬드를 발견했다면 그것은 네 거야. 아무도 소유하지 않은 섬 하나를 네가 보았다면 그것 역시 네 섬이야. 어떤 아이디어를 네가 맨 처음 떠올렸다면 넌 특허를 낼 수 있어. 그 생각은 네 것이니까. 마찬가지로 나보다 먼저 별을 갖겠다고 생각한 사람이 하나도 없으니까 내가 그 별을 갖는 거야."

"그렇군요. 그런데 별들을 가지고 무엇을 하나요?"

어린 왕자가 물었다.

"그걸 관리하지. 별들을 세고 또 세는 거야. 어려운 일이지. 난 중요한 일을 하는 사람이야!"

사업가가 말했다. 어린 왕자는 아직도 이해할 수 없었다.

"나는 머플러가 있으면 그것을 목에 감고 다닐 수가 있어요. 나는 꽃이 있으면 그것을 꺾어서 가지고 다닐 수가 있어요. 그러나 아저씨는 별을 딸 수도 없잖아요!"

"없지. 그러나 은행에 맡겨둘 수는 있어."

"그게 무슨 뜻이에요?"

"작은 종이에 내가 가진 별들의 숫자를 적어서 서랍에 넣고 열쇠로 잠근다는 뜻이야."

"그게 다예요?"

"그래, 그게 다야."

'재밌는 일이네. 시적이기도 하고. 그렇지만 중요한 일은 아니야.'

어린 왕자는 이렇게 생각했다.

어린 왕자는 중요한 일이라는 것에 대해 어른들과는 아주 다른 생각을 가지고 있었다. 어린 왕자는 다시 말했다.

"난 날마다 물을 줘야 하는 꽃 한 송이를 가지고 있어요. 화산도 세 개 있는데, 매주 청소를 해 줘야 해요. 휴화산도 똑같이 청소해야 해요, 언제 어떻게 될지 모르니까요. 내가 그것들을 소유하는 건 화산이나 꽃에게 도움이 돼요. 하지만 아저씨가 하는 일은 별한테 하나도 도움이 되지 않잖아요."

사업가는 무슨 말을 하려고 했지만 대답할 말을 찾지 못했다. 어린 왕자는 그 별을 떠났다.

'어른들은 참 이상해.'

여행을 하면서 어린 왕자는 이렇게 생각했다.

14

다섯 번째 별은 무척 흥미로운 별이었다. 그 별은 어린 왕자가 본 별들 중에서 제일 작은 별이었다. 그 별에는 가로등 하나와 가로등 지기가 겨우 서 있을 만한 자리밖에 없었다. 하늘 어딘가에, 집도 없고 사람도 살지 않는 별 위에 가로등과 가로등 지기가 무슨 소용이 있는지, 어린 왕자는 이해할 수 없었다. 그렇지만 어린 왕자는 이렇게 생각했다.

'이 사람도 어리석은 사람일지 몰라. 하지만 왕이나 허영심에 가득 찬 사람이나 사업가나 술꾼보다는 덜 어리석겠지. 적어도 이 사람이 하는 일은 의미가 있는 일이야. 그가 가로등에 불을 커는 건 별 한 개나 꽃 한 송이를 탄생시키는 것과 같으니까. 그가 가로등을 끄면 꽃이나 별을 잠들게 하는 거고. 아주 아름다운 일이야. 정말 아름답고 유익한 일이야.'

어린 왕자는 별에 도착하자 가로등 지기에게 공손히 인사를 했다.

"안녕하세요? 방금 왜 가로등을 껐어요?"

"명령이야, 안녕?"

가로등 지기가 대답했다.

"명령이 뭔데요?"

"가로등을 끄라는 거야. 잘 자거라."

그러고 나서 그는 다시 불을 켰다.

"그럼 왜 방금 불을 켰어요?"

"명령이야."

가로등 지기가 대답했다.

"무슨 말인지 모르겠어요."

어린 왕자가 말했다.

"이해하고 말 것도 없어. 명령은 그냥 명령인 거야. 잘 잤니?"

그는 다시 가로등을 껐다. 그러고는 붉은 바둑판무늬가 있는 손수건으로 이마의 땀을 닦았다.

"나는 너무 힘든 일을 하고 있어. 이전에는 문제가 없었지. 아침에 불을 끄고 저녁에 불을 켰으니까. 낮에는 쉴 시간도 있었고 밤에는 잠잘 시간도 있었고."

"그럼 그 뒤로 명령이 바뀌었나요?"

"명령이 바뀐 건 아니야. 비극은 바로 그거야! 별은 해마다 점점 빨리 도는데 명령이 바뀌지 않는다는 거!"

가로등 지기가 말했다.

"그래서요?"

어린 왕자가 물었다.

"그래서 지금은 별이 1분에 한 바퀴씩 도니까 나는 단 1초도 쉴 시간이 없는 거야. 1분마다 한 번씩 가로등을 켰다 껐다 해야만 해!"

"정말 신기하군요! 아저씨별은 하루가 1분이라니!"

"전혀 신기한 일이 아니란다. 우리가 함께 이야기를 나누는 동안 벌써 한 달이 흘렀단다."

가로등 지기가 말했다.

"한 달이라고요?"

"그래, 삼십 분이니까 삼십 일이지! 잘 자거라."

그리고 그는 다시 가로등에 불을 켰다.

어린 왕자는 그를 바라보았다. 그는 이토록 명령에 충실한 가로등 지기가 좋아졌다. 어린 왕자는 의자를 끌어당겨 해 지는 것을 지켜보던 옛날이 떠올랐다. 어린 왕자는 자신의 친구인 가로등 지기를 도와주고 싶었다.

"저⋯⋯ 아저씨가 쉬고 싶을 때 쉴 수 있는 방법을 알고 있어요."

"나야 항상 쉬고 싶지."

가로등 지기가 말했다.

사람이란 일 하면서도 게으름을 피울 수 있다. 어린 왕자는 계속 말했다.

"아저씨별은 아주 작아서 세 걸음이면 한 바퀴를 돌 수 있어요. 아저씨가 계속 환한 대낮을 유지하려면 그만큼 천천히 걷기만 하면 돼요. 아저씨가 쉬고 싶으면 걸으세요. 그럼 아저씨가 원하는 만큼 낮이 길어질 거예요."

"그건 내게 별 도움이 되질 않아. 내가 평생 하고 싶은 건 잠을 자는 거거든."

가로등 지기가 말했다.

"할 수 없군요."

어린 왕자가 말했다.

"어쩔 수 없지. 잘 잤니?"

가로등 지기는 이렇게 말하고 나서 다시 가로등을 껐다.

'저 사람은 다른 모든 사람들, 왕이나 허영심 많은 사람이나 술꾼이나 사업가 같은 사람들에게 무시당할 거야. 하지만 내가 보기에 우스꽝스럽지 않은 사람은 저 사람뿐이야. 아마도 자기 자신만이 아닌 다른 일에 전념하고 있기 때문일 거야.' 어린 왕자는 더 먼 여행을 떠나며 이렇게 생각했다.

그리고 아쉬운 마음에 한숨을 내쉬며 또 이렇게 생각했다.

'내가 친구로 삼을 수 있는 사람은 저 사람뿐이었는데, 하지만 저 아저씨 별은 정말 너무 작아. 두 사람이 있을 자리가 없으니……'

어린 왕자가 축복받은 그 별을 잊지 못하는 것은 스물네 시간 동안 1440번이나 해가 지기 때문이었다! 어린 왕자는 차마 이 사실을 털어놓지 못했다.

15

여섯 번째 별은 먼젓번 별보다 열 배나 더 큰 별이었다. 그 별에는 굉장히 두꺼운 책을 쓰는 한 노신사가 살고 있었다.

"오! 탐험가가 왔군!"

그는 어린 왕자를 보자 이렇게 외쳤다.

어린 왕자는 책상 위에 앉아 가쁜 숨을 쉬었다. 어린 왕자는 아주 길고 먼 여행을 마친 것이다!

"너는 어디에서 왔지?"

노신사가 그에게 물었다.

"그 두꺼운 책은 뭐예요? 여기서 뭘 하고 계신 거예요?"

어린 왕자가 물었다.

"나는 지리학자란다."

노신사가 말했다.

"지리학자가 뭔데요?"

"그것은 바다가 어디에 있고, 강이 어디에 있고, 도시가 어디에 있고, 산이 어디에 있고, 사막이 어디에 있는지를 아는 사람이지."

"그것참 재밌네요. 이제야 제대로 된 직업을 가진 분을 만났군요!"

어린 왕자는 이렇게 말하고 지리학자의 별을 슬쩍 둘러보았다. 그는 이처럼 멋진 별을 본 적이 없었다.

"할아버지의 별은 참 아름다워요. 이 별에는 큰 바다도 있나요?"

"잘 모르겠구나."

지리학자가 말했다.

"그래요?"

어린 왕자는 실망했다.

"그럼 산은요?"

"잘 모르겠구나."

지리학자가 말했다.

"그럼 도시와 강과 사막은요?"

"그것도 잘 모르겠구나."

지리학자가 말했다.

"그렇지만 할아버지는 지리학자잖아요!"

"그래 맞아. 하지만 나는 탐험가가 아니야. 이 별에는 단 한 명의 탐험가도 없어. 지리학자는 도시나 강이나 산, 바다나 대양과 사막을 세러 다니지 않아. 지리학자는 굉장히 중요한 사람이기 때문에 한가롭게 돌아다닐 수가 없어. 지리학자는 결코 서재를 떠나지 않아. 서재에서 탐험가를 맞아들이지. 지리학자는 그들에게 질문을 하고 그들의 여행담을 기록하는 거야. 그러다가 탐험가들 가운데 어떤 한 사람의 이야기가 흥미 있으면, 지리학자는 그 탐험가의 품행을 조사하지."

"왜요?"

"탐험가가 거짓말을 하면 지리책이 엉터리로 쓰이니까. 술을 너무 많이 마시는 탐험가도 마찬가지야."

"그건 왜요?"

어린 왕자가 물었다.

"술꾼에게는 모든 것이 두 개로 보이거든. 그렇게 되면 지리학자는 산이 하나밖에 없는 곳에 두 개라고 쓰게 되지."

"품행이 좋지 않은 탐험가가 될 만한 사람을 한 명 알고 있어요."

어린 왕자가 말했다.

"그럴 수 있지. 그래서 탐험가의 품행이 좋다고 생각되면 우리는 그가 발견한 것들을 조사하지."

"직접 가서 보나요?"

"아니, 그것은 너무나 복잡해. 그 대신 탐험가에게 증거물을 달라고 요구하지. 예를 들어, 그 탐험가가 커다란 산을 발견했다고 하면 우리는 그에게 그 산의 커다란 돌을 가져오라고 하지."

지리학자는 갑자기 감격하며 말했다.

"그런데 너는, 멀리서 왔구나! 넌 탐험가로구나! 네 별에 대해 말해다오!"

그러더니 지리학자는 노트를 펴고 연필을 깎았다. 우선 연필로 탐험가의 이야기를 적고 탐험가가 증거물을 가져오면 다시 잉크로 적는다.

"자, 시작할까?"

지리학자가 말했다.

"글쎄요! 내 별은 그다지 흥미로운 곳이 아니에요. 아주 작거든요. 화산이 세 개 있는데, 활화산이 두 개, 휴화산이 한 개 있어요. 하지만 어떻게 될지는 몰라요."

어린 왕자가 말했다.

"어떻게 될지 모른다."

지리학자가 말했다.

"꽃도 하나 있어요."

"우리는 꽃 따위는 기록하지 않아."

지리학자가 말했다.

"왜요? 얼마나 예쁜 꽃인데!"

"꽃은 일시적인 존재이기 때문이야."

"'일시적인 존재' 라는 게 무슨 뜻이에요?"

"지리책은 모든 책 중에서 가장 중요한 책이야. 지리책은 결코 시대에 뒤떨어져서는 안 돼. 산의 위치가 바뀌는 것은 아주 드문 일이야. 드넓은 바닷물이 말라 버리는 것도 아주 드문 일이고. 우리는 이렇게 영원한 것들을 기록하지."

지리학자가 말했다.

"하지만 휴화산이 다시 깨어날 수도 있잖아요? 그런데 '일시적인 존재'라는 게 무슨 뜻이에요?"

어린 왕자가 지리학자의 말을 막으며 물었다.

"휴화산이건 활화산이건 우리에게는 똑같은 거야. 우리에게 중요한 것은 산이야. 산은 변하지 않으니까."

지리학자가 말했다.

"그런데 '일시적인 존재'라는 게 무슨 뜻이냐니까요?"

한번 질문을 하면 절대로 포기하지 않는 어린 왕자가 다시 물었다.

"그것은 '머지않아 사라질 위험에 놓여 있다'라는 뜻이야."

"내 꽃이 머지않아 사라질 위험에 놓여 있다고요?"

"물론이지."

'내 꽃은 일시적인 존재구나. 내 꽃은 이 세상에서 자신을 보호하기 위해 네 개의 가시밖에 가진 것이 없는데. 그런 꽃을 내 별에 혼자 남겨 두고 왔다니!'

이 순간 어린 왕자는 처음으로 별을 떠나온 것을 후회했다. 그러나 어린 왕자는 다시 용기를 내어 물었다.

"어느 별에 가 보는 것이 좋을까요?"

"지구라는 별에 가 봐. 그 별은 좋은 별이라고 하니까……."

지리학자가 대답했다.

그래서 어린 왕자는 자기 꽃을 생각하며 길을 떠났다.

16

그래서 일곱 번째로 찾은 별이 지구였다. 지구는 평범한 별이 아니었다! 이곳에는 111명의 왕(물론 흑인 왕까지 포함해서)과 7,000명의 지리학자, 90만 명의 사업가, 750만 명의 술꾼이, 3억 1,100만 명의 허영심 많은 사람들까지 대략 20억 정도의 어른들이 살고 있었다.

전기가 발명되기 전까지 6대주 전체를 합해서 46만 2511명이나 되는 가로등 지기가 있었다는 이야기를 하면 여러분은 지구가 얼마나 큰 별인지 상상이 갈 것이다.

좀 멀리서 바라보면 그것은 정말 눈부신 광경이다. 그들이 무리 지어 움직이는 모습은 오페라 발레단처럼 질서 정연했다. 뉴질랜드와 오스트레일리아의 가로등 지기가 첫 번째로 등장했다. 그들은 가로등의 불을 켜고 나서 잠을 자러 갔다. 그다음에는 중국과 시베리아의 가로등 지기들이 춤을 추며 들어왔다. 이들 역시 무대 뒤로 사라지면 러시아와 인도의 가로등 지기 차례였다. 이어서 아프리카와 유럽, 남아메리카와 북아메리카의 가로등 지기가 차례로 등장했다. 그들은 무대에 들어서는 순서를 한 번도 틀리지 않았다. 그것은 정말로 멋진 광경이었다.

북극에 한 명뿐인 가로등 지기와 남극에 한 명뿐인 가로등 지기만이 한가롭고 태평하게 살고 있었다. 그들은 1년에 두 번 일을 했다.

17

재미있게 말하려다 보면, 약간 진실에서 벗어날 수도 있다. 여러분에게 가로등 지기 이야기를 할 때 나는 그다지 정직하지 못했다. 이로 인해 지구를 잘 모르는 사람들에게 지구에 대해 잘못된 생각을 심어 줄 수도 있다. 지구에서 사람들이 차지하는 부분은 아주 작다. 지구에 사는 20억의 사람들이 어떤 모임을 하듯이 약간씩 붙어서 있다면 사방 20마일 넓이의 광장에 충분히 들어갈 수 있을 것이다. 태평양의 아주 작은 섬 하나에 사람들을 빽빽이 몰아넣을 수도 있을 것이다.

물론 어른들은 이런 말을 믿지 않을 것이다. 어른들은 자신들이 굉장히 넓은 영역을 차지하고 있다고 생각한다. 그들은 자신들이 바오밥나무처럼 중요하다고 생각한다. 그러니까 여러분이 그들에게 계산 좀 해 보라고 조언해 주어야 한다. 어른들은 숫자를 좋아하니까 기뻐할 것이다. 그렇지만 여러분은 그 지겨운 일에 시간을 낭비할 필요는 없다. 그것은 쓸데없는 짓이다. 내 말을 믿어도 된다.

어린 왕자는 지구에 도착했을 때 아무도 보이지 않아 몹시 놀랐다. 혹시 별을 잘못 찾아온 것이 아닌가 두려워지기 시작했다. 그때 달빛 같은 고리가 모래 속에서 움직였다.

"안녕!"

어린 왕자는 혹시나 해서 인사를 했다.

"안녕!"

뱀이 대답했다.

"내가 어느 별에 도착한 거니?"

어린 왕자가 물었다.

"지구야. 이곳은 아프리카고."

뱀이 말했다.

"그렇구나……. 그러면 지구에는 사람이 살지 않니?"

"여기는 사막이야. 사막에는 사람이 살지 않아. 지구는 넓단다."

뱀이 말했다.

어린 왕자는 바위 위에 앉아 고개를 들어 하늘을 바라보았다.

"하늘에서 별들이 빛나는 건 언젠가는 저마다 자기 별을 다시 찾을 수 있게 하려고 하기 때문이야. 내 별을 봐. 바로 우리 위에 있어. 하지만 아주 먼 곳에 있지!"

어린 왕자가 말했다.

"아름다운 별이구나. 여기에는 뭐 하러 왔니?"

뱀이 말했다.

"꽃하고 문제가 생겼거든."

어린 왕자가 말했다.

"그렇구나!"

그리고 그들은 말이 없었다.

"사람들은 어디에 있니? 사막은 좀 쓸쓸하구나……."

마침내 어린 왕자가 입을 열었다.

"사람들이 사는 곳도 쓸쓸하기는 마찬가지야."

어린 왕자는 한참 동안 뱀을 바라보았다.

"넌 참 이상하게 생겼구나. 손가락처럼 가느다랗고……."

마침내 어린 왕자가 말했다.

"하지만 난 왕의 손가락보다도 더 강하단다."

뱀이 말했다.

어린 왕자는 미소를 지었다.

"넌 그렇게 세 보이지 않는걸. 발도 없고, 여행도 할 수 없잖아……."

"하지만 난 배보다도 멀리 너를 데려갈 수 있어."

뱀은 마치 금팔찌처럼 어린 왕자의 발목을 휘감았다.

"내가 건드리면, 그 사람은 자기가 태어난 땅으로 다시 돌아가게 돼. 그렇지만 너는 순수하고 또 다른 별에서 왔으니까……."

어린 왕자는 아무 대답도 하지 않았다.

"가여워 보이는구나. 이 바위투성이 지구에서 지내기에 너는 너무 연약해. 만일 네 별이 몹시 그리워지면 내가 널 도와 줄 수 있을 거야, 정말이야."

뱀이 어린 왕자에게 말했다.

"그래, 잘 알았어. 그런데 넌 왜 줄곧 수수께끼 같은 말만 하니?"

어린 왕자가 물었다.

"나는 그것을 모두 풀 수 있어."

그리고 그들은 말이 없었다.

18

어린 왕자는 사막을 가로질러 갔지만 오직 꽃 한 송이만을 만났을 뿐이다. 꽃잎이 세 개밖에 없는 보잘것없는 꽃이었다.

"안녕."

어린 왕자가 인사했다.

"안녕."

꽃도 인사를 했다.

"사람들은 어디에 있니?"

어린 왕자가 예의 바르게 물었다. 꽃은 언젠가 상인들이 지나가는 것을 본 적이 있었다.

"사람들 말이니? 예닐곱 명쯤 있는 것 같아.
여러 해 전에 그들을 보았거든. 하지만 그들이
어디에 있는지는 몰라. 바람이 그들을 데리고
갔나 봐. 그들은 뿌리가 없어. 그래서 그들의
삶은 무척 고달파."

"잘 있어."

어린 왕자가 작별 인사를 했다.

"잘 가."
꽃도 작별 인사를 했다.

19

어린 왕자는 높은 산에 올랐다. 어린 왕자가 지금까지 알고 있던 산이라고는 무릎 정도밖에 되지 않는 화산 세 개가 전부였다. 그는 휴화산을 의자로 사용하곤 했다.

'이렇게 높은 산에서라면 이 별 전체와 모든 사람들을 한눈에 볼 수 있을 거야…….'

그러나 그는 바늘처럼 뾰족한 바위 꼭대기 외에는 아무것도 볼 수 없었다.

"안녕."

어린 왕자는 혹시나 해서 인사를 했다.

"안녕…… 안녕…… 안녕……."

메아리가 대답했다.

"너희들은 누구니?"

"너희들은 누구니…… 너희들은 누구니…… 너희들은……."

"내 친구가 되어 줘, 난 혼자야."

"난 혼자야…… 난 혼자야…… 난 혼자야……."

어린 왕자는 생각했다.

'정말 이상한 별이야! 온통 메마르고 뾰족하고 험하니 말이야. 게다가 사람들은 상상력이 없어. 남이 한 말만 따라 하고. 내가 사는 별에는 꽃 한 송이가 있는데, 그 꽃은 언제나 먼저 말을 걸어왔는데…….'

20

모래와 바위와 눈 속을 헤치며 한참을 걸은 후에 어린 왕자는 드디어 길 하나를 발견했다. 길은 사람들이 살고 있는 곳으로 나 있었다.

"안녕."

어린 왕자가 인사를 건넸다.

그것은 장미가 활짝 피어 있는 정원이었다.

"안녕."

장미꽃들이 인사를 했다.

어린 왕자는 꽃들을 바라보았다. 그 꽃들은 모두 어린 왕자의 꽃과 무척이나 닮았다.

"너희들은 누구니?"

깜짝 놀란 어린 왕자가 물어보았다.

"우리는 장미꽃이야."

장미꽃들이 대답했다.

"아! 그렇구나."

갑자기 어린 왕자는 몹시 슬퍼졌다. 어린 왕자가 사는 별에 있는 꽃은 그에게 이 세상에서 자기와 같은 꽃은 어디에도 없다고 말했다. 그런데 이 정원에만 똑같이 닮은 꽃이 오천 송이나 있다니!

'내 꽃이 이것을 보면 몹시 자존심 상할 거야……. 심하게 기침을 하면서 창피함에서 벗어나려고 죽는시늉을 할 거야. 그러면 나는 돌봐 주는 척해야겠지. 그렇지 않으면 내게 죄책감을 느끼게 하려고 정말로 죽을지도 모르니까…….'

어린 왕자는 또 이런 생각도 했다.

'이 세상에 하나밖에 없는 꽃을 가져서 난 부자라고 생각했어. 그런데 내가 가진 건 이렇게 평범한 장미꽃 한 송이었던 거야. 꽃 한 송이랑 무릎까지밖에 오지 않는 화산 세 개, 게다가 그중에 하나는 영영 불이 꺼졌는지도 몰라. 이것을 가지고 어떻게 훌륭한 왕자가 되겠어?'

어린 왕자는 풀밭에 엎드려 울었다.

21

여우가 나타난 것은 바로 그때였다.

"안녕."

여우가 인사를 했다.

"안녕."

어린 왕자가 예의 바르게 대답하고 돌아보았지만 아무것도 보이지 않았다.

"여기야, 사과나무 아래……."

조금 전의 목소리가 말했다.

"너는 누구니? 정말 예쁘구나."

어린 왕자가 말했다.

"난 여우야."

여우가 말했다.

"나랑 같이 놀자. 나는 너무 슬퍼……."

어린 왕자가 여우에게 말했다.

"나는 너하고 놀 수가 없어. 나는 길들여지지 않았거든."

여우가 말했다.

"그렇구나! 미안해."

어린 왕자가 말했다. 그러나 어린 왕자는 곰곰이 생각한 끝에 다시 물었다.

"그런데 '길들인다'라는 게 무슨 뜻이니?"

"너는 이곳에 사는 아이가 아니구나. 너는 무엇을 찾고 있니?"

여우가 말했다.

"나는 사람들을 찾고 있어. 그런데 '길들인다'라는 게 무슨 뜻인데?"

어린 왕자가 물었다.

"사람들은 총을 가지고 있어. 그 총으로 사냥을 하지. 그래서 아주 위험해! 그들은 닭도 키워. 그것이 사람들의 유일한 낙이야. 너는 닭을 찾고 있니?"

"아니, 난 친구들을 찾고 있어. '길들인다'라는 것이 무슨 뜻이야?"

어린 왕자가 물었다.

"그건 너무 많이 잊힌 말인데, '관계를 맺는다'라는 뜻이야."

여우가 말했다.

"관계를 맺는다고?"

"그래. 너는 내게 수많은 다른 소년들과 다를 바 없는 한 소년에 지나지 않아. 나는 네가 필요하지 않아. 너 역시 내가 필요하지 않지. 나는 너에게 수많은 다른 여우들과 똑같은 한 마리 여우에 불과하니까. 하지만 네가 나를 길들인다면 우리는 서로를 필요로 하게 될 거야. 너는 나에게 세상에서 단 하나뿐인 존재가 되는 거고 또 나는 너에게 세상에 단 하나밖에 없는 존재가 되는 거고……."

여우가 말했다.

"무슨 말인지 알겠어. 내겐 꽃 한 송이가 있는데, 그 꽃이 나를 길들인 것 같아……."

어린 왕자가 말했다.

"그럴 수 있지. 지구에서는 온갖 일들이 일어나니까……."

여우가 말했다.

"아! 지구에서 일어난 일이 아니야."

어린 왕자가 말했다.

여우는 몹시 궁금해하는 것 같았다.

"그러면 다른 별에서야?"

"그래."

"그 별에도 사냥꾼이 있니?"

"없어."

"흥미로운 별이구나! 그러면 닭은?"

"없어."

"완전한 건 아무것도 없구나."

여우는 한숨을 내쉬었다.

그러나 여우는 하던 이야기로 되돌아갔다.

"내 생활은 단조로워. 나는 닭을 쫓고, 사람들은 나를 쫓지. 닭들은 모두 비슷하고, 사람들도 모두 비슷해. 그래서 나는 좀 권태로워. 하지만 네가 나를 길들인다면 내 생활은 햇살을 비춘 것처럼 밝아질 거야. 나는 다른 모든 발자국 소리와 다른 네 발자국 소리를 알게 될 거야. 다른 발자국 소리는 나를 땅속에 숨게 하지만, 네 발자국 소리는 음악 소리처럼 나를 굴 밖으로 불러낼 거야. 그리고 저기를 봐! 밀밭이 보이니? 나는 빵을 먹지 않아. 밀은 나한테 아무 소용이 없어. 밀밭을 보아도 아무 생각이 나질 않아! 그건 슬픈 일이야! 그러나 너는 황금빛 머리칼을 가졌어. 그래서 네가 날 길들인다면 정말 놀라운 일이 생길 거야! 황금빛 밀은 너를 기억하게 할 거야. 그래서 밀밭을 스치는 바람 소리까지 사랑하게 될 거고."

여우는 말없이 오랫동안 어린 왕자를 바라보았다.

"제발, 날 길들여 주렴!"

여우가 말했다.

"나도 정말 그러고 싶어. 하지만 난 시간이 별로 없어. 나는 친구들을 찾아야 하고 알아야 할 것도 많아."

어린 왕자가 말했다.

"누구나 자기가 길들인 것밖에는 알 수 없어. 사람들은 이제 무엇을 알만한 시간조차 없어. 그들은 상점에서 이미 만들어져 있는 것을 사면 돼. 하지만 친구를 파는 상점은 없기 때문에 사람들은 친구가 없는 거야. 네가 친구를 가지고 싶다면 나를 길들이면 돼!"

여우가 말했다.

"너를 길들이려면 어떻게 해야 하지?"

어린 왕자가 물었다.

"아주 참을성이 많아야 해. 우선 너는 나와 좀 떨어져서 그렇게 풀밭에 앉아 있는 거야. 나는 곁눈질로 너를 볼 거야. 너는 아무 말도 하지 마. 말은 오해를 낳기도 하니까. 하지만 넌 날마다 조금씩 더 가까이 앉을 수 있을 거야."

여우가 말했다.

그다음 날 어린 왕자는 다시 왔다.

"언제나 같은 시간에 오는 것이 더 좋을 거야. 가령 네가 오후 네 시에 온다면 나는 세 시부터 행복해질 거야. 네가 올 시간이 가까워질수록 나는 더 행복해지겠지. 네 시가 되면 나는 들뜨고 설레겠지. 나는 행복의 소중함을 알게 될 거야! 하지만 네가 아무 때나 온다면 언제 마음의 준비를 해야 할지 난 알 수 없을 거야……. 그래서 의식(儀式)이 필요해."

여우가 말했다.

"의식이 뭐야?"

어린 왕자가 물었다.

"그것도 너무 잊힌 말이지. 그것은 어떤 날을 다른 날과 다르게, 어떤 시간을 다른 시간과 다르게 만드는 거야. 이를테면 나를 사냥하는 사냥꾼들에게도 의식이 있지. 그들은 목요일이면 마을 처녀들과 춤을 춰. 그래서 목요일은 아주 신나는 날이지! 나는 포도밭까지 산책을 나가. 만일 사냥꾼들이 아무 때나 춤을 춘다면 모든 날이 다 똑같을 거야. 그러면 나는 휴일이 없어지겠지.”

여우가 말했다.

그래서 어린 왕자는 여우를 길들였다. 그리고 어린 왕자가 떠날 시간이 가까워지자 여우가 말했다.

“아! 눈물이 나올 것 같아.”

“네 잘못이야. 나는 네 마음을 아프게 하고 싶지 않았어. 그런데 내가 너를 길들이기를 원했잖아…….”

어린 왕자가 말했다.

“물론, 그랬지.”

여우가 말했다.

“그런데 넌 지금 울려고 하잖아!”

어린 왕자가 말했다.

“정말 그래.”

여우가 말했다.

“그러니까 네가 얻은 건 하나도 없잖아!”

“그렇지 않아. 밀밭의 색깔이 있잖아.”

여우가 말했다. 그리고는 덧붙였다.

“장미꽃들을 보러 가렴. 너는 네 꽃이 이 세상에 단 하나뿐이라는 걸 알게 될 거야. 그리고 나에게 작별 인사를 하러 와. 그러면 너에게 비밀 한 가지를 선물로 줄게.”

어린 왕자는 다시 장미꽃들을 보러 갔다.

“너희들은 내 장미꽃과 조금도 닮지 않았어. 너희들은 나에게 아직 아무것도 아니야. 아무도 너희들을 길들이지 않았고, 너희들도 누군가를 길들이지 않았어. 내 여우가 꼭 너희들 같았지. 내 여우는 다른 수많은 여우들과 다를 바 없는 한 마리 여우에 불과했어. 하지만 내가 그 여우를 친구로 만들었고 그 여우는 이제 이 세상에 단 하나뿐인 여우가 되었어.”

그러자 장미꽃들은 어쩔 줄 몰라 했다.

어린 왕자는 계속 이어 말했다.

"너희들은 아름다워. 그러나 너희들은 아무 의미도 없는 존재야. 아무도 너희들을 위해 죽을 수는 없으니까. 물론 나의 장미꽃도 지나가는 사람들에게는 너희들과 똑같은 꽃으로 보일 거야. 하지만 내게는 그 한 송이가 너희 모두보다 더 소중해. 내가 물을 준 꽃이니까. 내가 유리 덮개를 덮어 주고 바람막이로 바람을 막아 준 꽃이니까. 내가 벌레를 잡아 준 꽃이니까(나비가 되라고 두세 마리를 남겨 둔 것 말고는). 내가 불평을 들어 주고 잘난 척하는 걸 들어 주고 때로는 아무 말도 하지 않는 것까지 다 들어 준 꽃이기 때문이야. 그건 내 장미꽃이야."

그리고 어린 왕자는 여우에게 다시 갔다.

"잘 있어"

어린 왕자가 작별 인사를 했다.

"잘 가, 내 비밀은 이거야. 그것은 아주 단순해. 마음으로 보아야만 잘 보인다는 거야. 중요한 것은 눈에 보이지 않아."

"중요한 것은 눈에 보이지 않아."

어린 왕자는 이 말을 기억하려고 되뇌었다.

"네 장미꽃을 그토록 소중하게 만든 것은 그 장미꽃을 위해 네가 보낸 시간이야."

"내 장미꽃을 위해 내가 보낸 시간이야."

어린 왕자는 이 말을 기억하려고 되뇌었다.

"사람들은 이 진리를 잊어버렸어. 하지만 너는 그것을 잊으면 안 돼. 너는 네가 길들인 것에 대해 언제나 책임을 져야 해. 너는 네 장미꽃에 대한 책임이 있어……."

여우가 말했다.

"내 장미꽃에 대한 책임이 있어……."

어린 왕자는 이 말을 기억하려고 다시 한번 말했다.

22

"안녕하세요?"

어린 왕자가 인사를 했다.

"안녕."

철도원도 인사를 했다.

"여기서 뭘 하세요?"

어린 왕자가 물었다.

"나는 손님들을 1,000명씩 나누고 있어. 그리고 그들을 싣고 가는 기차를 어떤 때는 오른쪽으로, 어떤 때는 왼쪽으로 보내지."

철도원이 말했다.

그때 불을 밝힌 급행열차 한 대가 천둥 치듯 우르릉거리며 철도원의 사무실을 뒤흔들었다.

"저 사람들은 무척 바쁘네요. 무엇을 찾고 있는 거예요?"

어린 왕자가 물었다.

"그건 기관사도 모른단다."

그러자 이번에는 반대편에서 불을 밝힌 두 번째 급행열차가 우르릉거리면서 달려왔다.

"그들이 벌써 되돌아오는 건가요?"

어린 왕자가 물었다.

"아니, 같은 사람들이 아니란다. 서로의 위치를 바꾸는 거야."

철도원이 말했다.

"그들은 자기들이 있던 곳이 마음에 들지 않나 보지요?"

"자기가 있는 곳에 만족하는 사람은 아무도 없단다."

그때 불을 밝힌 세 번째 급행열차가 우르릉거리며 달려왔다.

"저 사람들은 조금 전에 지나간 승객들을 쫓아가는 건가요?"

"그들은 아무것도 쫓아가지 않아. 그 안에서 잠을 자거나 하품을 하지. 아이들만이 유리창에 코를 대고 바깥을 바라볼 뿐이야."

"아이들만이 자신들이 무엇을 찾는지 알고 있어요. 그들은 헝겊 인형을 가지고 놀면서 시간을 보내기 때문에 인형은 그들에게 아주 중요한 존재가 되지요. 그래서 인형을 뺏기면 아이들은 울음을 터뜨리는 거예요."

어린 왕자가 말했다.

"아이들은 운이 좋구나."

철도원이 말했다.

23

"안녕."

어린 왕자가 인사를 했다.

"안녕."

상인이 말했다.

그는 갈증을 해소하는 알약을 팔고 있었다. 일주일에 한 알만 먹으면 갈증을 느끼지 않는다고 했다.

"왜 이런 것을 팔아요?"

어린 왕자가 물었다.

"시간을 많이 절약할 수 있으니까. 전문가가 계산을 했는데 일주일에 53분이나 절약할 수 있단다."

상인이 말했다.

"그러면 그 53분으로 무엇을 하는데요?"

"자기가 하고 싶은 일을 하지……."

'내게 마음대로 쓸 수 있는 53분이 있다면 샘을 향해 천천히 걸어갈 텐데…….'

어린 왕자는 이렇게 생각했다.

24

비행기 고장으로 사막에 불시착한 지 여드레째 되는 날, 나는 마지막 남은 물 한 방울을 마시면서 상인 이야기를 들었다.

나는 어린 왕자에게 말했다.

"아! 너의 추억은 정말 아름답구나. 하지만 난 아직 내 비행기를 고치지 못했어. 이제 마실 물도 없고. 나도 샘을 향해 천천히 걸어갈 수 있다면 정말 행복할 텐데!"

"내 친구 여우는……."

어린 왕자가 내게 말했다.

"꼬마 신사야. 지금은 여우 이야기를 할 때가 아니란다."

"왜?"

"목이 말라 죽을지도 모르니까……."

어린 왕자는 내 말을 이해하지 못하고 이렇게 말했다.

"설령 죽는다 해도 친구가 있다는 건 좋은 일이야. 나는 말이야, 여우를 친구로 갖게 돼서 정말 기뻐."

'이 아이는 위험이 무언지 몰라. 배고픔도 갈증도 느끼지 않으니까. 그에게는 약간의 햇빛만으로도 충분하니까⋯⋯.'

그러나 어린 왕자는 나를 바라보더니 내 생각에 대답하듯 말했다.

"나도 목이 말라⋯⋯. 우물을 찾으러 가자."

나는 피곤하다는 몸짓을 했다. 이 광활한 사막에서 무턱대고 물을 찾는다는 것은 무모한 일이었다. 그렇지만 우리는 걷기 시작했다.

몇 시간 동안 말없이 걷는 동안에 어둠이 내리고 별이 빛나기 시작했다. 나는 갈증 때문에 미열이 나서 꿈을 꾸듯이 별들을 바라보았다. 어린 왕자의 말이 내 기억 속에서 춤추고 있었다.

"너도 목이 마르니?"

내가 어린 왕자에게 물었다.

그러나 어린 왕자는 내 질문에는 대답하지 않고 그저 이렇게만 말했다.

"물은 마음에도 좋을 거야⋯⋯."

나는 어린 왕자의 말을 이해하지 못했지만 아무 말도 하지 않았다. 어린 왕자에게 물어봐도 소용이 없다는 걸 잘 알기 때문이었다.

어린 왕자는 피곤했는지 앉았다. 나도 그의 곁에 앉았다. 한동안 말이 없더니 그가 다시 말했다.

"별이 아름다운 건 보이지 않는 꽃 한 송이 때문이야."

나는 '그래'라고 대답하고 아무 말 없이 달빛 아래 펼쳐진 모래 언덕을 바라보았다.

"사막은 아름다워."

어린 왕자가 다시 말했다.

그것은 사실이었다. 나는 언제나 사막을 좋아했다. 모래 언덕 위에 앉아 있으면 아무것도 보이지 않고 아무 소리도 들리지 않는다. 그러나 무언가 고요함 속에 빛나는 것이 있다.

"사막이 아름다운 건 어딘가에 우물을 감추고 있기 때문이야⋯⋯."

어린 왕자가 말했다.

나는 문득 모래 언덕의 신비로움이 무엇인지를 깨닫고는 깜짝 놀랐다. 나는 어렸을 때 아주 오래된 집에서 살았다. 그런데 그 집엔 보물이 묻혀 있다는 얘기가 전해 내려왔다. 물론 그 보물을 발견한 사람은 없었다. 아마도 그것을 찾으려는 사람도 없었을 것이다. 그러나 그 이야기 덕분에 그 집은 아주 매력적으로 보였다. 그 집은 깊숙한 곳에 비밀을 감추고 있었던 것이다.

"그래, 눈에 보이지 않는 것들이 집이나 별이나 사막을 아름답게 만들지!"

나는 어린 왕자에게 말했다.

"아저씨가 내 여우하고 같은 생각이어서 기뻐."

어린 왕자가 말했다.

어린 왕자가 잠이 들었기 때문에 나는 그를 안고 다시 길을 걸었다. 나는 가슴이 뭉클해졌다. 아주 부서지기 쉬운 보물을 안고 가는 것 같았다. 이 지구상에 이보다 더 연약한 존재는 없다는 생각이 들었다. 나는 달빛 아래에서 그의 창백한 이마와 잠긴 눈, 바람에 흩날리는 머리카락을 보며 생각했다.

'내가 지금 보고 있는 것은 껍데기에 지나지 않아. 가장 중요한 것은 보이지 않으니까…….'

반쯤 열린 그의 입술에 어렴풋한 미소가 떠오르는 것을 보고 나는 또 다시 생각했다.

'잠든 어린 왕자가 나를 이토록 감동하게 하는 것은 한 송이 꽃에 대한 그의 변함없는 마음 때문이야. 잠든 순간에도 등불처럼 그의 마음속에서 빛나는 한 송이 장미꽃 때문이야…….'

그러자 나는 그가 더욱 연약한 존재라는 생각이 들었다.

'등불을 잘 지켜야 해. 한 줄기 바람에도 꺼질 수 있으니까…….'

그렇게 걷다가 마침내 동틀 무렵에 나는 우물을 발견했다.

25

"사람들은 급행열차를 타고 떠나지만 자신들이 무엇을 찾는지 모르고 있어. 그래서 불안해하면서 제자리에서 맴도는 거야."

그리고 어린 왕자는 이렇게 덧붙였다.

"그럴 필요가 없는데……."

우리가 찾은 우물은 사하라 사막의 다른 우물들과 달랐다. 사하라 사막의 우물들은 단순히 모래 속에 움푹 파인 구멍 같은 것이었다. 우리가 찾은 우물은 마을의 우물과 흡사했다. 그러나 그곳에 마을이 있을 리 없었다. 나는 꿈을 꾸고 있는 것 같았다.

"이상한 일이야. 모든 것이 다 있어. 도르래랑 두레박이랑 밧줄이랑……."

내가 어린 왕자에게 말했다.

어린 왕자는 웃으며 밧줄을 잡고 도르래를 잡아당겼다. 그러자 오랫동안 움직이지 않던 낡은 바람개비가 삐걱거리듯 도르래가 소리를 냈다.

"아저씨, 들어 봐. 우리가 우물을 깨웠더니 우물이 노래를 부르고 있어."

어린 왕자가 내게 말했다.

나는 어린 왕자를 힘들게 하고 싶지 않아서 이렇게 말했다.

"내가 할게. 너한테는 너무 무거워."

나는 천천히 두레박을 우물 가장자리까지 끌어 올렸다. 그리고 그것을 우물 위에 올려놓았다. 내 귓가에는 도르래의 노래가 계속되었고 출렁이는 물속에서는 햇살이 일렁이고 있었다.

"이 물을 마시고 싶어. 물 좀 줘……."

어린 왕자가 말했다.

그제서야 나는 어린 왕자가 무엇을 찾고 있었는지 깨달았다.

나는 두레박을 들어 어린 왕자의 입에 갖다 대었다. 어린 왕자는 눈을 감고 마셨다. 물은 달콤했다. 그 물은 보통 물과는 다른 것이었다. 그 물은 별빛 아래를 걸어와서 도르래의 노래를 들으며 내 팔에 힘을 주고 얻은 것이다. 그 물은 선물처럼 마음을 기쁘게 해 주었다.

내가 어린아이였을 때 받은 크리스마스 선물이 환하게 빛났던 것도 크리스마스 트리의 불빛, 자정 미사의 음악, 다정한 미소들이 있었기 때문이다.

"아저씨네 별에 사는 사람들은 정원에서 장미를 5,000송이나 가꿔. 그런데도 그들은 거기에서 자기들이 원하는 것을 찾지 못해."

어린 왕자가 말했다.

"그래, 그들은 찾지 못해……."

내가 대답했다.

"그렇지만 장미꽃 한 송이나 물 한 모금에서도 원하는 것을 찾을 수 있는데……."

"물론이지."

내 말에 어린 왕자가 덧붙였다.

"하지만 눈으로는 보지 못해. 마음으로 찾아야 해."

나는 물을 마셨다. 그리고 크게 숨을 쉬었다. 해가 뜰 무렵이면 사막은 황금빛을 띤다. 나는 이 황금빛에서도 행복감을 느꼈다. 무엇 때문에 나는 괴로워했을까?

"아저씨, 약속을 지켜 줘."

어린 왕자가 다시 내 옆에 앉으면서 부드럽게 말했다.

"무슨 약속?"

"알잖아, 내 양에게 부리망을 씌워 준다고……. 난 그 꽃에 대한 책임이 있어!"

나는 주머니에서 대충 그려 놓은 그림들을 꺼냈다. 어린 왕자는 그림들을 보더니 웃으며 말했다.

"아저씨가 그린 바오밥나무는 약간 양배추 같아."

"이런!"

나는 내가 그린 바오밥나무가 아주 잘 그려졌다고 생각했는데!

"아저씨가 그린 여우는…… 귀가 약간 뿔 같고…… 음…… 너무 길어!"

그리고 어린 왕자는 다시 웃었다.

"얘야, 넌 너무하구나. 나는 속이 보이는 보아뱀하고 속이 보이지 않는 보아뱀밖에는 그릴 줄 몰랐단 말이야."

"아니야! 괜찮아. 아이들은 알아보니까."

그래서 나는 부리망 하나를 연필로 그렸다. 그리고 그것을 어린 왕자에게 주었을 때 가슴이 메었다.

"난 네가 무슨 생각을 하는지 모르겠어."

그러나 어린 왕자는 아무 대꾸도 하지 않고 이렇게 말했다.

"내가 지구 위에 떨어진 지…… 내일이면 일 년이 돼."

그리고 잠시 말이 없더니 다시 이렇게 말했다.

"바로 이 근처에 떨어졌어."

어린 왕자는 얼굴이 빨개졌다.

나는 또다시 까닭 모를 묘한 슬픔을 느꼈다. 그러면서도 한 가닥 의문이 떠올랐다.

"그러면 일주일 전 내가 너를 만나던 그날 아침에 사람들이 사는 곳에서 수천 마일이나 떨어진 이곳을 너 혼자서 걷고 있었던 건 무턱대고 그런 것이 아니었구나. 네가 떨어졌던 곳으로 돌아가고 있었니?"

어린 왕자는 다시 얼굴이 빨개졌다.

그래서 나는 주저하면서 덧붙였다.

"일 년이 다 되어서 돌아가는 거야?"

어린 왕자는 또다시 얼굴이 빨개졌다. 그는 묻는 말에 절대로 대답하지 않았다. 그러나 얼굴이 빨개지면 '그렇다'라는 뜻이 아닐까?

"아! 나는 두려워."

내가 어린 왕자에게 말했다.

그러나 어린 왕자는 이렇게 말했다.

"아저씨는 이제 일을 해. 아저씨 기계가 있는 곳으로 돌아가. 나는 여기서 아저씨를 기다릴게. 내일 저녁에 다시 와⋯⋯."

하지만 나는 마음이 놓이지 않았다. 여우가 생각났다. 누구나 길들여지면 조금은 울게 마련이다.

26

우물 옆에는 오래되어 무너진 돌담이 있었다. 다음 날 저녁, 일을 마치고 돌아오던 나는 그 위에 어린 왕자가 다리를 늘어뜨린 채 걸터앉아 있는 것을 보았다. 그리고 어린 왕자가 말하는 소리를 들었다.

"그러면 너는 생각나지 않는다는 거야? 이 자리는 아니야!"

틀림없이 그 말에 대답하는 다른 소리가 있었다. 어린 왕자가 이렇게 대꾸했기 때문이다.

"그래! 그래! 날짜는 맞아. 그러나 장소는 여기가 아니야."

나는 돌담을 향해 걸어갔다. 아무도 보이지 않았고 아무 소리도 들리지 않았다. 그런데 어린 왕자는 또 다시 대꾸를 했다.

"맞아. 너는 내 발자취가 사막 어디에서 시작하는지 알 거야. 너는 거기서 날 기다리면 돼. 오늘 밤 거기로 갈 거야."

나는 담에서 20미터쯤 떨어져 있었는데 여전히 아무것도 보이지 않았다.

어린 왕자는 잠시 가만히 있다가 다시 말했다.

"네가 가지고 있는 독은 좋은 거니? 나를 오랫동안 아프게 하지 않을 거지?"

나는 가슴이 미어지는 듯해 걸음을 멈추었다. 그러나 여전히 무슨 영문인지 몰랐다.

"이제 가 봐……. 나는 내려가야겠어!"

어린 왕자가 말했다.

그때서야 나는 담 밑을 내려다보고 너무 놀라 펄쩍 뛰었다! 거기에는 순식간에 사람을 죽일 수 있는 노란 뱀 한 마리가 어린 왕자를 향해 머리를 쳐들고 있었다. 나는 권총을 꺼내려고 주머니를 더듬으면서 황급히 달려갔다. 그러나 내 발소리에 노란 뱀은 잦아드는 분수의 물처럼 천천히 모래 속으로 미끄러져 내려갔다. 그리고 별로 서두르지도 않고 가벼운 쇳소리를 내며 돌 틈 사이로 사라졌다.

나는 눈처럼 창백한 나의 어린 왕자를 두 팔로 안았다.

"어떻게 된 일이니? 이제는 뱀하고 이야기를 하고!"

나는 어린 왕자가 항상 두르고 있던 목도리를 풀어 주었다. 나는 어린 왕자의 관자놀이를 적셔 주고 물을 먹였다. 이제는 더 이상 아무것도 물어볼 수가 없었다. 어린 왕자는 나를 진지하게 바라보더니 두 팔로 내 목을 끌어안았다. 나는 그의 심장이 총에 맞아 죽어 가는 새처럼 팔딱이는 것을 느꼈다. 어린 왕자는 나에게 이렇게 말했다.

"아저씨가 고장 난 엔진을 고쳐서 기뻐. 아저씨는 집에 갈 수 있을 거야……."

"어떻게 알았지?"

나는 도저히 고칠 수 없을 것 같던 비행기를 성공적으로 수리했다는 소식을 그에게 알려 주려고 왔던 것이다!

어린 왕자는 아무런 대답도 하지 않고 이렇게 덧붙였다.

"나도 오늘 내 별로 돌아갈 거야."

그러면서 슬픈 목소리로 말했다.

"훨씬 더 멀고…… 훨씬 더 어려워……."

나는 무언가 심상찮은 일이 일어나고 있다는 것을 느꼈다. 나는 그를 어린아이 안듯이 두 팔로 꼭 끌어안았다. 어린 왕자는 심연 속으로 빠져들어 가는 것 같았지만 그를 구하기 위해 내가 할 수 있는 것은 아무것도 없었다.

어린 왕자는 진지한 눈빛으로 아득히 먼 곳을 바라보았다.

"나는 아저씨가 준 양을 가지고 있어. 그리고 양을 넣어 둘 상자와 부리망도 있고……."

그리고 어린 왕자는 쓸쓸하게 웃었다.

나는 한참을 기다렸다. 그리고 어린 왕자가 조금씩 기운을 되찾는 것을 느꼈다.

"얘야, 무서웠지?"

틀림없이 어린 왕자는 무서웠을 것이다. 그러나 그는 부드럽게 웃으며 말했다.

"오늘 밤엔 훨씬 더 무서울 거야……."

이제 돌이킬 수 없다는 생각에 또다시 온몸이 얼어붙는 것 같았다. 그리고 어린 왕자의 웃음소리를 다시는 들을 수 없을 거라는 생각에 견딜 수가 없었다. 어린 왕자의 웃음은 나에게 사막의 샘과 같은 것이었다.

"얘야, 네 웃음소리를 다시 듣고 싶구나."

그러나 어린 왕자는 내게 말했다.

"오늘 밤이 일 년이 되는 날이야. 지난해에 내가 떨어졌던 바로 그 자리 위에 내 별이 나타날 거야……."

"얘야, 네가 나쁜 꿈을 꾼 것이 아닐까? 뱀이니 약속 장소니 별이니 하는 이야기들은……."

그러나 어린 왕자는 내 물음에 대답하지 않고 이렇게 말했다.

"중요한 것은 눈에 보이지 않아."

"그래 맞아……."

"꽃도 마찬가지야. 아저씨가 어떤 별에 있는 꽃 한 송이를 사랑한다면 밤에 하늘을 바라보는 것이 즐거울 거야. 모든 별에 다 꽃이 피어 있으니까."

"그래 맞아……."

"물도 마찬가지야. 아저씨가 나에게 마시라고 준 물은 마치 음악 같았어. 도르래랑 밧줄 때문에 말이야. 아저씨도 생각날 거야, 그 물은 정말 맛있었어."

"그래 맞아……."

"아저씨도 밤에 별을 쳐다보겠지. 내 별은 너무 작아서 어디쯤 있는지 아저씨한테 가르쳐 줄 수가 없어. 하지만 그편이 더 잘된 일이야. 아저씨에게는 내 별이 여러 별 가운데 하나가 될 거야. 그러니까 아저씨는 어느 별을 바라보아도 다 좋아할 거야. 그 별들은 다 아저씨 친구가 되겠지. 아저씨에게…… 선물을 하나 줄게."

어린 왕자는 다시 웃었다.

"아! 얘야, 나는 네 웃음소리가 좋아!"

"그게 바로 내 선물이야. 물도 마찬가지야……."

"무슨 말이야?"

"사람들은 저마다 서로 다른 별을 가지고 있어. 여행을 하는 사람들에게 별은 길잡이가 돼. 어떤 사람들에게는 그 별이 작은 빛에 지나지 않아. 학자들에게 별은 연구 대상이야. 내가 만난 사업가에게 별은 금이었어. 그러나 그 별들은 말이 없어. 아저씨는 그 누구와도 다른 아저씨만의 별을 갖게 되는 거야……."

"무슨 말이야?"

"아저씨가 밤하늘을 바라보면 나는 그 별들 가운데 어딘가에 살고 있을 테니까, 그 별들 어딘가에서 웃고 있을 거야. 그러면 아저씨에게는 마치 모든 별들이 웃고 있는 것처럼 여겨질 거야. 아저씨는 웃을 줄 아는 별을 갖게 되는 거야!"

그리고 어린 왕자는 다시 웃었다.

"그리고 아저씨의 슬픔이 누그러지면(언제나 슬픔은 누그러지니까) 나를 알게 된 것이 기쁠 거야. 아저씨는 항상 내 친구로 남아 있을 거고 아저씨는 나와 함께 웃고 싶겠지. 그러면 가끔 이렇게 창문을 열고 하늘을 봐. 그림 즐거워질 거야. 아저씨 친구들은 아저씨가 하늘을 쳐다보며 웃는 걸 보고 깜짝 놀랄 거야. 그러면 아저씨는 친구들에게 이렇게 말하는 거지. '그래, 별들은 항상 내가 웃도록 만들어!' 그러면 친구들은 아저씨 정신이 이상하다고 생각할지도 몰라. 내가 아저씨한테 너무 심한 짓을 한 것 같은데……."

그리고 어린 왕자는 다시 웃었다.

"그것은 내가 아저씨에게 별들 대신에 웃을 수 있는 조그만 방울을 한 아름 준 것과 마찬가지야……."

어린 왕자는 또다시 웃었다. 그러나 어린 왕자는 곧바로 진지해졌다.

"오늘 밤은…… 알지? 오지 마."

"나는 네 곁을 떠나지 않을 거야."

"나는 아픈 것처럼 보일 거야……. 어쩌면 죽은 것처럼 보일지도 몰라. 그러니까 보러 오지 마. 그럴 필요 없어……."

"나는 네 곁을 떠나지 않을 거야."

그러나 어린 왕자는 걱정스러운 눈치였다.

"내가 이런 말을 하는 것은…… 뱀 때문이기도 해. 뱀이 아저씨를 물면 안 되니까. 뱀은 심술쟁이야. 장난삼아 물 수도 있어."

"나는 네 곁을 떠나지 않을 거야."

그러나 어린 왕자는 곧 안심하는 듯했다.

"맞아, 뱀이 두 번째 물 때는 독이 없다고 했으니까……."

그날 밤 나는 어린 왕자가 떠나는 것을 보지 못했다. 어린 왕자는 소리 없이 떠났다. 내가 뒤쫓아가서 어린 왕자를 다시 만났을 때 그는 빠르게 걷고 있었다.

어린 왕자는 내게 이렇게 말할 뿐이었다.

"아! 아저씨, 거기에 있었구나……."

그리고 어린 왕자는 내 손을 잡았다. 그러나 그는 여전히 걱정하는 눈치였다.

"아저씨는 잘못한 거야, 무척 괴로울 거야. 나는 죽은 것처럼 보일 거야. 그러나 정말 그런 건 아니야."

나는 아무 말도 하지 않았다.

"아저씨도 알지? 그곳은 너무 멀어. 내 몸까지 가지고 갈 수가 없어. 너무 무겁거든."

나는 아무 말도 하지 않았다.

"그러나 몸은 버려진 낡은 껍데기 같은 거야. 낡은 껍데기 때문에 슬플 건 없잖아."

나는 아무 말도 하지 않았다.

어린 왕자는 조금 풀이 죽은 듯했다. 그러나 그는 다시 한번 애써 나를 설득하려고 했다.

"정말 좋을 거야. 나도 별들을 바라볼 거니까. 모든 별들은 녹슨 도르래가 달려 있는 우물이 되겠지. 모든 별들은 내게 마실 물을 부어 줄 거고……."

나는 아무 말도 하지 않았다.

"정말 재미있을 거야. 아저씨는 방울을 5억 개나 갖게 되고 나는 샘을 5억 개나 갖게 되는 셈이니까……."

그리고 어린 왕자는 말이 없었다. 그는 울고 있었다.

"여기야. 나 혼자 가게 해 줘."

그리고 어린 왕자는 무서웠는지 주저앉았다.

어린 왕자가 다시 말했다.

"알지? 내 꽃말이야……. 나는 그 꽃에 대한 책임이 있어. 그리고 그 꽃은 너무 연약해! 그 꽃은 너무 순진하고, 그 꽃은 세상과 맞서 자신을 지키기 위해 가진 것이라고는 고작 네 개의 가시뿐이야."

나는 더 이상 서 있을 수가 없어서 주저앉았다. 어린 왕자가 말했다.

"자, 이게 전부야……."

어린 왕자는 여전히 좀 망설이더니 몸을 일으켰다. 그는 한 발자국을 내디뎠다. 나는 그 자리에서 꼼짝할 수가 없었다.

어린 왕자의 발목 근처에서 한 줄기 노란빛이 반짝일 뿐이었다. 어린 왕자는 한순간 움직이지 않고 가만히 서 있었다. 그는 울지도 않았다. 나무가 쓰러지듯이 어린 왕자는 천천히 쓰러졌다. 모래 둔덕이라 소리조차 나지 않았다.

27

이제 벌써 6년이 지났다……. 나는 아직까지 단 한 번도 이 이야기를 다른 사람에게 한 적이 없다. 나를 다시 만난 친구들은 살아서 돌아온 나를 보고 몹시 기뻐했다. 나는 슬펐지만 그들에게는 이렇게 말했다.

"피곤해서 그래……."

이제는 슬픔이 다소 가라앉았다. 그렇지만 슬픔이 완전히 가라앉은 것은 아니다. 나는 어린 왕자가 자기 별로 돌아갔다는 것을 잘 알고 있다. 해 뜰 무렵 어린 왕자의 몸은 어디에서도 찾을 수 없었기 때문이다.

어린 왕자의 몸은 그토록 가벼웠다. 그래서 나는 밤이면 별들이 이야기하는 것을 즐겨 듣는다. 별들은 5억 개의 작은 방울과도 같으니까…….

그러나 한 가지 걱정스러운 일이 있다. 어린 왕자에게 그려 준 부리망에 그만 깜박 잊고 가죽끈을 달아 주지 않은 것이다! 어린 왕자는 그것을 양에게 씌워 줄 수 없을 것이다. 그래서 나는 이렇게 생각하곤 한다.

'그의 별에 무슨 일이 생긴 것은 아닐까? 어쩌면 양이 꽃을 먹어버렸는지도 몰라…….'

때로는 이렇게 생각한다.

'그럴 리가 없어! 어린 왕자가 밤마다 꽃을 유리 덮개로 덮어서 보호해 주고 양도 잘 보살필 거야.'

그러면 나는 행복해지고 모든 별들은 다정하게 웃어 준다.

때로는 이렇게도 생각한다.

'어쩌다 방심할 수도 있어. 그러면 끝장이야! 어느 날 저녁 유리 덮개 덮는 것을 잊어버리거나, 아니면 양이 밤중에 소리 없이 나간다면…….'

그러면 작은 방울들은 모두 눈물로 변하겠지!

이 점이 커다란 수수께끼다. 나와 마찬가지로 어린 왕자를 사랑하는 여러분에게도 우리가 알지 못하는 어디선가 우리가 보지 못한 양이 장미 한 송이를 먹었느냐 안 먹었느냐에 따라 세상이 온통 달라진다.

하늘을 보라. 그리고 양이 그 꽃을 먹었는지 먹지 않았는지 생각해 보라. 그러면 여러분은 그것에 따라 모든 것이 얼마나 달라지는지 알게 될 것이다.

그러나 어른들은 이것이 얼마나 중요한 일인지 결코 이해하지 못한다!

나에게 이 그림은 세상에서 가장 아름다우면서도 가장 슬픈 풍경이다. 이것은 앞에서 나온 그림과 같은 풍경이다. 그러나 여러분이 확실히 기억할 수 있도록 다시 한번 그린 것이다. 어린 왕자가 지구에 나타났다가 사라진 곳이 바로 여기다.

　이 풍경을 잘 보아 두었다가 언젠가 아프리카 사막을 여행하게 되면 이곳을 꼭 알아볼 수 있기를 바란다. 그리고 이곳을 지나게 되거든 서두르지 말고 그 별 아래서 잠시 기다려 보기를 부탁한다. 만일 한 아이가 여러분에게 다가와 웃는다면, 그 아이가 황금빛 머리칼을 지녔다면, 그리고 묻는 말에 대답을 하지 않는다면, 여러분은 그 아이가 누구인지 알 것이다. 그러면 나에게 친절을 베풀어 주기 바란다! 내가 이처럼 슬퍼하도록 내버려 두지 말고 어린 왕자가 다시 돌아왔다고 나에게 빨리 편지를 보내 주길……

산문으로 쓴 환상시

- 알퐁스 도데 -

작가 소개

알퐁스 도데(Alphonse Daudet 1840~1897) 프랑스 소설가, 극작가.

도데는 1840년 프로방스의 님에서 견직물 제조업자의 아들로 태어났다. 1849년 아버지 사업이 어려워져 공장을 팔고 리옹으로 이사를 온 후 리옹의 고등중학교에 들어갔으나, 1857년 아버지의 사업이 망하는 바람에 도데는 대학 진학을 포기하고 알레스에 있는 중학교 사환으로 일했는데 6개월 만에 해고된다. 불행한 그때의 경험이 자전적 소설인《꼬마 철학자》의 소재가 된다.

1857년 형 에르네스트가 있는 파리로 가서 문학에 전념하며, 시집《연인들》을 발표해 문단에 데뷔한다. 1860년 당시의 입법의회 의장 모르니 공작에게 재능을 인정받아 비서가 된다. 그 후 보헤미안 문단과 사교계 문인들과 교류를 시작하고, 이를 계기로 남프랑스의 시인 미스트라르를 비롯하여 플로베르, 에밀 졸라, E.공쿠르, 투르게네프 등과 친교를 맺었으며 1867년 1월에 작가인 쥘리아 알라르와 결혼한다. 레옹과 뤼시앵이라는 두 아들과 에드메라는 딸 하나를 낳고 아내 쥘리아와 파리에서 행복한 삶을 산다. 이후 친교를 맺은 문인들과 더불어 자연주의의 일파에 속했으나, 선천적으로 섬세한 시인 기질 때문에 시정(詩情)이 넘치는 유연한 문체로 불행한 사람들에 대한 연민과 고향 프로방스 지방에 대한 애착을 주제로 한 소설들을 발표하여 성공을 거두었으며 그 후 인상주의적인 작품으로 부귀와 명성을 누렸다.

작품으로는《풍차 방앗간 소식》《프티 쇼즈》《쾌활한 타르타랭》《월요이야기》《젊은 프로몽과 형 리슬레르》《자크》《나바브》《뉘마 루메스탕》《전도사》《사포》《알프스의 타르타랭》《불후(不朽)의 사람》《타라스콩 항구》외 여러 소설들과, 수필집《파리의 30년》《한 문학자의 추억》이 있으며 희곡집《아를의 여인》은 유명한 음악가인 비제가 작곡을 해 더 유명해졌다.

〈왕자의 죽음〉에서 작가는 재물과 권력, 명예를 모두 갖춘 왕자의 죽음을 통해 인생의 진정한 가치는 무엇이며 행복은 어디에서 찾을 수 있는가를 묻는다. 그러나 목사는 무력한 죽음 앞에 그런 것들은 아무런 가치가 없다고 일깨워 준다.

〈들판의 군수님〉에서는 주민들 앞에서 멋진 연설을 하기 위해 숲속에 들어가지만 새들의 노래 소리, 동물들의 행복한 세계에 빠져 읽고 쓰는 일을 까맣게 잊고 노래하며 시 쓰는 일에 몰두한다. 이 작품은 어떻게 사는 것이 진정한 행복인가를 말해준다.

이 두 편의 에피소드는 삶과 죽음을 함께 제시하고 죽음 앞의 무력함과 자연 속에서의 예술 본능의 강렬함을 보여주면서 인생의 가치나 행복이란 무엇인가에 대해 다시 생각하게 한다.

산문으로 쓴 환상시는 〈왕자의 죽음〉과 〈들판의 군수님〉이라는 두 개의 에피소드로 구성되어 있다.

첫째 편 〈왕자의 죽음〉은 어린 왕자가 병이 들어 죽게 되자 온 나라 안이 시름에 빠지고 술렁이고 있었다. 왕자의 죽음이 다가오자 성안 사람들이 불안해하고 왕과 왕비는 비통의 눈물을 흘린다. 왕자는 울고 있는 왕비에게 자신은 권력과 재력이 있어 죽지 않고 죽음이 다가오지 못하게 막을 수 있다고 한다. 이에 왕비가 왕자의 주변에 근위대를 배치해 죽음에 대비한다. 왕자는 친구에게 돈을 주어 대신 죽게 할 수 없는지 신부에게 묻는다. 그러나 죽음은 아무도 대신할 수 없고 결국은 피할 수 없는 것을 안 왕자는 죽음을 받아들이고 천국에 가서도 왕자의 신분에 맞게 대해 줄 거라 믿고 왕자의 옷을 입고 천국에 들어가서 천사들에게 뽐내고 싶다고 한다. 하지만 죽음에는 왕자의 권위 따위는 아무 소용이 없다는 것을 알고 흐느껴 운다.

두 번째 편 〈들판의 군수님〉은 순시 중이던 군수님이 멋진 연설을 하기 위해 숲속으로 들어간다. 군수님은 주민들 앞에서 할 연설문을 준비하고 있다. 더운 마차 안에서 밖을 내다본 군수님은 참나무 숲이 눈에 띄자 잠시 쉬고 싶어진다. 수행원들에게 숲속에서 연설문을 써 올 테니 기다리고 있으라고 말하고 숲에 들어가 열심히 연설문을 준비한다. 하지만 군수님은 숲의 오랑캐꽃 향기와 새들의 노래에 넋을 잃고 팔꿈치를 괴고 풀 위에 누운 채 군민 여러분 따위는 될 대로 되라고 포기한다.

· 갈래 : 단편 소설
· 시점 : 전지적 작가 시점
· 배경 : 프로방스의 궁전과 숲 속
· 주제 : 삶과 죽음의 무력함에 대한 인간의 가치

산문으로 쓴 환상시

오늘 아침 문을 열어 보니 풍차 간 주위는 온통 새하얀 서리로 덮여 있었습니다. 풀잎은 유리 조각처럼 반짝이며 바스락거렸고 언덕 전체가 추위에 떨고 있는 것 같았습니다. 하룻밤 사이에 사랑스런 프로방스가 북극처럼 변해 버렸습니다.

맑게 갠 하늘 위엔 하인리히 하이네의 나라에서 온 황새들이 커다란 삼각형을 이루며 카마르그 쪽으로 '추워… 추워…' 하고 외치며 날아가고 있었습니다. 나는 흰 서리가 꽃술처럼 덮인 소나무들과 수정꽃이 핀 라벤더 숲속에서 다소 독일풍인 두 편의 환상시를 썼습니다.

왕자의 죽음

어린 왕자가 병이 들어 죽게 되었습니다. 나라의 모든 교회에서는 왕자의 회복을 빌며 낮이나 밤이나 성체를 모셔 놓고, 커다란 초에 불을 밝혔습니다. 고색창연한 거리는 고요하고 쓸쓸했으며 교회의 종소리도 들리지 않았고, 마차들도 소리를 죽이며 다녔습니다. 주민들은 궁금해서, 근엄한 태도로 궁정 안에서 이야기를 하고 있는 금줄 장식의 제복을 입은 뚱뚱보 근위병들을 창살 틈으로 바라보았습니다.

성안이 온통 술렁이고 있었습니다. 시종들과 청지기들이 종종걸음으로 대리석 층계를 오르내립니다. 비단옷을 입은 신하들이 이리저리 몰려다니며 새로운 소식을 알아내려고 수군거립니다. 넓은 계단 위에서는 시녀들이 수를 놓은 고운 손수건으로 눈물을 닦으면서 서로 이야기를 건넵니다.

오렌지 온실 안에서 가운을 입은 의사들의 회의가 거듭됩니다. 유리창 너머로 그들의 긴 검정 소매가 움직이고, 길게 늘인 가발이 점잖게 흔들거리는 모습이 보입니다. 사부와 시종은 문 앞에서 서성대며 시의의 발표를 기다리는데 요리사들이 그들 곁을 인사도 없이 지나갑니다. 시종은 이교도처럼 험한 소리를 해대고, 사부는 호라스의 시를 읊습니다. 그러는 동안 마구간 쪽에서는 구슬픈 말 울음소리가 길게 들려옵니다. 그것은 마부들이 잊고 여물을 주지 않아 텅 빈 구유 앞에서 슬프게 울부짖고 있는 왕자의 밤색 말이었습니다.

그런데 왕은 어디에 있는 걸까요? 왕은 성 끝에 있는 방 안에 홀로 들어앉아 있었습니다. 군주는 남에게 눈물을 보이는 것을 꺼려합니다. 그러나 왕비는 다릅니다. 왕비는 어린 왕자의 머리맡에 앉아 고운 얼굴이 눈물에 젖은 채 모든 사람들이 보는 앞에서 큰 소리로 흐느껴 울고 있습니다.

레이스가 달린 침대에는 어린 왕자가 침대보보다 더 창백한 얼굴로 눈을 감은 채 누워 있습니다. 잠들어 있는 듯하였지만 자고 있는 것은 아니었습니다. 왕자는 울고 있는 어머니를 향해 몸을 돌리더니 이렇게 말했습니다.

"어머니, 왜 울고 계셔요? 제가 정말 죽을 거라고 생각하세요?"

왕비는 대답을 하려고 하였지만 목이 메어 말이 나오질 않습니다.

"어머니, 제발 울지 마세요. 제가 왕자라는 것을 잊으셨군요. 왕자는 이렇게 죽지 않아요."

왕비는 더욱더 흐느껴 웁니다. 그래서 왕자도 두려워졌습니다.

"그만두세요! 전 죽기 싫어요. 죽음이 절대로 가까이 오지 못하도록 막을 수 있을 거예요. 지금 당장 아주 힘센 근위병 사십 명을 불러 침대 주위를 지키게 해 주세요. 그리고 창 밑에는 대포 백 문을 배치해서 도화선에 불을 붙일 준비를 하고 밤이나 낮이나 지키라고 하세요. 그래도 죽음이 가까이 오면 제가 호통을 칠 거예요!"

왕자의 마음을 편하게 해 주려고 왕비는 손짓으로 명령을 내립니다. 즉시 궁정 창밖으로 커다란 대포가 굴러오는 소리가 들리고 창을 든 장대한 사십 명의 근위병들이 몰려와 방 안에 둘러섭니다. 이들은 수염이 하얗게 센 노병들입니다. 왕자는 그들을 보자 손뼉을 치며 좋아합니다. 그리고 그들 중에서 자기가 알고 있는 한 노병을 불렀습니다.

"로뎅! 로뎅!"

그가 침대 앞으로 한 걸음 나섭니다.

"로뎅, 난 그대가 정말 좋아. 그대의 장검을 좀 보여 줘. 죽음이 나를 잡으려고 하면 죽여 버려야 하겠지?"

로뎅이 대답합니다.

"그렇습니다, 전하!"

노병의 거무죽죽한 뺨 위로 굵은 눈물이 두 줄 흘러내립니다.

이때 궁정 신부가 왕자 곁으로 가까이 오더니 십자가를 보이며 낮은 목소리로 오랫동안 이야기를 합니다. 어린 왕자는 매우 놀란 얼굴로 이야기를 듣고 있다가 갑자기 신부의 말을 가로막습니다.

"신부님의 말씀은 잘 알겠어요. 그러면 친구 베포 녀석에게 돈을 많이 주고 나 대신 죽게 할 수는 없을까요?"

신부는 낮은 목소리로 이야기를 계속합니다. 어린 왕자는 더욱더 놀란 얼굴을 합니다.

신부가 이야기를 다 끝내자, 어린 왕자는 한숨을 쉬며 이렇게 말했습니다.

"신부님의 말씀은 모두가 나를 슬프게 하는 것뿐이군요. 하지만 저 하늘 위 별들의 낙원에 가도 나는 역시 왕자일 거라니 안심이 되요. 하느님은 나의 친척이니 나를 신분에 맞게 대해 주시겠죠?"

그리고는 어머니 쪽으로 몸을 돌리며 왕자는 이렇게 덧붙여 말합니다.

"제 가장 고운 옷들, 흰 담비 가죽 저고리와 비로드 무도화를 가져오라고 하세요! 왕자의 옷을 입고 천국에 들어가서 천사들에게 뽐내고 싶어요."

신부가 세 번째로 어린 왕자를 향해 몸을 숙이고 낮은 목소리로 오랫동안 이야기를 합니다. 이야기를 하는 도중 왕자는 화를 내며 이렇게 말합니다.

"그럼 왕자란 것도 아무것도 아니군요!"

그리고는 더 이상 듣기 싫다는 듯 벽을 향해 돌아눕더니 흐느껴 우는 것이었습니다.

들판의 군수님

마부가 끄는 마차를 타고 시종들을 거느린 군수님이 위엄을 갖추고 콩브

오 페(요정의 계곡)에서 열리는 전람회에 가고 있었습니다. 이날을 위해 군수님은 수를 놓은 화려한 상의에 작은 예식 모자를 쓰고 은줄 달린 딱 붙는 바지를 입었으며, 진주로 손잡이를 장식한 칼을 찼습니다. 군수님은 무릎 위에 놓인 커다란 가죽 가방을 걱정스레 내려다보았습니다. 그 이유는 잠시 후 콩브 오 페의 주민들 앞에서 낭독해야 할 연설문 때문이었습니다.

"내빈 및 친애하는 군민 여러분……."

비단실 같은 노란 수염을 비틀면서 '내빈 및 친애하는 군민 여러분'이라는 구절을 되풀이해도 그다음 할 말이 떠오르지 않았습니다.

마차 안이 너무 뜨거워서인가 봅니다. 멀리 뻗어나간 콩브 오 페로 가는 길에는 한낮의 햇볕 아래 희뿌연 먼지가 일고 있었습니다. 대기는 불을 지핀듯했고, 길가의 느릅나무들은 온통 먼지를 뒤집어썼으며 매미들은 나무에 붙어 울어댔습니다. 문득 군수님은 저편 산기슭에서 자신을 부르는 듯한 푸른 참나무 숲을 보았습니다.

그 숲은 마치 이렇게 유혹하는 것 같았습니다.

"군수님. 이리로 오세요. 연설문을 제대로 쓰시려면 이곳 나무 그늘이 훨씬 좋을 겁니다."

군수님은 이 유혹에 넘어가 마차에서 뛰어내리고는 시종들에게 참나무 숲속에서 연설문을 써 가지고 올 것이니 기다리고 있으라고 말했습니다.

푸른 참나무 숲속에는 온갖 새들이 노래하고 오랑캐꽃들이 피어 있었으며, 부드러운 풀밭 아래로는 맑은 시냇물이 흐르고 있었습니다. 그런데 화려한 바지에 가죽 가방을 든 군수님을 본 새들은 겁이 나서 노래를 그쳤고 졸졸 흐르던 시냇물도 소리를 죽였으며, 오랑캐꽃들도 모두 풀 속으로 숨어 버렸습니다. 지금까지 이 숲속에 군수님이 온 적은 한 번도 없었습니다. 그래서 숲속의 온갖 것들은 은줄 달린 화려한 바지를 입고 걸어오고 있는 저 사람이 누굴까 서로에게 물어보는 것이었습니다. 그런 자그마한 속삭임들이 나무 그늘에서 들려왔습니다. 그동안 군수님은 숲속의 고요함과 시원함에 매료되어 옷자락을 걷어붙이고 모자를 풀밭 위에 던져 놓고는 작은 참나무 아래 앉았습니다. 그러고는 가죽 가방을 무릎 위에 놓고 그것을 열더니 커다란 종이 한 장을 꺼냈습니다.

"화가인가 보다!"

휘파람새가 말했습니다.

"아니야. 은줄 달린 바지를 보니 화가는 아니야. 아마도 왕자일걸."

피리새가 말했습니다. 그때 군청 정원에서 살았던 경험이 있는 늙은 나이팅게일이 다른 새들의 말을 가로채며 말했습니다.

"화가도 아니고 왕자도 아니야. 나는 알지. 저분은 바로 군수님이야!"

"군수님? 군수님이래!"

작은 숲이 온통 수군대는 소리로 가득 찼습니다.

"그런데 머리는 왜 저렇게 벗겨졌지?"

커다란 벼슬이 달린 종달새가 말했습니다.

오랑캐꽃이 물었습니다.

"나쁜 사람이라서 그런 건가요?"

늙은 나이팅게일이 대답했습니다.

"아니. 그런 건 절대 아니야."

나이팅게일의 말에 안심한 새들은 다시 노래하고, 샘물도 다시 흐르고, 오랑캐꽃도 다시 향기를 풍겼습니다. 마치 군수님이 그곳에 있다는 사실엔 개의치 않는다는 듯이. 군수님은 이러한 가벼운 소란 속에서도 아무것도 모른 채 전람회 신의 가호를 기원하며 펜을 들고는 엄숙한 목소리로 연설문을 읽기 시작했습니다.

"내빈 및 친애하는 군민 여러분……"

하고 군수님이 엄숙하게 말문을 열자 웃음소리가 터져 나왔습니다. 군수님은 이상한 느낌이 들어 말을 멈추고 뒤를 돌아다보았지만 보이는 것이라곤 커다란 딱따구리 한 마리뿐이었습니다. 딱따구리는 군수님이 벗어 놓은 모자 위에 앉아서 그를 바라보며 웃고 있었습니다. 군수님은 어깨를 으쓱거리고 나서 계속 읽으려고 했습니다.

그러자 딱따구리가 잽싸게 끼어들며 이렇게 소리치는 것이었습니다.

"소용없어요!"

"뭐? 소용없다고?"

군수님은 얼굴이 벌게져서 소리를 쳤습니다. 그리고 팔을 휘둘러 건방진 새를 쫓아 버리고 나서 더욱 목소리를 가다듬고 연설을 시작했습니다.

"내빈 및 친애하는 군민 여러분……"

하고 똑같은 서두가 시작되자 사랑스런 오랑캐꽃들이 군수님에게 고개를 내밀며 조그만 목소리로 말을 걸었습니다.

"군수님, 우리에게서 좋은 향기가 나지요?"

이어서 풀밭 밑으로 샘물이 맑은소리로 졸졸 흐르고, 머리 위 나뭇가지에서는 휘파람새들이 함께 몰려와 경쾌하게 울어댑니다. 작은 숲 전체가 서로 짜기라도 한 듯이 군수님의 연설문 작성을 방해하는 것이었습니다.

군수님은 오랑캐꽃 향기와 새들의 노랫소리에 넋을 잃지 않으려 버텼지만 소용이 없었습니다. 그는 팔꿈치를 괴고 풀 위에 누운 채 화려한 상의의 단추를 풀며 두어 번 중얼거렸습니다.

"내빈 및 친애하는 군민 여러분……" "내빈 및 친애하는 군민 여러분……" "내빈 및 친애……"

그리고는 군민 여러분 따위는 될 대로 되라고 포기해 버렸습니다. 전람회를 관장하는 관리라는 생각도 자취를 감추었습니다.

한 시간쯤 지나자 시종들은 군수님이 걱정이 되어 숲속으로 들어왔습니다. 그리고 그들은 숲속에서 벌어진 광경에 놀라 멈춰 섰습니다. 군수님은 마치 집시처럼 가슴을 풀어 헤치고 풀 위에 누워 있었습니다. 그는 오랑캐꽃을 씹으며 시 짓기에 골몰해 있는 것이었습니다

가난한 사람들

- 빅토르 위고 -

작가 소개

빅토르 위고(Victor Hugo 1802~1885) 프랑스 시인, 소설가, 극작가.

빅토르 마리 위고는 1802년 2월 26일 프랑스 브장송에서 태어났다. 나폴레옹 군대의 장군인 조제프 레오폴드 위고와 낭트 태생의 왕당파 여성 소피 트레뷔셰의 셋째 아들로 태어나 유럽 각지를 옮겨 다니며 성장했다. 부모의 불화로 별거중인 어머니와 함께 파리로 옮겨 교육을 받았다. 어릴 적부터 고전문학에 뛰어난 재능을 보였고, 1819년 평론지 〈르 콩세르바퇴르 리테레르〉를 창간하고, 1822년 첫 시집《송가와 다른 시들》을 발표하고 그해 10월 아델 푸셰와 결혼한다. 1831년 스콧풍의 장편역사소설《노트르담의 꼽추》를 발표해 소설가로서 명성을 얻고 성공한다. 1841년 아카데미 프랑세즈 회원으로 뽑히고 1845년 상원 의원으로 선출되면서 문학적 업적을 널리 인정받는다. 1848년 2월 혁명 때 공화정 의원에 선출된다. 그 후 나폴레옹이 제정수립을 위한 쿠데타를 일으키자 이를 반대하다가 국외로 추방되어 20년에 걸친 망명생활을 한다. 망명생활 동안 그는 아내와 자식들을 차례로 잃지만 식지 않는 창작열로 대작《레 미제라블》을 발표해 세계적인 명성을 얻는다. 1870년 프로이센·프랑스전쟁의 패전으로 제정이 붕괴되자 68세 때 파리로 귀국한다. 귀국 후 1871년의 보통선거에서 국회의원에 당선되었다. 1878년 가벼운 뇌출혈을 일으킨 이후 1885년 5월 22일 83세의 일기로 생을 마감한다.

대표작으로는《작은 나폴레옹》《징벌시집》《정관시집》《여러 세기의 전설》《거리와 숲의 노래》《바다에서 일하는 사람들》《웃는 사나이》《할아버지 노릇》《지상의 연민》《당나귀》《정신의 사방바람》《토르케마다》등 여러 작품의 시와 소설들이 있다.

　이 작품에는 인물들 간의 갈등이 없다. 위고의 인간의 삶을 바라보는 긍정적 시선과 인간 중심의 사고 때문이다. 여기서의 갈등 구조는 가난이다. 더없이 착한 인물들이 가난이라는 환경 때문에 고통을 받는 것이다. 하지만 이 작품의 인물들은 결코 가난에 굴복하지 않는다. 자신의 자식들이 다섯이나 되지만 죽은 과부의 아이 둘을 기꺼이 떠맡는다. 힘든 여건 속에서도 다른 사람들에게 사랑을 베풀며 살아가는 아름다운 부부는 가난보다 더 강한 것은 인간에 대한 사랑임을 보여준다.

　인간을 인간답게 살 수 없게 하는 환경과 가난에 대한 문제 제기를 하며, 위고의 인간에 대한 긍정적인 시각과 낙천적인 휴머니즘이 극명하게 드러남과 동시에 인간의 선한 본성을 통해 세상의 희망을 그려나가고 있다.

작품 줄거리

　폭풍우가 몰아치는 날에도 험한 바다에 고기를 잡으러 가야 하는 가난한 어부에게는 아내 쟈니, 그리고 어린 아이들이 다섯이나 있다. 가난한 살림을 걱정하며 남편을 기다리던 쟈니는 비바람이 더욱 거세지자 남편을 마중 나간다. 하지만 혼자서 돌아오던 길에 해변의 오두막에 사는 과부의 집에 들렀다가 어린아이들 둘만 남기고 죽은 과부를 발견하고는 그 집에서 무언가를 들고 집으로 돌아온다.

　잠시 후 집에 돌아온 남편은 과부가 세상을 떠났다는 얘기를 듣고 당장 불쌍한 아이들을 데려오라고 말하자 쟈니는 머뭇거리다 침대 속을 들추어 데려온 아이들을 남편에게 보여준다.

핵심 정리

· 갈래 : 단편 소설
· 시점 : 프랑스 어느 한적한 바닷가 마을
· 배경 : 3인칭 전지적 작가 시점
· 주제 : 사랑을 베풀며 살아가는 인간의 선한 본성

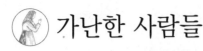

가난한 사람들

　폭풍우가 사정없이 휘몰아치는 어두운 밤이었다.

　가난한 어부의 오두막집 안에서 쟈니는 난로 옆에 앉아 누더기 조각으로 낡은 돛을 깁고 있었다.

　밖은 여전히 사나운 바람이 기승을 부리며 억수 같은 빗줄기가 유리창을 사정없이 때리고 있었다. 성난 파도가 바닷가 암벽에 부딪쳐 철썩, 철썩, 쏴……, 하고 파도 부서지는 소리가 요란하게 들려왔다. 그 거칠고 무서운 파도 소리를 듣기가 쟈니는 몹시 괴로웠다.

　밖은 여전히 춥고 어두운데 —몸서리쳐지는 폭풍우는 계속되고 있었다.

　다행히 가난한 어부의 작은 집 안은 더없이 포근하고 아늑했다. 마른 장작들이 바지직바지직 소리를 내며 난로 안에서 활활 타고 있었다. 집 안은 비록 맨바닥이었지만 먼지 하나 없이 깨끗하게 잘 정돈되어 있었다. 방 한 쪽 찬장에는 희고 깨끗한 접시와 그릇들이 가지런히 놓여 있었다.

　또 다른 쪽으로는 흰 시트가 깔린 낡은 침대가 있었는데 아무도 잔 흔적이 없이 잘 정돈된 채였다. 그리고 낡은 카펫이 깔린 바닥에서는 바깥의 휘몰아치는 폭풍우 소리는 아랑곳없이, 다섯 명이나 되는 어부의 아이들이 쌔근거리며 꿈길을 헤매고 있었다.

　돛을 깁고 있는 쟈니의 남편은 지금 고기를 잡으러 배를 타고 바다에 나가 있다.

　이처럼 춥고 비바람이 몰아치는 사나운 날씨에 바다로 나가는 것은 매우 위험한 일이었다. 그렇지만 목구멍이 포도청이라는 말처럼 누가 먹을 것을 거저 가져다줄 리는 없지 않은가? 그냥 앉아 있다가 아이들을 굶길 수는 없는 일이었다.

　쟈니는 바느질을 하면서도 마음은 항상 바다에 나가 있었다.

　더구나 오늘 밤처럼 거세게 비바람이 몰아치는 날이면 한시라도 마음을 놓을 수가 없었다. 거친 폭풍우를 뚫고 애처롭게 우는 갈매기 소리가 간간이 들려왔다.

쟈니는 마음이 불안하고 불길한 예감마저 들었다. 폭풍우에 배가 난파당하는 무서운 상상까지 머릿속에 떠올랐다. 배는 암초에 걸려 박살이 나고 물에 빠진 사람들은 저마다 살려달라고 아우성치고…….

"아아, 끔찍해!"

하고 쟈니는 몸을 웅크렸다.

그때 낡은 괘종시계가 목쉰 소리로 땡, 땡……. 하고 시간을 알려 주었다.

철부지 어린 것들은 아무것도 모른 채 단잠에 빠져 있었다.

쟈니는 살아가는 일이란 결코 쉬운 일이 아니라는 생각이 들었다.

남편은 추위와 비바람을 무릅쓰고 바다에 나가 시시각각 다가오는 위험 속에 자신의 몸을 맡기고 있다. 그리고 그녀 역시 이른 새벽부터 밤늦게까지 쉴 새 없이 이렇게 일을 하고 있다. 그렇지만 한편 다시 생각해 보면 부지런히 일한다는 것은 얼마나 가치 있고 보람된 일인가!

그녀의 어린아이들은 신발도 없이 언제나 맨발로 뛰어다녔으며 검은 빵은 그나마 훌륭한 음식이었다. 검은 빵이라도 날마다 배부르게 먹을 수만 있다면 얼마나 좋을까. 다행히 바닷가에 사는 덕분으로 생선은 가끔 얻어먹을 수 있었지만.

어떻든 간에 아이들이 별 탈 없이 그저 건강하게 자라주는 것만으로도 하느님께 감사할 뿐이었다.

쟈니는 두 눈을 감고 마음속으로 기도했다.

"하느님! 그이는 지금 어디에 있을까요. 부디 그이를 지켜 주세요."

그러나 비바람 소리는 점점 더 기승을 부릴 뿐이었다.

잠자리에 들기는 아직 이른 시간이었다. 기다리다 못한 쟈니는 외투를 걸치고 램프를 켜 든 채 밖으로 나갔다. 혹시 남편이 돌아오고 있는지 바다가 조금 잔잔해지기라도 했는지 등댓불이 꺼져 있지는 않는지를 보기 위해서였다.

밖은 여전히 춥고 심한 폭풍우가 휘몰아치고 있었다.

쟈니의 발길은 아랫마을로 옮겨졌다. 동네 어귀의 해변에 인접한 낡은 오두막집 앞에까지 걸어 내려갔다.

벽은 허물어지고 앙상한 기둥에 매달린 낡은 문짝 하나가 보였다. 그 문짝은 바람이 휘몰아칠 때마다 삐걱삐걱 소리를 내고 있었다.

오늘따라 사나운 바람은 이 오두막집을 한입에 삼키기라도 하려는 듯 세차게 몰아치고 있었다. 문짝은 쉬지 않고 삐걱거리고 지붕을 덮은 낡은 판자들은 마치 살려달라고 애걸하듯 흔들거렸다.

쟈니는 잠시 발을 멈추고 찌그러진 창문으로 집 안을 들여다보았다. 빈집처럼 캄캄하고 적막했다. 쟈니는 한참을 머뭇거리며 생각했다.

'가엾은 사람! 저 불쌍한 여자를 진작 돌봐줬어야 하는 건데 내가 깜박 잊고 있었어. 남편은 아무도 돌봐줄 사람이 없는 외로운 저 여자를 항상 걱정 했는데⋯⋯.'

쟈니가 문을 두드렸다. 안에는 아무런 인기척도 없었다. 쟈니는 다시 머뭇거렸다.

'가엾어라! 어린 것들도 돌봐줘야 할 텐데 자신마저 앓아누웠으니! 저 여자는 무슨 팔자가 저렇게 사나워서 아이를 임신한 채 과부가 됐을까? 어린 것들은 저이만 바라보고 살 텐데⋯⋯. 너무 가여워!'

쟈니는 여러 차례 노크를 해봤지만 안에서는 여전히 인기척이 없었다.

"안에 계세요? 왜 대답이 없어요?"

하고 쟈니는 소리쳐 보았다.

"주무시거든 그냥 갈게요."

하며 돌아서려고 했다.

온몸이 비에 젖은 쟈니는 몸이 떨려왔다. 그만 발길을 돌리려고 막 발을 내딛으려는 순간, 쟈니의 외투를 날려버릴 듯 거센 바람이 사납게 몰아쳤다. 자신도 모르게 그녀의 몸이 문에 부딪히며 문이 활짝 열렸다.

얼떨결에 쟈니는 집 안으로 들어섰다. 그녀의 손에 든 램프 불이 캄캄한 집 안을 환하게 비춰주고 있었다. 말이 집이지 안은 바깥보다 더욱 썰렁한 냉기가 감돌았다. 천장의 여기저기서 빗물이 새어 흘러내리고 있었다.

문을 등진 벽 가장자리에는 지저분한 지푸라기 더미가 보였는데 그 위에 죽은 과부의 시체가 놓여 있었다. 머리를 뒤로 젖히고 입을 벌린 싸늘하고 푸르죽죽한 얼굴 모습에는 절망과 고뇌가 꽁꽁 얼어붙은 채였다. 더욱이 죽기 전에 무엇인가를 붙잡으려는 것처럼 쭉 뻗은 여인의 푸르스름한 손은 누워 있는 지푸라기 침대 아래로 맥없이 축 처져 있었다.

그런데 죽은 여자의 시체 발치에는 때에 절은 포대기 안에 아기들이 누워 있었다.

얼굴은 핼쑥하고 야위었어도 금발의 곱슬머리에 예쁜 얼굴을 하고 미간을 찌푸린 채 두 아이가 서로 얼굴을 마주 대고 잠들어 있었다. 시시각각 죽음의 그림자가 다가오는 줄도 모르고 사나운 폭풍우를 까마득히 잊은 채 아기들은 편안하게 자고 있었던 것이다.

어머니는 마지막 순간까지 어린것들의 발부리를 큼직한 헌 이불로 감싸 주고 자신의 옷을 어린 것들 위에 덮어주었던 모양이었다. 참으로 죽음보다도 강한 어머니의 사랑이었다.

한 아기는 고사리 같은 뽀얀 손으로 뺨을 고이고 있었고 다른 한 아기는 형의 목에 귀여운 자기 얼굴을 기대었다. 아기의 숨소리는 꺼질 듯이 조용하고 가냘픈 것이었지만 이 세상의 어느 누구도 이들의 포근한 잠을 깨우지 못할 만큼 깊고 달콤한 잠을 자고 있는 것처럼 보였다.

밖은 거센 비바람이 점점 더 거칠게 몰아치고 있었다.

천장을 타고 흘러내리던 빗줄기 한 방울이 죽은 여인의 뺨에 뚝 떨어졌다. 그것은 램프 불에 반짝이며 마치 눈물처럼 흐르고 있었다.

그 모습을 보던 쟈니는 갑자기 외투 자락 속에 뭔가를 훔쳐 들고 도망치듯 그 집을 뛰쳐나왔다. 누군가가 뒤에서 자기를 뒤쫓아 오는 것 같아 심장이 걷잡을 수 없이 뛰었다. 그녀는 죽은 사람 집에서 뭔가를 훔쳐 온 것이 아닐까?

집으로 돌아오자마자 쟈니는 외투 속에 싸 들고 온 것을 침대 위에 놓고 재빨리 시트로 덮어버렸다. 그리고 정신없이 끌어당긴 의자에 주저앉고 말았다. 그녀는 침대 끝에 이마를 대고 엎드렸다. 그녀의 얼굴은 몹시 창백해지고 흥분에 들떠 있었다.

조금 전에 그녀가 한 짓을 되새기며 자신을 저주하고 있었다. 그녀는 실성한 사람처럼 중얼거렸다.

"그이, 그이가 뭐라고 할까? 도대체 무슨 짓을 한 거지? 아이 뒤치다꺼리에 지친 내가……, 아, 흑흑……. 난 나는, 바보야, 바보……. 혹시 그이가 왔나? 아, 아직 안 왔어. 차라리 그이가 와서 나를 실컷 때려 주기라도 한다면! 난 큰일을 저질렀어. 아아, 내가!"

그때 문밖에서 인기척이 나는 것 같았다. 쟈니는 몸을 벌벌 떨며 의자에서 일어나 밖을 살펴보았다.

"아, 그이가 아니군! 하느님! 제가 왜 이런 짓을 했을까요? 이런 짓을 저지르고서야 어떻게 지쳐 돌아오는 남편의 얼굴을 바로 대할 수 있을까요?"

쟈니는 말없이 한동안 침대 옆에 앉아 있었다. 온갖 상념과 고뇌에 가슴을 조이며 그녀는 멍하니 앉아 있었다.

비가 멎었다. 이윽고 먼동이 트기 시작했다. 그러나 바람은 여전히 세차게 불고 바다는 성난 듯이 외치고 있었다.

갑자기 문밖에서 소리가 났다.

이윽고 문이 열리면서 축축하고 차가운 바람 한 줄기가 안으로 흘러들어 왔다. 그와 동시에 키가 크고 햇볕에 그을려 건장해 보이는 어부가 물에 젖고 갈기갈기 찢어진 그물을 질질 끌며 오두막집 안으로 들어섰다.

"쟈니, 나 왔어!"

그는 반가운 듯이 말했다.

"오, 당신이군요!"

쟈니는 대답했지만 똑바로 일어서지도 못한 채 앉아서 고개를 푹 숙이고 말았다.

"정말 무서운 밤이었어! 날씨 한번 정말 사납더군."

"정말 그랬어요. 고기는 많이 잡은 건가요?"

"고기가 다 뭐야. 아주 망쳤어. 멀쩡한 그물만 다 찢고 돌아왔지. 글쎄 내 머리털 나고 처음 보는 무서운 폭풍우였어. 뭐랄까 꼭 미친 악마 같았지! 배가 공처럼 이리저리 흔들리고, 돛을 단 밧줄이 금방 끊어지고……, 이렇게 살아온 것만도 천만다행이지! 그렇지? 그런데 당신은 혼자서 뭘 하고 있는 거야?"

어부는 피곤한 듯 그물을 끌고 방 안에 들어와 난로 옆에 앉았다.

"글쎄, 그저 이렇게……."

쟈니는 새파랗게 질린 채 남편을 멍하니 쳐다보았다.

"바느질하고 있지요……. 간밤에 비바람 소리가 얼마나 무섭든지…….
정말 혼자 있기가 무서울 정도였어요. 내내 당신 걱정만 했지요."

"그랬을 거야, 정말 지독한 날씨였어. 그런데 간밤에는 별일 없었지?"

남편은 걱정스럽게 말을 건넸다.

그녀는 한동안 말을 잃고 멍하니 앉아 있다가 마침내 큰 죄라도 고백하
듯이 겁을 집어먹고 더듬더듬 말하기 시작했다.

"시몬 아주머니가 죽었어요. 언제 죽었는지는 몰라요. 모르긴 해도……,
당신이 그 집에 다녀온 엊그제쯤 이후일 거예요. 죽을 때 몹시 고통스러웠
나 봐요. 어린 것들을 생각하면 가슴이 찢어졌겠지요. 더구나 젖먹이 둘을
남겨놓고 죽었으니……. 큰아이는 기어 다니기라도 하지만 작은 아이는 아
직 말도 못 하는걸요."

쟈니는 입을 다물었다. 남편은 쟈니의 말을 들으면서 두 눈을 껌벅이며
숙연한 표정을 지었다. 정직하고 순박한 그의 얼굴은 점점 굳어 갔다.

"정말 안됐군! 앞으로가 걱정인데……."

그는 못내 안쓰럽다는 듯이 목덜미를 손으로 만지며 말했다.

"그러니 어쩌지? 아기들이라도 당신이 데려와야 하지 않을까? 잠이 깨
면 엄마를 찾을 텐데……. 여보, 어서 가서 어린 것들부터 데려오지."

하지만 쟈니는 말뚝에 매인 사람처럼 좀처럼 일어서려고 하지 않았다.

"여보, 빨리 가야지! 왜, 당신 싫어? 아이들을 데려오는 게 마음 내키지
않는단 말이야? 자, 어서. 정말 당신답지 않군!"

그제야 쟈니는 몸을 일으켰다. 그리고 아무 말 없이 그녀의 남편을 침대
곁으로 끌고 가서 덮어놓은 시트 자락을 조용히 걷어 보였다.

시트 속에는 죽은 이웃 과부의 아이들이 얼굴을 맞댄 채 깊은 잠에 빠져
평화스러운 꿈에 젖어 있었다.

검은 고양이

- 에드거 앨런 포 -

에드거 앨런 포(Edgar Allen Poe 1809~1849) 미국의 시인, 소설가, 비평가.

포는 1809년 1월 19일 미국 매사추세츠주 보스턴에서 태어났다. 포의 아버지는 법률을 공부하였지만 연극에 매료되어 배우로 노스캐롤라이나 찰스턴에서 첫 무대에 서고 엘리자베스 홉킨스와 결혼한다. 1810년 행방을 감춘 남편 대신 생계를 위해 과로하던 포의 어머니는 24세의 젊은 나이에 죽는다. 포는 존 앨런(포의 대부로 추정) 부부에게 맡겨져 1815년 영국으로 건너갔다가 1820년 7월에 미국 뉴욕으로 돌아온 뒤 버지니아 대학 등에서 공부했다. 1830년 육군사관학교에 입대했으나 양부와의 불화로 1년 만에 퇴교당한다.

1827년 처녀시집 〈태멀레인과 그 밖의 시들〉을 출판했다. 1833년 10월 〈병 속의 편지〉가 콘테스트에서 최우수상을 받았다. 26세의 나이로 당시 13세의 어린 버지니아와 결혼한다. 그는 〈서던 리터러리 메신저〉 편집장이 되고 최초의 추리소설인 《모르그가의 살인사건》을 그 잡지에 발표한다. 1845년 〈뉴욕 미러〉지에 시집 〈갈가마귀〉와 〈이야기〉 선집을 내면서 작가로서의 명성을 얻기 시작한다. 아내 버지니아가 24세의 젊은 나이로 죽자 1848년 7세 연상의 사라 헬렌 휘트먼 부인에게 청혼하지만 부인 가족의 반대로 무산된다. 그 후 알콜 중독과 가난에 시달리다 1849년 40세의 나이로 삶을 마감하였다.

대표작으로는 《윌리엄 윌슨》《어셔 가의 몰락》《붉은 죽음의 가면》《마리 로제의 수수께끼》《황금 벌레》《검은 고양이》《고자질하는 심장》《함정과 추》와 《애너벨리》라는 유명한 시가 있다.

이 작품은 플루토(지옥의 왕)라는 이름의 검은 고양이를 통해 거칠어져 가는 인간의 병적 심리를 가진 주인공이 양심의 괴로움과 공포와 함께 죽음에 이르는 과정을 묘사한 글이다. 암시에 의해 전락해 가는 병적 심리와 양심의 가책을 섞어 공포와 충격을 느끼게 하는 작품으로서 공포와 광기로 물든 이 글에는 독창적이고 환상적, 상징성, 초월성 등 현대소설의 갖추어야 할 모든 미덕을 갖고 있는 작품으로 포우의 대표적인 공포소설이다.

나와 아내는 많은 애완동물들을 길렀는데 그중에서 나는 플루토라고 이름 붙인 고양이를 가장 귀여워했다. 몇 년이 지나 나는 알코올 중독이 되어가면서 동물들을 학대하고 아내에게도 폭언을 퍼부었다. 어느 날 술을 마시고 집에 들어가자 고양이가 나를 피하는 느낌을 받고서 칼로 고양이의 한쪽 눈을 도려낸다. 이후에도 여전히 나는 술에 빠져 살았으며 결국 고양이를 나무에 목매달았다. 그날 밤 집에 불이 났는데 목을 매단 고양이가 내 방을 향해 던져졌다.

여러 달 동안 나는 그 고양이를 대신할 만한 놈을 찾았는데 술집에서 가슴에 흰 털이 있는 검은 고양이를 발견하여 데려온다. 그 녀석도 플루토처럼 눈 하나가 없다는 것을 알게 되면서 나는 고양이에 대해 곧 싫증을 느끼기 시작했다. 나는 갈수록 광란의 발작을 일으켰으며 아내는 불평 한마디 없이 받아 주었다. 지하실로 아내와 같이 들어가는데 고양이가 발에 걸려 가파른 층계에서 거꾸로 떨어질 뻔해 화가 난 나는 고양이를 도끼로 내려치려 했지만 아내의 머리가 막는 바람에 고양이를 죽이지는 못했다. 대신 아내가 그 도끼에 맞아 죽은 것이다. 나는 시체를 지하실 벽속에 집어넣고 흙을 다시 발랐다. 나흘 뒤 집을 수색하러 온 경관들에게 나는 태연했지만 벽 속에서 나는 고양이의 울음소리를 듣고 벽을 헐게 되었다. 죽은 아내의 머리 위에 고양이가 앉아 있던 것이다.

· 갈래 : 공포 소설
· 시점 : 전지적 작가 시점
· 배경 : 어느 저택의 지하실
· 주제 : 인간의 내면과 심리의 변화

검은 고양이

    이제부터 펜을 들어 기록하려는 매우 끔찍하지만 있는 그대로의 이야기에 대하여 나는 다른 사람들이 믿어주기를 기대하지도 않을뿐더러 믿어달라고 간청하지도 않는다. 직접 겪은 나의 감각기관마저도 그것을 부인하고 싶은데, 다른 사람들에게 믿어달라는 것은 참으로 미친 짓일 것이다. 나는 아직 미친 것도 아니고 꿈을 꾸고 있는 것도 분명 아니다. 그러나 나는 내일이면 이 세상을 떠날 처지다. 그래서 오늘은 내 마음의 무거운 짐을 모두 내려놓고자 한다. 이 글을 쓰는 목적은 평범한 가정에서 일어난 놀라운 사건을 솔직하고 간결하게 지루한 설명은 생략하고 세상 사람들 앞에 털어놓고 싶어서다.

    결국 이 사건은 나에게 공포와 번민을 주고, 나를 파멸시켜 버렸다. 아직 나는 그 이유를 설명하고 싶지는 않다. 그 사건은 나에겐 다만 공포감을 주었을 뿐이지만, 다른 사람들에게는 공포감보다는 오히려 기이한 느낌을 줄지도 모른다.

    이성적으로만 본다면 내가 이제부터 두려운 마음으로 자세히 털어놓고자 하는 이야기의 전말은 극히 당연하고 평범한 인과관계의 연속으로밖에 생각되지 않아, 나의 환상이 평범하게 여겨질지도 모르겠다.

    어렸을 때부터 나는 온순하고 인정이 많은 성격이었다. 이런 성격의 유약한 특성은 친구들의 놀림거리가 될 만큼 심했다. 유별나게 동물들을 좋아하는 나를 위해 부모님은 여러 가지 동물들을 사다 주시곤 했다. 나는 대부분의 시간을 이 동물들과 더불어 보냈으며, 그들에게 먹을 것을 주거나 머리를 쓰다듬어 줄 때가 내게는 가장 즐거운 시간이었다.

    이러한 취미는 자라면서 더욱 깊어졌고 내가 성인이 되어서도 중요한 오락의 하나가 되었다. 주인에게 충실하고 영리한 개에게 애정을 느껴본 사람들에게는 동물들로부터 나오는 만족감이 어떤 것인지 또 얼마나 강렬한 것인지 구구하게 설명할 필요는 없을 것이다.

사람의 변변치 못한 우정과 경박함에 신물이 난 사람들은 동물의 비이기적이고 희생적인 사랑에 마음의 감동을 받곤 한다.

　나는 일찍 결혼했는데 다행히 아내의 성격도 나와 비슷했다. 내가 동물을 좋아하는 것을 보고 아내는 기회만 있으면 귀여운 동물들을 사들였다. 그 수가 늘어 새, 금붕어, 개, 토끼, 작은 원숭이, 그리고 고양이에까지 이르렀다.

　고양이는 굉장히 크고 아름다우며 전신이 까맣고 놀랄 만큼 영리한 녀석이었다. 무슨 얘기 끝에 그 녀석이 영리하다는 얘기가 나오면 적잖이 미신을 믿고 있던 아내는,

　"검은 고양이는 변신한 마녀래요!"

하며 옛 전설을 이야기하곤 하였다. 이 말은 아내가 늘 그런 데에 관심을 가졌다고 하는 건 아니다. 다만 그런 생각이 언뜻 떠오르니까 말할 뿐이지 특별한 이유가 있어서 그런 것은 아니었다.

　플루토(지옥의 왕) — 이것이 고양이의 이름이었다. — 는 마음에 드는 놀이 상대였다. 나만이 음식을 주었으며 집안 어디서든 늘 내 뒤를 졸졸 따라다녔다. 내가 외출할 때에는 거리로 따라오지 못하게 하기 위해 여간 힘들이지 않으면 안 되었다. 이처럼 나와 고양이는 수년 동안 친밀하게 지냈다.

　그런데 고백하기 부끄러운 일이지만 그동안 내 기질과 성격은 폭음의 결과로 극도로 악화되었다. 내 성격은 날이 갈수록 침울해졌고 아무렇지도 않은 일에도 공연히 발끈하며 다른 사람의 감정 같은 것은 염두에도 두지 않게 되었다. 아내에게 욕설까지 퍼붓고 마침내는 손찌검까지 하게 되었다.

　물론 귀여워하던 동물들에게도 나의 이런 변화가 영향을 미치지 않을 리 없었다. 나는 그들을 본 척도 하지 않았을뿐더러 학대까지 했다.

　그러나 플루토에 대해서는 다소나마 애정이 남아 있어서, 토끼나 원숭이, 개들이 우연하게 또는 반가워하며 내 곁에 왔을 때처럼 학대하지는 않았다. 하지만 알코올 중독에 빠진 내 병은 점점 악화되고 막바지에 이르러서는 괜히 조그만 일에도 발끈하며 마침내 플루토에게까지 손을 휘두르게 되었다.

　어느 날 밤의 일이다. 늘 다니던 거리의 술집에서 곤드레만드레가 되어 집에 돌아오니 고양이가 내 눈치를 보고 피하는 것 같았다. 나는 고양이를

붙잡았다. 그랬더니 깜짝 놀란 고양이는 이빨로 내 손을 물어 가벼운 상처를 냈다.

순간 나는 악마와 같은 분노의 화신이 되어 나 자신을 잊어버렸다. 선천적 영혼까지도 대번에 사라져 버리고 악마라도 감당하지 못할 술에 중독된 피폐함이 몸의 구석구석까지 확 퍼졌다. 나는 조끼 주머니에서 칼을 꺼내 불쌍한 고양이의 목을 붙잡고 한쪽 눈을 태연히 도려냈다! 이 잔인무도한 폭행을 기록하려니 얼굴이 붉어지고 화끈거리며 온몸이 떨린다.

아침에 잠에서 깨어 이성을 되찾았을 때 — 전날 밤 폭음의 여독이 잠과 함께 사라져버렸을 때 — 내가 저지른 범죄에 대하여 공포와 참회가 뒤섞인 복잡한 감정을 억누를 수 없었다.

그러나 그것도 미약하고 일시적인 감정에 지나지 않았고 내 마음의 근본을 흔들 만한 것은 아니었다. 나는 여전히 폭음으로 날을 보내고 곧 그 행동에 대한 기억도 술에 파묻어 버렸다. 이러는 동안에 점차 고양이는 회복되어 갔다. 도려낸 눈의 형상은 흉측한 꼴이었지만 이제는 별로 고통을 받는 것 같지도 않았다.

고양이는 전과 다름없이 집 안을 이리저리 돌아다녔지만 내가 가까이 가면 당연히 극도로 무서워하며 도망질치는 것이었다. 전에 그렇게 나를 따르던 동물이 이렇게 변한 태도에 처음에는 비애도 느꼈다. 그래도 원래의 선한 마음이 남아 있었으나 이 감정마저 곧 분노로 바뀌어 마침내는 나를 건질 수 없는 파멸의 구렁텅이에까지 몰아넣으려는 듯한 짓궂은 감정이 치솟아올랐다.

이러한 감정에 대해서 철학에서는 아직까지 아무런 해석도 없었다. 그러나 이것은 인간 본성의 원시적 충동 — 인간성을 지배하는 불가분적 힘 혹은 감정의 일종 — 이라고 나는 확신한다. 해서는 안 된다는 이유를 알고 있기 때문에 오히려 몇 번이고 죄악과 어리석음을 범하고 있는 것이 아닐까? 우리들은 최선의 판단에 거스르면서까지 법률을 알고 있는 까닭으로 오히려 그것을 범하고 싶은 경향이 있는 것이 아닐까?

거듭 말하지만, 이 짓궂은 감정이 기어이 최후의 파멸을 초래하고야 만 것이다. 아무 죄도 없는 고양이에게 계속 위해를 가하여 결국은 고양이를 죽이게까지 나를 충동질함으로써 마음속에 번민을 주고, 내 본성을 유린하면서도 악을 위해 악을 범하려는 수많은 영혼의 욕망을 낳았다.

어느 날 아침, 태연자약하게 나는 고양이의 목을 매 나뭇가지에다 걸었다. 눈물을 흘리면서 마음 한구석에 이루 헤아릴 수 없는 후회를 하면서 목을 매단 것이었다. 고양이가 나를 사랑하고 있었던 것을 알고 또 이렇게 하는 것이 죄악을 범하는 것임을 알기 때문에, 나의 불멸의 영혼을 — 만약 그런 것이 있을 수 있다면 — 자비로우신 신의 무한한 은총을 가지고도 구해낼 수 없는 심연 속에 빠뜨릴 최악의 죄악이라는 것을 알았기 때문에, 나는 고양이의 목을 나뭇가지에 매단 것이었다.

참혹한 행위를 저지른 그날 밤, 불이야! 하는 소리에 나는 잠을 깼다. 내 침대 커튼에 불이 붙어 타올랐고 집은 온통 불길에 휩싸였다. 아내와 하녀, 그리고 나는 가까스로 이 화염 속을 빠져나왔다. 철저히 다 타버려 모든 재산이 단숨에 날아가 버렸으므로 나는 절망의 늪 속에서 헤매지 않으면 안 될 신세가 되어 버렸다.

나는 이 재난과 나의 광포했던 행위 사이의 연관성을 찾아보려 할 만큼 마음 약한 위인은 아니다. 그러나 일련의 사실들을 자세히 고백하는 이 마당에 비록 일부분일망정 소홀히 넘기고 싶은 마음은 없다.

화재 다음날, 나는 불에 탄 집에 가보았다. 담은 한쪽만 남은 채 모두 무너졌는데, 집 한복판의 내 침대 머리 쪽에 있던, 그리 두껍지 않은 칸막이 방의 벽 쪽만 남아 있었다. 아마 최근에 새로 회를 발라서 불에 강했으려니 하고 생각했다. 그런데 많은 사람들이 모여들어 이 벽의 한 곳을 열심히 뚫어져라 바라보고 있었다.

"이상한 걸!", "신기한데!", 이런 말들이 들려와 가까이 가보았더니 흰 벽에 얇은 조각처럼 굉장히 큰 고양이 형상이 나타나 있었다. 그 윤곽이 놀라울 만큼 똑같았는데 고양이 목의 밧줄까지 흡사하였다.

맨 처음에 이 유령 — 그렇게밖에 볼 수 없었다. — 을 보았을 때의 나의 놀라움과 공포는 극에 달했다. 그러나 이내 생각을 다시 하여 공포에서 벗어날 수 있었다.

'불이야!' 하는 소리에 사람들이 마당에 잔뜩 모여들었을 때 나를 깨울 작정으로 누군가 그 고양이의 사체를 열린 창을 통하여 내 방 안으로 던진 것임이 틀림없었다. '다른 쪽 벽돌이 무너지는 바람에 고양이는 새로 바른

벽에 박혀 벽의 석회분과 화염과 시체에서 발산되는 암모니아가 혼합되어 이와 같은 화상이 되었을 거야' 하고 나는 생각했다.

내가 지금 자세히 설명한 이 놀라운 일에 대하여 나의 이성에 대해서는 이렇게 쉽게 설득하긴 했지만 나의 양심은 그것을 용납하지 않았고, 역시 그 사건은 나에게 심각한 영향을 주지 않을 수 없었다.

그 후 여러 달 동안 고양이의 환영이 나를 떠나지 않았으며 후회 아닌 후회를 하는 모호한 감정이 내 마음 한구석에 싹트기 시작했다. 고양이가 없어진 것을 섭섭히 여기고 그때 뻔질나게 드나들던 삼류 주점 같은 데서도 혹시 같은 종류나 다소 닮은 고양이가 있지 않을까 해서 주위를 둘러보기도 하였다.

어느 날 밤, 그 술집에서 멍하게 앉아 있는데 방 안의 가구처럼 자리를 차지한 진과 럼주 술통 위에 쭈그리고 앉아 있는 시커먼 것이 눈에 띄었다. 아까부터 그 술통 위를 바라보고 있었는데, 더 빨리 눈에 띄지 않았다는 것은 매우 이상한 일이었다.

뭔가 싶어 나는 가까이 가서 만져보았다. 그것은 검은 고양이였다. 아주 큰 녀석으로 바로 플루토만 한 크기의 몸집에 한 군데만 빼고는 플루토와 똑같았다. 플루토는 전신이 검은색이었으나 이놈은 가슴 전체가 희미하나마 큰 백색 반점으로 덮여 있었다. 손을 대니까 곧 일어나 골골거리며 내 손에 몸을 비비며 아는 척해주니 기뻐하는 듯했다. 이거야말로 내가 찾던 고양이였다.

주인에게 그 고양이를 사겠노라고 말했더니 주인은 자기 것이 아니라 어디서 왔는지도 모르며 전에 본 일조차 없다는 것이었다. 나는 고양이를 쓰다듬어 주다가 집에 돌아오려고 자리에서 일어섰다. 그런데 내가 일어서니까 고양이도 나를 쫓아올 기미를 보여 그냥 쫓아오게 내버려 두었다. 집에 오는 도중에도 여러 번 허리를 굽혀 머리를 쓰다듬어 주었다.

집으로 돌아오자 고양이는 금방 길이 들고 아내도 역시 귀여워했다. 그러나 나는 금방 싫증을 느끼게 되었다. 이것은 참으로 뜻밖의 일이었으나 어쩐 일인지 고양이가 나를 잘 따르는 것이 오히려 불쾌하고 성가시게 했다.

이 불쾌감과 혐오감은 점차 극도의 증오로 변해버렸다. 나는 고양이를 피했다. 일종의 수치스러움과 전에 저지른 참혹한 행위의 기억 때문이었다. 그 후 여러 주일 동안은 고양이를 때리지도 않고 별로 학대하지도 않았다. 그러나 나는 점점 고양이에 대해 이루 말할 수 없는 증오감을 느끼게 되어 마치 전염병 환자를 피하듯이 고양이를 슬슬 피하게 되었다.

고양이를 집에 데리고 온 다음 날 아침에 알게 된 사실이지만 이 고양이도 플루토처럼 한쪽 눈이 멀어 있었다는 것도 틀림없이 고양이에 대한 증오감이 커진 한 이유였다. 그러나 앞에서도 얘기했지만, 매우 인정이 많은 내 아내는 이 때문에 한층 더 고양이를 측은히 여기는 것이었다. 그리고 이런 성격이야말로 전에 나의 특성이었던 동시에 가장 단순하고 순수한 즐거움의 원천이었던 것이다.

그런데 내가 고양이를 미워하면 미워할수록 그와 반대로 고양이는 나를 더욱더 따르는 것이었다. 독자들은 이해할 수 없을 정도로 이 고양이는 성가시게 내 뒤를 쫓아다녔다. 내가 어디에 있든지 간에 으레 쫓아와서 내 의자 밑에 앉거나, 무릎 위에 뛰어올라 지긋지긋하게 핥거나 또는 내 몸에다 비벼대는 것이었다. 내가 일어나서 걸어가려고 하면 어느새 다리 사이로 기어들어 와 하마터면 넘어질 뻔하게 하거나, 그렇지 않으면 길고 뾰족한 손톱으로 옷에 매달려 가슴까지 기어 올라왔다.

이럴 때에는 당장 때려죽이고 싶었는데, 전에 범한 죄악이 머릿속에 떠오르기도 했지만 솔직히 고백하면 고양이가 까닭 없이 무서워져 감히 손을 대지 못했던 것이다. 이 공포감은 확실히 육체적 위해의 공포는 아니었지만 이렇다 하게 설명하기도 힘든 것이었다. 실은 중죄수의 감방에서 고백하기가 좀 부끄러운 일이지만 고양이가 나에게 가져다준 그 공포감이라는 것은 아주 보잘것없는 망상으로 말미암아 생겨난 것이다.

이 고양이와 전에 내가 죽인 고양이의 단 하나 다른 점은 가슴에 있는 흰 반점이라는 것은 앞에서도 얘기했었다.

"이 흰 점이 좀 이상해요!"

하고 내 아내는 여러 번 내 주의를 환기시켰다. 이 반점은 크기는 했지만 처음에는 아주 희미했었다. 그러던 것이 거의 눈에 띄지 않게 서서히 진해져 — 나의 이성은 오랫동안 그것을 망상이라고 부정하려 애썼지만 — 마침내 분명한 윤곽이 나타났다. 그것은 무어라고 부르기에도 몸서리가 쳐지는 형상이었고, 그것 때문에 무엇보다도 그 괴물이 미웠고, 무서웠고, 할 수만 있다면 없애버리고 싶었던 것이다. 그것은 등골이 오싹해지도록 무서운 교수대의 형상, 아! 그것은 공포와 죄악, 고통과 죽음의 슬프고도 무서운 형구인 밧줄의 형상이었다.

나는 이제 인간의 처참함 이상의 처참한 상태로 추락해 버렸다. 일개 짐승이 — 내가 죽여 버린 보잘것없는 짐승이 — 전능하신 하느님의 모습을 따라 만들어진 인간인 내게 이와 같은 참으려야 참을 수 없는 고통을 주리라고는! 아, 괴롭다! 낮이고 밤이고 간에 나에겐 휴식의 기쁨이라고는 전혀 없었다.

낮이면 고양이는 한시도 내 곁을 떠나지 않았고, 밤이면 또 밤대로 시시각각 말할 수 없는 공포의 꿈에 시달리다 벌떡 일어나면, 내 얼굴에는 고양이의 뜨거운 입김이 훅훅 끼쳐왔으며 내 힘으로는 꼼짝도 할 수 없는 악몽의 화신이 천근 같은 무게로 가슴을 짓누르고 있는 것이었다!

이러한 고통의 압박으로 손톱만큼이나마 나에게 남아 있던 '선(善)'의 자취는 아예 꼬리를 감춰버렸다. 흉악한 생각 — 가장 어둡고 사악한 생각 — 이 나의 유일한 친구가 되었다. 나의 무뚝뚝한 성질은 점점 변해서 모든 사물과 사람들을 미워하게까지 되었다. 시시각각 억제하기 힘든 폭발적인 분노에 나는 맹목적으로 내 몸을 내맡기게 되었는데, 아무 불평도 없이 그 고통을 달게 참는 희생자는 불쌍하게도 언제나 내 아내였다.

우리들은 가난해져서 어쩔 수 없이 낡은 고옥에서 살고 있었는데, 어느 날 집안일로 아내는 나를 따라 지하실에 들어왔다. 고양이도 가파른 계단을 쫓아 내려와 하마터면 내가 굴러떨어질 뻔하자 나의 노여움은 극도에 달했다.

나는 격분에 휩싸여 여태까지 참고 있던 어린애 같은 두려움도 잊어버리고 도끼를 들어 고양이를 향해 내리치려 했다. 물론 내 마음대로 되었다면 고양이는 그 자리에서 죽어버렸을 것이나 아내의 제지로 뜻대로 되지 않았다. 아내의 방해로 나는 악마도 못 당할 만큼 분노에 휩싸여 아내의 손을 뿌리치며 대신 그 도끼를 아내의 머리에다 내리박았던 것이다. 아내는 비명도 못 지르고 그 자리에 푹 고꾸라졌다.

이 무서운 살해 후 나는 시체를 감출 방법을 곰곰이 생각했다. 낮이든 밤이든 간에 이웃 사람의 눈에 띄지 않게 시체를 밖으로 끌어낼 수 없다는 것은 뻔한 일이었기에, 여러 가지 계획을 머리에 떠올렸다.

한번은 시체를 잘게 토막 내 불에 태워버리려고도 생각했다. 다음에는 지하실 마루 밑에 구멍을 파고 그 밑에 파묻어 버릴까도 생각해 보았다. 또는 마당 우물에 던져버릴까, 상자에 집어넣어 상품처럼 포장해서 인부를 시켜 밖으로 지고 나가게 할까 하는 생각도 했지만, 결국 그 어느 것보다도 그럴듯한 계획이 떠올랐다. 중세의 사제들이 그들이 죽인 희생자를 벽에 틀어박고 발라버렸다는 방법을 쓰겠다고 결심했다.

이런 목적으로는 지하실이야말로 안성맞춤이었다. 사면의 벽은 아무렇게나 쌓아 올린 채 마무리도 제대로 하지 않은 채 최근에 석회로 슬쩍 한번 발라두었는데 지하실 안의 습기로 인해 아직 마르지 않았다. 더욱이 벽한쪽은 장식용 연통과 난로를 꾸며 놓기 위해 툭 튀어나와 있었다.

나는 이 벽이라면 틀림없이 벽돌을 떼어낸 다음 시체를 그 속에 틀어박고 담을 먼저대로 감쪽같이 해놓을 수 있으리라고 생각했다.

이 계획은 빈틈이 없었다. 쇠꼬챙이로 쉽게 벽돌을 떼어 시체를 안쪽 벽에 기대 세우고 그대로 버텨놓은 다음 별로 힘들이지 않고 벽돌을 전과 같이 쌓아 올릴 수 있었다. 그다음에는 몰타르와 모래를 사다가 조심스레 전과 다름없이 벽돌과 벽돌 사이를 골고루 발랐다. 일이 끝났을 때 나는 자! 이젠 되었다 하고 안도의 한숨을 내쉬었다. 벽은 조금도 손을 댄 것처럼 보이지 않았다. 마루에 떨어진 부스러기들을 하나도 남김없이 주웠다.

나는 득의양양하여 주위를 휘휘 둘러보며 혼자 중얼거렸다.

"흥, 이 정도면 헛수고는 아니군."

다음으로 할 일은 이와 같은 불행의 원인을 만들어 낸 그놈의 고양이를 찾는 것이었다. 고양이가 눈에 띄기만 했다면 그놈의 운명은 두말할 것도 없었겠지만, 이번의 참혹한 사건에 질겁하여 슬며시 사라져 내가 이런 기분으로 있는 동안 내 앞에서 자취를 감추었다. 미운 고양이가 없어져서 마음이 홀가분해진 그 통쾌함이란 말로 표현하는 것은 고사하고 상상조차 하기 힘든 것이었다.

고양이가 그날 밤새도록 모습을 나타내지 않아서 고양이를 집에 데리고 온 이후 적어도 이날 밤만은 살인죄라는 무거운 짐이 내 영혼을 짓누르고 있었음에도 불구하고 나는 푹 잘 수가 있었다.

이틀이 지나고 사흘이 지나도 고양이는 나타나지 않았다. 나는 더욱 홀가분한 몸이 되어 안도감을 느꼈다. 괴물은 내가 무서워 영원히 이 집으로부터 도망친 것이다! 고양이는 더 이상 나타날 리 없다! 나의 행복은 더할 나위 없었다.

내가 범한 그 무서운 죄도 나를 별로 괴롭히지 않았다. 몇 차례 취조가 있었지만 문제없이 대답할 수 있었고, 한 번의 가택 수색까지 있었지만 물론 아무것도 발견되지 않았다. 이제부터 나의 행복은 확정적이라고 낙관했다.

이 사건이 있었던 후 나흘째 되는 날 뜻밖에도 한 무리의 경찰들이 들이닥쳐 또 한 번 세밀히 가택 조사를 시작했다. 시체를 감춘 곳이야 제아무리 날뛰어도 찾아낼 리 만무하다고 확신했기 때문에 나는 조금도 당황하지 않았다. 경찰들은 수색 중에 나에게 동참할 것을 명령하고 집 안 구석구석까지 샅샅이 조사했다. 서너 번이나 지하실로 내려갔지만 나는 조금도 당황하지 않았을뿐더러 심장의 고동은 역시 평온하게 잠을 자는 사람처럼 태연자약하게 뛰고 있었다. 나는 팔짱을 끼고 이리저리 유유히 활보했다.

경찰들이 완전히 의심을 풀고 떠나려 하자 나는 기쁨을 억제할 수 없었다. 나는 승리의 표시로 다만 한 마디라도 내뱉어 나의 무죄를 그들에게 한층 더 확실하게 인식시키고 싶은 욕망이 끓어올랐다.

"여러분!"

경찰들이 계단을 올라갈 때 나는 참지 못하고 입을 열었다.

"당신들의 의심이 풀려 무엇보다 기쁩니다. 여러분들의 건강을 빌며 경의를 표합니다. 그런데 여러분, 이 집은요, 이 집은 말이죠, 그 구조가 아주 잘 되어 있답니다. (아무거나 마구 얘기하고 싶은 격렬한 욕망에 휩싸여 무엇을 얘기하고 있는지조차 나도 몰랐다.) 특별히 잘 지어진 집이라 할 수 있겠죠. 이 벽돌은 말이죠, 아주 견고하게 쌓여 있답니다."

하며 말을 멈추고는 공연히 미치광이처럼 내가 들고 있던 막대기로 아내의 시체가 들어 있는 바로 그 부분을 힘껏 내리쳤다.

그러자 오, 하느님. 악마의 독이빨로부터 나를 구해주소서! 막대기가 부딪치는 소리의 울림이 채 멎기도 전에 무덤 속에서 울리는 듯한 소리가 들려왔다!

처음에는 약한 어린애의 울음소리처럼 간간이 이어지던 것이 갑자기 높고 지속적인, 아주 괴이하고도 잔인한 비명으로 변했다. 그것은 지옥에 떨어진 수난자의 입과 그에게 형벌을 주고 기뻐 날뛰는 악마들의 입으로부터 동시에 흘러나오는, 지옥으로부터의 고함소리며 공포와 승리가 뒤섞인 울부짖음이었다.

내 기분을 얘기한다는 것은 어리석은 일이다. 정신이 아뜩해져서 비틀거리며 쓰러질 것 같았다.

계단 위로 올라가던 경찰들은 그 순간 깜짝 놀라 잠시 우두커니 서 있더니 곧바로 열두 개의 단단한 손들이 달려들어 벽을 허물기 시작했다. 벽이 한꺼번에 떨어져 내리자 이미 대부분 썩고 핏덩이가 말라붙은 시체가 여러 사람들 눈앞에 우뚝 나타났다.

그리고 시체의 머리 위에는 시뻘건 큰 입을 벌리고 불길 같은 한쪽 눈을 크게 뜨고 있는 그 무서운 고양이가 앉아 있었다.

나에게 살인을 하게 한 것이나, 비명소리를 내어 나를 교수대로 끌려가게 한 그 모든 것이 이 고양이의 간계였다. 나는 그 괴물도 시체와 함께 벽 속에 틀어박고 발라버렸던 것이다.

살인자

- 어니스트 헤밍웨이 -

작가 소개

어니스트 헤밍웨이(Ernest Hemingway 1899~1961) 미국 소설가.

어니스트 헤밍웨이는 1899년 7월 21일 시카고 교외 오크 파크에서 출생하였다. 아버지는 외과 의사였는데 낚시와 사냥을 좋아하여 헤밍웨이도 어린 시절부터 아버지를 따라 낚시 또는 사냥 여행을 종종 하였다. 그의 어머니는 음악적 소질이 풍부하여 교회의 독창가수였을 뿐만 아니라 교회 일을 열심히 보는 교양 있는 여인이었다. 헤밍웨이는 아버지의 적극적인 삶의 방식과 어머니의 예술적 자질을 물려받아 자기의 독특한 문학세계를 이룰 수 있었다.

헤밍웨이는 18세 때 고등학교를 졸업하고 캔자스시티의 〈스타〉지의 기자가 되었다. 7개월간의 짧은 기자 생활을 통하여 훗날 그의 문체를 형성하는데 많은 공부가 되었다. 이때 그는 불필요한 부정어와 형용사의 배척 등 간결한 문체 속에 박진감 넘치는 표현기법을 습득하였다.

1921년에 6살 연상인 해들리 리처드슨과 결혼하여 토론토에서 지내던 중 1922년에 종군기자로서 그리스, 터키 전쟁에 종군하기 위해 급히 소아시아로 갔다. 거기서 그는 후퇴하는 그리스군의 정황을 취재했고 비가 퍼붓는 진창 속을 달리는 병사와 마차에 짐을 싣고 피난하는 피난민들의 모습에서 강렬한 인상을 받는다. 이듬해 기자직을 그만둔 그는 본격적으로 창작에 몰두하기 시작해 파리로 옮겨 갔다. 1932년에는 그의 투우 열의 총결산이라 할 수 있는《오후의 죽음》을 출판하였다. 1936년 7월에 스페인 내란이 일어나자 헤밍웨이는 스스로 앞장서서 정부군 '공화파' 의 지원 캠페인을 벌여 성금을 모아 스페인에 보냈다.

1923년《3편의 단편과 10편의 시(詩)》를 시작으로, 1924년 단편집《우리들의 시대에》, 1926년《봄의 분류》,《태양은 다시 떠오른다》, 1927년《남자들만의 세계》,《살인청부업자》, 1929년《무기여 잘 있거라》, 1932년《오후의 죽음》,《승자는 허무하다》, 1936년《킬리만자로의 눈》, 1940년《누구를 위하여 좋은 울리나》, 1950년《강을 건너 숲속으로》, 1952년《노인과 바다》, 1960년《위험한 여름》, 1964년 유작(遺作)《이동 축제일》등 다수의 작품을 발표한다. 1953년《노인과 바다》로 퓰리처상을 수상하고, 1954년 노벨문학상 을 받는다. 그 후 1961년 62세 때 아이다호의 자택에서 고혈압과 당뇨병으로 요양 중, 7월 2일 아침 엽총으로 생을 마감한다.

헤밍웨이 초기 작품으로 간결한 문체가 특징이다. 아무런 설명도 없이 날카롭고 빛나는 상징들이 있을 뿐이다.

죽이거나 죽음을 당하는 데 대한 어떠한 설명도 없이 비정한 폭력과 비리가 몰고 오는 허무와 절망을 그리며 이를 지켜보는 닉이 느끼는 공포와 전율을 설명 없이 담담하게 표현하였다. 주인공들이 삶의 고통과 비극 그리고 허무를 경험하고 그에 대한 인식을 갖게는 되지만 이러한 허무나 적대적인 환경에서 벗어나기 위한 행동을 취하지 않으며 단지 도피하려고만 한다. 닉은 앤더슨을 통해 폭력과 악의 세계에 대해 무기력하고 절망, 체념을 하는 인간의 모습에 환멸을 느끼게 되는 것이다. 닉이 도시를 떠나겠다는 것은 그러한 세계로부터 완전한 이탈을 시도한다는 뜻이다.

작품 줄거리

식당에 두 명의 살인 청부업자가 나타난다. 식당에서 일하는 조지, 그리고 주방에서 음식을 만드는 검둥이 샘을 닉과 함께 인질로 잡아 두고, 그들은 전직 권투선수인 앤더슨이 식당에 나타나기만 하면 죽일 준비를 하고 있다. 오래 기다려도 그가 나타나지 않자 인질들을 두고는 떠나가 버린다.

그들이 떠난 후 조지는 닉을 시켜 앤더슨에게 이 사실을 알려주게 하며, 닉은 사안의 중요성을 느끼고 앤더슨을 찾아가나 뜻밖에도 앤더슨은 벽을 향하여 침대에 누운 채 초연하게 이 사실을 받아들이며 도주나 방어의 어떤 경고도 받아들이지 않는다. 이런 앤더슨의 무기력하고 절망적인 태도에 닉은 놀라지 않을 수 없었다. 전직 권투 선수이고 누워 있는 침대가 작을 정도로 큰 체격을 가진 그가 꼼짝도 않고 죽음만을 기다린다는 사실은 닉을 충격에 빠지게 한 것이다. 앤더슨의 무기력한 반응과 도시에서 발생하는 폭력 등에 너무나 불쾌감을 느낀 닉은 이 도시를 떠날 결심을 한다.

핵심 정리

· 갈래 : 성장 소설
· 시점 : 전지적 관찰자 시점
· 배경 : 시골의 한가한 간이식당
· 주제 : 폭력과 악의 절망하는 삶의 비극

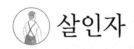# 살인자

헨리 식당의 문이 열리자 두 명의 사나이가 들어선다. 그들은 카운터 앞에 앉았다.

"무엇을 드릴까요?"

조지가 그들에게 물었다.

"글쎄."

그중 하나가 대답하며 옆 친구에게 물었다.

"이봐, 앨. 자네는 뭘 먹겠나?"

"글쎄, 뭘 먹을까?"

식당 밖은 날이 저물어 어슬어슬해져 있었다. 창밖 가로등에는 불이 켜졌다.

카운터 저편 끝에 있던 닉 애덤즈는 그들을 지켜보고 있었다. 닉은 이들이 들어오기 전까지 조지하고 한창 지껄이고 있던 참이었다.

카운터에 앉은 두 사나이는 메뉴판을 들여다보았다.

"애플 소스와 감자를 곁들인 돼지 등심 스테이크 하나 주지."

첫째 사나이가 주문을 했다.

"아직 준비가 안 되었습니다만……."

조지가 설명했다.

"그건 저녁 식사 메뉴입니다. 저녁 6시에는 드릴 수 있지요."

조지는 고개를 돌려 카운터 뒷벽에 걸려 있는 시계를 쳐다보았다.

"지금은 5시입니다."

"저건 5시 20분 아냐?"

둘째 사나이가 물었다.

"20분 더 빠르답니다."

"제기랄, 그따위 고물 시계는 없애 버려!"

첫째 사나이가 조지에게 물었다.

"그래, 너의 식당에는 무슨 음식이 되는데?"

"각종 샌드위치는 다 있습니다."

조지는 대답했다.

"햄에그 샌드위치, 베이컨에그 샌드위치, 리버베이컨 샌드위치, 그렇지 않으면 스테이크 샌드위치, 뭐든 손님 맘대로 주문하시죠."

"그러면 치킨 크로켓에 그린 피와 크림소스에 감자 곁들인 것을 줘."

"그것도 저녁 메뉴입니다."

"우리가 주문하는 건 모조리 저녁 식사란 말이지, 응? 이 자식아! 너희 식당은 언제나 이런 식이야?"

"햄에그 샌드위치는 드릴 수 있어요. 그리고 베이컨에그 샌드위치, 리버……."

"그럼, 햄에그나 줘."

앨이라는 사나이가 말했다.

그는 중산모에 검정 외투를 입고 있었는데 외투에는 단추가 쭉 달려 있었다. 실크 머플러를 두르고 장갑을 끼고 있었다. 작고 핏기 없는 얼굴에 꼭 다문 입술은 야무지게 보였다.

"나는 베이컨에그를 줘."

다른 사나이가 말했다. 얼굴은 서로 달랐지만 몸집은 앨과 비슷하였다. 쌍둥이처럼 똑같은 차림을 하고 둘 다 꽉 끼는 외투를 입고 있었으며 팔꿈 치를 카운터에 고이고 몸을 앞으로 숙이고 앉아 있었다.

"마실 것 뭐 없나?"

앨이 물었다.

"실버 비어에 비이버 그리고 진저엘이 있죠."

조지가 대답했다.

"한잔할 것 없냐 말이야!"

"방금 말씀드린 그런 것들이 있지요."

"대단한 마을인데? 대체 이 동네 이름이 뭐야?"

또 다른 작자가 비꼬며 물었다.

"서미트라고 합니다."

"어이, 들어 본 일 있나?"

앨이 옆 친구에게 물었다.

"없는걸."

그자가 대답했다.

"여기선 밤에 뭘 하나?"

앨이 조지에게 묻는데 옆 친구가 조지 대신 대답하였다.

"뭐, 저녁을 먹겠지. 다들 몰려와서 굉장한 저녁 식사를 한단 말이지."

"그렇죠."

조지가 대꾸했다.

"그래, 그 말이 맞단 말이지?"

앨이 조지에게 물었다.

"그렇고말고요."

"너 꽤 똑똑한 녀석이로군!"

"아무렴요."

조지가 맞장구치며 주문한 요리를 가지러 갔다.

"똑똑하긴 뭘. 그래, 저 녀석이 똑똑하단 말인가, 앨?"

작달막한 다른 한 패가 말했다.

"저 녀석은 멍청이야."

앨은 그렇게 말하더니 닉에게로 얼굴을 돌렸다.

"네 이름은 뭐지?"

"애덤즈요."

"똑똑한 녀석이 여기 또 하나 있군."

앨이 말했다.

"이봐, 맥스. 요 녀석도 똘똘인데."

"이 동네는 맨 똘똘이 판이로군."

맥스라는 자가 말했다.

조지는 카운터 위에 접시 둘을 가져다 놓았다. 하나는 햄에그 샌드위치이고 다른 하나는 베이컨에그 샌드위치였다. 그는 감자 프라이를 담은 작은 접시 둘을 그 옆에 놓고 주방으로 난 샛문을 닫았다.

"어느 것이 손님 거죠?"

조지는 앨에게 물었다.

"이 자식, 그것도 몰라?"

"햄에그였지요?"

"과연 똑똑한 놈이군."

맥스가 말했다. 그는 몸을 앞으로 비스듬히 숙이고는 햄에그 샌드위치를 들었다. 조지는 둘 다 장갑을 낀 채 먹는 그들의 모습을 지켜보았다.

"야, 뭘 그렇게 쳐다보는 거야?"

맥스가 조지를 흘겨보았다.

"보긴 뭘 봐요?"

"거짓말 마! 너, 나를 보고 있었잖아. 안 그래?"

"맥스, 그 녀석이 일부러 그랬겠나?"

앨이 그렇게 말하자 조지가 웃었다.

"야, 웃긴 왜 웃어? 웃지 말란 말이야. 알았나?"

맥스는 조지에게 호통을 쳤다.

"네, 잘 알았습니다."

조지가 대답했다.

"그래, 이 녀석이 잘 알았다네. 잘 알았다니 착하기도 하지."

맥스가 앨에게로 얼굴을 돌렸다.

"아니, 대충 대답하는 거야."

앨이 말했다. 그들은 식사를 계속했다.

"카운터 저 끝에 있는 놈, 이름이 뭐라고 했지?"

앨이 맥스에게 물었다.

"야, 똘똘아. 네 친구하고 카운터 저쪽으로 돌아가!"

맥스가 닉을 부르며 말했다.

"어떻게 할 작정인데요?"

"아무 작정 없어."

"똘똘아, 말을 듣는 게 좋을 거야."

앨이 거들었다.

닉은 카운터 뒤로 돌아들어 갔다.

"아니, 도대체 어떻게 할 셈이오?"

조지가 물었다.

"네놈은 조용히 해! 주방에는 또 누가 있나?"

앨이 말했다.

"검둥이요."

조지가 대답했다.

"검둥이라니?"

"요리사 검둥이 말이오."

"그 검둥이보고 이리 오라고 해."

"어떻게 하려고요?"

"나오라고 하라니까!"

"아니, 도대체 여길 어디로 알고 이러는 거요?"

"어딘지 정도는 우리도 잘 알고 있어, 제기랄!"

맥스라는 자가 말했다.

"그래, 우리가 그렇게 바보로 보이나?"

"이봐, 실없는 소리 그만하게. 왜 이따위 애들하고 이러니저러니 시비하는 거야?"

앨이 맥스를 나무라며 조지에게 말했다.

"그 검둥이놈 이리 나오라고 해."

"아니, 그 검둥이를 어떻게 하시겠다는 거요?"

"뭘 어떻게 한단 말이야? 생각해 봐, 똘똘아. 우리가 검둥이를 어떻게 하겠는가 말이다."

조지는 주방으로 통하는 샛문을 열고 샘, 하고 불렀다.

"잠깐만 이리로 나와."

주방문이 열리고 검둥이가 나왔다.

"무슨 일이야?"

그가 물었다. 카운터 앞에 앉은 두 사나이가 그를 힐끔 쳐다보았다.

"아무것도 아냐, 검둥아. 너 바로 거기 좀 서 있어!"

앨이 말했다.

검둥이 샘은 앞치마를 두른 채 카운터에 앉아 있는 두 사나이를 바라보며 "네, 네." 하고 대답했다.

앨은 의자에서 내려서며 맥스에게 말했다.

"나는 검둥이와 똘똘이를 데리고 주방에서 기다리겠어."

그가 다시 말했다.

"검둥이, 자넨 주방으로 다시 들어가게. 똘똘아, 너도 같이 가자."

그 작달막한 작자는 닉과 요리사인 샘 뒤를 따라 주방 안으로 들어갔다. 그들이 들어가자 문이 닫혔다.

맥스라는 자는 카운터를 사이에 두고 조지와 마주 앉았다. 그는 조지를 본 체도 안 하고 카운터 뒤에 걸려 있는 거울을 바라보았다.

"그래, 똘똘아."

맥스는 거울을 들여다보면서 입을 열었다.

"왜 무슨 말 좀 하지 그래?"

"대체 어떻게 할 셈이오?"

조지가 묻자 맥스가 안을 향해 소리쳤다.

"이봐, 앨! 똘똘이가 말이야, 어떻게 할 셈인지 좀 알고 싶다네!"

"왜 알려 주지 그래?"

앨의 목소리가 주방에서 들려 왔다.

"무슨 판이 벌어질 것 같은가?"

"모르겠소."

"자네는 어떻게 생각하는가 말이야."

맥스는 지껄이면서도 내내 거울에서 눈을 떼지 않았다.

"말하고 싶지 않소."

"이봐, 앨. 똘똘이란 놈 어떻게 생각하는지 말하지 않겠다는군."

"알고 있어, 여기도 다 들려."

앨이 주방에서 말했다.

"카운터 저쪽으로 좀 더 비켜서! 맥스, 자네는 왼편으로 좀 물러앉게."

그는 마치 단체 사진의 위치를 바로잡는 사진사처럼 지시하였다.

"자, 말해 봐, 똘똘아. 앞으로 무슨 일이 일어날 것 같은가?"

맥스가 물었다.

조지는 아무 대답도 하지 않았다.

"그럼 내가 말해 주지."

맥스가 말했다.

"우린 어떤 스웨덴 놈 하나를 해치우려고 하는 거야. 자네도 올 앤더슨이란 몸집 큰 스웨덴 놈 알지?"

"압니다."

"그놈이 저녁에 식사하러 여기로 오지?"

"가끔 오죠."

"6시면 오겠지?"

"온다면 그 시간에 오죠."

"우린 다 알고 왔어."

맥스는 말했다.

"우리 다른 얘기나 하자. 자네 영화 보러 가나?"

"가끔 한 번씩 가죠."

"좀 더 자주 가 봐야겠는 걸. 자네같이 똑똑한 놈에게 영화는 큰 도움이 되지."

"그런데 올 앤더슨을 무슨 이유로 해치려는 거죠? 그 사람이 손님들에게 무슨 해라도 입혔나요?"

"해를 입히려고 해도 그럴 기회가 있었어야지. 우린 서로 얼굴 본 적도 없는걸."

"그러니 우린 이제 얼굴을 한 번 보게 된다, 그런 말씀이야."

앨이 주방에서 덧붙였다.

"얼굴도 모르는 그를 왜 죽이려는 거죠?"

조지가 물었다.

"친구 부탁 때문에 그놈을 없애려는 거야. 순전히 그것 때문이지."

"입 닥쳐!"

주방의 앨이 소리쳤다.

"자네 주둥이는 너무 가벼워."

"우리 똘똘이 심심찮게 해주어야지. 안 그래, 똘똘이?"

"어쨌든 입이 가벼워."

앨이 말했다.

"검둥이하고 이 똘똘이는 저희끼리 심심하지 않을 거야. 두 놈을 꽁꽁 묶어서 한 쌍의 사이좋은 수도원 계집애들처럼 해 놓았거든."

"자네 유대 수도원에 가 있었군. 그래, 자네가 있었던 곳은 기껏 그런 곳이었겠지."

조지가 시계를 쳐다보자 맥스는 말했다.

"만일 손님이 들어오면 요리사가 쉰다고 말해. 그래도 손님이 짓궂게 들어오면 네가 주방에 들어가서 직접 요리를 만들어 드리겠다고 말하란 말이다."

"알았어요."

조지는 말했다.

"그다음에는 우리를 어떻게 할 작정이죠?"

"그때 가봐야 알지. 지금으로서는 도저히 알 수 없는 일이야."

맥스는 말했다.

조지는 시계를 쳐다보았다. 6시 15분이었다. 식당 문이 열리며 전차 운전수가 들어왔다.

"이봐, 조지. 저녁 좀 먹을 수 있지?"

"샘이 어디 갔는데요. 반 시간 있어야 돌아옵니다만."

조지가 말했다.

"그럼, 저 뒤쪽으로 가 볼까."

운전수는 그렇게 말하고 밖으로 나갔다. 조지는 시계를 쳐다보았다. 6시 20분이었다.

"잘했어, 잘했어. 그렇게 하는 거야."

맥스가 말했다.

"자네야말로 진짜 신사로군."

"우물쭈물하면 제 모가지가 날아갈 걸 알고 있으니 그랬겠지."

앨이 주방에서 던진 말이었다.

"아냐. 그래서 그런 게 아냐. 우리 똘똘이는 근사한 녀석이야. 마음에 드는군."

6시 55분이 되자 조지가 말했다.

"오늘은 안 오는 모양이군요."

식당에는 운전수 외에도 두 사람이 더 다녀갔다. 한 손님은 가지고 간다고 해서 조지가 직접 주방에 들어가 햄에그 샌드위치를 만들어 주었다.

주방에 들어가 보니 앨이 있었는데 그는 모자를 뒤로 젖혀 쓰고 총신을 짧게 자른 산탄총 총구를 문턱에 기대놓고 주방 문 옆 의자에 앉아 있었다. 닉과 요리사 샘은 등을 맞대고 묶인 채 한쪽 구석에 쓰러져 있었는데 입에는 수건으로 재갈을 물렸다.

조지는 샌드위치를 만들어서 포장지에 싼 것을 봉지에 넣어 가지고 나왔다. 손님은 값을 치르고 곧 나갔다.

"우리 똘똘이는 못 하는 일이 없군."

맥스는 이어서 말했다.

"요리도 잘하니 자네 마누라 될 여자는 팔자가 늘어지겠군그래."

조지가 말했다.

"그건 그렇고 기다리는 올 앤더슨은 안 올 것 같은데요."

"10분만 더 기다려 보지."

맥스는 말했다.

맥스는 거울과 시계를 지켜보고 있었다. 시계가 7시를 가리키고 뒤이어 7시 15분을 가리켰다.

"이봐, 앨. 그만 가는 게 낫겠어. 그자는 안 올 모양이야."

맥스가 앨에게 말했다.

"5분만 더 기다려 보자고."

앨이 주방에서 말했다.

그 5분을 기다리는 동안 손님이 한 명 들어왔다. 조지는 요리사가 앓아누웠다고 둘러댔다.

"그러면 왜 다른 요리사를 쓰지 않는 거야?"

하고 투덜거리며 손님은 나갔다.

"이만 가자구, 앨."

맥스가 말했다.

"이 똘똘이 둘하고 검둥이는 어떻게 한다지?"

앨이 난감해했다.

"그 녀석들은 걱정 없어."

"그럴까?"

"그렇고말고. 오늘 일은 이미 끝난걸."

"난 기분이 좀 꺼림칙한 걸. 자네 입이 너무 가벼워서 말이야."

앨이 말했다.

"뭘 그까짓 심심풀이 좀 한 것을 가지고……, 안 그래?"

맥스는 말했다.

"하여튼 자넨 입이 너무 가벼워."

앨이 말하며 주방에서 나왔다. 짧게 자른 산탄총 총신이 꼭 낀 외투 허리 밑에 약간 불룩 튀어나와 있었다. 그는 장갑 낀 손으로 외투를 가다듬었다.

"잘 있게, 똘똘이. 재수가 좋은 줄 알라고."

그는 조지에게 말했다.

"그래, 운이 좋으니 꼭 경마를 해봐."

그들 둘은 밖으로 나갔다. 조지는 그들이 가로등 아래를 지나 거리를 건너가는 것을 창 너머로 바라보고 있었다. 꽉 낀 외투에 중산모를 쓴 모습이 흡사 극단의 희극 배우처럼 보였다.

조지는 주방 문을 열고 안쪽 주방으로 들어가서 닉과 샘을 풀어 주었다.

"다시는 이런 꼴 당하기 싫어."

요리사 샘이 투덜댔다.

"끔찍하군."

닉은 일어섰다. 수건으로 입을 틀어막힌 것은 난생처음이었다.

"뭘, 이까짓 것쯤 가지고."

조지는 허세를 부리며 목에 힘을 주었다.

"그놈들은 올 앤더슨을 죽이려고 왔던 거야. 식사하러 들어오면 쏘려고 했지."

조지가 말했다.

"올 앤더슨을?"

"그렇다니까."

요리사는 엄지손가락으로 양 입가를 쓰다듬었다.

"놈들은 다 갔나?"

그가 물었다.

"그래, 다 갔어."

조지가 대답했다.

"기분 나쁜데. 정말 기분 잡쳤어!"

요리사 샘이 투덜댔다.

"이봐, 닉. 올 앤더슨한테 가보는 게 어때?"

조지가 닉에게 말했다.

"그래, 그게 좋겠어."

닉이 대답했다.

"이런 일엔 끼어들지 않는 거야. 덤벼들지 말고 물러나 있는 게 좋을 걸."

요리사 샘이 말했다.

"가기 싫으면 그만둬도 돼."

조지가 닉에게 다시 말했다.

"괜히 이런 일에 말려들어 갔다 험한 꼴 보지 말고 모르는 척하란 말이야."

요리사 샘의 말이었다.

"그래도 내가 잠깐 가서 보고 올게. 그의 집이 어디지?"

닉이 조지에게 물었다.

"허쉬네 하숙집이야."

조지가 대답했다.

"그럼 다녀올게."

밖으로 나가자 가로등은 잎사귀 하나 없는 앙상한 나뭇가지 사이로 비치고 있었다.

닉은 전찻 길을 따라 올라가다 다음 가로등이 있는 데서 옆 골목으로 접어들었다. 거기서 세 번째 집이 허쉬네 하숙집이었다. 닉은 두어 계단 올라가서 벨을 눌렀다. 어떤 부인이 나왔다.

"올 앤더슨 씨 계신가요?"

"만나려고요?"

"계신다면 좀."

닉은 그 부인을 따라 계단을 올라가서 안쪽 복도 끝까지 갔다. 부인이 문을 노크했다.

"누구요?"

"앤더슨 씨, 손님이 오셨어요."

부인이 말했다.

"닉 애덤즈입니다."

"들어와."

닉은 문을 열고 안으로 들어갔다. 올 앤더슨은 옷을 입은 채 침대에 누워 있었다. 그는 한때 중량급 프로 권투 선수였으며 키가 너무 커서 누워 있는 침대가 짧아 보였다. 그는 베개 둘을 겹쳐서 베고 있었다.

그는 닉을 쳐다보지도 않고 물었다.

"무슨 일로 왔지?"

"제가 아까 헨리 식당에 있었는데요."

하고 닉이 말하기 시작했다.

"어떤 작자 둘이 들어오더니 말이에요, 저와 요리사를 묶어 놓고선 아저씨를 없애 버리러 왔다고 지껄여대지 않겠어요?"

막상 말을 꺼내놓고 보니 어쩐지 실없는 소리같이 들렸다. 올 앤더슨은 아무 대꾸도 하지 않았다.

"그자들은 우리를 주방에다 처넣었지요."

닉은 말을 계속했다.

"아저씨가 저녁 먹으러 들어오기를 기다렸다 쏠 속셈이었지요."

올 앤더슨은 벽만 바라볼 뿐 아무런 말도 하지 않았다.

"조지도 일단 아저씨께 알려 드리는 것이 좋겠다고 생각해서 이렇게 왔지요."

"그 일에 대해선 나로서도 어쩔 도리가 없구나."

올 앤더슨이 말했다.

"그 작자들 인상을 말씀드릴까요?"

"그까짓 것 알고 싶지 않아."

올 앤더슨은 여전히 벽을 바라보고 말했다.

"일부러 와서 알려줘 고맙네."

"천만에요."

닉은 침대에 누워 있는 그 몸집 큰 사나이를 바라보았다.

"제가 가서 경찰에 신고할까요?"

"그만둬. 그래 봤자 아무 소용 없어."

올 앤더슨은 말했다.

"제가 뭐 도와드릴 일 없을까요?"

"아무것도, 별도리 없어."

"단순히 협박 한번 해 보는 건 아닐까요?"

"아니, 협박이 아냐."

올 앤더슨은 아예 벽을 향해 돌아누웠다.

"이제는 밖에 나갈 마음이 나지 않는군. 온종일 틀어박혀 여기 누워 있었
더니."

하고 그는 벽을 향한 채 말을 이었다.

"이 마을을 빠져나갈 수는 없을까요?"

"아니."

올 앤더슨은 말했다.

"이젠 도망 다니는 그따위 짓은 그만두기로 했네."

그는 여전히 벽을 바라보고 있었다.

"이젠 어쩔 도리가 없어."

"어떻게 해결할 방도가 없을까요?"

"안 돼, 내가 잘못한 걸."

그는 나직이 말했다.

"손쓸 도리가 없어. 시간이 좀 더 지나면 나가 볼 생각이 날지도 모르
지."

"그럼, 저는 조지에게 돌아가겠어요."

닉이 말했다.

"잘 가게. 이렇게 와 주어서 고맙네."

올 앤더슨은 말했다. 닉 쪽을 바라보지도 않은 채였다.

닉은 밖으로 나왔다. 문을 닫고 나오면서 옷을 입은 채 침대에 누워 벽만
보고 있는 올 앤더슨의 모습을 다시 한번 바라보았다.

"글쎄, 저 양반은 온종일 침대에만 누워 있다니까요."

아래층에서 부인이 말했다.

"어디 편찮으신 모양인지, 오늘같이 좋은 날씨엔 밖에 나가 산보라도 하셔야죠, 라고 말씀드렸더니 그럴 기분이 나지 않는다고 말하지 않겠어요?"

"나가기를 싫어하더군요."

닉이 말했다.

"그렇게 편찮으시니 안됐지 뭐예요."

부인이 말했다.

"참 말할 수 없이 좋은 분이신데. 알고 있겠지만 전에는 권투 선수였다우."

"알고 있어요."

"얼굴이나 보면 알까 전혀 권투 선수같이 보이지 않는걸요. 점잖기 이를데 없는 분이지."

부인은 말했다. 그들은 거리로 나 있는 문 안쪽에 서서 얘기를 주고받고 있었다.

"그럼, 이만 가보겠습니다. 허쉬 부인."

닉이 작별 인사를 했다.

"난 허쉬 부인이 아녜요. 이 집 주인이 허쉬 부인이고 나는 관리인일 뿐이에요. 나는 미시즈 벨이라우."

부인이 말했다.

"그렇군요. 그럼 안녕히 계세요, 미시즈 벨."

닉이 다시 인사를 했다.

"잘 가요."

부인이 인사를 했다.

닉은 어두컴컴한 길을 걸어 가로등이 있는 모퉁이까지 돌아 헨리 식당으로 돌아왔다. 조지는 카운터 안쪽에 있었다.

"올을 만나 보았나?"

"응. 그런데 방에 처박혀 꼼짝도 안 하던걸."

닉의 목소리를 듣고 주방에서 요리사가 문을 열었다.

"그 이야기라면 듣기도 싫다."

이렇게 말하고는 문을 닫아 버렸다.

"올게게 식당에서 일어난 일들을 말했겠지?"

조지가 물었다.

"하구말구. 말하니까 이미 알고 있던데."

"그래, 어떻게 하겠다든?"

"도리가 없다는 거야."

"그러면 그놈들 손에 죽을 게 뻔할 텐데."

"그렇겠지."

"틀림없이 올 아저씨가 시카고에서 무슨 사건에 끼어들었을 거야."

"내 생각도 그래."

닉이 말했다.

"큰일 났는 걸."

"무서운 일이야."

닉이 말했다.

둘은 그만 입을 다물어 버렸다.

조지는 팔을 뻗쳐 행주를 집어 들고 카운터를 닦았다.

"아저씨가 무슨 일을 저질렀을까?"

잠시 후에 닉이 입을 열고 조지에게 물었다.

"누굴 배신했던 모양이지, 그들 사이에서는 그런 짓을 하면 죽이기로 되어 있으니."

"나는 이곳을 떠나겠어."

닉이 말했다.

"그래, 좋은 생각이야."

조지는 말했다.

"죽는다는 걸 뻔히 알면서도 방 안에 처박혀서 그들을 기다리고 있는 그분을 생각하니 도저히 견딜 수가 없어. 너무나 몸서리쳐지는 일이야."

"그건 그렇지만 거기 대해선 더 이상 생각 안 하는 게 좋아."

조지가 말했다.

행복한 왕자

- 오스카 와일드 -

작가 소개

오스카 와일드(Oscar Fingal O'Flahertie Wills Wilde 1854~1900)
아일랜드 시인, 극작가.

　오스카 와일드는 1854년 10월 16일 아일랜드 더블린의 웨스트랜드 21번가에서 앵글로계 아일랜드인 의사인 윌리엄 와일드 경과 작가인 어머니 제인 프랜시스카 엘지의 아들로 태어났다.

　9살 때까지 집에서 교육을 받았으며 1864년 포토라 왕립 학교에 입학하고 1871년에 졸업했다. 1871년 더블린의 트리니티 칼리지에 입학하고 고전 문학을 공부한 후 1874년부터 1878년까지 옥스퍼드 대학 모들린 칼리지를 수학했다. 1882년에 미국으로 강연 여행을 떠나 희곡을 쓰고 뉴욕에서 상연을 하였다. 1895년 동성애 사건으로 2년간 노동금고형 처분을 받고 추방되어 프랑스 파리로 나온다. 그 후 건강이 나빠지고 경제난과 뇌수막염에 걸려 1900년 46세의 나이로 사망하였다.

　작품으로는 소설《도리언 그레이의 초상》과 희곡《윈더미어 부인의 부채》《시시한 여자》《이상적 남편》과 산문《행복한 왕자와 다른 이야기》《오스카 와일드의 편지》《캔터빌의 유령》《욕심쟁이 거인》등 다수의 작품을 남겼다.

작품 정리

　마을 광장의 높은 탑 위에 서 있는 금과 보석으로 치장한 행복한 왕자의 동상이 있었다. 왕자는 생전에 왕궁에서 부유하게 살아서 세상 밖이 어떻게 돌아가는지 모르고 죽었는데, 동상이 되어 높은 곳에 서자 비로소 세상에 가난하고 불쌍한 사람들이 많은지 알고 눈물을 흘린다.

갈대를 사랑하다 따뜻한 나라로 돌아가는 시기를 놓친 제비가 우연히 행복한 왕자와 이야기를 하게 되고, 왕자는 제비에게 부탁해 가난하고 어려운 사람에게 자신의 몸에 장식된 금과 보석, 심지어 사파이어로 만든 자신의 눈까지 떼어 나누어 준다. 이러한 자신의 몸을 희생하는 왕자에 감화된 제비가 추운 겨울 왕자의 곁을 지키다 죽는다는 이야기다.

작품 줄거리 ....

어느 왕국에 행복한 왕자의 동상이 서 있었다. 높이 솟은 기둥에 두 눈에는 사파이어가 박혀있고, 온몸은 순금으로 칼자루에는 루비가 빛나고 있었다.

강가에서 갈대와의 사랑에 빠져 친구들과 헤어져 뒤늦게 따뜻한 나라로 가려던 제비가 왕자의 동상 위에서 하룻밤 잠을 청하다가 왕자의 눈물을 맞게 된다.

왕자는 왕궁에서는 행복했지만 죽고 나서 동상이 되어 높은 곳에 있다 보니 도시의 온갖 슬프고 추한 것을 모두 보게 된다고 말하고, 제비에게 도시의 뒷골목에 사는 가난하고 어려운 사람들에게 자신을 대신해 도와달라고 부탁한다. 제비는 고민하다 왕자를 돕기로 하고 칼에 박힌 루비를 뽑아 아픈 아이에게 가져다주고, 가난한 작가 청년과 어린 성냥팔이 소녀에게 두 눈에 박혀있던 사파이어를 가져다준다. 그리고 몸을 감싸던 금 조각을 모두 떼어 내 가난한 사람들에게 나누어 주었다.

고운 마음에 감동한 제비는 겨울이 다가와도 이집트로 가는 것을 포기하고 장님이 된 왕자 곁에 남아 추운 겨울 행복한 왕자의 동상 발 옆에 떨어져 죽는다.

핵심 정리 ....

· 갈래 : 단편 소설
· 배경 : 행복한 왕자의 동상이 있는 어느 도시
· 시점 : 전지적 작가 시점
· 주제 : 가난한 사람을 위해 베푸는 왕자의 사랑과 제비의 희생정신

행복한 왕자

도시를 한눈에 내려다볼 수 있는 높은 기둥 위에 행복한 왕자의 동상이 우뚝 서 있었다. 왕자의 동상은 온몸이 순금으로 만든 금박이 입혀져 있었고, 두 눈에는 반짝이는 사파이어가, 손에 쥔 칼자루에는 크고 붉은 루비가 박혀 빛나고 있었다.

사람들은 왕자의 동상을 볼 때마다 탄성을 지르고 감탄했다.

"왕자의 동상이 닭 모양의 바람개비 풍향계처럼 아름답구나."

예술적인 안목을 자랑하고 싶은 한 시의원이 이렇게 말했다. 그러고는 자신을 현실적이지 못하다고 사람들이 생각할까 두려워 "물론 그렇게 쓸모가 있지는 않지만." 하고 덧붙여 말했다.

무엇이든 사 달라고 졸라 대는 어린아이에게 엄마는 동상을 가리키며 말했다.

"너는 왜 저 행복한 왕자를 닮지 않니? 행복한 왕자는 결코 조르고 떼를 쓰지 않는단다."

절망과 실의에 빠진 사람도 이 동상을 바라보며 중얼거렸다,

"그래 이 세상에 행복한 사람이 하나라도 있다고 생각하는 것은 좋은 일이야."

주홍빛 외투에 하얀 앞치마를 두른 고아원의 아이들이 성당에서 나오면서 동상을 보고는 "행복한 왕자님은 천사 같아요." 하고 말했다.

"너희들이 그걸 어떻게 아니? 천사를 본 적이 없을 텐데?"

수학 선생님이 아이들에게 물었다.

"꿈속에서 천사님을 봤어요." 아이들이 대답했다. 그러자 수학 선생님은 얼굴을 찡그리며 싸늘한 표정을 지었다. 선생님은 아이들이 꾸는 꿈을 믿지 않고 인정하지 않았기 때문이었다.

그러던 어느 날 밤 작은 제비 한 마리가 그 도시로 날아왔다. 친구들은 모두 이미 6주일 전에 이집트로 날아가 버렸다. 하지만 이 제비는 아름다

운 갈대와 사랑에 빠져 그곳에 혼자 남게 되었던 것이다.

지난 봄날 제비는 커다란 노란 나방을 쫓아 강으로 날아가다 갈대의 날씬한 몸매에 반해 말을 붙였다.

"그대를 사랑해도 될까요?" 성미가 급한 제비가 물었다. 그러자 갈대는 머리를 숙이며 인사했다. 제비는 갈대의 주위를 빙빙 돌고 잔잔한 강의 수면을 자신의 날개로 은빛 물결을 일으켰다. 제비는 여름 내내 그렇게 갈대 곁을 떠나지 않고 사랑을 속삭였다.

"참 어리석은 집착이야. 갈대는 친척들은 많고 돈은 한 푼도 없는데 말이야." 다른 제비들이 수군대며 재잘거렸다. 실제로 그 강에는 갈대들이 무성했다. 그러던 사이 가을이 오자 친구들은 모두 날아가 버렸다.

친구들이 모두 떠나고 혼자 남아 외로워진 제비는 갈대와의 애정이 차츰 식기 시작했다.

"그녀는 말이 너무 없고 늘 저렇게 바람하고만 시시덕거리고 있는 걸 보니 바람둥이가 틀림없나 봐!"

아닌 게 아니라 갈대는 바람이 불 때마다 멋지게 머리를 숙여 인사를 했기 때문에 제비가 이렇게 생각하는 것도 무리는 아니었다. 제비가 계속 중얼거렸다.

"그녀가 가정적이라는 건 인정해, 하지만 나는 여행을 좋아하니까 내 아내가 될 여자도 당연히 여행을 좋아했으면 하는데."

이렇게 생각한 제비가 더는 못 참고 갈대에게 물었다.

"나와 함께 떠나지 않을래요?"

하지만 갈대는 고개를 저었다. 지금 사는 집이 마음에 들었기 때문에 떠날 수가 없었다.

"지금껏 나를 가지고 놀았군요. 나는 그만 피라미드가 있는 곳으로 가야겠어요. 잘 있어요!" 제비는 그렇게 소리치며 갈대 곁을 떠났다.

제비는 온종일 날아서 밤이 될 무렵이 되어서 도시에 도착했다.

"오늘 밤은 어디서 묵어야 좋을까? 시내에 묵을 만한 데가 있으면 좋을 텐데."

그때 높은 곳에 우뚝 솟은 기둥이 보였다.

"그래, 저기에서 하룻밤 묵으면 되겠다. 공기가 맑고 상쾌하니 정말 좋은 자리로군!"

제비는 행복한 왕자의 두 발 사이에 내려앉았다.

"황금으로 된 침실에서 자게 생겼구나."

제비는 주위를 둘러보며 잠자리에 들 채비를 하며 중얼거렸다. 그때 제비가 머리를 날개 속으로 막 넣으려던 순간, 커다란 물방울이 머리 위로 툭 떨어졌다.

"거참, 이상한 일도 다 있네! 하늘에 구름 한 점 없고 별들도 반짝 빛나고 있는데 빗방울이 떨어지다니, 북유럽 날씨는 정말 변덕스럽다니까. 갈대도 비를 좋아했지. 자기밖에 모르는 이기적인 여자이긴 했지만."

그때 다시 물방울이 떨어졌다.

"비도 피하지 못하는데 황금 동상이 무슨 소용이 있겠니, 다른 괜찮은 굴뚝이라도 찾아보는 게 더 낫겠다." 제비가 다른 곳으로 떠나려고 날개를 펼치려는데 세 번째 물방울이 뚝 떨어졌다. 제비는 고개를 들어 동상 위를 올려다보았다. 그때 제비가 본 것은 무엇인지……. 뭘 보았는지?

행복한 왕자의 두 눈에는 눈물이 가득 고여있고, 눈물이 황금으로 된 뺨을 타고 흘러내리고 있었다. 달빛을 받은 왕자의 얼굴을 바라보던 제비의 마음은 왕자가 무척 측은하고 안쓰러웠다.

"당신은 누구세요?"

제비가 물었다.

"나는 행복한 왕자란다."

제비가 다시 물었다.

"그런데 왜 울고 계시는 거예요? 왕자님 때문에 제 몸이 흠뻑 젖었잖아요."

"나도 살아 있을 때, 인간의 심장을 가지고 있었을 때 나는 진짜 눈물이 무엇인지 몰랐단다. 아무런 걱정 없는 궁전에 살았거든. 그곳은 슬픔이 파고들 자리가 없었지. 낮이면 친구들과 정원에서 놀고, 밤이면 넓은 홀에서 춤을 추었어. 정원은 아주 높은 벽이 둘러싸고 있었고, 그 너머엔 무엇이 있는지 전혀 생각해 본 적이 없었어. 내 주위에 있는 모든 것이 다 아름다웠거든. 신하들은 나를 행복한 왕자라고 불렀어. 즐겁게 사는 게 행복이라면 나는 정말 행복했어. 그렇게 행복하게 살다 죽었지. 그 뒤에 내가 죽고 나니 사람들이 나를 이렇게 높은 곳에 세워 놓았어. 그래서 나는 이 도시에서 벌어지는 추악하고 꼴사나운 일들을 다 내려다보게 되었지. 지금 내 심장은 납으로 되어 있지만 이렇게 눈물을 흘리지 않을 도리가 없구나."

행복한 왕자가 대답했다.

"뭐야, 그럼 왕자님 동상이 다 황금으로 되어 있는 게 아니었어?" 제비는 혼잣말로 중얼거리고 그런 생각을 말하는 것은 예의가 아니었기 때문에 꺼내진 않았다.

왕자는 낮게 노래하듯이 말을 이었다.

"저 멀리 좁은 골목길에 가난한 집이 한 채 있어, 창문이 열려 있는데 식탁에 한 여인이 앉아 있구나. 얼굴은 야위고 손은 온통 상처투성이에 바늘에 찔려 붉은 피가 맺혀 있단다. 그 여인은 재봉 일을 하는 재봉사지.

이번 궁정 연회에서 왕비의 가장 예쁜 시녀가 입을 공단 드레스 위에 시계초 무늬의 수를 수놓고 있지. 그런데 방 한구석에 어린 아들이 열이 심해서 침대에 끙끙 앓아누워 있구나. 아이가 몸에 열이 많이 나서 오렌지를 먹고 싶어 하지만 엄마는 강에서 길어 온 물밖에는 아이에게 줄 게 없어. 그래서 아이가 계속 울고 있구나. 제비야, 제비야, 귀여운 제비야. 이 칼자루에서 루비를 뽑아 저 여인에게 가져다주지 않으련? 내 발이 받침대에 붙어 있어서 꼼짝할 수가 없단다."

제비가 대꾸했다.

"이집트에서 친구들이 기다리고 있어요. 지금 친구들은 나일강을 이리저리 날아다니며 활짝 핀 연꽃들과 얘기를 하고 있을 거예요. 그러다 밤이 되면 대왕의 무덤에 들어가 잠을 자겠죠. 대왕님은 멋지게 색칠된 관 속에 누워있지요. 왕의 온몸은 노란 삼베를 둘렀고 방부제인 향신료가 뿌려져 미라가 돼 있지요. 목에는 연녹색의 비취 목걸이가 걸려 있고, 양손은 마치 시든 나뭇잎과 같아요."

"제비야, 제비야, 귀여운 제비야. 하룻밤만 나와 함께 지내며 내 심부름을 해 줄 수 없겠니? 지금 저 아이가 목이 마르고, 엄마는 무척 애가 타고 슬퍼하고 있구나."

행복한 왕자가 다시 부탁했다.

"저는 아이들을 좋아하지 않아요. 지난여름 강가에서 지낼 때 일인데. 버룻없는 방앗간 집의 사내 아들 둘이 제게 계속 돌을 던져댔어요. 우리 제비들은 아주 날쌔서 그런 돌에는 맞지는 않았지요. 게다가 저는 날쌔기로 이름난 집안 출신이거든요. 어쨌든 그 아이들의 행동은 무척 무례했었지요."

제비가 고개를 저으며 대답했지만, 행복한 왕자의 표정이 너무 슬퍼 보였기 때문에 마음이 불편한 제비는 이렇게 말했다.

"여기는 몹시 추워요. 하지만 하룻밤만 왕자님과 같이 지내면서 심부름을 해 드릴게요."

"고맙다. 귀여운 제비야."

왕자가 말했다. 그래서 제비는 왕자가 쥐고 있는 칼에서 루비를 뽑아 입에 물고 도시의 지붕 위로 날아갔다. 하얀 대리석에 천사들이 새겨져 있는 대성당 탑을 지나고, 궁전에는 흥겨운 음악 소리와 사람들이 춤을 추고 있었다. 또 아름다운 아가씨가 발코니에서 연인과 함께 이야기하고 있었다.

"별이 참으로 아름답습니다. 사랑이 지닌 힘은 정말로 위대하군요!"

청년이 아가씨에게 말했다.

"이번 궁정 연회에 맞춰서 드레스가 완성되었으면 좋겠어요. 그 옷에 시계초 무늬를 수놓으라고 주문했거든요. 하지만 요즘 재봉사들은 너무 게을러요."

아가씨가 청년에게 대꾸했다.

제비는 강을 건널 때 돛대에 걸린 불빛들을 보았다. 유대인 거리를 지날 때는 늙은 유대인들이 물건값을 흥정하며 구리 저울에 돈을 달아서 나누고 있는 것도 보았다. 그리고 가난한 집에 도착한 제비는 방 안을 들여다보았다. 아이는 심한 열 때문에, 이리저리 뒤척이고 지친 어머니는 잠이 들어 있었다. 제비는 살며시 방 안으로 날아 들어와 상위에 엎드려 곤히 잠든 어머니 옆에 있는 골무에다 루비를 내려놓았다. 그리고 나서는 조용히 침대 주위를 날면서 날개로 아이의 이마에다 부채질해 주었다.

"아이, 시원해라. 열이 좀 내린 거 같네."

아이는 이렇게 말하고 달콤한 잠 속으로 빠져든다.

제비는 행복한 왕자에게로 돌아와 자신이 한 일을 말했다.

"참 이상해요. 날씨가 이렇게 추운데 나는 지금 몸이 무척 따뜻한 느낌이 드네요." 하고 덧붙여 말을 했다.

"그건 네가 좋은 일을 했기 때문이란다."

왕자가 말을 했다. 제비는 왕자의 말을 생각하다가 곧 잠이 들었다. 생각한다는 것은 늘 제비를 졸리게 했기 때문이다.

날이 밝자 제비는 강으로 날아가 목욕을 했다.

"거참 기이한 일이군, 한겨울에 제비라니!"

다리를 지나던 조류학 교수가 제비를 보고 말했다. 그리고 교수는 지역 신문에 이 현상에 대한 긴 글을 기고했다. 그 글은 사람들에게 화제가 되었지만 이해할 수 없는 말들로 가득했다.

"오늘 밤 이집트로 가야지."

제비는 잔뜩 기대에 부풀어 말했다. 제비는 거리의 모든 기념탑을 구경하고 교회의 뾰족한 첨탑 꼭대기에서 한참을 앉아 있었다. 제비가 어디를 가나 참새들이 짹짹거리며 "정말 품위 있는 손님이야!" 하고 속삭였다. 그래서 제비는 기분이 우쭐해져서 기분이 좋았다.

달이 떠오르자 제비는 행복한 왕자에게 돌아와서 큰 소리로 말했다.

"왕자님 이집트에 뭐 전할 말씀이라도 있으세요? 저는 지금 떠날 거랍니다."

그러자 왕자가 말했다.

"제비야, 제비야, 작은 제비야. 하룻밤만 더 나와 지내지 않겠니?"

그러자 제비가 말했다.

"친구들이 저를 이집트에서 기다리고 있어요. 내일이면 친구들은 나일강 두 번째 폭포까지 날아갈 거예요. 거기에는 하마가 갈대숲 사이에 누워있고 거대한 화강암 위에는 멤논(그리스 신화 속 에디오피아 왕) 신이 앉아 있지요. 멤논 신은 밤새 별들을 바라보다가 샛별이 반짝이면 기쁜 듯이 탄성을 지르고는 이내 잠잠하지요. 한낮이 되면 금빛 사자들이 물을 마시러 내려오는데 두 눈은 푸른 에메랄드같이 빛나고 포효 소리는 폭포 소리보다 더 우렁차지요."

왕자가 다시 제비에게 말했다.

"제비야, 제비야, 작은 제비야. 이 도시를 지나 저 건너편 어느 다락방에 한 청년이 책상에 기대어 있구나. 책상 위에는 가득 쌓인 종잇장이 흩어져 있고, 옆에 시든 제비꽃 한 다발이 컵에 꽂혀 있구나. 청년은 갈색 곱슬머리에, 입술은 석류처럼 붉고, 큰 눈은 마치 꿈을 꾸는 듯하구나. 그는 극장 연출가에게 넘겨줄 희곡을 끝내려고 하는데, 너무 추워서 더 이상 쓰지 못하고 있단다. 벽난로에 땔감이 없어 불을 피우지 못하고, 또 너무 오래 굶주려서 쓰러질 것 같구나."

"그렇다면 하룻밤만 더 왕자님하고 여기 있겠어요."

착한 마음씨를 가진 제비가 왕자의 말을 듣고 말했다.

"루비를 그에게 가져다줄까요?"

"아니, 이제 루비는 없단다. 남은 것은 내 두 눈에 박힌 보석뿐이란다. 내 눈은 수천 년 전에 인도에서 들여온 아주 귀한 사파이어란다. 한쪽 눈을 빼서 청년에게 갖다주렴. 이 사파이어를 보석상에 팔아서 땔감을 사면 대본을 끝낼 수 있을 거다."

"왕자님. 저는 그렇게는 못 하겠어요."

제비는 흐느끼며 말했다.

"제비야, 제비야, 작은 제비야. 어서 내가 시키는 대로 해 주렴."

왕자가 재촉하며 말했다.

그래서 제비는 어쩔 수 없이 왕자의 한쪽 눈을 뽑아 물고서 청년의 다락방으로 날아갔다. 낡은 지붕에 구멍이 나 있어서 방으로 들어가기가 쉬웠다. 제비는 구멍을 지나 방으로 쏜살같이 날아 들어갔다. 청년은 양손을 얼굴에 파묻고 있어서 날개를 퍼덕이는 소리를 듣지 못했다. 그러다 문득 고개를 쳐든 청년은 시든 제비꽃 위에 아름다운 사파이어가 놓여 있는 것을 보고 깜짝 놀란다.

"사람들이 이제 내 글의 가치를 인정하기 시작했구나. 내 작품을 좋아하는 누군가가 몰래 놓고 갔을 거야. 이제 대본을 끝낼 수 있겠구나!"

청년은 너무 기뻐 힘껏 소리쳤다.

다음 날 제비는 항구로 날아가 큰 돛대 위에 앉아서 선원들이 배 밑에 있는 창고에서 커다란 상자들을 밧줄로 묶어 올리는 것을 보았다. 상자를 올릴 때마다 선원들은 "영차, 영차, 어기영차!" 하고 외쳤다.

"나도 이제 이집트에 간다!" 하고 소리쳤지만 아무도 개의치 않았다. 달이 뜨자 제비는 다시 행복한 왕자한테 날아왔다.

"작별 인사를 하러 왔어요."

제비가 소리쳤다.

"제비야, 제비야, 작은 제비야. 나와 하룻밤만 더 있어 주지 않겠니?"

왕자가 또 부탁했다.

"겨울이에요. 이제 곧 여기도 차가운 눈이 내리겠지요. 이집트에는 햇볕이 푸른 종려나무를 내리쬐고 있고, 악어는 진흙탕에서 이리저리 뒹굴 테고요. 내 친구들은 바알베크의 신전에다 둥지를 틀었을 테고, 분홍 비둘기와 흰 비둘기는 그걸 구경하고 친구와 구구거리며 노래할 거예요. 왕자님, 저는 이제 떠나야 합니다. 하지만 왕자님을 절대로 잊지 않겠어요. 그리고 내년 봄에는 왕자님의 한쪽 눈과 칼자루에 보석 두 개를 채워 넣을게요. 장미꽃보다 더 붉고, 바다보다도 더 푸른 사파이어를 말이에요." 하고 제비가 말했다.

"저 아래 광장에는 작은 성냥팔이 소녀가 서 있는데 방금 성냥을 도랑에 모두 빠뜨려서 성냥이 모두 못 쓰게 되었단다. 소녀는 집에 돈을 가져가지 못하면 아버지한테 매를 맞기 때문에 소녀가 울고 있구나. 소녀는 구두도, 양말도 신고 있지 않고 머리에는 아무것도 쓰지 않았구나. 그러니 제비야 내 나머지 눈 한 개를 뽑아서 저 소녀에게 가져다주렴, 그래야 소녀가 아버지에게 맞지 않을 거야." 하고 왕자가 말했다.

"그러면 하룻밤 더 왕자님과 머물게요. 하지만 왕자님의 눈을 또 뽑을 수는 없어요. 그러면 왕자님은 장님이 되실 테니까요?" 하고 제비가 대답했다.

"제비야, 제비야, 작은 제비야. 내가 시키는 대로 해 주려무나."

왕자는 제비에게 부탁했다.

그래서 하는 수 없이 제비는 나머지 눈을 뽑아 광장으로 쏜살같이 날아갔다. 그리고 성냥팔이 소녀 쪽으로 스치면서 소녀의 손바닥 위에 보석을 살짝 떨어뜨려 놓았다.

"어머, 무척 예쁜 유리알이네!" 소녀는 이렇게 외치고 기뻐 웃으며 집으로 달려갔다.

제비는 왕자에게로 돌아와 말했다.

"이제 왕자님은 아무것도 볼 수가 없군요. 그러니 제가 언제까지나 왕자님 곁에 있겠어요." 하고 제비가 말했다.

"안 돼, 제비야. 이제 너는 이집트로 가야지."

불쌍한 왕자가 대답했다.

"저는 왕자님과 늘 함께 있겠어요."

제비가 말하며 왕자의 발 옆에서 잠을 잤다.

다음 날 제비는 종일 왕자의 어깨에 앉아 자기가 낯선 땅에서 본 것을 얘기해 주었다. 나일강 둑에 길게 줄지어 늘어서서 부리로 붕어를 잡아먹는 따오기 이야기, 오랫동안 사막에 사는 세상일을 모르는 것이 없는 스핑크스 이야기, 낙타 옆에서 천천히 걸어가는 상인이 손에 호박(琥珀) 목걸이를 쥐고 있고, 흑단같이 새까만 달의 왕이 커다란 수정을 숭배하고, 스무 명의 사제가 야자나무에 사는 커다란 푸른 뱀에게 꿀과 과자를 바치고, 크고 넓은 나뭇잎을 타고 거대한 호수를 헤치며 나비들과 늘 전쟁을 벌이는 난쟁이들의 이야기를 들려줬다.

"사랑스러운 작은 제비야, 너는 내게 신기한 얘기를 많이 해 주었지만, 이 세상에서 제일 신기한 얘기는 사람들이 고통을 겪는 이야기란다. 비참과 고통보다 더 위대하고 신기한 것은 없단다. 작은 제비야, 이 도시를 날아다니면서 그것을 보고 와서 내게 이야기해 주지 않겠니."

왕자가 말하자 제비는 도시 구석구석을 날아다녔다. 제비는 부자들이 아름다운 집에서 흥겹게 보내는 동안 거지들이 그 집 대문 앞에 앉아 구걸하는 것을 보았다. 또 어두운 골목길에는 창백한 얼굴의 굶주린 아이들이 캄캄한 거리를 힘없이 바라보고 있었다. 아치 모양의 다리 밑에는 어린 소년 둘이 서로 팔을 부둥켜안고 누워있었다.

"배가 너무 고파."

아이들이 말했다.

"너희들 여기에서 자면 안 돼!" 하고 경비원이 소리치자 아이들은 다리 밑을 나와 빗속을 헤매고 다녔다. 제비는 왕자에게 돌아와 도시에서 본 것들을 이야기했다.

"내 몸은 순금으로 덮여 있단다. 금을 한 조각, 한 조각 떼어 내어 가난한 사람들에게 나누어 주렴, 사람들은 항상 금만 있으면 행복하다고 생각하거든." 왕자가 말했다.

제비는 왕자의 몸에서 금을 한 장씩 떼어 냈다. 그러자 행복한 왕자는 흐릿하고 우중충한 잿빛으로 변했다. 제비는 떼어 낸 금을 가난한 사람들에게 나누어주었다. 길거리에 있는 창백한 어린아이들의 뺨에는 홍조가 돌고 즐겁게 웃으며 놀이를 하였다.

"우리도 이제는 밥을 먹을 수 있게 되었어!" 하며 아이들은 소리쳤다.

그때 도시에 서리가 내리고 이어서 눈이 내렸다. 거리는 온통 은빛으로 환하게 빛났다. 처마 끝마다 수정으로 만든 칼처럼 기다란 고드름이 매달렸고. 사람들은 털옷을 입고 돌아다녔다. 작은 소년들은 빨간 모자를 쓰고 얼음판 위에서 스케이트를 탔다.

점점 더 날이 추워졌지만 불쌍한 작은 제비는 왕자 곁을 떠나지 않았다. 왕자를 너무 사랑했기 때문이다. 제비는 빵 가게 문 앞에 떨어진 빵부스러기를 주인 모르게 주워 먹으며 살았다. 그리고 몸을 따뜻하게 하려고 날개를 파닥거렸다. 결국에는 자신도 죽을 거라는 것을 제비는 알고 있었다. 그리고 제비는 이제 기껏해야 왕자의 어깨 위로 꼭 한 번 날아오를 힘밖에 남아 있지 않았다.

"사랑하는 왕자님, 안녕히 계세요. 왕자님의 손에다 입을 맞춰도 될까요?"

제비가 힘없는 목소리로 말했다.

"작은 제비야, 이제 이집트로 간다니 기쁘구나. 너는 여기 너무 오래 머물러 있었어. 내 사랑하는 제비야, 이제 내 입술에 입을 맞춰다오."

왕자가 말했다.

"저는 이집트로 가는 게 아니에요. 죽음의 집으로 간답니다. 죽음은 잠의 형제니까요."

제비는 행복한 왕자의 입술에 겨우 입을 맞추고는 발 옆에 툭 떨어져 죽었다.

그 순간, 왕자의 몸속에서 무엇이 쩍하고 깨지는 듯한 소리가 동상 안에서 들렸다. 그 소리는 납으로 된 왕자의 심장이 두 조각으로 쪼개지는 소리였다. 그날은 정말 무섭고 모질게 추운 날이었다.

다음 날 시장은 아침 일찍 시의원들과 함께 광장을 걷고 있었다. 동상이 서 있는 곳을 지나다 동상을 올려 보았다.

"아니, 왜 행복한 왕자가 저렇게 흉측해 보이지?"

시장이 말하자 항상 시장의 말에 동조하는 시의원들도 맞장구를 쳤다.

"정말 흉측하군요!"

그들은 동상을 조사해 보려고 기둥으로 올라갔다.

"칼자루에 박혀있던 루비도 빠지고, 눈에 박혀있던 사파이어도 없어지고, 온몸의 금도 다 벗겨졌군. 이제 거지와 다를 바가 없군요!" 하고 시장이 말했다.

"거지보다 나을 게 없습니다." 하고 시의원들이 말을 했다.

"아니, 동상 발 옆에 새가 한 마리 죽어 있군!

시장이 계속 말을 했다.

"새가 여기서 죽으면 안 된다는 성명을 발표해야겠군."

그러자 서기가 시장의 그 말을 기록했다.

그래서 사람들은 행복한 왕자의 동상을 끌어 내렸다.

"아름답지도 않은 행복한 왕자의 동상은 더 이상 필요가 없지요." 하고 대학의 미술 교수가 말했다.

그래서 그들은 왕자의 동상을 용광로에 넣어 녹이고, 시장은 동상을 녹인 쇠로 무엇을 할지 의논하려고 시의원들과 회의를 했다.

"왕자의 동상 말고 다른 동상을 세워야겠는데, 내 동상이면 어떻겠소." 하고 시장이 말했다.

"아니요, 내 동상을 만들어야죠." 하고 시의원들도 저마다 자기 동상을 만들어야 한다고 논쟁을 벌이다 싸움이 벌어졌다. 아무튼 지금까지도 싸움은 계속되고 있다고 한다.

"거참 희한한 일이군! 이 부서진 납의 심장은 용광로 속에서도 녹지를 않는군, 그냥 갖다 버려야겠어." 용광로를 관리하는 사람이 말했다.

그래서 사람들은 죽은 제비가 버려진 쓰레기 더미에다 그 심장을 내다 버렸다.

그때 하느님이 천사를 불러 시켰다.

"저 도시에 가서 가장 귀중한 것 두 개만 가져오너라."

그러자 천사는 납으로 된 심장과 죽은 제비를 하느님에게 가지고 왔다. 그러자 하느님이 말했다.

"오, 그래 잘 찾아왔구나, 이제 이 작은 새는 내 천국에서 영원히 노래를

부를 것이며, 행복한 왕자는 내 황금의 도시에서 영원히 나를 찬양하도록
할 것이로다.”

두 노인

- 레프 톨스토이 -

작가 소개

레프 톨스토이(Lev Nikolaevich Tolstoy 1828~1910) 러시아 소설가

톨스토이는 1828년 남러시아 야스나야 폴랴나에서 명문 백작가의 넷째 아들로 태어났으나 어려서 부모를 잃고 친척집에서 자랐다. 16세 때 카잔대학에 입학하였지만 1847년 대학교육에 회의를 느껴 학교를 중퇴한다. 그 후 새로운 농업 경영과 농노 계몽을 위해 고향으로 돌아와 영지 내 농민생활의 개선을 위해 노력하였으나 실패로 끝났다. 3년간 방탕한 생활을 하다 군인인 형을 따라 카프카스로 가서 군에 입대를 한다. 《유년 시대》《습격》《삼림벌채》《세바스토폴 이야기》 등은 군 복무 중에 씌어졌는데 사실주의 수법의 여러 작품들이 문단의 주목을 받는다. 1855년 군에서 제대할 무렵에는 청년작가로서의 지위를 확고히 굳힌다. 1861년 2월의 농노해방령 포고에 강한 불신을 품고 농지조정원이 되어 농민들의 권익을 옹호하며 자연에 바탕을 둔 농민교육에 힘을 쏟는다. 1862년 결혼한 후 작품 집필에 전념하여 《코사크》《전쟁과 평화》《안나 카레니나》 등 대작을 발표하여 작가로서의 명성을 누린다. 이때부터 삶에 대한 회의에 시달리며 정신적 위기를 겪는다. 원시 기독교 사상에 몰두하여 사유재산 제도와 러시아 정교를 비판하며, 술 담배를 끊고 손수 밭일을 하면서 빈민 구제 활동을 한다. 1899년 발표한 《부활》에 러시아 정교를 모독하는 표현이 들어 있다는 이유로 종무원에서 파문을 당한다. 사유재산과 저작권 포기 문제로 시작된 아내와의 불화로 고민하던 중 주치의 마코비츠키와 함께 가출한다. 1910년 11월 20일 랴잔 야스타포보 역장의 관사에서 폐렴으로 생을 마감한다.

주요 작품으로는 《유년 시대》《소년 시대》《청년 시대》《세바스토폴 이야기》《카자흐 사람들》《전쟁과 평화》《안나 카레니나》《참회록》《이반 일리치의 죽음》《어둠의 힘》《크로이체르 소나타》《신의 나라는 당신 안에 있다》《예술이란 무엇인가》《부활》 등이 있다.

길을 가다 가난하여 곧 굶어죽을 것 같은 한 가족에게 자신의 시간과 돈을 털어주고 자신은 정작 동전 몇 개로 집으로 돌아오는 예리세이의 모습과, 자신의 계획은 꾸준히 실천해야만 하는 예핌의 모습에서 인생의 목표는 꼭 정해진 대로만 사는 것이 아니며 이 세상에서 죽는 날까지 자기의 의무를 사랑과 선행으로 다하며 살아가는 것이 사람의 도리라고 일러준다.

둘 다 경건한 그리스도 신도이면서 전혀 다른 성격의 소유자인 두 노인을 대치함으로써 형식적 교회와 진정한 그리스도교를 대립시켜 형식타파의 정신을 관철시키고 있는 작가의 역량이 잘 나타나 있다.

예리세이와 예핌이라는 두 노인이 성지순례를 가게 되었다. 가던 도중에 예리세이는 동네 마을에 들어가서 물을 마시고 간다는 바람에 두 사람은 헤어지게 된다. 예리세이가 물을 마시기 위해 들어간 집은 너무 가난하여 먹을 것도 없고 사람들이 병들어 있는 집이었다. 그곳의 딱한 모습을 보고 자신이 먹을 빵을 가방에서 꺼내주고 물도 직접 길어다 먹여준다. 며칠을 떠나지 못한 채 그들이 걱정이 되어 양식과 밭을 갈 젖소와 밭까지 사준다. 그들의 생활에 희망을 심어주느라 막상 그는 돈이 다 떨어져 성지순례를 못하고 그만 집으로 돌아오게 된다. 그런데 예핌은 계속 여행을 가다가 예리세이가 오지 않자 혼자 배를 타고 예루살렘에 도착하게 된다. 그곳에서 그는 기도하는 예리세이와 똑같이 생긴 사람을 몇 번이나 보게 된다. 그도 1년이란 세월을 여행하고, 둘이 헤어졌던 그곳에 이르러 물을 마시러 동네에 들어갔더니 한 여자아이가 집에 들어가 요기를 하고 가라고 권한다. 그러면서 1년 전에 물을 얻으려던 한 할아버지가 와서 가족들의 생명을 살려주고 보살펴준 이야기를 한다. 그가 바로 예리세이인 것을 알게 된 예핌은 자기보다 친구가 더 먼저 진정한 성지순례를 하여 구원을 받게 된 것임을 알게 된다.

· 갈래 : 단편 소설
· 시점 : 2인칭 전지적 작가 시점
· 배경 : 성지순례 중간인 마을과 예루살렘
· 주제 : 사랑과 선행으로 살아가는 인간의 도리

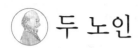 두 노인

1

두 노인이 성지 예루살렘으로 순례를 떠나기로 했다. 한 사람은 예핌 타라스이치 셰베레프라는 부자 농부였고, 또 한 사람은 에리세이 보드로프라는 돈이 많지 않은 사람이었다.

예핌은 성실한 농부로 보드카도 마시지 않고 담배도 피우지 않으며, 평생 나쁜 말을 하지 않는 엄격하고 착실한 사람이었다. 예핌 타라스이치는 두 번이나 마을의 이장을 맡아 열심히 일했다. 예핌의 집은 아주 컸으며 두 아들과 벌써 장가를 든 손자까지 모두 함께 살고 있었다. 예핌은 성실하고 정직한 농부로 일흔이 넘은 나이에도 등이 꼿꼿하고 텁수룩한 수염에 이제야 흰빛이 보이기 시작한 건강한 사람이었다.

에리세이는 부자도 아니고 가난하지도 않은 노인으로 전에는 떠돌이 목수를 했었는데 나이가 든 뒤부터는 집에서 양봉을 하고 있었다. 아들 하나는 장가를 들었으나 하나는 집에서 일을 했다. 에리세이는 마음이 좋고 쾌활한 사람이었다. 보드카도 마시고 담배도 피우고 노래 부르기도 좋아했다. 그러나 사람은 참으로 온순하여 집안사람이나 이웃 사람과도 사이좋게 지냈다. 그는 중간 키에 얼굴이 검고 턱수염이 곱슬곱슬한 농부였다. 그리고 자기와 같은 이름의 예언자 에리세이와 같이 머리가 훤하게 벗어졌다.

두 노인은 벌써 오래전부터 함께 길을 떠나기로 약속했지만 타라스이치는 늘 분주하여 일이 끊일 사이가 없었다. 간신히 일 하나가 마무리되었다고 생각하면 또 다른 일이 생겼다. 손자가 장가를 드는가 싶으면 다음에는 막내아들이 군대에서 돌아왔다. 그런가 하면 이번에는 새집을 지어야 하는 형편이었다.

어느 날, 두 노인은 축일에 만나 통나무 위에 나란히 앉았다.

"어떤가? 우리는 도대체 언제 성지 순례를 떠나지?"

에리세이가 말하자 예핌이 잠시 이맛살을 찌푸리며 말했다.

"조금만 더 기다려 주게. 올해는 뜻하지 않게 일이 많이 생기네. 이번에 집을 새로 지을 때 말이야, 백 루블 정도면 될 것 같았는데 오늘까지 벌써 삼백 루블이나 써 버렸어. 그래도 아직 별 진척이 없어. 아무래도 여름까지 갈 것 같아. 올여름에 하느님이 기회를 주신다면 꼭 가기로 하지."

에리세이가 말했다.

"더 이상 미룰 수가 없어. 지금 당장 가야 할 것 같아. 봄이니까 지금이 제일 좋은 때야."

"때는 좋지만 일을 벌여 놓은 걸 어쩌겠나? 그렇다고 일을 내팽개치고 갈 수도 없고……."

"그럼 맡기고 갈 사람이 아무도 없나? 아들들이 있잖아."

"아이고, 뭘 할 수 있겠나. 큰아들 녀석은 술이나 마셔대니 통 믿을 수가 있어야지."

"그렇지 않아. 이제 우리는 물러날 때가 됐네. 우리 없이도 아이들은 살아갈 테고. 그러니 애들도 혼자 할 수 있도록 일을 배워야지."

"그야 물론 그렇지만, 나는 아무래도 내 두 눈으로 직접 일이 완성되는 걸 보고 싶네."

"여보게, 어떤 일이든 혼자 모든 걸 할 수는 없는 거야. 얼마 전에도 우리 집 아낙네들이 축일까지 빨랫거리를 다 빨아서 정리하자고 말하더군. 그런데 이것도 하자, 저것도 하자고 하는 거야. 하지만 한꺼번에 무엇이나 다 할 수 있는 건 아니거든. 아주 영리한 우리 큰며느리가 하는 말이 멋지더군. '고맙게도 축일이 우리를 기다리지 않고 하루하루 잘도 다가오네요. 그렇지 않으면 아무리 일을 해도 다 해낼 수가 없어요.'라고 말이야."

예핌은 골똘히 생각했다.

"그런데 난 새집에 돈을 제법 썼거든. 여행을 떠나는데 빈손으로 갈 수도 없고……. 적어도 백 루블은 있어야 할 텐데, 그게 그리 적은 돈은 아니잖은가?"

에리세이는 웃음을 터뜨리고 나서 말했다.

"여보게 그런 소리 하면 벌 받네. 자네 재산은 나보다 열 배는 더 많으면서 만날 돈타령만 하고 있잖은가. 빨리 정하는 게 좋아. 언제 갈까? 난 돈은 없지만 떠난다면 어떻게든 해 보겠네."

예핌도 빙긋이 웃으며 말했다.

"이런, 자네는 상당한 부자로 보이는군. 어디서 그렇게 벌어 오지?"

"그야 온 집안을 뒤지면 어느 정도는 긁어모을 수 있어. 그게 모자라면 여기저기 쳐 놓은 벌통을 열 개쯤 이웃 사람한테 나눠 줘야지. 오래전부터 부탁을 받았으니까."

"팔아 버린 벌통이 잘되면 원통할 텐데."

"원통하다고? 그런 일은 없어. 여보게, 이 세상에서는 죄짓는 일 말고는 원통할 일이 하나도 없어. 정신보다 중요한 건 아무것도 없으니까."

"그건 그래. 하지만 집안이 편안하지 않으면 역시 곤란해."

"그보단 말이야, 우리 정신이 제대로 되어 있지 않으면 더 난처하지. 아무튼 약속한 일이니 떠나자고, 정말 떠나자고."

2

에리세이는 친구를 설득했다. 예핌은 궁리한 끝에 이튿날 아침 에리세이를 찾아갔다.

"이제 집안일은 신경 쓰지 않기로 했어. 자네 말대로 죽고 사는 건 다 하느님의 뜻이니 건강할 때 떠나야겠어."

두 노인은 순례를 떠나기 위해 일주일 동안 준비했다.

예핌은 수중에 늘 돈이 있었다. 그는 노자로 백 루블을 갖고, 이백 루블은 늙은 아내에게 맡겼다.

에리세이도 준비를 했다. 그는 이웃에 사는 남자에게 늘어놓은 벌통 가운데 열 통만 팔고 거기에서 나올 유충도 그에게 넘기기로 했다. 그렇게 해서 그는 간신히 칠십 루블을 마련했다. 모자라는 삼십 루블은 집안사람들에게 조금씩 받았다. 그의 아내도 자신의 장례 비용으로 마련해 두었던 돈을 내놓았고, 며느리도 한 푼 두 푼 모아 둔 돈을 내놓았다.

예핌 타라스이치는 맏아들에게 집안일을 모두 맡겼다. 풀은 어디서 얼마나 베고, 비료는 어디로 나르고, 새집은 어떻게 마무리하고 지붕은 무엇으로 하라는 것까지 하나도 빠뜨리지 않고 모든 일을 세세히 일러두었다.

하지만 에리세이는 아내에게, 이웃 사람에게 판 벌통에서 나오는 유충을 길러 그에게 넘겨주라고 시켰을 뿐 집안일에 대해서는 일체 말하지 않았다. 일이 닥치면 무엇을 어떻게 해야 할지 저절로 알 수 있다고 생각했기 때문이다.

두 노인은 순례 준비에 바빴다. 식구들은 과자를 굽고 자루도 꿰매고, 새 행전이나 양말도 만들었다. 두 노인은 갈아 신을 신발도 마련해 마침내 길을 떠났다. 집안사람들은 동구 밖까지 그들을 배웅했다.

에리세이는 기쁨에 들떠 마을에서 멀어지자 집안일 따위는 깨끗이 잊어 버렸다. 그의 머릿속에는 줄곧 어떻게든 친구를 즐겁게 해 주고, 누구에게나 거친 말을 하지 않고, 목적지에 무사히 갔다가 돌아왔으면 하는 생각뿐이었다.

에리세이는 길을 가면서 혼자 기도문을 외우기도 하고, 자기가 아는 성자의 이야기를 마음속으로 떠올리기도 했다. 모르는 사람과 동행할 때도, 여인숙에서 하룻밤을 지낼 때도 어떤 사람에게나 친절하게 대했으며 하느님의 뜻에 따르는 말만 하려고 애썼다. 그는 걸으면서도 마음이 즐거웠다.

그러나 단 한 가지 일만 에리세이 뜻대로 되지 않았다. 이 기회에 담배를 끊으려고 자작나무 껍질로 만든 담배통을 일부러 집에 두고 왔는데, 그것이 자꾸 생각나는 것이다. 도중에 사람들이 그에게 담배를 주었다. 그래서 그는 친구를 죄에 끌어들이지 않으려고 슬쩍 뒤처져서 담배를 피웠다.

예핌 타라스이치도 기분이 좋은 듯 힘차게 걸어갔다. 나쁜 짓도 하지 않고 허튼소리도 하지 않았다. 원래 그는 행동이나 말이 찬찬했다. 다만 집안일을 생각하면 마음이 놓이지 않았다. 그의 머릿속에서는 집안일이 한시도 떠나지 않았다. 아들이 일러두고 온 말을 잊지는 않았는지, 실수 없이 잘하고 있는지 걱정이 되었다.

길을 지나갈 때 사람들이 감자를 심거나 비료 나르는 모습을 보면 '아들이 시킨 대로 잘하고 있을까.' 하고 걱정했다. 그리고 당장에라도 되돌아가서 모든 일을 한 번 더 지시하거나 아니면 직접 해 버리고 싶은 생각이 들기도 했다.

3

두 노인은 5주일이나 계속 걸었다. 집에서 만들어 온 신발은 다 닳아서 새것을 사야 할 무렵에 소러시아(우크라이나의 전 이름) 가까이까지 갔다.

집을 나선 뒤로 두 사람은 자는 데에도, 식사를 하는 데에도 일일이 돈을 냈는데 소 러시아 사람이 사는 곳에 오자 사람들이 앞을 다투어 자기들 집으로 초대했다. 집으로 불러서 먹여 주고도 돈을 받으려 하지 않았고, 게다가 배고프면 먹으라고 자루 속에 빵과 과자를 넣어 주기도 했다.

　이렇게 해서 두 사람은 무난히 칠백 베르스타(러시아의 거리 단위)를 걸어 흉년이 든 어느 지방에 다다랐다. 이곳 사람들은 잠을 재워 주고 돈을 받지 않았으나 먹여 주지는 않았다. 빵 한 쪽 주지 않는 곳도 있고 어떤 때는 돈을 주고도 살 수가 없었다.

　이곳 사람들 이야기로는 지난해에 아무것도 거둬들이지 못했다고 했다. 어떤 부자는 먹을 것이 없어 무엇 하나 남기지 않고 팔아 버렸고, 중류층 사람들은 무일푼이 되었다. 가난한 사람들은 어딘가로 떠나 버렸거나 걸식을 나서 겨우 연명하는 형편이었다. 겨우내 등겨나 명아주로 끼니를 이었다는 것이다.

　어느 날 두 노인은 작은 마을에 들어가 빵을 십오 파운드쯤 사고 하룻밤을 묵은 다음, 덥기 전에 조금이라도 더 서둘러 가려고 동이 트기 전에 길을 나섰다.

　십 베르스타쯤 가니 개천이 나왔다. 그들은 거기에 앉아 찻잔으로 물을 떠서 빵을 적셔 먹고 낡은 신발을 갈아 신었다. 그리고 잠시 앉아 쉬었다. 에리세이는 담뱃갑을 꺼냈다.

　예핌 타라스이치는 그에게 고개를 저어 보이면서 말했다.

　"왜 좋지 않은 걸 그만두지 못하나?"

　에리세이는 한 손을 내저으며 말했다.

　"결국 나는 죄인이야. 이것만은 도저히 어쩔 수가 없군."

　두 사람은 일어나서 다시 걸음을 재촉했다. 십 베르스타쯤 걸어가자 큰 마을이 나왔으나 그냥 지나쳤다. 그때는 볕이 여간 뜨거운 게 아니었다. 에리세이는 지쳐 잠시 쉬면서 물이라도 마시고 싶었으나 예핌은 걸음을 멈추려 하지 않았다. 에리세이는 그 뒤를 따라가기가 무척 힘들었다.

　"어때, 물이라도 좀 마시지?"

　에리세이는 걸음을 멈추고 예핌에게 말했다.

　"그래? 난 생각 없으니 자네나 마시게."

"그럼 먼저 가게. 난 저 농부네 집에 가서 물 한잔 얻어 마시고 금방 뒤쫓아 가겠네."

"그러지 뭐."

예핌 타라스이치는 혼자서 앞서갔고, 에리세이는 오두막이 있는 쪽으로 돌아섰다.

에리세이는 농부네 오두막으로 다가갔다. 그 오두막은 진흙을 바른 집이었다. 아래쪽은 검고 위쪽은 하얀데 오래도록 손보지 않았는지 진흙은 벗겨지고 지붕 한쪽도 구멍이 나 있었다. 오두막의 출입구는 뜰과 붙어 있었다.

에리세이가 뜰에 들어가 보니 토담 곁에 한 남자가 셔츠를 바지에 밀어넣은 채 드러누워 있었다. 짐작하건대 그 남자는 시원한 곳을 찾아 드러누운 모양인데, 지금은 해가 바로 위에서 내리쬐고 있었다. 남자는 뒹굴고 있을뿐 자고 있는 것은 아니었다.

에리세이는 그에게 물을 한잔 청했으나 아무 대꾸도 하지 않았다. '병이 났거나 무뚝뚝한 사람이겠지.'라고 생각하며 문에 가까이 다가섰다. 그러자 오두막 안에서 두 아이의 울음소리가 들렸다. 에리세이는 문을 두드렸다.

"실례합니다."

그러나 아무 대답도 없었다.

이번에는 지팡이로 문을 '똑똑' 하고 두드렸다.

"아무도 안 계십니까?"

그래도 아무 소리가 없었다.

"하느님의 종입니다!"

역시 대답이 없었다.

에리세이가 그만 돌아가려고 할 때 문 쪽에서 누가 한숨을 쉬는 소리가 들렸다.

'이 사람들에게 무슨 불행한 일이 일어난 게 아닐까? 좀 살펴봐야겠군.'

4

에리세이는 문고리를 돌려 보았다. 자물쇠는 채워져 있지 않았다. 문을 열고 안으로 들어가자 방문이 열려 있었다. 왼쪽에는 난로가 있고 오른쪽 귀퉁이에는 성상과 테이블이 놓여 있었다. 테이블 맞은편에는 의자가 하나 있고, 그 의자에는 내복만 입은 노파가 테이블 위에 머리를 힘없이 떨어뜨리고 앉아 있었다.

그 곁에는 온몸이 인형처럼 창백하며 여위고 배만 불룩 나온 남자아이가 노파의 소매를 붙들며 무언가를 졸라댔다.

에리세이는 안으로 더 들어갔다. 오두막 안은 악취 때문에 숨이 막힐 지경이었다. 살펴보니 난로 옆 침대에 여자가 누워 있었다. 그녀는 엎드린 채 이쪽을 보려고도 하지 않고 괴로운 듯한 목소리를 내면서 한쪽 발을 폈다 오므렸다 할 뿐이었다. 여자가 다리를 이리저리 움직일 때마다 고약한 악취가 풍겼다. 아무래도 여자는 오줌똥을 가리지 못하는 듯했다. 게다가 뒤치다꺼리해 줄 사람도 없는 모양이었다.

노파는 머리를 들더니 사람이 있는 것을 눈치채고 말했다.

"누구요? 보아하니 무엇을 얻으려고 온 모양인데 여기엔 아무것도 없어요."

에리세이는 그녀의 말을 알아듣고 곁으로 다가가 말했다.

"저는 순례자인데 물을 한잔 얻어먹으려고 왔습니다."

"아무도 가져다줄 사람이 없으니 마시려거든 직접 가서 떠 마셔요."

그때 에리세이가 물었다.

"그런데 무슨 일인가요? 이 집에는 건강한 사람이 없나요? 이 여자분을 돌볼 사람은요?"

"아무도 없소. 뜰에서 죽어가고 있는 아들과 우리뿐이오."

아이는 낯선 사람을 보고 잠시 입을 다물었으나 노파가 말을 하자 다시 소매를 잡아당기며 울기 시작했다.

"빵 줘요, 할머니. 빵 줘요!"

에리세이가 노파한테 무언가를 물어보려고 했을 때 뜰에 있던 농부가 비틀거리며 오두막 안으로 들어왔다. 그는 벽을 따라 의자 쪽으로 가더니 바닥에 그대로 뒹굴었다. 그러고는 일어서려고도 하지 않고 작은 소리로 중얼거렸다. 한 마디 한 마디 할 때마다 숨을 몰아쉬면서 힘겹게 그다음 말을 이어갔다.

"병이 났는데……, 게다가 먹을 게 아무것도 없어요. 저것도 굶어서 죽어 가고 있어요."

농부는 머리로 사내아이를 가리키며 눈물을 흘렸다.

에리세이는 어깨에 둘러메고 있던 자루를 의자에 내려놓고 주둥이를 펼쳤다. 그는 빵을 꺼내어 한쪽을 잘라 농부에게 주었다. 농부는 받지 않고 남자아이와 여자아이 쪽을 가리키며 말했다.

"아이들한테 주세요."

에리세이는 남자아이한테 빵을 주었다. 아이는 빵 냄새를 맡더니 몸을 뻗어 작은 두 손으로 빵 한 쪽을 들고는 허섭지겁 먹어 지웠다. 그러자 난로 옆에 서 있던 여자아이가 빵을 물끄러미 보고 있었다.

에리세이는 그 아이에게도 빵을 주었다. 그러고 나서 다시 한쪽을 잘라 노파에게 주었다. 노파는 그것을 재빨리 받아 들더니 우물우물 씹어 먹었다.

"물을 길어다 주었으면 좋겠는데……."

노파가 말했다.

"다들 입이 바싹 말라 있어요. 어제인지 오늘인지 기억이 잘 안 나지만 내가 물을 길으러 갔었어요. 물을 길었는데 들고 올 힘이 없어 나동그라지고 말았죠. 간신히 기어 오긴 왔는데……. 물통을 거기에 버려두고 왔으니 누가 들고 가지만 않았다면 아직 있을 거요."

에리세이는 그들에게 우물이 어디에 있냐고 물었다. 노파가 가르쳐 준 곳에 가 보니 물통은 그대로 있었다. 그는 물을 길어다가 모두에게 먹였다. 아이들과 노파는 물과 함께 빵 한 쪽씩을 더 먹었지만 농부는 먹으려 하지 않았다. 그가 말했다.

"속에서 받지 않아요."

여자는 몸을 일으키려고 하지 않았고, 정신도 차리지 못한 채 침대 위에서 뒤척일 뿐이었다.

에리세이는 마을에 있는 가게에 가서 수수와 소금, 버터를 산 뒤 손도끼를 찾아 장작을 패서 난로에 불을 지폈다. 여자아이가 심부름을 해 주었다. 에리세이는 수프와 보리죽을 쑤어 식구들에게 먹였다.

5

농부도 조금 먹고 노파도 먹었다. 아이들은 허겁지겁 먹어 치우고 한쪽 구석에서 서로 껴안고 잠들었다.

농부와 노파는 어떻게 해서 이 지경이 되었는지 그간의 사정을 말하기 시작했다.

"우리는 가난했지만 그럭저럭 먹고살았습니다. 그런데 이번 기근 때문에 가을부터 지금까지 곡식을 거둬들이는 것은 고사하고 그나마 남아 있던 것까지 다 먹어 버렸답니다. 결국엔 먹을 것이 없어 이웃 사람들한테 신세를 졌는데 그 사람들도 처음에는 도와주었지만 나중에는 도와주지 않았습니다. 그중에는 있으면 기꺼이 주고 싶지만 아무것도 줄 것이 없어 어쩔 수 없다고 말하는 사람도 있었습니다. 우리도 매번 손 벌리기가 여간 부끄럽지 않았습니다. 여기저기서 돈과 밀가루, 빵까지도 다 빌렸으니까요."

농부는 말을 계속했다.

"그래서 일을 찾아 돌아다녔지만 일거리도 없었습니다. 어쩌다 하루 일을 하고 나면 나머지 이틀은 다시 일을 찾아 헤매는 형편이었습니다. 결국 어머니와 딸아이가 멀리까지 가서 구걸을 했습니다. 그러나 얻는 것은 얼마 되지 않았습니다. 모두 살기가 어려웠으니까요. 그래도 가을 수확 때까지 어떻게든 살 수 있으리라고 생각했습니다. 그러나 올봄부터는 아예 도움을 주려는 사람이 딱 끊어진 데다가 병까지 걸려 형편은 더욱 나빠졌습니다. 하루 먹으면 나머지 이틀은 아무것도 먹지 못했어요. 결국 풀까지 먹게 되었는데 그 때문인지 마누라가 병에 걸리고 말았습니다. 마누라는 일어나지도 못하고 나는 기운이 없으니 암담한 형편입니다.

농부의 말을 이어 노파가 입을 열었다.

"나 혼자 여기저기 구걸을 다녔지만 그것도 먹지 못해 차츰 힘이 빠지고 지금은 그것마저도 할 수 없다오. 손자도 약해진 데다가 사람을 꺼리기 시작했어요. 이웃에 심부름을 보내려 해도 가려고 하지 않아요. 구석에 틀어박혀 꼼짝도 안 해요. 그저께 이웃 여인네들이 왔다가 우리가 굶주리고 병에 걸려 쓰러진 걸 보더니 돌아서서 가 버리더군요. 그 여인네들도 모두 남편이 없어 어린애들을 돌봐야 하니까 어쩔 수 없겠죠. 그래서 우리는 이렇게 죽을 날만 기다리고 있었어요."

그들의 이야기를 다 듣고 난 에리세이는 그날 안에 친구를 따라갈 것을 단념하고 그 집에 머무르기로 했다.

이튿날 아침, 에리세이는 자기가 이 집의 주인이라도 된 듯이 집안일을 하기 시작했다. 그는 노파와 함께 빵을 반죽하고 난로에 불을 지폈다. 여자아이와 함께 쓸 만한 물건을 찾아보았으나 아무것도 없었다. 모두 먹을 것과 바꾼 것이었다. 농기구는 물론이고 입을 옷조차 없었다. 그래서 에리세이는 필요한 물건을 마련했다. 직접 만들거나 밖에서 사 오기도 했다.

이렇게 해서 에리세이는 하루를 지내고 이틀을 지내고 사흘을 묵었다. 남자아이도 점점 기운을 차려서 가게에 심부름을 갈 수 있게 되었고, 에리세이를 잘 따랐다. 여자아이는 이제 완전히 힘을 되찾아 무슨 일이나 도왔다. 그 아이는 늘 "할아버지, 할아버지!" 하고 에리세이 뒤를 쫓아다녔다. 노파도 일어나 근처를 나다닐 정도였다. 농부도 벽에 기대어 조금씩 걸었다. 다만 여자만은 아직 누워 있었는데 사흘째 되는 날에는 정신을 차리고 먹을 것을 찾았다.

"이렇게 오래도록 있을 생각은 아니었는데……. 자, 이제 그만 떠나자."

에리세이는 생각했다.

6

나흘째 되는 날은 감사 주일 전날이었다. 에리세이는 농부의 가족과 전야를 축하하고 모두에게 감사절 선물을 사 준 후 저녁때가 되면 떠나리라 마음먹었다. 에리세이는 마을로 나가 우유와 밀가루, 기름 등을 사 와 노파와 함께 음식을 만들었다. 다음 날 아침에는 교회에 갔다 와서 농부의 가족과 같이 맛있는 요리를 먹었다. 이날은 농부의 아내도 일어나 걸었다.

농부는 수염을 깎고 노파가 세탁해 준 깨끗한 셔츠를 입고 마을의 부자농부에게 갔다. 부자 농부에게 초지와 밭이 저당 잡혀 있었으므로 그것을 다음 수확 전에 넘겨줄 수 있느냐고 부탁하러 간 것이었다. 저녁때 어깨가 축 처져 돌아온 농부는 눈물을 흘렸다. 부자 농부가 매몰차게 돈을 가져오라고 했다는 것이다.

에리세이는 또 생각했다.

'앞으로 이 사람들은 어떻게 살아갈까? 남들은 풀을 베러 가는데 이 사람들만 멀거니 앉아 있을 수는 없지 않은가. 가을이 되면 남들은 수확을 할 텐데 이 사람들은 밭을 저당 잡혀 아무것도 할 수가 없다. 그나마 조금 있던 땅도 부자 농부에게 팔아 버렸다고 한다.'

에리세이는 심란하여 다음 날 아침으로 출발을 미루었다. 그는 마당에 나가 기도를 하고 잠을 청했으나 잠들 수가 없었다. 그동안 시간도 많이 허비하고, 돈도 너무 많이 써 버려 떠나야 했지만 이곳 사람들이 너무 가여웠다.

'그렇다고 모든 걸 나눠 줄 수는 없어. 처음엔 이 사람들에게 물을 길어다 주고 빵 한 쪽씩만 줄 생각이었는데 이렇게까지 되었으니 이젠 초지나 밭을 찾아 주어야 해. 그러고 나면 아이들한테 암소를 사 주어야 하고 집주인에게는 말을 사 줘야 해. 이봐, 에리세이. 자네 아무래도 바보가 된 것 같군. 덫에 걸려 어떻게 해야 좋을지 모르는 꼴이잖아.'

에리세이는 일어나 머리맡에서 긴 저고리를 집어 뿔 담뱃갑을 꺼내어 담배 냄새를 맡았다. 그러나 머리가 상쾌해지지 않았다. 아무리 생각해도 좋은 생각이 떠오르지 않았다. 떠나야 했지만 이곳 사람들이 너무 불쌍했다. 어떻게 하면 좋을지 마음을 정할 수가 없었다.

그는 긴 저고리를 둘둘 말아 머리밑에 베고 드러누웠다가 스르르 잠이 들었다. 별안간 누군가 깨우는 느낌이 들었다. 눈을 떠 보니 나그네 차림을 한 자신이 자루를 어깨에 둘러메고 손에는 지팡이를 짚고 막 일어서려 하고 있었다. 그는 문을 지나가야 했는데, 문은 사람 하나 간신히 스쳐 지나갈 정도밖에 열려 있지 않았다. 그리고 그가 문에 다다르자 자루가 한쪽에 걸렸다. 그것을 빼려고 하자 이번엔 다른 쪽에 행전이 걸렸다. 그가 자루를 내리려 하자 어린 여자아이가 외쳤다.

"할아버지, 할아버지, 빵 주세요!"

발밑을 보니 남자아이가 행전을 붙잡고 있고 창문으로 노파와 농부가 이쪽을 빤히 쳐다보고 있었다.

에리세이는 잠에서 깨어난 후 혼자서 중얼거렸다.

'그래, 내일은 초지와 밭을 찾아 주자. 말도 사 주고 아이들한테 암소도 한 마리 사 주자. 그렇게 하지 않고는 바다를 건너 성지를 찾아가도 내 마음속의 그리스도를 잃어버리게 돼. 무엇보다도 이 사람들을 먼저 도와주어

야 해.'

이렇게 결심이 서자 에리세이는 깊은 잠을 잘 수가 있었다. 아침 일찍 일어난 그는 부자 농부를 찾아가 밭을 도로 찾고 초지 대금도 지급했다. 그리고 큰 낫을 사서 집으로 갔다. 농부는 풀을 베러 보내고, 자신은 여기저기 농가를 찾아다니다가 선술집 주인한테서 수레가 딸린 말을 팔려고 내놓았다는 사실을 들었다. 값을 흥정해서 그것을 사기로 하고 이번에는 암소를 사러 다녔다.

에리세이가 마을 거리를 걷고 있는데 여자 두 명이 바로 앞에서 수다를 떨면서 걷고 있었다. 에리세이는 여자들이 이야기하는 것을 듣고 자기에 관한 소문이 퍼졌다는 것을 알았다.

한 여자가 에리세이에 대해 말했다.

"처음에는 아무도 그 사람이 누군지 몰랐다는 거야. 그저 순례자로만 알고 있었지. 물 한 그릇 얻어 마시려고 들어갔다가 그대로 그 집에 머물고 말았다니까. 그리고 그 사람들한테 뭐든지 사 주었다는 거야. 내 눈으로 보았어. 오늘도 그 사람은 선술집 주인한테서 수레가 딸린 말을 샀대. 이 세상에 그런 사람이 흔하겠어? 한번 가 보자."

이 말을 들은 에리세이는 자기가 칭송을 받고 있는 것을 깨닫고 암소를 사러 가는 일을 그만두었다. 그는 선술집으로 되돌아가 말값을 치렀다. 그리고 말에 수레를 걸어 매고는 그것을 타고 오두막으로 돌아갔다. 문 앞까지 타고 가서 말을 멈추고 수레에서 내렸다.

집에 있던 사람들은 에리세이가 말을 산 것이 자기들을 위해서라고는 생각했지만 차마 말하지 못했다.

농부가 문을 열고 뛰어나왔다.

"웬 말입니까?"

"마침 싸게 나온 게 있어서 샀어요. 밤에 먹을 수 있도록 풀을 조금 베어 말구유에 넣어 주세요."

농부는 말을 풀고 풀을 한 아름 베어 말구유에 넣어 주었다. 다들 잠자리에 들었다.

에리세이는 집 밖에서 잤다. 그는 저녁때 자루를 밖에 내놓았다. 모두 잠든 후 에리세이는 일어나서 자루를 둘러메고 짚신을 신고 겉옷을 걸치고 예핌의 뒤를 쫓아 길을 떠났다.

7

에리세이가 5베르스타쯤 갔을 무렵 날이 밝았다. 그는 나무 밑에 앉아 자루를 열고 돈을 세어 보았다. 모두 십칠 루블과 이십 코페이카가 남아 있었다.

'가만있자. 이 돈으로는 바다를 건너갈 수가 없겠군. 하지만 그리스도의 이름을 팔아 구걸하는 죄는 짓고 싶지 않아. 예핌 영감이 혼자서라도 가서 나 대신 양초를 바치고 돌아올 거야. 나는 죽기 전에 성지 순례를 못 하겠지만 주님께서는 사랑이 크시니까 용서해 주실 거야.'

에리세이는 일어서서 몸을 쭉 펴고는 자루를 어깨에 짊어지고 오던 길로 되돌아갔다. 다만 그 마을을 지날 때는 누구에게도 눈에 띄지 않게 멀리 돌아서 갔다. 처음 성지 순례를 떠날 때는 걷기가 힘들어서 예핌을 뒤쫓아가기 바빴으나, 돌아올 때는 마치 하느님이 도와주시기라도 하듯 발걸음이 가볍고 힘든 줄을 몰랐다. 걸으면서도 마치 장난치듯이 지팡이를 휘두르면서 하루에 칠십 베르스타씩이나 걸었다.

에리세이가 집에 돌아왔을 때 식구들이 마침 들에서 돌아올 시간이었다. 집안사람들은 할아버지가 돌아온 것을 기뻐하며 어쩌다가 친구한테 뒤처졌는지, 왜 끝까지 가지 않고 돌아왔는지 등을 물었다. 그러나 에리세이는 그동안 있었던 일을 자세히 이야기하지 않았다.

"도중에 돈을 다 써 버렸지 뭐냐. 그래서 예핌 영감을 놓쳐 가지 못한 것뿐이야. 그리스도를 위해 용서해다오!"

에리세이는 남은 돈을 아내에게 주며 집안일에 대해 물었다. 모든 것이 잘 되어 가고 있었다. 농사에 실수도 없었고 가족들은 평화롭게 살고 있었다.

그날, 예핌 영감네 가족들도 에리세이가 돌아왔다는 말을 듣고 예핌의 소식을 들으려고 찾아왔다. 에리세이는 그들에게도 같은 말을 해 주었다.

"예핌은 건강하게 잘 갔단다. 우리는 베드로 축일 사흘 전에 헤어졌는데, 나는 뒤쫓아가려고 했지만 그만 일이 생겼어. 돈을 다 써 버려 여비가 없었지. 그래서 되돌아온 거란다."

사람들은 놀랐다. 현명한 사람이 어떻게 그런 바보 같은 짓을 했는지, 성지 순례를 떠났다가 목적지에 닿기도 전에 돈만 쓰고 오다니 믿을 수 없는 일이었다.

에리세이는 일을 시작했다. 아이들과 함께 겨울 땔감을 준비하거나 여자들과 함께 타작을 했다. 그리고 헛간의 지붕을 이기도 하고 꿀벌을 보살피기도 했으며, 벌의 유충을 벌꿀 열 통과 함께 이웃 사람에게 넘기기도 했다. 아내는 팔아넘긴 벌통에서 얼마나 분봉했는지를 그에게 숨기려고 했으나 에리세이는 자신의 것과 이웃 사람의 것을 정확히 알고 있었다. 그래서 그는 이웃 사람에게 열 통이 아니라 열일곱 통을 건네주었다.

에리세이는 수확이 끝나자 이들은 일하러 내보내고, 자신은 겨울 동안 짚신을 삼거나 벌통을 만들면서 지냈다.

8

에리세이가 물을 얻어 마시러 농가에 간 그날, 예핌은 하루 종일 친구가 뒤쫓아오기를 기다렸다. 그는 조금 더 가서 기다리다가 그만 길가에서 깜박 졸았다. 잠을 깬 후에도 여전히 앉아 기다렸으나 친구는 오지 않았다. 그는 두리번거리며 주변을 둘러보았다. 해는 벌써 동네 저편으로 지고 있는데 에리세이는 끝내 오지 않았다.

"혹시 벌써 지나쳤는지도 몰라. 아니면 마차라도 얻어 타고 지나가서 나를 보지 못한 게 아닐까? 하지만 나를 보지 못했을 리가 없어! 여긴 들판이어서 모든 게 잘 보이는걸. 내가 되돌아가도 되겠지만 만일 그사이 에리세이가 앞서갔다면 도리어 거리가 멀어져서 더 난처해지겠지. 차라리 계속 가서 오늘 밤에 묵을 마을에서 만나는 게 낫겠어."

마을에 도착하자 그는 마을 경찰에게 만일 이러이러한 사람을 보면 자기가 묵는 집으로 보내 달라고 부탁했다. 그런데 에리세이는 그 숙소에도 오지 않았다.

예핌은 다시 여행을 계속하며 만나는 사람마다 머리가 벗어지고 몸집이 작은 노인을 보지 못 했느냐고 물었다. 그러나 아무도 보았다는 사람이 없었다. 예핌은 하는 수 없이 그대로 혼자서 계속 걸어갔다.

'오데사에 가면 어디서든 만나겠지. 그렇지 않으면 배에서 만나든지.'

그러고 나서 더 이상 생각하지 않았다.

도중에 한 수도사와 길동무가 되었다. 수도사는 보통의 수도사 복장을 하고 둥근 모자 밑에 긴 머리를 늘어뜨리고 있었다. 이제까지는 아젠에 있었고, 지금 두 번째 예루살렘 순례를 한다고 했다. 그들은 숙소에서 만나 이야기를 하다가 함께 가기로 한 것이었다.

그들은 무사히 오데사에 당도했다. 거기서 사흘간 배를 기다렸다. 거기에는 여러 나라에서 온 수많은 순례자들이 기다리고 있었다. 그래서 예핌은 또다시 사람들에게 에리세이에 대해 물어보았으나 아무도 본 사람이 없었다.

수도사가 예핌에게 무임으로 승선하는 방법을 가르쳐 주었으나 예핌은 그 말을 따르지 않았다.

"나는 여비를 준비해 왔으니까 돈을 내는 게 낫겠습니다."

그리고는 왕복 뱃삯 사십 루블을 내고, 도중에 먹을 빵과 청어 등을 샀다. 배가 짐을 다 싣자 순례자들은 배에 올라탔다. 예핌도 수도사와 함께 배에 탔다. 닻이 오르고 밧줄이 풀리면서 배는 바다로 떠났다. 낮에는 별 탈 없이 항해했으나 저녁때부터 바람이 일고 비가 내리면서 배가 흔들리고 파도가 배를 덮쳤다.

사람들은 바닥에 나뒹굴고 여자들은 울부짖었으며, 몇몇 남자들은 배 안을 뛰어다니면서 안전한 자리를 찾아다녔다. 예핌도 공포심에 사로잡혔으나 겉으로 드러내지 않았다. 올라탔을 때 탐보프 노인과 나란히 마루에 앉은 모습 그대로 하룻밤과 이튿날 하루를 꼬박 버텼다. 오직 자루만 꼭 붙든 채 한마디도 하지 않았다. 사흘째 바다는 겨우 조용해졌다.

닷새째 되는 날, 콘스탄티노플에 닿았다. 순례자들 가운데는 배에서 내려 지금은 터키가 점령한 소피아 성당을 구경하러 간 사람도 있었으나, 예핌은 배 위에 남아 있었다. 배는 꼬박 하루를 정박했다가 또다시 바다로 떠났다. 그리고 나서 또 스미르나(터키 서부의 에게해에 있는 항구 도시)와 알렉산드리아(이집트 북부에 있는 무역항)에 들렀다가 이윽고 야파 거리에 도착했다. 순례자들은 모두 야파에서 내려 예루살렘까지 칠십 베르스타를 걸어가야 했다.

그런데 배에서 내릴 때 공포가 또다시 사람들을 사로잡았다. 배가 높기 때문에 사람들은 그 배 밑에 있는 거룻배에 옮겨 타야 했다. 그러나 거룻배가 몹시 흔들려서 자칫하다가는 제대로 옮겨 타지도 못하고 바닷속으로 떨어질 것 같았다. 실제로 두 사람이 옮겨 타다가 바다에 빠져 몸이 흠뻑 젖었으나 어쨌든 다들 무사했다.

배에서 내리자 사람들은 모두 휘청거리며 길을 떠났다. 그리고 사흘째되는 점심때 예루살렘에 이르렀다. 그들은 시외의 러시아인 숙소에 도착하여 여권 사증을 받은 다음 식사를 끝내고 나서 수도사와 함께 성지 순례를 다녔다. 가장 중요한 그리스도의 묘는 아직 참배가 허용되지 않았다. 그들은 먼저 주교 수도원에서 참배하고 양초를 바쳤다. 예수님의 묘가 있는 부활의 성당은 밖에서 참배했다. 그러나 그 성당 전체는 외부에서 보이지 않았다.

다음 날 아침, 그들은 이집트의 마리아가 그곳으로 피해 자신의 몸을 구한 곳에 들어가 양초를 바치고 기도를 올렸다.

그곳에서 아브라함 수도원으로 돌아가 아브라함이 신을 위해 자신의 아들을 찔러 죽이려고 한 사베크의 정원을 보았다. 그리고 그들은 그리스도가 막달라 마리아에게 모습을 나타내셨다는 성지를 참관하고 주님의 형제 야곱의 교회로 향했다.

수도사는 여러 곳을 안내하며, 가는 곳마다 어디서는 돈을 얼마나 바쳐야 하고 어디서는 양초를 바쳐야 한다고 가르쳐 주었다.

성지 순례를 마치고 숙소에 돌아와 막 잠을 자려고 하는데, 수도사가 갑자기 깜짝 놀라며 자기 옷을 이리저리 뒤지기 시작했다.

"내 지갑을 도둑맞았어. 이십삼 루블이 들어 있었는데……. 십 루블짜리 지폐 두 장하고 잔돈 3루블하고……."

나그네 수도사는 푸념을 늘어놓았지만 어쩔 수 없는 일이었다. 이윽고 사람들은 잠자리에 들었다.

9

예핌도 잠을 자려고 누웠으나 마음속에서 이런 생각이 들었다.

'저 수도사가 돈을 잃었을 리가 없어. 수도사는 처음부터 돈이 없었을 거야. 저 사람은 어디서도 돈을 내지 않았으니까. 늘 내가 내도록 하고 자기는 한 번도 낸 적이 없어. 게다가 나한테 1루블까지 빌렸잖아?'

하지만 예핌은 곧 자신을 나무랐다.

'내가 왜 남을 의심하지? 그건 죄를 짓는 거잖아. 이제 쓸데없는 생각은 하지 말자.'

간신히 마음을 가라앉혔다 싶었는데 또다시 수도사가 정말 돈을 노리고 있다는 것과 그가 지갑을 도둑맞았다고 허풍 떠는 모습이 떠올랐다.

'저 사람은 틀림없이 돈을 가지고 있지 않았어.'

그는 단정했다.

'발뺌하려는 게 분명해.'

이튿날, 그들은 부활 대성당에서 거행되는 기도실에 참배하러 갔다. 수도사는 예핌의 곁을 떠나지 않고 언제나 그와 함께 갔다.

그들은 성당에 도착했다. 거기에 모인 많은 순례자들은 러시아인뿐만 아니라 그리스인, 아르메니아인, 터키인, 시리아인 등 세계 도처에서 온 사람들이었다.

예핌은 사람들과 함께 성문을 빠져나가 터키인 경비원 곁을 지나 옛 그리스도를 십자가에서 내려 향유를 바른, 지금은 아홉 자루의 커다란 촛대가 있는 곳으로 갔다. 예핌은 거기에 양초를 바쳤다.

그러고 나서 수도사가 이끄는 대로 그리스도가 못 박혔던 십자가가 세워져 있던 곳, 골고다로 가려고 오른쪽 계단을 올라갔다. 예핌은 거기서도 기도를 올렸다. 그리고 지면이 지옥까지 갈라졌다는 곳과 그리스도의 손발을 십자가에 못 박았다는 곳을 구경하고, 이어서 그리스도의 피가 아담의 뼈 위에 뿌려졌다는 아담의 관을 보았다. 이윽고 그들은 그리스도가 가시관을 쓸 때 앉았던 돌이 있는 곳을 거쳐 그리스도를 채찍질할 때 그를 결박했다는 기둥이 있는 곳으로 갔다.

마지막으로 예핌은 그리스도의 발자국이라는 두 개의 구멍이 뚫린 돌도 보았다. 아직 볼거리는 많았으나 사람들은 길을 재촉했다. 그리스도의 관이 있는 동굴 쪽으로 서둘러 간 것이었다. 거기서는 마침 다른 파의 성찬식이 끝나고 정교의 성찬식이 시작되려는 참이었다. 예핌은 사람들과 함께 동굴에 들어갔다.

그는 수도사와 헤어지고 싶었다. 마음속에서 쉴 새 없이 수도사에 대해 죄스러운 의심이 들었기 때문이었다. 하지만 수도사가 좀처럼 떨어지지 않아 그리스도 관 성찬식에서도 그와 함께 참여했다. 그들은 앞으로 더 나아가고 싶었으나 생각뿐이었다. 앞으로도 뒤로도 꼼짝달싹할 수 없을 만큼 많은 사람이 모였기 때문이다.

예핌은 선 채로 앞쪽을 보고 기도하면서도 지갑이 호주머니에 무사히 있는지를 끊임없이 생각했다. 그의 마음은 둘로 나뉘었다. 하나는 수도사가 자기를 속이는 것은 아닌가 하는 생각과 또 하나는 실제로 지갑을 도둑맞았다면 자기는 도둑맞지 않아 다행이라는 생각이 든 것이었다.

10

예핌은 서서 기도를 드리면서 그리스도의 관 위에 서른여섯 개의 촛불이 타고 있는 앞쪽의 교회를 물끄러미 바라보았다. 예핌이 선 채로 사람들의 머리 너머로 관을 보고 있는데, 정말 이상한 일이었다. 촛불 바로 아래, 사람들의 정면에 긴 회색 저고리를 입은 몸집이 작은 한 노인이 마치 에리세이 보드로프와 같이 빤질빤질하게 벗어진 머리를 반짝이고 서 있는 모습이 눈에 띄었다.

'아니, 에리세이하고 꼭 닮았잖아. 하지만 에리세이는 아니겠지! 그가 나보다 먼저 왔을 리가 없어. 우리가 탄 배보다 먼저 출발한 배는 우리보다 일주일이나 앞서 왔으니까. 저 사람이 그 배를 탔을 리가 없지. 그렇다고 우리 배에도 타지 않았는데……. 나는 타고 있던 순례자들을 한 사람도 빠뜨리지 않고 확인했으니까.'

그때, 그 노인은 기도를 시작하고 세 차례 크게 절을 했다. 한 번은 정면의 하느님 쪽에, 다음에는 양쪽의 정교 신자들 쪽에 했다. 노인이 오른쪽으로 머리를 돌렸을 때 예핌은 깜짝 놀랐다. 그는 틀림없는 에리세이였다. 곱슬곱슬한 검은 턱수염, 흰 털이 섞인 구레나룻, 눈썹, 코, 영락없는 그였다. 그 사람은 에리세이 보드로프였다.

예핌은 친구를 발견해 몹시 기뻤으나 어떻게 에리세이가 자기보다 먼저 이곳에 올 수 있었는지 그것이 이상해서 견딜 수가 없었다.

'그건 그렇다 치고 에리세이는 어떻게 저토록 앞으로 나아갔을까!'

그는 의아했다.

'아마 좋은 안내자를 만나 그 사람을 따라온 게 틀림없어. 여기를 나갈 때 수도사를 따돌리고 저 친구를 어떻게든 붙잡아 함께 다녀야 할 텐데……. 그러면 나도 앞에 나아갈 수 있을지 몰라.'

예핌은 에리세이를 놓치지 않으려고 줄곧 그쪽만 주시했다.

이윽고 낮 예배가 끝나자 사람들이 슬슬 움직이기 시작했다. 모두 십자가에 입을 맞추려고 혼잡한 가운데 예핌은 한쪽 귀퉁이로 밀려났다. 그러자 그는 또 지갑을 도둑맞지나 않을까 하는 불안에 사로잡혔다. 예핌은 한 손으로 지갑을 단단히 누르고 조금이라도 넓은 곳으로 나아가기 위해 붐비는 사람들에게서 벗어났다. 간신히 조금 한가한 곳으로 나온 그는 이리저리 돌아다니며 열심히 에리세이를 찾았으나 보이지 않았다. 어느덧 사원 밖에까지 나왔으나 역시 그를 만나지 못했다.

낮 예배가 끝난 뒤에 예핌은 에리세이를 찾으려고 숙소마다 찾아다녔다. 한 집도 빠뜨리지 않고 다녔지만 그를 찾아내지 못했다. 그날 밤은 수도사도 돌아오지 않았다. 그는 한 푼도 내지 않고 어디론가 숨어 버렸다. 예핌은 혼자 남았다.

이튿날 배에서 알게 된 탐보프 노인과 함께 예핌은 또 그리스도의 관을 참배했다. 앞쪽으로 나아가려 했으나 다시 구석으로 밀려들어 가고 기둥 곁에 서서 기도를 드렸다. 앞쪽을 보니 또다시 촛불 바로 아래, 그리스도의 관 옆에 있는 가장 좋은 자리에 에리세이가 서서 사제처럼 두 팔을 벌리고 있었다. 그리고 그의 벗어진 머리 주변이 빛나고 있었다.

'이번엔 놓치지 말아야지.'

예핌은 온 힘을 다해 앞쪽으로 나아갔다. 이윽고 그곳에 다다랐다. 그런데 에리세이의 모습은 이미 보이지 않았다. 벌써 나간 게 틀림없었다.

사흘째에도 예핌은 낮 예배에 참여했다. 그리고 또 앞을 바라보니 가장 거룩한 자리에 서서 두 팔을 벌리고 자기 위에 있는 무언가를 보고 있는 것처럼 위쪽을 가만히 응시하는 에리세이가 맨 먼저 눈에 띄었다. 이번에도 그의 벗어진 머리 주변이 빛나고 있었다.

'이번엔 절대 놓치지 않겠어. 오늘은 출구에 나가 서 있어 보자. 그곳이라면 서로 엇갈리는 일은 없겠지.'

예핌은 미리 나가 서 있었다. 안에 있던 사람이 모두 나올 때까지 서 있었으나 에리세이는 끝내 나오지 않았다.

예핌은 예루살렘에 6주 동안 머물면서 모든 성지를 빠짐없이 둘러보았다. 베들레헴, 베다니, 요단강도 순례하였고, 그리스도의 묘에서는 죽을 때 입을 새 내복에 도장을 받았다.

요단강의 물을 유리병에 담고, 예루살렘의 흙과 양초를 나누어 받는 등 돌아갈 비용만 남기고 가진 돈을 전부 써버렸다.

이렇게 해서 예핌은 귀로에 올랐다. 야파까지 걸어가서 배를 타고 오데사에서 내려 거기서부터는 걸어서 집으로 향했다.

11

예핌은 갔던 길을 혼자서 걸었다. 집이 가까워 오자 그가 집을 비운 사이에 가족들이 어떻게 살았을까 걱정되었다.

'1년은 물 흐르는 것과 같다고 했지만 그래도 꽤 많이 달라졌겠지? 집을 짓는 데엔 평생이 걸리지만 부수는 건 금방이거든. 내가 집을 비운 동안 아들은 집안일을 잘했을까? 봄 농사는 시작했을까? 가축은 어떻게 겨울을 났을까? 새집은 다 지었을까?'

예핌은 지난해에 에리세이와 헤어졌던 마을 근처에 다다랐다. 그 마을 근처 사람들은 몰라볼 만큼 변해 있었다. 지난해에는 하루하루를 겨우 연명하고 있었는데 올해에는 다들 넉넉했다. 농사도 잘돼 사람들은 전보다 더 건강했고, 이전의 슬픔은 잊고 있었다.

예핌은 해가 질 무렵, 지난해에 에리세이가 머물렀던 바로 그 마을에 이르렀다. 그가 마을에 들어서자마자 한 농가에서 새하얀 셔츠를 입은 한 여자아이가 뛰어나왔다.

"할아버지, 할아버지! 우리 집으로 오세요."

예핌은 지나치려 했으나 여자아이가 도무지 놓아주지 않았다. 그 아이는 옷깃을 잡아끌며 그를 오두막집 쪽으로 끌고 가면서 환하게 웃었다.

출입문이 나 있는 층계 위에는 한 여인이 남자아이를 데리고 나와 똑같이 손짓하고 있었다.

"자, 할아버지, 이리 오세요. 저녁 드시고 쉬어 가세요."

예핌은 다가섰다.

'마침 잘됐다. 내친김에 에리세이의 일을 물어보자. 그때 에리세이가 물

을 마시러 간 게 틀림없이 이 집이었으니까.'

예픾이 들어서자 여인은 자루를 받아 주고, 씻을 물을 내놓고 나서 식탁으로 모셨다. 그러고 나서 우유와 보리 경단, 보리죽을 식탁 위에 차려 놓았다.

예픾은 인사말을 하고 그들이 순례자에게 친절히 대하는 것을 칭찬했다. 그러자 여인은 고개를 저으며 말했다.

"저희는 길 가는 이들을 친절하게 대하지 않을 수 없습니다. 저희는 길을 가던 나그네 덕택에 정말로 살아갈 힘을 얻었어요. 그동안 저희는 하느님을 잊고 살았습니다. 그래서 하느님에게 벌을 받아 모두 죽을 수밖에 없었습니다. 지난여름에는 모두 병이 들고 먹을 것조차 없었습니다. 만일 그때 하느님이 손님과 같은 할아버지를 저희에게 보내 주지 않으셨다면 저희는 벌써 죽었을 것입니다. 그분은 낮에 물을 마시러 오셨다가 저희를 보고 불쌍하게 여기시고 이곳에 머무르셨습니다. 그리고 저희에게 물을 마시게 해 주시고, 먹여 주셨으며, 일어설 수 있게 해 주셨습니다. 저당 잡혔던 땅을 되찾아 주시고 말이 딸린 수레까지 사 주시고 떠나셨습니다."

그때 오두막 안으로 노파가 들어와 여인의 말을 이어서 계속했다.

"실은 저희도 그분이 사람인지 하느님의 사자인지 잘 모릅니다. 저희 모두를 불쌍히 여기시고 보살펴 주시다가 떠나셨습니다만, 아무 말씀도 하지 않고 떠나셨기 때문에 저희는 누구를 위해 하느님께 기도해야 좋을지 모르는 형편입니다. 그때 일은 지금도 눈에 선합니다. 저희가 여기에 잠들어 죽기만을 기다리고 있는데 몸집이 작고 머리가 벗어진 할아버지가 들어와 물 한잔을 달라고 하셨습니다. 죄 많은 저희는 '왜 어정거리고 있는 거야.' 라고 생각했습니다. 그런데 그분은 저희를 보자마자 어깨에 메고 있던 자루를 이곳에 내려놓더니 끈을 풀고……."

그러자 여자아이가 참견했다.

"아냐, 할머니, 그 할아버지는 처음에 이곳에, 우리 집 한가운데에 자루를 내려놓으셨다가 의자 위에 올려놓으셨어요."

이렇게 그들은 앞을 다투어 에리세이가 한 말과 한 일들을 이야기했다.

밤이 되자 주인인 농부가 말을 타고 돌아와서는 앉자마자 에리세이가 그들 집에서 머물던 동안의 이야기를 꺼냈다.

"만일 그분이 안 오셨더라면 저희는 많은 죄를 지은 채 죽었을 게 틀림없습니다. 저희는 완전히 정신을 잃고 죽어가면서 하느님과 사람들을 원망했습니다. 그런데 그분이 저희를 일으켜 세워 주셨습니다. 그분 덕택에 저희는 하느님을 알고 좋은 사람들을 믿게 되었습니다. 그리스도여, 부디 그분을 지켜 주십시오! 저희는 원래 짐승처럼 살아왔습니다만, 그분이 저희를 사람으로 만들어 주셨습니다."

그들은 예핌을 배불리 먹고 마시게 해 주고 나서 침상으로 안내하고 자기들도 잠자리에 들었다.

예핌은 자리에 누웠으나 잠이 오지 않았다. 그의 머릿속에서는 예루살렘에서 세 번이나 사람들의 맨 앞에 서 있던 에리세이의 모습이 떠나지 않았다.

'그렇다면 이 친구는 어디선가 나를 앞지른 게 틀림없어. 내 수고가 주님께 받아들여졌는지 어떤지는 모르지만 그 친구의 수고는 틀림없이 받아들여졌구나.'

이튿날 아침, 오두막집 사람들은 예핌과 작별 인사를 하면서 여행 중에 먹으라고 자루 속에 피로그(튀긴 고기만두)를 넣어 주고 일터로 갔다. 예핌은 다시 귀로에 올랐다.

12

예핌은 꼬박 1년을 여행으로 보내고 봄이 되어서야 집에 돌아왔다.

그는 저녁 무렵 집에 도착했지만 아들은 집에 없었다. 술집에 가 있었던 아들은 한잔하고 집에 돌아왔다. 예핌은 집안일에 대해 여러 가지를 묻기 시작했다. 그가 집을 비운 사이에 아들이 방탕한 생활을 한 것을 금방 알 수 있었다. 돈은 모두 나쁜 곳에 써 버리고 일은 모두 내팽개쳤다. 예핌이 그를 나무라자 아들은 난폭한 태도로 대들었다.

"그렇다면 아버지가 하시지 왜 저를 시키셨어요?"

예핌은 화가 나서 아들을 때렸다.

이튿날 아침, 예핌 타라스이치는 이장에게 여권을 돌려주러 가는 도중에 에리세이네 집 근처를 지나갔다.

에리세이의 아내가 출입문 층계에 서 있다가 그에게 인사를 했다.

"안녕하세요, 영감님! 건강하게 돌아오셨군요?"

예핌 타라스이치는 멈춰 서서 말했다.

"덕분에 잘 돌아왔습니다. 댁의 남편을 놓쳤는데 듣자니 무사히 돌아왔다지요?"

그러자 에리세이의 아내가 이야기하기 시작했다.

"네, 벌써 오래전에 돌아왔어요! 성모 승천제가 지난 뒤 바로 돌아왔습니다. 하느님 덕분에 빨리 돌아와서 기뻐하고 있습니다. 그 사람이 없으니까 집안이 쓸쓸했어요. 이제 나이가 나이인지라 할 일은 딱히 없지만 역시 가장이 있어야 집안도 제대로 돌아가고 모두 활력이 넘치지요. 아이들도 얼마나 기뻐하는지 몰라요! 아버지가 없으면 눈에 정열이 사라진 것 같고 정말 쓸쓸해요. 우린 정말 그분을 사랑하고 의지하고 있어요!"

"그건 그렇고, 지금 집에 있나요?"

"있습니다. 유충들이 보금자리를 떠날 때가 되었다며 하느님이 자신도 전혀 본 일이 없는 힘을 벌한테 주셔서 벌이 아주 잘 되었대요. 죄가 있든 없든 하느님은 힘을 주신다고 했습니다. 가서 만나 보세요. 그이도 무척 기뻐할 테니까요!"

예핌은 출입문을 통해 정원을 지나 양봉장에 있는 에리세이에게 갔다. 에리세이는 그물을 쓰거나 장갑도 끼지 않고 긴 회색 저고리를 입은 채 자작나무 밑에 서서 두 팔을 펴고 하늘을 바라보고 있었다. 그런데 그의 대머리 주변은 그가 예루살렘에서 그리스도의 관 곁에 서 있을 때와 마찬가지로 빛나고 있었다. 그 위에는 예루살렘에 있을 때와 다름없이 자작나무 사이로 태양이 눈 부시도록 아름답게 빛나고 있었다. 그리고 머리둘레에는 금빛을 띤 꿀벌들이 관처럼 원을 그리며 무리 지어 날아다니고 있었지만 그를 쏘는 일은 없었다.

예핌은 멈춰 섰다.

에리세이의 부인이 남편을 불렀다.

"아저씨가 오셨어요."

에리세이는 뒤돌아보고 기뻐하며 턱수염에서 꿀벌을 살살 치우고 친구에게 걸어왔다.

"어서 오게, 오랜만이야……. 무사히 돌아왔군."

"간신히 돌아왔지. 자네한테 주려고 요단강물을 떠 왔네. 아무 때고 와서 가져가게. 그건 그렇고 하느님이 내 정성을 받으셨을까……?"

"아, 하느님께 감사할 일이군. 하느님의 축복이 있기를!"

예핌은 잠시 말이 없었다.

"몸은 다녀왔지만 영혼은 어떤지 모르겠네. 아니면 정작 다른 사람이……."

"무슨 일이든 하느님의 뜻이지. 여보게, 모두 하느님의 뜻이야."

"돌아오는 길에 나도 그 농가에 들렀었지. 자네가 뒤처졌던……."

에리세이는 놀라서 허둥댔다.

"하느님의 뜻이야. 여보게, 모든 것이 하느님의 뜻이라네. 그보다는 안으로 가지. 꿀물을 한잔 대접할 테니까."

에리세이는 말머리를 돌려 집안일을 이야기하기 시작했다.

예핌은 탄식했지만 자기가 농부네 집에서 만난 사람들의 일이나 예루살렘에서 그를 본 일에 대해서는 한마디도 하지 않았다. 그는 비로소 하느님은 모든 사람에게 죽는 날까지 사랑과 선행으로 그 의무를 다하도록 명하셨다는 것을 깨달았다.

유년 시대

- 레프 톨스토이 -

작품 정리

1852년 발표한 톨스토이 자전적 형식의 작품으로 수필로 분류되기도 한다.

자신의 어린 시절을 떠올리면서 다시는 돌아오지 않을 아름다운 유년 시절과 자신을 사랑해 주던 어머니와의 추억을 회상한다. 유년 시절에 가졌던 믿음과 간절했던 어머니에 대한 소망과 사랑에 대한 기도와 사랑의 힘이 사라진 현실을 안타까워한다. 니콜렌카의 어린 시절을 예리하고 뛰어난 감성으로 표현하고, 그러한 것들이 다시 회복될 날을 기대하게 하는 톨스토이의 처녀작이다. 훗날 〈소년 시대〉〈청년 시대〉로 이어지는 첫 작품이다.

작품 줄거리

나는 즐겁고 행복한, 이제 다시는 돌아오지 못할 유년 시절의 시간과 추억에 잠긴다. 어린 시절 자신을 사랑해 주던 어머니와의 추억과 방에서 실컷 뛰놀다가 지칠 때쯤, 안락의자에 앉아서 설탕을 넣은 우유 한 잔을 다 마신 뒤 잠에 쫓긴다. 감미로운 목소리와 살며시 미소 짓는 어머니의 모습을 바라보고 잠이 들자, 부드러운 손길로 내 머리를 쓰다듬으며 만약 자신이 없더라도 잊지 말라고 말씀하신다. 잠들기 전 아버지와 어머니를 구원해 달라고 기도를 올리고 눈물을 흘린다.

핵심 정리

· 갈래 : 단편 소설

· 시점 : 1인칭 주인공 시점

· 배경 : 19세기 러시아

· 주제 : 유년 시절과 어머니에 대한 그리움

· 출전 : 유년 시대

유년 시대

즐겁고 행복한, 이제 다시는 돌아오지 못할 유년 시절이여! 그 시간과 추억을 어찌 사랑하지 않고, 또 그 추억들을 소중하게 간직하지 않을 수 있겠는가. 그 유년 시절의 추억들은 내 영혼을 고취하고 새롭게 하며, 그 추억들은 내게 더할 수 없는 기쁨의 원천이다.

나는 방에서 실컷 뛰어놀다가 지칠 때쯤, 차 마시는 테이블 옆에 놓은 안락의자에 앉아서 쉬곤 했다. 밤이 깊어가는 시간에, 설탕을 넣은 우유 한 잔을 다 마신 뒤라 눈꺼풀이 감길 정도로 잠이 쏟아졌다. 잠을 쫓기가 힘들었지만 그래도 꼼짝도 하지 않고 앉아서 이야기를 듣고 있었다.

어머니가 누군가와 이야기를 하고 있었다. 어머니의 감미로운 목소리가 정겹게 들려오고, 졸음 때문에 안개가 낀 듯 흐릿한 눈으로 어머니의 얼굴을 찬찬히 바라보고 있었다. 그러다가 갑자기 어머니가 점점 작게 보이더니, 어머니의 얼굴이 단추만큼이나 작아졌다. 하지만 어머니의 얼굴은 여전히 또렷하게 보였다. 그리고 어머니가 살며시 미소 짓고 나를 바라보고 계셨다. 나는 이처럼 작아진 어머니의 모습을 바라보는 것이 좋았다. 내가 눈을 더욱 가늘게 뜨자, 어머니는 마치 눈동자에 비친 아이보다 더 작게 보인다. 그러나 내가 몸을 움직이면 그 환상은 바로 깨져 버리고 만다. 나는 눈을 가늘게 뜨기도 하고 몸을 움직여보면서 그 모습을 되살리려고 애를 써도 결국엔 아무 소용이 없다. 두 다리를 안락의자에 올리고 편하게 몸을 기댔다.

"애야, 그러다가 또 잠들겠다. 니콜렌카(니콜라이의 아명), 이 층으로 올라가서 자는 게 좋겠다."라고 어머니가 말했다.

"엄마 저는 지금 졸리지 않아요." 하고 대답했지만, 몽롱하면서도 달콤한 공상이 머릿속에 가득 휩싸여 다시 눈꺼풀이 감기게 된다. 그리고 잠시 후에 사람들이 깨워도 세상모르게 꿈나라로 빠져든다. 그렇지만 잠결에도 누군가의 부드러운 손길이 내게 와 닿는 것을 느꼈다. 난 한 번의 감촉만으로도 그 손이 어머니의 손이라는 것을 알았고, 아직 깨지 않은 잠에 취한 상태에서 무의식적으로 그 손을 끌어당겨 입술에 비벼댄다.

모두 각자 자기 방으로 들어가고, 거실에는 촛불 하나가 켜져 있었다. 어머니가 손수 나를 깨웠다고 했다. 어머니는 내가 잠들어 있는 안락의자 옆에 앉아 부드러운 손길로 내 머리를 쓰다듬는다. 다정하고 낯익은 어머니의 목소리가 내 귓가에 들린다.

"이제 일어나야지. 우리 애기, 이제 자야 할 시간이다."

그 어떤 시선도 어머니를 주저하게 하지는 못했다. 어머니는 모든 애정과 사랑을 나에게 쏟으셨다. 나는 꼼짝도 하지 않고 더욱 세차게 어머니의 손을 내 입에 맞췄다.

"어서 그만 일어나야지. 우리 천사?"

어머니는 다른 손으로 내 목을 잡고, 손가락을 빠르게 움직이며 나의 살을 간질였다. 거실은 어둡고 조용했지만, 어머니의 간지럼과 잠을 깨우려는 행동에 내 신경은 흥분되었었다. 어머니는 바로 옆에 앉아서 나를 계속 쓰다듬고 계셨다. 나는 어머니의 체취와 목소리를 들었다. 그리고 이러한 모든 것들이 내가 벌떡 일어나서 두 팔을 어머니의 목을 끌어안고, 머리를 어머니 가슴에 묻으며 가쁜 숨을 쉬면서 이야기를 하게 만들었다.

"사랑하는 엄마, 나는 엄마를 정말 사랑해요!"

어머니는 서글프면서도 매력적인 미소를 지으며 두 팔로 내 머리를 감싸안아 이마에 키스를 한 다음 자기 무릎 위에 나를 앉힌다.

"너 정말 엄마를 그렇게도 좋아하니?"

어머니는 잠시 말을 끊었다가 다시 말을 이었다.

"엄마를 항상 사랑해야 한다. 그 마음 절대 변하면 안 돼. 만약에 엄마가 없더라도 이 엄마를 잊지 않을 거지, 니콜렌카?"

어머니는 더욱 사랑스럽게 나에게 키스를 했다.

"그만 해요. 사랑하는 엄마. 이젠 그런 말은 하지 마세요. 네? 엄마!"

나는 어머니의 무릎에 입을 맞추며 말하는 내 눈가에는 어머니에 대한 사랑과 감동의 눈물이 줄줄 흐르고 있었다.

그리고 나는 이 층으로 올라가 솜을 누빈 잠옷으로 갈아입고 성상 앞에 서서, 어떤 형언할 수 없는 기분을 느끼면서 이렇게 기도한다.

"주여, 우리 아버지와 어머니를 구원해 주옵소서."

이런 기도를 반복했는데, 나의 어린 시절에 더듬거리며 처음으로 한 기도가 사랑하는 어머니를 위한 것이었다. 어머니에 대한 사랑과 신에 대한 사랑이 하나의 감정으로 융화된다는 사실은 더욱더 이상했다. 기도를 끝내고 난 뒤 잠자리에 들면 마음은 가볍고 기분은 밝고 즐겁다. 그리고 하나의 공상이 다른 공상으로 계속 이어지는데, 그 공상들은 꼭 붙잡을 수 없는 행복에 대한 기대와 순수한 사랑으로 충만한 것이었다. 나는 카를 이바느이치와 그의 불행한 운명에 대해 생각했다. 그는 내가 알고 있는 사람 중에서 그가 가장 불행한 사람이었기 때문이다. 그래서 나는 그가 불쌍하게 생각되는 만큼 더 그를 사랑하게 되었다. 눈물을 흘리면서도 이런 생각을 하곤 하였다.

"주여, 그 사람에게 행복을 내려 주소서. 제가 그를 도와주고 그의 슬픔을 치유할 힘을 주소서. 저는 그를 위해서 모든 어려움을 참아낼 각오가 돼 있습니다."

그러고 나면 내가 가장 아끼는 도자기로 만든 토끼나 강아지 장난감을 솜으로 속을 채운 베개 밑으로 밀어 놓고, 이 장난감들이 그곳에서 따뜻하고 편안하게 놓여 있는 것을 보면 매우 기분이 좋아진다. 그리고는 세상 사람들이 모두 행복하고 만족을 누릴 수 있고, 그리고 내일은 산책하기에 알맞은 날씨가 되게 해 달라고 기도를 하곤 했다. 그러다 나는 다른 벽 쪽으로 돌아눕게 되면 여러 공상과 생각들이 이리저리 뒤섞이고 여전히 눈물에 젖은 얼굴로 편안하게 잠에 빠져들었다.

언제쯤이면 유년 시절에 내가 가졌던 그러한 믿음의 힘과 사랑의 요구, 그리고 신선함과 근심 없는 마음이 다시 찾아올 수 있을 것인가? 그 당시의 간절했던 기도들은 다 어떻게 된 일일까? 가장 좋은 선물인 사랑과 감동의 눈물은 어디로 간 것일까? 이런 눈물과 감동을 내게서 영원히 떠나게 할 정도로 인생은 내 마음속에서 그리도 몹시 고단한 삶의 조각들을 남겨 놓았단 말인가? 진정 그것들은 추억으로 남아 있단 말인가?

아Q정전

- 루쉰 -

작가 소개

루쉰(魯迅. Luxun 1881~1936) 중국 작가, 사상가.

　루쉰은 필명으로 본명은 저우수런(周樹人)이다. 중국 저장성, 사오싱에서 대지주 집안의 장남으로 태어났으나 조부의 투옥과 아버지의 병사(病死)로 힘든 유년시절을 보낸다. 1898년 난징의 강남수사학당에 입학, 계몽적 신학문의 영향을 받았다. 1902년 일본에 유학, 도쿄 고분학원과 센다이 의학전문학교에서 의학을 공부했다.

　1909년 귀국하여 고향에서 교편을 잡다가 1911년 신해혁명이 일어나자 신정부의 교육부원이 된다. 1920년 이후에는 베이징대학, 베이징여자사범대학에서 교편을 잡는다. 1926년 정부의 문화 탄압에 위협을 느껴 베이징을 떠나 광동 중산대학으로 가서 학생들을 가르쳤으며, 국공분열 뒤의 불안한 정세를 피해 상하이에 숨어살면서 제자인 쉬광핑과 동거한다. 1930년 좌익작가연맹이 설립되자 주도적인 활약을 하였다. 1931년 만주사변 뒤 민족주의 문학, 예술지상주의자들에게 날카로운 비판을 하며 이때부터 판화(版畵)운동을 주도하여 중국 신판화의 기틀을 다진다. 중·일 전쟁이 일어나기 전 1936년 10월 상하이에서 병사한 후 만국공동묘지에 묻힌다.

　대표 작품으로는 《단오절》《백광》《토화묘》《압적희극》《사극》 등의 소설이 있고,《광인 일기》《고향》《아Q정전》 외 전작품을 수록한 소설집 《눌함》, 산문시집 《야초》 등 여러 작품이 있다.

작품 정리

　《아Q정전》은 신해혁명 시기의 농촌생활을 제재로 하여 이 시기의 중국 농촌 생활상을 심각하게 파헤쳐 아Q라는 날품팔이꾼의 운명을 비극적으로 묘사함과 동시에 중국민족의 나쁜 근성을 지적하여 각성시키려 하고 있다. 이 소설에서 노신은 중국과 중국민족을 절망적으로 그리고 있다. 민족이 나아가야 할 길을 예견하고 희망이 있는 방향을 제시하기보다는, 궁지에 몰려 소외되고 탈락되고 짓눌린 자의 모습을 집요하게 그려낸 것이다. 아Q는 신해혁명을 성공적으로 이끌어가지 못하는 타성의 사회에서 사명감도 목적의식도 없으면서 혁명의 소용돌이에 휘말려 무기력하고 비겁한 노예근성으로 돌아가 공허하게 최후를 끝마친다. 아Q는 자존심이 강하다. 그가 비록 날품팔이 일꾼에 지나지 않으나 미장의 사람들은 물론이거니와, 심지어는 조 나리를 비롯한 지주들도 존경하지 않는다. 민족의 치욕과 병을 앓으면서도 개선을 기피하고 남을 따라 부화뇌동하며, 약자에겐 잔인하고 강자에겐 아첨하며, 자신의 책임을 남에게 미루고 아편전쟁 이후 상류사회의 기풍이 반봉건성, 반식민지의 중국사회에 문제를 일으키게 되며, 모든 것에 패하였으면서도 정신적인 승리에만 만족하는 국민성을 아Q라는 인물을 내세워 채찍질을 한 것이다. 그 당시 중국 국민을 대표하는 인간상으로 혁명을 두려워하는 권력자의 모습과 혁명의 희생물로 죽어가는 아Q를 그림으로써 썩은 사회를 개선하는 용기를 주고, 중국이 새롭게 태어나려면 어떻게 바꾸어야 할 것인가 등을 주장하였다.

《아Q정전》은 1921년 12월에서 다음해 2월에 걸쳐 주간 〈신보부간(晨報副刊)〉에 파인(巴人)이라는 필명으로 발표된 중편소설로, 각국어로 번역되어 세계적으로 널리 알려졌으며 중국문학뿐만 아니라 세계문학의 걸작으로서도 손색이 없는 작품이다.

작품 줄거리

아Q는 이름도 성도 분명치 않다. 미장이란 마을 사당에서 지내며 날품팔이로 연명하는 사람이다. 마을사람에게 무시당하고 그다지 내세울 만한 것도 없지만 자존심만은 강해서 자신의 패배를 승리로 착각하고 산다. 평소에 경멸하는 왕후에게 싸움을 걸었으나 지고, '가짜 양놈'이라 부르는 전 나리의 아들에게 욕지거리를 했다가 지팡이로 실컷 두들겨 맞고, 마음을 달래려 선술집으로 가는 길에 젊은 여승을 만나 조롱하며 여자의 필요를 느끼자 조 나리의 하녀인 오마에게 치근대다가 크게 혼이 난다. 그 후 동네 여자들은 아Q를 피하고 생계수단이던 날품팔이마저 끊기게 된다. 굶주리다 못해 정수암에서 무를 뽑다가 들켜 아Q는 자취를 감춘다. 반년 뒤 아Q는 돈을 많이 벌어 다시 나타났는데 아Q가 옷을 많이 가지고 있는 것이 수상해 알아보니 도둑패의 것을 도둑질함이 드러난다. 그 즈음 신해혁명이 일어나고 혁명당원이 되려 하였으나 뜻을 이루지 못했다. 그런데 어느 날 밤, 조 나리의 집이 폭도들에게 약탈당하자 아Q는 혁명당원으로 체포되어 억울한 죽음을 당한다.

· 갈래 : 장편 소설
· 시점 : 전지적 작가 시점
· 배경 : 청조 말 중국 미장의 작은 마을
· 주제 : 혁명에 휘말려 희생되는 아큐의 비극적인 삶

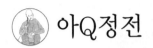

아Q정전

제1장 서문

   내가 아Q의 정전을 쓰려고 생각한 것은 한두 해 된 것이 아니다. 그런데 쓴다 쓴다 하면서도 쓰려고만 하년 그만 망설여지고 마는 것이다. 그것은 내가 '글을 후세에 전할 만한' 위인이 못되기 때문이다.

   예부터 불후의 붓은 불후의 인물을 전한다고 했다. 그리하여 사람은 글에 의해 전해지고 글은 사람에 의해 전해진다. 그렇게 되면 대체 누가 누구에 의해서 전해지는 것인가가 점차 애매해진다. 결국 내가 아Q를 후세에 전하게 되었다는 데에 생각이 미치고 보니 어쩐지 귀신에 홀린 듯하다.

   아무튼 불후의 문필은 못되나 한 편의 글을 쓰기로 작정하고 붓을 들긴 들었는데, 들자마자 곧 여러 가지로 곤란에 부딪치게 되었다.

   첫째로 글의 제목이다. 공자는 '이름이 바르지 못하면 말이 순조롭지 못하다'고 했다. 이 점은 지극히 주의해야 할 필요가 있다.

   전(傳)의 명칭은 많다. 열전, 자전, 내전, 외전, 별전, 가전, 소전 등등. 그렇지만 애석하게도 아Q에게는 이 모두가 적합하지 못하다. 열전이라고 하려 해도 이 한 편은 결코 다수의 훌륭한 사람들과 함께 정사 속에 배열되는 것이 아니고, 자전이라 하려 해도 내가 아Q는 아니다.

   외전이라 하자면 내전은 어디에 있느냐가 문제가 될 것이다. 혹 내전이라 하려 해도 아Q는 결코 신선은 아닌 것이다. 또 별전은 어떤가 하면 아Q는 대총통으로부터 국사관에 본전을 세우라는 명령이 내려져 있지도 않다. 비록 영국의 정사에는 '박도열전'이 없지만 문호 디킨즈는 《박도열전》이란 책을 저술하였다. 하지만 그것은 문호이기에 가능했던 것이지 나 따위로서는 어림도 없는 일이다.

   다음은 가전(家傳)인데, 나는 아Q와 종씨인지 아닌지조차 모르며 또한 그의 자손으로부터 의뢰를 받은 적도 없다. 소전이라고 하려 해도 아Q에게는 따로 대전이 있는 것도 아니다. 요컨대 이 한 편은 역시 본전이라고 해야 하겠으나 문장에 대한 관점에서 볼 때 문체에 품위가 없어서 '수레를 끌고 된장이나 파는 자'의 그것과 같아 감히 본전이라 칭할 수도 없다.

그래서 예전에 인간 취급조차 받지 못했던 소설가들이 했던 말, 즉 '쓸데없는 말은 그만두고 정전(正傳)으로 돌아가라'라는 문구에서 정전의 두 글자를 취해 제목으로 하기로 한다. 비록 옛사람이 편찬한 ≪서법정전(書法正傳)≫의 정전과 비슷하여 혼동되지만 거기까지 마음을 쓸 수는 없다.

둘째로 전기의 통례로서 첫머리에는 대개 '아무개. 자(字)는 무엇이며, 어느 곳 사람이다.'라고 쓰는 것이나 나는 아Q의 성이 무엇인지 전혀 모른다. 한번은 그의 성이 조(趙)가인 것 같았으나 그 이튿날이 되니 이것도 곧 모호해졌다. 그것은 조 나리의 아들이 수재(秀才)에 급제했을 때였다.

징과 꽹과리 소리와 함께 그 소식이 마을에 전해졌을 때, 마침 황주 두어 잔을 들이켰던 아Q는 몹시 좋아 날뛰면서 이것은 자신에게도 퍽 영광이라고 했다. 왜냐하면 그는 원래 조 나리와 친족이며, 계보를 자세히 따지면 수재보다 삼대나 항렬이 위라는 것이었다. 그곳에서 그 이야기를 듣고 있던 사람들은 그의 말에 다소 숙연해졌고 존경심까지 느꼈다.

그런데 이튿날 지보(地保, 토지매매증명서나 관리의 명령을 전달하던 하급 관리)가 오더니 아Q를 조 나리 댁으로 끌고 갔다. 조 나리는 아Q를 보자 얼굴이 붉으락푸르락하여 호령했다.

"아Q, 이 발칙한 놈, 내가 너의 친족이라고 말했다지?"

아Q는 입을 열지 않았다. 조 나리는 점점 화가 치밀어 한 발짝 걸어 나가며 말했다.

"괘씸한 놈, 터무니없는 소리를 지껄이다니! 내게 어찌 네놈 같은 친족이 있을 수 있단 말이냐! 네 성이 조 씨냐?"

아Q는 입을 열지 않은 채 조용히 물러나려 했다. 조 나리는 달려들어 따귀를 한 대 갈겼다.

"네놈의 성이 어떻게 해서 조가란 말이냐? 네놈이 조가라니 당치도 않다!"

아Q는 자기의 성이 확실히 조가라고는 단 한마디도 하지 않았다. 그저 왼뺨을 문지르면서 지보와 함께 물러났다. 밖으로 나와서는 지보에게 한바탕 훈계를 듣고 술값 두 냥을 물어주었다.

이 소식을 들은 사람들은 모두 아Q가 간이 부어 매를 자초하였고 아마도 그가 조가는 아닐 것이며, 설사 정말 조가라 하여도 조 나리가 이곳에 있는 한 그런 허튼소리는 해서는 안 될 것이라고 수군거렸다. 그 일이 있고부터 는 아무도 그의 성씨에 대하여 말하는 사람이 없었고 결국 나도 아Q의 성 이 무엇인지 모르게 되었다.

셋째로 나는 아Q의 이름을 어떻게 쓰는지조차 모른다. 그가 살아 있을 때에 사람들은 모두 그를 아퀘이(Quei)라고 불렀다. 하지만 그가 죽은 뒤 로는 어느 누구도 그 이름을 입에 올리지 않았다.

하물며 '죽백에 기록한다'는 일이 있을 수 있겠는가? '죽백에 기록'하기 로는 이 글이 최초가 될 것이므로 이것이 제일의 난관인 것이다.

나는 곰곰이 생각해 보았다. 아퀘이란 아계(阿桂)일까, 아니면 아귀(阿 貴)일까? 만약에 그의 호가 '월정(月亭)'이었다면 8월에 생일이 있을 가능 성이 많으니 그렇다면 '아계(阿桂)'임에 틀림없을 것이다. 하지만 그는 호 도 없었고 -설사 있었다고 해도 아는 자가 없었다.- 또 생일잔치에 초대장 을 돌린 적도 없으므로 '아계(阿桂)'라고 쓰는 것은 무리가 있다. 또 만약 그에게 아부(阿富)라는 이름을 가진 형이나 아우가 있었다면 그는 틀림없 이 '아귀(阿貴)'이다. 그런데 그에겐 형제가 없으므로 '아귀(阿貴)'라고 부 를 근거도 없다. 이 두 글자 말고는 Quei라는 음을 가진 글자는 거의 없다.

나는 전에 조 나리의 아들인 무재(수재)에게 그의 이름에 대해 물어 본 적이 있으나 박식했던 그도 알 수 없다는 것이었다. 그의 대답에 의하면 요 즘 진독수가 〈신청년〉을 발행하고 서양 문자를 제창하는 바람에 중국 고유 의 문자가 파괴되어 조사할 수가 없게 되었다는 것이다.

나의 최후 수단은 같은 고향의 친구에게 의뢰하여 아Q의 전과 기록을 조 사해 달라는 것이 고작이었다. 8개월 후에야 겨우 회신이 있었으나 기록 중에는 아Quei와 비슷한 음을 가진 사람이 없다는 것이었다. 정말로 없었 는지 아니면 조사도 해보지 않고 없다고 했는지는 모르나 이제는 더 이상 별다른 방법이 없었다.

주음부호가 아직 일반적으로 통용되지 않았던 때라 부득이 서양 문자를 써서 영국식의 철자법으로 아Quei라 하고 생략해서 아Q로 하는 수밖에 없었다. 이것은 〈신청년〉에 추종하는 것 같아 나 자신도 매우 유감이기는 하나 무재도 모르는 것을 나라고 해서 별수 있겠는가?

넷째로는 아Q의 본적이다. 만약 그의 성이 조라면, 현재 본적의 군명을 부르는 관례대로 ≪군명백가성≫의 주석을 참고하여, '농서 천수 사람'이라고 해도 좋을 것이다. 그런데 애석하게도 이 성이 그리 믿을 만한 게 못 되므로 본적 또한 결정하기가 좀 어려운 것이다.

그는 미장에 오래 살고는 있었으나 다른 곳에서도 꽤 오래 거주했던지라 미장 사람이라 말할 수도 없다. 그러므로 미장 사람이라 한다면 이 또한 사법(史法)에 어긋날 것이다.

내가 오로지 자위하는 바는 '아(阿)'자 하나만은 지극히 정확하여 억지로 끌어다 붙이거나 어디서 따온 것이 아니어서 누구에게 내놓아도 자신할 수 있다는 점이다.

그 밖의 점에 있어서는 천학 비재한 나로서 함부로 단언할 수가 없다. 다만 역사벽과 고증벽이 있는 호적지 선생의 학파에서 장차 더욱 많은 새로운 단서를 찾아내지 않을까 하고 바랄 뿐이지만 그때쯤이면 나의 ≪아Q정전≫은 이미 소멸되어 있을지도 모르겠다. 이상으로써 서문에 대신한다.

제2장 우승의 기록

아Q는 성명과 본적이 분명치 않을 뿐 아니라, 그의 예전의 행적마저도 그러했다. 왜냐하면 미장 사람들의 아Q에 대한 관심은 무엇인가 일을 부탁할 때, 혹은 그를 두고 농담할 때로 한정되어 있었으며 그의 행적에 대해서는 관심을 두지 않았기 때문이다. 게다가 아Q도 스스로 말하지 않았다.

다만 남과 말다툼할 때는 이따금 눈을 부릅뜨고 이렇게 떠들어댔다.

"우리 집도 예전에는……, 네까짓 놈보다는 훨씬 더 잘 살았어! 네 따위가 무어야!"

아Q는 집이 없어 미장의 사당 안에 살고 있었으며 일정한 직업도 없었다.

날품팔이꾼으로서 보리를 베라면 보리 베기, 쌀을 찧으라면 쌀 찧기, 배를 저으라면 배를 저었다. 일이 오래 걸릴 때는 주인집에서 묵었으나 일이 끝나면 곧 돌아갔으므로 사람들은 바쁠 때에는 아Q를 생각해 내나, 그것도 시킬 일에 대한 것이지 그의 행적에는 관심이 없었다.

한가해지면 아Q의 존재마저 잊어버리는 판국이니 행적에 관해서는 두말할 나위도 없다.

한번은 어느 노인이 아Q는 정말 일을 잘한다고 칭찬한 적이 있었다. 이때 아Q는 웃통을 벗은 채 볼품없이 말라빠진 풍채로 노인 앞에 서 있었다. 옆에 있던 사람들은 이 말이 진심인지 비꼬는 것인지 짐작이 안 갔으나 아Q는 대단히 기뻐했다.

아Q는 또 자존심이 강하여 미장의 주민 따위는 그의 안중에도 없었고 심지어 두 사람의 문동(文童, 과거 공부는 익혔지만 급제하지 않은 사람)에 대해서도 우습게 생각했다. 문동이란 장차 수재가 될 아이다. 조(趙) 나리와 전(錢) 나리가 주민들의 존경을 받고 있는 것도 돈이 많을 뿐만 아니라 문동의 부친이기 때문이다. 그런데 아Q만은 이들에 대해 그다지 존경심을 보이지 않았다. 자기 자식이 있었다면 훨씬 더 나았을 거라고 생각하고 있었던 것이다.

또한 성내에 몇 번 들락거렸던 일은 그의 자만심을 더욱 키웠다. 게다가 그는 성내 사람들까지도 무척 경멸하였다. 가령 길이 석 자, 폭 세 치의 널판으로 만든 걸상을 미장에서는 '장등'이라고 부르며 그도 '장등'이라고 불렀으나, 성내 사람들은 '조등'이라고 부르고 있었다. 이것은 틀린 것이며 웃기는 일이라고 그는 생각했다.

미장에서는 도미 튀김에 반 치 길이의 파를 곁들이는데, 성내에서는 채로 썬 파를 곁들인다. 이것도 우스운 일이라고 그는 생각했다. 게다가 미장 사람들이란 세상을 모르는 가소로운 시골뜨기라 성내의 도미 튀김은 본 적도 없을 거라고 보았다.

아Q는 '옛날에는 잘 살았고', '식견도 높고', 게다가 '일을 잘하므로' 그야말로 '완벽한 인물'이라고 칭할 만했으나 애석하게도 그에게는 약간의 신체상의 결점이 있었다.

사람들이 가장 꺼림칙하게 여기는 것은 그의 머리에 언제 생겼는지 모르는 탈모 자국(나창)이 있는 것이다. 이것도 그의 몸의 일부임에는 틀림이 없으나 아Q의 생각에도 이것만은 자랑스러운 것이 못 되는 것 같았다.

왜냐하면 그는 '나' 자 발음은 입 밖에도 꺼내지 않았고, 나중에는 점점 그 범위를 넓혀 '광(光)'도 꺼렸고, '양(亮)'도 꺼렸으며 심지어 '등(燈)'이나 '촉(燭)'과 같이 '빛나는' 이란 뜻을 가진 문자들은 모두 꺼렸기 때문이다.

그 금기를 범하는 자가 있으면 그것이 고의로 한 짓이거나 무심코 한 짓이거나를 불문하고 아Q는 대머리 전부가 빨개지도록 성을 내어 말을 더듬는 놈이면 욕설을 해대고, 기운이 약한 놈이면 때렸다.

그런데 어찌 된 일인지 오히려 아Q가 혼나는 때가 더 많았다. 그래서 그는 눈을 흘겨 노려보는 것으로 방법을 바꾸었다. 아Q가 이 방법으로 바꾸고 난 후 미장의 건달들은 더욱 재미있어하며 그를 놀려댔다. 만나기만 하면 그들은 일부러 놀란 시늉을 하면서 말하였다.

"야아, 밝아졌다."

아Q는 으레 성을 내고 눈을 흘겨 노려본다.

"아아, 등불이 여기 있었군!"

그들은 조금도 무서워하지 않았다. 아Q는 어찌할 방법이 없자 따로 보복할 말을 궁리했다.

"네까짓 놈들에게는……,"

그는 자신의 머리에 나 있는 것은 일종의 고상하고 영광된 상처이며 보통의 상처와는 다르다는 생각이 떠올랐다. 그렇지만 앞에서도 말한 것처럼 아Q는 식견이 있는 사람이라 이런 말을 하는 것은 금기에 저촉된다는 것을 곧 알고 더 이상 말하지 않았다.

건달들은 그것으로 그치지 않고 도리어 그를 약 올리다 마침내는 구타까지 하였다. 아Q는 형식상으로는 졌다. 변발의 머리채를 끄덩이 잡혀 벽에 네댓 번이나 쾅쾅 부딪쳤다. 그들은 그제야 겨우 만족해서 득의양양한 표정으로 가버렸다.

아Q는 한참 서서 속으로 '자식 같은 놈들이 때리다니, 정말 말세다!' 하고는 자신도 만족한 척 의기양양하게 가버린다.

아Q는 속으로 생각했던 것을 결국 입 밖으로 말해버린다. 그래서 아Q를 놀리는 사람들은 대부분 아Q에게 이러한 정신적인 승리법이 있다는 걸 알게 되었다. 그 후로는 그의 변발의 머리채를 잡아당길 때 으레 이렇게 말하는 것이었다.

"아Q, 이건 자식이 아비를 때리는 것이 아니라 사람이 짐승을 때리는 거야. 네 입으로 말해 봐! 사람이 짐승을 때린다고."

아Q는 양손으로 머리채의 밑동을 꽉 잡고 머리를 기울이면서 말했다.

"버러지를 때리는 거야, 됐지? 나는 버러지야. 이제 그만 놓아줘!"

버러지라고까지 말해도 건달들은 좀처럼 놓아주지 않고 가까운 데로 끌고 가 대여섯 번 쾅쾅 부딪치고 나서야 만족해서 의기양양하게 가버린다. 그리고는 '아Q란 놈, 이번에야말로 혼났겠지!' 하고 생각한다. 그러나 십 초도 안 되어 아Q도 의기양양한 표정으로 돌아갔다.

그는 자기야말로 자기 비하의 제1인자라고 생각했다. '자기 비하'란 말만 빼면 어쨌든 '제1인자'이다. 장원 급제도 '제1인자'가 아닌가? 네놈들 따위가 도대체 뭐란 말이냐?

아Q는 이와 같은 묘법으로써 자신을 달래고 유쾌히 술집으로 달려가 몇 잔 들이켜고 다른 사람들과 한바탕 시시덕거리거나 말다툼을 하고는 또 의기양양하게 유쾌히 사당으로 돌아와 벌렁 드러누워 잠이 든다.

만약 돈이 생기면 그는 도박을 하러 간다. 한 무리의 사람들이 땅바닥에 둘러앉아 있는 가운데 아Q도 얼굴이 온통 땀에 흠뻑 젖어서는 그 속에 끼어 있다. 목소리는 그가 가장 크다.

"청룡에 사백!"

"자……, 연다!"

물주가 상자 뚜껑을 연다. 그 역시 얼굴에 땀을 흠뻑 흘리며 노래한다.

"천문아……, 각회야……, 천당은 죽었어! 아Q의 돈은 내가 먹었어!"

"천당에 백오십!"

아Q의 돈은 점차 이와 같은 노랫소리와 함께 그의 허리춤으로 흘러들어 간다. 마침내 그는 어쩔 수 없이 사람들 틈을 밀어 헤치고 나온다. 그러고는 사람들의 뒷전에 서서 남의 승부에 마음을 설레며 판이 흩어질 때까지 구경한 뒤 미련을 안고 사당으로 돌아온다. 이튿날은 흐릿한 눈을 하고 일하러 나간다.

그런데 참으로 인간 만사는 새옹지마다. 운이 좋게 아Q가 한 번 이긴 적이 있는데 실상 그것도 진 거나 다름없었다.

그것은 미장에서 신에게 제사 지내는 날 밤이었다. 그날 밤은 관례에 따라 연극이 한 막 있었는데, 무대 부근에 그전처럼 많은 노름판이 벌어졌다. 연극에서의 징소리, 북소리는 아Q의 귀에는 십 리 밖처럼 들렸다. 그에게는 다만 물주의 노랫소리만이 들릴 뿐이었다.

그는 이기고 또 이겼다. 동전은 소은화로 바뀌고 소 은화는 대 은화로 바뀌어 쌓였다. 그는 매우 신이 났다.

"천문에 두 냥!"

그러다가 누가 누구와 무엇 때문에 싸우기 시작했는지 그는 알지 못했다. 욕하는 소리, 치는 소리, 어지러운 걸음 소리, 무엇이 무엇인지 분간할 수 없는 혼란이 한참 계속됐다. 그가 간신히 기어 일어났을 때에는 노름판도 안보였고 사람들도 보이지 않았다. 몸 여기저기가 아파왔다. 얻어맞고 걷어채인 모양이다.

몇 사람이 이상하다는 듯이 그를 바라보았다. 그는 넋 잃은 사람처럼 사당으로 돌아와 마음을 가라앉히고서야 그의 대 은화 무더기가 없어진 것을 알았다. 신제 때 벌어지는 노름판의 노름꾼은 대부분 그 고장 사람이 아니니 어디 가서 찾는단 말인가?

희고 번쩍번쩍하던 은화 더미! 더욱이 그의 것이었는데……. 이제는 없어져버린 것이다. 자식 놈이 가져간 셈 쳐보아도 역시 개운치 않다. '나는 버러지다.'라고 말해 보아도 역시 신통치 않다. 그도 이번만은 실패의 고통을 맛보았다.

하지만 곧이어 그는 패배를 승리로 돌려버렸다. 그는 오른손을 들어 뺨을 힘껏 두세 차례 연거푸 때렸다. 얼얼한 게 꽤 아프다. 때리고 나자 마음이 후련해졌다.

때린 것은 자기고 맞은 것은 남인 것 같은 기분이 들었다. 확실히 자기가 남을 때린 것 같아 — 아직도 얼얼하기는 했으나 — 만족한 마음으로 누워 잠이 들었다.

제3장 속 우승의 기록

이렇듯 아Q 스스로 승리는 항상 하고 있었지만 정말로 유명해지기 시작한 것은 조 나리에게 따귀를 얻어맞고 나고부터였다.

그는 지보에게 두 냥의 술값을 물어주고 투덜대면서 자리에 누워 혼자 중얼거렸다.

'이놈의 세상 말세야, 자식이 애비를 때리다니…….'

갑자기 그는 위풍당당한 조 나리의 모습이 떠올랐다. 하지만 이제 그는 자기 자식이 아닌가! 그런 생각을 하자 그는 의기양양해져서 벌떡 일어나 '청상과부의 성묘'를 부르며 술집으로 갔다. 이때 그는 조 나리가 남들보다 한 등급 위의 고상한 인물이라는 생각이 들었다.

기묘하게도 그 후부터는 과연 사람들이 각별히 그를 존경하는 것 같았다. 아Q로서는 그 이유를 그가 조 나리의 아비인 까닭이라고 생각했을지도 모르나 실은 그렇지가 않았다.

미장의 통례로는 아칠이 아팔을 때렸다든가 이사가 장삼을 때렸다 하는 것은 별다른 사건이 되지 않으며, 조 나리 같은 유명한 사람과 관계되어야만 비로소 사람들의 입에 오르내리는 것이다. 한번 입에 오르게 되면 때린 사람뿐만 아니라 맞은 사람도 덩달아 유명해진다.

이번 사건에서 잘못이 아Q에게 있음은 두말할 필요도 없다. 왜냐하면 조 나리 같은 사람이 잘못할 리가 없기 때문이다. 이렇게 아Q에게 잘못이 있는데 어째서 사람들이 그에게 존경심을 표하는가? 이것은 정말 어려운 문제이다. 하지만 곰곰이 생각해 보면 아Q가 조 나리의 친족이라고 하여 두들겨 맞았다고 하더라도 일말의 진실성이 있을지도 모르므로 존경해 두는 게 무난하리라는 생각에서였는지도 모른다.

이는 마치 공자묘에 바쳐진 황소는 돼지나 양과 같은 짐승이지만 성인의 묘소이기 때문에 선유들도 감히 건드리지 못하는 것과 같은 이치였다.

그 뒤 여러 해 동안 아Q는 우쭐했었다.

어느 해 봄 그는 얼큰히 취한 채 거리를 걷고 있었다. 그런데 담장 밑 양지쪽에서 왕후가 웃통을 벗고 이를 잡고 있는 것이 눈에 띄었다. 그것을 보니까 그도 몸이 가려워졌다.

이 왕후란 자는 텁석부리에다가 부스럼까지 있어서 사람들로부터 왕나호라 불리고 있었으나 아Q는 거기에서 나자를 빼고 부르며 그를 몹시 경멸하고 있었다. 아Q의 생각으로는 부스럼 정도야 기이할 것이 없으나 얼굴에 난 수염만은 너무도 꼴불견이라는 것이다.

아Q는 그와 나란히 앉았다. 만약 다른 건달들이었다면 아Q도 감히 마음 놓고 앉을 수는 없었겠지만 이 왕 털보라면 무슨 두려움이 있겠는가? 정말이지 자신이 그 옆에 앉았다는 것은 그를 한 축 올려 준 셈이 되는 것이다.

아Q도 누더기 겹옷을 벗고 뒤집어 보았으나 빨아 입은 지가 얼마 안 된 탓인지, 그렇지 않으면 대충 훑어보았기 때문인지 오래 걸려서 겨우 서너 마리 잡았을 뿐이었다. 왕 털보를 보니 연신 이를 잡아 입속에 넣고는 툭! 툭! 소리 내어 깨물고 있었다.

아Q는 처음에 실망하다가 나중에는 약이 올랐다. 보잘것없는 왕 털보는 이가 저렇게 많은데 자기에게는 이렇게 적다니 이래 가지고는 완전히 체면 손상이다!

그는 한두 마리 큰 놈을 발견하려고 기를 썼으나 아무리 찾아도 없다. 간신히 중치를 한 마리 잡아 밉살스러운 듯 두툼한 입술 속에 집어넣고 힘껏 깨물었으나 툭! 하는 소리도 왕 털보의 소리에는 미치지 못하였다.

아Q의 탈모 자국이 하나하나 새빨개졌다. 그는 옷을 땅 위에 내동댕이치며 "칵!" 침을 뱉고 말했다.

"이 털 버러지야!"

"대머리 개새끼! 누구 보고 욕하는 거야!"

왕 털보는 경멸하듯 눈을 치켜뜨며 말했다.

아Q는 근래 비교적 남의 존경을 받아 제법 뻐기고 다녔었으나 그래도 싸움에 익숙한 건달들을 만나면 역시 겁을 집어먹고 만다. 그런데 이번만은 매우 용감했다. 이 텁석부리야! 감히 실례되는 말을 잘도 지껄여대는구나!

"누구냐고? 몰라서 물어?"

아Q는 벌떡 일어나 양손을 허리에 대고 말했다.

"이놈이 몸이 근질거리나?"

왕 털보도 일어나 옷을 걸치면서 말했다.

아Q는 그가 도망하려는 줄로 생각하고 한 발 내디뎌 주먹을 날렸으나 이 주먹이 미처 상대의 몸에 닿기도 전에 왕후의 손에 잡히고 말았다. 왕후가 잡아당기는 힘에 아Q는 비틀비틀 거꾸러져 즉각 왕 털보에게 머리채를 끄덩이 잡혀 담으로 끌려가 그전처럼 머리를 부딪게 되었다.

"군자는 말로 하지, 손을 대지 않는 법이야!"

하고 아Q는 고개를 비틀며 말했다.

왕 털보는 군자가 아닌지 이 말에 상관하지 않고 아Q의 머리를 연거푸 다섯 번을 찧고는 힘껏 밀었다. 아Q가 여섯 자나 멀리 나가자빠지자 그제야 분이 풀리는지 가버렸다.

아Q의 기억으로는 이것이 아마도 생전 처음 당하는 굴욕적인 사건이리라. 왕 털보는 텁석부리라는 결점 때문에 그에게 놀림을 받았으면 받았지 그를 놀린 적은 없었으며, 더욱이 손찌검 따위는 말도 안 되는 소리였다. 그런데 지금 마침내 손찌검을 당했다.

천만뜻밖의 일이다. 설마 세간의 소문처럼 황제가 과거를 폐지해서 수재나 거인도 별 볼 일 없어져 그 때문에 조 씨의 위풍이 땅에 떨어지고, 그래서 그들도 아Q를 얕보게 된 것일까?

아Q는 어찌할 바를 모르고 서 있었다.

그때 저쪽에서 누군가 온다. 그의 적이 또 나타난 것이다. 그것도 아Q가 가장 미워하는 사람, 즉 전(錢) 나리의 큰아들이다.

그는 얼마 전 성내의 서양학교에 들어갔으나 무슨 까닭인지 또 일본으로 갔다. 반년 후 집에 돌아왔을 때는 다리도 곧아졌고 변발도 보이지 않았다. 이 모습을 보고 그의 모친은 대성통곡하며 법석을 떨었고 그의 아내는 세 차례나 우물에 뛰어들었다. 그 후 그의 모친은 어디를 가나 이렇게 말하고 다녔다.

"그 애의 변발은 나쁜 놈들이 술에 취하게 해서 잘라버렸대요."

아Q는 그 말을 믿지 않았다. 악착같이 그를 가짜 양놈이라 부르고 또 양놈의 앞잡이라고도 부르며, 그를 만나면 반드시 속으로 몰래 욕을 해댔다.

아Q가 더욱 극단적으로 미워한 것은 그의 가짜 변발이었다. 변발이 가발이라는 것은 사람으로서의 자격조차 없는 것이고, 그의 아내 또한 우물에 또다시 뛰어들지 않는 것으로 보아 훌륭한 여인이라고는 할 수 없다는 것이다.

그러한 가짜 양놈이 가까이 오고 있는 것이다.

"중대가리, 당나귀……,"

평소 같으면 아Q는 속으로만 욕을 하고 입 밖에 내지는 않았을 테지만, 이번에는 때마침 화가 치민 데다 앙갚음을 하고 싶던 참이라 자기도 모르게 낮은 소리를 내고 말았다.

그 순간 이 중대가리가 니스를 칠한 지팡이, 아Q의 말에 의하면 상장(곡을 할 때 짚는 지팡이)을 들고 성큼성큼 다가왔다. 아Q는 그 찰나 맞을 것을 각오하고 온몸의 근육을 움츠리며 어깨를 솟구쳐 기다리고 있자니까 과연 딱 하는 소리가 났는데 확실히 자기 머리에 맞은 것 같았다.

"이 아이 보고 한 말인뎁쇼!"

아Q는 곁에 있던 아이를 가리키며 변명했다.

"딱! 딱딱!"

아Q의 기억으로는 이것이 아마 평생 두 번째의 굴욕적인 사건이리라. 다행히도 딱딱 소리와 함께 사건이 일단락된 듯하여 도리어 마음이 후련해짐을 느꼈다. 게다가 조상 대대로 물려받은 '망각'이라는 보물이 효과를 냈다. 그가 천천히 걸어 술집 문 앞까지 왔을 때는 어느 정도 유쾌하기까지 했다.

그런데 저쪽에서 정수암의 젊은 비구니가 걸어오고 있었다. 아Q는 평소에도 그녀만 보면 침을 뱉고 싶어지는데 하물며 굴욕을 당한 후임에랴! 그 굴욕의 기억이 되살아나 적개심이 일어났다.

'오늘 어째서 재수가 없나 했더니 역시 너를 만나려고 그랬구나!'

아Q는 비구니의 앞을 막아서고 큰 소리로 침을 뱉었다.

"칵! 퉷!"

젊은 비구니는 거들떠보지도 않고 머리를 숙인 채 걸어갔다. 아Q는 비구니 곁으로 바싹 다가가 손을 뻗쳐 그녀의 막 깎은 머리를 쓰다듬으며 히죽거렸다.

"중대가리야! 빨리 돌아가. 중놈이 기다리고 있어."

"어디서 집적거리는 거야!"

비구니는 얼굴을 붉히며 이렇게 말하고는 걸음을 재촉했다.

술집 안에 있던 패들이 껄껄대고 웃었다. 아Q는 자기의 공로를 인정받은 것이 더욱 흥이 나서 의기양양해졌다.

"중은 집적거려도 되고 나는 못 집적거려?"

그는 그녀의 뺨을 꼬집었다.

술집 안에 있던 패들이 또 폭소를 터뜨렸다. 아Q는 더욱 신이 나서 그 구경꾼들을 만족시키기 위하여 다시 한번 힘껏 꼬집고서야 겨우 손을 놓았다.

그는 이 일로 벌써 왕 털보의 일도 잊어버렸고 가짜 양놈 일도 잊어버렸다. 오늘의 굴욕에 대해 완전히 앙갚음한 것 같은 기분이 들었다. 게다가 이상하게도 전신을 딱딱 얻어맞았을 때보다 기분이 더욱 상쾌해져 둥실둥실 날아갈 것만 같았다.

"씨도 못 받을 놈 같으니!"

멀리서 비구니의 울음 섞인 목소리가 들려왔다.

"하하하!"

아Q는 우쭐해지고 신이 나서 웃음을 터뜨렸다.

"하하하!"

술집 안에 있던 패들도 따라 웃었다.

제4장 연애의 비극

어떤 승리자는 적이 호랑이 같고 매 같기를 바라며, 그래야만 비로소 승리의 환희를 느낀다. 만일 양 같고 병아리 같다면 승리하고도 무료함을 느끼는 것이다. 또 어떤 승리자는 일체를 정복한 후 적도 친구도 없고, 오로지 자기만이 윗자리에 있어 외롭고 적막한 상황에서 오히려 승리의 비애를 느낀다고 한다.

그런데 우리의 아Q는 그렇지가 않다. 그는 영원히 우쭐해하는 것이다. 이건 어쩌면 중국의 정신문명이 세계에서 가장 뛰어나다는 확실한 증거일지도 모른다.

보라! 너무도 홀가분하여 훨훨 날아갈 것만 같은 아Q의 모습을!

그런데 이번의 승리는 좀 이상했다. 그는 훌훌 반나절 동안이나 돌아다니다가 사당으로 돌아왔다. 예전 같으면 드러눕자마자 곧 코를 골 텐데, 어찌 된 일인지 이날 밤만은 잠을 쉽게 이룰 수가 없었다.

그는 자기의 엄지손가락과 집게손가락이 보통 때보다 훨씬 매끄럽다는 것을 느꼈다. 젊은 비구니의 얼굴에 무엇인가 매끄러운 것이 있어 그것이 그의 손가락에 묻었는지 그렇지 않으면 그의 손가락이 매끈매끈해질 만큼 그녀의 얼굴을 쓰다듬어 그런 건지…….

"씨도 못 받을 놈 같으니!"

아Q의 귀에 또다시 이 말이 들려온다. 그는 생각했다.

'그래, 여자가 있어야만 해. 자손이 없으면 죽어도 밥 한 사발 얻어먹을 수 없으니……. 여자가 있어야 해. 불효 중에 가장 큰 불효가 자식이 없는 것이라 했고 귀신도 굶고는 견디지 못한다고 하니 자식이 없다는 건 인생의 크나큰 비애다.'

그의 이러한 생각은 기실 모두가 성현의 경전에 합치되는 것인데, 안타깝게도 흔들리는 마음을 가라앉힐 수가 없었다.

그는 곰곰이 생각해 보았다.

'여자, 여자…….'

'중놈은 건드릴 수 있고……. 여자……, 여자! 여자!'

그날 밤 아Q가 언제쯤 코를 골기 시작했는지는 알 수 없다. 하지만 그날부터 그는 손가락의 매끈거림을 느끼며 여자를 생각하여 마음이 들뜨게 되었다.

이러한 것만 보아도 여자란 남자를 망치게 하는 존재임을 알 수 있다.

중국의 남성은 누구나 성인군자가 될 소질을 갖고 있었으나 애석하게도 모두 여자로 인해 망치고 말았던 것이다. 은(殷)은 달기 때문에 망했고, 주(周)는 포사 때문에, 진(秦)도……, 정사엔 나와 있지 않지만 여자 때문에 망쳤다고 해도 거의 틀림없을 것이다. 그리고 한(漢)의 동탁은 확실히 초선에게 살해된 것이다.

아Q도 원래는 바른 사람이다. 그가 어떤 훌륭한 스승의 가르침을 받았는지는 모르지만, '남녀유별'에 대해 지금까지 지극히 엄격했었고, 또 이단자 — 비구니라든가 가짜 양놈 따위 — 를 배척하는 데에도 나름대로의 주관이 있었다.

그의 주장에 의하면 어떤 비구니든지 반드시 중과 사통하고 있으며, 여자가 혼자 밖을 쏘다니는 것은 남자를 유인하기 위함이며, 남녀 단둘이서 소곤대고 있으면 틀림없이 수상한 관계가 있다는 것이다.

그는 그와 같은 자들을 응징하기 위해 종종 눈을 흘겨도 보고 큰 소리로 꾸짖기도 하며, 혹은 으슥한 곳에 숨어 뒤에서 돌을 던지기도 하였다.

그러한 그가 나이 서른이 다 되어 젊은 비구니로 인해 마음이 들뜨게 될 줄은 생각지도 못했다. 이것은 예교(禮敎)상 용납될 수 없는 일이다. 그러니 여자란 정말 가증스러운 존재인 것이다. 만약 비구니의 얼굴이 매끈매끈하지 않았다면, 또 얼굴이 수건에라도 가려져 있었다면 아Q가 지금처럼 심란해하지는 않았을 것이다.

5, 6년 전 그는 무대 아래 관중들 속에서 여인의 볼기짝을 꼬집은 적이 있었으나 그때는 바지 위로 꼬집었으므로 그다지 마음이 동하지는 않았었다. 그런데 이번의 비구니는 그렇지 않았다. 이것만 보아도 역시 이단자가 얼마나 가증스러운 존재인지를 알 수 있다.

'여자……'

아Q는 또 중얼거렸다.

그는 '남자를 유혹할 만한' 여자들을 항상 유심히 살펴보았지만 추파를 던져오는 여자는 전혀 없었다. 또한 이야기를 나눌 때 여자의 말을 귀 기울여 들어보아도 별 그럴듯한 말도 들을 수 없었다. 아아! 이것 역시 여자들의 가증스러운 일면이다. 여자는 모두가 가면을 뒤집어쓰고 있는 것이다.

어느 날 아Q는 조 나리 댁에서 하루 종일 벼를 찧었다. 그리고 저녁을 먹은 뒤 부엌에 앉아 담배를 한 대 피워 물고 있었다. 다른 집 같으면 저녁을 먹었으면 돌아갔을 텐데 조 나리 댁은 저녁 식사가 이른 탓으로 아직 머물러 있었다.

평소에는 호롱불을 켜는 것이 금지되어 있어서 저녁을 먹고 나면 곧 잠자리에 들어야 했으나 간혹 예외가 있었다. 그 하나의 경우는 조 나리 아들이 아직 수재에 급제하기 전에 호롱불을 켜고 글을 읽는 것이 허락되었다. 또 다른 경우로는 아Q가 품일을 하러 올 때 역시 호롱불을 켜고 쌀을 찧는 것이 허락되었다.

이 예외 규정이 있어 아Q는 일을 다시 시작하기 전에 부엌에 앉아 잠시 담배를 피우고 있었던 것이다.

오마는 이 집의 유일한 하녀였다. 설거지를 마친 그녀는 의자에 걸터앉아 아Q와 한담을 나누고 있었다.

"마나님이 꼬박 이틀이나 진지를 안 드셨어. 나리가 작은댁을 들여앉힌다고 해서……."

'여자……, 오마……, 이 청상과부…….'

아Q는 문득 그런 생각을 했다.

"우리 새아씨는 팔월에 아기를 낳으신대."

'여자…….'

순간 아Q는 담뱃대를 놓고 벌떡 일어섰다.

"우리 새아씨는……."

오마는 계속 지껄이고 있었다.

"너, 나하고 자자. 나하고 자!"

아Q는 별안간 그녀 앞에 달려들어 무릎을 꿇었다.

한순간 조용하다가,

"에구머니나!"

오마는 질겁하고 몸을 떨기 시작하더니 고함을 지르면서 밖으로 뛰쳐나갔다. 그녀는 뛰어다니며 떠들어댔다. 나중에는 울음소리까지 들리는 듯했다.

아Q는 벽을 향해 꿇어앉은 채 멍하니 있다가 두 손으로 의자를 짚고 천천히 일어섰다. 좀 서툴렀다고 느끼는 것 같았다.

그는 더럭 겁이 났다. 허둥대며 담뱃대를 허리띠에 꽂고는 벼를 찧으러 나갔다. 그 순간 '딱' 소리와 함께 머리에 무언가 굵직한 것이 떨어졌다. 엉겁결에 돌아다보니 수재가 굵은 대나무 몽둥이를 가지고 그의 앞에 우뚝 서 있었다.

"엉뚱한 짓을 했겠다. 네 이놈!"

굵은 대나무 몽둥이가 다시 아Q의 머리로 떨어졌다. 아Q는 재빨리 두 손으로 머리를 감쌌다. '딱' 하더니 하필 손가락에 맞았다. 이번에는 정말 아팠다. 그는 부엌문을 박차고 튀어 나갔다. 등에 또 한 대 얻어맞은 것 같았다.

"파렴치한!"

수재는 등 뒤에서 표준어로 욕을 퍼부었다. 아Q는 곧장 방앗간으로 뛰어들어가 혼자 우두커니 서 있었다. 손가락은 아직도 아팠다. '파렴치한'이라는 말이 아직도 귀에 쟁쟁했다. 이런 말은 본래 미장의 시골뜨기들은 쓰지 않는다. 관청의 훌륭한 분들반이 쓰는 말이므로 훨씬 무섭고 강한 인상을 받았다.

그 바람에 그의 '여자……' 하는 생각은 순식간에 사라져버렸다. 더구나 매를 맞고 욕을 먹고 나니 사건이 그것으로 결말이 난 것 같아 도리어 마음이 후련해져서 곧 벼를 찧기 시작했다. 한창 찧고 있으려니까 몸이 더워져 일손을 놓고 웃옷을 벗었다.

웃옷을 벗고 있을 때 밖에서 왁자지껄하는 소리가 들렸다. 천성적으로 구경을 좋아하는 아Q는 곧 소리 나는 곳으로 나가 보았다. 소리를 따라가다 보니 결국 조 나리 댁 안마당까지 오고 말았다.

어둑어둑할 무렵이기는 했으나 그래도 사람들을 분간할 수는 있었다. 조나리 댁 사람들이 모두 모여 있었는데, 그중에는 이틀 동안 밥을 먹지 않은 마나님도 끼어 있었다.

그 밖에 이웃의 추(鄒)씨 댁도 있고, 진짜 조 나리의 본가 사람인 조백안, 조사신도 있었다. 마침 새아씨가 오마의 손을 끌고 하녀 방을 나오면서 말했다.

"이리로 나와. 방 안에 숨어 그러지 말고……."

"네 행실이 바르다는 걸 누가 모르니? 절대로 스스로 목숨을 끊는 짓을 한다거나 해서는 안 돼!"

추 씨 댁도 곁에서 말참견을 했다.

오마는 그저 울기만 하면서 뭔가 지껄이기는 하나 분명히 알아들을 수가 없었다.

'흥, 재미있는걸. 이 청상과부가 대체 무슨 장난을 쳤길래?'

아Q는 좀 더 자세히 들어보려고 조사신의 곁으로 가까이 갔다. 이때 그는 조 나리가 갑자기 자기 쪽으로 달려오는 것을 보았다. 더구나 손에는 굵은 대나무 몽둥이를 들고 있다. 그는 이 몽둥이를 보자 그제야 조금 전에 자기가 맞은 것과 지금의 소동이 관련이 있다는 것을 깨달았다.

아Q는 몸을 돌려 달아났다. 방앗간으로 도망치려고 했으나 어느새 몽둥이가 앞길을 가로막았다. 그는 다시 몸을 돌려 정신없이 뒷문으로 빠져 나와 잠시 후에는 벌써 사당 안으로 도망쳐 와 있었다.

한참을 앉아 있으려니 피부에 소름이 끼치며 한기가 났다. 봄이라고는 하나 밤이 되면 아직 추웠다. 벌거벗고 있기에는 무리였다. 그는 웃옷을 조 나리 댁에 두고 온 생각이 났으나 가지러 가려니 수재의 대나무 몽둥이가 무서웠다. 그리고 있는데 지보가 들이닥쳤다.

"아Q, 이 바보 녀석! 너, 조 나리 댁 하녀에게까지 손을 댔다지? 역적 같은 놈아! 덕분에 나까지 밤잠을 못 잔다. 야, 이 개새끼!"

이러쿵저러쿵 한바탕 설교를 들었으나 아Q는 물론 한마디도 못 했다. 결국은 밤중이라는 이유로 지보에게 두 배의 술값 넉 냥을 주어야 했지만 마침 현금이 없었으므로 털모자를 잡히고 게다가 다섯 조항의 서약까지 했다.

1. 내일 무게 한 근짜리 홍초 두 개와 향 한 봉을 가지고 조 나리 댁에 가서 사죄할 것
2. 조 나리 댁에서 도사를 불러 악귀를 쫓는 굿을 하는데 그 비용은 아Q가 부담할 것
3. 아Q는 앞으로 조 나리 댁 출입을 금할 것
4. 오마에게 만약 이상이 생기면 모두 아Q의 책임으로 함
5. 아Q는 품삯과 웃옷을 달라는 요구를 하지 말 것

아Q는 물론 전부 승낙했으나 유감스럽게도 돈이 없었다. 다행히 이제는 봄이 되어 솜이불은 없어도 된다. 그래서 그는 이불을 이십 냥에 잡혀 가지고 서약을 이행할 수 있었다.

속죄를 하고 나서 그래도 몇 푼인가 돈이 남았다. 그는 지보에게 저당 잡

헌 털모자를 찾을 생각도 하지 않고 남은 돈으로 몽땅 술을 마셔버렸다.

그런데 조 나리 댁에서는 향을 피우거나 초를 켜지도 않았다. 마나님이 불공드릴 때 쓸 셈으로 남겨 둔 것이다. 누더기 웃옷은 대부분이 새아씨가 8월에 낳을 아기의 기저귀가 되었고, 나머지 누더기 조각은 오마의 발싸개로 쓰였다.

제5장 생계 문제

속죄 서약을 이행하고 아Q는 사당으로 돌아왔다. 해가 지면서 세상이 점점 이상스레 느껴졌다. 곰곰이 생각해 보니 원인은 자신의 벌거벗은 상체 때문이었다. 그는 누더기 겹옷이 또 있음을 생각해 내고 그걸 덮고는 드러누웠다.

다시 눈을 떴을 때는 해가 벌써 서쪽 담 위에 비치고 있었다. 그는 몸을 일으키면서 "제기랄" 하고 중얼거렸다. 그는 일어나자 평소처럼 거리를 쏘다녔다. 벗고 있을 때처럼 살갗을 에는 추위는 느끼지 않았으나 어쩐지 세상이 점점 이상하게 느껴졌다.

이날부터 미장의 여인들은 갑자기 부끄럼을 타는 모양인지 아Q를 보면 다들 대문 안으로 몸을 숨겼다. 심지어 나이 쉰이 가까운 추 씨 댁까지도 남들을 따라 숨어 버렸으며, 한술 더 떠 열한 살 난 계집애까지 불러들이는 것이었다. 아Q는 무슨 영문인지 알 수가 없었다.

'이것들이 갑자기 규중처녀 흉내를 내기 시작했나? 화냥년들……'

세상이 더욱 이상해진 것을 느낀 것은 그로부터 여러 날이 지난 뒤였다. 첫째, 술집에서 외상을 거절하고, 둘째, 사당을 관리하는 늙은이가 이러쿵저러쿵 여러 말을 하는 품이 그를 내쫓으려는 것 같았으며, 셋째, 며칠이나 되었는지 기억할 수 없으나 아무튼 꽤 여러 날 동안 아무도 그에게 날품을 얻으러 오지 않는 것이었다.

술집에서 외상을 안 주면 술 좀 참으면 그만이고, 늙은이가 내쫓으려 해 보았자 잔소리 몇 번 들으면 그뿐이지만, 일거리가 없는 것은 아Q가 배를 곯아야 하는 것이니 이것만은 정말 아주 '지랄' 같은 사건이다.

아Q는 참고 있을 수가 없어서 단골집들을 찾아다니며 물어볼 수밖에 없었다. ― 조 나리 댁의 출입은 금지되어 있었지만 ― 그런데 사태는 전과 완전히 달라졌다. 어느 집이나 남자가 나와서 귀찮다는 얼굴로 거지를 쫓듯 손을 내저으며 말하는 것이었다.

"없어, 없어! 나가!"

아Q는 더욱 이상한 기분이 들었다. 여태껏 일이 있던 집에서 지금이라고 갑자기 일이 없어질 리가 없다. 무언가 곡절이 있음에 틀림이 없다고 그는 생각했다. 그래서 유심히 살펴본 결과 그들은 일이 있으면 모두 소(小)D에게 부탁하는 것이었다.

이 소D는 몸집도 작고 힘도 없는 말라깽이이므로 아Q의 눈에는 왕 털보보다도 못한 놈이었다. 그런데 뜻밖에도 이 애송이에게 그의 밥그릇을 가로채인 것이다. 아Q의 이번 분노는 평소와는 완전히 달랐다. 너무나 성이 나서 길을 걸어가다가 별안간 손을 휘두르며 노래를 다 불렀다.

"쇠사슬로 너를 치리……."

며칠 뒤 그는 전 나리 댁 담 밑에서 소D와 마주쳤다.

"원수는 외나무다리에서 만난다더니."

하고 아Q가 다짜고짜 다가서니 소D도 멈춰 섰다.

"개새끼!"

아Q는 눈을 부릅뜨고 말했다. 입에서 침이 튀었다.

"그래, 난 버러지야. 이젠 됐지?"

소D가 말했다.

이 겸손이 도리어 아Q의 비위를 건드렸다. 그의 손에는 쇠사슬이 없었으므로, 그냥 덤벼들어 손을 뻗쳐 소D의 머리채를 움켜잡았다. 소D는 한 손으로 자기 머리채를 누르면서 다른 한 손으로는 아Q의 머리채를 움켜잡았다. 아Q도 놀고 있는 한쪽 손으로 자기의 머리채 밑을 눌렀다.

그전의 아Q 같았으면 소D쯤은 상대도 안 되는 것이지만 요즘 며칠 굶주린 터라 소D 못지않게 말라 있어 힘이 엇비슷한 상태가 되었다. 네 개의 손이 두 개의 머리를 서로 움켜잡고 허리를 구부려 뻗대고 있는 모습이 전 나리 집의 흰 담벼락에 푸른 무지개가 걸린 듯했다. 그 상태로 한참이 지났다.

"이젠 됐다, 됐어!"

어느새 몰려든 구경꾼들이 말했다. 아마 싸움을 말릴 셈이었을 것이다.

"됐어, 됐어!"

구경꾼들이 다시 말했다. 싸움을 말리는 건지 부추기는 건지 알 수 없었다. 둘 다 들은 척도 않는다.

아Q가 세 발짝 나서면 소D는 세 발짝 물러나고 소D가 나서면 아Q가 또 물러섰다. 거의 반 시간, 미장에서는 시계가 흔하지 않아 정확히는 모르지만 이십 분쯤 되었을 것이다. 그들의 머리에선 김이 나고 이마에서는 땀이 흘러내렸다. 아Q의 손이 늦춰졌다. 동시에 소D의 손도 늦춰졌다.

두 사람은 약속이나 한 듯 동시에 허리를 펴고 물러나 구경꾼들 속을 비집고 나갔다.

"어디 두고 보자, 개새끼……."

아Q가 돌아보며 말하였다.

"두고 보자, 개새끼……."

소D도 돌아보며 말하였다.

이 '용호상박'은 무승부로 끝난 것 같았다. 구경꾼들은 만족했는지 모르나 거기에 대해 말하는 사람은 아무도 없었다. 그리고 여전히 아Q에게는 품일이 걸리지 않았다.

어느 따뜻한 날이었다. 산들바람이 불어 제법 여름다운 날씨였으나 아Q는 으스스 한기를 느꼈다. 하지만 그것은 견딜 수 있다고 해도 배가 고파 큰일이었다.

솜이불, 털모자, 홑옷은 벌써 없어졌고 그다음에는 솜옷도 팔아먹었다. 아직 바지가 남아 있으나 이것만은 벗을 수도 없었다. 누더기 겹옷도 있기는 하나 남에게 주어 발싸개나 하라고 하면 모를까 팔아서 돈이 될 것도 못된다.

그는 길에서 돈이라도 주웠으면 하고 바랐지만 지금까지 한 푼도 줍지 못했다. 그는 자신의 허름한 방 안에 혹시 돈이 떨어져 있지나 않을까 하고 황망히 사방을 두리번거려 보았으나 방 안은 텅 빈 채 아무것도 없었다.

하는 수 없이 그는 밖으로 나가 구걸을 하기로 결심했다. 그는 길을 걸으면서 구걸할 작정이었다. 낯익은 술집이 눈에 띄었다. 만둣집도 눈에 띄었다. 하지만 그는 모두 지나쳐 버리고 말았다. 발걸음도 멈추지 않았을 뿐 아니라 구걸하려고도 하지 않았다. 그가 구하려는 것은 이런 것이 아니었다.

그가 구하려 하는 것은 무엇인가? 그것은 그 자신도 잘 알지 못했다.

미장은 그다지 큰 마을이 아니어서 얼마 지나지 않아 마을 밖으로 나왔다. 마을을 나서면 모두 논인데, 눈에 보이느니 모두가 파릇파릇한 못자리며 그사이에 점점이 둥글게 움직이고 있는 검은 점은 논을 매고 있는 농부다.

아Q는 이러한 전원 풍경을 거들떠보지도 않고 걷기만 했다. 직감적으로 먹을 것을 구하는 일과는 전혀 상관없는 것임을 알고 있었기 때문이다.

결국 그는 정수암의 담 밖에까지 오고 말았다. 암자의 주위도 논이었다. 신록 사이로 흰 담이 돋보였는데 뒤쪽의 낮은 담 안쪽에는 채마밭이 있었다.

아Q는 한참 망설였다. 주위를 둘러보니 아무도 없다. 그는 그 낮은 담을 기어올라 등나무 가지를 붙잡았다. 그런데 담 흙이 부석부석 떨어져서 아Q의 발도 후들후들 떨렸으나 마침내 담 옆의 뽕나무에 올라 안으로 뛰어내렸다. 안은 푸릇푸릇 무성한 초목이 있었으나 황주나 만두 등의 먹을 만한 것은 하나도 없었다.

서쪽 담을 따라 대밭이 있는데, 그 밑에 많은 죽순이 나 있었지만 유감스럽게도 삶아 익힌 것이 아니라서 이마저도 먹을 수가 없었다. 유채도 있었으나 벌써 씨가 들었고, 갓은 이미 꽃이 피어 있었고, 봄배추도 장다리가 돋아 있었다.

아Q는 마치 문동(文童)이 과거에 떨어진 것처럼 기대에 어긋나 실망했다. 그는 채마밭 쪽으로 천천히 걸어갔다. 그러다 갑자기 가슴이 뛰었다. 분명히 무밭이다. 그는 주저앉아 무를 뽑기 시작했다.

그때 문 안에서 동그란 머리가 힐끔 내다보더니 바로 들어가 버렸다. 틀림없이 젊은 비구니이다. 젊은 비구니 따위는 아Q의 눈에 먼지나 쓰레기 같은 존재였다.

하지만 세상일이란 한 발짝 물러서서 생각해야 하는 법, 그는 급히 무 네 개를 뽑아 푸른 잎사귀를 뜯어 버리곤 옷섶 안에 쑤셔 넣었다. 그러나 늙은 비구니가 벌써 앞을 가로막고 있었다.

"나무아미타불, 아Q! 어떻게 여기까지 와서 무를 훔치는 거야! 아이고, 벌을 받아 싸지. 나무아미타불!"

"내가 언제 무를 훔쳤어?"

아Q는 뒷걸음치면서 말했다.

"지금 그건 뭔데?"

늙은 비구니가 그의 품속을 가리켰다.

"이게 당신 거라고? 당신, 무에게 대답을 시킬 수 있어? 다, 당신……."

아Q는 말도 채 끝내지 못하고 뛰어 도망쳤다. 커다란 검정 개가 쫓아왔기 때문이다. 이놈은 원래 앞문 쪽에 있었는데 어찌 된 일인지 이곳까지 온 것이다.

검정 개가 으르렁대며 쫓아와 아Q의 발을 막 물려는 참이었는데 요행히 품에서 무 한 개가 굴러떨어졌다. 개는 깜짝 놀라 주춤 멈춰 섰다. 그 틈에 아Q는 뽕나무로 기어올라 토담을 넘어 담 밖으로 뛰어내렸다.

사람과 무가 함께 떨어졌다. 뒤에서는 아직도 검정 개가 뽕나무를 향해 짖어 대고, 늙은 비구니는 염불을 외고 있었다.

아Q는 늙은 비구니가 검정 개를 풀어 놓을까 겁이 나서 무를 급히 주워 들고 뛰었다. 뛰어가면서 돌을 몇 개 주웠으나 검정 개는 다시 나타나지 않았다.

그제야 아Q는 돌을 버리고 걸어가면서 무를 먹기 시작했다. 그러면서 생각했다.

'여기서는 먹을 게 아무것도 없어. 역시 성안이 낫지 않을까…….'

무 세 개를 다 먹었을 무렵, 그는 이미 성안으로 갈 결심을 했다.

제6장 중흥에서 말로까지

미장에 아Q의 모습이 다시 나타난 것은 중추절이 갓 지난 뒤였다. 사람들은 아Q가 돌아온 것에 대해 놀라면서 그가 어디에 가 있었을까 하고 수군거렸다.

아Q는 전에도 몇 번 성내에 갔다 오면 신이 나서 사람들에게 떠들어대곤 했다. 그런데 이번에는 그러지 않아서 아무도 신경 쓰지 않았다.

그가 혹 사당을 관리하는 노인에게만은 말했을지도 모르나 미장의 관례로 조 나리, 전 나리, 혹은 수재 나리가 성내에 들어갔다면 얘깃거리가 되겠지만, '가짜 양놈'도 아직 그 축에 끼지 못할 터인데 하물며 아Q에 대해서야 말할 나위도 없었다. 그러므로 노인이 그를 위해서 선전을 할 리도 없기에 미장 마을에서도 알 리가 없었던 것이다.

아Q가 이번에 돌아온 것은 전과는 판이하게 확실히 놀랄 만한 일이었다. 날이 저물 무렵 그는 몽롱한 눈으로 술집 문전에 나타났다. 그는 술청으로 다가가 한 움큼 잔뜩 은전과 동전을 허리춤에서 꺼내 술청 위에 내던지며 말했다.

"현금이요! 술 좀 주쇼!"

새 겹옷을 입고 허리에는 커다란 주머니를 차고 있었는데 묵직해서 바지 허리띠가 축 늘어졌다. 미장의 관례로는 좀 그럴듯한 인물을 보면 으레 존경심을 표하는 것이다. 그가 확실히 아Q라는 것은 알지만 누더기 옷을 입은 아Q와는 좀 달라 보였다.

옛사람들도 말하기를 '선비란 사흘만 못 보아도 괄목상대해야 한다.'라고 했다. 그래서 점원이나 주인, 손님이나 통행인도 자연 한 가닥 의심을 품으면서도 존경하는 태도를 보였다. 주인은 우선 머리를 꾸벅하고는 아Q에게 말을 걸었다.

"오! 아Q. 돌아왔군!"

"돌아왔지!"

"돈 많이 번 것 같네, 자네 어디에……."

"성내에 갔었지!"

이 소식은 이튿날 벌써 온 미장에 퍼졌다. 모두 아Q가 어디서 돈을 많이 벌었는지, 어떻게 다시 일어설 수 있었는지 알고 싶어 했다. 그래서 술집이나 찻집, 절간의 처마 밑이나 할 것 없이 사람들이 모여 있는 곳에서는 모두 그의 이야기뿐이었다. 아Q는 새로운 존경의 대상이 되었다.

아Q의 말에 의하면 자기는 거인(擧人, 향시에 합격한 사람) 나리 댁에서 일을 거들어 주고 있었다는 것이다. 이 한마디에 듣는 사람이 모두 숙연해졌다.

이 나리는 본래 백씨지만, 성내에서는 오직 하나뿐인 거인이므로 성을 붙이지 않아도 그저 거인이라 하면 곧 그를 가리키는 것이었다. 이것은 비단 미장뿐 아니라 백 리 사방 안에서는 모두 그렇게 통했다. 그래서 사람들은 거의 대부분 그의 이름이 '거인'인 줄 알고 있었다.

아Q가 이 댁의 일을 거들어 주고 있었다는 것만으로도 당연히 존경받을 만했다. 그렇지만 아Q의 말로는, 그는 다시 그 집의 일을 거들어 줄 생각은 없다고 했다. 왜냐하면 이 거인 나리는 정말 너무 '개새끼' 같았기 때문이라는 것이다.

이 말을 듣는 이들은 모두 쾌재와 함께 탄식을 하였다. 아Q 따위는 거인 나리 댁에서 일을 거들 만한 위인도 못되지만, 막상 일을 그만두게 된 것은 아까운 일이었기 때문이다.

또 아Q의 말로 보아 그가 돌아온 것은 성내 사람들에 대한 불만에도 연유한 것 같았다. 그것은 성내 사람들이 '장등'을 '조등'이라고 부르고, 생선튀김에 채로 썬 파를 곁들인다는 것 따위인데, 게다가 최근에 관찰한 바로는 여자들의 걸음걸이도 실룩거리는 것이 보기 좋지 않았다는 것이다.

하지만 더러는 부러운 점도 있었다고 했다. 즉 미장 사람들은 고작해야 서른두 장의 죽패밖에 할 줄 모르며 오직 '가짜 양놈'만이 마작을 칠 줄 아는데, 그도 성내의 여남은 살짜리 조무래기 속에 놓아두면 금방 '염라대왕 앞에 나간 어린 귀신'처럼 돼버린다는 것이다. 이 말에 듣는 이들은 얼굴이 붉어졌다.

"너희들, 목 자르는 거 본 일 있어?"

하고 아Q가 말했다.

"거참, 볼 만하지. 혁명당을 처형하는 거야. 볼 만하지, 볼 만해……."

그는 머리를 흔들며 바로 앞에 있는 조사신의 얼굴에 침을 튀겼다. 이 말은 사람들을 모두 섬뜩하게 했다. 아Q는 사방을 한 바퀴 둘러보더니 갑자기 오른손을 들어, 목을 길게 빼고 정신없이 듣고 있던 왕 털보의 뒷덜미를 향해 곧장 내리치며 소리쳤다.

"싹둑!"

왕 털보는 소스라치게 놀라 재빨리 목을 옴츠렸다. 듣고 있던 사람들도 모두 깜짝 놀랐으나 재미있기도 했다. 그 후 왕 털보는 여러 날 동안 머리가 멍했다. 다시는 감히 아Q 곁에 가까이 가지 않았고 다른 사람들도 마찬가지였다.

이때 미장 사람들의 눈에 비친 아Q의 지위는 조 나리 이상이라고까지는 말할 수 없지만, 거의 대등하다고 해도 과언이 아닐 정도였다.

그리고 오래되지 않아 아Q의 명성은 온 미장의 규방에까지 퍼졌다. 미장에서는 대가라고 해야 전 나리와 조 나리 댁 두 집뿐이었고 나머지는 대부분 보잘것없는 얕은 규방이었지만 어쨌든 규방은 규방이니 이 또한 기이한 사건이라 할 수 있다. 여자들은 만나기만 하면 아Q의 이야기를 했다.

추 씨 댁이 아Q에게서 남색 비단 치마를 샀는데 입던 것이기는 해도 단돈 구십 전밖에 들지 않았다느니 조백안의 모친(일설에는 조사신의 모친이라고도 함)도 아이들에게 입히는 빨간 모슬린 홑옷을 샀는데 새것인데도 아주 헐값으로 샀다는 등의 이야기였다.

여자들은 눈이 휘둥그레져서 아Q를 만나고 싶어 했다. 비단 치마가 없는 사람이나 모슬린 홑옷이 필요한 사람은 그에게 사고는 했다.

이제는 아Q를 보면 피하기는커녕 그가 가고 난 뒤에도 뒤쫓아가서 그를 불러 세우고 묻는 것이었다.

"아Q, 비단 치마 아직도 있어? 없다고? 모슬린 홑옷도 필요한데, 있겠지?"

이러다 보니 그에 관한 이야기는 얕은 규방에서 깊숙한 규방까지 퍼지게 되었다. 그렇게 된 까닭은 추 씨 댁이 너무 기쁜 나머지 자기가 산 비단 치마를 조 부인에게 보여주며 자랑하였고, 조 부인은 또 그것을 조 나리에게 말하여 조르기까지 한 때문이다.

조 나리는 저녁을 먹는 자리에서 수재 나리와 이야기하면서 아무래도 아Q에게 수상한 점이 있으니 문단속을 잘해야 할 것 같다고 했다. 그러면서도 아Q에게서 아직 살 만한 물건이 있을지 궁금해했다. 게다가 조 부인이 마침 값싸고 질 좋은 모피 덧옷을 사고 싶어 하던 참이었다. 그래서 집안의 결정으로 추 씨 댁에게 부탁하여 즉시 아Q를 찾으러 보내면서, 또 이 때문에 세 번째 예외 규정을 두어 이날 밤만은 특별히 등불을 켜놓도록 했다.

등잔 기름이 제법 줄어들었는데도 아Q는 좀처럼 나타나지 않았다. 조 나리 댁의 가족들은 조바심이 났다. 하품을 하는 사람, 아Q가 너무 빼긴다고 미워하는 사람, 그리고 추 씨 댁이 약삭빠르지 못하다고 탓하는 사람도 있었다.

부인은 아Q가 전에 맺은 서약 때문에 오지 못하는 것이 아닌가 하고 염려했다. 조 나리는 자기가 직접 부르러 보낸 것이니 걱정할 게 없다고 말했다. 과연 조 나리의 식견은 높았다. 아Q가 드디어 추 씨 댁의 뒤를 따라 들어왔다.

"제가 가자고 하는데노 그저 물건이 없다고만 하는군요. 그러면 네가 직접 가서 말하라고 해도 자꾸만 없다고 그러기에, 제가……."

추 씨 댁은 숨을 헐떡이며 말했다.

"나리!"

아Q는 웃는 듯한 표정으로 한마디 하고는 처마 밑에 멈춰 섰다.

"아Q, 외지에 가서 좀 벌었다지?"

조 나리는 천천히 그의 전신을 훑어보며 말했다.

"잘됐어. 그거참 잘됐어. 그런데 뭐 중고품이 있다고……. 전부 가져와서 보여 주지 않으려나? 다름이 아니고 나도 좀 필요해서……."

"이미 추 씨 댁에게 말했지요, 이젠 없다고."

"없어?"

조 나리는 자기도 모르게 소리를 질렀다.

"설마 그렇게 빨리 처분했을라고?"

"그건……, 친구 것이라 본래 많지 않았던 데다 사람들이 죄다 사 갔으니까요."

"그래도 아직 조금은 남아 있겠지?"

"지금은 문발 하나가 남아 있을 뿐인뎁쇼."

"그럼 문발이라도 갖다 보여 주게."

조 부인이 황망히 말했다.

"그렇다면, 내일 가져오게."

조 나리는 그다지 마음이 내키지 않았다.

"아Q, 자네 이제부터는 무슨 물건이 생기거든 제일 먼저 우리에게 가져다 보여주게……."

"값은 결코 다른 집보다 헐하게는 안 할 테니까."
하고 수재가 말했다. 수재의 부인은 아Q의 얼굴을 힐끔 쳐다보고 그의 눈
치를 살피며 말했다.

"나는 모피 덧옷이 필요한데."

아Q가 비록 대답은 했지만 마지못한 표정으로 문을 나섰다. 그가 정말
마음에 새겨뒀는지 어떤지는 알 수가 없었다. 그의 이 같은 태도는 조 나리
를 매우 실망케 했으며 화를 돋우고 근심까지 되어 하품하는 것도 잊어버
릴 정도였다. 수재도 아Q의 태도에 대해서 대단히 불만이었다.

"이런 은혜도 모르는 놈은 조심해야 합니다. 지보에게 시켜서 그놈을 미
장에서 살지 못하게 하는 것이 좋을 것 같습니다!"
하고 말했으나 조 나리는,

"그렇지 않다. 그런 짓을 하면 원한을 사게 돼. 게다가 이런 장사를 하는
놈이란 대개 매와 같이 자기 둥지 밑의 먹이는 먹지 않는다 했으니, 이 마
을은 근심할 필요 없이 다만 각자 밤에만 좀 조심하면 돼!"
하고 말했다. 수재는 이 교훈 섞인 말을 듣고 그럴듯하게 생각되어 아Q를
쫓아내자는 제의를 즉시 거두었다. 그리고 추 씨 댁에게 이 이야기만은 절
대로 남에게 지껄이지 말라고 간곡히 일렀다.

그런데 이튿날 추 씨 댁은 남색 치마를 검게 물들이러 나갔다가 사람들
에게 아Q가 수상하다는 이야기를 퍼뜨렸다. 그렇지만 수재가 아Q를 쫓아
내려 했던 대목만은 확실히 말하지 않았다. 하지만 이것만으로도 아Q에게
는 퍽 불리했다.

제일 먼저 지보가 찾아와 그의 문발을 가져갔다. 아Q는 조 부인이 보겠
다고 한 거라고 말했으나 그래도 돌려주지 않았을 뿐 아니라, 다달이 상납
금까지 내라고 위협했다.

아Q에 대한 마을 사람의 태도도 갑자기 변하였다. 아직 함부로 하지는
못하나 그를 피하려는 눈치였다. 이것은 전에 왕 털보의 목을 내리치는 시
늉을 할 때에 보였던 경계심과는 또 다른, 경원하는 눈치가 많이 섞여 있었
다.

다만 몇 명 건달들만이 더욱 자세히 아Q의 내막을 알려고 꼬치꼬치 캐물었다. 아Q는 별로 숨기려 하지 않고 으쓱거리며 그의 경험담을 이야기했다. 그제야 그들은 비로소 알게 되었다. 아Q는 일개 단역에 지나지 않아 담도 넘어가지 못할 뿐 아니라, 안에도 들어가지 못하고 다만 문 밖에 섰다가 물건을 받기만 했던 것이다.

어느 날 밤, 그가 보통이 하나를 막 받아 들고 왕초가 다시 안으로 들어간 지 오래되지 않아 안에서 왁자지껄하는 소리가 들리자 황망히 도망하여 밤중에 성을 기어 나와 도망쳐 미장으로 돌아왔는데, 다시는 갈 마음이 없어졌다는 것이다. 그렇지만 이 이야기는 아Q에게 더욱더 불리할 뿐이었다.

마을 사람들이 아Q를 경원한 것도 실은 그에게 원한을 살까 두려워했기 때문이었는데, 알고 보니 더 이상 훔칠 수도 없는 좀도둑에 불과했던 것이다. 이야말로 두려워할 것도 못 되는 존재가 아닌가?

제7장 혁명

선통 3년 9월 14일, 그러니까 아Q가 지갑을 조백안에게 팔아 버린 날이다. 한밤중에 커다란 검은 배 한 척이 조 나리 댁 부두에 닿았다.

이 배는 캄캄한 어둠을 타고 저어온 데다 마을 사람들은 깊이 잠들어 아무도 낌새를 눈치채지 못하였다. 하지만 나갈 때는 이미 새벽녘이었기 때문에 그걸 본 사람이 몇 있었다. 여기저기 알아본 결과 그것은 거인 나리의 배로 판명되었다.

그 배는 미장에 일대 불안감을 실어다 주었다. 정오도 되기 전에 온 마을의 인심이 흉흉해지기 시작했다. 배가 이곳에 온 까닭에 대하여 조 나리 댁에서는 물론 극비에 부치고 있었으나, 찻집이나 술집에서 수군대는 말로는 혁명당이 입성할 기미이므로 거인 나리가 우리 마을로 피난해 왔다는 것이다.

추 씨 댁만이 그렇지 않다 했다. 그건 거인 나리가 헌 옷 상자를 몇 개 맡기려 했지만 조 나리에게 거절당하여 도로 가져갔다는 것이었다. 사실 거인 나리와 조 수재와는 평소부터 사이가 좋지 않았고, 이치로 따져도 환난을 함께 할 만큼 정이 두텁지도 않았었다.

게다가 추 씨 댁은 조 나리 댁의 이웃에 살고 있는 만큼 아무래도 더 믿을 만했으므로 다들 그런 줄로만 알고 있었다. 소문은 자꾸만 퍼져나갔다. 거인 나리가 직접 오지는 않은 모양이나 장문의 서신을 보내어 조 나리 댁과 사돈을 맺기로 했으며, 조 나리도 나쁘지는 않을 것 같아 상자를 받아 놓았다가 그것을 마누라의 침대 밑에 처박아 놓았다는 이야기였다.

어떤 사람은 말하기를, 오늘 밤 성내에 진격할 혁명당은 저마다 흰 투구에다 흰 갑옷을 입고 있는데 그것은 명조의 숭정 황제를 기리는 뜻에서 소복을 입은 것이라고 했다.

아Q도 혁명당이란 말은 진작부터 듣고 있었고 올해에는 자기 눈으로 혁명당이 처형당하는 것을 목격했다. 어디다 근거를 둔 것인지 모르나 그는 혁명당은 반란군이며, 반란은 그를 곤란케 하는 것이라는 확신을 갖고 있었다. 그래서 지금까지 혁명당을 심히 증오해 왔었다.

그런데 뜻밖에도 백 리 사방에 이름이 알려진 거인 나리마저 혁명당을 이렇게 두려워하는 것을 보니 그도 어쩐지 마음이 끌리지 않을 수 없었다. 게다가 미장 사람들이 허둥대는 꼴은 아Q를 더욱 유쾌하게 했다.

'혁명도 괜찮은 거로구나'
하고 아Q는 생각했다.

'이런 개새끼들은 죽여 버려야 해; 더러운 개새끼들! 나도 항복해서 혁명당이 되어야지.'

아Q는 근래 궁했던 참이라 불만이 많았다. 게다가 대낮부터 빈속에 마신 술 두 사발로 취기가 올라 있었다. 생각하면서 걷는 동안에 또 마음이 들뜨기 시작했다. 어찌 된 일인지 갑자기 자신이 혁명당이고 미장 사람들은 모두 자기의 포로가 된 것 같은 기분이 들었다. 그는 너무나 기쁜 나머지 부지중에 큰 소리로 떠들어댔다.

"모반이다! 모반!"
미장 사람들은 모두 공포의 눈초리로 그를 바라보았다. 그 가련한 눈초리란 아Q가 지금까지 보지 못했던 것이었다. 그걸 보자 그는 한여름에 빙수를 마신 것처럼 속이 후련했다. 그는 점점 신이 나 걸으면서 고함을 질렀다.

"자! 탐나는 것은 모두가 내 것.

마음에 드는 계집도 모두가 내 것.

둥둥, 쟝쟝!

후회해도 소용없다.

술에 취해 잘못 베어 죽인 정현제를 후회해도 소용없다.

둥둥, 쟝쟝 둥, 쟈리쟝!

철편을 들고, 네놈을 치리……."

조 나리 댁의 두 나리와 그의 친척이 때마침 대문 앞에 서서 혁명 이야기를 하고 있었다. 아Q는 거들떠보지도 않은 채 머리를 쳐들고 곧장 노래 부르며 지나갔다.

"둥둥……."

"아Q 씨."

조 나리가 겁먹은 표정으로 나지막이 불렀다.

"쟝쟝……."

아Q는 자기 이름에 '씨' 자가 붙으리라고는 생각지 않았으므로 자기와는 관계없는 다른 사람을 부르는 거로 생각하고 그저 노래만 불렀다.

"둥, 쟝, 쟈리 쟝, 쟝!"

"아Q 씨."

"후회해도 소용없으니……."

"아Q!"

수재는 할 수 없이 '씨' 자를 빼고 이름을 불렀다.

아Q는 그제야 서서 고개를 돌리며 물었다.

"뭐요?"

"아Q 씨……, 요즘……."

조 나리는 막상 할 말이 없었다.

"요즘 돈 잘 벌지?"

"벌어요? 아무렴. 필요한 것은 모두가 내 것……."

"아……Q형, 우리 같은 가난뱅이 동지는 상관없겠지?"

조백안은 마치 혁명당원의 말투를 흉내 내듯이 조심조심 말했다.

"가난뱅이 동지라고? 당신은 아무래도 나보다는 부자지."

아Q는 그렇게 말하고는 가버렸다.

그러자 다들 맥이 풀려 아무 말도 없었다. 조 나리 부자는 집에 돌아와 저녁나절이 될 때까지 불을 켜고 상의했다. 조백안은 집에 돌아오자 허리춤에서 지갑을 끌러 주며 아내에게 잘 감추어두게 하였다.

아Q는 마음이 들떠 돌아다니다가 사당에 돌아오자 술도 깼다. 이날 밤은 사당지기 노인도 의외로 친절하게 차까지 권해주었다.

아Q는 그에게 떡 두 개를 얻어먹고, 쓰다 남은 사십 돈쯤 양초와 촛대를 빌려 불을 밝힌 뒤 자리에 드러누웠다. 말할 수 없는 감흥이 솟아났다. 촛불은 너울너울 춤을 추었고 이에 따라 아Q의 꿈도 춤을 추기 시작했다.

'모반? 재미있겠다! 흰 갑옷에 흰 투구의 혁명당이 쳐들어온다. 저마다 청룡도와 철편, 폭탄과 총을 들고서 사당 앞을 지나가며, "아Q! 함께 가세!" 하고 부르겠지. 그러면 그들과 함께 떠난다.

미장의 어중이떠중이들은 볼 만할 거다. 무릎을 꿇고, "아Q, 목숨만은 살려 주게!" 하면 흥, 내가 들어줄 줄 알고? 맨 먼저 죽일 놈은 소D와 조가 놈이다. 그리고 수재, 이어 가짜 양놈……. 몇 놈이나 남겨 둘까? 왕 털보는 남겨 둬도 상관없지만, 아냐, 그놈도 없애 버려.

그리고 물건들은? 곧 뛰어 들어가 상자를 연다. 마제은, 은화, 모슬린 홑옷……. 수재 마누라의 영파 침대를 우선 사당으로 운반해 온다. 그리고 전가 놈의 탁자와 의자도. 그러지 말고 조가의 것을 쓸까? 나야 손댈 필요 없이 소D에게 운반시키면 되지. 빨리 옮기지 않으면 따귀를 갈겨줄 테다.

조사신의 누이동생은 정말 추물이지. 추 씨 댁의 딸은 아직 젖비린내나고, 가짜 양놈의 마누라는 변발도 없는 놈과 동침하였으니 흥, 좋은 물건은 못돼! 수재의 마누라는 눈퉁이 위에 흉터가 있고, 오마는 오래 못 만나서 어디 있는지도 모르고……. 그런데 아깝게도 발이 너무 커.'

아Q는 공상이 끝나기도 전에 벌써 코를 골았다. 사십 돈쯤 양초는 아직도 반 치밖에 타지 않았고 흔들흔들하는 불빛이 헤벌어진 그의 입을 비추고 있었다.

"하하!"

아Q는 별안간 큰 소리를 지르면서 머리를 들고 사방을 두리번거리더니 사십 돈쯤 양초가 눈에 띄자 또다시 쓰러져 잠들어 버렸다.

이튿날 그는 매우 늦게 일어났다. 거리에 나가 보니 모두가 그대로였다. 여전히 그는 배가 고팠다. 뭔가 떠올려보려 했지만 아무것도 생각이 나지 않았다. 그러다 갑자기 무슨 생각이 떠올랐는지 느릿느릿 걷기 시작했다. 그의 발길은 어느덧 정수암에 이르렀다.

정수암은 지난봄과 마찬가지로 조용했다. 흰 담벼락과 칠흑같이 검은 대문. 그는 한참 생각하다가 문을 두드렸다. 개 한 마리가 안에서 짖어댔다. 그는 급히 벽돌 조각을 몇 개 집어 들고 다시 가서 돌로 세게 두드렸다. 검은 문에 많은 흠집이 났을 무렵에야 비로소 누군가 문을 열기 위해 나오는 소리가 들렸다.

아Q는 급히 벽돌 조각을 꼬나 잡고 다리를 딱 벌리고 검정 개와 싸울 준비를 했다. 그런데 암자의 문이 빠끔히 열렸을 뿐 검정 개는 튀어나오지 않았다. 들여다보니 늙은 비구니뿐이었다.

"너 또 뭐 하러 왔어?"

그녀가 깜짝 놀라며 물었다.

"혁명이야. 알고 있어?"

아Q가 얼버무리듯 말했다.

"혁명, 혁명이라고? 혁명은 벌써 끝났어! 그래서 우리를 어떻게 한다는 거야?"

늙은 비구니는 눈에 핏발을 세우면서 말했다.

"뭐라고?"

아Q는 이해가 안 갔다.

"넌 아직도 모르고 있었냐? 그들은 벌써 혁명해 버렸는데!"

"누가?"

아Q는 더욱 이해가 안 갔다.

"저 수재와 가짜 양놈이!"

아Q는 너무도 뜻밖이라 부지중에 얼떨떨해졌다. 늙은 비구니는 그의 기세가 꺾인 것을 보고 재빨리 문을 닫아 버렸다. 아Q가 재차 밀었을 때는 문은 꼼짝도 하지 않았다. 다시 두드려 보았으나 아무런 대답이 없었다.

그것은 아직 오전 중의 일이었다. 조수재는 소식이 빨라 밤새 혁명당이 성내에 들어와 있는 것을 알고서는 금방 변발을 머리 꼭대기로 말아 올리고, 일어나자마자 이제껏 사이가 안 좋았던 전가 가짜 양놈을 찾아갔다. 바야흐로 '유신'의 때였으므로 그들은 척척 장단이 맞아 당장에 의기투합한 동지가 되어 혁명을 함께 할 것을 약속했다.

그들은 곰곰이 생각한 끝에 정수암에 '황제 만세! 만만세!'라는 용패가 있는 것을 알고는 그것부터 파기해야겠다고 생각했다. 그들은 즉시 정수암으로 가서 혁명을 하기로 했다. 그렇지만 늙은 비구니가 나와 방해하므로 두서너 마디 억지 심문을 한 끝에 비구니를 만청(滿淸) 분자로 몰아 단장과 주먹으로 실컷 두들겨 팼다.

그들이 돌아가고 나서야 늙은 비구니는 정신을 차리고 주위를 둘러보니 용패는 벌써 땅 위에 산산조각이 나 있었고, 관음상의 앞에 놓여 있던 선덕 향로마저 보이지 않았다.

나중에야 이 일을 알게 된 아Q는 자기가 늦잠 잔 것을 몹시 후회하고 또한 그들이 자기를 부르러 오지 않은 것에 대해 의아하게 생각했다. 그는 한 발짝 물러나 생각해 보았다.

'그놈들은 내가 혁명당에 투항한 것을 아직 모르고 있는 모양이지?'

제8장 혁명 불허

미장의 인심은 점차 안정을 찾아갔다. 전하는 소식에 의하면 혁명당은 성내에 들어오긴 했으나 별다른 변화는 없었다는 것이었다.

지사 나리도 관직 이름만 바뀐 채 그 자리에 있었고 거인 나리도 무슨 관직을 ― 미장 사람들은 이러한 관직 이름을 들어도 잘 모른다. ― 갖고 있었으며, 이번에 혁명당을 이끌고 왔던 자도 전의 하급 무관이었다고 한다.

다만 한 가지 무서운 것은 몇몇 못된 혁명당원이 마을에서 난동을 일으키고 그 이튿날부터 변발을 자르고 다니기 시작한 것이었다. 소문에 의하면 이웃 마을의 나룻배 사공 칠근이가 변발을 잘려 사람 꼴이 말이 아니라고 했다.

하지만 이것은 그다지 큰 공포는 아니었다. 왜냐하면 미장 사람들은 본래 성내에 들어가는 일이 드물었고, 더러 성내에 갈 일이 있었던 사람도 즉각 계획을 취소했기 때문에 그런 봉변을 당한 사람이 없었던 것이다.

아Q도 성내에 들어가 옛 친구나 찾아볼까 했지만 이 소문을 듣고는 그만두고 말았다.

그렇지만 미장에도 개혁이 없었다고는 말할 수 없었다.

며칠 뒤에는 변발을 머리 꼭대기로 감아올리는 사람이 점점 늘어났다. 앞서 말한 대로 제일 먼저 그렇게 한 사람은 물론 조가의 수재 나리였지만, 그다음은 조사신과 조백안이었으며 그 뒤가 아Q였다.

여름이라면 사람들이 변발을 머리 꼭대기로 감아올리거나 혹은 묶어도 그리 이상할 게 없다. 그렇지만 지금은 벌써 늦가을이므로 변발을 감아올리는 사람들에게는 보통 용단이 아니었다. 그러니 미장에서도 개혁에 무관하였다고는 말할 수 없었다.

조사신이 뒤통수를 휑하니 비워 갖고 걸어오는 것을 본 사람들이 와글와글 떠들어댔다.

"어이구, 혁명당이 오시는군."

하지만 아Q는 그가 부럽기까지 했다. 수재가 변발을 감아올렸다는 소식은 벌써 들어서 알고 있었으나 자기도 그렇게 해보겠다는 생각은 미처 못했다. 그런데 조사신도 이처럼 한 것을 보고 비로소 실행할 결심을 굳혔다. 그는 한 개의 대젓가락을 이용하여 변발을 머리 꼭대기에 감아 붙인 다음, 한참 망설이다가 용단을 내어 밖으로 나갔다.

그는 거리를 걸어갔다. 사람들은 그를 쳐다보았으나 아무 말도 하지 않았다. 아Q는 처음에는 불쾌하다가 나중에는 대단히 불만스러웠다. 그는 요즈음 툭하면 화를 잘 냈다. 사실 그의 생활은 모반 전에 비해서 조금도 못하지 않았다. 사람들은 공손해졌고 주점에서도 현금을 요구하지는 않았다. 그런데도 아Q는 왠지 모르게 자신이 너무 하찮게 느껴졌다. 혁명을 한 이상 이래서는 안 된다는 생각이 들었다.

더구나 소D를 보고 나서는 더욱 배알이 뒤틀렸다. 소D 역시 변발을 머리 꼭대기에다 감아 붙이고 대젓가락까지 꽂고 있었다. 아Q는 설마 그놈이 감히 자기처럼 하리라고는 생각지도 못했고 가만 놔둘 수도 없었다. 소D

따위가 뭐기에?

그는 당장 놈을 붙잡아 대젓가락을 두 동강으로 꺾고 변발을 풀어헤치고 싶었다. 그리고 뺨을 몇 대 갈겨, 그가 제 분수를 잊고 감히 혁명당이 되려고 한 죄를 징벌하려고 생각했다. 그렇지만 결국 용서해 주고 말았다. 다만 노한 눈으로 흘겨보며 "퉤!" 하고 침을 한 입 뱉었을 뿐이었다.

요 며칠 새에 성내에 들어간 사람은 가짜 양놈 하나뿐이었다. 조 수재는 상자를 맡아준 인연을 믿고 친히 거인 나리를 방문할 작정이었지만, 변발을 잘릴 위험이 있어서 포기하고 말았다. 그는 황산격의 편지를 한 통 써서 가짜 양놈에게 부탁했는데 내용은 자신이 자유당에 들어갈 수 있도록 잘 소개해달라는 것이었다.

가짜 양놈은 성내에 다녀오더니 수재에게 사례로 은화 4원을 청구했다. 수재는 그때부터 은제 복숭아를 옷섶 위에 달고 다녔다. 미장 사람들은 모두 놀라워했다. 그것은 자유당의 휘장으로서 한림과 맞먹는 것이었기 때문이다.

조 나리는 이 때문에 또 거드름을 피우기 시작했는데, 아들이 수재에 급제했을 때보다도 훨씬 더했다. 그래서 눈에 뵈는 것이 없고, 아Q를 만나도 거들떠보지도 않는 것 같았다.

불만과 열등감을 느끼고 있던 아Q는 이 은제 복숭아에 대한 이야기를 듣는 순간 원인을 깨달았다. 혁명을 하려면 그냥 투항하기만 해서는 안 된다. 변발을 말아 올리는 것만으로도 안 된다. 그러자면 우선 혁명당과 교제를 맺어 놓아야 한다.

그가 평소에 알고 있는 혁명당은 두 사람뿐인데, 성내의 한 사람은 벌써 싹둑 하고 목이 잘리었으니 현재는 가짜 양놈 하나뿐인 셈이다. 그로서는 얼른 가서 가짜 양놈과 상의하는 수밖에 다른 길이 없었다.

전 나리 댁 대문은 마침 열려 있었다. 아Q는 겁이 나서 살금살금 들어갔다. 안으로 들어가자마자 그는 깜짝 놀랐다.

가짜 양놈은 안마당 한가운데 서 있었다. 전신이 새까맣게 보이는 건 아마 양복 탓이겠지만, 옷에는 은제 복숭아를 하나 달고 손에는 아Q가 이미 맞을 본 바 있는 지팡이를 들고 있었다. 이미 한 자 넘게 자란 변발을 풀어 어깨 뒤로 늘어뜨려 봉두난발한 꼴은 마치 그림에서 본 유해선인 같았다.

조백안과 세 명의 건달이 직립 부동의 자세로 맞은편에 서서 공손히 연설을 듣고 있는 참이었다.

아Q는 가만가만히 걸어 들어가 조백안의 뒤에 서서 인사를 하려고 했으나 어떻게 불러야 좋을지를 몰랐다. 가짜 양놈으로는 물론 안 되고, 외국인이라 해도 타당치 않다. 혁명당이라 하기도 부적당하고 양 선생이면 무난하지 않을까?

양 선생은 좀처럼 그를 보지 않았다. 눈을 허옇게 뜨고 한창 강연에 열중해 있었기 때문이다.

"나는 성질이 급해서 만나기만 하면 늘 말했지. 홍형! 이제 착수합시다. 그런데 그는 늘 '노우' — 이것은 영어라 너희들은 모르겠지만 — 였어. 그렇지 않았다면 벌써 성공했을 텐데. 이게 바로 그의 소심했던 일면이지. 그는 몇 번이나 나에게 호북으로 가달라고 부탁했지만, 나는 아직 승낙을 안 했어. 누가 그런 작은 고을에서 일하기를 원하겠나?"

"에에, 저……."

아Q는 그가 잠시 말을 멈추기를 기다려 마침내 용기를 내어 입을 열었으나 어찌 된 셈인지 그를 양 선생이라고 부르지는 못했다.

연설을 듣고 있던 네 사람은 모두 놀라 뒤를 돌아보았다. 양 선생도 그제야 그를 볼 수 있었다.

"뭐야?"

"저어……."

"꺼져!"

"저도 투항하려고……."

"꺼져!"

양 선생은 지팡이를 쳐들었다.

조백안과 건달들도 소리쳤다.

"선생님이 꺼지라고 하시잖아? 못 들었어?"

아Q는 손으로 머리를 감싸고는 자기도 모르는 사이에 문밖까지 뛰쳐나왔다. 양 선생이 쫓아오지는 않았다. 그는 오륙십 보쯤 내달리고 나서야 걸음을 늦췄다. 그의 마음엔 깊은 울분이 끓어올랐다.

양 선생이 그에게 혁명을 허락하지 않는다면 그에게는 다른 길이 없다. 이제는 흰 투구 흰 갑옷을 입은 사람들이 그를 부르러 올 리가 없다. 그의 포부와 꿈, 희망, 앞길마저 모두 물거품이 되어 버렸다. 건달들이 소문을 퍼뜨려 소D나 왕 털보 따위에게까지 웃음거리가 되는 것은 둘째 문제였다.

그는 이제까지 이렇게 답답했던 적이 없는 것 같았다. 아Q는 변발을 말아 올린 것조차도 무의미해진 것 같아 모욕감을 느끼기까지 했다. 앙갚음하기 위하여 당장이라도 변발을 풀어 내리려고 생각하였으나 결국 풀지도 못했다. 그는 밤까지 서성대다가 외상술을 두어 사발 마셨다. 술이 뱃속에 들어가자 점점 기분이 좋아져서 마음속에 또 흰 투구 흰 갑옷 조각들이 떠올랐다.

어느 날 그는 그전처럼 하릴없이 밤중까지 쏘다니다가 술집이 문을 닫을 때쯤 돼서야 터덜터덜 사당으로 돌아왔다.

"딱, 펑!"

갑자기 굉음이 들렸으나 폭죽 소리는 아니었다. 아Q는 원래 구경을 즐기고 쓸데없는 일에 참견하기 좋아하므로 곧 어둠 속을 달려 나갔다. 앞에서 사람 발자국 소리가 들려오더니 갑자기 한 사람이 맞은편으로부터 도망해 왔다.

아Q는 그를 보고 자기도 재빨리 몸을 돌려 뒤따라 도망쳤다. 그자가 방향을 바꾸면 아Q도 따라 방향을 바꿨다. 방향을 바꾸던 그가 멈춰 서므로 아Q도 멈춰 섰다. 아Q는 뒤를 돌아다보았으나 아무도 없었다. 그제야 그 사람을 보니 바로 소D였다.

"뭐야?"

아Q는 약이 올랐다.

"조, 조 나리 댁이 약탈당했어!"

소D는 숨을 헐떡이며 말했다.

아Q의 가슴은 두근두근했다. 소D는 그렇게 말하고는 다시 도망치기 시작했다. 아Q는 도망가다가는 쉬고, 또 도망가다가는 쉬곤 했다. 그는 도망치는 데는 이골이 나서 의외로 대담했다.

아Q는 길모퉁이에 멈춰 서서 귀를 기울였다. 웅성거리는 소리가 들리는 것 같았다. 자세히 보았더니 흰 투구에 흰 갑옷을 입은 사람들이 연달아서 상자와 가구들을 들어내 오고, 수재 마누라의 침대까지 메고 나오는 모양이었으나 확실히는 알 수 없었다. 그는 더 다가가 보려 했으나 두 발이 움직여지지 않았다.

이날 밤은 달이 없었다. 미장은 어둠 속에 매우 고요했다. 너무 고요해서 복희씨 시대처럼 태평스럽기까지 했다. 아Q는 사시나무처럼 떨고 있는 자신을 발견했다. 그들은 여전히 왔다 갔다 하면서 상자를 들어내 오고 있었다. 너무나 많이 꺼내오는 바람에 아Q는 자신의 눈을 믿을 수가 없었다. 하지만 도저히 다가갈 수가 없어 자기 거처로 돌아오고 말았다.

사당 안은 더욱 깜깜했다. 그는 문을 닫고 자기 방으로 더듬어 들어갔다. 한참 누워 있으려니까 그제야 기분이 가라앉아 자기 일을 생각할 수 있게 되었다.

흰 투구에 흰 갑옷을 입은 사람들은 분명히 왔으나 그를 부르러 오지는 않았다. 좋은 물건을 많이 날랐으나 자기의 몫은 없다.

이 모든 것은 가짜 양놈이 나에게 모반을 허락하지 않았기 때문이다. 그렇지 않았다면 이번에 내 몫이 없을 수 없다. 아Q는 생각하면 할수록 더욱 화가 치밀었고 나중에는 통분을 참을 수 없어 세차게 머리를 흔들며 지껄였다.

"나에게는 허락하지 않고 네놈만 모반할 셈이지? 개돼지 같은 양놈…….어디 두고 보자, 네놈이 모반을 했겠다! 모반은 목이 잘리는 죄야. 내 어떡하든지 고발해서 네놈이 관청으로 잡혀 들어가 목이 댕강 잘리는 꼴을 보고 말 테다! 일가 모두를……. 댕강, 댕강!"

제9장 대단원

조 나리 댁이 약탈을 당한 후 미장 사람들은 내심 통쾌해하면서도 한편으로는 두려워했다. 아Q 역시 마찬가지였다. 그런데 나흘 후에 갑자기 아Q가 밤중에 붙잡혀 현성으로 연행되었다.

그날도 마침 캄캄한 밤이었다. 일단의 군대와 장정, 경찰, 그리고 다섯 명의 수사관이 몰래 미장에 들어와 야음을 틈타 사당을 포위하고 대문을 향해 기관총을 조준하였다. 하지만 아Q는 튀어나오지 않았다.

한참 동안 아무런 동정도 없었다. 대장이 조바심이 나서 이십 냥의 상금을 걸었더니 장정 둘이 위험을 무릅쓰고 담을 넘어 들어갔다.

안팎이 합세하여 일거에 쳐들어가 아Q를 잡아냈다. 사당 밖에 걸어 놓은 기관총 옆까지 끌려 나와서야 그는 겨우 정신이 좀 들었다.

성내에 도착하였을 때는 이미 정오가 되었다. 아Q는 허름한 관청으로 끌려 들어가 모퉁이를 대여섯 번 돌고 나서 조그만 방에 처박혀졌다. 그가 비틀비틀하는 사이에 통나무로 만든 문이 그의 발꿈치를 따라오듯 닫혔다. 목책 이외의 삼면은 모두 벽이었으며 방 귀퉁이를 자세히 보니 다른 두 사람이 더 있었다.

아Q는 좀 불안했으나 그렇게 괴롭지는 않았다. 왜냐하면 그의 사당 방이라야 이 방보다 더 편안하지는 않았기 때문이다.

그 두 사람도 시골뜨기인 모양인데 나중에는 그와 어울리게 되었다. 한 사람은 그의 조부가 갚지 못한 묵은 소작료 때문에 거인 나리에게 고소당했다는 것이며, 또 한 사람은 무슨 일 때문인지도 모른다고 했다. 그들도 아Q에게 물었다.

"모반을 꾀했기 때문이오!"

하고 아Q는 분명하게 대답했다.

그는 오후에 목책 문밖으로 끌려 나갔다. 대청에 가보니 상좌에는 머리를 빡빡 깎은 노인이 한 사람 앉아 있었다.

아Q는 그가 중인지 의심했으나 아래쪽을 보니 일단의 병사들이 서 있고, 그들 양쪽에는 긴 두루마기를 입은 사람들이 십여 명 서 있는데, 노인처럼 머리를 빡빡 깎은 사람도 있고 한 자 남짓한 긴 머리를 가짜 양놈처럼 뒤로 늘어뜨린 사람도 있었다.

모두 무서운 얼굴에 성난 눈으로 그를 노려보고 있다. 아Q는 그들이 심상치 않은 자들임을 직감할 수 있었다. 별안간 무릎의 힘이 저절로 빠져 자기도 모르게 꿇어앉고 말았다.

"서서 말씀드려라! 무릎 꿇지 말고!"

긴 두루마기를 입은 사람들이 소리쳤다.

아Q는 그 말을 알아듣기는 했으나 도저히 서 있을 수가 없었다. 몸이 저절로 움츠러들어 그만 꿇어 엎드리고 말았다.

"노예 같은 놈!"

경멸하듯 말했으나 일어서라고는 말하지 않았다.

"사실대로 불어라, 경치지 않게. 이미 다 알고 있으니까 순순히 불면 널 석방시켜 줄 것이다!"

까까머리 노인이 아Q의 얼굴을 뚫어지게 쳐다보며 묵직하면서도 똑똑한 목소리로 말했다.

"불어라!"

긴 두루마기를 입은 자들도 소리쳤다.

"사실 전 여기 와서 투항하려고……."

아Q는 멍하니 생각하다가 더듬거리며 말했다.

"그런데 왜 투항해 오지 않았는가?"

노인은 부드럽게 물었다.

"가짜 양놈이 허락하지를 않았습죠!"

"허튼소리 마! 이제 와서 말해 봐야 늦었다. 지금 너희 패거리는 어디 있느냐?"

"무슨 말씀인지?"

"그날 밤 조 씨 가를 약탈했던 놈들 말이다."

"그놈들은 저를 부르러 오지 않았습죠. 저희끼리만 멋대로 가져갔는뎁쇼."

아Q는 툴툴거리며 말했다.

"어디로 달아났지? 순순히 불면 너는 석방해 준다."

노인은 더욱 부드럽게 말했다.

"전 모르는뎁쇼? 그놈들은 저를 부르러 오지 않았으니까요……."

노인이 눈짓을 한 번 하자 아Q는 또다시 목책 문 안에 갇혔다. 그가 두 번째로 끌려 나온 것은 이튿날 오전이었다.

대청의 광경은 어제 그대로였다. 상좌에는 여전히 까까머리 노인이 앉아 있었다. 아Q도 무릎을 꿇고 앉았다.

노인은 부드럽게 물었다.

"무슨 할 말은 없는가?"

아Q는 생각해 보았으나 별로 할 말도 없었다.

"없습니다."

그러자 긴 두루마기를 입은 사람이 종이와 붓을 가지고 와서는, 아Q 앞에 놓고 붓을 그의 손에 쥐여 주려고 했다.

아Q는 거의 혼비백산할 만큼 깜짝 놀랐다. 그도 그럴 것이 그의 손이 붓과 접하기는 난생처음이기 때문이었다. 그는 붓을 어떻게 쥐는 것인지 몰라 머뭇거리고 있는데 붓을 쥐여준 자가 한 군데를 가리키며 서명을 하라고 했다.

"저, 저는……, 글을 쓸 줄 모르는뎁쇼."

아Q는 붓을 덥석 움켜잡고는 두려움과 부끄러움이 뒤섞인 표정으로 말했다.

"그러면 너 좋은 대로 동그라미를 하나 그려라!"

아Q는 동그라미를 그리려고 했으나 붓을 잡고 있는 손이 떨리기만 했다. 그러자 그자가 종이를 땅 위에 펴주었다. 아Q는 엎드려 있는 힘을 다해 원을 그렸다.

그는 남들에게 웃음거리가 될까 두려워 둥글게 그리려고 애를 썼으나 이밉살스러운 붓이 지나치게 무거운데다 마음대로 움직여지지 않았다. 떨면서 간신히 그려 거의 이어 붙이려고 하는데 붓이 위로 튕겨 종이 위의 원은 수박씨 모양이 되고 말았다.

아Q는 동그랗게 그리지 못한 것을 부끄럽게 생각했으나 그들은 문제 삼지도 않고 종이와 붓을 가지고 재빨리 가버렸다. 여러 사람이 몰려들어 그를 다시 목책 문 안에 처넣었다.

또다시 목책 문 안에 들어갔어도 아Q는 그리 괴로워하지 않았다. 사람이 살다 보면 때로는 감옥에 들어가는 일도 있고 때로는 종이 위에 동그라미를 그려야 할 때도 있을 것이다. 다만 동그라미가 바르게 그려지지 않은 것만은 그의 행적 중 하나의 오점이라고 생각했지만 얼마 지나지 않아 그것마저 담담해졌다. 동그라미는 아이들이나 잘 그리는 거라고 생각하며 잠이 들었다.

이날 밤 거인 나리는 대장과 시시비비를 가리느라 잠을 잘 수 없었다. 거인 나리는 장물의 반환이 급선무라고 주장했고, 대장은 본보기로 징계하는 일이 더 급하다고 주장했다.

대장은 요사이 거인 나리를 안중에도 두지 않고 있었다. 그는 책상을 치면서 말했다.

"일벌백계입니다. 보십시오! 내가 혁명당이 된 지 이십 일도 안 되는데 약탈 사건은 십여 건이나 발생했소. 게다가 아직 아무것도 해결을 못 하고 있으니 내 체면은 무엇이 된단 말이오? 기껏 잡아 놓았더니 당신은 엉뚱한 소리나 하고. 안 돼! 이건 내 권한이니까!"

거인 나리는 난처했으나 물러서지 않았다. 만약 자기주장대로 하지 않았다가 장물을 못 찾게 되면 민정관의 직책을 즉각 사임하겠다고 위협했다.

"마음대로 하시오!"

대장이 대꾸했다. 거인 나리는 그날 밤 한잠도 잘 수가 없었던 것이다. 그렇지만 다행히도 이튿날 거인 나리는 사임하지 않았다.

아Q가 세 번째로 목책 문에서 끌려 나온 것은 거인 나리가 뜬눈으로 밤을 지새우고 난 이튿날 오전이었다. 대청의 상좌에는 역시 예의 까까머리 노인이 앉아 있었다. 아Q도 전처럼 꿇어앉았다.

노인은 아주 부드럽게 물었다.

"무슨 할 말이라도 없느냐?"

아Q는 또다시 생각해 보았지만 별로 할 말이 떠오르지 않았다.

"없습니다."

긴 두루마기를 입은 사람들이 별안간 우르르 달려들어 그에게 무명으로 된 흰 등거리를 입혔다. 거기에는 검은 글자가 씌어 있었다. 아Q는 대단히 기분이 나빴다. 마치 상복을 입는 것 같았기 때문이다. 상복을 입는다는 것은 불행한 일이 아닌가? 동시에 그의 양손은 뒤로 묶여 곧장 관청 밖으로 끌려 나왔다. 아Q는 포장 없는 수레에 들어 올려졌다. 반소매를 걸친 몇 사람이 함께 수레에 올랐다. 수레는 곧 움직이기 시작했다. 앞에는 총을 멘 군인과 자경단원이 있고, 양쪽에는 수많은 군중이 입을 떡 벌린 채 아Q를 지켜보고 있었다. 뒤는 어떤지 아Q는 돌아보지 않았다.

그는 그때야 갑자기 깨달았다. 이것은 목 잘리러 가는 것이 아닌가? 그렇게 생각하니 그는 갑자기 눈앞이 캄캄해지고 귓속이 멍해져 정신을 잃을 것 같았다. 그렇지만 완전히 정신을 잃지는 않았다. 당황하면서도 한편으로는 태연해지기도 했기 때문이다. 사람이 살다 보면 때에 따라서는 목을 잘리는 일도 있을 수 있다고 생각했다.

그는 아직 길은 파악할 수 있었다. 그래서 좀 이상했다. 어째서 형장 쪽으로 가지 않는 것일까? 그는 이것이 조리돌림임은 알지 못했다. 그렇지만 알았다 해도 마찬가지였을 것이다. 사람이 살다 보면 때로는 조리돌림을 당할 수도 있다고 그는 생각했을 것이니까.

그는 깨달았다. 이것은 멀리 돌아서 형장으로 가는 길이다. 필연코 댕강하고 목을 잘릴 것이다. 그가 경황없이 좌우를 둘러보니까 인파가 개미처럼 따르고 있었다. 뜻밖에도 길가의 군중들 틈에서 오마의 모습을 발견했다. 정말 오래간만이었다. 그녀는 성내에서 일하고 있었던 것이다.

아Q는 갑자기 자기가 배짱이 없어 창 한 수도 못 한 것이 몹시 부끄러웠다. 여러 노래들이 그의 뇌리를 맴돌았다.

'청상과부의 성묘'는 너무 맥이 빠진 것 같고, '용호의 싸움' 중의 '후회해도 소용없다.'는 무미건조하지. 역시 '손에 철편을 들고 네 놈을 치리'가 낫겠다. 하면서 손을 쳐들려고 하다가 양손이 결박된 사실을 기억해냈다. 그래서 '손에 철편을 들고'도 부르지 않았다.

"이십 년만 지나면 다시 태어나……."

아Q는 이것저것 생각하다가 이제까지 한 번도 입에 담아 본 적이 없는 틀에 박힌 사형수의 노래 구절이 저절로 입에서 튀어나왔다.

"잘한다!"

군중 속에서 이리의 울부짖음 같은 소리가 들려왔다.

수레는 쉬지 않고 나아갔다. 아Q는 갈채 소리 가운데서도 눈알을 굴려 오마를 찾았으나 그녀는 그에게는 조금도 신경을 쓰지 않는 듯 그저 군인들이 매고 있는 총만을 정신없이 바라보고 있었다.

이번에는 손뼉 치는 사람들을 죽 휘둘러보았다. 이 순간 또다시 그의 공상이 뇌리를 선회했다.

4년 전, 그는 산기슭에서 굶주린 이리 한 마리를 만났었다. 이리는 가까이 오지도 않고 멀리 떨어지지도 않은 채 끈질기게 그의 뒤를 따라와서 그를 잡아먹으려 했다. 그때 그는 무서워서 거의 죽는 줄 알았었다. 다행히 손에 든 도끼 한 자루를 믿고 담이 세어져 간신히 미장에 다다랐다.

하지만 그 이리의 눈알은 여태까지 기억에 남았다. 그것은 흉악하고도 무서웠다. 도깨비불처럼 번쩍번쩍 빛나는 이리의 두 눈은 멀리서도 그의 육체를 꿰뚫을 것 같았다.

하지만 이번에는 그보다 더 무서운 눈빛을 본 것이다. 그것은 둔하면서도 날카로워 벌써 그의 말을 삼켜버렸을 뿐 아니라 육신 이외의 것마저 씹어 먹으려는 듯 언제까지고 그의 뒤를 쫓아오는 것이었다. 이런 눈알들이 하나로 합쳐져 그의 영혼을 물어뜯고 있었다.

"사람 살려……."

그렇지만 아Q는 입 밖에 내서 말하지 못했다. 그는 이미 두 눈이 캄캄해지고 귓속은 멍해져 마치 전신이 작은 티끌같이 날아서 흩어지는 듯했다.

이 사건으로 가장 큰 피해를 본 사람은 오히려 거인 나리였다. 끝내 도난당한 물건을 찾지 못해 온 집안이 모두 울부짖었다. 그다음은 조 나리 댁이었다. 수재가 성내로 신고하러 갔다가 악질 혁명당에게 변발을 잘렸을 뿐 아니라 또 이십 냥의 현상금마저 뜯겼기 때문에 온 집안이 역시 울부짖었다. 이날부터 점차 몰락한 관리들이 나타나기 시작했다.

여론으로 말하자면 미장에서는 별로 다른 의견이 없었다. 모두들 아Q가 나쁘다고 말했고 총살당한 것이 그 증거라고 했다. 하지만 성내의 여론은 매우 좋지 않았다. 그들 대부분은 불만으로 가득 찼다.

총살은 참수만큼 볼 만하지 않더군. 더구나 그렇게 변변찮은 사형수가 어디 있어? 그렇게 오래도록 거리를 끌려 돌아다니면서 기어이 창 한 수 부르지 않다니, 괜히 헛걸음만 했어! 하는 것이 그들의 푸념이었다.

(1921년 12월)

라쇼몬

- 아쿠타가와 류노스케 -

작가 소개

아쿠타가와 류노스케(芥川龍之介 1892~1927) 일본 근대 소설가

1892년 일본 도쿄에서 태어나 가정 사정 때문에 외숙부의 양자로 자랐다. 다이쇼 시대에 일본 근대문학을 대표하는 작가로, 제일고등학교를 거쳐 도쿄대학 영문과를 수학했다. 도쿄대 재학시절 창간한 잡지〈신사조〉에《코》를 발표해 나쓰메 소세키의 극찬을 받고 그의 문하생으로 들어가 작가로 등단하게 된다. 그 후 10여 년의 짧은 기간에 인간의 모순된 심리, 예술을 향한 열망 등을 그린 140여 편의 작품을 남기고 1927년 35세 되던 해에 자살로 생을 마감한다. 작품으로는《노년》《라쇼몬》《마죽》《지옥변》《희작삼매》《어느 바보의 일생》《톱니바퀴》《갓파》《암중문답》《점귀부》등 그 외 여러 작품을 남겼다.

작품 정리

라쇼몬은 헤이안 시대(794년~1185년)의 교토 외각에 있는 성문을 배경으로 한 작품이다. 교토 시내 외곽에 있는 인적이 드문 라쇼몬에서 만난 한 노파가 시체의 머리카락을 뽑는 광경을 보고 남자는 분노하고 증오한다. 노파가 자신도 살기 위해 한 행동이기 때문에 나쁜 짓이 아니라고 한다. 남자는 자신도 살기 위해 어쩔 수 없는 일이라며 노파의 입고 있던 옷을 빼앗아 달아난다. 대기근 시대에 추악한 짓도 서슴지 않고 인간이 살아가면서 악을 행할 수밖에 없는 이기적인 행동과, 그럴 수밖에 없는 인간 내면의 모순된 심리를 잘 표현한 아쿠타가와 류노스케의 대표작이다.

작품 줄거리

어느 날 비가 내리는 저녁, 비에 쫓긴 한 남자가 사람들 왕래가 뜸한 라쇼몬 아래에서 비를 피하고 있었다. 근래 이삼 년 동안 교토는 지진과 화재 때문에 매우 황폐해졌다. 이때 교토는 전염병과 대기근이 닥쳐 사람들이 죽어나고 연고자가 없는 시체들을 도시 외곽인 라쇼몬 누각 위로 시체들을 내다 버리게 되었다. 이 남자도 며칠 전 형편이 어려워진 주인에게 해고를 당해 당장 생계 걱정을 하다 비를 피하고 하룻밤을 보낼 요량으로 라쇼몬 누각으로 올라가게 된다. 누각 위에는 한 노파가 불을 지피고 여자 시체에서 머리카락을 뽑고 있었다. 남자는 노파에 대한 호기심과 분노로 칼을 들이대고 머리카락을 뽑는 연유를 캐물었다. 그러자 노파는 뽑은 머리카락으로 가발을 만들어 팔아서 생계를 꾸린다고 말하고, 지금 자신이 머리카락을 뽑고 있던 여자는 뱀을 토막 내서 말린 물고기라 속여 팔던 여자라고 말했다. 노파는 그녀의 거짓말이 굶어 죽지 않으려고 한 것이므로 나쁘게 생각하지 않는다고 했다. 그래서 죽은 여자도 자기가 머리카락을 뽑는 일을 이해하리라고 말한다. 그 말을 듣던 남자는 자신도 굶어 죽을 지경이라 어쩔 수 없이 강탈하는 것이니 원망하지 말라 하고 노파의 옷을 벗겨 빼앗아 어둠 속으로 달아난다.

핵심 정리

· 갈래 : 단편 소설
· 시점 : 전지적 작가 시점
· 배경 : 1900년대 일본 교토 지방
· 주제 : 추악하고 궁핍한 인간 내면의 모순된 심리

🪖 라쇼몬

　어느 날 해 질 무렵의 일이다. 한 사내가 라쇼몬(羅城門, 일본 교토 남쪽. 헤이안 시대의 수도) 아래에서 비가 그치기를 기다리고 있었다. 널찍한 문 아래에는 이 사내 말고는 아무도 없었다. 다만 군데군데 붉은 칠[丹靑]이 벗겨진 커다란 둥근 기둥에 귀뚜라미 한 마리가 달라붙어 있었다. 라쇼몬이 스자쿠(朱雀) 대로 한복판에 자리 잡고 있어서 이 사내 말고도 이치메가사(여자들이 쓰는 대나무 삿갓)나 모미에보시(남자가 머리에 두르는 두건)가 두서너 명이 비가 그치기를 기다리고 있을 법도 했지만, 그러나 지금은 이 사내 말고는 아무도 없었다.

　왜냐하면 지난 이삼 년간 교토에는 지진과 회오리바람, 또한 화재와 기근(飢饉) 같은 재난이 연이어 발생했기 때문이다. 그래서 도성 안에는 황폐함이 이루 말할 수 없었다. 옛 기록에 따르면 불상이나 불구(사찰의 기구)를 부수어 붉은 칠이나 금·은박이 입혀진 나무를 길가에 쌓아두고 땔감으로 팔았다고 한다. 장안의 형편이 이러다 보니 애초부터 라쇼몬을 누구 하나 수리할 엄두를 내지 못하고 돌보는 사람조차 없었다. 그래서 황폐함이 더해지자 여우와 너구리가 드나들고 도둑들의 소굴이 되었다. 그러다가 급기야는 거둬줄 사람이 없는 시체들을 여기 라쇼몬으로 떠메고 와서 내버리는 풍습이 생겼다. 그래서 사람들은 해가 지면 꺼림칙해서 라쇼몬 근처로는 발걸음을 하지 않았다.

　그 대신 많은 까마귀가 어디선가 떼로 몰려왔다. 낮에 보면 수많은 까마귀 떼들이 원을 그리며 처마 끝 높은 지붕을 맴돌고 울면서 날아다니고 있었다. 특히 라쇼몬 위의 하늘이 저녁놀로 붉게 물들 때면 검은깨를 뿌린 것 같이 또렷하게 보였다. 물론 까마귀들은 라쇼몬 위에 버려진 죽은 사람의 살을 쪼아 먹으려고 오는 것이다.

　그런데 오늘은 시간이 늦은 탓인지 한 마리의 까마귀도 보이지 않는다. 다만 여기저기 허물어진 틈새로 무성하게 자란 긴 풀이 돌계단 제일 윗단에 까마귀 똥이 점점이 하얗게 들러붙어 있는 것만 보인다. 사내는 일곱 계단인 돌계단 맨 꼭대기에 물 빠진 남색 옷자락을 깔고 앉아 오른쪽 뺨에 난 커다란 뾰루지를 만지작거리며 멍하니 비가 내리는 것을 바라보고 있었다.

작자(作者)는 앞에서 '사내가 비가 멎기를 기다리고 있었다'라고 썼다. 그러나 사내는 비가 그쳐도 딱히 무얼 하겠다는 목적이 없었다. 평소라면 당연히 주인집으로 돌아가야 할 참이었다. 하지만 그는 며칠 전에 주인집에서 쫓겨났다. 앞에서 말했듯이 당시 교토는 황폐함이 여간 심한 것이 아니었다. 지금 이 사내가 오랫동안 자신이 모셔 온 주인으로부터 쫓겨난 것도 이러한 황폐한 상황의 여파 때문이었던 것이었다. 그래서 '사내가 비가 멎기를 기다리고 있었다'라고 하기보다는 '비에 갇힌 사내가 어찌할 바를 모르고 갈 곳이 없어 방황하고 있었다'라고 하는 편이 적당한 거 같다. 게다가 오늘 날씨도 헤이안(平安) 시대를 사는 사내의 센티멘탈리즘(感傷主義)에 적잖은 영향을 끼쳤다. 신시(申時, 오후 세 시에서 다섯 시) 무렵부터 내리기 시작한 비는 아직도 그칠 기미가 보이지 않았다. 그래서 사내는 다른 일은 제쳐 두고 당장 내일 생계를 어떻게 마련해야 할지를 궁리하고 있었다. 말하자면 어떻게 해 볼 도리가 없는 일을 어떻게든 하려고 종잡을 수 없는 생각을 더듬거리며 아까부터 스자쿠 대로에 내리는 빗소리를 하릴없이 그저 듣고만 있었다.

비는 라쇼몬을 에워싸며 멀리서부터 세찬 빗줄기가 쏴아 하며 휘몰아쳤다. 저녁 어스름에 하늘은 점점 내려앉고, 문득 그때 고개를 들어보니 라쇼몬의 지붕이 비스듬히 튀어나온 기와 끝에서 묵직하고 어둑어둑한 구름을 떠받치고 있었다.

어떻게 해 볼 수가 없는 일을 어떻게든 하려면 수단을 가릴 형편이 아니다. 그러다가는 남의 집 토담 밑이나 길바닥에서 굶어 죽기 십상이기 때문이다. 그리고 이 라쇼몬으로 실려 와 개처럼 버려질 것이다. '이것저것을 가리지 않는다면……' 사내의 생각은 몇 번이나 같은 길을 배회하다가 가까스로 이 지점에 다다랐다. 그러나 이 '……않는다면'은 아무리 시간이 흘러도 결국엔 '……않는다면'이었다. 사내는 수단을 가리지 않는 현실을 인정하면서도 이 '……않는다면'을 결말짓기 위해 당연히 따라오는 '도둑이 될 수밖에 없다'라는 것을 적극적으로 긍정할 만큼의 용기가 나지 않았을 것이다.

사내는 크게 재채기를 하고 힘겨운 듯 몸을 일으켰다. 날이 저물고 어둠이 깔린 교토의 저녁은 한기가 돌고 화로가 그리울 만큼 쌀쌀했다. 바람이 라쇼몬 기둥과 기둥 사이로 어둠을 뚫고 사정없이 빠져나간다. 붉은 칠한 기둥에 붙어 있던 귀뚜라미도 이미 어딘가로 사라졌다.

사내는 목을 움츠리면서 누런 여름옷 위에 걸친 남색 덧옷의 깃을 치켜세우며 주위를 둘러보았다. 비바람 걱정 없고 남의 눈에 띌 염려 없이 하룻밤 편히 잘만 한 장소가 있다면 당장 그곳에서 오늘 밤을 보내려고 생각했다. 그러자 다행히 그때 라쇼몬 위 누각으로 올라가는 붉은 칠의 폭이 넓은 사다리가 눈에 들어왔다. 설령 누각 위에 사람이 있다 해도 어차피 죽은 사람일 뿐이다. 사내는 허리에 찬 칼이 빠지지 않도록 조심하면서 짚신을 신은 발을 사다리 맨 아랫단을 디디고 올라섰다.

그리고 몇 분이 지났다. 라쇼몬의 누각으로 올라가는 널찍한 사다리 중간에 한 사내가 고양이처럼 몸을 웅크리고 숨을 죽인 채 누각 위의 동태를 살피고 있었다. 누각에서 비치는 불빛이 희미하게 사내의 오른쪽 뺨을 적셨다. 그의 얼굴은 짧은 수염 속에 불그레한 고름이 찬 여드름이 난 얼굴이었다. 사내는 애초에 누각 위에는 모두 죽은 사람뿐일 거라고 마음 놓고 있었다. 그런데 사다리를 두세 단 올라가 보니 위에서 누군가 불을 밝히고 그 불을 이리저리 옮기고 있는 것 같았다. 희미한 노란 불빛이 거미줄이 쳐진 천장 구석구석을 비추며 흔들리는 것을 보고 금세 알 수 있었다. 이 비 내리는 밤에 라쇼몬 위에서 불을 밝히는 것을 보니 아무래도 예사 사람이 아니라고 생각했다.

사내는 도마뱀처럼 발소리를 죽이고 가파른 사다리 맨 윗단까지 기듯이 올라갔다. 그러고는 몸을 납작하게 바닥에 붙이고 목을 최대한 앞으로 내밀어 조심스레 누각 안을 살펴보았다.

누각 안에는 소문으로 듣던 것처럼 몇 구의 시체가 아무렇게나 버려져 있었다. 그리고 불빛이 비치는 범위가 생각보다 좁아서 시체가 몇 구나 있는지는 알 수 없었다. 다만 그 속에 벌거벗은 시체와 옷을 입은 시체가 있다는 것이 어렴풋이 눈에 들어왔다. 더구나 그중에는 여자나 남자의 구별 없이 마구 섞여 있는 듯했다. 그리고 주검들은 모두 한때는 살아있는 인간이었다는 사실조차 의심스러울 정도로 영락없이 흙으로 빚어 만든 인형처럼 입을 벌리거나 팔을 뻗은 자세로 마룻바닥 여기저기를 나뒹굴고 있었다. 게다가 어깨나 가슴과 같이 볼록 솟은 부분이 희미한 불빛을 받아 움푹 들어간 낮은 부분의 그림자를 한층 더 어둡게 하면서 벙어리처럼 침묵하고 있었다.

사내는 주검이 썩어 풍기는 악취에 자신도 모르게 코를 감싸 쥐었다. 그러나 곧 그의 손은 코를 막는 것을 잊어버렸다. 어떤 강렬한 느낌이 이 사내의 후각을 송두리째 빼앗아버렸기 때문이다.

사내의 눈은 그때 주검들 사이에 웅크리고 있는 인간을 보았다. 노송나무 껍질 색의 옷을 걸치고, 키가 작고 몸이 마른 백발의 원숭이 같은 노파였다. 그 노파는 오른손에 불붙은 솔가지를 들고 어떤 주검의 얼굴을 세세히 들여다보고 있었다. 머리카락이 긴 것으로 보아 아마도 여자 시체인 것 같았다.

사내는 열에 여섯은 공포와 네 가지 호기심에 휩싸여 잠시 숨 쉬는 것조차 잊고 있었다. 옛 기록자의 말처럼 '머리털이 곤두서는' 것 같은 느낌이었다. 그리고 노파는 관솔불을 마루 틈새에 꽂고 나서 지금까지 들여다보던 시체의 머리를 양손으로 잡고 마치 어미 원숭이가 새끼 원숭이의 이를 잡듯이 그 긴 머리카락을 한 올씩 뽑기 시작했다. 머리카락은 손이 움직이는 대로 쉽게 뽑혀 나오는 것 같았다. 머리카락이 한 번씩 뽑힐 때마다 사내의 마음속에는 공포심이 조금씩 사라져 갔다. 그와 동시에 노파에 대한 강한 증오심이 조금씩 일어났다. 아니, 이 노파에 대한 증오심은 어폐가 있을지도 모르겠다. 그보다는 오히려 모든 악에 대한 반감이 점점 더 강도가 세졌다는 것이 타당한 것 같다. 지금 누군가가 이 사내에게 조금 전 라쇼몬 아래에서 생각했던, 굶어 죽을 것인가 도둑놈이 될 것인가 하는 문제를 다시 끄집어낸다면 아마도 사내는 아무 미련 없이 굶어 죽는 쪽을 선택했을 것이다. 그만큼 이 사내가 악을 증오하는 마음은 노파가 마루 틈에 꽂아 놓은 관솔불처럼 세차게 타오르고 있었다.

물론 사내는 왜 노파가 죽은 사람의 머리카락을 뽑고 있는지는 알지 못했다. 그래서 합리적으로는 그것을 선악 중에서 어느 쪽으로 생각해야 할지 알 수 없었다. 그러나 이 사내에게는 이 비 오는 밤에 라쇼몬 위에서 죽은 사람의 머리카락을 뽑는다는 것은 용서할 수 없는 악이었다. 물론 사내는 조금 전까지 자신이 도둑이 될 마음을 품고 있었다는 사실을 까맣게 잊고 있었다.

사내는 두 다리에 힘을 주고 사다리를 박차고 위로 뛰어 올라갔다. 그러고는 허리에 찬 칼자루를 쥐고 성큼성큼 노파 앞으로 다가갔다. 노파가 화들짝 놀란 것은 두말할 것도 없었다.

노파는 사내를 보고는 마치 새총에 맞기라도 한 것처럼 뒤로 확 나자빠졌다.

"이봐, 어딜 가려고!"

사내는 도망치려다가 시체에 걸려 넘어지며 허둥대는 노파의 앞을 막아서며 이렇게 소리쳤다. 그러나 노파는 사내를 밀치고 달아나려고 했다. 사내는 다시 노파를 놓치지 않으려고 밀어젖혔다. 그렇게 두 사람은 시체들 사이에서 잠시 말없이 붙잡고 있었다. 하지만 승패는 애초부터 뻔했다. 사내는 마침내 노파의 팔을 붙잡고 비틀어 바닥에 넘어뜨렸다. 마치 새 다리같이 뼈와 가죽만 남은 팔이었다.

"뭘 하고 있었던 거야? 말해라 말을 하지 않으면 이거다."

노파를 밀쳐 넘어뜨린 사내는 칼집에서 칼을 뽑아 들고 허연 칼날을 노파의 눈앞에 들이댔다. 그래도 노파는 입을 꾹 다물고 말이 없었다. 양손을 덜덜 떨고 거칠게 숨을 몰아쉬며 눈알이 튀어나올 정도로 눈을 부릅뜨고는 벙어리처럼 고집스레 입을 꽉 다물고 있었다. 그 모습을 본 사내는 비로소 노파의 생사가 자신이 마음먹기에 달렸다는 사실을 분명하게 의식했다. 그리고 지금까지 맹렬하게 타오르던 증오의 마음은 어느샌가 차갑게 식어버렸다. 뒤에 남은 것은 다만 뭔가를 해서 이루었을 때 얻는 느긋한 성취감과 만족감뿐이었다. 사내는 노파를 내려다보면서 조금은 누그러진 목소리로 부드럽게 말했다.

"나는 게비이시청(헤이안 시대의 관청)의 관리가 아니오. 방금 이문 아래를 지나가던 사람이오. 그러니 할멈을 오랏줄로 묶고 잡아가고 어쩌려는 게 아니오. 하지만 이 밤중에 여기서 무엇을 하고 있었는지 그걸 내게 말해주시오."

그러자 노파는 부릅뜬 눈을 더 크게 뜨고 뚫어지게 사내의 얼굴을 바라보았다. 붉어진 눈꺼풀에 날카로운 매의 눈이었다. 그리고 주름 때문에 코와 달라붙은 것같이 보이는 입술로 뭔가를 씹듯이 오물거렸다. 가느다란 목에 불거진 목젖이 위아래로 움직이는 게 보였다. 그때 그 목구멍에서 까마귀가 헐떡이며 우는 듯한 소리가 사내의 귀에 들려왔다.

"이 머리카락을 뽑아서, 이 머리카락을 뽑아다가 말이지, 가발을 만들려고 그랬지."

사내는 노파의 대답이 생각밖에 평범해서 실망했다. 그리고 실망과 동시에 조금 전에 품은 증오의 마음은 차가운 모멸감으로 마음속에서 치밀어오른다. 아마 그런 기색이 노파에게 전달됐는지, 여전히 노파는 한쪽 손에 아직 시체에서 뽑은 머리카락을 움켜쥔 채 두꺼비가 우는 소리로 웅얼웅얼 말을 한다.

"그야, 죽은 사람의 머리카락을 뽑는 건 나쁜 짓이겠지. 하지만 여기 죽어 있는 사람들은 전부 그런 일 정도는 당해도 괜찮은 것들이야. 지금 내가 머리카락을 뽑은 이 계집도, 뱀을 잡아 네 토막으로 잘라서 말린 생선이라고 하면서 궁성 호위대 무사들에게 팔러 다녔단 말이야. 역병에 걸려 죽지 않았으면 지금도 팔러 다니고 있었겠지. 그것도 말이야, 이 계집이 파는 건 어물이 맛이 좋다고 소문나서 호위대 무사들이 너나없이 찬거리로 많이 사갔다지 뭐야. 그래도 나는 이 계집이 한 짓이 나쁘다고는 생각하지 않아. 그렇게라도 하지 않으면 굶어 죽을 판이니 어쩔 도리가 없었겠지. 그리고 지금 내가 한 짓도 나쁜 짓이라고는 생각 안 해. 이렇게 하지 않으면 당장 내가 굶어 죽으니 어쩌겠어. 이렇게밖에 할 수 없는 사정을 이 계집도 잘 알 터이니 내가 하는 짓을 너그럽게 이해해 줄 거야."

노파가 말한 것은 대충 이런 이야기였다.

사내는 칼을 칼집에 집어넣고 왼손으로 칼자루를 누르고 차가운 표정으로 노파의 말을 듣는다. 그리고 오른손으로는 벌겋게 곪은 뾰루지를 만지작거리며 듣고 있었다. 하지만 이 말을 듣고 있던 사내의 마음에는 순간 어떤 용기가 솟구쳤다. 그것은 조금 전 라쇼몬 아래에서 망설이고 있던 때에는 없었던 용기였다. 그리고 또 아까 누각 위로 올라와 노파를 붙잡았을 때의 용기와는 전혀 다른 방향의 용기였다. 사내는 굶어 죽을지 도둑놈이 되는지에 대한 망설임의 이유가 사라져버렸다. 지금의 이 사내의 심중에는 굶어 죽는 일 따위는 한 번도 생각해본 적이 없는 것처럼, 그런 의식은 생각 밖으로 멀리 밀려나 있었다.

"그래? 그렇겠지."

노파의 말이 끝나자 사내는 비웃는 목소리로 다짐을 한다. 그러고는 한 걸음 앞으로 썩 나서 여드름을 만지던 오른손으로 갑자기 노파의 멱살을 움켜쥐고는 물어뜯을 기세로 말을 한다.

"그렇다면, 내가 노파의 옷을 다 벗겨 가도 날 원망하지 마쇼. 이렇게 하지 않으면 내가 영락없이 굶어 죽을 처지니까 말이요."

사내는 황급히 노파의 옷을 벗겼다. 그러고는 발목을 붙잡고 늘어지는 노파를 거칠게 시체들 위로 걷어찬다. 사다리까지는 겨우 대여섯 걸음이면 되는 거리다. 사내는 벗겨낸 노송나무 껍질 색 옷가지를 옆구리에 끼고 순식간에 가파른 사다리를 타고 깜깜한 어둠의 밑바닥 속으로 내달렸다.

한참 동안 시체들 속에서 죽은 듯이 쓰러져 있던 노파가 벌거벗은 채로 몸을 일으킨 것은 얼마 지나지 않은 일이었다. 노파는 아직 타고 있는 불빛에 의지하여 신음하는 소리를 내고 중얼거리며 사다리가 있는 입구까지 기어갔다. 그리고 노파는 짧은 백발의 머리카락을 늘어뜨리고 누각 아래를 내려다보았다. 하지만 밖은 깊고 깜깜한 동굴처럼 칠흑 같은 밤이 있을 뿐이었다.

그 후로 사내의 행방은 아무도 알지 못했다.

주몽 신화(朱夢神話)

- 작자 미상 -

작품 정리

이 작품은 〈삼국유사〉에 실린 고구려의 건국 신화로, 고주몽이 어떠한 과정을 거쳐 고구려를 건국하게 되었는지를 다루고 있다. 이 글은 주인공이 알에서 나는 〈난생신화〉에 해당하며, '어별성교'의 유명한 모티브도 포함되어 있다. 〈동명왕 신화〉에는 천손강림, 난생, 동물 양육, 기아, 주력 등 고대 서사 문학에 나타나는 여러 요소가 모두 나타나는데, 이는 금와 전설, 해모수 신화, 난생 신화 등이 적절히 배합된 것이라 볼 수 있으며, 고구려의 세력 범위가 광활하였다는 것과도 연관 지을 수 있다.

작품 줄거리

하백이라는 수신의 딸 유화는 어느 날 웅심연에 놀러 나갔다가 천제의 아들 해모수에게 붙잡힌다. 하백이 크게 분노하자 해모수가 이를 부끄럽게 여겨 유화를 보내려 하자 이미 왕과 정이 들어 떠나지 않으려 한다. 그러자 하백은 유화를 귀양 보낸다. 어느 날 금와왕이 물속에서 유화를 발견한다. 유화는 알을 하나 낳았는데 금와왕이 내다 버리려 했으나 이상하게 여겨 알을 도로 유화에게 돌려준다. 알에서 한 아이가 태어났는데 그 아기는 매우 출중하고, 특히 활을 잘 쏘아 '주몽'이라 불렸다. 금와왕의 일곱 아들이 그의 재주를 시기하여 죽이려 하자, 이를 안 주몽의 어머니 유화는 계략을 써서 주몽이 기르던 말 중 가장 좋은 말을 타고 도망가게 한다. 엄수에 이르러 그들의 추격이 급박해지자 주몽은 하늘을 향해 자신이 하늘의 아들이며 물의 신(神) 하백의 외손자임을 말하며 도움을 청한다. 이에 자라와 고기가 무사히 달아나도록 돕는다. 드디어 주몽은 남쪽 졸본에 이르러 고구려를 세우게 된다.

· 갈래 : 신화
· 구성 : 건국 신화
· 제재 : 주몽의 탄생과 고구려건국
· 주제 : 민족의 일체감
· 출전 : 구비문학대계

주몽 신화

　한(漢) 신작(神雀) 삼 년 임술(壬戌)년에 천제는 아들 해모수를 부여 왕의 옛 도읍에 내려보냈다. 해모수가 하늘에서 내려올 때 오룡거(五龍車)를 탔고, 종자 1백 여인은 백곡(白鵠, 고니)을 탔으며 채색 구름은 뜨고 음악은 구름 속에 들렸다. 해모수는 웅심산(熊心山)에서 10여 일이 지난 후에야 비로소 내려왔는데 머리에는 까마귀 깃으로 된 관(烏羽冠)을 쓰고 허리에는 용광이 빛나는 칼(龍光劍)을 찼다. 세상 사람들은 아침에 정사(政事)를 돌보고 저녁이면 하늘로 올라가는 그를 천왕랑(天王郎)이라 했다.

　성북(城北)의 청하(靑河)에는 하백(河伯)이라는 수신이 있었다. 그에게는 유화(柳花), 훤화(萱花), 위화(葦花) 세 딸이 있었다. 어느 날 그들은 웅심연(熊心淵)으로 놀러 나갔다가 해모수를 보자 달아났다. 하지만 유화는 해모수에게 붙잡혔다.

　하백은 크게 노하여 사자를 보내 말했다.

　"너는 누구인데 나의 딸을 붙잡아 두었느냐?"

　해모수가 대답했다.

　"나는 천제의 아들 해모수로 하백의 딸에게 구혼하고자 한다."

　하백이 다시 사자를 보내어 말했다.

　"네가 천제의 아들로 내 딸에게 구혼하려 한다면 마땅히 중매를 보내야 하거늘, 어찌하여 내 딸을 붙잡아 두는 것인가?"

　해모수는 이를 부끄럽게 여겨 유화를 놓아주려 하였으나 이미 왕과 정이 들어 떠나려 하지 않았다. 유화가 왕에게 권했다.

　"오룡거(五龍車)만 있으면 하백의 나라에 도달할 수 있습니다."

　왕이 하늘을 가리켜 소리를 치자 하늘에서 오룡거(五龍車)가 내려왔다. 왕과 유화가 수레를 타자 갑자기 바람과 구름이 일더니 어느덧 하백의 궁전에 이르렀다. 하백은 예(禮)를 갖추어 이들을 맞이하고 자리를 정한 뒤에 말했다.

"혼인이란 천하에 통용하는 법인데 어찌하여 예를 어기고 나의 가문을 욕되게 하는가? 왕이 천제의 아들이라면 신기하고 기이함이 있지 않은 가?"

그러자 왕이 말했다.

"한번 시험해 보겠습니다."

이에 하백이 뜰 앞의 물에서 잉어가 되어 놀자 왕은 수달로 변해서 이를 잡았다. 하백이 다시 사슴이 되어 달아나자 왕은 늑대가 되어 이를 쫓고, 하백이 꿩으로 변하자 왕은 매가 되어 이를 쳤다. 하백은 왕이 천제의 아들이라 여기고 예를 갖춰 혼인을 치렀다. 하지만 하백은 왕이 딸을 데려갈 마음이 없는 것은 아닌가 내심 걱정되어 잔치를 베풀고 왕에게 술을 권해 취하게 한 뒤 딸과 함께 작은 혁여(革輿)에 넣어서 용거(龍車, 임금이 타던 수레)에 실어 하늘로 승천하도록 했다. 그 수레가 물을 채 빠져나오기 전에 술이 깬 왕은 유화의 황금 비녀로 혁여를 찌르고 그 구멍으로 홀로 나와 하늘로 올라갔다.

하백은 크게 노하여 유화에게 말했다.

"너는 내 뜻을 거역하고 우리 가문을 욕되게 했다."

하백은 딸의 입을 삼 척이나 늘여 놓고 노비 두 사람을 주어 우발수(優渤水)로 귀양을 보냈다.

어사(漁師) 강력부추(强力扶鄒)가 금와왕에게 아뢰었다.

"요즈음 양중(梁中)에 고기를 가져가는 자가 있는데 어떤 짐승인지 알지 못하겠습니다."

왕이 어사를 시켜 그물로 이것을 끌어내게 했더니 그물이 찢어졌다. 다시 쇠 그물을 만들어 끌어내니 한 여자가 돌 위에 앉아 있었다. 하지만 그 여자는 입술이 길어서 말을 할 수가 없었다. 입술을 세 번 자른 뒤에야 비로소 여자는 말을 했다. 왕은 그녀가 천제자의 비(妃)임을 알고 별궁(別宮)에 두었다. 그 여자는 햇빛을 받고 그 때문에 임신해서 신작(神雀) 사 년 계해(癸亥)년 하사월(夏四月)에 주몽(朱蒙)을 낳았는데 울음소리가 매우 크고 기골이 장대하고 기이했다.

유화가 처음 주몽을 낳을 때 왼편 겨드랑이에서 알을 하나 낳았는데 크기가 닷 되쯤 되었다. 왕이 이를 괴이하게 여겨 말했다.

"참으로 괴이한 일이로다. 사람이 알을 낳다니……."

왕은 사람이 알을 낳은 것이 영 꺼림칙하여 그 알을 내다 버리라고 명했다.

그런데 이상한 일이 벌어졌다. 신하들은 그 알을 개와 돼지들이 있는 우리 안에 던져 버렸다. 그랬더니 개와 돼지들이 알을 건드리지 않았다. 그래서 다시 알을 꺼내 말과 소가 있는 우리에 던져 넣어 보았다. 그래도 말과 소들은 알을 밟지 않고 옆으로 피해 다녔다.

이번에는 거친 들판에 내다 버렸다. 그랬더니 먼 곳에서 짐승들이 달려오고 하늘에서 새들이 내려와 털과 날개깃으로 알을 덮어 주는 것이었다.

너무 이상하게 여긴 왕은 알을 다시 가져와 깨뜨려 보려고 했다. 하지만 알은 깨지지 않았다. 왕은 하는 수 없이 유화에게 알을 돌려주었다.

그날부터 유화는 알을 부드러운 천에 감싸서 따뜻한 곳에 놓아두었다.

며칠이 지난 뒤 한 사내아이가 알껍데기를 깨고 나왔다.

마침내 알이 열리고 한 사내아이를 얻었는데 낳은 지 한 달이 못 되어 말을 했다. 아기는 외모가 수려하고 몸의 골격도 튼튼해 보여 한눈에 영특함을 엿볼 수 있었다.

아이는 무럭무럭 자라 일곱 살이 되었다. 그 아이는 여느 아이들과 달리 성숙했고 스스로 활과 화살을 만들어 쏘아대곤 했는데 거의 목표물을 꿰뚫었다.

당시 동부여에서는 활 잘 쏘는 이를 가리켜 주몽이라 불렀는데, 왕을 비롯하여 모든 사람들이 그 아이를 주몽이라 불렀다.

왕에게 아들 일곱이 있었는데 왕자들은 언제나 주몽과 함께 활쏘기와 말타기, 사냥 등을 하며 함께 어울렸다. 그들은 어느 누구도 주몽의 솜씨를 따라오지 못했다.

그러자 주몽의 재주를 시기한 큰아들이자 태자인 대소(帶素)는 아버지 금와왕에게 이렇게 아뢰었다.

"주몽은 신의 정기를 받고 태어난 녀석입니다. 지금 없애지 않으면 반드시 후환이 있을 것입니다."

하지만 금와왕은 태자의 말을 따르지 않았다. 그 대신 말을 기르는 일을 시켜 시험했다.

주몽은 우선 훗날의 일에 대비하여 품종이 좋은 말과 그렇지 못한 말을 구별해 두었다. 그런 다음 튼튼한 말을 골라 일부러 먹이를 적게 주어 여위 게 하고 종자가 약한 말은 오히려 먹이를 많이 주어 살이 찌도록 했다. 왕 은 겉보기에 살찐 말들만 골라 타고, 여원 말은 주몽에게 주었다.

그 무렵 태자 대소는 동생들과 여러 신하를 꾀어 주몽을 해칠 음모를 꾸 미고 있었다. 주몽의 어머니 유화 부인은 그 낌새를 알아채고 몰래 주몽을 불러 말했다.

"지금 왕자들을 비롯하여 왕궁의 여러 사람이 너를 해치려 하고 있다. 너 는 영특하고 총기가 있으니 어디로 가든 큰 뜻을 펼칠 수 있을 게다. 그러 니 어서 이곳을 떠나거라."

그때 주몽에게는 오이(烏伊)를 비롯해 세 사람의 충실한 부하들이 있었 는데, 그들을 거느리고 북부여 땅에서 탈출해 나왔다. 물론 일부러 여위게 만들었던 말을 다시 잘 먹여 준마로 만든 다음 그 말을 타고 궁을 빠져나왔 다.

자신들의 계획이 탄로 난 것을 알아챈 대소 태자 일행은 주몽의 뒤를 쫓 기 시작했다. 주몽 일행은 이미 멀리 달아났지만, 엄수라는 곳에 다다르자 시퍼런 강이 앞을 가로막아 난감했다. 타고 갈 만한 배도 눈에 띄지 않았 다. 그곳에서 전전긍긍하며 시간을 보내고 있을 때 대소 태자 일행은 점점 거리를 좁혀 와 마침내 주몽의 시야에 들어오게 되었다. 다급해진 주몽은 강물을 향해 큰 소리로 외쳤다.

"나는 천제의 아들이자 물의 신 하백의 외손자다. 지금 화를 피해 도주하 고 있는 중인데, 나를 뒤쫓는 자들이 바로 코앞까지 쫓아왔으니 어찌하면 좋겠는가?"

주몽의 말이 채 끝나기도 전에 큰 물결이 일더니 강물 위로 수많은 물고 기 떼와 자라들이 떠올라 다리를 만들어 주었다.

주몽 일행은 그들이 만들어 준 다리를 밟고 강을 건넜다. 맞은편 강 언덕 에 닿자 물고기 떼와 자라들은 일시에 강물 속으로 사라졌다. 그 바람에 뒤 쫓던 태자 일행은 강을 건너지 못했다. 뒤늦게 강 건너로 화살을 날려 보았 으나 닿을 수 없는 거리였다.

주몽은 졸본주(卒本州)에 이르자 그곳을 도읍지로 삼아 정착했다. 기후가 따뜻하고 땅이 기름진 곳이었다. 주몽은 큰 제단을 만들고 하늘에 제를 올린 뒤 나라를 세웠다. 국호는 처음에 졸본부여라고 했으나, 뒤에 고구려로 바꿨다. 기원전 37년, 주몽이 열두 살 때(삼국사기에는 22세 때라고 적혀 있다)의 일이다.

또한 주몽은 해모수의 아들로 원래는 해(解) 씨 성을 갖고 있었으나, 고구려를 세우면서 천제의 아들로서 햇빛을 받고 태어났다 하여 고(高) 씨로 성을 바꿨다. 그가 바로 고구려의 시조가 된 동명성왕이었다.

바리데기 설화

- 작자 미상 -

작품 정리

　이 작품은 사람이 죽은 후 49일 안에 지내는 '지노귀굿'에서 부르는 구비 서사 무가인 '바리데기'의 일부다. '바리데기'라는 말은 '버려진 아이'라는 뜻이다. 이 노래의 내용은 이승에서 버림을 받은 주인공 '바리데기'가 이승과 저승 사이의 세계에서 시련을 겪고, 다시 이승으로 돌아와 부모를 살려서 죽은 영혼을 천도하는 무당이 된다는 내용이다.

　주인공인 '바리데기'가 서천(西天)의 약물을 구해 부모를 살리는데, 이 과정은 영원히 살고자 하는 인간의 기원을 나타내고 있다.

　이 무가에서 주인공 바리데기가 집에서 버림받았다가 훗날 큰 공적을 세우고 신(神)이 되기까지의 전체적인 과정은 '영웅의 일대기' 구조를 따르고 있어 멀리 고대 건국 신화와도 맥이 닿는 것으로 추정된다.

작품 줄거리

　옛날 옛적 인간 땅 삼나라에 오구대왕과 길대 부인이 살고 있었다. 부부는 딸만 여섯 명을 낳았다. 그러던 차에 신령님께 치성(致誠)을 드려 아이를 잉태하지만, 낳고 보니 또 딸이었다. 대왕은 실망하여 아이를 내다 버리라고 명한다. 길대 부인은 울며 이름이라도 지어줄 것을 청하고, '바리데기'라는 이름을 얻은 아기를 옥함에 넣어 강물에 띄워 보낸다.

　어느덧 세월이 흘러 오구대왕은 몹쓸 병에 걸렸는데 아무리 좋은 약을 써도 효과를 보지 못했다. 길대 부인은 생각 끝에 바리데기를 찾아 나선다. 마침내 바리데기가 우여곡절을 다 겪으며 서천서역국의 약수와 신비한 꽃을 얻어 삼나라로 돌아온다. 그러나 아버지인 오구대왕과 길대 부인은 이미 죽어 장례식을 치르고 있었다. 바리데기가 부모의 상여에 신비한 꽃을 올려놓았더니 오구대왕과 길대 부인이 살아났고 아버지의 입에 약수를 흘려 넣었더니 병도 씻은 듯이 나았다.

핵심 정리

· 갈래 : 설화
· 구성 : 서사무가
· 제재 : 바리공주의 삶
· 주제 : 부모를 위하는 효심
· 출전 : 구비문학대계

바리데기 설화

옛날 옛적 인간 땅 삼나라에 오구대왕이라는 임금이 살았는데, 나이가 찼는데도 장가를 가지 않고 혼자 살았다. 신하들과 백성의 성원에 못 이겨 결혼하기로 마음먹은 왕은 나라 안의 여러 처녀 중에서 왕비감을 고르는데, 길대라는 처녀가 슬기롭고 아름다워서 오구대왕 마음에 쏙 들었다.

왕비를 길대로 정하고 날을 받아 혼례를 준비하는데, 이때 하늘나라 천하 궁에 사는 가리 박사라고 하는 점쟁이가 삼나라에 왔다.

가리 박사가 대왕 궁에 와서 혼례를 준비하는 것을 보고 말했다.

"대왕님, 대왕님, 지금 길대 아가씨와 혼례를 올리시면 딸 일곱을 낳으실 것이요, 기다렸다가 내년에 혼례를 올리시면 아들 일곱을 낳으실 것입니다."

오구대왕이 그 말을 듣고 그냥 웃어넘겼다.

"딸 일곱이 아니라 일흔일곱을 낳는다 해도 내년까지 못 기다리겠다. 어서 혼례를 준비하여라."

그래서 칠월칠석으로 날을 받아 혼례식을 올렸다.

오구대왕과 길대 부인은 부부가 되어 금실이 좋았고, 그해 겨울이 가고 봄이 되어 길대 부인의 배가 불러오더니 달이 차서 첫아이를 낳았는데, 낳고 보니 딸이었다.

"첫딸은 복덩이 딸이니라. 본이름은 청대 공주요, 별명은 해님데기라 하여라."

오구대왕은 기뻐하면서 아기 이름을 지어 주고, 앞산에 별궁을 짓고 유모와 궁녀를 딸려 보내 잘 키웠다. 이듬해 또 아이를 낳았는데 이번에도 딸이었다.

"둘째 딸은 살림 불릴 딸이니라. 본이름은 홍대 공주요, 별명은 달님데기라 하여라."

오구대왕은 기뻐하면서 아기 이름을 지어 주고, 뒷산에 별궁을 짓고 유모와 궁녀를 딸려 보내 잘 키웠다. 그 이듬해 또 아이를 낳았는데 이번에도 딸이었다.

"셋째 딸은 노리개 딸이니라. 본이름은 녹대 공주요, 별명은 별님데기라 하여라."

오구대왕은 기뻐하면서 아기 이름을 지어 주고, 동산에 별궁을 짓고 유모와 궁녀를 딸려 보내 잘 키웠다. 그 이듬해에도 딸을 낳았다.

"넷째 딸은 재롱둥이 딸이니라. 본이름은 황대 공주요, 별명은 물님데기라 하여라."

오구대왕은 기뻐하면서 아기 이름을 지어주고, 서산에 별궁을 짓고 유모와 궁녀를 딸려 보내 잘 키웠다. 그 이듬해 또 아이를 낳았는데 그 역시 딸이었다.

"다섯째 딸은 덤으로 얻은 셈 치자꾸나. 본이름은 흑대 공주요, 별명은 불님데기라 하여라."

오구대왕이 조금 섭섭해하면서 아기 이름을 지어 주고, 남산에 별궁을 짓고 유모와 궁녀를 딸려 보내 잘 키웠다. 그 이듬해 또 아이를 낳았는데 그 역시 딸이었다.

"어허, 이것 낭패로다. 아기라고 하는 것은 아들 낳으면 딸도 낳고 딸 낳으면 아들도 낳는 줄 알았더니, 우리는 전생에 무슨 죄를 지었기에 딸만 내리 여섯을 낳는단 말인가. 여섯째 딸은 과연 섭섭이 딸이로구나. 본이름은 백대 공주요, 별명은 흙님데기라 하여라."

오구대왕이 몹시 섭섭해하면서 아기 이름을 지어 주고, 북산에 별궁을 짓고 유모와 궁녀를 딸려 보내 잘 키웠다.

그 이듬해가 되자마자 오구대왕이 올해에는 꼭 아들을 보리라 하고 길대 부인과 더불어 동개남상주절, 서개남금수절, 영험이 있다는 삼신당을 찾아다니며 공을 들였다. 금돈 삼백 냥과 은돈 삼백 냥에 이슬 맞힌 쌀 석 섬 서 말을 바치고 밤낮으로 공을 들였더니 하루는 길대 부인이 잠깐 조는 사이에 꿈을 꿨다.

하늘에서 청룡·황룡이 날아와 품에 안기고 양 무릎에 흰 거북과 검은 거북이 앉고 양어깨에 해와 달이 돋아나는 꿈을 꿨다. 길대 부인이 오구대왕에게 그 말을 했더니 대왕도 똑같은 꿈을 꿨다는 것이다.

그러고는 얼마 안 되어 길대 부인은 또 아이를 낳았다. 그러나 그 역시 딸이었다.

"에잇, 이제 딸이라는 말은 듣기도 싫고 딸아이 얼굴도 보기 싫다. 당장 갖다 버려라."

오구대왕이 화를 내며 벼락같이 호령하는데 누구 명이라고 거역할까. 할 수 없이 아기를 마구간에 갖다 버리자 말이 쫓아 나오고, 외양간에 버리니 소가 쫓아 나왔다.

오구대왕이 버럭 화를 내며 말했다.

"버릴 것이 아니라 멀리 가서 아주 돌아오지 못하도록 옥함에 깊이 넣어 강물에 띄워 보내라."

신하들은 할 수 없이 옥함에 아기를 넣었다. 원래 아들을 낳으면 덮어 주고 입혀 주려고, 비단 공단 포대기와 바지저고리를 만들어 두었던 그 옥함에다 아기를 넣었다. 이때 길대 부인이 울면서 오구대왕에게 간청했다.

"대왕님, 버릴 때 버리더라도 아기의 이름이나 지어 주세요."

"버릴 아이의 이름은 지어서 무엇 하리오. 이름은 그만두고 별명만 지어 주되 바리데기라 하시오."

바리데기를 실은 옥함은 물결을 타고 떠내려갔다. 몇 날 며칠을 떠내려가다가 어느 마을에 닿았는데, 때마침 마을 사람들이 고기를 잡으러 강에 나왔다가 옥함을 발견하고 건져서 마을로 가지고 갔다. 마을 사람들이 모두 모인 가운데 옥함을 열려고 했으나 자물쇠를 열 수가 없었다.

이때 어느 거지 할머니와 할아버지가 그 마을을 지나가다가 이 광경을 지켜보았다. 두 사람이 옥함에 가까이 오자 자물쇠가 열렸다. 마을 사람들은 그 거지 노부부에게 집을 지어 주고 옥함 속에 있는 아이를 기르게 했다.

어느덧 세월이 흘러 아버지 오구대왕이 몹쓸 병에 걸려서 앓아눕게 되었다. 아무리 좋은 약을 다 써 보아도 효과가 없었다. 그러던 중 천하 궁 가리 박사가 와서 점괘를 보고 이렇게 말했다.

"대왕님, 대왕님 병에는 약이 소용없습니다. 그러나 단 한 가지 약만은 효험이 있습니다. 그것은 서천서역국 동대산에서 솟아나는 약물입니다."

길대 부인이 생각 끝에 자기 딸들에게 그 약을 구하러 갈 수 있냐고 물었지만 다들 거부했다. 길대 부인은 문득 낳자마자 버린 바리데기가 생각났다. 길대 부인은 행장을 꾸려 바리데기를 찾아 나섰다. 긴 시간이 걸린 끝에 길대 부인은 바리데기를 찾았다. 바리데기는 어머니를 얼싸안고 울었다. 길대 부인은 아버지 오구대왕이 몹쓸 병에 걸렸다는 사실을 이야기하고 바리데기에게 자신을 버렸던 아버지를 위해 약물을 구해 줄 것을 간곡히 부탁했다. 바리데기는 어머니의 청을 흔쾌히 허락했다.

"어머니 걱정하지 마세요. 제가 꼭 구해 올게요."

마침내 바리데기는 고생 끝에 약물을 찾았고, 죽은 사람의 살에 문지르면 살이 돋아나는 살살이 꽃, 죽은 사람의 피가 살아나는 피살이 꽃, 죽은 사람의 숨이 살아나는 숨 살이 꽃을 한 송이씩 들고 오구대왕의 나라도 돌아왔다. 하지만 그는 이미 죽었고 그에 충격을 받은 길대 부인도 한날한시에 죽었다. 바리데기는 앞에 가는 아버지와 어머니의 상여를 세워 자신이 따 온 꽃들을 올려놓았다. 그러자 오구대왕과 길대 부인은 살아났고 바리데기가 가져온 약물을 오구대왕에게 먹이자 병도 씻은 듯 나았다.

이렇게 해서 오구대왕의 병을 고친 바리데기는 어머니와 아버지를 모시고 잘 살았다고 한다.

아기장수 설화

- 작자 미상 -

작품 정리

　이 설화에는 새로운 영웅의 출현을 기대하는 대중의 심리가 표현되어 있다. 미천한 혈통을 가지고 탁월한 능력을 발휘하지만 결국 비극적인 죽음을 맞이하는 이 설화는 기존 질서의 장벽 때문에 패배할 수밖에 없는 민중적 영웅의 이야기라고 할 수 있다. 시운의 불일치를 상징하는 용마가 아기 장수의 죽음 직후에 나타나서 비극은 강조되며, 이 부분에서 문학성이 잘 드러난다.

작품 줄거리

　가난한 농사꾼 내외는 느지막이 아기를 낳았는데 억새로 탯줄을 자르고 태어난다. 아기는 겨드랑이에 날개가 달려서 천장으로 날아오르는 등 비범한 능력을 보였다. 아기 장수는 자기가 역적이 될 것을 알고 관군들이 잡으러 오자 그와 맞서 싸우다가 관군이 쏜 마지막 화살에 맞아 죽는다. 부모는 아기 장수가 죽기 전에 한 말대로 콩 · 팥 등의 곡식과 함께 아기 장수를 뒷산 바위 밑에 묻는다.

　얼마 뒤 임금이 다시 아기 장수를 잡으러 왔다가 부모의 실토로 무덤에 가 보니 콩은 말이 되고 팥은 군사가 되어 막 일어나려 하고 있었다.

　그때 바위가 갈라지는 바람에 바깥 바람이 들어가 병사는 물론 아기 장수도 스르르 눈 녹듯 형체가 없어진다. 그 뒤 아기 장수를 태울 용마가 나와서 주인을 애타게 찾아 헤맸지만 끝내 주인을 찾지 못하고 냇물 속으로 사라진다.

핵심 정리

· 갈래 : 설화　　　　　　· 구성 : 구전 설화

· 제재 : 비범한 아이의 탄생　　· 주제 : 아기장수의 비극적 죽음과 민중의 좌절

· 출전 : 구비문학대계

아기장수 설화

옛날 먼 옛날, 임금과 벼슬아치들이 백성을 종처럼 부리던 때의 이야기다. 욕심 많은 임금과 사나운 벼슬아치들에게 시달리던 백성들은 누군가힘세고 재주 많은 영웅이 나타나 자기들을 살려 주기를 간절하게 바랐다.이때 지리산 자락의 외진 마을에 한 농사꾼 내외가 살았다. 산비탈에 자그마하게 밭을 일구어 농사를 지으며 그저 배를 곯지 않는 걸 고맙게 여기고살았다. 그러다가 느지막이 아기를 하나 낳았는데, 낫을 들어 탯줄을 끊으려 했지만 탯줄은 끊어지지 않았다. 엄마는 혹시나 하고 억새풀을 뜯어서베었더니 그제야 탯줄이 싹둑 잘렸다. 태어나기도 희한하게 태어난 이 아기는 갓난아기 때부터 하는 짓이 달라 태어난 지 사흘 만에 말을 하고, 나흘째 되는 날부터는 걸어 다녔다. 힘은 또 얼마나 센지, 자기 머리통보다큰 돌을 번쩍번쩍 들었다. 그래서 사람들은 이 아기를 '아기 장수'라 불렀다.

어느 날 엄마가 밭일하고 들어와 보니 아기가 보이지 않았다. 엄마가 깜짝 놀라 방 안을 둘러보았더니 시렁(물건을 얹어 놓기 위해 방이나 마루 벽에 두 개의 긴 나무를 가로질러 선반처럼 만든 것)에 올라가 있는 것이 아닌가. 또 곁에 뉘어 놓고 잠깐 잠들었다 깨어나 보면 장롱 위에 납죽 올라가 있는 것이었다. 엄마 아빠는 하도 이상해서 하루는 아기를 방에 두고 나와 문구멍으로 들여다보았다. 그랬더니 아기가 방 안에서 푸드덕 날아다니는 것이었다. 엄마가 아이의 몸을 자세히 살펴보니 아기의 겨드랑이에 작은 날개가 붙어 있었다. 순간 엄마는 눈앞이 캄캄했다. 예부터 날개 돋친아기가 태어나면 그 아이는 물론 가족까지 다 죽인다는 말이 있었기 때문이다. 가난한 백성이 영웅을 낳으면 임금과 벼슬아치들이 가만히 두지 않는다는 것이었다. 영웅이 백성을 살리려고 저희와 맞서 싸우기라도 하면큰일이니, 힘을 쓰기 전에 죽이려고 한다는 것이었다. 잘못하다가는 온 식구가 다 죽을 판국이었다. 그래서 어머니와 아버지가 의논 끝에 아기 장수를 데리고 사람의 발길이 닿지 않는 지리산 깊은 산골로 들어가 숨어 살았다. 그런데 발 없는 말이 천 리 간다더니, 아기 장수라고 하는 영웅이 지리산에 있다는 소문이 백성들 사이에 돌고 돌아 임금의 귀에까지 들어가게 되었다. 임금이 그 소문을 듣고 가만있을 리 없었다. 임금은 사납고 힘센 장군을 뽑아 지리산으로 보냈다. 마침내 장군은 군사들을 거느리고 아기 장수의 집에 들이닥쳤다. 그런데 군사들이 몰려오는 걸 어떻게 알았는지 아기 장수는 감쪽같이 사라지고 없었다. 군사들이 온 산속을 이 잡듯이 뒤졌지만 아기 장수를 찾지 못했다. 사흘 밤낮을 뒤지고도 못 찾자 장군은 아기 장수의 어머니 아버지를 잡아가더니 묶어 놓고 곤장을 쳤다. 어머니 아버지도 아기 장수가 어디에 있는지 정말 알 수 없었다. 어머니 아버지가 초주검이 되어 집으로 돌아왔더니, 그새 아기 장수가 집에 돌아와 있었다. 아기 장수는 자기 때문에 어머니 아버지가 관가에 끌려가 고통을 받는 것을 보고 가슴이 아파서 눈물을 흘렸다. 하루는 아기 장수가 어디서 구했는지 콩을 한 말이나 가지고 와서 어머니한테 볶아 달라고 했다. 어머니가 콩을 넣고 볶는데, 볶다가 보니 콩 한 알이 톡 튀어나오는 것이었다. 어머니가 하도 배가 고파서 그걸 주워 먹었다. 그러니까 한 말에서 한 알이 모자라게 볶아 주었다.

아기 장수는 볶은 콩을 하나하나 붙여 갑옷을 지었다. 그런데 딱 한 알이 모자라 왼쪽 겨드랑이 날갯죽지 바로 아래를 가리지 못했다. 아기 장수가 갑옷을 지어 입고 나서, 어머니에게 이렇게 말했다.

"조금 있으면 군사들이 다시 올 것입니다. 혹시 제가 싸우다 죽거든 뒷산 바위 밑에 묻어 주되, 좁쌀 서 되, 콩 서 되, 팥 서 되를 같이 묻어 주세요. 그리고 3년 동안 아무에게도 묻힌 곳을 가리쳐 주지 마세요. 그렇게만 하면 3년 뒤에는 저를 다시 만날 수 있을 거예요."

그리고 나서 조금 있다가 장군이 군사들을 데리고 다시 왔다. 그때 아기 장수가 볶은 콩으로 지은 갑옷을 입고 그 앞에 떡 버티고 서 있었다. 군사들이 겁을 내어 가까이 오지 못하고 멀리서 활을 쏘았다. 화살이 비 오듯이 쏟아졌지만 그 많은 화살이 죄다 갑옷에 맞아 부러지는데, 꼭 썩은 겨릅대 부러지듯 툭툭 부러졌다. 군사들에게는 화살을 다 쏘고 이제 딱 한 개의 화살이 남았다. 그때 아기 장수가 갑자기 왼팔을 번쩍 들더니 겨드랑이를 내

놓았다. 그 순간 마지막 남은 한 개의 화살이 날아와 아기 장수의 겨드랑이를 맞추었다. 어머니 아버지가 슬피 울면서 아기 장수를 뒷산 바위 밑에 묻어 주었다. 아기 장수의 말대로 좁쌀 서 되, 콩 서 되, 팥 서 되를 같이 넣어 묻어 주었다. 세월이 흘러 3년이 지났다. 그동안 백성들 사이에서 소문이 돌기 시작했다. 아기 장수가 아직 안 죽고 살아 있다, 지리산 속에서 병사를 기르며 때를 기다린다는 소문이 퍼졌다. 사방이 고요하면 산속에서 병사들이 말을 타고 내닫는 소리가 들린다고도 하고, 얼마 안 있으면 아기 장수가 산에서 나와 백성들을 구할 거라고도 하고, 이런 소문이 돌고 돌아 임금의 귀에까지 들어갔다.

"에잇, 안 되겠다. 이번에는 내 손으로 죽이는 수밖에……."

임금은 화가 나서 군사들을 앞세우고 아기 장수의 집을 찾아갔다.

"아기 장수는 어디에 묻었느냐? 바른대로 대라."

"저희는 정말 모릅니다."

그러자 임금은 아기 장수의 엄마 아빠 목에 시퍼런 칼을 갖다 대고 으름장을 놓았다.

"이래도 말을 못 하겠느냐?"

아기 장수의 어머니가 그만 눈앞이 아득해져서 뒷산 바위 밑에 묻었다고 말했다. 임금은 그 길로 뒷산에 가서 아기 장수를 묻었다는 바위 밑을 파헤치기 시작했다. 그런데 아무리 삽질하고 곡괭이질을 해도 아무것도 나오지 않는 것이었다. 임금은 다시 아기 장수 어머니 아버지한테로 가 아버지 목에 칼을 갖다 대고 으름장을 놓으며 물었다.

"아기 장수 낳을 때 뭐 이상한 일이 없었느냐? 바른대로 대라."

"사실은 탯줄이 잘 안 끊어져서 억새풀로 잘랐습니다."

아기 장수 엄마의 말을 들은 임금은 다시 뒷산으로 가서 억새풀을 한 아름 베어다 바위를 탁 쳤다. 그랬더니 우르르하고 땅이 흔들리면서 바위 한 가운데에 금이 쩍 가더니 그 큰 바위가 두 쪽으로 갈라졌다. 그 갈라진 틈으로 바위 속을 들여다보니 소문대로 아기 장수는 죽지 않고 살아, 바위 속에서 병사를 기르고 있었다. 그 안에는 검은 옷을 입은 군사 5만 명과, 붉은 옷을 입은 군사 5만 명이 싸울 준비를 하고 있었다. 맨 앞에서 아기 장수가 번쩍이는 갑옷을 입고 머리에 투구를 막 쓰려고 할 때였다. 그만 바위가 갈라지는 바람에 바깥바람이 들어가 그 많은 병사가 스르르 녹아 없어지고, 아기 장수도 스스로 눈 녹듯이 녹아서 형체가 없어졌다. 바위가 열리고 아기 장수가 병사들과 함께 사라지던 바로 그 순간, 지리산 자락 어느 냇가에 날개 달린 말이 나타났다. 그 말은 아기 장수를 애타게 찾아 헤매었지만 아기 장수가 이미 죽은 뒤였다. 말은 끝내 주인을 찾지 못하고 냇물 속으로 스르르 들어갔다. 그 뒤에도 물속에서는 말 우는 소리가 자주 들렸는데 백성들은 그 소리를 듣고 아기 장수가 아직도 죽지 않고 살아 있다고 믿었다.

이옥설(理獄設)

- 이규보(李奎報) -

작품 정리

　이 작품은 인간의 삶의 이치와 나라를 다스리는 경륜을 실생활의 체험을 예로 들어 깨우쳐 주는 한문 수필로, 짧은 내용 속에 함축적인 교훈을 내포하고 있다. 작은 잘못이라도 그것을 고치지 않으면 큰 문제로 비화하고, 더 큰 낭패를 볼 수 있다는 교훈을 준다. 이 작품에서 작자가 강조하는 바가 설득력이 있는 것은 평범한 일상의 문제를 놓고 삶의 자세와 방법에까지 그 사상을 확대해 나간 점이다. 비 온 뒤에 퇴락한 행랑채를 수리하는 평범한 일상의 문제를 제시하여 그 과정에서 느낀 점을 인간의 삶의 이치와 나라를 다스리는 경륜으로 확대하여 해석하고 있다. 이 글은 예시의 효과를 최대한 발휘하고 있는 것이 특징이다.

작품 줄거리

　행랑채가 퇴락하여 지탱할 수 없고 장마에 비가 새는 것을 알면서도 망설이다 손을 대지 못하다가 나머지 한 칸마저 비가 새자 서둘러 수리하려고 보니 서까래, 추녀, 기둥, 들보가 모두 썩어 못쓰게 되었다. 한번 밖에 비를 맞지 않았던 한 칸의 재목들은 완전하여 다시 쓸 수 있었다. 이에 잘못을 알고 고치면 한번 밖에 비를 맞지 않았던 한 칸의 재목처럼 말끔하게 다시 쓸 수 있고 백성에게 해를 입히는 무리들을 내버려두었다가는 백성들이 도탄에 빠지고 나라도 위태롭게 된 후 바로잡으려면 이미 썩어버린 재목처럼 때가 늦는다.

핵심 정리

· 갈래 : 한문 수필
· 구성 : 설의적
· 주제 : 잘못을 알고 고치려는 자세의 중요성

· 연대 : 고려 중엽
· 제재 : 행랑채(屋)
· 출전 : 동국이상국집

🏠 이옥설

　행랑채가 낡아서 지탱할 수 없게 된 것이 세 칸이었다. 나는 마지못해 이를 모두 수리했다. 그런데 그중 두 칸은 장마에 비가 샌 지 오래되었지만 나는 그것을 알면서도 이 궁리 저 궁리 끝에 손을 대지 못했던 것이고, 나머지 한 칸은 비를 한 번 맞고 샜던 것이라 서둘러 기와를 갈았던 것이다. 이번에 수리하려고 보니 비가 샌 지 오래된 것은 서까래, 추녀, 기둥, 들보 모두 썩어서 못쓰게 되어 수리비가 엄청나게 들었고, 비를 한 번밖에 맞지 않았던 한 칸의 재목들은 온전하여 다시 쓸 수 있었기에 비용이 많이 들지 않았다.

　나는 사람의 마음도 마찬가지라는 사실을 깨달았다. 잘못을 알고도 바로 고치지 않으면 곧 그 자신이 나쁘게 되는 것이 마치 나무가 썩어서 못쓰게 되는 것과 같으며, 잘못을 알고 고치기를 꺼리지 않으면 해를 받지 않고 다시 착한 사람이 될 수 있으니, 저 집의 재목처럼 말끔하게 다시 쓸 수 있는 것이다.

　그뿐만 아니라 나라의 정치도 이와 같다. 백성에게 해를 입히는 무리를 내버려 두었다가는 백성들이 도탄에 빠지고 결국 나라도 위태롭게 된다. 그런 연후에 급히 바로잡으려 해도 이미 썩어 버린 재목처럼 때는 이미 늦은 것이다. 그러니 어찌 삼가지 않겠는가.

공방전(孔方傳)

- 임춘(林椿) -

작가 소개

임춘(林椿 ?~?)

고려 의종 · 명종 때 문인 · 학자이며, 자는 기지(耆之), 호는 서하(西河)이다. 예천 임씨의 시조
이기도 하며, 고려 건국 공신의 후예로 일찍부터 유교적 교양과 문학으로 입신할 것을 표방하였
으나 과거에 여러 번 낙방하였다. 1170년(의종 24) 정중부의 난으로 공음전 등의 재산을 빼앗기고
피신한 뒤 이인로 · 오세재를 비롯한 죽림고회(竹林高會)의 벗들과 시와 술을 즐기며 현실에 대한
불만과 탄식, 포부를 문학으로 피력하기도 했다. 주요 작품으로 가전체 소설 〈국순전〉, 〈공방전〉
과 장편 시 〈장검행〉 등이 있고, 문집으로는 이인로가 엮은 유고집 〈서하선생집〉이 있다.

작품 정리

고려 의종 때 문인 임춘(林椿)이 지은 가전체 소설로 엽전을 의인화했으며 한문으로 되어 있다.
임춘의 유고집 〈서하선생집〉과 〈동문선〉에 실려 있다.

주인공인 '공방'은 네모난 구멍이 뚫린 엽전을 형용한 것이다. 그러면서 전체의 서술은 역사
기록의 열전을 본떴다. 그러나 열전은 실제로 있었던 인물의 실제 사실을 기록한 것인데 반해, 이
이야기는 꾸며낸 것이므로 가전이라고 한다. 따라서 이 작품은 허구 소설로 나아가서는 문학사의
한 단계를 보여준다는 점에 초점을 맞추어 이해 · 감상하는 것이 바람직하다.

　　공방은 엽전의 둥근 모양에서 공(孔)을, 구멍의 모난 모양에서 방(方)을 따서 붙인 이름이다. 공방의 조상은 수양산에 숨어 살다가 황제 때 처음 채용되었다. 천(泉)은 주나라의 재상으로 나라의 세금을 담당했다. 공방은 그 생김이 밖은 둥글고 안은 모나며, 때에 따라서 일을 융통성 있게 잘 처리하여 한나라의 홍로 경이 되었다. 그러나 욕심 많고 재물을 중하게 여기고 곡식을 천하게 여기는 공방은 백성들에게 농사를 버리고 장사에 매달리게 했다. 또 사람을 대할 때도 덕망이나 어짐을 보지 않고 재물만 많이 가지고 있으면 가까이했다. 그가 중한 직책을 맡아보는 사이 조정을 망치고 백성을 해쳐 나라가 어려움에 빠지자 공우란 신하가 상서를 올려 공방은 결국 쫓겨나게 된다. 이후 공방이 죽고 그를 따르던 무리들이 남아 당나라, 송나라 때에 다시 채용되었으나 배척을 받는다.

· 갈래 : 가전체
· 연대 : 고려 중엽
· 구성 : 풍자적
· 제재 : 엽전(돈)
· 주제 : 재물에 대한 탐욕을 비판
· 출전 : 서하선생집

공방전

　공방의 자는 관지다. 공방이란 구멍이 모나게 뚫린 돈, 관지는 돈의 꿰미(구멍 뚫린 물건을 꿰어 매는 노끈)를 뜻한다. 그의 조상은 일찍이 수양산 속에 숨어 살면서 아직 한 번도 세상에 나와서 쓰인 일이 없었다.

　그는 황제 시절에 조정에 쓰였으나 워낙 성질이 굳세어 원래 세상일에는 그다지 세련되지 못했다.

　어느 날 황제가 상공을 불러 그를 보였다. 상공이 한참 들여다보더니 말했다.

　"이는 산과 들의 성질을 가져서 쓸 만한 것이 못됩니다. 그러하오나 폐하께서 만일 만물을 조화하는 풀무나 망치를 써서 그때를 긁어 빛을 낸다면, 본래의 바탕이 차차 드러날 것입니다. 원래 왕자란 모든 사람으로 하여금 올바른 그릇이 되게 해야 하는 것입니다. 원하옵건대 폐하께서는 이 사람을 저 쓸모없는 구리쇠와 함께 내버리지 마시옵소서."

　이리하여 차츰 공방의 이름이 세상에 드러나게 되었다.

　그 뒤에 한때 난리를 피하여 강가에 있는 숯 굽는 마을로 옮겨져 거기에서 오래 살게 되었다. 그의 아버지 천(술을 달리 이르는 말)은 주나라의 대재로서 나라의 세금에 관한 일을 맡아 처리하고 있었다.

　공방의 생김새는 밖이 둥글고 구멍이 모나게 뚫려 있다. 그는 때에 따라서 융통성 있게 일을 잘 처리한다. 한번은 한 나라의 벼슬을 지내 홍려경(외국에 대한 사무, 즉 조종에 대한 일과 흉의, 사묘의 일 등을 맡는 홍려시의 장관)이 되었다. 그때 오, 왕, 비가 분수를 모르고 나라의 권세를 제 마음대로 누렸다. 방은 여기에 붙어서 많은 이익을 보았다. 무제 때에는 온 천하의 경제가 말이 아니었다. 나라 안의 창고가 온통 비어 있었다. 임금은 이를 보고 몹시 걱정했다. 방을 불러 벼슬을 주고 부민후로 삼아 그의 무리인 염, 철, 승, 근과 함께 조정에 있게 했다. 이때 근은 방에게 항상 형이라 하고 이름을 부르지 않았다.

방은 욕심이 많고 비루하며 염치가 없었다. 그런 사람이 이제 재물을 맡아서 처리하게 되었다. 그는 돈의 원금과 이자의 경중을 다는 법을 좋아하여, 나라를 편안하게 하는 것은 질그릇이나 쇠그릇을 만드는 생산 방법뿐만 아니라 다른 것에도 있다고 생각했다. 그는 백성을 상대로 한 푼 한 리의 이익 때문에 다투는 한편 모든 물건의 값을 낮추어 곡식을 몹시 천하게 생각하게 했고 다른 재물을 중하게 여기도록 해서, 백성들이 자기들의 본업인 농업을 버리고 사농공상의 맨 끝인 장사에 종사하게 함으로써 농사짓는 것을 방해했다.

이것을 본 간관(諫官, 조선 시대에 사간원과 사헌부에 속해서 임금의 잘못을 고치도록 하고 백관의 비행을 규탄하는 벼슬아치)들은 상소를 올려 잘못이라고 지적했다. 하지만 임금은 이 말을 듣지 않았다. 방은 또 권세 있고 귀한 사람을 몹시 재치 있게 잘 섬겼다. 그들의 집에 자주 드나들면서 자기도 권세를 부리고 한편으로는 그들을 등에 업고 벼슬을 팔아, 승진시키고 갈아 치우는 것마저도 모두 방의 손에 달려 있었다. 이렇게 되니 한다 하는 공경들까지도 모두 절개를 지키지 못하고 섬기게 되었다. 그의 창고에는 곡식이 쌓이고 뇌물을 수없이 받아서 적은 뇌물 목록 문서와 증서가 산처럼 쌓여 그 수를 헤아릴 수 없었다.

그는 모든 사람을 상대하는 데 있어 잘나거나 못난 것에 관계치 않았다. 아무리 시정에 있는 사람이라도 재물만 많이 가졌다면 모두 사귀었다. 때로는 거리에 돌아다니는 나쁜 소년들과도 어울려 노름도 했다. 이것을 보고 당시 사람들은 이렇게 말했다.

"공방의 한마디 말이 황금 백 근만 못 하지 않다."

원제가 왕위에 오르자 공우(한나라 낭야 사람. 자는 소옹. 원제 때 벼슬이 간의대부, 광록대부에 올랐고 뒤에 어사대부가 됨)가 글을 올려 말했다.

"공방이 어려운 직책을 오랫동안 맡아보는 사이, 그는 농사가 국가의 근본임을 알지 못하고 오직 장사꾼들의 이익만을 옹호해 주어서, 나라를 좀먹고 백성을 해쳐서 나라나 백성 할 것 없이 모두 곤궁에 빠지게 되었습니다. 게다가 뇌물이 성행하고 청탁하는 일이 버젓이 행해지고 있습니다. 〈주역〉에 '짐을 지고 또 타게 되면 도둑이 온다'는 말이 있습니다. 청컨대 그를 파면시켜, 욕심 많고 비루한 자들을 모조리 징계하시옵소서."

그때 정권을 잡은 자 중에는 곡량의 학문(주나라 때 곡량전이 〈춘추곡량전〉을 지었다. 여기서 말한 곡량의 학문이란 〈춘추곡량전〉을 뜻함)을 쌓아 정계에 진출한 자가 있었다. 그는 군자를 맡은 장군으로 변방을 막는 방책을 세우려 했다. 이에 방이 하는 일을 미워하는 자들이 그를 위해서 조언했다. 마침내 임금이 이들의 말을 들어서 방은 조정에서 쫓겨났다.

그가 문인들에게 말했다.

"내가 일찍이 폐하를 만나 뵙고, 나 혼자서 온 천하의 정치를 도맡아 보았었다. 그리하여 장차 국가의 경제가 넉넉하고 백성들의 재물을 풍족하게 하려고 애썼다. 그런데 이제 억울한 누명을 쓰고 내쫓기고 말았구나. 하지만 조종에 나아가 쓰이거나 쫓겨나 버림받는 것이 내게는 아무런 손해도 되지 않는구나. 다행히 나의 목숨이 조금이라도 남아 있어 용납된다. 이제 나는 부평과 같은 행색으로 곧장 강회에 있는 별장으로 돌아가련다. 시냇물에 낚싯대를 드리우고 고기를 낚아 술을 마시며, 때로는 바다 위의 장사꾼들과 함께 배를 타고 떠돌면서 남은 일생을 마치면 그만이다. 제아무리 천종의 녹이나 다섯 솥의 많은 음식인들 내 어찌 조금이나 부러워해서 이것과 바꾸겠느냐. 하지만 내 심술이 오래되면 다시 발작할 것만 같다."

순욱과 함께 수레를 타고 조정에 들어갈 때 지나치게 뽐내어 혼자서 자리를 차지했다는 고사란 사람이 있었다. 그는 공방과 사귀어 수만 냥의 재산을 모았다. 화교는 공방을 몹시 좋아해 한 가지 버릇을 이루고 말았다. 이것을 본 노포는 글을 지어 화교를 비난하고, 그릇된 풍속을 바로잡기에 애썼다.

그들 중에서 오직 완적만은 성품이 활달해서 속물을 좋아하지 않았다. 그런데도 방의 무리와 어울려 술집에 다니면서 취하도록 마시곤 했다. 왕이 보는 입으로 방의 이름을 부르는 일이 한 번도 없었다. 방을 가리켜 말할 때에는 그저 '그것'이라고 했다. 공방은 이렇게 사람들에게 천대를 받았다.

당나라 세상이 되었다. 유안이 탁지 판관이 되었다. 재산을 관리하는 벼슬이다. 당시 국가의 재산은 넉넉지 못했다. 그는 다시 임금에게 아뢰어 방을 이용해서 국가의 재물을 여유 있게 하려고 했다. 그가 임금에게 아뢴 말은 식하지(정사의 지류 항목으로, 경제에 대한 일을 기록한 것. 〈전한서〉,

〈진서〉, 〈위서〉 등 여러 곳에 나옴)에 실려 있다.

그러나 그때 방은 죽은 지 이미 오래였다. 다만 그의 제자들이 사방에 흩어져 살고 있었다. 국가에서 이들을 불러 방 대신 쓰게 되었다. 이리하여 방의 술책이 개원, 천보(모두 당나라 현종의 연호로서 서기 731~755년 사이) 사이에 크게 쓰였고, 심지어는 국가에서 조서를 내려 방에게 조의대부 소부승을 추증(나라에 공로가 있는 벼슬아치가 죽은 뒤 품계를 높여 주던 일)하기까지 했다.

남송 신종조 때에는 왕안석(송나라 정치가이자 학자, 호는 반산. 신종 때 정승이 되어 새로 신법을 행하고 부국강병책을 썼음)이 정사를 맡아 다스렸다. 이때 여혜경도 불러서 함께 일을 돕게 했다. 이들이 청묘법(송나라 신종 때 왕안석이 만든 법. 모든 고을의 상평창과 광혜창에 있는 돈과 곡식을 백성들에게 빌려주었다가 추수 후에 받아들이는 것으로, 그해에 흉년이 들면 다음 해로 연기해 주어, 풍년이 든 후에 반납시킨다. 그 목적은 창고의 재물을 축내지 않고 가난한 백성들을 구제하고 부자들의 고리 폐단을 막는 데 있음)을 처음 썼는데 이때 온 천하가 시끄러워 아주 못살게 되었다.

소식이 이것을 보고 그 폐단을 혹독하게 비난하여 그들을 모조리 배척하려 했다. 그러나 소식은 도리어 그들의 모함에 빠져서 귀양을 가게 되었다. 이후 조정의 모든 선비는 감히 그들을 비난하지 못했다.

사마광이 정승으로 들어가자 그 법을 폐지하자고 아뢰고, 소식을 천거하여 높은 자리에 앉혔다. 그 후 방의 무리는 차츰 세력이 꺾여 다시 강성하지 못했다.

방의 아들 윤은 몹시 경박하여 세상 사람들의 욕을 혼자서 먹는 판이었다. 그 뒤에 수형령이 되었으니 죄가 드러나서 마침내 사형받고 말았다.

사신이 말했다.

남의 신하가 된 몸으로서 두 마음을 품고 큰 이익만 좇는 자를 어찌 충성된 사람이라고 하랴. 방은 올바른 법과 좋은 주인을 만나서 정신을 집중시켜 자기를 알렸으므로 나라의 은혜를 적지 않게 입었다. 그러면 마땅히 국가를 위하여 이익을 일으켜 주고 해를 덜어 주어서 임금의 은혜로운 대우에 보답했어야 했다. 그런데도 비를 도와서 나라의 권세를 독차지하고 심지어 당까지 만들었으니, 이는 '충신은 경계 밖의 사귐이 없어야 한다'는 말에 어긋나는 것이다.

방이 죽자, 그 남은 무리는 다시 남송에 쓰였다. 그들은 정권을 잡은 권신들에게 붙어서 충신을 모함했다. 비록 길고 짧은 이치는 저명한 가운데 있는 것이지만, 만일 원제가 일찍부터 공우가 한 말을 받아들여서 이들을 모두 없애 버렸다면 이 같은 후환은 없었을 것이다. 그런데 단지 이들을 억제하기만 해서 마침내 후세에 폐단을 남기고 말았다. 그러니 실행보다 말이 앞서는 자는 언제나 미덥지 못한 것을 걱정하지 않을 수가 없다.

홍길동전(洪吉童傳)

- 허균(許筠) -

작가 소개

허균(許筠 1569~1618)

조선 중기 문신·문학가이며 자는 단보(端甫), 호는 교산·학산(鶴山)·성소(惺所)·백월거사(白月居士)이다. 누이는 난설헌(蘭雪軒)이다. 1597년 문과에 급제한 후 여러 벼슬을 거쳐 좌참찬(左參贊)에 올랐으나 관직 생활 중 세 번이나 파직당하는 등 파란의 연속이었다. 그는 시문에 뛰어난 천재이며, 출중한 재능을 지녔으나 서얼차대(庶孽差待)의 벽에 걸려 불우한 일생을 보내던 스승 이달을 통해 사회적 모순을 발견하였고, 이것을 계기로 사대부 계통의 문인보다는 서얼 출신 문인들과 어울렸다. 인간주의적·자유주의적 사상을 키우면서 당시 사회 제도의 모순을 과감히 비판하였고, 불교의 중생 제도 사상, 서학(西學)과 양명좌파 사상 등을 받아들여 급진적 개혁 사상을 갖게 되었다. 1618년(광해군 10) 하인준·김개·김우성 등과 반란을 계획한 것이 탄로나 능지처참을 당하였다. 최초의 국문소설인 〈홍길동전〉은 봉건 체제의 모순과 부당성을 폭로한 그의 개혁 사상을 잘 나타내고 있으며 국문소설의 효시가 되었다. 한문학에서 당대 제일의 문장가였으며, 또한 시·비평에도 안목이 높아 〈국조시산〉 등 시선집을 편찬하고, 〈성수시화〉 등 비평 작품을 썼다. 그 밖의 저서로는 사회의 모순을 비판하는 〈성소복부고〉, 〈교산시화〉, 〈학산초담〉 등이 있다.

작품 정리

이 작품은 허균이 지은 우리나라 최초의 국문 소설로 봉건 사회의 문제점을 비판한 사회 소설이다. 홍길동전은 크게 길동의 가출, 의적 활동, 이상국 건설로 구성되어 있다. 길동의 가출로 적서 차별의 부당함을 드러내고 의적이 된 길동이 탐관오리의 부패상을 고발하고 그 대안으로 율도국이라는 이상향을 제시한다. 이 이상향은 박지원의 허생전에도 드러나 있다.

작품 줄거리

조선조 세종 때 서울에 사는 홍 판서가 용꿈을 꾸어 길몽이기에 정실부인과 가까이하려 하였으나 응하지 않아 춘섬과 정을 통해 길동을 얻는다.

길동은 어려서부터 대단히 총명하였으나 어미의 몸이 천인 신분이라 아버지를 아버지라 부르지 못하고 형을 형이라 부르지 못하여 마음속에 한을 품는다. 한편 아들이 없는 초란은 계략을 꾸미며 길동을 해치려 한다. 다행히 위기에서 모면한 길동은 홍 판서에게 하직 인사를 하고 집을 떠난다. 그러다가 도적의 소굴에 들어간 길동은 용력과 신비한 재주로 그들의 우두머리가 된다. 그는 그 무리의 이름을 활빈당이라 명명하고 기이한 계책으로 팔도 지방 수령들의 재물을 탈취하여 백성들에게 나누어 준다. 조정에서는 현상금을 걸고 길동을 잡으려 하지만 초인간적인 길동의 도술을 당해 낼 수 없었다. 조정에서 길동을 회유하려고 병조판서로 임명하자 길동은 조선을 떠나 남경으로 간다.

한편 길동은 아버지의 부음을 짐작하고 집으로 찾아가 어머니 춘섬과 함께 아버지 홍 판서의 시신을 운구하여 자신이 정한 묏자리에 모시고 삼년상을 마친다. 그 뒤 율도국으로 돌아가 나라를 잘 다스린다.

핵심 정리

· 갈래 : 사회 소설
· 연대 : 이조 선조
· 구성 : 비판적
· 시점 : 전지적 작가 시점
· 배경 : 조선 시대 조선국과 율도국
· 주제 : 적서차별 철폐와 인간평등 사상

🚶 홍길동전

조선국 세종 때에 한 재상이 있었는데 성은 홍이고 이름은 모라. 대대로 이름나고 크게 번창한 집안으로 어려서 과거에 급제하여 벼슬이 이조판서에 이르러 여러 사람이 우러러보는 명망이 조야(朝野, 조정과 민간을 통틀어 이르는 말)의 으뜸이고 충효까지 겸비하여 그 이름을 온 나라에 떨쳤다.

그는 일찍이 두 아들을 두었는데 큰아들의 이름은 인형으로 정실부인인 유 씨가 낳았고, 둘째 아들의 이름은 길동으로 시비(시중을 드는 계집종) 춘섬의 소생이다.

길동이 세상에 태어나기 전, 공이 한낮에 꿈을 꾸었다. 갑자기 뇌성 벽력이 진동하며 하늘에서 청룡이 여러 명을 거느리고 공에게 달려들어 깜짝 놀라 눈을 뜨니 꿈이었다.

공은 마음속으로 크게 기뻐하며 생각하기를

'용꿈을 얻었으니 귀한 아들을 낳으리라.'

공이 내당으로 들어가자 부인 유 씨가 일어나 맞이했다. 공이 대낮인 것을 생각지 않고 잠자리에 들려 하자 부인이 정색하며 말했다.

"상공께서는 어찌 위신을 생각지 않으시고 이리 경박하게 행동하십니까? 저는 따를 수 없습니다."

부인은 말을 마치고는 손을 잡아뺐다. 공은 몹시 무안하여 외당으로 나와 부인의 행동을 탄식했다.

그때 마침 시비 춘섬이 차를 가지고 들어와 올리는데, 그 자태와 얼굴 생김이 고운지라 조용한 때를 틈타 춘섬을 협실로 데리고 들어가 바로 관계를 했다. 그 무렵 춘섬의 나이 열여덟이었는데 한 번 몸을 허락한 후에는 문밖에 나가지 않고 몸조심하므로 공이 기특하게 여겨 애첩으로 삼았다.

춘섬은 그날부터 태기가 있어 열 달 만에 옥동자를 낳았는데 어린 아기의 기골이 비범해서 진실로 영웅호걸 같았다.

길동은 점점 자라 여덟 살이 되었는데 총명함이 보통 사람보다 뛰어나

하나를 들으면 백 가지를 알 정도였다. 공은 길동을 애지중지했으나 그 어미의 몸이 천인 신분이라 공을 아버지라 부르지 못하고 형을 형이라 부르지 못하게 꾸짖었다.

이런 까닭으로 길동은 나이 열 살이 되도록 아버지를 아버지라 형을 형이라 부르지 못할 뿐만 아니라, 종들까지도 길동을 천대하니 어찌 길동의 마음이 아프지 않았으리오.

추구월 보름께 달은 밝게 비치고 가을바람은 으스스하고 쓸쓸하여 사람의 마음을 심란케 하였다.

길동은 서당에서 글을 읽다가 문득 책상을 밀치고 탄식했다.

"대장부가 세상에 나서 공맹(孔孟, 공자와 맹자를 아울러 이르는 말)을 본받지 못할 바에야 병법(兵法, 군사를 지휘하여 전쟁하는 방법)을 배워 대장이 되어 동정서벌(東征西伐, 동쪽을 정복하고 서쪽을 친다는 뜻으로, 이리저리로 여러 나라를 정벌함을 이르는 말)하여 국가에 큰 공을 세우고 이름을 온 천하에 떨치는 것이 대장부의 일이 아니겠는가. 그런데 나는 어찌해서 아버지와 형이 있어도 호부호형을 못 하니, 심장이 꺼질 것 같으니 어찌 통한치 않으리?"

길동이 홀로 탄식하고는 뜰로 나가 검을 익히는데 마침 공이 달빛을 구경하다가 길동의 배회함을 보고는 불러 물었다.

"너 무슨 흥이 있기에 밤이 깊도록 잠을 자지 않고 마당을 거닐고 있느냐?"

길동이 고개를 숙이고 대답했다.

"소인이 마침 달빛을 사랑하였사옵니다. 사람이 귀하거늘 소인에게만은 귀함이 없사오니 어찌 사람이라 하오리까?"

공이 길동의 말을 듣고 그 마음을 짐작하나 일부러 나무랐다.

"너 그게 무슨 말이냐?"

"소인이 평생에 서러운 것은 대감의 혈육으로 당당한 남자가 되었사오나, 아버지 날 낳으시고 어머니 날 기르신 은혜가 깊거늘 아버지를 아버지라 부르지 못하고 형을 형이라 못함을 어찌 사람이라 하오리까?"

하면서 눈물을 흘렸다.

공은 측은한 마음이 들었으나 그 뜻을 위로하면 방자(放恣, 무례하고 건

방짐)해질까 염려되어 크게 꾸짖었다.

"재상가 천생(賤生, 천출)이 비단 너뿐이 아니거늘, 네 어찌 이다지 방자하냐. 앞으로 두 번 다시 이런 말을 하면 용납지 않으리라."

길동은 더 이상 아무 말도 못 하고 서 있을 뿐이었다. 공이 물러가라 하자 그제야 길동은 침소로 돌아와 슬픔에 젖었다.

길동은 타고난 재주가 다른 사람이 따르지 못할 정도였고 도량(度量, 사물을 너그럽게 용납하여 처리할 수 있는 넓은 마음과 깊은 생각)이 활달해서 마음을 진정치 못하고 밤이면 잠을 이루지 못하다가 하루는 그 어미 침소로 가서 엎드려 울며

"어머니와 전생의 연분이 있어 금세에 모자가 되었으니 은혜 한이 없습니다. 그러나 소자의 팔자가 사납고 복이 없어 천한 몸이 되었사오니 품은 한이 깊사옵니다. 소자 자연히 기운을 억제치 못하여 어머님 곁을 떠나고자 하오니 소자를 염려치 마시고 옥체 보중하옵소서."

춘섬이 이 말을 듣고 크게 놀라며 말했다.

"재상가 천생이 너뿐이 아니거늘 어찌 편협한 말을 해서 어미의 간장을 아프게 하느냐?"

"옛날 장충의 아들 길산은 비록 천생이었으나 그 어미와 이별하고 운봉산에 들어가 도를 닦아 아름다운 이름을 남기지 않았습니까? 저도 그를 본받아 세상을 벗어나려 하오니 어머님께선 안심하시고 뒷날을 기다리소서. 요사이 곡산모의 태도를 보니 상공의 총애를 잃을까 염려하여 우리 모자를 해코지하며 원수같이 여기는지라 큰 화를 입을 것만 같습니다. 어머님께선 소자가 나감을 염려하지 마십시오."

길동의 어머니 춘섬은 말하지 않았지만, 속으로 크게 슬퍼했다.

길동이 말한 곡산모는 곡산 기생으로 상공의 총첩(寵妾, 특별히 귀여움과 사랑을 받는 첩)으로 이름은 초란이라 한다.

원래 초란은 아들이 없는데 춘섬이 길동을 낳아서 상공에게 귀여워움을 받자 마음속으로 시기하여 길동을 없애고자 마음먹었다. 초란은 관상녀(觀相女, 사람의 얼굴을 보고 그의 운명, 성격, 수명 따위를 판단하는 일을 직업으로 하는 여자)와 내통하여 길동을 없애고자 많은 돈을 들여 특재란 자객을 구했다.

한편 길동은 천대와 원통함을 생각하고는 한시라도 머물고 싶지 않았으나 상공의 엄명이 더할 수 없이 귀중하므로 할 수 없이 따르나 밤이면 제대로 잠을 못 이루었다.

어느 날 밤, 불을 밝혀 놓고 주역을 읽고 있는데 문득 까마귀가 지붕 위를 날아가며 세 번을 울었다. 길동은 이상한 생각이 들었다.

'이 짐승은 본래 밤을 꺼리는데 오늘 내 방 지붕 위를 울고 지나가는 것을 보니 심히 불길한 징조로다.'

팔괘(八卦, 중국 삼고 시대에 복희씨가 지었다는 여덟 가지 괘)를 벌여보다가 매우 놀란 길동은 서안(책상)을 물리고 둔갑법을 행하고 동정을 살폈다. 삼경이 되었다. 한 사람이 손에 비수를 들고 서서히 문을 열고 방 안으로 들어오는 것이 아닌가? 길동은 급히 몸을 감추고 주문을 외우니, 돌연 방 안에 한바탕 음산한 바람이 일어나더니 집과 방은 온데간데없고 나무가 울창한 산중이 되었다.

특재는 매우 놀라며 이것이 길동의 신기한 조화임을 알고는 비수를 감추고 몸을 피하고자 했으나 그것도 어렵게 되었다. 갑자기 길이 끊어지고 층암절벽(層巖絕壁, 몹시 험한 바위가 겹겹으로 쌓인 낭떠러지)이 그를 가로막아 오도 가도 못하고 사방으로 방황하고 있는데 어디선가 옥피리 소리가 들려왔다.

특재가 정신을 차려보니 어린아이가 나귀를 타고 오다가 피리 불기를 그치고 크게 꾸짖었다.

"네 무슨 일로 나를 죽이려 하느냐? 무죄한 사람을 죽이면 어찌 천벌을 받지 않겠느냐?"

소년이 또 한 번 주문을 외우자 한바탕 먹구름이 일어나며 큰비가 쏟아붓더니 흙과 돌이 날아왔다.

특재가 겨우 정신을 차리고 살펴보니 그 어린아이가 바로 길동이었다. 특재는 그 재주를 신기하게 여기면서도 칼을 들고 길동에게 달려들며 외쳤다.

"너는 죽어도 나를 원망 마라. 초란이가 무당과 관상녀를 시켜 상공과 의논하고 너를 죽이려 한 것이니 어찌 나를 원망하겠는가?"

길동은 분함을 참지 못해 요술을 부려 특재의 칼을 뽑아 들고 크게 꾸짖었다.

"네가 재물을 탐해 사람 죽이는 것을 능사로 여기니 너 같은 무도한 놈은 죽여서 후환이 없도록 하리라."

하고는 한 번 칼을 드니 특재의 머리가 방 안에 뒹굴었다. 그래도 길동은 분기가 가시지 않아 그날 밤 관상녀와 무당을 잡아다가 특재가 죽은 방 안에 밀어 넣고 꾸짖었다.

"너희가 나와 무슨 원수를 졌기에 초란과 한통속으로 나를 죽이려 하였느냐?"

하고는, 목을 베어 죽였다.

길동이 세 사람을 죽이고 주위를 살펴보니 은하수는 서쪽으로 기울어졌고 달빛은 희미했으며 삭풍(朔風, 겨울철의 북쪽에서 불어오는 찬 바람)은 쓸쓸하여 사람의 마음을 슬프게 했다. 길동은 아직도 분기가 가시지 않아 초란을 마저 죽이려다가 마음을 돌려 몸을 피해 어디로 가리라 생각하고 하직을 고하고자 상공의 침소로 걸어갔다.

아직 잠들지 않은 상공이 창밖에서 인기척이 있음을 알고 괴이하게 여겨 방문을 열고 내다보니 길동이 그곳에 서 있었다.

"밤이 깊었는데 어찌 자지 아니하고 이렇게 방황하느냐?"

길동은 허리를 굽히며 대답했다.

"소인이 일찍 부모님의 은혜를 만분의 일이라도 갚을까 하였는데 상공께 참소(讒訴, 남을 헐뜯어서 죄가 있는 것처럼 꾸며 윗사람에게 고하여 바침)하고 소인을 죽이려 하기에 겨우 목숨은 보전하였사오나 상공을 오래 모실 수 없기에 오늘 상공께 하직을 고하나이다."

이 말을 들은 공이 매우 놀라며 물었다.

"네 무슨 변고가 있기에 어린아이가 집을 버리고 어디를 가겠다는 말이냐?"

"날이 밝으면 자연히 사실을 알게 되실 것이옵니다만, 소인의 신세는 뜬구름과 같사오니 상공의 버린 자식이 어찌 무서워하겠나이까?"

하며 두 줄기 눈물을 흘렸다. 그 모양을 본 공이 측은한 마음이 들어 타일렀다.

"나도 네가 품은 한을 짐작하는 바이니 오늘부터 호부호형을 하여라."

길동은 또다시 허리를 굽혀 절하며 아뢰었다.

"소자의 한 가지 남은 한을 노부께서 풀어 주오니 이제 죽어도 한이 없사옵니다. 바라옵건대 부디 만수무강하옵소서."

길동이 다시 절을 올리고 작별을 고하니, 공도 더 이상 붙들지 못하고 어디를 가든지 무사하기를 부탁했다.

길동은 다시 어미의 침소로 가서 이별을 고했다.

"소자 어머니 곁을 떠나오나 다시 모실 날이 있사오니 그사이 지체를 보중하소서."

길동 어미 춘섬은 이 말을 듣고 무슨 변고가 있음을 짐작하고 길동의 손을 잡고 통곡하면서 말했다.

"네 어디를 가고자 하느뇨? 한집에 있으면서도 처소가 멀어 늘 마음이 쓰이더니 이제는 아주 멀리 떠나가다니, 너를 떠나보내고 나는 어찌 살란 말이냐? 빨리 돌아와서 서로 만나게 되길 바란다."

길동은 춘섬에게 다시 절을 올리고 문을 나와 정처 없는 발길을 옮겼다.

한편 초란은 특재의 소식이 없음을 의아하게 여기고 사람을 시켜 알아보았더니 길동은 간곳없고 특재와 두 계집의 주검이 방 안에 있다는 소식뿐이었다.

초란이 혼비백산하여 급히 부인에게 달려가 사실을 고했다.

"길동은 간데없고 세 주검만 있나이다."

이 말을 들은 부인이 매우 놀라 아들 좌랑을 불러 이 일을 말하고 공에게도 고했다. 공은 매우 놀라며 말했다.

"길동이 밤에 찾아와서 슬피 하직하여 이상히 여겼더니 이런 일이 있었구나."

아들 좌랑은 사실을 숨길 수 없음을 깨닫고 초란의 계획을 자세히 이야기했다. 공이 크게 노하여 초란을 내치고 조용히 그 시체를 처리케 했다. 또한 늙은 하인들을 불러 이 말이 새어 나가지 않도록 명령을 내렸다.

집을 나선 길동은 정처 없이 가다가 한 곳에 다다랐는데 경치가 뛰어나 인가를 찾아 들어갔지만, 인가는 없고 커다란 바위 밑에 큰 돌문이 닫혀있었다.

이상한 마음이 든 길동이 가만히 돌문을 밀어 보니, 돌문이 스르르 열렸다. 길동의 힘이 장사였기 때문인지도 모른다. 길동은 그 문으로 들어섰다.

참으로 이상한 곳이었다. 돌문 안에는 넓은 평야에 수백 호의 집이 있었고 무슨 잔칫날인지 여러 사람이 모여 즐기고 있었다.

이곳은 다름 아닌 도둑의 굴이었다.

잔치를 즐기던 무리가 난데없이 길동이 굴 안으로 들어온 것을 보고, 한편으로는 길동의 만만치 않은 풍채를 보고 반기는 마음으로 길동에게 물었다.

"그대는 누구인데 이곳으로 들어왔는가. 이곳은 여러 영웅이 모여 있는 곳인데 아직 두목을 정하지 못하고 있다네. 생각이 있다면 저 돌을 들어 보게나."

하고 큰 돌을 가리키며 길동을 쳐다보았다.

길동이 이 말을 듣고 속으로 다행스럽게 여기며 도적이 가리킨 돌을 들어 수십 보를 걸어가다가 던졌다.

이 모습을 본 도적들은 길동을 칭찬했다.

그럴 수밖에 없는 것이 그 돌 무게가 천 근 가까이 되므로 이 도적들 가운데서는 어느 누구도 이 돌을 드는 자가 없었던 것이다.

"과연 장사다. 우리 가운데 이 돌을 드는 자가 없었는데 오늘 하늘이 도우사 장군을 주셨도다."

길동을 윗자리에 앉히고, 술을 차례로 권하며 백마를 잡아 그 피로 맹세하면서 굳게 약속하니 그들 무리가 다 승낙하고 하루 종일 즐겼다.

그 후로 길동은 여러 사람과 더불어 무예를 닦았다.

길동은 이 도둑의 무리를 '활빈당'이라 하고는 조선 팔도로 돌아다니며 각 읍의 수령 가운데 부정한 방법으로 재물을 얻은 자가 있으면 빼앗고 혹 집안이 가난한 자가 있으면 구제하는 등 백성의 재물을 털끝 하나라도 건드리지 않았으며 나라의 재물 또한 손대지 않았다.

어느 날 길동은 활빈당을 모아 놓고

"우리가 합천 해인사의 재물을 탈취했고 또 함경 감사의 밭곡식을 도적해서 소문이 파다하여 내 성명까지 써서 감영에 붙였으니 오래되지 않아 잡힐 것이나 그대들은 내 재주를 보라."

길동이 짚으로 사람을 만들어 주문을 외워 혼백을 붙이니 일곱 명의 길동이 일시에 팔을 뽐내고 크게 소리치며 한곳에 모여 움직이니 어느 것이 진짜 길동인지 알 수가 없었다.

그리고 길동은 일곱 명의 길동을 팔도에 하나씩 흩어지게 하고, 각각 수백 명을 거느리고 다니게 했다.

그러니 어느 길동이 진짜 길동인지 알아낼 도리가 없었다. 이들 여덟 명의 길동이가 팔도로 돌아다니며 요술로 바람과 비를 불러일으키고 각 읍의 곡식을 하룻밤 사이에 종적도 없이 사라지게 하며, 서울로 가는 봉물(封物, 예전의 시골에서 서울 벼슬아치에게 선사하던 물건)은 하나같이 탈취하니 팔도 각 읍이 소란해서 밤에 제대로 잠을 자지 못하고 도로에 행인이 끊어질 지경이 되었다. 감사들이 일시에 서울의 임금께 장계(狀啓, 왕명을 받고 지방에 나가 있는 신하가 자기 관하의 중요한 일을 왕에게 보고하던 일. 또는 그런 문서)를 올렸는데 그들이 올린 내용은 대략 다음과 같다.

'난데없이 홍길동이란 큰 도둑이 바람과 구름을 일으키며 각 읍의 재물을 탈취하여, 보내는 물품이 올라가지 못하고 있사옵니다. 그 도둑을 잡지 못하면 장차 어떻게 될지 모르오니 바라옵건대 임금께서는 좌우 포청(左右捕廳, 좌포청과 우포청을 아울러 이르던 말)을 시켜 잡게 하소서.'

임금이 장계를 보시고 매우 놀라 도둑 잡을 일을 명하시는데 연달아 팔도에서 장계가 올라왔다. 도둑 이름이 똑같은 홍길동이고 또 도둑을 당한 날짜도 한날한시였다.

임금이 매우 놀라 말하기를,

"이 도둑의 용맹과 술법은 옛날 치우(蚩尤, 중국에 전하는 전설상에 인물)도 당하지 못하겠구나. 아무리 신기한 놈인들 어찌 한 몸이 팔도에서 한날한시에 도둑질을 하겠는가? 이는 심상한 도둑이 아니니 잡기가 어려우리라."

하고 좌우 포청을 함께 내보내 도둑을 잡으라 하였다.

포청 아홉을 내보낸 뒤, 임금은 다시 팔도 감사들에게도 길동을 잡아들이라 어명을 내렸으나 길동의 변화를 가늠하기 어려웠다. 혹은 초헌(조선 시대에 종이품 이상의 벼슬아치가 타던 수레)을 타고 다니기도 하고 혹은 각 읍에 열어 놓고는 쌍가마도 타고 왕래하며 어사처럼 역졸을 데리고 각 읍의 수령 중에 탐관오리(貪官汚吏, 백성의 재물을 탐내어 빼앗는, 행실이 깨끗하지 못한 관리)를 선참후계(先斬後啓, 군율을 어긴 자를 먼저 처형한 뒤에 임금에게 아뢰던 일)하되, 가어사(假御史, 예전에 가짜로 어사 행세를 하던 사람) 홍길동의 계문이라 하니 임금이 더욱 진노하였다.

"이놈이 각 도로 다니며 장난을 치건만 아직도 잡지 못하니 장차 이를 어찌하리오?"

하시며 여러 신하와 의논하시고 있을 때도 각 도에선 연달아 장계가 올라왔는데 그 장계가 다 홍길동 장군의 장계였다.

왕이 더욱 근심에 잠겨 좌우를 돌아보며 물었다.

"이놈이 아마 사람이 아니고 귀신의 장난이니 누가 능히 그 근본을 짐작하겠는가?"

그러자 앉아 있던 한 사람이 나서며 아뢰었다.

"홍길동은 전임 이조판서 홍 모의 서자요. 병조 좌랑 홍인형의 서제오니 이들 부자를 부르시어 물어보시면, 자연 알게 되실 줄 아옵니다."

왕이 이 말을 듣고 더욱 노하여

"이런 말을 어찌 이제야 하느냐?"

하시고 즉시 홍 모를 금부에 가두고 인형을 잡아들여 친히 신문하였다.

"길동이라는 도둑이 너의 서제라는데 어찌 막지 않고 그대로 두어 나라에 큰 환란을 일으키게 하느냐? 네 만일 잡아들이지 않으면 너희 부자를 처벌하리니, 빨리 잡아들여 짐의 근심을 풀게 하라. 경이 아무런 벼슬이 없으면 길동을 잡기 어려울 것이니 경상 감사로 임명하고 일 년의 말미를 줄 터이니 곧 길동을 잡아들이라."

인형이 임금의 은혜에 백배 감사하게 생각하고 성상께 하직한 뒤 경상도로 부임해서 곧 각 읍에 방을 붙이게 했다.

'사람이 지켜야 할 다섯 가지 도리가 으뜸이요. 이 오륜이 있으므로 인의예지(仁義禮智)가 분명하거늘 이를 알지 못하고 임금과 아버지의 명을 거역하여 충성스럽지 못하고 효성스럽지 못하면 어찌 세상이 용납하리오. 우리 아우 길동은 이런 일을 알 것이니, 스스로 형을 찾아와서 사로잡히라. 아버님이 너로 인해 병환이 깊으시고 성상께서도 걱정이 많으시니 네 죄악이 크고 무서운지라, 성상께서 나로 하여금 특별히 도백(道伯, 관찰사)이라는 벼슬을 내리시고 너를 잡아들이라 하시니, 만일 잡지 못하면 여러 대에 걸쳐 쌓아 온 우리 홍씨 집안의 덕이 한순간에 사라지게 될 것이니 어찌 슬프지 아니하랴.

바라건대 길동은 이를 생각해서 빨리 스스로 나타나면 네 죄는 덜어질 것이요, 우리 가문은 보전하리니, 너는 만 번 생각해서 자진 출두하라.'

홍 감사는 이 같은 방을 각 읍에 붙여 놓고는 다른 일은 모두 그만두고 길동이 나타나기만 기다렸다.

그러던 어느 날 한 소년이 나귀를 타고 하인 수십 명을 데리고 영문 밖에 와서 감사 뵙기를 청했다.

감사는 혹시나 하는 마음으로 들어오게 하니 길동이 머리를 숙여 인사했다.

"제가 여기까지 오게 된 것은 아버지와 형을 위태함에서 구하고자 함이니 어찌 다른 말이 있겠습니까? 생각건대 대감께서 처음 천한 길동을 위해 아버지를 아버지라 하고 형을 형이라 하였던들 어찌 이 지경에 이르렀을까? 그러나 인제 와서 지난 일을 말하여 무엇 하겠습니까. 이제는 소인의 몸을 묶어 서울로 올려보내소서."
하고는 다시 아무 말도 안 했다.

감사는 길동의 말을 듣고 눈물을 흘리며 공문을 쓴 다음 길동을 호송용 수레에 태워 보냈다.

그런데 이게 어찌 된 일인가? 경상 감사 홍인형이 그의 서출 동생 홍길동을 잡아 올리니, 잡혀 온 홍길동이 여덟 명이나 되었다. 이를 본 조정과 장안 백성이 어리둥절했다. 임금이 괴상히 여겨 홍 모를 불러들여

"아비는 자식을 알아본다고 했으니 이 여덟 중에서 경의 아들을 찾아내라."

홍 공이 황공해서 머리를 조아리며 아뢰었다.

"신의 천생 길동은 왼쪽 다리에 붉은 혈점이 있사오니 그를 알아보시면 진짜 길동이 나타날 것이옵니다."

임금이 다시 여덟 길동을 꾸짖었다.

"네 지척에 임금이 계시고 아래로 내 아비가 있거늘 이렇듯 크나큰 죄를 지었으니 죽기를 억울해하지 마라."

여덟 길동이 임금에게 아뢰었다.

"신의 아비 국운을 입었사온데 신이 어찌 감히 나쁜 짓을 하오리까. 신은

본래 천비 소생이오라 아비를 아비라 못하옵고, 형을 형이라 부르지 못하오니, 평생 원한이 마음속에 맺혀 집을 버리고 도둑 무리의 우두머리가 되었사오나 백성은 추호도 범치 않았사옵고, 각 읍의 수령 가운데 백성들의 고혈을 빨아서 모은 재물을 탈취하였사오나, 이제 십 년만 지나오면 떠나갈 곳이 있으니 바라옵건대 성상께서는 걱정하지 마시고 소인을 풀어 주시옵소서."

말을 끝낸 여덟 길동이 일시에 넘어지면서 짚으로 만든 제웅(짚으로 만든 사람 모양의 물건)으로 변했다.

"천고에 이런 일이 어디 있으리오?"

임금이 근심하고 계시자 신하 가운데 한 사람이 나와 아뢰었다.

"길동의 소원이 병조판서를 한번 지내면 조선을 떠나겠다 하옵니다. 그 원을 풀면 저 스스로 사은할 것이오니 그때를 타서 잡는 것이 좋을까 하나이다."

임금이 이 말을 옳게 여겨 즉시 홍길동에게 병조판서의 벼슬을 내리시고, 사대문에 방을 붙였다.

길동은 대궐로 들어가 성상께 절을 올리고 난 다음 아뢰었다.

"소신의 죄악이 중한데 도리어 천은을 입어 평생 한을 풀고 돌아가오니 바라옵건대 성상께서는 만수무강하옵소서."

길동은 남경으로 가다가 한 곳에 다다랐는데 이것이 율도국이었다. 산천이 맑고 깨끗하고 인물이 번성하여 가히 살 만한 곳이었다. 남경으로 들어가 두루 돌아다니며 산천도 구경하고 인심도 살피고 다니다가 오봉산에 이르러 보니 그 경치가 으뜸이었다.

둘레가 칠백 리요, 기름진 들판과 논밭이 가득해서 사람 살기에 알맞은 곳이었다. 길동은 속으로 생각했다.

'내 이미 조선을 하직하였으니 이곳에 와 은거하였다가 큰일을 도모하리라.'

길동은 벼 천 석을 얻고 삼천 명의 도적 무리를 거느리고 남경 땅 제도 섬으로 들어가 수천 호의 집을 짓고 농업에 힘쓰게 하며, 재주를 배우게 하고 무술을 연습게 하니 군사가 훈련되고 양식 또한 풍족하였다. 가난하게 사는 사람은 한 사람도 없고 재산이 풍족한지라 무리는 행복한 나날을 보내게 되었다.

한편 길동의 아버지 홍 공은 아들 길동이 멀리 간 후로는 아무런 수심 없이 지내더니 나이 팔십 살이 되어서 홀연히 병을 얻어 점점 침통해졌다.

공은 부인과 아들 인형을 불러

"내 나이 팔십 살이라, 죽는 것에는 한이 없으나, 길동의 생사를 알지 못하고 죽게 되어, 눈을 감지 못하겠도다. 제가 죽지 않았으면 반드시 찾아올 것이니 부디 적자(嫡子, 정실이 낳은 아들)와 서자(庶子, 첩이 낳은 아들)를 가리지 말고 그의 어미도 잘 대접하라."

하고는 뒤이어 숨을 거두었다.

온 집안이 슬픔에 휩싸여 장사를 극진히 지내나, 명당을 얻지 못해 고민하고 있는데, 하루는 하인이 들어와 고했다.

"문밖에 어떤 중이 와서 상공 신위에 조문하겠다 하나이다."

인형이 이상하게 여겨 들어오라 하니, 그 중이 들어와 서럽게 우는 것이었다.

길동이 다시 여막(廬幕, 궤연 옆이나 무덤 가까이에 지어 놓고 상제가 거처하는 초막)에 나아가 상제인 인형에게 통곡한 다음 말했다.

"형님은 어찌 저를 모르시나이까?"

그제야 인형이 자세히 보고 길동인 줄 알고 손을 잡고 통곡하며 말했다.

"네 어찌 중이 되었느냐?"

"소자 처음에 마음을 그릇되게 먹고 장난을 일삼다가 아버지와 형께서 화를 당하실 것이 두려워, 조선을 떠나 중이 되어 지술(地術, 풍수지리설에 바탕을 두고 지리를 보아 묏자리나 집터 따위의 좋고 나쁨을 알아내는 술법)을 배웠나이다. 이제 아버님께서 세상을 뜨시게 됨을 짐작하고 왔사오니, 어머니께서는 슬퍼 마소서."

부인과 춘섬이 이 말을 듣고 눈물을 거두며 말했다.

"네 지술을 배웠으면 천하에 유명할 터이니, 부공을 위해 명당을 얻어 보라."

"명당은 이미 얻었사오나 천 리 밖에 있는지라, 행상키가 어려워 근심 중입니다."

인형이 듣고 크게 기뻐하며 말했다.

"네 재주와 효성을 아노니, 명당만 얻는다면 무슨 걱정이 있겠느냐?"

"형님의 말씀이 그러하시다면 내일 영구(靈柩, 시체를 담은 관)를 발인하소서. 소자가 이미 산역(山役, 시체를 묻고 뫼를 만들거나 이장하는 일)을 시작하옵고 안장할 날을 정하였사오니 형님께서는 염려치 마소서."

길동이 그의 모친인 춘섬을 데려가기를 청하니 부인과 춘섬이 마지못해 허락했다.

길동은 부친 산소를 제도 땅에 모시고 아침저녁으로 제를 지내니 모든 사람이 탄복했다.

세월이 흘러서 삼년상을 마치고 모든 영웅을 모아 무예를 연습하며 농업에 힘을 쓰니, 몇 해가 지나지 않아 병사는 잘 훈련되고 양식은 풍족했다.

이때 남쪽에는 율도국이란 나라가 있었는데, 지방이 수천 리나 되었다. 사면이 막혀 금성천리(金城千里, 성이 견고하고 길게 뻗쳐 있다는 뜻으로, 방어력이 탄탄함을 비유적으로 이르는 말)요, 천부지국(天府之國, 땅이 기름져 온갖 산물이 많이 나는 나라)이라 길동이 늘 마음에 둔 곳이었다. 길동이 대군을 이끌고 율도국 철봉산 아래 다다르니, 철봉 태수 김현충이 난데없는 군마를 보고 매우 놀라, 왕에게 보고하고는 한편으로 군사를 거느리고 나와 싸웠다. 길동을 모르고 달려들어 싸우는 싸움이라, 몇 날을 싸우지 못하고 크게 패하여 항복하였다. 율도국 왕이 이 소식을 듣고 매우 놀라

"우리나라가 오로지 믿는 바는 철봉이거늘, 이제 철봉을 잃었으니 장차 어찌하리오."

하고 자결하니 세자와 왕비 또한 자결하였다.

길동이 성안으로 들어가 백성을 안심시키고, 소와 양을 잡아 여러 장수와 군사들을 위로했다. 길동이 왕위에 오른 후에는 율도 왕을 의령군에 봉했다.

길동이 왕이 되어 나라를 다스린 지 삼 년째 산에는 도적이 없어지고 길에서는 떨어진 물건을 주워 가는 이가 없으니 가히 태평성대였다.

그동안 왕은 세 아들과 두 딸을 두었는데 맏아들 현은 백 씨의 소생이고, 둘째 아들 창과 셋째 아들 열은 조 씨의 소생이며, 두 딸은 궁인의 소생이라. 모습이나 언행이 부모를 고루 닮아 모두 다 뛰어난 재주와 훌륭한 덕망

을 지녔다. 맏아들 현을 세자로 봉하고 나머지는 모두 군으로 했으며, 두 딸은 부마를 간택하니 온 나라가 기뻐 축하했다.

　길동이 왕위에 오른 지 삼십 년 되는 해였다. 하루는 후원 영락전에 온갖 풍악을 갖추고 노래를 지어 불렀다.

　세상사를 생각하니 풀 끝에 이슬 같도다.
　백 년을 산다 하나 이 또한 뜬구름 같도다.
　귀천도 때가 있어 다시 보기 어렵도다.
　소년 시절이 어제 같거늘 네가 백발 될 줄 어이 알리!

　두 왕비와 즐기고 있는데 문득 오색구름이 전각을 두르며, 늙은이 한 분이 청려장(靑藜杖, 명아주대로 만든 지팡이)을 짚고 속발관을 쓰고 학창의(소매가 넓고 뒤 솔기가 갈라진 흰옷의 가장자리를 검은 천으로 넓게 댄 웃옷)를 입고 전상(전각인 궁전의 자리 위)에 오르며,
　"그대 인간 재미가 어떠하냐? 이제 우리 모이리라."
하더니 홀연히 왕과 왕비가 온데간데없었다.

토끼전

- 작자 미상 -

작품 정리

　〈토끼전〉의 주제는 충(忠)을 앞세운 중세적 유교의 지배 논리를 강조하는 경우, 이들 충과 유교적 도덕률에 대한 야유와 비판, 서민적 · 풍자적 해학이 주제인 경우, 또 이들 양자가 공존 내지 혼재하는 경우의 세 가지 양상으로 나타난다.

　〈토끼전〉은 동물들을 등장시켜 풍자적으로 묘사한 의인 소설이자 우화 소설이다. 조선의 고전 소설에는 실화(實話)가 모델이 되어 작품으로 정착된 것이 적지 않다.

　그러나 고전 소설에는 실화가 소설로 된 것뿐만 아니라 전래하여 내려오는 우화가 소설의 소재가 된 것 또한 적지 않다.

　전해 내려오는 우화라 한다면 과거에는 설화 문학으로 벌써 오랫동안 민간에 유행되어 문자로 기록되지 않은 문학으로 일반 대중에게 환영받았다.

　또 그러는 사이에 대중의 생활이 남몰래 그 가운데로 스며 들어가, 때마침 소설이 널리 읽혀짐에 따라 누군가가 문자로 옮겨 작품화된 것이라 할 수 있다.

작품 줄거리

　용왕이 병이 나자 도사가 나타나 육지에 있는 토끼의 간을 먹으면 낫는다고 한다. 용왕은 수궁의 대신을 모아 놓고 육지에 나갈 사자를 고르는데 서로 다투기만 할 뿐 결정하지 못한다. 이때 별주부 자라가 용왕의 명을 받고 토끼의 간을 구하기 위해 육지로 간다. 토기 화상을 가지고 육지에 다다른 자라는 산중에서 토끼를 만나 수궁에 가면 높은 벼슬을 주겠다는 말로 토끼를 유혹한다.

　자라의 말에 속은 토끼는 자라를 따라 용궁에 이른다. 용왕은 토끼를 보자 배를 갈라 간을 꺼내라고 한다. 그러자 토끼는 꾀를 내어 간을 육지에 두고 왔다고 한다. 용왕은 토끼를 환대하면서 다시 육지에 가서 간을 가져오라고 한다.

　자라와 함께 육지에 이른 토끼는 자라를 조롱하며 달아나고 자라는 허탈한 마음으로 돌아간다. 토끼는 죽음을 모면해 옛길을 찾아가니 너무나 기쁜 나머지 앞뒤를 분별없이 뛰어가다가 그물에 걸리지만 쉬파리를 보고 꾀를 생각해 내어 간신히 위기를 모면한다.

🐰 토끼전

  천하에는 사해가 있고, 사해에는 제작기 용왕이 있으니 동해는 광연 왕이고, 남해는 광리 왕이며, 서해는 광택 왕이고, 북해는 광덕 왕이다.

  사해의 용왕 가운데 남해의 광리 왕이 우연히 병을 얻어 백 가지 약으로도 효험을 보지 못했다.

  용왕은 자손을 불러 뒷일을 부탁하고, 눈물로 세월을 보내더니 하루는 여러 빛깔로 아롱진 고운 구름이 수궁을 뒤덮고 기이한 향내가 사면으로 일어나면서 골격이 깨끗하고 빼어나며 용모 단정한 도사가 내려와 용왕께 나아가서 공손히 인사를 드렸다.

  용왕은 도사를 반가이 맞이하며 말했다.

  "도사께서 누추한 이곳까지 왕림하셨으니 감사한 말씀 헤아릴 바 없사오나 과인이 병이 깊어 문전까지 나가 영접하지 못함을 용서하옵소서."

  "나는 하늘나라의 태을 선관으로 대왕의 동생인 광연 왕과 절친한 사이옵니다. 광연 왕에게 대왕의 병세가 위독하다는 말을 듣고 문병차 왔사온데 그간 차도가 있으신지요?"

  "과인의 병세를 물어 주시니 황공하옵니다. 몇 해 전에 상제의 조서를 받고 황주 땅에 비를 내리러 갔다가 우연히 병을 얻어 백 가지 약으로도 효험을 보지 못하니, 과인의 병세를 자세히 살피시고 신약을 가르쳐 주옵소서."

  용왕이 간절히 애걸하자 도사는 대왕의 맥을 짚어 보고 한참 동안 생각에 잠겼다가 입을 열었다.

  "사람의 오장 육부에 있는 병은 맥을 짚어 보면 대략 짐작할 수 있으나 대왕의 귀하신 몸은 인간과 달라 진맥하기가 어렵나이다. 대왕의 병세는 간경이 허하고 울화가 위로 올라 모든 병이 한꺼번에 나타났으니, 화타(華陀, 중국 후한 말기에서 위나라 초기의 명의)와 편작(扁鵲, 중국 전국 시대의 의사)이 모시고 있다 해도 고칠 수 없사옵니다. 하지만 오직 한 가지 신약이 있습니다. 인간 세상에 있는 토끼의 간으로 환을 지어 복용하면 놀라

울 정도의 효과가 있을 것입니다."

이 말을 들은 용왕은 기뻐하며 즉시 문무백관을 한자리에 모아 놓고 토끼 간을 구해 올 만한 자를 골라 달라고 대사에게 부탁하였다.

대사는 신하들을 자세히 살펴본 후 용왕에게 아뢰었다.

"이번 사신에게 대왕의 목숨이 달렸으니 항우(項羽, 중국 진나라 말기의 무장) 같은 기력과 공명 같은 지략과 소진(蘇秦, 중국 전국 시대의 유세가) 같은 언변을 가진 자를 찾아야 합니다. 주부 벼슬에 있는 자라로 말하자면, 등의 철갑은 화살을 피할 것이오, 다리가 짧으니 헤엄도 잘 치겠고, 목을 임의로 늘일 수 있으니 원근을 잘 살필 것이며 배에 임금 왕(王)자가 쓰였으니 목숨이 길 것입니다. 그러하오니 자라를 사신으로 보내는 것이 좋을 듯하옵니다."

용왕이 술을 부어 자라에게 권하며 말했다.

"그대가 이번에 공을 세우고 돌아오면 대대로 부귀영화를 누리리라."

용왕은 화공을 불러 토끼의 화상을 그리도록 하였다.

화공이 토끼의 화상을 그리는데, 난초, 지초, 모란 화초, 꽃 따 먹던 입을 그리고, 천하 명산 경치를 보던 눈, 그리고 날아다니는 새 우질 때 소리 듣던 귀, 만화방창(萬化方暢, 따뜻한 봄날에 온갖 생물이 나서 자라 흐드러짐) 꽃나무 숲을 펄펄 뛰던 발, 그리고 엄동설한에 바람막이가 되어 주는 털을 그리니 두 귀는 쫑긋, 앞발은 앙금, 뒷발은 길쭉, 맑은 물 굽은 길의 계수나무 그늘 속에서 이리 뛰고 저리 뛰던 완연한 토끼더라.

자라가 토끼의 화상을 받아 들고 집으로 돌아와 서자와 작별할 때, 아내는 눈물을 흘리며 당부했다.

"임금을 위하다가 목숨을 바친들 여한이 있으리오. 집안 생각은 아예 말고, 부디 토끼의 간을 구해다가 임금님의 병을 낫게 하십시오."

"부인 말씀을 들으니 충신의 아내 되기에 부끄럼이 없겠소. 나 없는 동안 늙으신 어머니와 어린 자식들이나 잘 보호하며 평안히 있으시오."

별주부는 행장을 꾸려 만경창파 깊은 물에 허위 둥실 떠올라서 바람 부는 대로 물결치는 대로 이리저리 흐르다가 물가에 당도하였는데 육지가 처음인 자라는 어디로 향해야 할지 몰랐다.

이곳저곳 두루 찾아 한 곳에 당도하여, 바위 위로 기어오른 자라는 백통

(구리, 아연, 니켈의 합금) 담뱃대에 삼동초를 비벼 담아 불을 붙여 입에 물고는 이리저리 살펴 한 곳을 바라보니 청계산 수풀 속에 온갖 짐승이 다 모였다. 별주부 엉금엉금 기어가서 동정을 살펴보니 흰 범, 대범, 표범, 노루, 사슴, 너구리, 멧돼지, 수달, 토끼, 여우, 곰, 다람쥐, 참쥐, 두꺼비 등 온갖 짐승이 다 모여 잔치하는 모양인데, 서로 윗자리에 앉으려고 나이와 위풍을 내세우며 다투고 있지 않은가.

별주부가 화상을 꺼내어 비교해 보니 가장 위에 앉아 있는 것은 범이었다. 그다음에 앉아서 많은 말을 지껄이는 놈은 분명히 토끼였다. 별주부는 잔치가 끝난 후에 토끼를 만나 시험해 보리라 하고 기다렸다. 이윽고 서산에 해가 질 무렵에 여러 짐승은 잔치를 끝내고 흩어졌다.

신변의 위험을 느낀 자라는 산 아래로 내려와 잠시 숨어 있다가 이윽고 사방을 살펴보니 토끼를 비롯한 모든 짐승이 온데간데없었다.

한순간의 위험을 피하려다 모처럼 만난 토끼를 놓쳐 버린 별주부는 산허리에 높이 올라 단을 쌓아 놓고 산신께 기도를 올렸다.

"신령께서는 나의 정성을 살피시어 토끼를 만나게 해 주옵소서."

예절 없는 절을 무수히 많이 하고 있는데, 이때 토끼가 잔치를 끝내고 몹시 취해 석약천 좁은 길로 하늘하늘 뛰어오고 있었다.

별주부는 산신의 도움이라 생각하고 말소리를 낮추어 말했다.

"저기 오시는 이는 누구시오?"

토끼가 정신을 가다듬고 사방을 살펴보며 말했다.

"게 뉘라서 날 찾나? 상산사호(商山四皓, 중국 진시황 때에 난리를 피하여 산시성의 상산에 들어가서 숨은 네 사람. 동원공, 기리계, 하황공, 각리 선생을 이름) 노인들이 바둑 두자고 날 찾나? 죽림칠현(竹林七賢, 중국 진나라 초기에 노자와 장자의 무위 사상을 숭상하여 죽림에 모여 청담으로 세월을 보낸 일곱 명의 선비) 같은 사람들이 술 마시자고 날 찾나? 이태백이 채석 가자고 날 찾나? 인생 부귀 물으시면 뜬구름이라 가르쳐 주고 역대 흥망을 물으시면 상전벽해(桑田碧海, 뽕나무밭이 변하여 푸른 바다가 된다는 뜻으로, 세상일의 변천이 심함을 비유적으로 이르는 말)라 일러 주지. 그런데 그대는 도대체 누구시오?"

"저는 경해 수궁에 사는 별주부 자라라고 하온데 노형은 누구시오?"

"나는 이 산중에 사는 토 선생이라 하오."

별주부가 유식한 체하며 물었다.

"타랴터텨 하는 '토' 자시오?"

"그런 '토' 자가 아니라, 자하골 나무전의 언월생토라 하는 '토' 자이외다."

"말씀을 듣자 하오니 매우 유식하시구려."

토끼가 너털웃음을 웃고 나서 뽐내며 말했다.

"예, 논어, 맹자, 시전, 서전, 주역, 춘추강목(春秋綱目), 필대가며, 당음(唐音, 중국 원나라의 양사굉이 당나라 때의 시를 엄선하여 엮은 책), 당시(唐詩, 중국 당나라 때의 시인들이 지은 시), 고문 예기 시시백가어(詩書百家語, 〈시경〉, 〈서경〉과 제자백가의 책을 아울러 이르는 말)를 두루 다 섭렵하였소."

"토 선생의 문필이 그러하면서 장원 급제하여 부귀영화를 누리지 못하고 어찌 저리 적막하게 지내시오."

토끼가 화를 버럭 내며 말했다.

"나의 재주가 비상하나 시절이 뒤숭숭하여 공명을 하직하고 산중의 주인이 되어 사철 풍경을 구경하나니, 나의 재미 들어 보시오. 춘삼월 돌아오면 꽃바람이 건듯 불어 온갖 풀과 꽃들 피어날 때 석탑 위에 걸터앉아 꽃과 버들을 감상하는 것은 나의 봄 경치요, 여름이 돌아오면 남풍이 불어 온갖 잡초가 무성할 때 청계수 맑은 물에 손발 씻고 돌아서서 약초를 캐는 것이 이 산중의 여름 풍경이라. 서풍에 익은 과실이 산과 들에 널려 있어 내 마음대로 따 먹는 것은 나의 가을 재미요, 만학천봉(萬壑千峯, 첩첩이 겹쳐진 깊고 큰 골짜기와 수많은 산봉우리)에 백설이 쌓이면 맑고 밝은 달빛을 벗 삼아 불로초를 장복(長服, 약이나 음식을 오랫동안 계속해서 먹음)하여 명을 더욱더 오래 유지하는 것이 산중의 맛이로다."

토끼의 말을 듣고 있던 별주부가 하늘을 보고 크게 웃으며 말했다.

"그대의 말은 모두 거짓이로다. 그대의 말을 그 누가 곧이들으리오. 내가 생각건대 그대가 봄날이 화창하여 풀잎이나 따 먹으러 깊은 산속으로 들어갈 때 맹렬한 저 독수리 화살같이 날아드는데 그대가 무슨 정신이 있어 꽃과 버들 구경하리오. 여름으로 말할진대 목이 말라 물 먹으러 시냇가로 내려갈 때 소먹이는 목동들이 채찍을 들고 쫓아오는데 천방지축 도망하는 것도 바쁜데 어느 겨를에 약을 캐리요. 또 단풍잎이 붉어질 때 무슨 과실이나 얻어먹으려고 조용한 곳을 찾아가면 냄새 잘 맡는 사냥개가 그대의 자취를 밟고 총 잘 쏘는 사냥꾼이 방아쇠를 당길 때 그대는 혼비백산하여 도망하는데 어찌 불쌍하지 아니하오. 온 산이 백설로 뒤덮였을 때 먹을 것이 없어, 도토리 조각이나 있나 하고 양지쪽에 내려가면 나무하던 초립동이 낫을 들고 쫓아오니 도망가기 바쁘고, 달아나다가 농부가 놓은 덫에 걸릴 자는 그대 말고 누가 또 있는가? 이렇게 보건대 춘하추동 사시절에 그대에게 편할 날이 어느 때인가?"

토끼는 주부의 말을 듣고 한풀 꺾이는 듯 잠잠히 앉아 있다가 말했다.

"형이 나에게 무슨 마음이 있기에 갈수록 모진 말만 하시오? 형이 계신 수궁 경치는 어떠하오?"

"우리 수궁 경개를 말하면, 오색구름 깊은 곳에 영덕전이 솟았는데, 백옥 난간, 산호 기둥, 호박 주렴, 진주 용상에 구름과 안개로 병풍을 둘러치고 팔선녀가 시위하여 날마다 잔치를 베풀 적에 금관 조복 백관들이 차례로 늘어앉고 풍류가 흥겨우며 호박 반 유리 상에 금광초 불사약을 소복이 담아다가 앞앞이 권할 때 기분이 상쾌하고 심신이 황홀하더이다."

이 말을 들은 토끼는 마음에 동요를 느꼈다.

"나 같은 사람도 수궁에 들어가면 벼슬도 할 수 있고 팔선녀와 정을 나눌 수 있으리까?"

"뛰어난 문필과 풍채를 지닌 토 선생이 수궁에 가신다면 그 누가 우러러 보지 않겠소? 지금 홍문관 대제학의 자리가 비어 있는데 내가 선생을 추천하여 낙점하시게 하리라."

"내 비록 가고는 싶으나 물과 육지가 다른지라, 갈 길이 없을까 하노라."

"그것은 조금도 염려 마오. 내 등에 업히면 천리만리라도 갈 수 있으니."

별주부의 말을 듣고 있던 토끼가 반신반의하여

"그대의 말씀은 감사하나 갈 뜻이 없나이다."

하니, 자라는 짐짓 산 아래로 내려가며,

"그렇다면 진즉 말씀할 일이지 형이 싫다 하면 호랑이를 데리고 가야겠소. 그럼 후에 다시 만납시다."

하며, 하직하고 떠나가자 토끼가 황급히 쫓아 내려오면서 사정했다.

"우리 숙주께서는 모든 일을 나에게 의논하니, 찾아가도 소용없소. 만리 타국(萬里他國, 조국이나 고향에서 멀리 떨어져 있는 다른 나라)으로 떠나려 하면서 그만한 의심도 없으리오. 이제 그대의 참뜻을 알았으니 나를 데리고 가 주오."

자라는 짐짓 속는 체하고 다시 한번 다짐한 다음 토끼를 데리고 물가로 내려갔다.

이때 방정맞은 여우가 산모퉁이에서 난데없이 나타나 말했다.

"어리석은 토끼야, 내 말을 들어 보아라. 물이란 위험한 곳이다. 타국으로 벼슬을 구하러 갔다가 못되면 굶어 죽고 잘되면 제명대로 살지 못하고 죽는 법이니라. 너와 나의 옛정을 생각하여 충고하노니 가지 마라."

토끼가 곧이듣고 따라가지 않겠다고 하자 별주부는 다 된 일을 여우란 놈이 훼방을 부렸다며 짐짓 돌아보지도 않고 엉금엉금 내려가며 혼자 중얼거렸다.

"제 복이 아니니 별수 없군."

이 말을 들은 토기가 뒤따라오며 물었다.

"제 복이 아니라니 도대체 무슨 말이오. 자세히 일러 주오."

자라는 내심으로 기뻐하며 대답했다.

"남의 좋은 사이를 이간한 것 같아서 말하지 않으려 했는데 당신이 물으니 말하지 않을 수 없군. 내가 육지에 올라왔을 때 여우가 저를 데려가라고 하였으나 간사한 그 심술이 좋지 않아 거절하였더니, 당신을 데려간단 말을 듣고 쫓아와서 당신을 떼어 놓고 자기가 따라가려는 것이 분명하오."

토끼는 별주부의 말을 다시 곧이듣고 여우를 한 번 꾸짖고 나서 말했다.

"내 아무리 어리석으나 어찌 무식한 자의 부질없는 말을 곧이들으리오? 노형은 잠시 내가 주저한 것을 탓하지 마시고 바삐 가십시다."

자라는 토끼를 데리고 물가에 도달하여 토끼를 등에 업고 한없이 넓고 넓은 바다에 뛰어들어 수궁으로 향하는데 토끼가 깜짝 놀라 백사장으로 뛰어내리며 말했다.

"물소리 저러하니 차마 무서워서 못 들어가겠소."

별주부가 크게 화를 내어 꾸짖고 또 달래었다.

"방정맞은 토끼야! 네 목숨이 경각간에 달렸는 줄 모르고 태평으로 지내니 애석하구나! 너의 관상을 보니 죽을 날이 그다지 머지않은데 어찌 제 명을 다하고 편안히 자리에 누워 죽는 것을 바라리오? 그러나 수궁으로 들어가면 백 년 동안 장수하는 것은 물론이요, 벼슬이 일품인데 참으로 애석하도다."

토끼가 그 말을 듣고 환히 깨달으며 일어나 말했다.

"대장부 죽을지언정 어찌 친구의 말을 듣지 아니 하리오?"

별주부는 토끼를 등에 업고 너른 물을 돛대 없는 어선처럼 지향 없이 찾아갔다. 토끼는 눈을 감고 자라 등에 엎드려 간장이 녹는 듯하더니, 이윽고 물소리가 그쳤다. 눈을 들어 살펴보니 완연한 별천지라, 마음이 황홀하여 자라를 칭찬했다.

"형의 말이 옳소이다. 바라건대 좋은 자리에 추천하여 주오."

"그대는 여기서 잠깐만 기다리오. 내가 입궐하여 그대와 같이 왔음을 아뢰리다."

자라는 말을 마치고 총총히 사라졌다.

토끼는 홀로 앉아 자라가 돌아오기만을 기다렸다. 그때 갑자기 나졸들이 달려들어 결박하고 영덕전으로 들어가 뜰 아래 꿇어앉혔다. 토끼는 겨우 정신을 차리어 전상을 우러러보았다.

용왕이 토끼에게 하교를 내렸다.

"과인의 병이 중한데 백약이 무효하더니 너의 간으로 환을 지어 먹으면 살아난다고 하기에 자라를 보내 너를 잡아 왔느니라. 무례한 줄 알지만 네가 죽은 후에 과인의 병이 나으면 군신 중에 으뜸 공신이 너밖에 누가 있겠는가. 별도로 사당을 세워 매일매일 향을 피우는 등 극진히 지내리라."

토끼는 자라의 꾐에 속은 것이 분하였으나 후회해 봤자 소용없었다. 문득 한 가지 계교를 꾸며 낸 토끼는 얼굴색이 하나 변하지 않고 태연히 입을 열어 용왕께 아뢰었다.

"대왕의 간절하신 말씀을 듣자오니 소신의 배를 가른들 여한이 없겠나이다. 그러나 소신의 배를 가르지 않고도 대왕의 환후를 치료할 수 있사옵니다. 소신 비록 체구는 작으나 다른 짐승과 달라 밑구멍이 셋이옵니다. 두 구멍으로는 대소변을 통하고 나머지 한 구멍으로는 간을 출입하온데 초순부터 보름까지는 정결한 곳에 내어 걸고 아침 이슬과 달의 정기를 쏘인 후에 십육 일부터 그믐까지는 몸속에 간직하오니, 이른바 망월토라 하옵니다. 약 중의 약인 줄 인간도 아는 까닭으로 종종 빌려주는 일이 있사온데 하물며 대왕의 환후에 간절히 쓰신다니 어찌 아니 드리리오. 하지만 이곳에 올 때 매우 급하고 바빠 간을 가져오지 못하였나이다. 앞으로 석 달만 시간을 주시면 소신의 간은 물론 친구의 간까지 얻어 오리다."

용왕이 이 말을 듣고 크게 노하여 말했다.

"너는 간사한 말로 거짓을 고하니 죽어도 공이 없으리라."

용왕은 무사를 시켜 속히 배를 가르라 하니 토끼가 안색을 변치 않고 말했다.

"이제 소신의 배를 갈라 만일 간이 없으면 대왕의 병환도 고치지 못하고 소신만 억울하게 죽을 따름이니 그렇게 되면 누구에게 간을 구하시려 하옵니까? 그래도 믿기 어려우면 소신의 밑구멍을 보시옵소서."

용왕이 신하를 시켜 보게 하니 과연 구멍이 셋이라. 이때 금붕어가 용왕께 아뢰었다.

"그러나 세상일을 예측지 못하오니 별주부를 다시 보내 간을 가져오도록 하는 것이 어떨는지요."

토끼가 다시 아뢰었다.

"인간은 수궁과 달라 산천이 험악하고 초목이 무성하여 찾아갈 수 없다는 사실은 별주부가 더욱 잘 알 것이오."

왕은 토끼를 당장에 올려 앉히고 잔치를 베풀어 위로하였다. 토끼는 죽을 궁지를 벗어난 것이 하도 기뻐 이리저리 뛰놀다가 자리에서 떨어졌다. 자라가 토끼를 꾸짖으며 말했다.

"네가 얕은꾀로 감히 우리 대왕을 속이려고 하느냐?"

토끼는 분함을 꾹 참고 잔치가 끝나기를 기다렸다가 용왕께 아뢰었다.

"소신이 의서를 보니 중병에는 왕별탕이 제일이라 하더이다. 그러니 구년 묵은 자라탕을 먼저 쓰시고 소신의 간을 쓰시면 약효가 더욱 빠를 것이옵니다."

이 말을 들은 용왕은 신하들을 불러 의논한 결과, 별주부는 인간 세상에 다녀온 공을 참작하여 죽일 수 없고 그 대신 암자라인 그의 아내를 왕별탕에 쓰기로 하였다.

별주부가 기가 막혀 집으로 돌아와 아내와 타협하고 토끼를 모셔다가 주찬으로 극진히 대접하며 땅에 엎드려 애걸했다.

"부인의 생명이 토 선생께 달렸으니 부디 굽어살피시어 목숨을 구해 주소서."

토끼가 비웃으면서 말했다.

"네가 당초 나를 죽을 데로 유인하고 없는 간도 있다 하여 기어이 죽이려 하더니 너의 아내 죽이기는 애통하다고 애걸하는 것이냐? 만일 죽는 것이 원통하거든 너의 아내를 나에게 수청 들도록 하여라."

별주부는 하는 수 없이 토끼의 청을 승낙했다.

이튿날 아침, 토끼는 용왕께 문후(問候, 웃어른의 안부를 물음)하고 다시 아뢰었다.

"어제 왕별탕을 쓰시라 한 것은 급한 약이 없어 아뢰었지만 다시 생각하여 보니 소신의 간을 먼저 쓰시고 동정을 보아 다른 약을 쓰시는 것이 좋을 듯하옵니다. 또 별주부는 공신인데 너무 가혹한 처사인 듯도 하옵니다."

용왕은 매우 기뻐하며

"토 선생의 말씀이 옳은 줄 아오. 과인의 병세 한시가 급하오니 수고를 아끼지 말고 속히 다녀오시오."

하고, 당부하니 토끼가 마지못한 체하고 다시 별주부와 길을 떠날 제, 별 부인이 하녀를 시켜 토 선생께 편지를 보냈는데 내용은 이러했다.

'소첩의 팔자 기박하여 일찍이 부모를 여의고 열다섯 살에 주부와 만났으나 금슬이 부족하여 남모르는 눈물로 세월을 보내다가 하늘이 도와 토 선생을 만나 백 년을 기약하였더니 국사 때문에 한 번 만난 낭군과 이별하니 기약이 아득하오. 인간 세계에 당도하면 별주부는 버려두고 낭군만 돌아오소. 눈물이 앞을 가려 대강 그치나이다.'

이때 용왕이 여러 신하를 거느리고 토끼를 전송하였다. 토끼가 용왕께 하직하고 다시 주부의 등에 올라 물에 드니 고국 강산 다시 볼 생각에 웃음이 절로 나왔다. 별주부가 토끼에게 말했다.

"우리가 공을 세우고 돌아가면 선생은 대왕의 사부 되어 귀함이 한이 없을 것이니, 풍랑 속에 여러 번 동행한 점과 별 부인의 정을 생각하여 특별히 보호하여 주시오."

토끼는 속으로 비웃으며 쾌히 허락했다. 어느덧 물가에 당도하자, 백사장에 뛰어내려 이리 뛰고 저리 뛰며 자라를 조롱했다.

"이 미련한 별주부야. 저절로 생긴 오장육부에 변화가 있다더냐? 너의 조정이 무식하여 함정에 든 범을 놓아 보냈으니 골수에 깊이 든 병 이제는 어이하리? 산중의 부귀가 부족하여 용궁에 가 벼슬하랴? 지적에 있는 간을 여기까지 찾으러 왔구나! 다시 한번 뜻한 데로 나를 유인하여 봐라. 너의 사정 생각하면 불쌍키도 하다마는 너의 아내와 미진한 정 심중에 병이 된다."

별주부가 정색하며 말했다.

"실없는 소리 하지 말고 간이나 찾아 속히 돌아가자."

그러자 토끼가 화를 버럭 냈다.

"간은 내 뱃속에 들어 있거늘 너를 위해 네가 죽으랴? 어리석은 별주부야! 나와 같은 영웅호걸 수궁에서 보았느냐. 네가 만일 용기가 있거든 뭍으로 나와서 싸워 보자. 내 비록 고단하나 상상봉의 호랑 숙주 내 소리 급히 나면 한순간 달려오니 너 같은 못난 자식은 혼이 나 봐야 한다."

토끼는 잔방귀 소리를 졸졸 흘리며 청산 녹음 사이로 화살대같이 사라져 버렸다.

별주부는 분을 이기지 못하고

"우리 대왕은 저놈의 꾀에 빠져 만반진수(滿盤珍羞, 상 위에 가득 차린 귀하고 맛있는 음식)를 공연히 허비하고, 씻기 어려운 욕이 내 집까지 미쳤으니 어찌 원통하지 않으리오. 만리타국에 찾아온 일이 헛되게 되었으니 무슨 얼굴로 고국에 돌아가리오."

하며, 종일토록 통곡했다.

이때 토끼는 죽음을 모면하고 옛길을 찾아가니 너무나 기뻐서 앞뒤 분별 없이 뛰어가다가 그만 그물에 걸렸다. 벗어날 길이 없음을 깨달은 토끼는 하늘을 우러러 탄식하며 슬피 울었다.

"내 당초 수궁에서 죽었던들 신체나 비단으로 염습(殮襲, 죽은 사람의 몸을 씻긴 뒤에 옷을 입히고 염포로 묶는 일)하며, 혼백이라도 춘추 제향을 극진히 지내줄 것인데 간신히 빠져나온 목숨, 이 지경이 되고 보니 내 비록 제갈량의 지략과 오자서(伍子胥, 중국 춘추 시대의 초나라 사람)의 기력인들 어찌 벗어나리오. 이제는 죽기밖에 별도리가 없구나!"

그때 코밑에 쉬파리 한 마리가 앉아 있었는데, 문득 꾀를 생각하여 쉬파리에게 수작을 걸었다.

"내가 죽은 줄 알고 찾아온 모양인데 제깐 놈이 먹으면 얼마나 먹으랴?"

"내가 비록 고단하나 음식을 먹으면 하루 천 마리의 소라도 먹으며, 경각 간에 백자천손(百子千孫, 헤아릴 수 없이 많은 자손)으로 후손이 번성한다."

토끼는 내심 기뻐하며 말했다.

"네 자손이 많다 하니 나와 내기를 하자. 나의 털끝마다 너의 알을 슬면 너희를 매우 맛이 좋은 음식이 있는 곳으로 안내해 주리라."

쉬파리는 토끼의 속셈도 모르고 털끝마다 알을 슬어 놓으니, 토끼는 죽은 듯이 눈을 감고 누워 있었다.

석양 무렵에 그물 임자가 와서 토끼를 보니 구더기가 득실득실하자 그물에서 빼내어 산골짜기에 던져버리니 기뻐하며 산허리로 달아나 말하기를

"좋을시고 내 팔자여! 재미있다 내 일이여! 용왕같이 신령함도 내 말 한마디에 귀가 먹고, 사람같이 영악함도 내 꾀에 눈이 멀어, 죽을 몸이 살았으니 우리 선산 명당 발음(發蔭, 조상의 묏자리를 잘 써서 그 음덕으로 운수가 열리고 복을 받는 일) 나 혼자 다 받았네. 수궁과 이 세상에 날 당할 이 뉘 있으리."

하며, 울창한 수풀 사이로 자취 없이 사라졌다.

광문자전(廣文者傳)

- 박지원 -

박지원(朴趾源 1737~1805)

조선 후기 문신 · 학자이며 호는 연암(燕巖), 자는 중미(仲美), 시호는 문도공이다. 16세에 처삼촌인 영목당 이양천에게 글을 배우기 시작하여 20대에 이미 뛰어난 글재주를 보였으며, 30대에 세상에 널리 이름이 알려지게 되었다. 박제가 · 이서구 등과 학문적으로 깊은 교류를 가졌으며, 홍대용 · 유득공 등과는 이용후생에 대해 자주 토론하고 함께 서부 지방을 여행하기도 하였다.

1765년 과거에 낙방하자 오직 학문과 저술에만 전념하다가 1780년(정조 4) 팔촌 형인 박명원을 따라 중국에 가서 청나라 문물을 두루 살피고 왔다.

이 연행(燕行)을 계기로 하여 충(忠) · 효(孝) · 열(烈) 등과 같은 인륜적인 것이 지배적이던 전통적 조선 사회의 가치 체계로부터 실학, 즉 이용후생의 물질적인 면으로 가치 체계의 변화를 가져오게 되었다. 그때 보고 듣고 한 것을 기행문체로 기술한 〈열하일기〉 26권을 남겼는데, 여기에는 〈양반전〉, 〈허생전〉, 〈호질〉 등 주옥같은 단편 소설들이 실려 있다.

그는 서학에도 관심을 가져 자연과학적 지식의 문집으로 〈연암집〉이 있고, 저서로는 〈열하일기〉, 〈과농소초〉 등이 전하며 연행 뒤 〈열하일기〉를 지어 백성에게 이롭고 나라에 도움이 되는 것이라면 비록 이적(夷狄)에게서 나온 것이라 할지라도 그것을 취하여 배워야 한다고 주장하였다.

1786년 음사로 선공감감역이 되어 늦게 관직에 들어서서 사복시주부 · 한성부판관 · 면천군수 등을 거쳐 1800년 양양부사를 끝으로 관직에서 물러났다.

문장가로서 뛰어난 솜씨를 보여 정아한 이현보의 문장과 웅혼한 그의 문장은 조선 시대 문학의 쌍벽으로 평가되고 있다. 희화(戱畵) · 풍자(諷刺)의 수법과 수필체의 문장들은 문인으로서의 역량을 잘 나타내 주는 작품의 특징이라고 할 수 있다. 〈열하일기〉, 〈허생전〉, 〈양반전〉, 〈호질〉, 〈민옹전〉, 〈광문자전〉, 〈김신선전〉, 〈역학대도전〉, 〈봉산학자전〉, 〈과농소초〉 등이 대표적인 작품이다.

　광문자전은 조선 후기 연암 박지원의 한문 풍자소설이다.

　작자는 서문에서 "광문은 거지로서 그 명성이 실상보다 훨씬 더 컸다고 한다. 실제는 더럽고 추하여 보잘것없었지만, 그의 성품과 행적은 대단하였다. 그는 원래 세상의 명성을 좋아하지 않았다. 하물며 도둑질로 명성을 훔치고, 돈으로 산 가짜 명성을 가지고 다툴 일인가." 하며 당시 양반을 사고파는 어지러운 세태를 꾸짖었다.

　비천한 거지인 광문의 순진성과 거짓 없는 순수한 인격을 그려 양반이나 서민이나 인간은 똑같다는 것을 강조하며, 권모술수가 판을 치던 당시의 양반사회를 풍자한 작품이다. 광문은 귀한 혈통을 갖고 태어나거나 비범한 능력을 소유하지도 않은 인물이나 성실하고 정직한 인간의 가치를 통찰하게 해주며, 남의 어려움도 자신의 일처럼 도와주는 인간적인 사람이 필요하다는 생각이 드러나 있다.

　광문은 종로 거리를 다니며 구걸하는 거지였다. 거지들은 그를 두목으로 추대하여 소굴을 지키게 하였다. 어느 추운 겨울밤 거지 아이가 병을 앓다가 죽자, 이를 광문이 죽인 것으로 의심하여 쫓아낸다. 그는 추위를 피하려 마을에 들어갔다 주인에게 발각되어 도둑으로 몰렸는데 그의 말이 너무나 순박하여 풀려난다. 광문은 거지 일당이 버린 아이의 시체를 거적으로 잘 싸서 서대문 밖에다 장사를 지낸다. 주인이 그를 미행하다가 광문에게 그동안의 내력을 듣고 그를 의로운 사람으로 여겨 약방에 추천한다. 그러다 약방의 돈이 없어져 광문이 또 다시 의심받게 되나, 며칠 뒤 약방 주인의 처조카가 빌려간 사실이 드러나 광문의 무고함이 밝혀진다. 주인은 의심을 받고도 변명함이 없는 광문을 가상히 여겨 크게 사과를 하고 아는 사람이나 벼슬아치들에게 광문의 사람됨을 널리 퍼뜨려 장안 사람들 모두가 광문과 그 주인을 칭송하게 되었다.

· 갈래 : 풍자 소설
· 연대 : 조선 후기
· 구성 : 풍자적
· 시점 : 전지적 작가 시점
· 배경 : 조선 시대 종로 시장 바닥
· 주제 : 양반들과 당시 세태에 대한 비판

광문자전

　광문(廣文)이라는 자는 밥을 빌어먹고 사는 거지였다. 그는 예전부터 종루(鐘樓, 서울 종로) 거리를 돌아다니며 구걸하였다. 그런데 길거리의 거지 아이들이 광문을 두목으로 추대하고 거지들의 소굴을 지키게 하였다.

　춥고 진눈깨비가 흩날리는 겨울 어느 날, 거지 아이들이 모두 구걸하러 나갔으나 한 아이만 병에 걸려 따라가지 못하였다. 그 아이는 추위와 고통에 앓는 소리마저 약해지고 처량하였다. 광문은 그 아이가 너무 불쌍하여 직접 구걸하러 나가서는 밥을 조금 얻어 왔다. 돌아와서 아이에게 먹이려고 보니 병이 든 그 아이는 벌써 죽어 있었다. 밥을 빌러 나갔던 거지 아이들이 소굴에 들어와 보고는 같이 있던 광문이가 죽인 것으로 의심하여 광문을 두들겨 패서 밖으로 내쫓아 버렸다.

　광문은 몹시 추운 날 밤중에 소굴을 쫓겨나 허둥지둥 마을의 어느 집 처마 밑으로 기어들어 갔다. 그러다 그 집을 지키는 개가 광문에게 덤비며 마구 짖어 대어 집주인 영감에게 도둑인 양 붙잡히고 말았다. 주인 영감이 광문을 잡아 묶자 광문이 애절하게 말하였다.

　"나는 누명을 피해서 온 놈이요, 도둑질하려고 온 것이 아닙니다! 영감님이 내 말을 믿지 못한다면 내일 아침나절에 종루 거리의 거지 아이들에게 알아보시오."

　그의 말씨가 순박하고 믿을 만하였기 때문에 주인 영감은 광문이 도적이 아님을 짐작하고 새벽에 그를 풀어 주었다. 광문은 고맙다고 인사를 하더니 낡은 거적때기를 하나 얻어 돌아갔다. 주인 영감은 끝내 괴이하게 여겨 그의 뒤를 몰래 따라가 보았다.

　동이 트기 전에 거지 아이들이 시체 하나를 끌고 와 수표교에 이르더니 그 다리 아래에 시체를 던져 버리는 것이었다. 광문이 그곳에 숨어 있다가 그 시체를 거적때기에 싸서는 등에 짊어지고 갔다. 사람들의 눈을 피해 서대문 밖 공동묘지에 묻고는 슬피 울면서 무슨 말인지 중얼거리기도 하였다.

뒤따라간 주인 영감이 광문을 붙들고 영문을 캐물으니 광문이 그제야 앞서 있었던 일과 지금의 일들을 다 말해 주었다. 주인 영감은 광문을 의로운 사람으로 여겨 그를 데리고 집으로 돌아와 깨끗한 옷을 주고 후하게 대접하였다. 그리고 광문을 약방 부자에게 추천하여 고용살이를 살게 해주었다.

약방에서 일한 지 얼마 안 되는 어느 날이었다. 약방 부자가 대문을 나서다가 자꾸만 되돌아왔다. 방에 들어가 자물쇠를 다시 한번 살펴보고야 대문을 나서기를 여러 번이었다. 그러면서 그의 얼굴빛은 자못 불쾌한 듯하고 무언가 꺼림칙한 눈치였으며, 광문을 노려보며 무엇인가 말하려다 그만둔 적이 많았다. 바깥일을 급히 보고 와서는 방 안부터 살펴보고 안심하기도 하면서 광문에게는 아무런 말이 없었다.

광문은 무슨 영문인지 몰라 날마다 좌불안석하며 묵묵히 일할 뿐, 부자의 눈치가 이상하다고 하여 감히 떠나지도 못하고 있었다.

그런데 며칠 후에 부자의 처조카 되는 사람이 돈을 가지고 와서 부자에게 돌려주며 말하였다.

"지난번에 아저씨께 돈을 빌리러 왔더니 마침 아저씨가 계시지 않았어요. 오래 기다릴 수가 없어 방에 들어가 돈을 가지고 갔었지요. 아마 아저씨께서는 모르고 계셨지요?"

이 말을 들은 부자는 광문에게 매우 부끄러워하면서 진심으로 사과하였다.

"내가 옹졸한 사람이네. 이 일로 점잖은 사람의 마음을 상하게 해서 자네를 볼 낯이 없네."

하고는 자기의 친구나 다른 부자에게나 큰 장사치들에게까지 '광문은 의롭고 행실이 바른 사람'이라고 널리 칭찬하였다.

그뿐만 아니라 여러 종실(宗室)을 드나드는 손님들과 벼슬아치의 문하에 다니는 이들에게 이르기까지 광문을 칭찬하였다. 그러자 정승과 판서의 문하에 다니는 이들과 종실의 손님들이 모두 광문을 이야깃거리로 삼고 자기들의 스승이나 종실에게도 그 이야기를 들려주게 되었다. 그리하여 몇 달 사이에 사대부들까지 광문을 옛날의 훌륭한 사람들 이름처럼 알게 되었다. 그와 더불어 한양 사람들은 광문을 후대하여 추천해 준 주인 영감이야말로 참으로 어질고도 사람을 잘 알아보는 분이라고 칭찬하였고, 또한 약방 부자야말로 역시 점잖은 사람이라고 칭찬하였다.

당시에 돈놀이꾼들은 대체로 머리 장식품이나 구슬 비취옥 따위 또는 옷이나 그릇, 집이나 토지와 노비문서 등을 담보로 전당 잡고 돈을 빌려주었다. 그러나 누군가가 돈을 빌리면서 광문이 보증을 서 준다면 그 사람에게 전당 잡을 물건이 있는지 묻지도 않고 광문의 신용으로써 천 냥도 대번에 승낙하였다.

광문의 생김새를 살펴보면 그의 얼굴은 몹시 못났는데 입이 넓어서 두 주먹이 한꺼번에 드나들 정도였다. 말솜씨도 어눌하여 사람을 감동시키지도 못하고 장난도 짓궂었다. 당시에 아이들이 서로 다투다가 헐뜯는 말로,

"너희 형이 달문(達文)이지?"

라는 말이 유행하였다. '달문'이란 못생긴 얼굴을 가진 광문의 별명이었다.

광문이 길을 가다가 싸우는 사람들을 만나게 되면 자기도 역시 웃통을 벗어젖히고 같이 싸웠다. 그러다가 뭐라고 중얼거리며 막대기로 땅바닥에 금을 그어 그들의 옳고 그름을 따지는 시늉을 하였다. 그러면 싸움 구경을 하던 사람들이 이것을 보고 웃고, 싸우던 이들도 같이 웃다가 모두 제 갈 길로 흩어져 가는 것이었다.

광문은 나이가 마흔이 넘도록 그대로 총각 머리를 땋았다. 사람들이 장가를 들라고 권하면 그는 이렇게 대답하였다.

"사람들은 대체로 아름다운 얼굴을 좋아하는 법이오. 그런데 사내만 그런 게 아니라 여인네들도 역시 그렇거든. 그러니 나처럼 못생긴 놈이 어떻게 장가를 들겠소?"

남들이 집을 마련하라고 권하면 이렇게 사양하였다.

"나는 부모형제도 없고 딸린 처자식도 없으니 집을 마련하여 무엇 하겠소? 게다가 아침에 일어나 장타령을 하며 거리를 돌아다니다가 날이 저물면 부잣집 문턱 아래서 잠을 잔다오. 한양에 집이 팔만 채나 되니 날마다 잠자는 집을 옮겨 다녀도 내가 죽을 때까지 다 돌아다닐 수 없을 정도라오."

한양의 이름난 기생으로서 어여쁘고 노래와 춤을 아무리 잘해도 광문의 입에 오르지 않으면 한 푼 어치의 값도 나가지 못하였다. 지난번에는 우림아(羽林兒, 궁궐을 호위하는 병사)와 각전(各殿) 별감 또는 부마도위의 일하는 사람들이 소매를 나란히 하여 이름난 기생인 운심을 찾았다. 당(堂) 위에 술자리를 벌이고 장고, 거문고에 맞추어 추는 운심의 춤을 즐기려고 하였다. 그러나 운심은 춤을 출 생각이 전혀 없었다.

　마침 광문이 이들이 어울려 노는 기생 운심의 집을 찾아가 그들의 윗자리에 서슴지 않고 앉았다. 광문은 비록 다 떨어진 옷을 입었지만 행동은 거리낌이 없고 당당하였다. 눈가가 짓물러서 눈곱이 끼어 있고 술에 취한 듯 트림을 해대며, 머리칼은 헝클어져 산발이 되어 있었다. 자리에 있던 손님들이 깜짝 놀라 서로 눈짓을 하여 힘을 합쳐 광문을 쫓아 버리려고 하였다. 그러나 광문은 더욱 앞으로 다가앉아 무릎을 쳐 박자를 맞추며 가락을 뽑고 콧노래로 장단을 맞추었다.

　운심이 그제야 일어나 옷을 갈아입고 광문을 위하여 칼춤을 추기 시작하였다. 자리에 있던 사람들이 모두 기뻐하며 즐겁게 놀았다. 그들은 운심의 춤을 보게 해준 거지 광문과 벗을 삼고 헤어졌다.

구운몽(九雲夢)

- 김만중(金萬重) -

작가 소개

김만중(金萬重 1637~1692)

　　조선 중기 문신·문학가이며, 자는 중숙(重叔), 호는 서포(西浦), 시호는 문효(文孝)이다. 1665년(현종 6) 정시 문과에 장원으로 급제한 뒤, 정언·수찬을 역임하였고 1671년 암행어사가 되어 경기·삼남의 민정을 살폈으며, 1675년(숙종 1) 관작이 삭탈 되기까지 헌납·부수찬·교리 등을 역임하였다. 1679년(숙종 5) 다시 등용되어 예조참의·공조판서·대제학·대사헌 등을 지냈으나, 장숙의 일가를 둘러싼 언사 사건에 연루되어 선천으로 유배되었다. 1688년(숙종 14) 풀려났으나 다시 탄핵을 받아 남해에 유배되어, 그곳에서 〈구운몽〉을 쓴 뒤 병사하였다. 시문에도 뛰어났고, 유복자로 태어나 효성이 지극해 어머니 윤 씨를 위로하기 위하여 국문 소설을 많이 썼다고 하는데, 알려진 작품은 〈구운몽〉과 〈사씨남정기〉 뿐이다. 〈구운몽〉은 전문을 한글로 집필한 소설 문학의 선구로 꼽는다. 특히 그 구성은 선계(仙界)와 현실계(現實界)의 이중 구성을 택하였고, 불교적인 인생관을 형상화하였다. 그 밖의 작품으로 〈서포집〉, 〈서포만필〉, 〈고시선〉이 있다.

작품 정리

　　조선 숙종 때 서포 김만중이 지은 고전 소설이다. 민씨(閔氏)의 폐비설을 반대하다가 1689년 남해 유배 시절 어머니 윤 씨를 위로하기 위해 지었다고 전해지는 우리나라 양반 소설의 대표작품이다. 인간의 부귀·영화·공명은 한낱 꿈에 지나지 않는다는 주제로 유교, 도교, 불교 등 한국인의 사상적 기반이 총체적으로 반영되어 있으며 불교의 공 사상이 중심을 이루고 있다. 현실에서는 꿈으로 다시 현실로 돌아오는 이원적 환몽 구조를 바탕으로 한 몽자류 소설의 효시이다.

당(唐)나라 때 천축(天竺)으로부터 육관 대사라는 고승이 중국에 와서 큰 절을 세우고 제자를 모아 불도를 강론한다. 그중에서 가장 뛰어난 제자가 성진이었다. 어느 날 대사의 심부름으로 용궁에 가게 된 성진은 용왕의 융숭한 대접에 술을 몇 잔 마시고 돌아온다. 한편 선녀 위진군은 팔선녀를 대사에게 보내 약간의 보물을 선사한다. 길 중간에서 팔선녀와 성진이 만나게 되어 서로 희롱하다 돌아온다.

절에 돌아온 성진은 선녀들을 그리워하며 속세의 부귀영화만 생각한다. 끝내 그는 죄를 얻어 지옥에 떨어지고 인간 세상에 환생하여 양소유가 된다. 한편 팔선녀도 같은 죄로 지옥에 떨어졌다가 다시 세상에 환생한다. 양소유는 차례로 여덟 여인과 인연을 맺게 된다. 양소유는 승상 자리에 오르고 두 부인과 여섯 낭자를 거느리며 부귀영화를 누린다.

세월이 흘러 승상의 벼슬에서 물러난 양소유가 한가히 여생을 즐기던 어느 가을날 두 부인과 여섯 낭자를 거느리고 뒷동산에 올라갔다가 문득 인생의 허무함을 느낀다. 이때 한 노승을 만나 불도에 귀의하겠다고 말하자 도승은 쾌히 승낙하고 짚고 온 지팡이로 난간을 두드린다. 그러자 모든 것이 온데간데없이 사라지고 손에 백팔 염주를 들고 있는 자신(성진)뿐이었다.

당황한 그가 곰곰이 생각해 보니 부귀영화는 하룻밤 꿈이었다. 꿈에서 깬 성진이 황망히 대사 앞에 뛰어가 엎드리자 팔선녀도 뒤를 따라 들어와 제자가 되기를 청한다. 육관 대사의 설법을 듣고 큰 깨달음을 얻은 성진과 팔선녀는 후에 모두 극락세계로 귀의한다.

· 갈래 : 몽자류 소설
· 연대 : 조선 숙종 남해 유배 때
· 구성 : 전기적
· 시점 : 전지적 작가 시점
· 배경 : 당나라 때 남악 형산 연화봉과 동정호
· 주제 : 유, 불, 선의 사상과 인생무상

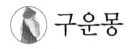 구운몽

육관대사의 제자 성진이 수부에 들어가다

천하에 명산 다섯이 있는데 동에는 동악, 즉 태산이요, 서에는 서악이니 화산이요, 남에는 남악, 즉 형산이요, 북에는 북악이니 항산이요, 한가운데에는 중악으로 숭산이니 이른바 '오악' 이라 하였다. 오악 가운데서 형산만이 중원에서 멀리 떨어져 있는데 구의산이 그 남쪽에 있고, 동정호가 그 북쪽을 지나고 소상강이 돌아 나갔다. 그 모습이 마치 조상을 모시고 늘어선 자손들 같다. 줄지은 칠십이 봉이 곤두서서 하늘을 떠받치고, 꺾어 세운 멧부리가 기이한 창검같이 구름을 자르니, 모두가 수려하며 맑고 깨끗해 기운이 뭉친 데가 없었다.

진나라 시대에 선녀 위 부인이 도를 닦아 깨치고는, 옥황상제의 분부를 받들어 선동과 옥녀들을 거느리고 이 산에 이르러 지키니 '남악 위 부인'이라 불렸다. 당나라 때 한 노승이 서역 천축국에서 중국으로 들어와 형산에 암자를 짓고 중생을 가르치고 있었다. 사람들은 그를 육여화상, 또는 '육관대사' 라 일컬었다. 그런데 제자 육백여 명 가운데 불법을 훤히 깨달은 이는 겨우 30여 명이었다. 그중 '성진' 이라는 사람은 얼굴이 백설 같고 정신이 가을 물같이 맑아서, 나이 겨우 스무 살에 〈삼장경문〉을 다 익혀 모르는 것이 없고, 총명함과 지혜가 여러 제자 가운데서도 뛰어났다.

어느 날 대사가 늘 함께하던 제자들과 더불어 불경을 설법할 때, 동정호의 용왕이 흰 옷차림의 노인으로 변해 그 자리에 나와 강론을 듣고 있었다. 그것을 본 대사가 제자들을 모아 놓고 말했다.

"내가 늙고 병들어 절 밖에 나가지 못한 지 어느덧 십 년이구나. 너희 가운데 누가 나를 대신해서 수부(水府, 물을 다스리는 신의 궁전)에 들어가 용왕님께 보답하고 돌아오겠냐?"

그러자 성진이 대답했다.

"소승이 비록 부족하나 가 보겠나이다."

대사가 크게 기뻐하며 성진을 보내기로 하니, 성진은 멋진 가사(袈裟, 중이 장삼 위에, 왼쪽 어깨에서 오른쪽 겨드랑이 밑으로 걸쳐 있는 법의)를 걸치고 육환장(六環杖, 중이 짚는 고리가 여섯 개 달린 지팡이)을 끌면서 표연히 동정호를 향하여 떠나갔다.

성진의 팔 개 명주

수부에 들어간 성진은 용왕의 극진한 대접에 감사하여 사양하지 못하고 잇따라 술 석 잔을 기울였다. 성진이 용왕께 하직하고 수부를 떠나 바람을 타고 연화봉을 향하여 돌아오다 산 밑에 이르렀다. 그런데 자못 취기가 오르고 눈앞이 어른거리며 어지러움이 느껴져 곰곰이 생각하였다.

'스승이 만약 내 얼굴에서 술기운을 보시면 분명 꾸짖으실 터인데.'

그래서 냇가로 내려가 옷을 벗어 깨끗한 모래 위에 놓고 두 손으로 물을 떠서 얼굴을 씻는데, 문득 신기한 향내가 바람결에 진동하였다. 술에 취한 성진이 혼잣말로 지껄였다.

"이 시내에 무슨 신기한 꽃이 있기에 향기가 물을 따라오는 것일까? 내가 가서 찾아봐야겠다."

성진은 옷을 입고 시냇물을 따라 올라가 보았다. 그랬더니 여덟 명의 선녀가 돌다리 위에 앉아 있다가 성진과 마주쳤다. 성진이 즉시 육환장을 놓고 합장하며 공손히 말하였다.

"보살님들은 잠깐 이 천한 중의 말씀을 들어 보소서. 소승은 연화봉 육관대사의 제자로 스승의 명으로 용궁에 갔다 오는 길인데 이 좁은 다리에 보살님들이 앉아 계시니 제가 지나갈 수 없습니다. 잠시 길을 비켜 주십시오."

그중 한 선녀가 대답했다.

"저희는 남악산 위 부인의 시녀들이온데 부인이 육관대사의 병문안을 하고 돌아가는 길에 잠시 이곳에서 쉬고 있습니다. 그러니 스님이 다른 길로 가시면 안 될까요?"

그 말을 들은 성진이 다시 부탁하였다.

"물이 깊고 다른 길이 없는데 어디로 가라고 하십니까? 길을 잠깐 열어 주십시오."

선녀가 대답하였다.

"스님께서 진실로 육관대사의 제자라면 도를 배웠을 터인데, 어찌 조그만 시냇물을 건너는 데 어려움이 있어 아녀자와 길을 놓고 다투십니까?"

성진이 웃으며 대답하였다.

"모든 낭자의 뜻을 살피건대 기필코 행인한테서 길 값을 받으려 하시는 군요. 다른 보화는 없고 마침 명주 여덟 필이 있으니 이것을 드리겠습니다."

그러고는 복사꽃 한 가지를 꺾어 팔선녀 앞으로 던지니 그 꽃이 변하여 여덟 필의 명주가 되어서는 찬란히 빛나며 향내가 진동하였다. 성진이 돌다리 위로 걸어가 사방을 둘러보니 팔선녀는 간곳없고, 고운 구름이 흩어지며 향내도 함께 사라졌다.

성진의 세상 생각

어느 날 밤, 성진이 깊은 생각에 잠겨 있었다.

'세상에 사내로 태어나서 어려서는 공자와 맹자의 글을 읽고, 자라면서 성군을 섬기고 밖으로는 대군을 이끄는 장수가 되고, 안으로는 백관의 어른이 되는 것이 당연한 포부다. 그리하여 황금 옷을 입고 허리엔 금 도장을 차고, 눈으로는 고운 빛을 보고 귀로 신묘한 소리를 들으며, 미녀와 애틋한 사랑을 나누고 후세에 명예로운 발자취를 전하는 것이 대장부의 떳떳한 일이거늘, 슬프다. 불가의 도는 한 그릇의 밥과 한 잔의 물을 마시고, 수십 권의 경문에 백팔염주를 목에 걸고 설법하는 일뿐이구나. 그 도가 비록 높고 깊다 할지라도 적막하기 그지없으며, 설령 드높은 이치를 깨달아 대사의 도를 이어받고 연화대 위에 앉을지라도 삼혼칠백(三魂七魄, 사람의 혼백을 통틀어 이름)이 한번 불꽃 속에 흩어지면 누가 성진이 세상에 태어났던 것을 알겠는가?

"사형(師兄, 한 스승 아래에서 자기보다 먼저 제자가 된 사람)은 주무십니까? 대사께서 부르십니다."

성진이 몹시 놀라며

'깊은 밤에 급하게 부르는 것은 반드시 무슨 이유가 있는 것이다.'

생각하고 동자와 함께 법당으로 갔다.

성진이 양가에 환생하다

성진이 급히 달려가 보니 육관대사가 모든 제자를 모아 놓고 불도를 설법하기 위해 자리에 앉아 있는데 엄숙한 가운데 촛불이 휘황하였다.

육관대사가 갑자기 성진을 크게 꾸짖었다.

"성진아 네 죄를 아느냐?"

성진은 몹시 놀라 섬돌 아래에 꿇어앉아 대답하였다.

"소승 사부님을 섬긴 지 십여 년이지만 조금도 법도에서 벗어난 적이 없습니다. 그런데 갑자기 엄히 나무라시니 진실로 죄를 알지 못하겠습니다."

그 말을 들은 대사가 더욱 노하여 꾸짖었다.

"몸과 마음을 닦는 중이 용궁에 가서 술을 먹었으니 그 죄가 작지 않고, 또한 돌아오다가 돌다리 위에서 팔선녀를 희롱한 죄와 더군다나 돌아온 후에도 불법은 까맣게 잊고 세상의 부귀를 꿈꾸는데 어찌 공부를 제대로 하겠느냐. 너는 이제 여기에 더 이상 머물 수 없다. 황건역사야, 이 죄인을 염라대왕께 끌고 가거라."

그리하여 염라대왕 앞에 끌려가니 이미 죽은 사람 여덟을 앞에 불러 놓고 성진에게 분부를 내렸다.

"이 아홉 사람을 거느리고 인간 세계로 가라."

염라대왕이 말을 마치자 갑자기 모진 바람이 불더니 아홉 사람을 공중으로 휘몰아 올려 사면팔방으로 흩어지게 하였다.

아래를 보니 두어 사람이 마주 서서 한가롭게 지껄였다.

"양 처사 부인이 쉰 살이 넘어 태기가 있어 참으로 희한한 일이라 했잖소. 그런데 해산할 징조가 있은 지 오래되었는데도 아직 아이 소리가 나지 않으니 이상하고도 염려스럽네."

그 말을 듣고 성진은 가만히 생각하였다.

'내가 이제 세상에 환생하겠으나 지금의 신세는 다만 혼백뿐이요, 육신은 연화봉 위에 있어 벌써 태워 버렸을 텐데, 내가 어린 까닭으로 아직 제자를 두지 못하였으니 누가 나를 위하여 사리를 감추어 두었을까?'

양소유의 부친이 신선이 되다

양 처사가 유 씨에게 말하였다.

"내가 본래 인간 세상의 사람이 아니지만 부인과 전생에 인연이 있어 오랫동안 세속에 머물렀소. 사실 봉래산의 신선 친구가 글월을 보내어 부른지 이미 오래됐으나 부인이 외로워할까 봐 가지 못했소. 이제 하늘이 도우셔 영민한 아들을 얻었으니 부인이 의지할 데가 생겼고, 늙어서도 반드시 영화를 보고 부귀를 누릴 것이니 내가 없더라도 꺼리지 마시오."

양 처사는 말을 끝맺자마자 하얀 학을 잡아타고 표연히 사라졌다.

진채봉이 글월을 보내다

원래 이 여인의 성은 진 씨요, 이름은 채봉으로 진 어사의 딸이었다. 그런데 어머니를 일찍이 여의고 다른 형제가 없어, 나이가 비녀를 꽂을 때에 이르렀지만 아직 시집을 가지 못했다. 그 무렵 진 어사는 서울에 올라가 있고, 딸만 홀로 집에 남아 있었는데 뜻밖에도 용모가 남다른 사나이를 만나 그가 읊조리는 시를 듣고 생각에 잠겼다.

'여자가 남자를 따르는 것은 평생의 중요한 일이다. 한세상 편안하고 행복하게 사는 것은 모두 남편에게 달렸다. 옛날 탁문군이라는 여인은 과부의 몸으로도 사마상여(司馬相如, 중국 전하의 문인)를 따르지 않았던가. 지금 저분의 이름과 주소를 묻지 않는다면 부친께 아뢰어 중매자를 보내고자 한들 어디 가서 찾을 수 있을까?'

집으로 돌아온 여인은 편지를 써서 유모에게 주며 말했다.

"이 글을 가지고 객사(客舍, 나그네에게 밥을 해 주거나 묵게 하는 집)에 가서 아까 작은 나귀를 타고 이 누각 아래에 '양류사'를 읊던 분을 찾아 전하세요. 그리고 내가 인연을 맺기를 원한다는 뜻도 전하되 허술함이 없도록 조심해야 합니다. 그분은 용모가 옥 같고 눈썹이 그림 같아서, 여러 사람이 섞인 가운데서도 마치 봉황이 닭 무리 속에 있는 것 같을 것입니다. 유모가 직접 잘 찾아보고 이 글월을 전해 주십시오."

천진교 누각에서 계섬월을 만나다

"저는 시골 선비로 과거를 보러 가는 길에 이곳에 이르렀는데 풍악 소리를 듣고 그냥 지나칠 수 없었습니다.

여러 서생이 양소유의 용모가 수려하고 차림새가 말쑥한 것을 보고는 일제히 일어나 절하며 맞아들였다. 그 가운데 두생이라는 이가 말하였다.

"양형이 정말로 과거를 보러 가는 선비라면 비록 청하지 않은 손이라도 오늘 놀이에 참여해도 상관없고, 귀한 손님이 오셨으니 흥이 더할 나위 없는데 무슨 거리낌이 있겠습니까?"

양소유가 말하였다.

"제가 일찍이 초 땅에 있으면서 글귀를 조금 지어 보았으나 지나가던 사람이 제형들과 더불어 재주를 겨루는 일은 지나칩니다."

그러자 와생이라는 사람이 외쳤다.

"양형의 용모가 여자보다 아름다우니 장부의 큰 뜻이 없고, 글재주도 또한 없겠소그려!"

양소유가 비록 겉으로는 사양하였으나 분위기를 보니 흥을 이기지 못하여 곁에 있던 빈 종이에 내리 시구 세 수를 지었다. 그 모양이 순풍을 만난 배가 바다에서 달아나고, 목마른 말이 물을 마시는 것 같아 모두 놀라 낯빛이 달라졌다.

양소유가 붓을 자리에 내던지며 말하였다.

"오늘 짓는 시의 주제는 재량이라 하지만 글을 바치는 시각이 혹시 늦을까 염려스럽습니다."

정 사도 댁에서 지음(知音, 음악의 곡조를 잘 앎)을 만나다

정 사도의 부인이 종을 시켜 거문고를 가져다가 만지면서 칭찬하였다.

"참으로 묘한 재목이로다."

양소유가 대답하였다.

"이 재목은 용문산 위에서 백 년이나 묵은 오동나무로 성질이 굳고 단단하여 금석 같으니 천금을 주고도 사지 못할 것입니다."

그 사이에 섬돌에 그늘이 지기 시작했다. 그 댁 딸이 움직일 기색이 전혀 없자 양소유는 마음이 조급해져 부인에게 말했다.

"이 몸은 비록 옛날 곡조를 많이 익혔으나, 요즘의 곡조를 타지 못할 뿐 아니오라 곡조의 이름조차 모릅니다. 그런데 자청관 여관에게 들으니 댁의 따님께서 음률을 알기로는 오늘날의 종자기(鍾子期, 중국 초나라 사람으로 당시 거문고의 명인이었던 백아(伯牙)의 친구. 종자기가 죽자 백아는 자기의 음악을 이해해 주는 이가 더 이상 없다며 거문고 줄을 끊고 다시는 타지 않았다고 함)라 하니, 바라건대 천하에 으뜸가는 재주를 가지신 따님의 가르침을 받고자 합니다."

양한림이 연나라에 사신으로 가다

양소유가 과거에 장원한 후 정사도 댁 사위가 되기로 작정하고는 그해 가을 고향으로 내려가 어머니를 서울에 모시고 올라와 혼례를 올리기로 하였다. 한림원에 들어가는 바람에 바빠서 아직 찾아가지 못하였다가 그 즈음 시간을 내어 시골로 내려가려 했으나, 때마침 나라에 걱정이 많았다.

토번은 자주 변방을 침략하고, 하북 지방의 세 절도사는 연왕이니 조왕이니 혹은 위왕이니 자칭하며, 강한 이웃과 연계하여 군사를 일으켜 침입을 하므로 황제는 근심이 많았다. 그래서 문무 대신을 모아 논의하는데, 의견이 분분하자 한림학사 양소유가 아뢰었다.

"옛날 한무제가 남월왕을 불러 타이르던 일과 같이 급히 조서를 내리시어 달래시고, 귀순하지 않거든 군사를 보내어 치는 것이 상책인 줄로 압니다."

황제가 그 말에 따라 양소유에게 조서를 써내도록 하였다. 황제가 그것을 읽어 보더니 마음에 들어 하며 명령을 내렸다. 은덕과 위엄을 두루 섞어 타이르는 뜻이니 광분하는 도적들도 감동할 듯했다.

객관에서 또 적경홍을 만나다

양한림이 미인을 향하여 물었다.

"낭자는 뉘시오?"

미인이 대답하였다.

"저는 본디 파주 사람이며 이름은 적경홍입니다. 어렸을 때 계섬월과 의형제를 맺었는데, 어젯밤에 병이 나서 상공을 보지 못하겠다고 저더러 대신 모셔 꾸지람을 면하게 하라고 해서 감히 이 자리에 있습니다."

말이 끝나기도 전에 계섬월이 문을 열고 들어와 덧붙여 말하였다.

"상공이 또 새 사람을 얻었으니 삼가 축하드립니다. 제가 하북땅 출신의 적경홍을 상공께 추천한 것인데 어떠하십니까?"

양한림이 대답하였다.

"듣던 것보다 더욱 아름답도다."

난양 공주 옥통소 소리에 화답하다

난양 공주가 탄생할 때 태후의 꿈에 선녀가 구슬을 가져와 품속에 넣어 주더니, 공주가 자라면서 지혜와 자질이 모두 예법에 맞는 것이 조금도 속된 버릇이 없고, 문필과 침선 또한 뛰어나므로 태후가 매우 사랑하였다.

어느 날 서역 태진국에서 백옥으로 만든 통소를 조공으로 바쳤는데 그 생김새가 기묘하여 악사에게 불어 보게 하여도 소리가 나지 않았다.

그 무렵 공주가 꿈에서 선녀를 만나 통소 부는 법과 곡조를 배웠다.

꿈에서 깨어나자마자 옥통소를 불어 보니 소리가 맑고 음률이 저절로 맞아 태후와 황제가 무척 기이하게 여겨 칭찬하였는데, 다른 사람은 아무도 부는 법을 몰랐다.

그러던 어느 날 태후가 황제에게 미소를 지으며 말하였다.

"양소유라는 대신을 보아하니 공주와 어울리고 그 풍채와 재주는 온 조정에서 뛰어나니 간택하시기를 바랍니다."

"그간 공주의 배필이 아직 없어 항상 걱정하고 있었는데, 그 말씀을 듣고 보니 양소유는 난양 공주의 천생배필이오. 그러나 이 몸이 직접 보고 정할 터이니 그리 아시오."

양소유가 전장에서 심요연을 만나다

출전한 양소유가 장막 안에 앉아 촛불을 밝히고 병서를 보는데 갑자기 음산한 바람이 일어나 촛불이 꺼지더니 한 여인이 공중에서 내려왔다. 그의 손에는 서릿발 같은 비수가 들려 있었다. 자객인 줄 곧바로 알았으나 양소유는 낯빛조차 변치 않고 몸가짐을 더욱 늠름히 하면서 천천히 물었다.

"어떠한 여자인데 야밤의 군중에 들어온 것이냐?"

여인이 대답하였다.

"저는 토번국 찬보의 명을 받아 양 원수의 머리를 가져가고자 왔습니다."

양소유가 웃으며 말하였다.

"대장부가 어찌 죽기를 두려워하겠는가? 속히 목을 베라!"

그러자 여인이 칼을 던지고 머리를 조아리며 대답하였다.

"염려하지 마십시오. 제가 어찌 감히 경솔한 행동을 할 수 있겠습니까?"

양 원수가 여자를 부축해 일으키면서 물었다.

"그대가 이미 비수를 들고 군중에 들어와 놓고 나를 해치지 않는다니 오히려 이상하오."

여인이 대답하였다.

"전후 내력을 말씀드리고자 하오나 이렇듯 서서는 말할 수 없습니다."

양소유가 자리를 내주며 앉으라고 권하며 물었다.

"낭자가 위험을 무릅쓰고 나를 찾아온 이유가 무엇이오?"

여인이 대답하였다.

"제가 비록 자객 신분이나 사람을 해칠 마음은 없으니 속마음을 떳떳이 밝히겠습니다."

여인이 일어나 다시 촛불을 켜고 양소유 앞에 앉았다. 다시 보니 구름 같은 머리에 금비녀를 높이 꽂고, 몸에는 갑옷을 입고 있는데 그 위에 석죽화(패랭이꽃)가 그려져 있었다. 봉황의 꽁지깃으로 만든 장화를 신고, 허리에 용천검을 비껴찼는데 얼굴빛이 처연히 이슬에 젖은 해당화 같았다.

백룡담에서 백능파를 만나다

"저는 동정 용왕의 막내딸 백능파이옵니다. 갓난아기 때 부왕이 옥황상제께 보였는데 장진인이라는 이가 저의 사주를 뽑아 말하였답니다. 저는 먼 옛날 선녀의 몸이었으나 죄를 짓고 귀양을 와서 용왕의 딸이 되었다고 합니다. 그런데 다음 생에는 사람의 모습으로 인간 세상에 태어나 귀인의 첩이 되어 부귀와 영화를 누리고, 마침내 부처님께 귀의해 큰 중이 되리라 하였습니다. 우리 용의 무리는 사람의 모습으로 변화하는 것을 큰 영광으로 알고, 신선과 부처님의 곁에 사는 것을 더욱 깊이 바라고 있습니다.

저의 맏언니는 처음에 경수 용궁의 며느리가 되었으나 내외가 화합하지 못하여 두 집 사이가 틀어진 뒤, 유진군에게 개가하여 지금은 온 집안 사람들이 공경하고 있습니다.

그런데 맏언니보다 나을 것이라는 장진인의 말씀을 들으신 아버님은 저를 각별히 사랑하시고, 궁중의 시녀들도 하늘 위의 선녀같이 대접하였습니다. 어느 날 남해 용왕의 아들 오현이 저의 용모가 괜찮다는 말을 듣고 부왕께 혼인을 청하였습니다. 하지만 우리 동정은 남해 소속이라 감히 거절치 못하고, 아버님이 직접 남해로 가서 장진인의 사주 이야기를 아뢰고 그 뜻을 따르지 않았습니다. 그러자 남해 용왕은 교만한 아들의 자존심을 생각해 도리어 아버님께 '허황한 말에 홀렸다.'며 엄히 꾸짖고는 오히려 혼담을 서둘렀습니다. 제가 곰곰 생각해 보니 만일 부모님 곁에 있으면 분명 화가 미치겠다고 생각되어 몰래 궁을 나와 가시덤불 속에 홀로 집을 짓고 숨어서 세월을 보내왔습니다. 그러나 남해 용왕의 핍박이 더욱 심해져 부모님께서 '딸아이는 그 말에 따르기를 원치 않고 멀리 도망하여 세월을 보내고 있습니다.' 하고 말하였습니다. 남해 왕자는 저의 외로운 신세를 업신여겨 직접 군사를 이끌고 와서 저를 데려가려 하였습니다. 다행히 저의 절절한 소원에 천지신명이 감동하여, 깊은 연못의 물이 갑자기 변하여 얼음같이 차갑게 변하고 어둡기가 지옥 같아지자 타국의 군사는 쉽게 들어오지 못하였습니다. 이에 힘을 얻어 지금까지 위태로운 목숨을 보전하였는데, 오늘 당돌하게 귀인께 청하고자 누추한 곳까지 왕림하시게 한 것은 저의 상황을 아뢰고자 하는 것만은 아니옵니다. 지금 천자의 군사가 어려움에 처한 지는 이미 오래고, 우물에조차 물이 나지 않는데 흙을 파고 땅을 뚫는 것 또한 무척 고생스러운 일인 줄 압니다. 하지만 물을 얻지 못하면 군사들이 더는 힘을 지탱하지 못할 것입니다. 제가 사는 이 물은 본디 맑디맑은 담수였는데, 제가 와서 살게 되자 물맛이 심히 나빠져 마시는 자마다 병이 나 이름을 '백룡담'이라 부르게 되었습니다. 이제 귀인이 오셔서 제가 의지할 곳을 얻었으니 귀인의 근심이 곧 저의 근심이라 성의를 다하여 돕지 않을 수 없습니다. 이제부터는 물맛이 예전과 같이 달 것이니 군사들이 마셔도 해가 없고 병이 난 군사들도 곧 회복할 것입니다."

그 말을 모두 듣고 양소유가 말하였다.

"낭자의 말을 들으니 우리는 하늘이 정한 연분이라 월하노인(부부의 인연을 맺어주는 이)의 언약을 어지간히 맞출 수 있음 직한데 낭자의 뜻이 또한 나와 같으시오?"

양 승상의 두 부인과 여섯 첩이 결의하다

양 승상(양소유)은 오래전부터 심요연과 백능파 두 여인이 산수를 사랑하는 줄 알고 있었다. 그의 집 화원에 있는 연못은 맑기가 호수 같고 못 가운데는 '영아루'라는 정자가 있었는데 양 승상은 능파를 그곳에 살게 하였다. 연못 남쪽에는 가산이 있는데 뾰족한 봉우리는 옥을 깎아 세운 듯하고 겹겹이 쌓인 석벽은 쇠를 겹쳐 쌓은 듯하며, 늙은 소나무는 그늘이 그윽하고 푸른 대나무는 시원한 그림자를 그렸다. 그 속에는 '빙설헌'이라는 정자가 있어 심요연에게 살도록 했다. 모든 부인과 여러 낭자들이 화원에서 노닐 때는 요연과 능파 두 사람이 주인이 되었다.

어느 날, 주위의 부인들이 조용히 능파에게 물어보았다.

"부인의 신통한 조화를 한번 볼 수 있겠습니까?"

능파가 대답하였다.

"그것은 제 전생의 일입니다. 이제는 하늘과 땅의 기운을 타고 조화의 힘을 빌려 전신을 다 벗고 사람의 모습으로 변하여 벗은 껍질과 비늘이 산같이 쌓였습니다. 이를테면 참새가 변하여 조개가 된 후에 어찌 두 날개가 있어 날아다니겠습니까?"

그 말을 듣고 부인들이 말하였다.

"옳은 말씀입니다. 이치가 그러합니다."

한편 심요연은 비록 때때로 유 부인과 승상, 그리고 두 공주 앞에서 칼춤을 추어 한때의 흥을 돋우나 자주 추지는 않았다.

그러면서 요연이 말했다.

"당시에는 비록 칼춤으로 인연이 되어 승상을 만났으나 살기 있는 놀이가 아무래도 자주 볼 것은 못 됩니다."

두 공주를 비롯하여 여섯 부인이 서로 뜻이 맞아 그 즐거움이란 마치 고기가 물에서 헤엄치고 새가 바람을 따라 나는 듯 서로 따르고 의지하며 한 형제처럼 지냈다. 또한 승상의 애정이 모두에게 균일하니 이는 모든 부인들의 덕이 온 집안에 화목한 기운을 이루는 것이요, 한편으로는 이들 아홉 사람이 전생에 인연이 있기 때문이었다.

하루는 두 공주가 서로 의논하면서 말했다.

"두 아내와 여섯 첩들의 정이 마치 피를 나눈 자매 같으니 이 어찌 하늘의 뜻이 아니리오? 그러니 마땅히 출신의 귀천을 가리지 말고 형 아우 하며 지내는 게 좋겠소.”

이 뜻을 여섯 부인에게 밝히니 다들 사양하는 중에서도 춘운과 적경홍과 계섬월이 더욱 응하지 않기에 영양 공주가 타일렀다.

“유현덕과 관운장, 장익덕 세 사람은 왕과 신하 사이지만 도원에서 의형제를 맺었다네. 나는 춘운과 더불어 본디 친정 규중에서부터 좋은 벗이니 형제가 되는 게 왜 안 될 일인가. 석가세존의 아내와 마등가의 여자는 그 높고 천함이 아주 다르며 또 행실이 달랐으나, 오히려 대사의 제자가 되어 마침내 연분을 얻었네. 비록 미천한 신분이나 뜻을 이루는 데 무슨 관계가 있겠는가?”

두 공주는 드디어 여섯 부인과 더불어 궁중으로 나아가 그간 극진히 모신 관음보살의 화상 앞에 향을 피우고 절하며 서약문을 지어 아뢰었다.

“유세차 모년 모월 모일에 부처님의 제자인 이소화, 정경패, 진채봉, 가춘운, 계섬월, 적경홍, 심요연, 백능파 여덟 사람은 목욕재계하고서 관음보살님 앞에 아룁니다. 불경에 이르기를 사해 안에 사는 사람은 모두 형제라 하였으니 이는 그 뜻이 서로 통하기 때문이라 여겨집니다. ‘하늘이 주신 인연을 길 가는 나그네와 같다.’고 한 사람이 있었습니다. 그와 같이 부처님의 제자인 저희가 처음에는 비록 남북으로 갈려 제각기 태어나 다시 동서로 흩어졌다가 한 사람의 낭군을 함께 섬기게 되었습니다. 또한 한 집에 살면서 어느덧 뜻이 맞고 정을 나누니, 한 가지의 꽃이 비바람에 흔들려서 규중에 날리거나 언덕 위에 떨어지며, 때로는 산속 시냇물에 떨어지지만 그 근본을 살펴보면 같은 뿌리에서 나온 것이옵니다. 하물며 형제는 한 기운을 타고나 흩어졌다가도 어찌 한 곳으로 함께 돌아가지 아니하겠습니까? 옛날과 지금이 비록 멀고 멀지만 한 시절에 같이 있고, 사해가 비록 넓고 크나 한집에서 같이 살고 있으니 이는 실로 전생의 연분이요, 인생에서 좋은 기회라 하겠나이다. 그러므로 부처님의 제자인 저희가 이에 함께 맹세하여 형제를 맺고 복되고 안 좋은 일, 살고 죽는 일을 같이하려 합니다. 이 가운데서 혹시 다른 마음을 지니고 맹세한 말을 저버리는 사람이 있으면 하늘에서 반드시 거두시고 천지신명이 꺼리실 것입니다. 엎드려 바라옵건대 관음보살님께서는 복을 주시고 재앙이 없게 하여 주시며, 그로써 저희를 도우셔서 백년해로한 후에 함께 극락세계로 돌아가게 하옵소서."

이로부터 두 공주가 첩들을 아우라고 부르니 여섯 부인은 스스로 예의를 지켜 감히 호형호제하지는 못하나 서로 간의 정은 더욱 친밀해졌다. 그 후 여섯 사람이 각기 아이를 낳았는데 두 부인과 춘운, 섬월, 요연, 경홍은 아들을 낳고 채봉과 능파는 딸을 낳아 다 잘 길러내어 한 번도 자녀로 인해 문제를 겪지 않았다.

성진과 팔선녀 꿈을 깨고 돌아오다

그 소식을 듣고 양 태사가 매우 기뻐하며 말하였다.

"우리 아홉 사람의 마음이 서로 합쳐졌으니 앞으로 무슨 염려할 일이 있겠는가? 내일 떠날 것이니, 오늘은 모든 부인과 더불어 취하도록 술을 마시리라."

그러자 부인들이 입을 모아 말하였다.

"저희도 각기 한 잔씩 받들어 상공과 이별하겠습니다."

시녀를 불러 다시 술을 내오게 할 즈음 지팡이 소리가 돌길에서 나기에 모든 사람이 의아하게 여겼다.

"누가 이곳으로 올라오는가?"

이윽고 노승이 다가오는데 눈썹은 자 막대만큼이나 길고, 눈은 물결처럼 맑고, 몸놀림이 매우 특이하였다. 노승은 누대(樓臺, 누각과 대사)에 올라 양 태사를 보고는 절하며 말하였다.

"산중 사람이 대승상을 뵈옵니다."

태사는 이미 그가 예사 중이 아님을 알아보고 황망히 일어나 절을 하며 물어보았다.

"대사는 어느 곳에서 오셨나이까?"

노승이 웃으며 대답하였다.

"승상은 평생 친구를 알지 못하십니까? 일찍이 들으니 귀인은 잊기를 잘한다던데 과연 그러합니다."

양 태사가 자세히 보니 낯이 익은 듯도 하나 분명치 않았다. 그러나 깨달으며 모든 부인들을 한 번씩 보고 다시 노승을 향하여 말했다.

"내가 지난날 토번국을 칠 때 꿈속에서 동정 용왕의 잔치에 참석하고 돌아오는 길에 잠시 남악에 올라 늙은 대사가 자리를 갖추고 앉아 모든 제자들과 더불어 불경을 강론함을 보았는데, 스님은 바로 그 꿈에서 만났던 대사가 아니십니까?"

노승이 박장대소하며 말했다.

"옳도다, 옳도다. 그 말은 옳으나 꿈속에서 한 번 본 것만 기억하고 십 년 동안 같이 살던 일은 기억하지 못하니 누가 양 승상이 총명하다 하겠는가!"

태사는 망연자실하여 말했다.

"저는 열대여섯 살 이전에는 부모의 곁을 한 번도 떠나지 않았으며 열여섯에는 과거에 급제하여 바로 직책을 받았습니다. 그리하여 동으로는 연나라에 사신으로 가고, 서로는 토번을 정벌한 때 외에는 일찍이 이곳을 떠나지 않았는데 언제 스님과 더불어 십 년을 살았겠습니까?"

노승은 여전히 웃으며 말했다.

"상공은 아직도 춘몽(春夢, 봄에 꾸는 꿈이라는 뜻으로, 덧없는 인생을 비유하여 이르는 말)을 깨지 못하였도다!"

양 태사가 당황하여 물었다.

"어떻게 하면 저를 춘몽에서 깨어나게 하실 수 있습니까?"

"그것은 어렵지 않다!"

그가 손에 들고 있던 돌 지팡이로 돌난간을 두어 차례 두드리자 갑자기 네 골짜기에서 구름이 일어나 사방을 뒤덮었다. 앞을 분간하지 못하고 정신이 아득해진 양 태사는 마치 꿈을 꾸고 있는 듯했다. 그리고 한참 만에야 외쳤다.

"스님은 어찌하여 저를 바른길로 인도하지 않으시고 환술로 희롱하십니까?"

말이 끝나기도 전에 구름이 걷히는데 노승은 간곳없고 좌우를 돌아보니 여덟 부인조차 간 곳이 없었다. 매우 놀라 어찌할 바를 모르는데, 다시 누대와 많았던 집들이 한순간에 없어지고, 자기 몸은 작은 암자 속 포단(蒲團, 보들로 만든 방석) 위에 앉아 있으며, 향로의 불은 이미 꺼지고 지는 달이 창가에 희미하게 비치고 있었다.

오른팔을 들어보니 백팔염주가 손목에 걸려 있고, 머리를 손으로 만져 보니 머리털이 깎여 까칠까칠한 것이 틀림없는 젊은 중의 모양이요, 대승상의 위엄 있는 차림새가 아니었다.

한동안 정신이 황홀하더니 오랜 뒤에야 제 몸이 남악 연화봉 도량의 성진 행자임을 깨달았다.

'처음에 육관대사께 책망을 듣고 지옥으로 떨어졌다가 다시 인간 세상에 환생하여 양 씨 문중의 아들이 되었다. 자라서는 과거를 보아 장원으로 뽑혀 한림학사가 되고, 다시 나아가서는 장수가 되고 돌아온 후에는 재상이 되어 공훈을 세우고, 벼슬에서 물러나서는 두 공주와 여섯 부인과 더불어 여생을 즐겼던 것이다. 하룻밤의 꿈이로다. 짐작건대 스승이 내 생각이 그릇됨을 알고 이런 꿈을 꾸게 하여 인간의 부귀와 남녀의 사귐이 다 허무한 일임을 알게 하신 것이구나!'

세수하고 옷차림을 정제하여 법당으로 나아가니 다른 제자들이 이미 다 모여 있더라. 대사가 소리를 높여 물었다.

"성진아, 성진아! 인간계의 재미가 좋더냐?"

성진이 눈을 번쩍 뜨고 쳐다보니 육관대사가 서 있었다. 성진이 제 머리를 두드리고 눈물을 흘리며 말하였다.

"제자 성진은 행실이 부정하니 자신이 저지른 죄라 누구를 원망하고 누구를 탓하겠나이까? 마땅히 만족함이 없는 세계에 있으면 끝없이 윤회하는 재앙을 받을 것인데, 스승께서 하룻밤에 허망한 꿈을 불러 저의 마음을 깨닫게 해 주시니 스승의 깊은 은혜는 천만겁(劫, 어떤 시간의 단위로도 계산할 수 없는 무한히 긴 시간. 하늘과 땅이 한 번 개벽한 때부터 다시 개벽할 때까지를 뜻함)을 지나도 갚지 못할 것입니다."

그 말에 육관대사가 다시 타일러 가르침을 내렸다.

"네가 흥을 타고 갔다가 흥이 다하여 돌아오니 내 새삼 무엇에 관여하겠느냐? 또 네 말이 꿈과 세상을 나누어 둘이라고 하니 아직도 네가 꿈에서 깨지 못한 것이니라. 옛날에 장주가 나비가 된 꿈을 꾸었다가 다시 나비가 장주로 화하니 어떤 것이 참인지 분별치 못하였다는데, 성진과 소유에게 어느 것이 참이며 어느 것이 허망한 꿈이냐?"

성진이 대답하였다.

"제자 성진은 이제 모든 것이 아득하여 꿈과 참을 분별치 못하겠사오니, 바라옵건대 스승께서는 법을 베풀어 이 몸에게 그것을 깨닫게 하소서."

육관대사가 쾌히 응낙하며 말했다.

"내 마땅히 〈금강경〉의 큰 법을 베풀어 그로써 네 마음을 깨닫게 하리라. 잠시 후에 새로 올 제자들이 있으니 너는 기다려라."

말이 끝나기도 전에 문지기 도인이 손님들이 왔다고 아뢰니 뒤이어 위부인의 시녀 팔선녀가 대사 앞에 나와 합장하며 말했다.

"제자들이 비록 위 부인을 모시고 있으나 배운 것이 적어 망령된 생각을 억누르지 못하였습니다. 욕심이 잠시 고개를 쳐들어 무거운 죄가 뒤따라와 인간계의 헛된 꿈을 꾸었지만 깨워 주는 사람이 없었습니다. 자비하신 스승께서 저희를 깨워 다시 데려오시니 감격하였나이다. 어제는 위 부인의 궁중에 가서 하직하고 이제 돌아왔으니, 스승께서는 저희의 묵은 죄를 없애 주시고 각별히 밝은 가르침을 드리우소서."

육관대사가 또다시 말하였다.

"선녀들의 뜻이 비록 아름다우나 불법은 깊고도 머니, 큰 역량과 큰 염원이 없으면 능히 이르지 못한다. 그러니 그대들은 스스로 헤아려라."

팔선녀가 물러나와 낯에 칠한 연지와 분을 씻고 서로 자매의 인연을 맺고는 금 가위를 꺼내어 구름 같은 머리를 깎아 버리고, 다시 들어와 대사께 아뢰었다.

"저희 여덟 제자는 이미 얼굴 모습을 고쳤으며 이제부터 맹세코 스승의 가르침을 게을리하지 않겠나이다."

육관대사는 매우 기뻐하며 말했다.

"좋도다, 좋도다! 너희 팔선녀가 이렇듯 달라질 수 있으니 어찌 감동하지 않겠는가?"

사씨남정기(謝氏南征記)

- 김만중(金萬重) -

작품 정리

　사씨남정기는 1689년에서 1692년 조선 숙종 15년에서 18년 사이에 서포 김만중이 쓴 한글 소설이며 우리나라 최초의 가정소설로, 숙종이 계비 인현왕후를 폐위시키고 희빈장씨를 왕비로 맞이하는 데 반대하다 남해도로 유배된 후 쓴 작품이다.

　작중 인물 중 사씨 부인은 인현왕후를, 유 한림은 숙종을, 요첩(妖妾) 교 씨는 장희빈을 각각 대비시킨 것으로, 궁녀가 이 작품을 숙종에게 읽게 하여 회오시키고 인현왕후를 복위하게 했다는 일화가 전해지기도 한다. 당시 희빈장씨에게 눈이 멀어 인현왕후를 폐위시킨 숙종의 잘못을 양반 집 처첩 간 갈등으로 빗대어 다룬 가정 문제를 처음으로 다룬 우리나라 최초의 한글 소설로, 일부다처주의 가정 속에서 처와 첩 간의 갈등을 중심으로 한 가정소설의 전형을 이루고 있는 문학사적으로도 중요한 작품으로 꼽힌다.

　동청 등 음모자들의 활약과 교 씨의 적나라한 욕망의 표출과 간교로 인해 쫓겨난 사씨 부인이 친정으로 가지 않고 시부모의 산소에서 지내는 인간의 효성과 덕성을 강조하고 임금과 양반의 부도덕함을 비판하는 작품으로, 영웅 소설이 주류를 이루던 시대에 축첩 제도로 인해 한 가정의 비극을 사회 제도의 모순과 양반의 부도덕함을 고발하고 잘못을 깨우쳐 주는 목적을 지닌 풍간 소설이기도 하다.

작품 줄거리

　명나라 때 유희의 아들 연수는 열다섯 살 때 장원급제하여 한림학사 벼슬을 하였다. 그 후 유 한림은 덕망이 있고 재주와 학식을 겸비한 사씨와 혼인한다. 아내 사씨는 서른이 되도록 아이를 낳지 못하자 유 한림에게 다른 여자를 들여 아이 얻기를 여러 번 권하자 마지못해 교 씨를 후실로 맞아들인다.

　교 씨는 사씨 부인을 공경하는 척하지만 간악하고 시기심이 많아 사씨 부인을 증오하고 아들을 출산하자 사씨를 쫓아내고 정실부인이 되려고 마음먹는다. 그즈음 사씨 부인도 뒤늦게 아들을 낳게 된다. 이에 불안을 느낀 교 씨는 문객 동청과 모의해 간계를 꾸미고 사씨에게 누명을 씌어 쫓아내고 정실부인이 된다.

　사씨 부인을 쫓아낸 교 씨는 동청과 간통하고 동청이 유 한림을 승상 엄숭에게 모함하게 하여 유배를 떠나게 한다. 교 씨는 재산을 모두 가지고 유 한림을 고발한 공으로 지방관이 된 동청과 함께 그곳에 가서 백성들의 재물을 빼앗고 악행을 저지른다. 그 후 황제가 유 한림에 대한 혐의를 풀고 엄숭 일파를 내치고 동청을 처형한다.

　유배에서 풀려난 유 한림은 교 씨와 동청의 간계에 속아 부인을 쫓아낸 지난 일을 뉘우치고 사씨 부인의 동생과 함께 사씨를 찾아 다시 유 씨 가문의 안주인으로 맞아들이고 교 씨를 잡아 처형한다.

핵심 정리

· 갈래 : 가정 소설
· 연대 : 조선 숙종
· 구성 : 추보적
· 시점 : 전지적 작가 시점
· 배경 : 중국 명나라 금릉 순천부
· 주제 : 처첩의 갈등과 권선징악

🏃 사씨남정기

옛날 명나라 순천 땅에 유명한 인사가 있었는데 성은 유요, 이름은 연수라고 하였다. 연수의 아버지 유희는 개국공신 유기의 자손으로 사람됨이 현명하고 문장이 뛰어나며 풍채가 훌륭하여 사람들의 칭송을 받았다.

유희는 나이 열다섯에 죄 시랑의 딸을 아내로 맞았는데, 부부의 금슬이 좋아서 세인들이 부러워하였다. 또한 젊은 나이에 과거에 급제하여 벼슬이 '이부시랑 참지정사'에 이르자 그 이름이 조정(朝廷, 임금이 나라의 정치를 신하들과 의논하거나 집행하는 곳이나 기구)과 세간에 널리 퍼졌다. 그러나 당시에는 간신들이 조정에서 국권을 제멋대로 독차지하므로 벼슬을 버리고 물러나려고 기회를 보고 있었다.

유희는 부인 최 씨와 금슬은 좋았으나 자손이 없어 근심하며 지내다가 늦게야 아들을 낳았는데, 부인은 그만 세상을 떠났다. 부인을 잃은 그는 인생무상을 느끼며 병을 핑계로 사직한 후 태자소사를 제수받고 한가로운 세월을 보냈다.

그에게는 성격이 유순하고 정숙한 여동생이 있었는데 선비 두홍의 아내가 되어 고생하다 늦게야 두홍이 벼슬을 하게 되었다. 또한 유희의 아들은 이름을 '연수'라 하였는데 일찍 성숙하고 매우 총명하여 열 살 때 향시에 장원으로 뽑혔으며, 열다섯 살 때 장원 급제하여 한림학사 벼슬을 하였다.

아들 연수가 과거에 급제한 후 결혼하려 하였으나 마땅한 규수가 없어 결정하지 못하고 있을 때, 매파(媒婆, 혼인을 중매하는 할멈)들의 추천이 거의 끝난 어느 날 주매파라는 이가 찾아와 말했다.

"주변 사람들이 마땅한 처녀를 추천하지 못하니, 제가 소견을 말하겠습니다. 부귀한 사돈댁을 구하려면 엄 상승 댁만 한 곳이 없고, 현명한 부인을 구하려 하시면 신성현에 사는 사 급사댁 아가씨가 가장 뛰어나니 이 두 댁 가운데서 택하십시오."

"부귀는 본디 내가 원하는 바가 아니고 어진 규수를 택하려 하오. 사 급사는 내가 알기로도 매우 강직한 인물인데 그 집에 딸이 있는 줄은 몰랐소."

"그 댁 아가씨는 덕행과 용모가 출중합니다. 제 말씀을 못 믿으시겠다면 다시 알아보십시오."

유 소사는 여동생인 두 씨 부인과 상의하고 묘한 제안을 하였다.

"사람의 덕행과 성질은 필법에 나타나니 사 씨 댁 처녀의 필체를 얻어서 한번 봅시다. 마침 우화암에 기증하려던 관세음보살(觀世音菩薩, 아미타불의 왼편에서 교화를 돕는 보살로, 세상의 소리를 들을 수 있어 중생이 그 이름을 열심히 부르면 도움을 받게 된다고 함) 그림이 있으니 찬양하는 글을 그 처녀에게 부탁하도록 합시다."

이튿날 우화암의 주지승인 묘희가 유 소사와 두 씨 부인의 간곡한 부탁을 받고, 그림을 가지고 사 급사댁으로 갔다.

처녀의 어머니는 전부터 불법을 믿었기 때문에 묘희를 반겼다.

"그동안 오래 보지 못하였는데 오늘은 무슨 바람이 불어서 우리 집에 왔소?"

"아시는 바와 같이 소승의 암자가 퇴락하여 금년에 기부받아서 고치느라 댁에 와 볼 틈이 없었습니다. 이제 공사가 끝났는데, 부인께 한 가지 청이 있어 왔습니다."

"불사를 위한 일이라면 어찌 시주를 아끼겠소만, 빈한한 집에 재물이 없어서 시주를 많이 하지는 못할 텐데, 청이라는 것은 무엇이오?"

"소승이 청하려는 것은 재물 시주가 아니나 금은 이상으로 귀중한 일입니다."

"궁금하니 말해 보시오."

"암자를 보수한 후에 어느 시주 댁에서 관음 화상을 보내 주셨는데 그림 뒤에 제목과 찬미의 글이 없는 게 큰 흠입니다. 그래서 댁의 따님이 아름다운 친필로 글을 지어 주십사 하고 청하러 왔습니다."

"스님의 말은 고맙소. 우리 집 아이가 비록 고금(古今, 예전과 지금을 아울러 이르는 말)의 시문에 능통하나 그런 글을 과연 지을 수 있을지 모르겠습니다. 어쨌든 시험 삼아 물어봅시다."

시녀의 부름을 받고 아가씨가 들어왔다. 처녀를 보니 용모가 아름답고 우아함은 실로 관세음보살이 강림한 듯 황홀하였다. 사 소저와 묘희의 인사가 끝난 뒤에 부인이 딸에게 물었다.

"스님이 멀리서 찾아오셔서 네 필체로 관음찬(觀音讚, 관세음보살의 공덕을 찬양하여 부르는 노래 글귀)을 구하는데 네가 지을 수 있겠느냐?"

"소녀에게 지으라고 하시더라도 어찌 감당하겠습니까? 더구나 시부 짓는 것은 여자로서 조심할 일이라고 하였으니, 스님의 청이라도 사양할 수밖에 없습니다."

부인은 은근히 딸에게 권하고 싶어 하는 눈치였다.

"재주가 미치지 못하면 하는 수 없지만 웬만하면 지어 보는 게 어떠냐?"

묘희가 얼른 보자기를 풀어 관세음보살의 화상을 펼치니 화폭 위에 바다 물결이 끝이 없었다. 그 가운데 외로운 정자가 있는데 관세음보살이 헌 옷을 입고 머리도 빗지 않은 채 어린 사내아이를 품에 안고 물결을 헤치고 앉아 있는 장면이었다.

그 그림을 본 처녀가 머리를 갸웃하더니, 그제야 사양하지 않고 손을 정결히 씻은 뒤에 족자를 벽에 걸어 모시고 향을 피우고 절하며 예의를 갖추었다. 그러고는 붓을 들고 앞으로 가서 그 아래 날짜와 '정옥은사 배 작서'라고 서명하였다.

묘희는 그 글의 뜻과 더불어 글씨를 매우 칭찬하고 유 소사 댁으로 돌아갔다. 기다리고 있던 유 소사와 두 씨 부인이 궁금해 물었다.

"그 처녀를 자세히 보았소?"

"족자 속에 그린 관음과 같은 얼굴이었습니다."

유 소사가 묘희의 말을 듣고 매우 기뻐하며 말했다.

"이 관음찬의 글과 글씨를 보니 그 재주와 덕행이 예사 사람이 아니오."

유 소사는 묘희에게 매파를 사 씨 댁으로 보내 혼사가 이루어지도록 부탁하였다.

사 씨 댁 아가씨로 말하면 개국공신 사일청의 후예요, 사후영의 딸이었다. 사후영은 본디 청렴 강직하여 조정의 소인배(小人輩, 마음 씀씀이가 좁고 간사한 사람들이나 그 무리)들이 꺼렸다. 마침내 소인배가 반란을 모의할 때 사후영이 대간의 언관으로 있었으므로, 간신들의 음해(陰害, 몸을 드러내지 않은 채 음흉한 방법으로 남에게 해를 끼침)를 받고 귀양을 갔다가 거기서 죽었다.

부인은 분함을 참으며 딸을 애지중지 길렀다. 딸 또한 홀로 된 어머니를 지성으로 받들어 봉양하며 모녀가 서로 의지하며 살아왔다. 딸이 성장하여 혼기가 되었으나 혼인할 사람과 방도가 없어 근심하던 중 매파가 찾아왔다.

그는 딸의 아름다움과 재주를 칭찬하며 말했다.

"제가 유 씨 문중의 명을 받아 귀댁 따님과 혼인하겠다는 뜻을 전하러 왔습니다."

부인은 이미 유 한림의 덕행과 뛰어난 풍채를 알고 있으나 매파의 말만으로 허락할 수 없어, 병을 핑계로 시원한 대답을 주지 않았다. 하는 수 없이 그냥 돌아온 매파가 사실대로 유 소사와 두 씨 부인에게 보고하였다.

유 소사는 크게 실망하여 그 이튿날 직접 신성현으로 가서 현감을 찾아 정중한 중매를 부탁하였다. 마침내 부인의 허락을 받고 현감은 매우 기뻐하며 유 소사에게 상세히 알렸다.

유 소사도 크게 기뻐하며 곧 날짜를 정하고 혼례 준비를 시작하였다. 어느덧 길일이 되자 양가에서는 큰 잔치를 베풀고 예식을 치르니 봉황이 쌍을 이루었다.

이튿날부터 사씨 부인은 시아버지를 효성으로 받들고 남편을 즐겁게 섬겼다. 그러던 중 유 소사가 우연히 병을 얻어 어떤 약을 써도 효과가 없자, 스스로 살아나지 못할 것을 깨닫고 두 씨 부인에게 깊이 탄식하며 유언하였다.

"내가 죽은 후에도 자주 왕래하여 집안일을 주관하고 잘못된 일이 없게 도와주오."

아들 한림의 손을 잡고 당부하였다.

"너는 앞으로 집안일을 반드시 고모와 상의하여 가문을 빛내도록 해라. 네 아내는 덕행과 식견이 높으니 공경하고 행복하게 살아가거라."

며느리 사 씨에게도

"너의 현명한 처신과 조신함을 늘 감탄하였으니 이제 안심하고 세상을 떠날 수 있다."

라고 마지막까지 칭찬하고 근엄한 자세로 세상을 떠났다. 한림 부부가 하늘을 우러러 부르짖으며 애통해함은 비할 데 없고 두 씨 부인의 애통 또한 극진하였다.

세월이 물 흐르듯 흘러 삼년상(三年喪, 부모의 상을 당해 3년 동안 상중에 있음)을 마치고 한림이 직무에 복귀하니 황제가 중요한 자리에 앉히려 했으나, 소인배들을 배척하는 데 강직하므로 엄 승상이 방해하여 제대로 승진하지 못하였다. 또한 나이 서른이 되도록 자녀가 없어 부인이 이를 근심하여 한림에게 어진 여인을 취하기를 권유하니 한림 웃으며 말하였다.

"자식이 없다고 어찌 첩을 얻을 수 있소. 그런 생각은 하지 마시오."

"제가 비록 넉은 없으나 세상 여자의 질투는 본받지 않겠습니다."

두 씨 부인이 한림 부부의 사정을 살피고

"네 뜻은 갸륵하다. 그러나 조카가 만일 너 같은 현명한 부인의 조언을 받아들이지 않으면 뉘우칠 테니 그런 일이 없기를 바란다."

하고는 집으로 돌아갔다.

그러던 어느 날 매파가 찾아왔다.

"한 곳에 마땅한 여자가 있는데 부인의 뜻에 맞을지 모르겠습니다. 양반 댁 처자로 성은 교요, 이름은 채란인데 일찍이 부모를 잃고 지금은 그의 형제에게 의지하여 사는데 열여섯 살입니다."

"다행히 벼슬을 한 양반 댁 딸이라니 그만하면 적당하오."

부인이 한림에게 이 말을 전하고 허락받아 교 씨를 둘째 부인으로 데려오니 그녀의 미모를 칭찬하지 않은 이가 없었다.

그러나 두 씨 부인만은 안색이 우울해지고 이렇다 저렇다 말을 한마디도 하지 않았다. 이튿날 두 씨 부인이 사씨 부인에게 말하였다.

"둘째 부인은 마땅히 둔하고 유순한 여자를 얻어야 하는데, 잘못 택한 것 같다. 저토록 절세가인을 얻었으니 만일 저 여자의 성품이 어질지 못하다면, 장차 집안이 평온치 못할 것 같아 걱정이다."

사씨 부인이 대답하였다.

"예로부터 절세가인이라고 반드시 간사하고 교활하지는 않았는데 얼굴이 곱다고 어찌 어질지 않겠습니까?"

그러나 두 씨 부인은 다시 한번 새로 맞은 교 씨를 조심하라 이르고 돌아갔다.

한림은 교 씨가 머무는 곳을 '백자당'이라 하고 시녀 납매 등 다섯 명에게 시중을 들게 하였다. 교 씨는 총명하고 민첩하여 교활한 솜씨로 한림의 마음을 잘 맞추었으며, 본부인 사 씨도 잘 섬겼으므로 집안에서 칭찬이 자자하였다.

얼마 되지 않아 교 씨가 임신을 하자 혹시라도 아들을 낳지 못할까 미리 염려하여 '십랑'이라는 사람을 불러들여 운수를 물었다. 잠시 맥을 짚어 본 그는 여자아이의 맥이라고 말했다.

교 씨는 깜짝 놀라며 탄식하였다.

"아들이 아니면 낳지 않느니만 못하니 장차 이 일을 어쩌오?"

십랑은 교 씨에게 배 속의 아이를 사내로 변하게 한다는 술법을 행하고 자신만만하게 돌아갔다.

그 후 교 씨가 아들을 순산하여 한림은 본부인 사씨와 더불어 기쁨을 감추지 못하였고, 교 씨에 대한 한림의 애정은 더욱 두터워졌다. 아들의 이름을 '장주'라 하고 마치 손안에 있는 보배로운 구슬처럼 귀하게 여겼다. 더구나 본부인 사씨의 정은 이루 말할 수 없었다.

때는 마침 봄날, 사씨 부인은 시녀 대여섯 명을 데리고 화원의 정자에 이르렀다. 부인이 시녀에게 차를 내오라 하고 교 씨를 부르려고 할 때 바람결에 거문고 소리가 은은히 들려왔다. 사씨 부인이 이상히 여겨 귀를 기울이고 들으니 거문고 소리가 맑아서 비취가 옥쟁반에 구르듯 사람의 마음을 감동하게 했다. 부인은 시녀들에게 어디서 누가 저렇게 거문고를 잘도 타느냐고 물었다.

"이 거문고 소리는 백자당에서 나는 것 같습니다."

시녀가 부인의 명을 받고 찾아가 보니 교 씨가 요리상을 풍성하게 차려 놓고 한 사람의 미인과 마주 앉아 노래를 부르고 있었다. 시녀가 돌아와 부인에게 사실대로 고하자 매우 못마땅하게 여겨 교 씨를 불러 좋은 말로 훈계한 후 두 번 다시 그런 일이 없도록 할 생각이었다.

그즈음 교 씨는 십랑의 술법으로 득남하고 한림의 사랑이 두터워지자, 십랑과 더욱 친해졌다. 또한 한림의 사랑을 독차지하려고 십랑이 소개해 준 '가랑'이란 사람을 백자당으로 불러들여 노래를 배웠다.

한림은 차츰 사씨 부인과 멀어지고 교 씨에게만 사로잡혀 있는 형편이 되고 말았다. 그날도 교 씨는 한림이 조정에 나간 후 가랑과 함께 술과 가곡을 즐기다가 시녀를 따라서 사씨 부인이 있는 정자로 갔다.

사씨 부인은 애써 좋은 얼굴로 맞아 자리에 앉힌 뒤 조용히 물었다.

"교랑 방에 있는 미인이 어떤 여자지?"

"친정 사촌 누이입니다."

교 씨는 거짓말을 했다.

사씨 부인이 엄숙한 태도로 정색하고 말했다.

"여자의 도리는 출가하면 시부모 봉양과 낭군 섬기는 여가에 자녀를 엄숙히 교육하는 것이 아닌가? 방종하게 음률과 노래로 소일하면 집안의 법도가 어지러워지니 앞으로 그런 일이 없도록 조심하게. 그 여자는 곧 제집으로 보내고 이런 내 말 조금도 고깝게 생각하지 말게."

"제가 배우지 못하여 그런 잘못을 깨닫지 못하였다가 이제 부인의 훈계말씀을 들었으니 깊이 명심하겠습니다."

사씨 부인은 다시 한번 달래고 오해하지 말도록 자상하게 말하고는 해가 질 때까지 화원에서 꽃구경을 즐겼다.

하루는 한림이 조정에서 돌아와 백자당에 들었으나 술에 취하여 잠을 이루지 못하고 노래를 청하자 교 씨가 감기가 들었다는 핑계로 딴청을 부렸다.

"그대가 병을 핑계로 내 말을 거역하니 무슨 못마땅한 일로 그러는 것이 아닌가?"

"실은 제가 심심하여 노래를 부르고 있었더니 부인이 불러서 책망하기를 네가 요괴스럽게 집안을 어지럽게 하고, 낭군님을 혹하게 하니 다시 노래를 하면 칼로 혀를 끊고 약을 먹여 벙어리로 만든다고 하셨습니다. 노래를 못하는 고충을 짐작하시고 용서해 주십시오."

한림이 깜짝 놀라며 속으로 본부인 사 씨의 질투라 생각하고 위로하였다.

사씨 부인은 진심으로 여자의 정숙한 몸가짐을 바라는 심정에서 충고하였는데 교 씨는 그 충고에 원한을 품고 교묘한 말로 한림에게 고자질해 불화를 빚게 한 것이다.

그즈음 한림은 친한 벗의 소개로 남쪽 지방 출신인 '동청'이란 사람을 집에 두고 집안일을 보게 하였다. 동청은 영리하고 간사하였지만 한림의 친구는 동청의 간사함을 숨기고 한림에게 추천한 것이다. 동청은 한림의 비위를 민첩하게 잘 맞추었으므로 차츰 신임받아 집안의 큰일을 거의 다 맡아 보게 되었다.

그러한 동청의 태도를 유심히 눈여겨본 사씨 부인이 한림에게 당부하였다.

"들리는 말에 동청은 위인이 정직하지 못하다 하니 큰일을 저지르기 전에 내보내는 것이 좋겠습니다."

그러나 한림은 귀담아듣지 않았다.

"풍문은 다 믿을 수 없으니 좀 더 두고 보아야 할 것이오."

그러자 사씨 부인은 남편 한림의 태도가 못마땅하였다. 사실 한림으로서도 부인을 신임하는 정도가 전과 달라졌으며 첩 교 씨의 고자질로 사씨 부인을 의심하는 마음이 있었다.

동청 또한 사씨 부인의 충고를 공연한 말이라고 못 박으며 못 들은 척하였다. 더욱이 교 씨는 노골적으로 사씨 부인을 헐뜯고 없는 일을 꾸며 고해 바쳤으나, 한림은 그저 모르는 척 집안에 내분이 없기를 바라는 태도였다.

마침내 질투에 불타게 된 교 씨는 무당 십랑을 불러 사씨 부인을 해칠 계략을 물었다. 십랑이 교 씨의 귀에 입을 대고 속삭였다.

"그럼 지체 말고 빨리 해서 내 속을 편히 해 주게."

십랑은 신이 나서 사 씨를 음해할 일에 착수하기 시작하였다. 그즈음 드디어 사씨 부인도 아기를 갖게 되어 열 달이 지나자 아들을 낳았다. 한림은 '인아'라 이름 짓고 매우 기뻐하니 교 씨는 간장이 타오르는 듯하여 어쩔 줄을 몰랐다. 교 씨는 십랑을 불러 사 씨를 해칠 비방을 재촉하였다. 십랑은 요물을 만들어 사방에 묻고 교 씨의 여종인 납매를 시켜 방법을 가르쳐 주었다.

하루는 한림이 조정에 들어갔다가 여러 날 만에 집에 돌아와 보니 교 씨가 낳은 아들 장주가 급한 병이라고 하였다. 한림이 놀라 백자당으로 달려가 보니 교 씨가 울면서 호소하였다.

"애가 갑자기 발병하여 죽을 지경이니 병세가 체증이나 감기가 아니고 필경 집안의 누가 수를 써서 일으킨 귀신의 소행인가 합니다."

"설마 그럴 리가 있을까?"

한림이 교 씨를 위로하고 방에 가서 보니 아들이 과연 헛소리하고 가위눌리는 증세로서 위급해 보였다. 한림도 차츰 교 씨의 말을 믿고 사씨 부인을 의심하게 되었다.

사실 교 씨는 동청과 은밀히 정을 나누고 있었으니 실로 한 쌍의 요물이었다. 그러한 것을 알 리 없는 한림이 장주의 병 때문에 매우 침통해하고 있을 때 교 씨마저 식음을 끊어 한림의 마음을 불안하게 하였다.

하루는 부엌을 청소하다 괴이한 물건을 찾았다고 여종 하나가 한림과 교 씨에게 보였다. 교 씨는 얼굴이 흙빛으로 변하며 울면서 호소하였다.

"어떤 사람이 우리 모자를 이토록 미워하니 참으로 억울해서 죽을 지경입니다. 한림께서는 이 일을 어떻게 처리하실 생각입니까?"

"일은 비록 간악하지만 집안에 의심할 사람이 없으니 불태워 버리는 것이 좋지 않겠는가?"

"지당하신 말씀입니다."

그 일이 있은 뒤 한림은 차츰 본부인을 냉담하게 대했다. 이때 사 급사 댁에서 친정어머니가 위독하다는 기별이 왔다. 사씨 부인은 깜짝 놀라서 한림에게 말하였다.

"모친의 병환이 위중하다 합니다. 지금 가 뵙지 못하면 평생 한이 되겠으니 친정에 보내 주십시오."

"장모님 병환이 위독하시다니 빨리 가시오. 나도 틈을 타서 한번 가서 문안 드리겠소."

사씨 부인은 인아를 데리고 신성현 친정으로 갔다. 모친의 병세가 위중하여 사씨 부인은 간병하느라 빨리 시댁으로 돌아오지 못하고 몇 개월이 지났다.

이때 흉년이 들어 백성의 어려움을 살피라는 황제의 명을 받고 한림은 사씨 부인을 미처 보지 못하고 길을 떠났다.

한림이 집을 떠난 후 교 씨와 동청은 부부처럼 거리낌 없이 행동하며 사씨 부인을 없앨 계획을 짜고 있었다. 동청이 말했다.

"내게 '냉진'이라는 심복이 있는데 내 말이라면 잘 듣고 꾀가 많으니 감쪽같이 해치울 것이오. 그런데 일을 꾸미자면 우선 사씨가 소중히 여기는 보물을 얻어야겠는데 그것이 어렵군."

"옳지, 좋은 수가 있어요. 사 씨의 시녀 설매가 우리 시녀 납매의 동생이니까 그 애를 달래서 사씨의 보물을 훔쳐 내게 하겠어요."

이런 음모를 꾸민 후 납매가 설매를 찾아가 설득해 교 씨의 열쇠 꾸러미를 주며 사씨 부인이 소중히 여기는 보물을 꺼내 오라고 하였다. 설매는 보석 상자를 열고 옥가락지를 훔쳐다 주고 그 내력을 고하였다.

"이 옥가락지는 사씨 부인이 가져온 친정 대대로 내려오는 소중한 보물이라며 한림 부부께서 가장 소중히 여기셨습니다."

교 씨는 기뻐하며 설매에게 후한 상금을 주고 동청과 함께 흉계를 진행시키기로 하였다. 이때 마침 신성현 친가에서 사 급사 부인이 작고했다는 부고가 왔다. 간사스러운 교 씨는 시녀 납매를 보내어 사씨 부인을 위로하는 척하였다.

한편 한림은 산동 지방에 이르러 남방 출신의 냉진이라는 풍채가 매우 준수한 청년과 동행하게 되었다. 한림이 밤에 잘 때 보니 그 청년의 속옷고름에 어디선가 본 적이 있는 옥가락지가 달려 있었다. 아무래도 눈에 익은 것이라 의심하지 않을 수가 없었다.

다음 날 한림이 냉진에게 말했다.

"내가 일찍이 서방 사람에게 배워서 옥의 종류를 좀 구별할 줄 아는데, 자네가 가진 그 옥가락지가 예사 옥이 아닌 듯하니 구경 좀 시켜 주게."

청년은 머뭇거리는 듯하다가 옷고름에서 풀어 한림에게 내주었다.

자세히 보니 자기 부인 사 씨의 것과 똑같아 더욱 의심이 깊어져 청년에게 물었다.

"참 좋은 보배로군 그대는 이것을 어디서 구했는가?"

청년은 입을 열지 않았다.

"자네가 그 옥가락지를 지니고 있는 이유를 말하지 않으니, 어찌 그동안 친해진 사이라고 하겠는가?"

그러자 청년은 마지못한 듯이 입을 떼었다.

"정든 사씨 부인과의 정사인데 어찌 안타깝지 않겠는가?"

두 길동무는 종일 함께 술을 마시고 다음 날 오후에 이별하였다. 한림은 나랏일을 마치고 집에 돌아와 의심과 걱정 탓에 궁금한 마음으로 사씨 부인에게 물었다.

"당신 부친께서 주신 옥가락지는 어디에 간수해 두었소?"

"그대로 패물 상자에 넣어 두었는데 그건 갑자기 왜 물으세요?"

"좀 이상한 일이 있었기에 궁금해서 한번 보고자 하오."

사씨 부인은 시녀에게 보석 상자를 가져오게 하여 열어 보니 그 옥가락지 한 개만 보이지 않았다. 사씨 부인은 깜짝 놀라며 물었다.

"분명히 이 상자 속에 넣어 두었는데 웬일일까요? 그 가락지의 행방을 한림께서는 아십니까?"

한림이 얼굴을 붉히며 말했다.

"자기가 남에게 주고서 나한테 묻는 건 무슨 심사요?"

바로 그때 두 씨 부인이 오셨다고 시녀가 고하였다.

"집안에 이상한 일이 생겨 고모님께 상의하러 가려던 참인데 잘 오셨습니다."

한림이 말하였다.

"아니 집안에 무슨 큰일이 생겼기에?"

한림은 모든 사실을 말씀 드렸다.

그러자 두 씨 부인은 얼굴빛이 변하며 말하였다.

"그런 어리석은 의심을 하지 마라. 누가 분명히 도둑질해 낸 것이 분명하다."

"고모님 말씀이 지당합니다."

한림은 곧 형장 도구를 갖추고 시비들을 문초하나 아무도 고백하지 않으므로 사 씨에 대한 의심은 풀리지 않았다. 이에 속으로 기뻐하는 이는 교 씨였다.

그 후 한림은 더욱더 교 씨만을 사랑하여 그의 말만을 믿고 사씨 부인을 의심하게 되었다. 두 씨 부인은 사씨의 누명을 벗겨 주려고 하였지만 단서를 잡지 못하고 심중으로만 교 씨의 간계라 생각했다.

두 씨 부인은 한림의 집에 오래 머물기가 거북하여 장사 부총관으로 부임하는 아들을 따라 장사 땅으로 가게 되니, 한림에게 사 씨의 억울함을 헤아려 경솔히 행동하지 말라고 당부하고 사씨 부인을 찾았다.

사씨 부인은 탐스러운 검은 머리조차 빗지 않아 흐트린 채 얼굴이 창백하고 전신이 연약해져서 옷의 무게조차 이기지 못하는 듯 애처로웠다.

사씨 부인은 고모님을 보고 반가워하며 말했다.

"이번에 고모님 댁이 지체가 높아져 부임지로 행차하시는데, 죄 많은 제가 찾아뵙고 마땅히 인사 올려야 하련만, 누명을 쓰고 있어 집 밖에 나가지 못했는데 왕림해 주셔서 감사합니다."

"질부, 너무 근심하지 마오. 조카가 지난날의 총명함을 되찾는 날까지 하늘이 정하신 운수로 여기고 너무 마음 상하지 말고 있으오."

두 씨 부인은 한림을 불러 엄숙히 훈계하였다.

"이후에 집안에서 질부를 음해하거나 혹 무슨 안 좋은 일이 생기거든 결코 함부로 의심하지 말고, 내가 돌아올 때까지 기다려서 처리하도록 하라."

한림은 이마를 찌푸리고 엎드려서 고모의 말을 듣고만 있었다.

두 씨 부인은 사 씨를 다시 한 번 부탁하고 길을 떠났다.

원수 같던 두 씨 부인이 떠난 후 교 씨는 매우 기뻐하며 십랑과 납매 등과 계획을 세워 사 씨를 아주 없애기로 작정하고 있었다.

독한 성품의 교 씨는 사 씨를 내쫓기 위해 심지어 자기 아들 장주를 죽이기로 결심하고, 사 씨의 시녀 춘방을 꼬드겨 약을 달이게 한 후 몰래 독약을 섞었다. 아들 장주가 약을 먹자마자 즉사하였다.

한림의 얼굴이 흙빛으로 변하는 것을 살펴본 교 씨는 대성통곡하며 한림이 원수를 갚아주지 않으면 자신도 죽어버리겠다고 하였다.

한림은 교 씨를 위로하고 시녀들을 엄형으로 추궁하나 아무도 입을 열지 않았다. 그리하여 사 씨를 내치기로 하니 대문 밖으로 쫓겨나는 사 씨를 보고 모두 동정의 눈물을 흘렸다.

유모가 사 씨의 아들 인아를 데리고 나오자 부인은 받아서 안고 눈물 흘리며 말하였다.

"너는 내 생각은 말고 잘 있거라. 서로가 죽더라도 현생에서 미진한 인연은 다음 생에서 다시 만나 모자의 연분이 되기 바란다."

사 씨는 사랑스러운 아들 인아를 유모에게 주고 가마에 오른 후 아들의 보살핌을 수없이 당부하고 하인 하나만 데리고 떠났다.

이때 교 씨와 그의 심복 시녀들은 저희 세상을 만난 듯이 기뻐하였다.

한림의 집에서 쫓겨난 사 씨는 신성현으로 가지 않고 묘소로 가 시부모묘 앞에 초목을 짓고 살았다. 이 소식을 들은 사 씨의 남동생이 찾아와서 신성현으로 가자고 설득하였으나 돌아가지 않고 외로운 세월을 보내고 있었다.

교 씨는 사 씨가 친정으로 가지 않고 묘 앞에 머물러 있다는 소식을 듣고 후환을 염려하여 동청과 상의하여 사 씨를 납치한 뒤 냉진의 첩으로 만들려고 계략을 꾸몄다. 그들은 두 씨 부인의 필체를 모방하여 사 씨에게 편지를 보냈다.

냉진은 사 씨를 유괴할 인부들을 보낸 뒤에 집으로 돌아가서 혼례 준비를 갖추고 있었다.

하루는 사씨 부인이 창가에서 베를 짜고 있을 때 누군가 찾아왔다.

"문안드립니다. 이 댁이 유 한림의 부인 사 씨께서 계신 댁입니까?"

노비가 나가서 그렇다 하고 어디서 왔느냐고 물었다.

서울 두춘관에서 두 씨 부인의 전갈을 받고 왔다는 그들의 편지를 사씨에게 전해 주었다. 열어 보니 이별한 뒤 염려하는 마음으로 위로하며 오해로 쫓겨나 산소 밑에서 고생하다 나쁜 무리에게 해를 당할까 두려우니 자기 집으로 와서 있으라는 내용이었다.

사 씨는 가겠다는 답장을 써서 보내고는 시름에 잠겼다.

'이곳이 비록 산골짜기지만 선산을 바라보며 마음을 위로해 왔건만, 시고모님 댁으로 가면 몸은 편할지라도 마음은 더욱 허전할 것이니 내 신세가 처량하다.'

그런 생각 중에 졸음이 와서 깜빡 조는데 비몽사몽 중에 전에 부리던 시녀가 와서 유 소사가 부르신다기에 따라가니 생시의 모습과 조금도 변함없는 시아버님이었다.

"오늘 너를 데려가겠다는 두 씨 부인의 편지는 가짜니 속지 말라. 글씨를 다시 자세히 보면 위조된 것임을 알 수 있을 것이니 부디 속지 말라."

사 씨는 시아버지에게 울면서 대답하였다.

"실제 고모님께서 부르시더라도 제가 어찌 묘를 떠나겠습니까?"

"그러나 여기에 오래 머물면 안 된다. 더구나 너는 7년 동안 액운이 있을 운수니 남쪽으로 피신하는 것이 좋겠다. 속히 피신해라."

"외롭고 약한 여자의 몸이 어찌 7년 동안이나 아무도 없는 타향에서 살아가겠습니까? 앞으로 겪을 일을 가르쳐 주십시오."

"하늘이 주신 운수를 난들 어찌 알겠느냐? 다만 6년 후 4월 15일에 흰 마름꽃이 피어 있는 물가에 배를 매어 두었다가 급한 사람을 구해 주어라. 이 말 명심하고 잊지 말았다가 꼭 그래야만 네 운수도 통한다."

흐느껴 우는 사 씨를 유모와 종이 흔들어 깨웠다. 사 씨는 그 신기한 꿈 이야기를 하고 유 소사의 말대로 묘소를 떠나기로 하였다. 그때 두춘관에서 가마가 왔다는 종의 말을 듣고 병을 핑계로 돌려보낸 후, 장삿배를 하나 발견하여 남쪽으로 길을 떠났다.

사 씨를 태운 배가 풍랑과 심한 물에 표류하니 서로 울고 위로하는 가운데 가까스로 배가 한곳에 이르렀다. 사 씨는 토사병(吐瀉病, 토하고 설사하는 병)이 급해져서 모르는 집에 들러 병을 치료하게 되었다. 다행히 그 집의 여주인이 양순하여 사 씨의 병이 나아서 이별하게 되자 헤어짐을 여간 슬퍼하지 않았다.

사 씨는 주인에게 사례를 하려고 손에 끼었던 가락지를 주며 당부하였다.

"비록 미미하지만 그대 손에 끼고서 내가 마음으로 보내는 정을 잊지 말아요."

"이 패물은 부인이 먼 길을 가시는데 노비가 떨어졌을 때 긴요하실 텐데 제가 어찌 받겠습니까?"

그러나 사 씨가 굳이 주었으므로 그 여자는 감사하며 받았다. 이처럼 사 씨는 천신만고(千辛萬苦, 천 가지 매운 것과 만 가지 쓴 것이라는 뜻으로, 온갖 어려운 고비를 다 겪으며 심하게 고생함) 끝에 뱃길을 따라 장사에 거의 다 왔다가 풍랑에 밀려 다시 배에서 내렸다.

사씨 부인은 탄식하며

"구차한 인생을 살려고 할 것이 아니라 차라리 죽어서 옛날 사람처럼 꽃다운 이름이나 남기라는 것이 하늘의 뜻인 것 같다."

하며 강으로 뛰어들려 하는 것을 유모가 놀라 애원하며

"그럼 저희들도 함께 죽겠습니다."

하였다.

"너희들이 무슨 죄가 있어 죽는단 말이냐? 너희들은 고향으로 돌아가거라."

신신당부한 뒤, 나무껍질을 깎아 큰 글씨로 모년 모월 모일 사 씨 정옥은 시가에서 쫓겨나 몸을 이 강물에 던졌다고 쓴 뒤 통곡하며 슬피 울었다. 유모가 위로하며 악양루에 올라서서 밤을 지내고, 누상에서 지칠 대로 지친 사씨 부인은 유모 무릎에 기댄 채 꾸벅꾸벅 졸았다.

그때 비몽사몽간에 한 소녀가 와서 말하였다.

"저의 낭랑(娘娘, 왕비나 귀족의 아내를 높여 이르는 말)께서 부인을 모셔 오라고 분부하셔서 왔습니다."

"너의 낭랑이 누구시냐?"

사씨 부인이 물었다.

"저와 함께 가시면 아실 겁니다."

소녀를 따라가니 매우 크고 훌륭한 궁궐들이 강가에 서 있고 두 명의 부인이 황금으로 된 다리 위에 앉아 사 씨를 맞아 위로하였다. 모든 일에 힘써 노력하며 살면 쉰 살을 넘긴 후에는 이곳에 자연히 모이게 될 것이니 그때까지 몸조심하라고 당부하였다.

꿈을 깬 사씨 부인이 소상강의 대밭으로 들어가니 꿈에 보던 것과 조금도 다름없는 묘가 하나 있었는데 거기에는 '황릉묘'라고 써 있었다. 그 가운데 들어가서 사방을 살펴보니 짐승 소리가 여기저기서 들려왔다.

사씨 부인이 곰곰이 생각하다가 다시 죽을 결심을 하고 물에 빠지려 하니 홀연히 황릉묘의 문이 열리고 여승과 여자 동자가 나타나서 물었다.

"또 고초를 당하고 물에 빠지려고 하십니까?"

"그대들은 어떻게 우리 일을 아는가?"

"소승은 동정호 군산에 있는데 아까 비몽사몽 중에 관음보살님이 나타나셔서 어진 사람이 환란을 만나 강물에 빠지려고 하니 구해 주라 하시기에 급히 배를 저어 왔습니다."

사씨 부인이 말했다.

"우리는 죽게 된 목숨이라 존귀하신 스님의 구함을 받으니 감격스럽지만, 암자는 멀고 가더라도 폐가 될까 두렵습니다."

스님이 말했다.

"부처님의 명으로 모시러 왔는데 그게 무슨 말씀이십니까?"

세 사람은 여동을 따라 동정호 가운데 있는 군산에 이르러 험한 산길을 따라 '수월암'이라는 절에 도착하였다.

이튿날 아침에 잠이 깬 사씨 부인은 불당에 올라가 분양하고 부처님을 올려다보니 바로 십육 년 전에 자기가 찬가를 지어 준 백의관음 화상이었다. 자연히 놀라움과 슬픈 마음을 금할 수 없었다. 그 모양을 본 여승이 놀라며 물었다.

"부인은 분명히 신성현 사 급사댁 따님이 아니십니까?"

"스님께서 어찌 저를 아십니까?"

"소승은 저 관음 화상의 찬문을 받아 간 우화암의 묘희입니다. 그런데 부인께서 어찌 이런 고생을 하십니까?"

사씨 부인은 유 한림과 혼인한 이후의 사연을 자세히 들려주었다. 사씨 부인은 수월암에 머물면서 전에 시아버님이 꿈에 나타난 일을 묘희에게 말했다. 그 후 사씨 부인은 수월암에 머물면서 세월을 보내고 있었다.

한편, 교 씨의 행실은 날로 간악해지고 한림이 조정에 들어가 숙직할 때는 동청을 불러 백자당에서 음란한 추행을 하였다. 그러던 어느 날 한림이 근무를 마치고 나와 교 씨를 찾았으나 원래 자던 정당에 없고 백자당에 있다는 것이었다.

한림이 물었다.

"왜 여기서 자는 거요?"

"요즘 정당에서 자면 꿈자리가 뒤숭숭하고 기분이 좋지 않아서 여기서 잤습니다. 당신도 그 방에서 자면 꿈자리가 흉하던가요?"

한림은 도진이라는 진인(眞人, 도교의 깊은 진리를 깨달은 사람)을 내실로 불러 요즘 흉몽을 꾸니 무슨 악귀의 장난이냐고 물었다.

도진이 대답하였다.

"비록 대단치 않으니 기운이 좋지 않소이다."

도진은 하인을 시켜 벽을 뜯고 나무로 된 사람을 꺼내서 한림에게 보였다. 한림이 매우 놀랐다.

"이것은 사람을 해치려 만든 것이 아니고 오직 첩이 한림의 사랑을 독차지하려는 마음으로 한 요망한 짓입니다."

한림은 그제야 사씨가 억울한 누명을 쓰고 쫓겨난 것이 아닐까 하고 의

심하게 되었다. 그러고는 비로소 악몽을 깬 듯이 스스로 부끄러워하였다.

이것을 눈치챈 교 씨는 동청과 함께 한림을 해칠 계획을 상의하였다. 동청이 우연히 책상 서랍에서 한림이 쓴 글을 보고는 얼굴에 웃음을 띠더니 말했다.

"하늘이 우리 두 사람을 배필이 되게 해 주실 테니 부인은 걱정하지 마오."

"그게 정말이에요? 무슨 좋은 징조가 있나요?"

"이 글을 보니 엄 승상을 간악한 소인으로 비하여 비방하고 있으니, 증거가 되는 이 글을 승상에게 보이면 그가 황제께 알려서 유 한림을 엄벌에 처할 것이 아닙니까?"

동청이 한림의 글을 엄 승상에게 전하니 마침 잘되었다는 듯이 그 글을 황제에게 알렸다. 황제가 그 글을 받아 보고는 크게 노하여 한림을 극형에 처하려고 하였다. 그러나 태우 서세가 상소를 올려 가까스로 감형되어 귀양길에 오르게 되었다.

그러자 교 씨는 거짓으로 통곡하며 말했다.

"한림께서 먼 곳으로 고생길을 떠나시는데 첩이 어찌 떨어져서 홀로 살겠습니까? 저도 따라가 생사를 같이하고자 합니다."

"나는 이제 타지로 가서 생사를 기약하지 못하니, 그대는 집을 잘 지키고 조상의 제사를 받들고 아이들을 잘 길러 주시오. 그리고 인아는 골격이 대범하니 잘 길러만 준다면 내가 죽어도 눈을 감을 것이오."

교 씨가 한림을 안심시키며 말했다.

"어찌 제 배를 앓고 낳은 봉추와 달리 생각하겠습니까?"

"부디 그렇게 부탁하오."

유 한림은 하인 몇 명을 데리고 먼 귀양길을 떠났다.

그 후 동청은 엄 승상의 편이 되어 진유현 현령으로 출세하여 부임하게 되자 교 씨에게 사람을 보내었다. 기별을 받은 교 씨는 매우 기뻐하며 사촌형이 죽어 시골에 간다고 거짓말을 하고 봉추와 인아, 심복 종들만 데리고 길을 떠났다. 방탕한 사내와 음란한 여자는 서로 만나 저희들 세상이라고 기뻐하며 어찌할 줄을 몰랐다.

"인아는 원수의 자식인데 데리고 가서 무엇 하겠소?"

동청이 말하자 교 씨는 그 말이 옳다고 여기고 시녀 설매를 시켜 어린 인아를 물속에 넣어 죽이라고 했다. 그러나 설매는 차마 죽일 수 없어 강가의 숲에 감추어 두고 와서 거짓말로 교 씨에게 고하였다.

"아이를 물에 넣었더니 물속에서 잠깐 들락날락하다가 마침내 가라앉아 보이지 않았습니다."

교 씨와 동청은 기뻐하며 육로로 진유현에 도착하였다.

한편, 유 한림은 귀양길을 떠난 후 드디어 자기의 과오를 깨닫고 깊이 후회하였다. 그러니 밤낮으로 화가 가슴에 치솟아 병이 깊어졌다.

하루는 한 노인이 꿈에 나타나

"병이 중하니 이 물을 드시고 나으시기를 바랍니다."

하며 물병을 마당에 놓고 홀연히 떠나갔다.

한림이 이상한 꿈이라고 생각하고 있는데, 이튿날 아침 종이 뜰을 쓸다가 놀라며 중얼거리는 소리가 들렸다.

"마른 땅에서 웬 물이 솟아날까? 참 이상도 하다."

이에 한림이 창을 열어 보니 꿈에 노인이 물병을 놓고 간 자리에서 물이 솟아 나오고 있었다. 한림은 꿈을 떠올리고 물을 길어 오라고 하여 먹어 보니 맛이 달고 시원해서 무척 좋았다.

그 후 한림의 병은 깨끗이 나았을 뿐 아니라 그 지방의 풍토병(風土病, 어떤 지역의 특수한 기후나 토질로 인하여 발생하는 병)이 사라졌다. 이에 감격한 사람들은 그 우물을 '학사천'이라 불렀다.

진유현에 도착한 동청은 백성에게 세금을 가혹하게 착취하고, 그것도 부족하여 황제께 상소하여 금은보화가 많은 곳으로 승진해 가게 되었다. 때마침 황제가 태자를 책봉하는 날이라 한림도 은총을 입어 친척이 있는 무창 땅을 향하였다.

한림이 여러 날 길을 가다가 장사 땅을 지나게 되었다. 그때 갑자기 어마어마한 행차가 지나가기에 자세히 보니 다름 아닌 간악한 동청의 행차였다.

'아니 저놈이 어떻게 높은 벼슬을 하고 이 지방에서 행차할까? 아하, 저놈이 천하의 세도가 엄 승상에게 아부하여 저런 출세를 하였구나.'

한림은 분노를 느끼며 자신을 더욱 부끄럽게 생각했다. 이때 맞은편 집에서 여자 한 명이 나오다가 주점에서 점심을 먹는 한림을 보았다.

"유 한림께서 어떻게 이런 곳에 와 계십니까?"

자세히 보니 바로 시녀 설매였다.

"나는 황제의 은혜를 입고 귀양이 풀려서 황성으로 돌아가는 길이다만 너는 이곳에 어떻게 왔느냐? 그래, 집안은 평안하냐?"

한림이 묻자 설매는 그간의 모든 사실을 한림에게 고하였다.

설매의 말을 들은 한림은 기가 막혀서 한참 동안 말을 못 하다가 다시 말을 꺼냈다.

"좌우간 이렇게 된 자초지종을 더욱 자세히 말하라."

한림이 비통한 안색으로 재촉하자 설매도 흐느껴 울며 말하였다.

"하늘을 속이고 주인을 저버린 저의 죄가 천지에 가득하오니 한림께서 관대히 용서하여 주십시오."

"내 지난 일은 탓하지 않을 테니 숨기지 말고 사실대로 말하여라."

"그간 모든 일은 교 씨가 꾸민 간계였습니다. 한림께서 귀양 가시게 된 것도 동청과 교 씨가 엄 승상에게 고하여 꾸민 농간이었습니다."

설매는 팔뚝을 걷고 팔뚝에 고문당한 흉터를 내보이면서 인아를 죽이려 한 경위에 대하여 말했다.

"다행히 너의 갸륵한 소행으로 인아가 살았다면 너는 그 애 생명의 은인이다."

"밖에 저를 데리러 온 사람이 있으니 더 머무르면 의심받습니다. 떠나기 전에 급히 한 말씀 아뢰겠습니다. 어제 악주에서 들은 소식인데 사씨 부인께서 장사로 가시다가 풍랑을 만나 물에 빠져 돌아가셨다는 말도 있고, 어떤 사람의 도움으로 아직 살아 계신다는 풍문도 있으니 한림께서 수소문하여 알아보십시오."

그렇게 말하고 설매는 얼른 교 씨의 행렬을 쫓아갔다. 교 씨가 이상히 여겨 설매를 데리고 온 시녀에게 물었다.

"왜 이렇게 늦었느냐?"

"어떤 이와 이야기를 하느라고 이토록 늦게 되었습니다."

"그 사람이 누구더냐?"

"행주 땅에 귀양 간 한림이 돌아오는 길이었습니다."

교 씨가 깜짝 놀라며 행차를 멈추고 동청과 함께 뒷일을 상의하니 동청 역시 깜짝 놀라 건장한 관졸 수십 명을 뽑아 어서 가서 한림의 목을 베라고 명하였다.

이런 소동이 일어난 것을 본 설매는 두려워서 그만 스스로 목을 매었다.

한림은 설매에게 기막힌 소식을 듣고 악주에 이르러 강가를 배회하다가 큰 소나무 껍질에 큰 글씨로 '모년 모일 사 씨 정옥은 이곳에 눈물을 뿌리고 강물에 몸을 던졌다'라고 쓴 것을 발견하였다. 통곡하며 울다 정신을 차리고 사 씨의 넋이라도 위로하기 위하여 제문(祭文, 죽은 사람에게 애도의 뜻을 나타낸 글)을 지으려고 하였다. 그때 장정 수십 명이 칼과 창을 가지고 들이닥치면서 외쳤다.

"유 한림만 잡고 다른 사람은 상하게 하지 말라!"

한림이 놀라 뒷문으로 도망쳐서 방향도 모른 채 허둥지둥 달아났다. 그러나 얼마 가지 않아서 큰 강물이 가로놓여 있으므로 어쩔 수 없이 물에 몸을 던지려는 순간, 어디선가 배 젓는 소리가 은은히 들려왔다. 소리 나는 곳으로 허둥지둥 달려가면서 한림은 하늘에 빌었다.

한편, 동정호 수월암에서 사 씨를 보호하고 있던 묘희가 하루는 "부인, 오늘이 바로 4월 15일인데, 그전에 하시던 말을 잊으셨나요?" 하고 일깨워 주었다. 속세와 인연을 끊은 사씨 부인은 그 중요한 4월 15일의 일도 잊고 있었던 것이다. 그러던 중 묘희의 말을 듣고 흰 마름꽃이 피어 있는 물가로 배를 저어 가면서 슬픈 추억에 사로잡혀 있었다.

한림은 배를 향하여 가면서 구원을 청하였다.

"사람 살려 주시오!"

배를 젓던 묘희가 그곳으로 배를 대려 하자 사씨 부인이 말렸다.

"저 사람의 음성이 남자인데 태워도 괜찮겠습니까?"

"눈앞에 죽는 사람을 두고 어찌 구하지 않겠습니까?"

묘희가 배를 물가에 대니 한림이 배에 뛰어오르면서 다급한 목소리로 청했다.

"도적놈들이 쫓아오니 빨리 배를 저어 가 주시오."

그리하여 한림은 위기를 모면하고 배 안의 사람을 보니 뜻밖에도 두 사람 모두 여자였다. 이때 소복을 입은 젊은 여자가 한림을 보더니 울음을 터뜨렸다.

한림이 이상히 여기고 자세히 보니 자기의 아내 사 씨가 분명했다.

"부인을 여기서 만나다니 이게 어찌 된 일이오. 뜻밖에 만난 부인에게 내가 이제 무슨 낯을 들어 대하겠소. 어리석은 나를 탓하시오."

남편의 뉘우치는 말을 듣고 사씨 부인은

"한림께 이런 말씀을 듣지 못하였다면 죽어도 어찌 눈을 감았겠습니까?" 하며 울고만 있었다. 서로 죽은 줄 알았다가 다시 만난 부부는 반가운 것도 잠깐, 어린 인아의 생사를 알지 못해 새로운 슬픔에 사로잡혀 오열하였다.

수월암에 도착한 한림이 부인을 보고 말하였다.

"범의 입에 들어간 환란은 피했으나 의지할 곳이 없으니 무창으로 가서 약간의 전량(田糧, 밭을 빌려주고 거두어들이던 양곡)을 모아 앞일을 꾸려 갈 것이니 부인도 같이 가 주기를 바라오."

"한림께서 저를 원하시면 제가 어찌 명을 따르지 않겠습니까? 하지만 다시 돌아가는 데도 예절이 있어야 하지 않을까 합니다."

"아, 내가 너무 급하게 생각한 모양이오. 내가 먼저 가서 묘를 모셔 오고, 다시 소식을 수소문한 후에 예를 갖추어서 데려가리다."

한림은 남이 알아보지 못하게 변장하고 길을 떠났다.

한편, 동청은 교 씨를 데리고 계림 태수로 부임하여 심복 부하 냉진을 시켜 행인의 물건을 약탈하는 짓을 일삼았다. 교 씨가 계림에 간 지 얼마 되지 않아 봉추가 병들어 죽자 어미의 정으로 괴로워하였다.

그러던 중 냉진이 서울에 와서 보니 엄 승상의 세도가 이미 무너진 때였다. 이에 놀란 냉진은 화가 자신에게 미칠 것을 두려워하여 동청의 행실을 고자질하니 법관이 황제에게 알렸다. 황제가 노하여 동청을 잡아 네거리에서 극형에 처하였다.

냉진은 후한 상금을 받고 이번에는 교 씨를 데리고 부부 행세를 하였다.

뒤늦게 잘못을 깨달은 황제는 엄 승상의 잔당을 모두 없애고 한림을 이부시랑으로 임명하였다. 또한 과거를 실시하여 인재를 구하니 사씨 부인의 동생도 급제하여 영화를 누리게 되었다.

한림이 다시 벼슬길에 오르게 되어 조정에 나가니 황제가 기뻐하며 명하였다.

"경의 뜻이 굳어서 특히 강서백을 삼으니 어진 마음으로 직무를 두루 살피기 바라오."

한림이 어전에서 물러나 집으로 돌아오니 하인들이 눈물을 흘리며 맞았다.

한림이 사당에 참배하고 고모 두 씨 부인을 찾아 사죄하니 부인이 흐느껴 울며 말하였다.

"이 몸이 살았다가 조카가 다시 귀한 몸이 된 것을 보니 죽어도 한이 없다."

"저의 죄는 만 번 죽어도 부족하나, 다행히 부부가 다시 만났으니 죄를 용서하십시오."

이때 사씨 부인의 동생 사 추관이 누님을 데려오겠다 하여 허락하고 강가에서 맞을 테니 먼저 가라고 하였다.

사 추관이 미리 편지를 보내 동정호의 군산에 이르니 사씨 부인이 기다리고 있다가 기쁨을 감추지 못하였다. 사씨 부인은 묘희에게 감사의 뜻으로 유 시랑이 보내온 예물을 전하고 이별을 하며 서로 아쉬워하였다.

일행이 강가에 이르니 유 시랑이 기다리고 있었는데 금빛 수를 놓은 휘장이 강변을 덮고 환영하는 사람이 물가에 길게 늘어섰다.

시녀들이 새 의복을 올리자 부인은 칠 년 동안 입었던 소복을 벗고, 색깔이 고운 옷으로 갈아입고 부부가 상봉하니 세상에 보기 드문 경사였다. 뱃길로 고향 집에 이르니 하인들이 감격하며 사씨 부인을 맞이하였다.

사씨 부인은 남편을 만나서 다시 유 씨 가문의 안주인이 되었으나 아들 인아의 생사를 알지 못해 또다시 슬픔에 잠겼다.

"후손을 위하여 다시 아들을 낳을 길을 마련할까 합니다."

"후손을 위하여 다시 소실을 권하는 뜻은 고마우나 교 씨로 인하여 집안이 너무도 어지러웠으니 어찌 다시 사람을 집안에 들여놓겠소?"

"상공은 너무 고집하지 마시고 제 말을 들으십시오."

사씨 부인은 한림의 허락을 받아 묘희의 조카딸 임 씨를 첩으로 맞아들였다. 그런데 그녀는 소년을 동생으로 데리고 있다고 했다. 사씨 부인이 함께 오라고 허락하자 소년을 집으로 데리고 왔다. 그런데 소년이 먼저 유모를 알아보고

"유모, 왜 날 몰라보는 거야?"

하는 것이었다. 이렇게 하여 사씨 모자는 상봉하였다.

한편 교 씨는 냉진과 살다가 그가 도망가자 기생이 되었는데 유 시랑댁 사환이 술집에서 교 씨를 보고 그 소식을 전하였다. 사씨 부인도 교 씨에 대한 미움이 가시지 않아 매파와 상의하여 그녀를 잔치에 청하기로 하였다. 그저 아무것도 모르는 교 씨는 기뻐하기만 했다.

잔치가 끝나가자 유 시랑은

"오늘 이 즐거운 잔치에 흥을 돋우려고 명창을 데려왔으니 모두 구경하시오."

교 씨가 눈을 들어서 좌중을 보니 유 한림 문중의 일족이라, 갑자기 벼락을 맞은 듯하여 애걸하였다. 그러나 유 한림은 그녀의 비굴한 행동에 더욱 화가 나 시동에게 엄명하여 교 씨의 가슴을 칼로 찢어 헤치고 심장을 꺼내라 하였다. 사씨 부인이 시동을 제지하고 남편을 만류하자 유 한림이 감동하여 교 씨를 죽인 후에 동쪽 언덕에 묻어 주었다.

임 씨가 유 씨 가문에 들어온 지 십 년이 지나는 동안에 아들 삼 형제를 낳았는데 모두 살빛이 희고 고결하여 신선과 같은 풍채를 지니고 있었다. 또한 유 시랑은 좌승으로 승진되어, 부부는 팔십여 세를 마음 편히 살았으며, 임 씨도 복을 누려 사씨 부인을 모시며 안락한 세월을 보냈다.

심생전(沈生傳)

- 이옥(李鈺) -

작가 소개

이옥(李鈺 1760~1815)

조선 후기 정조 때의 문신으로 본관은 전주(全州)이며 자(字)는 기상(其相)이다. 본가는 경기도 남양(南陽)으로 호는 매화외사(梅花外史)와 문무자(文無子) 등이 있고, 젊은 시절 성균관 유생으로 한양에서 활동했다. 조부 이동윤은 서족(庶族) 무반(武班) 출신이고, 부친 이상오는 1754년에 진사에 급제했으며, 이옥은 성균관 유생 시절 1790년에 생원시에 급제했다. 그 뒤 문체 반정에 연루되어 벼슬길이 막히지만, 일생을 마칠 때까지 자신의 신념을 지키고 슬하에 1남 4녀를 두고 낙향하여 저작 활동에 몰두했다.

작품 정리

심생전은 조선 후기의 양반가 자제인 심생과 중인 신분인 처녀가 신분의 벽을 넘지 못하고 사랑을 이루지 못해 죽음을 맞는 비극적인 결말을 다룬 이옥의 친구 김려가 편찬한《담정총서》11권 〈매화외사〉에 실려 있다.

심생전은 뚜렷한 주관으로 자기 삶에 적극적이면서 사랑을 받아들이는 강한 의지를 보이는 여성상을 제시하고, 자유 연애사상과 신분 제도에 대한 사회적 장벽을 간접적으로 비판하는 의식을 드러내 보인다. 그리고 조선 후기 당시 사회진출로 부를 축적하고 성장하는 중인층의 실상을 보여주고, 신분 제도에 대한 비판의식과 사회상을 엿볼 수 있는 작품이다.

어느 날 심생이 종로에서 임금의 행차를 구경하고 돌아오다가 계집종에게 업혀 가는 한 처녀를 본다. 심생은 업혀 가는 처녀의 아름다움에 반해 따라가 보니 중인의 딸이었다. 심생은 그녀를 사랑하는 마음에 밤마다 그녀의 집 담을 30일 동안 넘어 다니지만 만날 수가 없었다. 밤마다 담을 넘어 자기 방을 엿보는 심생을 안 처녀는 방으로 심생을 불러들이고 부모를 설득한 후 동침을 한 후 밤마다 사랑을 나눈다. 이를 눈치챈 심생의 부모가 절에 들어가 공부를 하라고 명하자 절에 들어가 공부를 한다. 심생이 오기를 기다리다 지친 처녀는 병이 들어 죽음을 맞이하는 처지를 비관하고 한탄하는 내용의 유서를 심생에게 보낸다. 심생도 그 유서를 받고 슬픔에 싸여 붓을 던지고 무관이 되어 금오랑이 되지만 일찍 죽는다.

· 갈래 : 애정 소설
· 연대 : 조선 정조 때
· 구성 : 비극적
· 시점 : 전지적 작가 시점
· 배경 : 조선 시대 종로 거리
· 주제 : 신분의 벽에 막힌 비극적 사랑
· 출전 : 담정총서

심생전

심생(沈生)은 약관(弱冠)의 나이에 용모가 준수하고 풍정(風情)이 크게 넘치는 서울에 사는 양반이다. 그가 어느 날 운종가(雲從街, 지금의 종로)에서 임금의 거둥(擧動, 임금의 행차)을 구경하고 돌아오던 길에 한 건장한 계집종이 자줏빛 비단 보자기로 한 여자를 덮어씌우고 업고 가는 것을 보았다. 그 뒤로 한 아환(婀鬟, 계집종)이 붉은 비단신을 들고 그 뒤를 따르고 있었다. 심생은 겉으로 드러난 몸을 가늠해 보고 어린애가 아닌 줄 짐작을 했다.

심생은 그 뒤를 바짝 뒤따랐다. 그 뒤를 따르다 더러는 소매로 스치고 지나치기도 하면서 계속 보자기에서 눈을 떼지 않는다. 소광통교(小廣通橋)에 이르렀을 때, 갑자기 돌개바람이 앞에서 일어났다. 그때 자줏빛 보자기가 반쯤 걷히자 한 처녀가 보였다. 봉숭아 빛 뺨에 버들잎 같은 눈썹과 초록 저고리에 다홍치마, 연지와 분으로 곱게 화장을 꾸미고 있었다. 얼핏 보아도 절세미인(絕世美人)임을 알 수 있었다.

처녀 역시 보자기 안에서 어렴풋이 미소년이 따라오는 것을 보고 있었다. 쪽빛 옷에 초립(草笠)을 쓰고 왼쪽과 오른쪽으로 뒤쫓아 오며 추파의 눈짓을 보내는 미소년을 보자기 사이로 주시하고 있었다.

이때 보자기가 걷히자 버들 같은 눈과 별빛 같은 네 개의 눈동자가 서로 부딪쳤다. 놀랍고 또 부끄러웠다. 처녀는 보자기를 추슬러 다시 덮어쓰고 가버렸다.

심생은 어찌 이를 놓치겠는가. 바로 뒤쫓아서 소공주동(小公主洞, 지금의 소공동)의 홍살문에 당도한 처녀가 한 중문(中門) 안으로 들어가 버리자, 심생은 뭔가를 잃어버린 것처럼 한참을 멍하니 방황한다. 그러다가 이웃 할멈을 붙들고 처자에 대해 자세히 물어본다.

호조(戶曹)에서 계사(計士)로 일하다가 퇴직한 집에 외동딸로, 나이는 십육칠 세이며 아직 혼처를 정하지 못했다는 것이다. 그리고 그 처자가 거처

하는 곳을 물었더니 할멈은 손으로 가리키며 말하기를,

"이 조그만 골목을 돌아서면 회칠한 담장이 나옵니다. 담장 안에 작은 방이 하나 있는데, 그곳이 바로 그 처자가 거처하고 있지요."

심생은 이 말을 듣고, 도저히 그 처자를 잊을 수가 없어서 저녁에 집안 식구들에게,

"서당 동무 아무개가 저와 같이 밤을 지내자고 하더군요. 오늘 저녁에 가볼까 하옵니다." 하고 거짓말을 꾸며댔다.

그날 밤 심생은 인적이 드문 시간을 기다려 처자의 집 담장을 넘어 들어갔다. 그때 엷은 노란색의 초승달이 뜨고 창밖으로 꽃나무가 아담하게 가꾸어져 있었다. 창호지에 비친 등불이 사방을 환하게 비추었다. 심생은 처마 밑 바깥벽에 기대앉아서 숨을 죽이고 기다렸다. 방안에는 매향(梅香, 몸종) 두 명과 그 처자가 있었다. 처자는 언문으로 된 책을 나지막한 소리로 읽는데 꾀꼬리 새끼 울음같이 낭랑한 목소리였다.

삼경쯤에 이르자, 매향은 벌써 깊이 잠들고, 그제야 그녀는 등불을 끄고 잠자리에 들려고 한다. 그러나 그녀는 오래도록 잠을 못 이루고 뒤척이며 무언가 고민하는 것 같았다. 심생은 잠이 올 리도 없었지만, 또한 바스락 소리를 내지도 못하였다. 새벽종이 울릴 때까지 그대로 꼼짝없이 있다가 도로 담을 넘어 나왔다. 그 뒤로는 이 일이 일과가 되었다. 날이 저물 녘쯤 갔다가 파루(罷漏, 통행금지를 해제하는 종소리)를 친 새벽에 돌아오는 것이었다. 그렇게 이십여 일 동안 심생은 계속 그 일을 게을리하지 않았다. 그녀의 일상은 초저녁에는 책을 읽고 바느질하다가, 한밤중에 이르러서야 불을 끄게 했다. 그리고 이내 잠이 들기도 하지만, 더러는 번민으로 잠을 못 이루는 것 같기도 했다.

육칠 일이 지나자 그녀는 문득 몸이 편치 않다고 초경(初更, 저녁 7시~9시) 무렵부터 베개를 베고 엎드려 자주 손으로 벽을 두드리며 긴 한숨과 짧은 탄식을 내쉬는데, 그 숨결이 창밖까지 들렸다. 그녀의 한숨 소리와 탄식은 하루하루 갈수록 더해만 갔다.

스무날째 되는 밤이었다. 그녀는 갑자기 마루에서 내려와 바깥벽을 돌아 심생이 앉아 있는 처마 밑에 이르렀다. 심생은 깜깜한 어둠 속에서 불쑥 일어나 그녀를 붙잡았다. 그녀는 조금도 놀라는 기색이 없이 낮은 소리로 말

을 했다.

"도련님은 소광통교 근처에서 만났던 분이 아닌가요? 저는 이미 스무날 전부터 도련님이 오시는 줄 알고 있었습니다. 소녀를 붙들지는 마십시오. 여기서 소리를 한번 내게 되면 다시는 밖으로 못 나가게 되십니다. 소녀를 놓아주시면 응당 제가 뒷문을 열어 방으로 드시게 할 테니 얼른 놓으십시오."

심생은 그 말을 듣고 뒤로 물러서서 기다렸다. 그녀는 홱 돌아서서 들어가 버렸다. 방에 들어가서는 매향을 부르더니,

"너는 어머님께 가서 큰 굴수(屈戍, 주석 자물쇠)를 주시라고 청하여 받아 갖고 오너라. 밤이 몹시 깜깜하니 사람을 무섭게 하는구나."

매향이 윗방 마루를 건너가서 금방 굴수를 들고 왔다. 그녀는 열어주기로 약속한 뒷문에다 굴수를 분명하게 걸어두고, 다시 손으로 굴수를 채웠다. 일부러 찰카닥하는 굴수를 채우는 소리를 나게 했다. 그리고 곧 등불을 끄고 고요히 깊은 잠이 든 척하였다. 하지만 그녀는 잠을 이루지 못하고 있었다. 심생은 그녀의 속임에 분통이 났지만, 한편으로 생각하면 그나마 만나본 것이 다행이라고 생각했다. 그리고 심생은 여전히 굴수를 채운 방문 밖에서 밤을 새우고 새벽이 되면 돌아간다.

심생은 다음날에도 가고, 또 다음날에도 갔다. 방문에는 굴수가 채워져 있었지만, 조금의 게으름도 없이 비가 오면 유삼(油衫, 기름을 바른 옷)을 둘러 입고 비에 옷이 젖어도 관계하지 않았다. 이렇듯 다시 열흘이 지났다. 한밤중이 되자 온 집안은 모두 깊은 잠에 빠져들었다. 그녀도 등불을 끄고 한참 있다가 갑자기 벌떡 일어나 매향을 불러 얼른 등불에 불을 붙이라고 재촉하고 말을 했다.

"애 너희들은 오늘 밤엔 윗방에 가서 자도록 해라."

두 매향이 방을 나가자, 그녀는 벽에 걸린 쇳대를 가지고 굴수를 따고 뒷문을 활짝 열었다. 그리고 심생을 부르며 말했다.

"도련님, 들어오십시오."

심생은 헤아릴 틈도 없이 자기도 모르게 몸이 벌써 방에 들어와 있었다. 그녀는 다시 그 문에 굴수를 채우고 심생에게 말했다.

"원하옵건대 도련님은 잠시 앉아 계십시오."

그러고는 윗방으로 가서 자기 부모님을 모시고 나왔다. 그 부모는 심생을 보고는 몹시 놀라셨다. 그녀는 지금 벌어진 일을 부모에게 말을 한다.

"놀라지 마시고 소녀의 말을 들어보십시오. 소녀 나이 열일곱으로 발걸음이 일찍이 문밖출입을 못 하였습니다. 그러다 지난달(月前)에 우연히 임금님의 거둥을 구경하고 돌아오던 길에 소광통교에 이르러 덮어쓴 보자기가 바람에 날려 걷히었습니다. 마침 그때 한 초립을 쓴 도령과 얼굴이 마주쳤습니다. 그날 밤부터 도령이 안 오시는 밤이 없고, 이 방문 밑에 숨어 기다리신지 이제 이미 삼십 일이 지났습니다. 비가 와도 오시고, 추워도 오시고, 문에 굴수를 채워 거절해도 역시 오셨습니다. 소녀는 곰곰이 생각해 보았습니다. 만일 소문이 밖으로 퍼져서 동네 사람들이 알게 되면, 밤에 들어왔다가 새벽이면 나가는데 홀로 창벽 밖에서 있다가 그저 가는 것이라고 누가 믿겠습니까? 이는 사실과 다르게 안 좋은 누명(陋名)을 얻게 되는 것입니다. 소녀가 반드시 개에게 물린 꿩이 되는 것이옵니다. 그리고 저분은 사대부 댁 도령으로 나이가 바야흐로 청춘이라 아직 혈기가 정해지지 못하였습니다. 그렇지만 나비와 벌이 꽃을 탐낼 줄만 알고, 바람과 이슬에 맞음을 돌보지 않으니 며칠 못가 병이 나지 않겠습니까? 병이 들면 반드시 일어나지 못할지니, 그러면 소녀가 죽이지 않았어도 제가 죽인 셈이오니 비록 남이 모르더라도 반드시 음보(陰報)가 있게 됩니다. 또 소녀가 몸은 한낱 중인(中人) 집 딸에 불과하옵니다. 소녀가 무슨 절세의 경성지색(傾城之色)으로 물고기가 숨고 꽃이 부끄러워할 만한 용모를 지닌 것도 아닙니다. 그럼에도 도령께서 솔개를 보고 매로 여기시어 소녀에게 지성을 바치시고, 이토록 부지런히 해오셨습니다. 소녀가 만일 도련님을 따르지 않으면 하늘이 반드시 싫어하시어 복을 소녀에게 주시지 않을 것이옵니다. 이제 소녀는 마음을 정하였습니다. 원하옵건대 부모님께서는 근심하지 마옵소서. 아! 부모님께서 연로하시고 동기간이 없사오니, 소녀가 시집가서 데릴사위를 맞아 살아계실 때 봉양을 극진히 하고 돌아가신 뒤에 제사를 모시면 소녀의 소망에 족하다고 생각했습니다. 이제 일이 뜻밖에 이렇게 되었으니, 이 역시 하늘의 뜻이 아니지 않겠습니까? 더 말해 무엇하겠습니까?"

그녀의 부모는 어안이 벙벙해 입을 다물고 달리 아무 할 말이 없었다. 심생 역시 아무 말도 하지 못했다. 그래서 그들은 같이 동침하게 되었다. 그

토록 애타게 사모하던 끝에 얻은 그 기쁨이야 가히 알 수 있었다. 그날 밤
방에 들어간 이후로 날이 저물 때 나갔다가 새벽에 돌아오지 않는 날이 없
었다.

그녀의 집은 본래 부유했다. 그래서 심생을 위하여 화려한 의복을 정성
껏 마련해 주었으나, 심생은 집에서 이상하게 여길까 보아서 감히 입지 못
하였다. 아무리 조심해도 집에서는 바깥에서 자고 오래 돌아오지 않는 심
생을 의심하지 않을 수 없었다. 그래서 절에 가서 글을 읽으라는 명이 내리
었다. 심생의 마음은 몹시 섭섭하였으나, 집으로부터 압박받고, 또 친구들
에게 이끌리어 책을 싸 들고 북한산성(北漢山城)으로 올라갔다.

선방(禪房)에 머문 지 어느덧 한 달 가까이 되었다. 심생에게 그녀의 언
문(諺文, 한글을 낮잡아 일컫던 말) 편지를 전해주는 사람이 있었다. 편지
를 펴보니 유서(遺書)로 영영 이별하는 내용이었다. 그녀는 이미 죽은 것이
다. 그 편지의 내용은 대강 이러했다.

"봄추위가 아직 여전하온데 산사(山寺)의 글공부에 옥체 평안하시옵니
까. 사모하는 말씀을 드리기를 원하옵고, 어느 한 날이라도 잊은 날이 있었
겠습니까. 소첩은 도련님께옵서 떠나신 이후로 우연히 한 병을 얻어 점점
골수에 사무쳤습니다. 백약이 무효하고 음식이 소용없어 이제 필경 죽음밖
에 없는 줄 알았사옵니다. 소첩처럼 박명(薄命)한 몸이 살아본들 무엇하오
리까마는, 우선 세 가지 큰 한(恨)을 가슴에 안고 있으니, 죽음에 당해서도
눈을 감지 못하옵니다. 소첩은 본래 무남독녀로 부모님의 사랑하심을 받고
자랐습니다. 장차 부모님께서는 적당한 데릴사위를 구하고자 하여, 그 사
위를 늘그막에 의지 삼고 후일의 계책을 마련코자 하였습니다. 그렇지만
호사다마(好事多魔, 좋은 일에는 방해되는 일이 많음)라 좋지 않은 인연으
로 얽히었습니다. 여라(女蘿, 이끼 식물)가 외람되게 높은 소나무에 붙었으
니, 주진지계(朱陳之計)의 희망이 이제 단망(斷望)이옵니다. 이는 소첩이
낙이 없고 시름하다 몸이 답답하고 즐겁지 않음에 마침내 병으로 죽음에
이른 까닭이옵니다. 이제 고당학발(古堂鶴髮, 늙으신 부모님)은 영원히 의
뢰할 곳이 없게 되었사오니, 이것이 첫째 한이옵니다. 여자가 출가하면 비
록 매향이라도 문에 기대어 손님을 맞는 기생의 몸이 아닌 다음에야, 남편

이 있고 또 시부모가 있겠지요. 세상에 시부모가 모르는 며느리가 어디 있사오리까. 소첩 같은 몸은 남의 속임을 받아 몇 달이 지나도록 일찍이 도련님 댁의 늙은 여자 하인 하나도 보지 못하였사옵니다. 이는 살아서 부정한 자취를 남긴 것이고, 죽어서 돌아갈 곳 없는 귀신이 될 것이옵니다. 이것이 둘째 한이옵니다. 부인이 되어 남편을 섬기매, 음식을 장만하여 공궤(供饋, 윗사람에게 음식을 드림)하고 의복을 지어서 받드는 일보다 더 큰 일은 없나이다. 도련님과 상봉한 이래 세월이 오래되지 않음도 아니요, 지어드린 의복이 적다고 할 수는 없사옵니다. 하지만 한 번도 도련님께 한 사발밥도 집에서 드시게 못 하였고, 한 벌 옷도 앞에서 입혀드리지 못하였습니다. 도련님을 모신 것은 다만 침석(枕席, 잠자리)에서뿐이었습니다. 이것이 셋째 한이옵니다. 그리고 이제 상봉한 지 얼마 되지 아니하여 문득 길이 이별하옵고, 병으로 누워 죽음이 다가왔으나 대면하여 영결(永訣, 영원히 헤어짐)하지 못하옵니다. 이러한 여자의 슬픔을 어찌 족히 군자(君子)에게 말씀드리오리까. 생각이 여기에 이르니 창자가 이미 끊어지고 뼈가 녹으려 하옵니다. 비록 연약한 풀이 바람에 쓰러지고 시든 꽃잎이 진흙이 된다 한들 끝없는 이 원한은 어느 날이라 다하리오. 오호(嗚呼)라! 창 사이에서의 밀회(密會)는 이제 그만입니다. 바라옵건대 도련님은 소첩을 관심으로 두시지 마옵시고, 더욱 글공부에 힘쓰시어 일찍이 청운(靑雲)의 뜻에 이루옵소서. 이를 데 없이 옥체를 내내 소중히 하옵고, 소중히 하옵소서."

심생은 이 편지를 받고 모든 것을 다 잃음에 자기도 모르게 울음을 금할 수 없었다. 이제 비록 슬프게 울어보아도 무엇하겠는가. 그 뒤에 심생은 붓을 던지고 무변(武弁, 무관)이 되어, 벼슬이 금오랑(金烏郞)에 이르렀으나 역시 일찍 죽고 말았다.

매화외사(梅花外史)가 말하기를,
"내가 열두 살 때 시골 서당에서 글을 읽는데 매일 동접(同接, 같이 학업을 닦음)들과 이야기 듣기를 좋아하였다. 어느 날 스승께서 심생의 일을 자세히 이야기해 주시고 말씀하시기를,
'심생과 나는 소년일 때 함께 공부하였다. 심생이 산사에서 편지를 받고

통곡할 때 나도 글을 보았더니라. 그래서 이 이야기를 듣고 지금까지 잊지 않았구나.'

하시며 이어 말씀하시기를,

'내가 너희에게 이 풍류 소년(風流少年)을 본받으라는 것이 아니다. 사람이 일에 당해서 진실로 꼭 이루고야 말겠다는 뜻을 세우면, 규중(閨中)의 처자라도 오히려 감동하게 할 수 있으리라. 하물며 문장이나 과거야 왜 안 되겠느냐.' 하셨다.

우리들은 그 당시에 듣고, 매우 새로운 이야기로 느꼈다. 뒤에 정사(情史, 연정을 기록한 책)를 읽어보니, 이와 비슷한 이야기도 많았다. 이에 이를 추기(追記, 덧붙여)하여 정사의 보유(補遺, 빠진 것을 채워 보탬)로 삼을까 하노라."

인현왕후전(仁顯王后傳)

- 작자 미상 -

　인현왕후전은 조선 시대에 쓰인 작자·연대 미상의 궁정 소설이다. 원제는 〈인현성후덕행록〉이다.

　조선 시대 제19대 왕이었던 숙종이 인현왕후를 폐위시키고 간악한 장희빈(張禧嬪)을 왕후로 세웠다가 다시 폐위시킨 뒤 인현왕후를 복위시킬 때까지의 궁중 비극을 다룬 것으로, 당시 궁중의 음모와 암투가 생생하게 묘사되었다. 얽히고설킨 당쟁에 관련된 사건을 조선시대의 우아한 궁중어로 기록된 〈계축일기(癸丑日記)〉, 〈한중록(恨中錄)〉과 아울러 궁정 문학의 빼어난 작품으로 평가된다.

　숙종 때 인현왕후와 희빈 장씨 사이의 총애받기를 서로 다투는 내용을 소재로 한 작품으로 조선조 궁중의 염정애사를 그린 내간체 문학이다. 숙종이 인현왕후를 폐위시키고 장희빈을 왕후로 세웠다가 다시 폐위시킨 뒤 인현왕후를 복귀시킬 때까지의 궁중의 비극을 역사적 사실에 입각하여 다룬 것으로 당시 궁중의 암투가 생생히 나타나 있다.

　인현왕후 민씨는 숙종의 비 인경왕후 김 씨가 승하하자 그 계비로 책봉된 후 6년이 지나도록 태기가 없어 왕통을 근심하고 궁중의 비극이 싹튼다. 숙의를 후궁으로 맞이하지만 이미 왕의 총애를 받던 장 씨가 아들(후의 경종)을 낳으며 온갖 권모술수로 인현왕후를 폐출시키고 자신이 왕후의 자리로 오른다.

　이 작품은 궁중의 비사를 주로 한 것이기 때문에 궁정 소설이라고 칭해지고 있다. 조선시대의 우아한 궁중어를 사용하여 과장이나 생략 없이 이야기를 전개시킨 빼어난 작품으로 〈한중록(恨中錄)〉, 〈계축일기(癸丑日記)〉 등과 함께 우수한 궁정 문학으로 평가된다.

　인현왕후는 요조숙녀의 자질을 갖춘 이상적인 여인으로 왕후가 되어 양전 대비께 효양하고, 비빈 궁녀들을 잘 거느리어 조야가 다 존경하고 한없이 어진 분이었으나 자녀를 얻지 못하게 되자 스스로 궁녀 장 씨를 천거하여 숙종으로 하여금 후사를 보게 하였다. 그 후 아들을 낳게 된 장 씨는 자신의 소생으로 세자를 책봉하고자 하여 갖은 모략으로 민비를 폐출시키고 세자 책봉의 뜻을 이룬다. 그리고 자신도 정비(正妃)의 자리에 오르게 된다.

　세월이 흐르고 장 씨의 모진 인간성이 드러나고 숙종은 어진 민비를 폐출시킨 잘못을 뉘우치게 된다. 이에 다시 민비를 복위시킨다. 다시 뒷전으로 물러앉게 된 장희빈은 갖은 모략과 무술(巫術)로 민비를 해치려 밤낮없이 계책을 꾸민다.

　6년 동안 폐서인 생활을 하였던 민비는 복위 후에도 건강을 되찾지 못한 채 7년 후 숙종이 매우 슬퍼하는 가운데 35세의 짧은 생애를 마감한다. 그 후 장희빈이 민비를 모해했던 일이 백일하에 드러나 사약을 받게 된다.

· 갈래 : 궁정 소설
· 연대 : 미상(조선 정조 때로 추정)
· 구성 : 내간체
· 배경 : 조선 숙종때 장희빈에 희생된 인현왕후의 일생
· 주제 : 인현왕후의 교훈적인 행적
· 출전 : 인현왕후 성덕현행록

인현왕후전

　조선조 숙종대왕의 계비(임금의 후비)이신 인현왕후 민 씨의 본관은 여흥이고 병조판서 여양부원군 둔촌 민유중(둔촌은 호)의 따님이며 영의정 우암 동춘 송 선생의 외손이셨다.

　어머니 되시는 송 씨가 기이한 태몽을 꾸고 정미 사월 스무사흗날 탄생할 때 집 위에 서기가 일어나고 산실 안에 향기로운 냄새가 은은하여 부모들이 소중히 생각하여 집안 식구들에게 이런 말을 하지 못하게 하였다.

　민 씨가 장성해 가면서 남달리 재주가 뛰어나고 용색이 찬란한 숙녀로 변하고 고금에 비할 데 없었다. 여공(여자들의 길쌈 솜씨)과 몸의 거동 하나하나가 민첩하기 이를 데 없어 마치 귀신이 돕는 듯하였으며 마음 씀이 언제나 한결같이 변함이 없고 숙연하고 희로를 타인이 알지 못하며 무심 무념한 듯하고 성질이 부드럽고 성덕이 온화하여 효성이 남달리 뛰어나고 마음 됨이 겸손하여 모든 면에서 뛰어났다. 종일 단정히 앉아 있는 모습이 위연한 화기가 봄볕과 같고 단엄침중(단정하고 엄숙하며 침착하고 무게가 있음)하신 기상이 감히 우러러 뵙기 어렵고 맑고 좋은 골격이 설중매와 같으며 높고 곧은 절개는 한청송백 같으니 부모와 집안 어른들이 사랑하고 소중히 여기며 원근 친척이 다 기이함을 놀라고 탄복하여 어릴 적부터 동경치 않는 이가 없어 그 이름이 세상에 널리 알려졌다.

　어느 해인가 세숫물 위에 붉은 무지개가 찬란하게 비침을 보고 아버님 민공이 반드시 귀하게 될 줄 짐작하고 심중에 염려하여 범사 교훈함을 각별히 하였다. 둘째 아버님 노봉(민정중의 호) 민 선생이 경학에 통달하고 엄중한 성품임에도 그를 지극히 사랑하여 자기의 자질보다 더 하니 너무 인물이 지나치게 훌륭하면 귀신이 시기를 하여 싫어하는 법이라 저 애가 과연 현명하고 아름다워 수명이 길지 못할까 근심이 되노라고 하셨다.

　경신년(숙종 6, 1680)에 인경왕후 김 씨께서 승하하시자 대왕대비(현종의 비 명성왕후)께서 곤위(왕후의 자리)가 비었음을 근심하여 간택하는 영을 내리시어 숙녀를 구하는데 청풍부원군(김우명, 현종의 장인) 김 공이 후의 덕색을 익히 들어 알고 있어 대비께 아뢰고 영의정 송 선생이 상전에 아뢰니 대비께서 크게 기뻐하였다.

길일이 이르러 민 공이 위의를 갖추어 대례를 행하시니 이때 상감의 춘추 스물하나라, 좌우 신하들을 거느리고 별궁에 거동하여 옥상의 홍안을 전하고 후의 상교를 재촉하여 황금봉련을 친히 봉쇄하여 대내로 환궁하시니 모두가 세자빈 가례와 달라 대전기구라 용봉기치(용과 봉황을 수놓은 깃발)와 황금절월(금으로 만든 도끼)이며 만조백관이 시위하고 칠보 단장한 궁인 시녀가 큰길을 덮어 십 리에 늘어서고 향취 은은하고 가는 퉁소 소리 전차후옹(여러 사람이 앞뒤로 옹위하고 감)하였으니 그 웅장 화려함은 가히 짐작키 어려울 정도였다.

후께서 즉위하신 뒤 두 분 전 대비마마를 효양하시며 하늘에 빼어난 효성 동동촉촉(공경하고 삼가서 매우 조심스러움)하시고, 상을 받들어 궁안을 다스리시며 덕으로써 인도하시고 유순하며 정정하고 비빈궁녀를 거느리시며 은애가 병행하여 선악과 친소를 사이 두지 않으며 사람을 아끼고 사랑하는 화기가 봄 동산 같으시어 만물이 다시 살아나는 듯하고 예절과 법도가 엄숙하고 강직하시며 감히 우러러 뵙지 못하고 대궐 안에 있는 사람들이 모두 성덕을 존경하여 예도가 숙연하며 입궐하신 지 서너 달에 궐 안이 화기애애하니 두 분 대비께서 극진히 애중하시고 국가의 복이라 축수하며 상감께서도 공경 중대하시며 조야가 모두 흠복하였다.

궁인 장 씨가 비로소 후궁에 참예하여 희빈으로 봉하시니(숙종 15) 간교하고 약삭빨라 임금님의 뜻에 잘 영합하니 상께서 극히 총애하시더니 무진년(숙종 14) 정월 임금님의 춘추 삼십이 되셨건만 아들을 얻지 못함을 근심하자 후께서 조용히 상께 아뢰어 어진 후궁을 뽑으시어 자손 두심을 권하시니 상이 처음에는 허락지 않으시다 후께서 날마다 힘써 권하시니 드디어 숙의 김 씨를 뽑아 후궁에 두시자 후께서 예로 대접하시고 은혜로 거느리시니 궁중이 그 덕을 외우고 선행을 일러 탄복지 않는 이가 없었다.

무진년 시월 희빈 장 씨가 처음으로 왕자(후에 경종)를 탄생하니 상께서 지나치게 사랑하고 후도 크게 기뻐하여 어루만져 사랑하심은 당신이 낳으신 친자식과 같이하였다. 장 씨가 자기 분수를 지키고 있었더라면 영화가 가득할 것이지만 방자한 마음이 불 일듯하니 중궁의 성덕과 아름다움이 일국에 솟아나고 인심이 쏠림을 시기하여 남몰래 가만히 제거하고 대위를 엄습코자 하니 그 참람한 역심이 더하여 날마다 중궁전을 참소하기를 태어난 왕자를 독을 탄 술을 먹여 죽이려 한다느니, 희빈을 저주한다느니 하여 국모를 헐뜯고 모함하여, 간악한 후빈들을 모아 소문을 퍼뜨리고 자취를 드러내어 상이 보시고 들으시게 하여 예로부터 악인을 의롭지 않게 돕는 자가 있다는 그런 흔한 일이 일어난 것이었다.

중궁을 간해 하는 말이 날이 지날수록 심해지자 상께서 점점 의심하여 중궁을 아주 박대하시고 장 씨는 요악한 교태로 상감의 마음을 영합하며 왕자를 방패 삼아 권세가 대단하니 상께서 점점 장 씨의 사랑에 혹하여 능히 흑백을 광명하시던 성심이 아주 변감하여 어진 신하는 모두 물리치고 간신을 쓰니 조정이 그윽이 의심하고 후께서 깊이 근심하시고 장 씨의 사람됨이 반드시 변괴를 낼 줄 알지만 왕자의 당당한 기상이 있는지라 깊이 생각하시고 만행히(아주 다행히) 여기사 사색(말과 얼굴빛)을 나타내지 아니하고 갈수록 숙덕성을 행하시더니 이듬해 정묘년 숙종 13년에 여양부원군이 돌아가시자 후께서 망극 애통하시어 장례를 지내시되 육찬과 맛있는 음식을 가까이 아니하시고 애절하게 슬퍼하심을 마지아니하시되 상께선 이미 결정하신 뜻이 있으신 거로 발설치 않으시나 민간에 소문이 중궁을 폐위하신다 하더니 이해 사월 스무사흗날은 중궁전 탄일이라, 여러 궁과 내수사에서 단자를 드리니 상께서 단자를 내치시고 음식을 모두 물리치시며 대신과 2품 이상의 신하들을 인견하신 자리에서 폐비함을 전교하시니 좌승지 이이만이 불가함을 간하자 상께서 크게 노하여 이이만을 파직하고 또 이만원이 상께서 실조하심을 간하니 상께선 더욱더 노여워하시어 대신, 중신 사십여 인을 먼 고을로 정배하고 또 비망기를 내리니 조정이 깜짝 놀라 일시에 정청(정사를 보는 곳)을 배설(차려놓음)하고 다투는 체하나 실정은 아니었다. 간신의 간언이 방성하여 상의 뜻에 영합하고 후궁의 간사한 기운이 상의 총명을 가리니 양과 같이 선량한 충신의 간언이 어찌 효험이 있으랴.

이때 응교(홍문관, 예문관 소속의 정4품 벼슬) 박태보가 모든 서리들에게 사발통문을 놓아 한가지로 상소할 때 상께서 상소문을 보시고 크게 노하시어 특지로서 추국하시고 횃불이 궐내에 가득하고 내외에 떠들썩하고 소리가 진동하였다. 상께서 옥좌에 앉으시어 크게 소리 지르고 응교더러 일러 말씀하시기를,

"내 네놈을 자식처럼 어여삐 여긴 지 오래거든 네 갈수록 이렇듯이 하는고? 전부터 나를 범하여 독살을 부리니 괘씸하게 여기면서도 여태껏 모른 체했으나 이제는 죽는 줄 알라. 이제 나를 배반하고 간악한 부인을 위하여 무슨 뜻을 받아 간특 흉악한 노릇을 하는가?"

응교가 엎드려 정색하여 아뢰기를,

"전하, 어이 이런 말씀을 차마 하시나이까? 군신 부자 일체라 하오니 아비 성품이 과하여 애매한 어미를 내치고자 하면 자식이 어이 살고 싶은 뜻이 있겠습니까? 이제 전하께서 무고한 처사를 하시니 곤위 장차 편안치 못하시게 되오니 의신이 망극하여 오늘날 죽음을 청하여 상소를 드리오니 어찌 전하를 반하여 올 뜻이 있으오리까? 중궁을 위해 온 일이 전하를 위하여 온 일이오니, 전하를 모셔 온 중궁이 아니시나이까?"

상께서 더욱 노여워하시어 이르시기를,

"급급 결박하라. 네 갈수록 나를 욕하도다. 내 우선 형문을 치려니와 압슬(죄인을 움직이지 못하게 하고 무릎 위를 압슬기로 누르거나 무거운 돌을 올려놓던 일) 화형 기구를 차려라."

형문 두 체 맞았는데 첫 체에 헤이지 않은 것이 여 네 번이요. 둘째 체에 헤이지 않은 것이 아홉이니 모두 합하면 세 체를 맞은 꼴이 되며, 살이 미어지고 핏방울이 튀어 바지에 잠겨 손으로 짜게 되었건만 응교는 아픈 사색을 아니 하였다.

상께서 이르시기를

"급히 압슬하라."

하시므로 응교 대답하여 아뢰되,

"의신은 오늘날 죽음을 정하였거니와 전하께서 일을 이렇듯이 하시니 후일 망국 지주 되실 것이니 그를 서러워 하나이다."

상께서 명하시기를,

"잔말 말고 압슬하라."

압슬 기구를 차려 그날 즉시 압슬할 새, 널을 놓고 자갈을 가득히 널 위

에 깔고 형문 맞은 다리를 그 위에 앉히고 그 위에 자갈 모은 것 두 섬을 붓고 다리를 못 드는 데를 좌우로 푹푹 막대기로 쑤시고 그 널을 위에 덮고 상하 머리를 잔뜩 졸라맨 건장한 나졸이 한 머리에 셋씩 올라서서 질근질근하는 소리, 소리치며 널뛰듯 발을 굴려 비비기를 한 채에 열세 번씩 하여, 속이지 말고 바른대로 아뢰어라 일시에 소리 지르니 응교는 더욱 안색을 동하지 않고 한 번도 앓는 소리를 내지 않으니 상께서 더욱 크게 노하시어

"저놈이 지독하게 독살을 부리니 바삐 화형을 행하라."

"의신이 듣자오니 압슬, 화형은 역적 물으실 적에 쓰는 형벌이라 하오니 의신이 무슨 역적의 죄가 있습니까?"

"너의 죄는 역적보다 더하니라."

화형을 여러 차례 하니 다리가 다 벗어지고 힘줄이 오그라져 보기에 참혹한 터라 상감께서 오래 보심을 아니꼽게 여기어 이에 대전으로 들어가시며,

"절도에 위리안치하라는 어명을 내리신다.

이때 후께서는 부원군 상을 당한 뒤 지나치게 애통해하신 나머지 옥체 종종 편찮으시더니 좌우에 모시고 있는 상궁이 이 말씀을 듣고 대성통곡하여 빨리 들어와 후께 아뢰니, 후께서 하나도 안색을 변치 않으신 채 크게 탄식하여 이르기를,

"또한 천수로다, 누구를 원망하리오, 그대들은 언행을 조심하여 어명을 받들도록 하라."

하시고 조금도 마음에 흔들림이 없으셨다. 명안공주께서 이 변을 들으시고 여러 고모 대장공주와 함께 매우 놀라 상께 조현하고 후의 숙덕 선행과 참언이 간사한 것이라 밝히고 대왕대비께서 사랑하시던 바를 주하여 눈물이 좌석에 떨어지고 간언이 지극하고 통언이 격렬하나 상께서 통 불윤하시어 공주들이 탄식하고 물러 나오는 수밖에 없더라.

공주들이 후를 뵙고 오열 비탄하여 옷을 잡고 흐느껴 우시며 능히 말씀을 이루지 못하니 후께서 위로하여 말씀하시기를,

"화와 복이 하늘의 뜻에 달려 있으니 나의 복이 없고 천한 탓인즉 다만 어명대로 받들어 모실 따름이라, 누구를 원망하리오마는 공주 이렇게 깊이

생각하여 주시니 은혜 잊을 길이 없소이다."

공주 그 덕망을 새삼 탄복하고 부운(뜬구름)이 잠시 성총을 가렸으나 성상이 현명하오시니 오래되지 않아 깨달으시고 뉘우치실 바를 일컬으시고 후를 붙들고 눈물이 비 오듯 하니 무수한 궁녀가 다 울고 차마 떠나지 못하더니 이튿날 감찰 상궁이 상명을 받자와 침전에 이르러 중궁께 하는 전교를 아뢰니 후께서 천연이 일어나서 예복을 벗고 관과 비녀를 끄르시고 중계로 내려오셔서 전교를 듣잡고 즉시 대내를 떠나 나오실 새 궁중이 통곡하여 곡성이 낭자하였다.

이때 선비 오십여 명이 요금문 앞에 대령하였고 백여 명은 구화문 앞에 엎디어 상소를 드리고 호읍하더니 후의 출궁하심을 보고 대경 망극하여 미처 신을 신지 못한 채 버선발로 따라와서 모여 일시에 방성대곡하니 선비 이백여 명은 안국동 본 곁 문밖까지 따라와 우니 천지가 진동하고 백성들은 남녀노소 할 것 없이 길을 막고 통곡하여 각전시정(가게를 차리고 물건을 파는 사람)이 다 저자를 파하고 서러워하니 초목 검수가 다 서러워 수심 띤 구름이 하늘에 가득하고 일색이 빛을 잃더라.

후께서 본가로 나오시니 부부인이 마중 나오시어 붙들고 통곡하시니 후도 부원군 옛 자취를 느끼어 애원 통곡하시고 이윽고 부부인께 고하여 이르시되,

"죄인의 몸으로 친족을 보니 안연치 못할 것이니 나가소서."
하고 권하시니 부인과 다른 부인네들도 통곡하여 마지못해 나가신 후, 당일로 명하여 안팎 문들을 모두 봉쇄하고 본가의 비복들은 한 사람도 두지 않으시고 다만 궁녀만 두시고 정당을 폐하시고 아래채에 거처하시니 궁녀들은 본가에서 들어간 궁인이요 삼 인은 궐내의 궁인으로서 죽기를 무릅쓰고 나온지라, 후께서 이르기를 궁녀 시녀라 거느릴 수 없으니 돌아가라 하나 죽기를 각오하고 떠날 수 없다 하니 후께서 그 정성에 감동하시어 그냥 내버려 두시니 집은 크고 사람은 적어 각방이 다 비어서 봉쇄하고 휘휘 고적하여 인적이 끊겼으니 금궐옥전의 번화부귀만을 보아오다가 슬프고 한심함을 이기지 못해 서로 대하여 탄읍하며 흐느껴 울다가 후의 천연정숙하신 양을 뵈면 감히 슬픈 사색을 내지 못하곤 하더라.

추칠월이 지나도록 창호와 사벽을 바르지 않으시고 넓은 동산과 집의 풀

을 매게 아니 하니 사람 한길만큼 자라 인적이 끊겼으나 귀신과 망령이 날이 저물면 예사 사람과 같이 다니니 궁인이 움직이지 못하고 두려워하더니, 하루는 난데없는 큰 개 한 마리가 들어오니 모양이 추한지라 궁인들이 쫓되 또 들어오고 다시 쫓으니 또 들어오니 후께서 이르시기를,

"그 개가 출처 없이 들어와 쫓아도 가지 않으니 괴이한지라 내버려 두어 그 하는 양을 보아라."

하시자 궁인들이 밥을 먹이며 두었더니 십여 일 뒤 새끼 셋을 낳으니 가장 크고 모진지라, 이후는 날이 저물어 망령의 불과 도깨비의 자취 있으면 네 마리의 개가 함께 짖으니 잡귀 급히 물러나가 종적을 감추니 그로 인하여 집안이 편안한 지라, 무지한 짐승도 도움이 있거든 하물며 신민을 잊으랴만 후 폐출하신 뒤로 조정에선 기뻐하는 소인이 많으니 도리어 금수만 못하리로다.

이보다 앞서 상께서 민후를 폐출하시고 희빈 장 씨를 왕비로 책봉하여 곤위에 오르게 되어 궁중이 조하를 받게 하니 궁내에 있는 모든 사람이 궁중이 이렇듯이 됨을 서러워하고 장 씨의 참혹한 처사를 분하게 생각하되 조정안에 어진 사람이 없으니 누가 감히 말을 하리오. 그윽이 원분을 품고 눈물을 머금고 조하를 마치니 희빈의 아비로 옥산 부원군을 봉하고 빈의 오라비 장희재로 훈련대장을 시키니 나라 백성들이 모두 한심하게 여기고 기강이 흩어져 팔도의 인심이 산란하여 별별 소문이 다 도니, 대개 예로부터 성제명왕이라도 한번은 참소하는 말을 귀담아듣기가 쉬운 법이거니와 숙종대왕과 같은 문무를 겸하신 어진 임금으로도 장 씨에게 이다지 하사 국가의 체면을 손상하심은 실로 뜻밖의 일이 아닐 수 없더라.

이듬해 경오년(숙종 16, 1690)에 장 씨의 생자로서 왕세자를 책봉하시니 장 씨 양양자득하여 방약무인하니, 이러므로 발악을 일삼아 비빈을 절제하고 궁녀를 엄형하며 포악한 말과 교만한 행실은 말로 다 할 수 없더라. 궁중에 기강이 없어지고 원망이 하늘을 찌르는 터라 장희재 욕심이 많고 고약하여 팔도에서 재물을 긁어 들이나 말할 이가 아무도 없더라.

이렇듯 삼사 년이 지나니 천운이 순환하여 흥진비래에 고진감래라, 부운이 점점 걷히매 태양이 다시 밝아오니 성총이 깨달음이 있으셔 민후의 억울하심을 알고 장희빈이 요음간악함을 깨치시어 의심이 가득하시니 대하

시는 기색이 전과 다르시고, 서인들이 후의 삼촌 숙질을 다 처벌하시라고 날마다 아뢰기를 수년에 이르렀으되 상감께서 마침내 불윤하시니 이러므로써 민 씨 일문이 보존되었더라.

장 씨 적이 상감님의 뜻을 헤아리고 크게 두려워서 오라비 희재로 더불어 꾀하여 갑술년(숙종 20, 1694)에 묵은 옥사(숙종 6년에, 당시 영상인 허적의 서자 허견이 복선군을 끼고 역모한다고 서인 김석주, 김만기 등이 고발하여 남인 일파를 몰아낸 사건. 경신출척)를 다시 일으켜 어진 이를 다 죽이고 폐비에게 사약하려고 하니 변이 크게 나매 상께서 짐짓 그 하는 양을 보시고 궁중 기색을 살피사 망연히 간인의 흉모를 깨달으시어 즉일에 당각의 국유를 뒤치시니, 간사한 신하들을 다 물리치시고 옛 신하들을 불러 쓰실 새 갑술년 삼월에 대전별감(임금을 직접 모시는 직책으로 궁중의 액정서에 소속됨)이 세 번이나 안국동 본가를 둘러보고 들어가더니 사월 초아흐렛날에 비망기를 내리시어 폐하신 중궁의 무죄하심을 밝히시고 별궁으로 모시라 하시고, 어찰을 내리어 상궁 별감과 중사를 보내시니 후께서 사양하여 이르기를,

"죄인이 어찌 외인을 인접하여 감히 어찰을 받으리오."

하시고 문을 열지 않으시고 연 삼일을 별감이 문밖에서 밤을 새우고 문 열어주시기를 청하되 마침내 요동치 않으시니 이대로 복명하니 상께서 어렵게 여기시고 또한 답답하시어 예조 당상으로 문 열기를 청하게 하나 종시 허락지 않으시니 예조와 승지, 국체가 그렇지 않음을 아뢰되 듣지 아니하시는 고로 상께서 민부에 엄지를 내리시어,

"이는 임금을 원망하는 일이라, 빨리 문을 열게 하라."

하시니 민부에서 황공하여서 간을 올려 수 없이 간하되 종시 열지 않으시는 고로 또 수일 후에 이품 벼슬하는 신하를 보내어

"문을 여소서"

하니 중신이 말씀을 아뢰되 사체 그리 못하실 줄로 누누이 밝히고 개문을 청하니, 후 궁녀를 시켜 전하여 이르시기를,

"죄인이 천은을 입어 일명이 살았을 즉 이 집이 죄인의 뼈를 감출 곳이라, 어찌 국명을 받자오며 번화히 사람을 인접하리오. 사명이 여러 번 내리시니 더욱 불안하여이다."

사관이 절하여 명을 받잡고 재삼 간청하여 민부에 두 번 엄지를 내리시니 큰 오라버님 되시는 판서 민 공이 황송하여 후께 간절히 권하니 겨우,

"바깥문만 열라."

하시고, 사월 스무하룻날에야 비로소 대문을 여니 초목이 무성하여 사람의 키와 같은지라, 상명으로 발군 풀을 베며 들어가니 풀 이끼가 섬돌 위에 가득하고 먼지와 창호를 분별치 못하니 사관이 탄식하여 눈물을 흘리더라.

상께서 입궁 택일하라 하시니 사월 스무이렛날로 아뢰니 상께서 명관중사를 보내어 입궐하심을 전하시니 후께서 매우 놀라 사양하시며 이르시되,

"천은이 망극하여 천일을 보고 부모와 동생을 만나보게 된 것도 바랄 수 없던 노릇이려니와 어찌 감히 궐내에 들어가 천안을 뵈오리오."

굳이 사양하시고 예물을 받지 않으시니 상께서 엄지를 민부에 내리시고 대신이며 중신들이 문밖에 청대하고 어찰을 하루에 사오 차씩 내리시자 후께서 그윽이 마지못해 예복을 입으시고 입내하실 새, 작은 오라버님 민정자의 딸이 여덟 살에 들어와 이미 열세 살이 되니 후의 가르치심을 받아 언어행동과 성품이 아름다운고로 차마 떠나지 못하고 손을 잡고 우시니 민소저 또한 음읍하여 굳이 참지 못하는지라, 좌우가 다 눈물을 뿌려 위로하는 것이더라.

황금채련을 드리니 물리치시고 교자를 들이라 하시니 상께서 듣지 않으시리라 하고 사관이 청대하고 모든 일가가 떠들어 권하니 마지못하여 연에 드시고 사람들이 대로를 덮고 칠보 단장한 궁녀들이 벌여 섰고 각 군문대장이 수천을 거느려 호위하고 대신과 백성이 시위하여 입궐하니 예의 규모 존중하여 복위하실 줄 알아 향취 웅비하고 광채 찬란하며 천기 화창하여 혜풍이 일어나고 상운이 하늘에 가득하니 장안 백성이 영락하여 즐겨 뛰놀고, 한편 옛일을 생각하고 눈물을 흘리며 향년 가마에 흰 보 덮어 나오실 때 궁인과 선비 통곡하여 따라가던 일을 생각하며 어찌 오늘날이 있을 줄 알았으리요. 이는 전혀 민후의 원여와 덕망으로 덕을 본디 깊이 쓰시고 고초 중 처신을 아름답게 하여 천의를 감동하심이라 여러 부인네 기쁘고 한편 슬퍼 혹 울고 혹 웃더라. 상께서 한편 반기시나 옛일을 생각하시고 감창하심을 이기지 못하여 봉안에 눈물을 흘리시며 용포 소매를 적시니 좌우 대신들이 일시에 눈물을 흘려 우러러 뵈옵지 못하더라.

이때 희빈이 오래도록 대위를 차지하여 천만세나 누릴 줄 알았다가 흔연히 상감께서 일각에 변하여 국유를 뒤엎고 폐후께 상명이 연락하여 즉일 복위하셔서 들어오심을 듣고 청천벽력이 일신을 분쇄하는 듯 놀랍고 앙앙 분통함이 흉중에 일천 잔나비 뛰노는 듯하니 스스로 분을 이기지 못하여 시녀에게 전하여 말하기를,

"내 오히려 곤위에 있거늘 폐비 민 씨는 어찌 문안을 아니 하느냐? 크게 실례하여 방자함이 심하도다."

궁녀가 이 말을 아뢰니 후께서 어이없어 못 들으시는 듯 사기 태연하시고 안색이 정정하여 답언이 없으시니, 이때 상께서 후와 더불어 나란히 앉아 계시다가 후의 기색을 살피시고 지난날이 다 맹랑하여 스스로 혼암함을 부끄럽게 여기시고 장 씨의 방자함을 통탄하여 즉시 외전에 나오셔서 그날로 전지하사 후를 복위하시고 여양 부원군을 복관작 하시고 후의 삼촌 좌의정이 벽동의 적소에서 졸하신 고로 복관작 추증하시고 그 자손에게 옛 벼슬을 주시고 새 벼슬을 높이시며 장 씨 아비는 삭탈관직하시고 빈의 옥책을 깨치시고 장희재를 제주 안치하라 하시고 내시에게 전교하여 빈을 소당으로 내리고 큰 전각을 수리하라 하시니 궁인과 중시가 전지를 전하고 바삐 내리라 하니 장 씨 대로하여 고성 대질하여 말하되,

"내 만민의 어미요, 세자가 있거늘 어찌 너희가 무례히 굴리오. 내 부득이 폐비의 절을 받고 말리라."

하고 악독을 이기지 못해 세자를 난타하니 상께서 들으시고 친히 납시니 바야흐로 장 씨 수라를 받았더니 상감을 뵈옵고 독악이 요동하여 얼굴이 붉으락푸르락하여 말하기를,

"하루라도 내 위에 있거늘 폐비 문안을 안 하며 내 무슨 죄로 하당에 내리라 하시나이까?"

상께서 용안이 진노하여 이르시기를,

"어찌 감히 문안받으며 또 어찌 이 자리를 길게 누리리오."

장 씨 문득 밥상을 박차고 발악하여 말하되,

"세자 있으니 내 어찌 이 자리를 못 가지리오. 내려도 기어이 민씨의 절을 받고 내리리라."

수라상을 산산이 헤쳐 방안에 흩어지니 좌우가 악착한 담을 어이없이 여

기고 상께서 해연대로 하시어.

"빨리 장 씨를 끌어내리라."

하시니 궁중이 다 절분하던 차상의 뜻을 알고 황황히 달려들어 장 씨를 끌어 업고 총총히 단에 내려 소당으로 가니 장 씨 발악하며 중궁전을 욕설하여 마지않으니 상께서 즉시 내치시고 싶으나 전후의 일이 너무 편벽하고 세자의 낯을 보아 내버려 두시니라.

다시 길일을 택하여 예의를 갖추어 후를 청하여 곤위에 오르시게 하니 후께서 세 번 사양하시다가 마지못하여 법복을 갖추시고 곤위에 오르신 후 단상에서 내려 상께 사은하시니 법도가 숙연하시고 광채 찬란하여 전보다 배승하시더라.

희빈의 간악함은 그지없으나 세자의 안면을 보아 희빈을 존봉하시고 궐내 취선당에 거처케 하시니 제 죄를 짐작하고 지극히 감격할 바로되 장 씨 외람히 곤위에 있어 일국이 추존하고 상총이 온전하다가 졸지에 폐출하여 희빈으로 내리니 앙앙 분노하고 화심이 대발하여 전혀 원심이 곤전에 돌아가니, 불순한 언사 포악하고 화를 이기지 못하여 세자를 볼 적마다 무수히 난타하여 마침내 골병이 드니 상께서 대로하시어 세자를 영숙궁에 가지 못하게 하시고 정전에서 놀게 하시니 세자 이따금 아뢰기를,

"어이 어미를 보지 못하게 하시나이까?"

하고 눈물을 흘리니 상께서 위로하여 중전 슬하에 두시니 후께서 심히 사랑하시는 고로 세자 제 어미를 더 이상 생각지 않으시더라.

장 씨는 요사스런 무녀와 흉악한 술사를 얻어 주야로 모의하여 영숙궁 서편에 신당을 배설하고 각색 비단으로 흉악한 귀신을 만들어 앉히고 후의 성씨와 생월생시를 써서 축사를 만들어 걸고 궁녀에게 화살을 주어 하루 세 번씩 쏘아 종이가 해지면 비단으로 염을 하여 중전 시체라 하고 못가에 묻고 또 다른 화상을 걸고 쏘아, 이러한 지 삼 년이 되나 후의 신상이 반석 같으니 더욱 앙앙한대 희재의 첩 숙정은 창녀로 요악한 자라 죄가 극심하여 정실을 모살하고 정처가 되었더니 장 씨 청하여 의논하니 이는 유유상종이라, 궁흉극악한 저주 방정을 다 하여 흉한 해골을 얻어 들여 오색비단으로 요귀 사귀를 만들어 밤중에 정궁 북벽 섬돌 아래 가만히 묻고 또 채단으로 중전의 옷 일습을 지어서 해골을 가루로 만들어 솜에 뿌려 두었으

니 누구라 그런 흉모를 알았으리오. 옷 사이와 실마다 극악이 방자를 하여 거짓 공손한 체하고 편지하여 중전께 드리니 간곡하신 말씀으로 그 정성을 위로하시고 받지 않으시거늘 하릴없어 기회를 얻으려고 두고 날마다 신당 축원과 요술 방정이 천만 가지로 그칠 적이 없으나, 이른바 사불범정이요 요불승덕이라 하였으되, 예로부터 손빈이 방연을 해하였기 때문에 액운이 불행한 때를 당하여 요얼이 침노하니 중전께서는 경진년(숙종 26, 1700) 중추부터 홀연히 옥체 편찮으시어, 각별히 극중하심도 없고 때때로 한열이 왕래하고 야반이면 골절을 진통하시다가는 평시와 같은 때도 있고 진퇴 무상하신 것이더라.

궁중이 크게 근심하고 상께서 깊이 염려하여 민 공 등을 내전으로 인격하시어 병증을 이르시고 치료하심을 극진히 하시되 조금도 효험이 없고, 겨울을 지내고 다음 해 봄이 되니 후의 백설 같은 기부가 많이 손색 되시어 때때로 누른 진이 엉기었다가 없어졌다가 하니 의사들이 다 병을 측량치 못하더라.

상께서 전일에 심히 상하신 마음으로 하여 고질이 되심인가 하여 더욱 뉘우치시고 애달파하시며 후의 기상이 너무 맑고 빼어나시니 행여 단수하실까 염려하여 용침이 능히 편치 못하시니 후께서 불안하여 매양 아픈 것을 굳이 나타내지 않으시고는 하더라.

장 씨 후의 이러하신 줄 알고 요행이 여겨 못된 짓 더욱더 하니 여름 사월에 후의 탄일이 되시니 상감께서 하교하사 대연을 배설하시어 민 씨 일가 부인네를 모아 즐기게 하시니 이는 후의 병환이 진퇴 무상하심에 여한이 없게 하고자 하심에서더라.

후께서 장 씨가 보낸 옷을 비록 입지는 않았으나 전중에 두었는지라 요얼이 밖으로부터 침노하고 또 방안에 살기가 성하니 이해 오월부터는 병환이 중하게 되시어 옥체를 가누시지 못하시니 민 공 형제가 척연 감읍하여 지성으로 치료하며 의관을 밖에서 등대하고 안에서 백 가지로 다스리되 추호도 효험이 없고 점점 더하시니 이는 신상으로 솟아나신 병환이 아니라 사질이 왕성하고 저주의 독이 골수에 스몄거늘 백초의 물로 어찌 제어할 수 있었으랴!

낮이면 맑은 정신이 있으셨다가도 밤마다 더욱 중하시어 잠꼬대를 무수히 하시고 증세 괴이하나 능히 그 연유를 알지 못하니 칠월에 별증을 얻어 위독하심에 명이 조석에 달려 있는지라 일궁이 진동하고 조야가 망극하여 천신께 빌며 북두칠성 제를 올리되 세자께서 친히 임하시니 이토록 그 정성이 아니 미친 곳이 없으나 병환은 더욱 중해지실 뿐인지라 상께서 침식을 폐하시고 근심하여 용안이 초췌하시니 후 미력하신 경황 중에서도 몹시 염려하여 위로하시더라.

그 후 스스로 회춘하지 못하실 줄 아시고 의녀를 물리치시고 의약을 들지 않으시며 좌우 사랑하던 시녀를 돌아보며 이르시기를,

"내 이제 살지 못하리니 너희들 지성을 무엇으로 갚으리? 너희들은 내 삼 년 상 후에 각각 돌아가 부모 형제들을 보며 인륜을 갖추고 살다가 죽어 지하에서 모이기를 기약하자."

좌우 천만뜻밖의 하교를 듣고 망극하여 일시에 낯을 가려 체읍하고 눈물이 쏟아져 목이 메어 능히 대답을 못하더라.

후께서 명하여 전각을 소쇄(먼지를 쓸고 물을 뿌림)하고 향을 피우고 궁인에게 붙들려 세수를 정히 하시고 양치질하시고 새 옷과 새 금침을 갈아 입으시고 궁녀를 시켜 상을 청하시니 상께서 들어오시고 후께서 의상을 정돈하시고 좌우로 붙들려 앉아 계심에 궁인들이 다 망극하여 슬픈 빛이더라.

상감께서 당황하신 후 곁에 가까이 다가앉으시며 이르시기를,

"어이 이렇듯 몸조리하지 않으시느뇨?"

후께서 문득 옥루를 흘리며 아뢰기를,

"신이 곤위에 있어 성상의 천은으로 영복이 극진하오니 한하올 바 없으나 다만 슬하에 골육이 없어 그림자 외롭고 성상의 큰 은혜를 만분지일도 갚지 못하고 오히려 천심을 손상하시게 하고 오늘날 영원히 결별을 고하니 구천지하에서도 눈을 감지 못하오니 원하옵건대 성상께서는 박명한 첩을 생각지 마시고 백세안강 하소서."

상께서 크게 서러워 용루를 흘리며 이르시기를,

"후께서 어찌 이런 불길한 말씀을 하시느뇨?"

하시고 말씀을 능히 이루지 못하고 용포 소매가 젖으시니 후께서 정신이 황란하시나 어찌 상의 슬퍼하심을 모르시리요. 눈물을 흘리시고 길게 한숨

지며 말씀하시기를,

"성상은 옥체를 보중하사 돌아가는 첩의 마음을 평안케 하시고 만민의 폐를 덜으소서."

세자와 왕자를 어루만지시고 후궁과 비빈을 나오라 하여 말하기를,

"내 명운이 불행하여 육 년 고초를 겪고 다시 성은이 망극하여 곤위에 올라 세자와 왕자와 더불어 조용히 여생을 마칠까 하였더니 오늘날 돌아가니 어찌 명박하지 않으리오? 그대들은 나의 박명을 본받지 말고 성상을 모셔 만수무강하라."

연잉군(영조대왕의 처음 책봉된 이름)이 이때 팔 세시니 손을 잡고 서러워하여 말씀하시기를,

"이 애 영특하여 내 극히 사랑하였더니 그 장성함을 보지 못하니 한이로다."

하시고 비빈을 물러가게 하시고 오라버님 내외와 조카네 사촌들을 인견하여 오열 비창하심을 금치 못하시니 민 공 등이 배복 오열하여 능히 말을 못하는지라, 상께서 이 거동을 보시고 천심이 미어지고 꺾어지는 듯 차마 보지 못하시더라.

좌우에서 미음을 올리니 상께서 친히 받아 용루를 머금고 권하시니 후께서 크게 탄식하시고 두어 번 마시고 상께서 친히 부축하여 베개를 바로 누이시더니 이윽고 창경궁 경춘전에서 엄연 승하하시니 신사년(숙종 27) 추 팔월 열나흗날 사시요 복위하신 지 팔 년이요 춘추 삼십오 세시더라.

궁중에 곡성이 진동하여 귀신이 다 우는 듯 궁녀 서로 머리를 맞대어 망망히 따르고자 하니 하물며 상께서도 과도히 슬퍼하며 손으로 난간을 두드리며 하늘을 우러러 방성통곡하시니 용안에 두 줄기 눈물이 비 오듯 하사 용포가 마치 물을 부은 것같이 젖었으니 궁중이 차마 우러러 뵙지 못하였더라.

섣달 초여드렛날로 장례일을 정하시니, 오 슬프다, 사람의 수명은 인력으로 못한들 후의 현철 성덕으로도 마침내 무자하시고 단수하심이 더욱 간인의 참화를 입으시니 어찌 순탄한 일생을 누리셨다고 하오랴마는 어진 사람도 복을 누리지 못 하거든 하물며 악인이 종시 안향함을 얻을 수 있으리오.

장희빈이 후를 중궁전이라 아니 하고 민 씨라고 부르며 중궁 이야기를 할 양이면 말머리에 반드시 이를 갈며 잡귀 요괴로 이 세상에 용납지 못하리라 하고 날마다 무녀와 술사를 시켜 축원하더니 마침내 후께서 승하하시자 크게 기뻐하여 두 손 모아 하늘에 빌고 이수가 애애하여 양양자득하고 신당을 즉시 없앨 것이로되 여러 해 동안 위하였으니 갑자기 없애는 것이 세자와 빈에게 해롭다고 하고 무녀와 술사들이 상의하여 구월 초이렛날 굿하고 파하려고 그대로 두었더니 이 또한 제 인력으로 못할 일이었던가 하더라.

이때 상께서 왕비를 생각하시고 모든 후궁을 찾지 않으시고 지나치게 슬퍼하고 조석으로 애통하며 용안이 초췌하시니 제신들이 간유하온즉 상께서 초연히 탄식하시며 말씀하시기를,

"과인이 부부지정으로 슬퍼함이 아니라 그 덕을 생각하고 성품을 잊지 못하여 서러워함이로다."

하시니 제신이 모두 감창해 마지않더라. 구월 초이렛날 석전(염습한 날로부터 장사 때까지 저녁마다 신위 앞에 제물을 올리는 의식)에 참례하시고 돌아오시니 추기는 서늘하고 초승달이 희미한데 귀뚜라미 소리조차 일어나 심사 더욱 처량하시어 촉을 대하여 눈물을 흘리시다가 안석을 의지하여 잠깐 조시니 비몽사몽간에 죽은 내시가 앞에 와서 아뢰되,

"궁중에 사악한 잡귀와 요귀가 성하여 중궁이 비명에 참화하시고 앞에 큰 화가 불 일 듯할 것이니 바라옵건대 성상은 깊이 살피소서."

하고 손을 들어 취선당을 가리키며 상을 모시고 한곳에 이르니 후의 혼전이라, 전중에 중궁이 시녀를 거느리시고 앉아 계신데 안색이 참담하사 애연히 통곡하시며 상께 고하여 말씀하시기를,

"신의 명이 비록 단명하오나 독한 병에 잠기어 올해 죽을 것이 아니로되 장녀가 천백 가지로 저주 방자하여 요얼의 해를 입어 비명횡사하니 장녀는 불공대천의 원수라, 원혼이 운간에 비겨 한을 품었으니 당당히 장녀의 목숨을 끊을 것이로되 성상께서 친히 분별하여 흑백을 가려 원수를 갚아 주심을 바라오며 요사를 없이하여야 궁내가 평안하리다."

상께서 크게 반기어 옷을 잡아 물으려 하시다가 놀라 깨달으시니 침상일몽이시라 좌우더러 때를 물으시니 초경이라, 이에 옥교를 타시고 위의를

다 떨으시고

"인적과 훤화를 내지 말라."

하시고 영숙궁으로 가시자 이궁에 행차하신 지 칠팔년 만이시라, 누가 상께서 행차하실 줄 알았으리오.

이날이 장희빈 생일이라, 숙정이 들어와 하례하고 중궁의 죽음을 치하하여 모든 궁인이 공을 다투고 옛말을 이르며 신당에서는 무녀 술사들이 촛불을 밝히고 설법하더니 부지불식간에 대전의 옥교 청사에 이르러 들어오시니 궁녀들이 놀라 급급히 일어나 맞아 어떻게 할 줄을 모르더라. 상께서 냉소하시고 널리 살펴보시매 맞은편 당에 등촉이 조요하더니 다 끄고 괴괴한지라 의심이 동하사 몸을 일으켜 청사를 나오시니 맞은편에 병풍을 쳤거늘 치우라 하시니 궁녀 황겁하였으되 할 수 없어 걷으니 벽상에 한 화상을 걸었는데 자세히 보시니 완연한 민후로 다름이 없는 터에 화살을 맞은 구멍이 무수하여 다 떨어졌는지라 물어 이르시기를,

"저것은 어인 것이냐?"

하시니 좌우 황황하여 아무 말도 못 하거늘 장 씨 내달아 고하기를,

"이는 중궁전 화상이라, 그 성덕을 감격하와 화상을 그려 두고 시시로 생각하나이다."

상께서 비로소 진노하사 이르시기를,

"후를 생각하여 그렸으면 저렇듯 화살 맞은 곳이 많느뇨?"

장 씨가 대답하지 못하거늘 데리고 온 내관에게 명하여 촉을 잡히고서 편당에 가보시니 흉악한 신당이라 천노가 진첩하사 청사에 앉으시고 궁노를 불러 모든 궁녀를 다 잡아내어 단단히 결박하고 엄치하사 이르시기를,

"내 벌써부터 짐작하고 알았으니 궁중의 요악한 일을 추호라도 숨기면 경각에 죽이리라."

하시니 천노가 진첩하사 급한 뇌성 같고 엄하신 기운이 상설 같으시니 어찌 감히 숨기리오마는 그중에 시영이 간악하여 처음으로 모르노라 하더니, 피육이 떨어지며 여러 시녀 일시에 응성주초하여 전후 사연을 역력히 다 아뢰니 상께서 새로이 모골이 송연하여 이르시기를,

"범을 길러 화를 받는다는 말이 과연 이번 일 같도다. 내 장녀를 내치지 않고 두었다가 큰 화를 자취하였으니 이도 불가사문어린국(이웃 나라에 소

문이 퍼지게 할 수 없음)이라."

하시고 중외에 반포하시어,

"중궁이 비명 원사하심과 희빈의 대역부도와 흉모간악이 불가사문어린 국이라 모든 죄를 다스리고 죄인 장희재를 급급 몽두나래하고 역률 죄인 숙정을 한가지로 모역한 유이니 정형하라."

국청 죄인 철향은 형문 삼장에 문초하니 자백하여 말하기를,

"을해년(숙종 21)부터 신당을 배설하고 무녀 술사로 축원하여 중궁이 망하시고 장 씨 복위하게 빌었으며 화상을 걸고 쏘아 염하여 묻었나이다. 이 밖의 일은 시향 등이 알고 소인은 모르나이다."

시향을 엄문하시니 나이 이십삼 세라 복초 끝에 말하기를,

"작은 동고리를 치마 속에 싸서 철향과 소인을 데리고 황혼에 통명전 왼편 연못가 여러 곳에 묻고, 또 무엇인지 봉한 것을 봉지봉지 만들어 상춘각 부중 섬돌 아래 곳곳이 묻었으나 그 속에 든 것이 무엇인지는 모르옵나이다.

시영은 사십일 세라, 요약하나 감히 숨기지 못하여 복초하기를,

"해골에 오색 비단옷을 입혀 중궁 생년, 생월, 생시를 써서 묻고 의복 지은 곳에 해골 가루를 솜에 뿌리고 또 해골을 싸서 염습하여 묻었다가 들여가니 중전이 받지 않으시더니 이듬해 탄일에 올리자 또 받지 않으시다가 춘궁 전하의 낯을 보사 받으시니 축사와 요얼을 만든 것은 다 숙정의 조화로소이다."

숙정을 국문하시니 주초 왈,

"희빈 병환이 있으시니 굿을 하겠다고 청하여 취선당에 들어가니 무녀 술사를 시켜 중전 망하심을 축수하는데, 빈이 실정을 일러 모의하니 죽을 때라 동참하옵고 중전의 의대를 지은 것도 신이 하였고 해골은 희재의 청지기 철명이 얻어 들였나이다."

그날로 죄인 십여 인을 군기시에서 능지처참하고 몇몇 궁인과 마직은 멀리 귀양 보내시고 희빈을 본궁에 가두었더니 처지를 생각하실 새 경각에 부월로 참하시고 싶으되 부자는 오상의 대륜이라, 세자의 낯을 보지 않을 수 없어 중형을 못 하시고 이르시되,

"장녀는 오형 지참을 할 것이요 죄를 속이지 못할 바로되 세자의 정리를

생각하여 감소 감형하여 신체를 온전히 하여 한 그릇의 독약을 각별히 신칙하노라."

궁녀를 명하여 보내시며 전교하사,

"네 대역부도의 죄를 짓고 어찌 사약을 기다리리오. 빨리 죽임이 옳거늘 요약한 인물이 행여 살까 하고 안연히 천일을 보고 있으니 더욱 죽을 죄노라. 동궁의 낯을 보아 형체를 온전히 하여 죽임을 당함은 네게 영화라, 빨리 죽어 요괴로운 자취로 일시도 머무르지 말라."

장 씨는 이때 온갖 죄상이 다 탄로 나서 일국 만성이 떠들썩하되 조금도 두려워하는 빛과 부끄러워함도 없이 중궁을 모살한 것만이 쾌하고 세자의 형세를 믿고 설마 죽이기야 하랴, 두 눈이 말똥말똥하며 독살만 부리더니 약을 보고 고성발악하며,

"내 무슨 죄가 있어서 사약하리요. 구태여 나를 죽이려거든 내 아들을 먼저 죽이라."

하고 약그릇을 엎으며 궁녀를 호령하니 궁녀 위력으로 핍박하지 못하여 이대로 상달하니 상께서 진노하사,

"내 앞에서 죽일 것이로되 네 얼굴 보기 더러워 약을 보내니, 네 염치 있을진대 스스로 죽어 자식이 편하고 남의 손에 죽지 않음이 옳거늘 자식을 유세하여 뉘게 발악하느뇨? 이 약이 네게는 상인 줄로 알고 죄 위에 죄를 더하여 삼척지율을 받지 말라."

궁녀가 어명을 전하니 장 씨 발을 구르며 손뼉을 치고 발악하여 말하기를,

"민 씨 단명하여 죽었거늘 그 죽음이 내게 아랑곳이더냐? 너희들이 감히 나를 죽이며 후일 세자의 손에 살까 싶더냐."

불순 포악한 소리가 악착같으매 상께서 들으시고 분연하사 좌우에게,

"옥교를 가져오라."

하시고 옥교를 타고 영숙궁으로 친림하사 청사에 앉으시고 좌우를 호령하여 장 씨를 끌어내려 당에 내리고 꾸짖어 말하기를,

"네 중궁을 모살하고 대역부도함이 천지에 당연하니 반드시 네 머리와 수족을 베어 천하에 효시할 것이로되 자식의 낯을 보아서 특은으로 경벌을 쓰거늘, 갈수록 오만불손하여 죄 위에 죄를 짓느뇨?"

장 씨 눈을 독하게 떠 천안을 우러러 뵈옵고 높은 소리로 말하기를,

"민 씨 내게 원망을 끼치어 형벌로 죽었거늘 내게 무슨 죄가 있으며, 전하께서 정치를 아니 밝히시니 임금의 도리가 아니옵니다."

살기가 자못 등등하니 상께서 진노하사 용안을 치켜뜨시고 소매를 거두시며 뇌성같이 이르시기를,

"천고에 저런 요악한 년이 또 어디 있으리오. 빨리 약을 먹이라."

장 씨, 손으로 궁녀를 치고 몸을 뒤틀며 발악하여 말하기를,

"세자와 함께 죽이라. 내 무슨 죄가 있느뇨?"

상께서 더욱 노하시어 좌우에게

"붙들고 먹이라."

하시니 여러 궁녀 황황히 달려들어 팔을 잡고 허리를 안고 먹이려 하니, 입을 다물고 뿌리치니 상께서 내려 보시고 더욱 대로하사 분연히 일어나시며 막대로 입을 벌리고 부어라 하시니 여러 궁녀 숟가락총으로 입을 벌리는지라, 장 씨 이에는 위급한지라 실성 애통하여 말하되,

"전하, 내 죄를 보지 마시고 옛날 정과 자식의 낯을 보아서 목숨만은 용서해 주옵소서."

상께서 들은 체도 안 하고 먹이기를 재촉하시자 장 씨는 공교한 말로 눈물을 비같이 흘리며 상을 우러러 뵈오며 참연히 빌며 말하기를,

"이 약을 먹여 죽이려 하시거든 자식이나 보아 구천의 한이 없게 하여 주소서."

간악한 소리로 슬피 우니 요악한 정리는 사람의 심장을 녹이고 처량한 소리는 차마 듣지 못할 것 같으니 좌우 도리어 불쌍한 마음이 있으되 상께서 조금도 측은한 마음이 아니 계시고,

"빨리 먹이라."

하여 연이어 세 그릇을 부으니 경각에 한 번 크게 소리를 지르고 섬돌 아래로 고꾸라져 유혈이 샘솟듯 하니 한 그릇의 약으로도 오장이 다 녹거든 하물며 세 그릇을 함께 부었으니 경각에 칠규(얼굴에 있는 귀, 눈, 코 각 두 구멍과 입 한 구멍을 말함)로 검은 피가 솟아나 땅에 괴니 슬프다, 여러 인명이 모두 검하에 죽게 되니 하늘이 어찌 앙화를 내리시지 않으리오.

상께서 그 죽은 모습을 보시고 외전으로 나오시며,

"신체를 궁 밖으로 내라."

"장 씨의 죄악이 중하여 왕법을 행하였으나 자식은 모자 지정이라 세자의 정리를 보아 초초히 예장하라."

하시고, 장희재를 극형에 처하여 육신을 갈라서 죽이시고 가재를 몰수하시니 나라 안의 온 백성들이 상쾌히 여겨 아니 즐기는 이가 없더라.

장 씨의 주검을 뉘라서 정성으로 시수하리요. 피 묻은 옷에 휘말아 소금장을 덮어 궁 밖으로 내어 방안에 누이고 상의 명령을 기다리더니,

"염장하라."

하심에 들어가 입관하려고 하니 하룻밤 사이에 시체가 다 녹아 검은 피가 방 안에 가득하여 시체가 뜨게 되고 흉악한 냄새는 차마 맡지 못하니, 차라리 형벌로 죽는 것만 같지 못하니 보는 이마다 차탄하여 윤회응보를 눈앞에 본다 하더라.

훌훌히 삼 년 상을 마치심에 슬퍼하심이 세월이 갈수록 그치지 않으사 후의 유언을 좇아 후를 모시고 육 년 고초를 한 상궁과 가깝게 모시던 궁녀 십여 인에게 충은으로 상급을 많이 하사하시고 민간에 돌아가서 인륜을 차리라 하시니 여러 궁녀 황공 감읍하여 대내를 차마 떠나지 못하더니라.

조침문(弔針文)

- 유씨 부인 -

작품 정리

〈의유당관북유람기〉, 〈규중칠우쟁론기〉와 더불어 여류 수필의 백미로 일컬어진다. 조선 순조 때 유씨 부인이 지은 고전 수필로 일명 '제침문' 이라고도 한다. 부러진 바늘을 의인화하여 함께 했던 오랜 세월의 회고, 바늘의 공로와 재질, 바늘이 부러진 날의 놀라움과 슬픔, 자책, 회한 등을 제문의 형식을 빌려 표현한 작품이다. 이 작품은 제문에 얽힌 작자의 애절한 처지와 아울러 뛰어난 문장력과 한글체 제문이라는 측면에서 문학사적 의의가 있다.

작품 줄거리

일찍이 홀로 된 여인이 슬하에 자녀가 없이 오직 바늘에 재미를 붙이고 살다가 시삼촌께서 북경에 다녀오시면서 사다 주신 바늘 중 마지막 것을 부러뜨리고는 그 섭섭하고 안타까운 심정을 적은 글이다.

핵심 정리

· 갈래 : 고전 수필
· 연대 : 조선 순조시대
· 구성 : 내간체
· 배경 : 조선 시대 가세가 기운 양반 댁
· 주제 : 길이 잘 든 부러뜨린 바늘을 애도함.
· 출전 : 미상